KARL MAYs HAUPTWERKE

IN 33 BÄNDEN

»ZÜRICHER AUSGABE«

—

HERAUSGEGEBEN VON

HERMANN WIEDENROTH UND

HANS WOLLSCHLÄGER

—

BAND 33

AUF FREMDEN PFADEN

REISEERZÄHLUNGEN

VON

KARL MAY

PARKLAND

Die »Züricher Ausgabe«
von KARL MAYs HAUPTWERKEN
in 33 Bänden folgt der von
Hermann Wiedenroth und Hans Wollschläger
herausgegebenen historisch-kritischen Ausgabe
KARL MAYs WERKE in 99 Bänden
im Haffmans Verlag Zürich.

Umschlagbild von
Kurt Dill
Konzeption und Gestaltung von
Urs Jakob

Berechtigte, einmalige Lizenzausgabe
für Parkland im Karl-May-Jubiläumsjahr 1992

Herstellung: Ebner Ulm
ISBN 3-88059-719-7

Inhalt

Der Text dieses Bandes folgt zeichengetreu der letzten
zu Lebzeiten Karl Mays erschienenen Buchfassung, Freiburg 1910.
Der Editorische Bericht, der über Entstehung und
Textgeschichte Auskunft gibt, findet sich in der Bibliotheksausgabe
KARL MAYs WERKE. Historisch-kritische Ausgabe IV.26,
Haffmans Verlag, Zürich.

AUF FREMDEN PFADEN.

Reiseerzählungen
von
Karl May.

I.

SAIWA TJALEM.

Ein eigentümliches, röchelndes Grunzen weckte mich aus dem Schlafe. Oder war es nur das Schnarchen eines meiner Schlafgefährten oder einer meiner Schlafgefährtinnen gewesen? Es herrschte in der hermetisch verschlossenen Winterhütte eine Atmosphäre, welche ganz zum Verzweifeln war. In dem engen Raume hatten acht Menschen und fünf Hunde Platz gefunden, aber fragt mich nur nicht, wie! Diese dreizehn Geschöpfe staken mit ihren zweiundfünfzig Vorder- und Hinderbeinen so neben-, über-, unter- und durcheinander, daß die Entschlingung so zahlreicher und verworrener Gliedmaßen eine absolute Unmöglichkeit zu sein schien.

In der Mitte der aus Rentierfellen erbauten Zelthütte kohlten die Ueberreste eines riesigen Feuers, dessen stechender Rauch eine einzige, undurchdringliche Wolke bildete, da die Abzugsöffnung zugedeckt worden war. Ich lag mit dem Kopfe auf der fischthranduftenden Hüfte der guten Mutter Snjära, welcher Name zu deutsch »Maus« bedeutet; mein rechtes Bein stak unter dem Leibe des alten Onkel Sätte, welches Wort mit »Pfeil« übersetzt werden muß, und mein linker Fuß diente einem der Hunde als Kopfkissen. Vater Pent, d. i. Benedikt, der Gesegnete, hatte sich meinen Pelzrock aufgeknöpft, um sein teures Haupt auf die Gegend meines Magens zu betten, so daß der Schwanz des Hundes, welchem er selbst als Matratze diente, mir lieblich krabbelnd um die Nase strich. Zu diesen unschätzbaren Bequemlichkeiten kam die Hitze, welche sich innerhalb meiner luftdichten Fell- und Pelzbekleidung entwickelte, und der aromatisch-diabolische Duft einer dreizehnfachen Trans- und Respiration nebst der Lebhaftigkeit jener kleinen, ritterlichen Geschöpfe, welche in solcher Hundenähe unvermeidlich sind, und von denen der alte, lustige Fischart gesungen hat: »Mich beizt neizwaz, waz mag daz gseyn?« Zieht man dazu in Betracht alle diatonischen und chromatischen Herzensergießungen, deren schnarchendes Fortissimo das Zelt erfüllte, so wird man es nicht unbegreiflich finden, daß ich mich für einen Augenblick dem weichen Arm des Schlafs entwand.

Doch nein, es war kein Schnarchen gewesen, welches mich erweckte, denn ich vernahm jetzt, da ich munter war, jenes grunzende Röcheln zum zweitenmal. Es ertönte draußen in einiger Entfernung von der Hütte. Gleich darauf krachte ein Schuß, und eine laute Stimme rief:

»Attje, tassne le tarfok ... Vater, der Bär ist da!«

Im Nu waren alle zweiundfünfzig Extremitäten in schleunigster Bewegung, und jene scheinbar unmögliche Entwirrung hatte sich in Zeit von zwei Sekunden glücklich vollzogen. Die acht Menschen schrieen und brüllten; die fünf Hunde bellten und heulten; das Feuer wurde vollends zertreten, indem ein jeder nach seinen Waffen suchte und diejenigen eines anderen erwischte. Und doch befanden wir uns nach kaum einer Minute vor der Hütte und eilten nach der Gegend, in welcher noch immer Neete[1], der Sohn des alten Pent, um Hilfe rief. Er hatte mit Kakke Keira[2] die Wache, kam uns in höchster Aufregung entgegengesprungen und schrie aus Leibeskräften: »Tarfok, tarfok le mesam ... der Bär, der Bär hat mein Rentierkalb!«

»Wo ist er?« fragte der Alte.

»Tuos, tuos, kwouto pluewai ... dort, dort, auf dem Sumpfe!«

»Nehmt eure Ski[3],« kommandierte Vater Pent; »eure Flinten, Messer und Spieße. Nehmt auch Stricke mit. Wir eilen ihm nach!«

Die Schneeschuhe lehnten alle an dem Zelte. Wir legten sie an, und fort ging es, dem Sumpfe zu, der sich in geringer Entfernung von der Lappenwohnung in die Ebene zog. Kakke Keira blieb bei der Frau und den drei Töchtern zurück. Wir

[1] Marder.

[2] Diener Erich.

[3] Schneeschuhe.

anderen zählten fünf Personen: Pent, Onkel Sätte, Neete, ich und ein zweiter Knecht, welcher Anda, d. i. Andreas, hieß.

Es war vielleicht eine Stunde nach Mitternacht, aber wir konnten dennoch recht gut sehen, denn am Himmel stand ein Nordlicht, wie ich es in dieser Pracht und Herrlichkeit noch niemals beobachtet hatte. Es war nicht jenes leise sich ausbreitende und wieder zusammenfallende, milde Farbenspiel, auch nicht jenes groß und ruhig am Firmamente stehene Phänomen, sondern es war ein ununterbrochenes, gewaltiges Emporschleudern strahlender Farbenbüschel, welche in die Unendlichkeit hinauszusprühen schienen, ein Wirbeln von tausend hintereinander in immer größeren Radien sich drehenden Feuerrädern, ein ununterbrochenes Kämpfen, Ringen, Jagen und Haschen von allen möglichen Gluten, Lichtern, Farben und Nuancen, ein Schauspiel, welches wahrhaft überwältigend auf mich gewirkt hätte, wenn nicht der Jäger in mir erweckt worden wäre.

Die Spur des Bären war in dem tiefen Schnee ganz deutlich zu erkennen, und nach kurzer Zeit sahen wir ihn selbst als dunkeln, sich rasch fortbewegenden Punkt auf der weißen Fläche des Sumpfes erscheinen. Es mußte ein gewaltiges Tier sein, da er imstande war, bei einem so raschen Laufe das Rentierkalb mit sich fortzuschleppen.

Dennoch brauchten wir uns vor ihm nicht zu fürchten. Der lappländische Bär ist noch weniger gefürchtet als der Wolf; er besitzt nicht im entferntesten die Furchtbarkeit, welche z. B. den nordamerikanischen Grizzly so gefährlich macht, und wagt sich nur dann an den Menschen, wenn ihn die Notwehr dazu treibt. Die Lappen waren alle sehr gewandte Schneeschuhläufer. Wir flogen mit der Schnelligkeit eines Eilzuges über die Fläche dahin; aber dies schien dem alten Pent noch immer nicht flüchtig genug zu sein.

»Schneller,« rief er, »sonst erreicht er den Finop[1] und versteckt sich hinter die Plassait[2], wo wir ihm nur schwer folgen können.«

[1] Hügel.

[2] Felsen.

Wir griffen weiter aus; aber es war, als habe der Bär die Worte des Anführers vernommen. Er bog plötzlich nach links ab. Das Tier mußte seine Verfolger bemerkt haben und trottete nun dem Hügel zu, welcher den Vorläufer des Fjälls bildete, der mit seinem vom Schnee bedachten Tannendunkel auf das Sumpfland niederblickte. Wir suchten dem Flüchtlinge den Weg abzuschneiden, aber es gelang uns nicht; er war aus unserem Auge entschwunden, noch ehe wir den Hügel erreichten.

»Hier ist die Käja[1],« meinte Onkel Sätte; »sie führt gerade an der bösesten Stelle empor. Legt die Ski ab! Sie taugen hier nichts mehr.«

Wir hingen die Schneeschuhe über und stiegen die steile Lehne in die Höhe. Der Schnee lag mehrere Fuß tief, was den Aufstieg sehr beschwerlich machte. Wir gaben uns alle mögliche Mühe, so daß wir unter unserer schweren Kleidung in Schweiß gerieten, kamen aber doch nur langsam vorwärts. Endlich erreichten wir die Kuppe des Hügels, mußten uns aber mit der Spur des Bären begnügen; er selbst hatte einen bedeutenden Vorsprung gewonnen.

Das Terrain war hier außerordentlich zerrissen. Wir mußten uns zwischen scharfen, halb verschneiten Felstrümmern hindurchwinden, bald rechts, bald links, bald vorwärts, bald wieder zurück. Es war, als habe sich der Bär ein Extrapläsir gemacht, uns recht in die Irre zu führen. Und dabei durften wir die Vorsicht keinen Augenblick außer acht lassen, da es hinter jedem Steine möglich war, auf ihn zu stoßen.

Endlich erreichten wir eine kleine Erhöhung, wo er sich eine kurze Rast gegönnt hatte. Wir hatten es wirklich mit einem ganz ungewöhnlichen Schlaukopf zu thun. Er hatte sich für diesen erhöhten Standpunkt entschieden, weil er von hier aus unser Nahen bereits von weitem bemerken konnte, und war zugleich so klug gewesen, die ihm gewordene Frist zu einem schnellen Imbiß zu benutzen. Er hatte im allerhöchsten Fall zehn Minuten dazu übrig gehabt, aber

[1] Spur.

während dieser kurzen Zeit war doch das Kalb beinahe ganz verschwunden.

»Wuoike ... o weh!« rief Vater Pent. »Dieser Partne pahakase[1] hat uns nur die Haut und die Füße übrig gelassen. Hautesn so mon kalkap lapmet ... ich werde ihn zu Tode prügeln!«

Er schwang das Schaufelende seines Spießes drohend über dem Kopfe und nahm die Spur von neuem auf. Sie führte jetzt in einer steilen Schlucht zum Fjäll empor. Der hohe Schnee war uns außerordentlich hinderlich; wir glitten fast bei jedem Schritte wieder abwärts, und es dauerte eine lange Zeit, ehe wir die Höhe des Waldes erreichten. Es war von Vorteil, daß die Tannen des letzteren sehr licht standen; zahlreiche Felsen lagen zerstreut zwischen den Stämmen; die Spur war deutlich zu sehen.

Immer einer hinter dem andern, schritten wir lautlos vorwärts. Da, eben als wir auf eine Lichtung treten wollten, blieb Pent, welcher der vorderste war, hinter dem letzten Baume stehen.

»Was siehest du?« fragte Onkel Sätte laut.

Ich ging hinter Pent und hatte gerade wie er einen Mann gesehen, welcher links von uns in schnellem Laufe zwischen den Bäumen hervorkam. Als er aber die Stimme des Onkels hörte, eilte er schnell wieder in das Halbdunkel des Waldes zurück.

»Wer war dies?« fragte ich leise.

»Ich habe ihn nicht erkannt, Herr,« antwortete der Alte. »Was hat ein Mann zu dieser Zeit hier zu suchen!«

»Du bist ja wohl der einzige, der in dieser Gegend wohnt?«

»Ja. Sollte es ein Mann sein, der auf dem Aitoi[2] geht?«

»Das glaube ich nicht. Er würde uns den Gruß nicht verweigert haben. Er ist geflohen, sein Weg muß also ein Weg des Unrechts sein.«

»Herr, meinst du dies wirklich?«

»Ja.«

[1] Sohn des Teufels.

[2] Dativ von Aito, ein Weg, den man geht, um seine Wohnung zu verändern.

»So muß man ihm folgen!«

Diese Worte waren in einem hastigen, sorgenvollen Tone gesprochen, den ich mir nicht gleich erklären konnte. Darum fragte ich:

»Denkst du, daß es ein Rentiermörder ist?«

»Nein, ich denke etwas anderes, Wäljam[1]. Ich muß sehen, wer es ist. Folgt ihr unterdessen dem Bären!«

»Du darfst nicht allein gehen!« warnte sein Sohn Neete.

»Was weißt du, Knabe! Geht! Ich brauche keinen Menschen, welcher bei mir bleibt!«

Diese Worte waren in einem so befehlenden Tone gesprochen, daß wir ihnen ohne Widerrede gehorchten. Es war sicher nicht ohne Gefahr, sich hier im Walde und bei diesem Schnee mit einem Fremden zu befassen, der sich so verdächtig benommen hatte. Er mußte einen ganz besonderen Grund haben, allein zu bleiben, wo eine Begleitung doch so notwendig erschien. Wir ließen ihn gehen und verfolgten die Fährte des Bären weiter. Unsere Anstrengung sollte sehr bald belohnt werden. Die Spur führte bereits in kurzer Zeit nach einem freien Plätzchen, welches von Steingewirr bedeckt war. Hier lag das Tier versteckt, denn als wir den Ort umgingen, fanden wir nicht, daß die Fährte wieder herausführte.

Die Hunde waren bis jetzt bei uns gewesen, jeder mittels einer Schnur an seinen Herrn gebunden. Nun aber, als wir den Platz umstellt hatten, wurden sie losgelassen. Sie schossen zwischen die Steine hinein und bald vernahm ich neben ihrem wütenden Gebell ein tiefes und unmutiges Brummen. Der Lärm stand einige Zeit lang still und bewegte sich dann nach der mir entgegengesetzten Seite. Der Hund des Lappen benimmt sich, während er dem Wolfe sofort nach der Kehle geht, dem Bären gegenüber vorsichtig; er lockt ihn aus dem Lager, ohne sich selbst in Gefahr zu begeben, und so war auch heute nicht zu hören, daß einer unserer Hunde einen Schlag erhielt. Dagegen aber fiel sehr bald darauf ein Schuß

[1] Mein Bruder.

und gleich darauf ein zweiter. Dann erhob sich von seiten der Meute ein triumphierendes Geheul, dem man sofort anmerkte, daß der Bär erlegt worden sei.

»Neete, ist er tot?« rief Anda, welcher rechts von mir postiert worden war, über die Lichtung hinüber.

»Mije lepe winsam ... wir haben gesiegt!« antwortete der Gefragte herüber. »Wiesodake le tarfok ... der Bär ist tot. Kommt zu uns, Kratnatjeh[1]!«

Wir eilten dem Rufenden zu; der Bär lag leblos am Boden. Der junge Neete hatte ihn bis auf zwei Schritte auf sich herankommen lassen, ihm dann den Lauf seines Doppelgewehres in den geöffneten Rachen gesteckt und zweimal losgedrückt.

»Er hat es gewußt, daß das Kalb mir gehört, welches er gefressen hat,« meinte er sehr gleichmütig, »und darum ist er zu mir gekommen, um sich von mir töten zu lassen.«

Bei den Lappen hat nämlich jedes Familienglied seine eignen Tiere bei der Herde, und für diese auch sein eignes, bestimmtes Zeichen. Bereits bei der Geburt schenkt der Vater dem Kinde ein Rentier; bei der Taufe erhält es ein zweites; wer den ersten Zahn bei ihm entdeckt, muß ihm ein drittes schenken. Auch das Gesinde erhält seinen Lohn und seine Extrageschenke in Rentieren, weshalb ein Knecht, der eine Magd heiratet und seine Tiere mit den ihrigen vereinigt, sehr leicht eine Herde zusammenbringt, die ihn zum selbständigen Manne macht. Daher giebt es eine eigentliche Armut bei den Lappen nicht, außer wenn einer durch die Seuche oder einen schneelosen Frost seine Herde verliert. In diesem letzteren Falle können die Tiere das Moos, welches ihre Winternahrung bildet, nicht von dem harten Eise befreien und müssen vor Hunger und Elend zu Grunde gehen.

»Sotn le änak ... es ist ein Männchen,« sagte der Onkel. »Zieht ihm das Fell ab, und schneidet ihn in Stücke, damit wir ihn leichter tragen können. Rupmaha le mijit, katjeh mije wattepe ... der Leib gehört uns, die Tatzen geben – – –«

[1] Kameraden.

Er hielt mitten im Satze inne; meine Anwesenheit schien ihn an der Vollendung seiner Rede zu verhindern. Ich ahnte den Grund davon. Die Lappen sind zum großen Teile Christen, haben aber aus ihrer heidnischen Vorzeit noch viele Gebräuche mit herübergenommen, an denen sie zähe festhalten, obgleich sie dies dem Fremden gegenüber nur höchst ungern merken lassen. Vielleicht sollten die Bärentatzen dem Thiermes, einer ihrer früheren Gottheiten, geweiht werden, dessen Bilde, einem roh zubehauenen Holzklotz, noch viele Lappen im stillen Haine ein verborgenes Heiligtum errichten. Sie wurden auch wirklich von den Pranken getrennt und separat zusammengebunden.

»Seht, wie mager sie schon sind!« sagte Neete, der Sohn Pents. »Dieser Bär hat bereits in der Erde gesteckt und ist in seinem Winterschlafe gestört worden. Nun suchte er sich einen anderen Ort und hat dabei Hunger bekommen. Er kam so still, daß ich ihn erst gewahrte, als ich das arme Wesen zum letztenmal grunzen hörte. Möge seine Seele als Sjäkenes[1] ewig im Metse[2] spazieren gehen müssen!«

Die einzelnen Stücke des getöteten Tieres, welches eine Länge von sicher sechs Fuß gehabt hatte, wurden aufgenommen, und wir traten den Rückweg an. Als wir den Ort erreichten, an welchem Vater Pent sich von uns getrennt hatte, blieb ich halten.

»Er ist noch nicht wieder zurück,« sagte ich. »Wird es nicht besser sein, wenn wir nach ihm sehen!«

»Wir dürfen es nicht,« antwortete Onkel Sätte. »Er ist der Gebieter und hat befohlen, daß ihm keiner folgen solle. Wir müssen ihm gehorchen.«

»Aber, wenn ihm ein Unglück geschehen ist!»

»Das glaube ich nicht. Er kennt jeden Schrittbreit dieser Gegend, jeden Baum des Waldes und jedes Tier, welches hier lebt. Wir können ganz ruhig sein. Er wird bereits wieder nach der Hütte zurückgekehrt sein.«

»Das ist sehr zweifelhaft. Er als Jäger würde sich ganz si-

[1] Gespenst.

[2] wüsten Walde.

cher wieder angeschlossen haben, um uns zu helfen, den Bär zu erlegen.«

»Dazu waren wir ja Männer genug; das hat er gewußt. Laßt uns also ruhig weiter gehen!«

Wir legten die Strecke Waldes zurück, stiegen den felsigen Hügel hinab und befanden uns dann wieder auf der sumpfigen Ebene, wo wir die Scheeschuhe wieder anlegen und schneller vorwärts kommen konnten. Das Nordlicht war im Verglühen, als wir die Hütte erreichten.

Die Grundlage derselben bildete eine Anzahl von Stangen, welche rund in den Boden so gesteckt waren, daß ihre Spitzen oben zusammenstießen. Sie waren, da Vater Pent zu den wohlhabendsten Lappen zählte, mit einer doppelten Lage von Rentierhäuten bekleidet, und oben hatte man ein Loch gelassen, damit der Rauch abziehen könne; dasselbe wurde jedoch zur Schlafenszeit verschlossen, um die Wärme nicht entfliehen zu lassen. Dieser Hautüberzug ging rund um die Hütte noch eine Strecke über den Boden hin, um allerlei Vorräte darunter aufbewahren zu können. Jetzt, im Winter, war diese Wohnung von einer dichten Lage gefrorenen Schnees bedeckt, der keine Kälte in das Innere dringen ließ. In der Mitte des Wohnraumes befand sich, wie bereits gesagt, der Feuerherd, über welchem ein kupferner Kessel hing, der mit einer Kette oben an eine der Stangen befestigt war. Rundum hatte man über eine Lage von Heu weichgegerbte Felle ausgebreitet, um Lager und Sitze für die Glieder der Familie und - die Hunde - zu bilden. Das Geschirr hing an den schrägen Wänden, und oben, in der Nähe des Rauchabzuges, hatte man die Rentierkeulen nebst den Rentiermagen befestigt, welche den Käse und die gefrorene Milch, vielleicht auch das als Universalmedizin dienende Rentierblut enthielten.

Als wir anlangten, empfing uns Kakke Keira mit lautem Jubel, welcher seinen Grund wohl in dem Bärenschinken hatte, der den Lappen stets ein willkommener Leckerbissen ist. Auf seine lauten Rufe traten die Frauen aus der Hütte.

»Kussne le attje ... wo ist der Vater?« fragte Mutter

Snjära, als sie bei dem Ueberblicke der Personen sah, daß der alte Pent fehlte.

»Ist er noch nicht angekommen?« erkundigte sich Onkel Sätte.

»Nein. Etnatjam[1], wo ist er geblieben?«

»Draußen im Walde.«

»Im Walde? Im Wuorai[2]? Wenn nun ein Bär, ein Wolf oder gar ein Wuoikenes[3] ihn überfällt! Weshalb ist er im Walde geblieben?«

»Er sah einen Mann, dem er gefolgt ist. Es war ein Ammats[4], der sich vor uns verbergen wollte.«

»Tije lepet takkam jerpmetipme ... Ihr habt unverständig gehandelt. Dieser Fremde ist vielleicht ein Rentiertöter, der viele Waffen bei sich hat. Warum habt ihr den Vater allein gelassen?«

»Sotn le trawam nau ... er hat es befohlen.«

»Dann habt ihr ihm gehorchen müssen,« beruhigte sie sich. »Was er befiehlt, das muß geschehen, denn er weiß, was er thut.«

Vater Pent war also wohl ein echter Patriarch, der unumschränkt regierte und seinem Willen stets die richtige Geltung zu verschaffen wußte. Bei der Erklärung, daß er selbst gewünscht hatte, allein zu sein, war sofort alle Sorge bei den Frauen verschwunden, und man beschäftigte sich nur noch mit der Jagdbeute, welche wir mitgebracht hatten. Die Tatzen verschwanden, ohne daß ich wußte, wohin; die Eingeweide wurden in den Kessel geworfen, um sogleich gekocht und gegessen zu werden, während man das Fleisch zum Gefrieren in die Kälte hing.

Menschen und Hunde saßen wieder traulich beim Feuer zusammen; den Schlaf hatte man vergessen. Da hörten wir es vor der Thür scharren, und das Fell, welches den Eingang bedeckte, wurde in die Höhe gehoben.

[1] Diminutiv von Etnoi = Onkel, also Onkelchen, mein lieber Onkel.

[2] Hohen Schnee.

[3] Geist.

[4] Fremder.

»Repe[1]!« rief Mutter Snjära erschrocken.

So hieß nämlich der Lieblingshund des Alten, der ihn in den Wald begleitet hatte. Er kam unter dem Felle hindurchgekrochen und blieb mit eingezogenem Schwanze stehen, um ein klagendes Geheul auszustoßen.

»Repe, kusne le attje ... Repe, wo ist der Vater?« fragte der Onkel, sich schnell vom Lager erhebend.

Der Hund merkte, daß er verstanden worden sei. Er sprang winselnd an dem Frager empor und dann gegen die Thür zurück.

»Er will Hilfe holen,« sagte ich, nach meiner Büchse greifend. »Es ist seinem Herrn ein Unglück widerfahren. Wir müssen ihm schnell folgen!«

»Oder ist er dem Attje nur vorangesprungen,« meinte Kakke Keira, der Knecht, welcher von dem anderen Knechte abgelöst worden war.

»Nein. Das ist ganz das Gebaren eines Hundes, der Hilfe sucht.«

Wir traten vor die Thür und schrieen den Namen des Alten in die nordische, helldunkle Nacht hinaus. Die Kälte ließ den Ruf in weite Entfernung klingen, aber so scharf wir auch lauschten, wir konnten keine Antwort hören.

»Härra[2], du hast recht,« entschied der Onkel; »es ist ihm etwas passiert. Nehmt eure Ski und eure Gewehre, und laßt uns dem Hunde folgen!«

»Das ist nicht genug,« antwortete ich. »Nehmt auch Riemen, Stricke und Stangen mit. Er könnte in eine Sala[3] gefallen sein.«

Die Frauen klagten und jammerten; wir aber nahmen schweigend alles Nötige mit uns, fuhren mit den Füßen in die langen Schneeschuhe und überließen uns nun der Führung des klugen Hundes, welchen der Onkel, als der vorderste in unserer Reihe, an einer Leine vor sich gebunden führte.

1 »Fuchs«.
2 Herr.
3 Höhle, Eisspalte.

Wir verließen die Hütte in der entgegengesetzten Richtung als vorher. Bei Anfang unserer Bärenjagd hatten wir die Berge zu unserer Linken gehabt, jetzt aber lagen sie zur Rechten. Ihr Fuß stand auf dem Rande einer weiten Ebene, welche mit tiefem Schnee bedeckt war, und ihn entlang stürmte der Hund im raschesten Laufe dahin. Ohne die Schneeschuhe hätten wir ihm gar nicht zu folgen vermocht. So hatten wir vielleicht vier englische Meilen zurückgelegt, als er nach rechts einbog und sich nach einer Höhe wandte, welche keine große Steile zeigte, so daß wir uns also der Schneeschuhe nicht zu entledigen brauchten. Fast in derselben Schnelligkeit wie bisher ging es bergan, bis wir ein unbewaldetes Plateau erreichten, dessen Fläche auf der anderen Seite außerordentlich schnell wieder zur Tiefe stieg.

»Ipmel«, rief der Onkel erschrocken, »sotn watsa salajäg-nai ... o Gott, es geht in das Spalteis hinein! Orrop wahrok ... laßt uns vorsichtig sein!«

Er zog die Leine an, zwang auf diese Weise den Hund, langsam zu laufen, und sondierte mit seinem Spieße jeden Schrittbreit des Bodens, ehe er ihn betrat.

»Ist dieser Boden gefährlich?« fragte ich ihn.

»Herr, wir gehen über Rutaimo[1], wo die bösen Geister wohnen. Jeder von ihnen hat sich eine Spalte gebohrt, die er mit Schnee bedeckt, um die Samelatjit[2] zu betrügen. Tritt einer darauf, so stürzt er hinab in die Hölle, wenn nicht der Saiwaolmak[3] seine Hand ausstreckt, um ihn festzuhalten. Zuweilen kommt auch ein heiliger Engel und zieht ihn wieder heraus.«

So vermischten sich in der Vorstellung des alten Lappländers christliche Bilder mit den heidnischen. Ihm war es schließlich sehr gleich, ob er von einem Engel oder einem Götzen Hilfe zu erwarten habe; vielleicht glaubte er, der eine sei so mächtig wie der andere.

[1] Hölle.

[2] Accusativ von Samelatjeh = die Lappländer.

[3] Schutzgeist.

Wir glitten also langsamer über das Plateau dahin und erreichten wirklich mehrere Spalten, über welche der Schnee eine zusammenhängende Kruste gebildet hatte, die zwar imstande war, den Hund, nicht aber einen Menschen zu tragen. Wir erkannten diese Stellen sowohl an der Formation als auch an der Farbe ihrer weichen Decke, über welche wir uns mittels unserer Spieße hinüberschwangen. Dann ging es abwärts. Hier mußten wir die Spieße fest einstemmen, um unsere vorsichtige Bewegungsart beibehalten zu können, da sich die Spalten zahlreicher zeigten als vorher; der Hund zerrte ganz gewaltig an der Leine, und bei einem unvermuteten Rucke gelang es ihm, dieselbe zu zerreißen. Er stürzte sich in weiten Sprüngen den Berg hinab, doch nicht weit, so blieb er halten, um ein lautes Geheul zu erheben.

»Dort ist es!« rief Onkel Sätte; »möchte es noch Zeit zur Hilfe sein!«

Wir bemühten uns, die kurze Strecke so schnell wie möglich zurückzulegen, und standen bald vor einer engen, tief in den Boden gerissenen Kluft, durch deren Schneedecke ein Loch gebrochen war. Der Hund stand vor demselben und suchte es durch Scharren zu erweitern, hütete sich dabei aber doch vor der Gefahr, hinabzustürzen. Eine Ski-Spur führte von rechts zu der Stelle, aber nicht darüber hinaus.

Neete, der Sohn, legte sich platt nieder und rief hinab:

»Attje, totn lep tanne . . . Vater, bist du hier?«

Keine Antwort erscholl, aber der Hund war ganz außer sich; er setzte wiederholt an, hinabzuspringen, wurde aber immer wieder von der Furcht zurückgehalten.

»Er ist unten«, sagte ich. »Lassen wir alles Fragen, denn wir haben keine Zeit zu verlieren. Gebt die Stricke her; es muß einer hinab!«

»Ich gehe hinab,« antwortete Neete; »ich bin der leichteste. Härra, du bist der größte und stärkste von uns allen; du wirst die Kartsait[1] halten!«

»Gut! bindet die Halkoit[2] zusammen und legt sie quer

[1] Riemen.

[2] Stangen.

über die Spalte, damit sie uns als Stütze dienen. Aber schnell!«

Nur eine Minute später schwebte der junge Mann in die Oeffnung hinein, in welcher eine fürchterliche Kälte herrschen mußte. Er war noch gar nicht weit hinab, so gab er das Zeichen.

»Mon lep sot ... ich habe ihn,« rief er. »Gebt noch ein Seil herab!«

Diese Seile waren zwar dünn, aber aus unzerreißbaren Rentierhautriemen geflochten; man konnte ihnen den schwersten Menschen anvertrauen. Während ich den Sohn hielt, wurde ihm ein zweites Seil hinabgelassen, an welches er den Vater binden sollte. Dieses geschah in kurzer Zeit, und dann wurden beide heraufgezogen.

Vater Pent fiel steif auf den Schnee.

»Er ist tot!« jammerte Neete. »Die bösen Geister haben ihm das Leben geraubt!«

Ich untersuchte den alten Lappmann. Sein Herz schlug, und keines seiner Glieder schien verletzt zu sein. Darum tröstete ich die anderen:

»Sotn ela ... er lebt! Es fehlt ihm nichts als nur die Besinnung. Welche Stellung hatte er in der Spalte, Neete? Sie scheint nicht tief zu sein.«

»O, Härra, sie ist tief, sehr tief, und ganz mit Eis belegt,« antwortete er. »Aber sie ist schmal, und da hat sich sein Spieß eingeklemmt, der ihn gehalten hat.«

»Wekkes auto ... welch ein Wunder!«

»Ja, der heilige Jesots[1] hat ihn bewacht. Aber sage, ob es möglich ist, daß er dennoch sterben kann?«

»Es ist möglich, daß er mit dem Kopfe an das Eis geschlagen ist. Er ist trotz der dichten Kleidung steif vor Kälte und muß sich also sehr lange in der Kluft befunden haben; das läßt mich wohl vermuten, daß er betäubt worden ist, denn von einer Ohnmacht wäre er längst wieder erwacht. Nehmt die Stangen und macht eine Bahre. Wir wollen ihn zur Hütte

[1] Jesus.

tragen! Einer mag voraneilen und den Rentierschlitten holen, damit wir schneller vorwärts kommen.«

»Ich werde es thun!« erbot sich der wackere Kakke Keira. »Ich werde so eilen, daß es mich nicht friert, und lasse euch meinen Pelz zurück, denn sonst könnt ihr keine richtige Trage machen.«

Er warf den weiten Pelz ab, ergriff seinen Spieß und sein Gewehr und glitt auf seinen Schneeschuhen denselben Weg zurück, den wir gekommen waren. Mit Hilfe des Pelzes, der Stangen und der Seile wurde eine ganz passable Bahre zusammengesetzt; wir banden den Geretteten darauf fest und traten den Rückweg an. Dieser wurde uns natürlich schwer, denn es war keine Kleinigkeit, die Last wohlbehalten über die Spalten zu bringen. Dies nahm so viel Vorsicht und Zeit in Anspruch, daß der Schlitten bereits unten am Berge hielt, als wir die Ebene erreichten. Kakke Keira hatte sich einstweilen den Pelz Andas geborgt.

Der Besinnungslose wurde auf den Schlitten befestigt, und dann ging es im sausenden Laufe über die nun bequeme Fläche auf die Hütte zu. Natürlich kam der von dem windesschnellen Rentiere gezogene Schlitten mit Onkel Sätte, der ihn führte, eher an, als wir, und als wir die Schuhe abgelegt hatten und eintraten, fanden wir Vater Pent bereits am Feuer liegen. Er war noch immer besinnungslos; dennoch aber beschäftigte sich Mutter Snjära unter Assistenz ihrer Töchter sehr eifrig damit, ihm jammernd und wehklagend den gewaltsam aufgebrochenen Mund voll großer Stücke gefrorenen Rentierblutes zu stopfen.

»Wollt ihr ihn töten!« rief ich ihnen zu.

»Das Blut hilft für alles, Härra!« beteuerte sie mir.

»Hier schadet es nur! Nehmt es wieder heraus und öffnet ihm die Kleider. Ich habe eine bessere Medizin!«

Ich hatte in meinem sehr zusammengeschrumpften Reisesacke allerdings von Medikamenten weiter nichts als noch ein halbes Fläschchen Arnikatinktur, doch war dies gegen die Verletzung durch einen Fall ja ein ganz gutes Mittel, wenn nicht auch innere Teile gelitten hatten. Die Kleider wurden ihm geöffnet, um die Respiration zu erleichtern, und da Naphtha und Salmiakgeist oder ähnliches nicht vorhanden war, so bat ich um Schnupftabak. Alle erstaunten sehr weidlich darüber, daß ein Toter schnupfen solle, dennoch aber wurden mir gerade so viele aus Rentierhaut gefertigte Dosen entgegengestreckt, als männliche und weibliche Personen anwesend waren. Der Lappe liebt den Tabak außerordentlich, fast ebenso wie den Branntwein; aber da er den letzteren so viel entbehren muß, so raucht und schnupft er viel, und daher gab es hier Dosen genug in der Hütte.

Ich applizierte dem Betäubten eine ziemliche Prise in denjenigen Teil seines Gesichtes, welchen die Lappen Njuonne[1] nennen, und hatte auch wirklich gar nicht lange auf die beabsichtigte Wirkung zu warten; seine spitze Stirn legte sich in Falten, die geschlossenen Augenlider begannen zu zittern, der Mund öffnete sich, zwar langsam, aber so weit wie möglich; die gegen Kälte und allerlei kleines Getier mit Pechsalbe beschmierten Wangen dehnten sich aus, und dann erfolgte jene bekannte Explosion, für welche die Sprachen aller Völker nur eine und dieselbe Bezeichnung haben – app ... zieh!

»Aeitnan ... zur Gesundheit!« ertönte es jubelnd aus aller Munde.

Der Bann war gebrochen; die Augen öffneten sich, bewegten sich einige Augenblicke staunend im Kreise, und dann erklang auch bereits, und zwar in sehr bestimmtem Tone, das erste hörbare Lebenszeichen:

»Muaji, wattopte malep ... gebt mir Blut!«

Mutter Snjära blickte mich fragend an. Ich nickte ihr zu, denn diesem imperativen Verlangen eines augenblicklich erst vom Tode Erwachten vermochte mein fühlendes Herz nicht zu widerstehen. Da der Inhalt des alten vielleicht nicht reichen würde, so wurde augenblicklich ein neuer Rentiermagen geöffnet und das darin aufbewahrte Blut herausgeschlagen. Dann warf sich die Mutter mit ihrem drei Assistentin-

[1] Nase.

nen über den Patienten, und er erhielt von vier Seiten den Mund so energisch vollgestopft, daß er fünfmal schlingen mußte, ehe er Zeit fand, einmal Atem zu holen. Die großen Stücke zu Eis gefrorenen Blutes verschwanden so schnell und massenhaft in der Speiseöffnung des armen Kranken, und er verriet eine so ausdauernde Inklination für diese Art, dem Tode zu entgehen, daß es mir angst und bange wurde und ich endlich Einhalt that. Kaum aber waren seine wiedererwachten Lebensgeister nicht mehr in dieser Richtung beschäftigt, so fuhr er sich mit der Hand an den Kopf und klagte:

»Mon lep luokatest, mon lep hawetetowum ... ich habe Schmerz, ich bin verwundet worden!«

Ich untersuchte die Stelle, welche seine Hand bezeichnet hatte, und entdeckte unter der dicken Pelzhaube, welche er trug, eine ziemliche Anschwellung. Er war also doch mit dem Kopfe aufgestoßen.

»Tunji mon kalkap wekketet ... ich werde dir helfen!« tröstete ich ihn und griff zu meiner Tinktur.

»Tote lep päsker ... du bist ein Doktor?» fragte er erstaunt.

»Ja,« antwortete ich, um ihm Vertrauen zu machen.

»Was hast du hier?«

»Das ist eine Arznei, welche dir die Schmerzen stillen wird.«

»Schmeckt sie gut?«

»Du wirst sie nicht trinken, sondern ich werde sie dir auf den Kopf legen.«

»Laß sie mich einmal riechen!«

Ich hielt ihm das geöffnete Fläschchen unvorsichtigerweise bereitwillig an die Nase. Er sog den Duft des kräftigen Spiritus mit wachsendem Wohlbehagen ein und bat dann mit verklärtem Gesichte:

»Gieb mir diese Arznei lieber zu trinken, Härra! Ich werde dann schneller gesund werden, als wenn du sie mir auf den Kopf legst.«

Ich schlug es ihm ab und ließ mir den Fetzen von einem alten Sommerkleide geben. Diesen befeuchtete ich und band ihn auf die Anschwellung. Da ich das Befeuchten nach einiger Zeit wiederholen wollte, so gab ich das Fläschchen nicht wieder in den Reisesack zurück, sondern schob es, mir leicht zur Hand, neben mir in das Heu meines Lagersitzes.

»Attje, wie bist du in die Spalte gekommen?« fragte jetzt der junge Neete, der mit dieser Frage der Neugierde aller zu Hilfe kam.

Der Alte schwieg eine Weile, dann antwortete er:

»Fragt mich nicht. Später werdet ihr es erfahren!«

Diesem Befehle mußte Gehorsam geleistet werden, obgleich ich nicht begreifen konnte, warum er die erbetene Auskunft verweigerte, zu der wir uns durch seine Rettung doch wohl eine hinreichende Berechtigung erworben hatten. Er seinerseits begehrte nun zu wissen, wie die Bärenjagd abgelaufen sei und welcher Umstand uns zu seiner Hilfe herbeigerufen habe. Er vernahm unseren Bericht und kaum erfuhr er, daß der Aufbruch des Bären sich noch immer im heißen Wasser des Kessels befinde, so gebot er, die Nipeh[1] herzunehmen und das leckere Mahl sogleich zu beginnen.

Mutter Snjära stach die Eingeweidestücke aus dem Kessel und legte sie in ihren Lederschoß, dessen matter Glanz erraten ließ, was alles darin bereits ab-, auf- und ausgewischt worden sei. Dort wurden sie zerteilt, und männlich, weiblich und – hündlich hatte nun die Erlaubnis, sich wegzunehmen, was ihm beliebte.

Was mich betraf, so hatte ich das Glück, von der schönen Marja[2] bedient zu werden. Sie war die älteste Tochter Pents, zählte vielleicht dreiundzwanzig Jahre und schien mich während meines vierzehntägigen Aufenthaltes in ihrer Hütte bereits sehr freundlich in ihr Herz geschlossen zu haben. Sie reichte mir gerade bis unter die Arme, hatte zwei Pfund Fett in ihren Zöpfen und dreißig Quadratzoll Pechsalbe auf ihren Wangen; ihre Lippen lächelten zwölf

[1] Messer.

[2] Maria.

Centimeter breit; ihr Näschen glich einer Haselnuß, und ihre Aeuglein hatten sich infolge des immerwährenden Schneeblendens ein Spitzmausblinzeln angewöhnt, welches auf mein unbewachtes Herz einen durch Logarithmen nicht ganz genau zu berechnenden Eindruck machte.

Sie zerzupfte die besten Stückchen, welche sie für mich aus den Zähnen der Hunde erwischen konnte, mit ihren dikken Teer-Rosen-Fingerchen und steckte sie mir in den sich vergeblich »nach rückwärts konzentrierenden« Mund. Die Eltern sahen dieser gastfreundlichen Schelmerei mit Wohlbehagen zu, und ich konnte mich diesem zutraulichen Ausgestopftwerden nur dadurch entziehen, daß ich mich erhob und für kurze Zeit vor die Hütte ging, um meiner Digestionsorgane wieder Herr zu werden.

Als ich wieder eintrat, fiel mir ein himmlisches Lächeln auf, welches mit einer Wärme von siebzig Grad Réaumur auf den Gesichtern thronte. Sofort ward ich mir meiner Unvorsichtigkeit bewußt, langte nach meiner Flasche und hielt sie gegen die Flamme – sie war leer, *»bom bosch«* würde der Türke sagen – »ganz leer«; die braven Lappen und Lappinnen hatten sich mit meiner Tinktur die Magen von innen eingerieben!

Ich verspürte große Lust, sie tüchtig auszuzanken, mußte aber dennoch lachen, als der alte Pent seine Entschuldigung vorbrachte:

»Härra, du wirst doch nicht schelten? Wir haben von dem Bären gegessen und schmeckten es, daß er krank gewesen ist; darum haben wir ein wenig von deiner Medizin genommen, die alle Krankheiten heilt. Für meinen Kopf ist sie nicht mehr nötig, denn der Schmerz ist fort, und ich bin gesund!«

Ich hielt ihm die leere Flasche hin.

»Hast du die Medizin genommen, so nimm auch die Flasche. Ich schenke sie dir!«

Mit diesem Geschenke richtete ich eine große Freude an, denn ein Glas oder eine Flasche ist in der Haushaltung eines Lappen eine kostbare Seltenheit. Darum meinte er sehr fröhlich:

»Härratjam[1], du bist ein sehr berühmter und gütiger Doktor, und mit dir ist ein großer Segen in meine Hütte gekommen. Du hast uns, als du kamst, drei Flaschen Spanska win[2] mitgebracht, der unser Herz erleichterte, aber deine Medizin schmeckt noch besser. Hättest du doch mehr von ihr! Nun aber bin ich müde. Willst du dich wieder mit mir schlafen legen? Wenn wir erwachen, sollst du mich auf den Fjäll begleiten, denn ich habe etwas Wichtiges mit dir zu sprechen.«

Die letzten Stunden hatten uns alle mehr oder weniger ermüdet, und so wurde seinem Vorschlage Beifall gespendet. Man verschloß den Rauchfang, welcher wieder geöffnet worden war, von neuem und bald war die beneidenswerte Situation, aus welcher uns der Bär gerissen hatte, wieder hergestellt.

Der Mensch, und besonders der Reisende, gewöhnt sich bald an alles, und so schlief ich ganz glücklich ein und erwachte nicht eher wieder, als bis die holde Marja beim Wiederanfachen des Feuers meine langen Pelzstiefel näher zog, um sich ihrer als Schemel zu bedienen, obgleich zufälligerweise meine beiden Beine darin steckten. Ich hielt den Druck ihrer kleinen Person geduldig aus, bis sie fertig war und mir in anerkennungswerter Aufmerksamkeit meine ausgestreckten Kniee wieder an den Leib geschoben hatte. Dann erhob ich mich behaglich in sitzende Stellung, um zuzusehen, wie die Morgensuppe zubereitet wurde.

Als erste Ingredienz zu derselben diente natürlich der Absud, welcher vom Kochen des Bäreneingeweides im Kessel zurückgeblieben war. Dazu kamen Stücke geronnenen Blutes, zerbrockter Rentierkäse, welcher ungefähr so schmeckt, wie ein altes, hörnernes Spieldosengehäuse schmecken würde, wenn man es kauen wollte, sodann eine Portion Sick[3], welche ihre Anwesenheit durch einen mehr als zudringlichen Geruch zu erkennen gab, einige Hände voll Blä-

1 »Mein liebstes Herrchen«, schmeichelnder Diminutiv von Härra.

2 »Spanischer Wein«; er meinte aber Rum.

3 Eine Art Lachs: *Salmo laveretus*.

bär[1], etwas Salz, welches es nur darum geben konnte, weil Vater Pent ein reicher Mann war, eine kleine Gabe Mehl, welches aber trockenen Sägespänen ähnlich sah, und zuletzt noch das, ich weiß nicht auf welche Weise gereinigte, Gedärme des Bären, natürlich in Stücke zerschnitten und zerrissen, deren Purifikation von sehr zweifelhafter Natur zu sein schien.

Anstatt an diesem Mahle mich zu beteiligen, zog ich es vor, mir ein Stück Rentierfleisch auszubitten, welcher Wunsch auch herzlich gern befriedigt wurde, da man froh zu sein schien, meinen Suppenanteil mit verzehren zu können.

Nach diesem Frühstücke, welches eigentlich kein Frühstück genannt werden konnte, da wir jetzt die monatelange Winternacht des Nordens hatten, ersuchte mich Vater Pent, ihm in das Freie zu folgen. Wir nahmen unsere Spieße und Flinten zu uns und fuhren mit den Füßen in die Schneeschuhe. Er führte mich ganz denselben Weg, auf welchem wir gestern dem Bären gefolgt waren. Dies ließ mich vermuten, daß die angedeutete Unterredung sich auf sein letztes, unglückliches Abenteuer beziehen werde, doch glitt er schweigend voran und sprach nicht eher ein Wort, als bis er droben im Walde den Punkt erreichte, an welchem er sich von uns getrennt hatte.

»Piejo, Härra ... setze dich, Herr!« sagte er, indem er sich selbst in den weichen Schnee niederließ. »Ich werde mit dir über eine Sache reden, von welcher niemand etwas wissen darf.«

Ich nahm an seiner Seite Platz, und die Hunde, ohne welche kein Lappe seine Hütte verläßt, legten sich vor uns nieder. Selbst der Gast bekommt, wenn er längere Zeit bei ihnen bleibt, einen dieser treuen, immerwährenden Begleiter zugeteilt. Der Alte blickte eine Weile vor sich nieder; er schien nach dem rechten Eingang zu suchen, und ich hütete mich, sein Nachdenken durch ein Wort zu unterbrechen. Endlich begann er:

[1] *Vaccinium myrtillus.*

»Härra, du kannst schweigen?«

»Ja,« antwortete ich einfach.

»Und du wirst auch schweigen?«

»Ja.«

»Ich glaube es dir, denn ich habe dich beobachtet und kann dir vertrauen. Willst du mir einen Dieb fangen?«

»Einen Dieb – –? Ich – –?« frug ich verwundert.

»Ja, du! Wenn bei uns eine böse That geschehen ist, so sendet der Konoks[1] seine Soldaten her, welche den Thäter suchen müssen; aber es vergeht eine sehr lange Zeit, ehe sie die weite Reise beenden, und dann ist er bereits längst nach Norje[2] verschwunden, wohin sie ihm nicht folgen dürfen. Auch sind diese Männer selten klug genug, um einen Samelats[3] zu fangen, der die Gegend besser kennt, als sie.«

»Bist du bestohlen worden?« fragte ich.

Sein sonst so freundliches Gesicht nahm einen ganz grimmigen Ausdruck an.

»Ja,« antwortete er mit einem wilden Blicke seiner kleinen, zwinkernden Aeuglein.

»Von wem?«

»Ich weiß es nicht.«

»Hast du Verdacht?«

»Nein.«

»Es ist keiner deiner Dienstboten?«

»Nein.«

»Was ist es, was dir gestohlen worden ist? ein Rentier?«

»O, Härra, wie könnte ich wissen, ob mir ein Ren gestohlen worden sei! Ich habe über tausend Stück, von denen sich oft eins verläuft. Und ein Ren, wenn es mir genommen worden ist, verursacht mir keinen solchen Schmerz. O nein, der Diebstahl ist viel schlimmer, denn mir fehlt Geld, viel Geld!«

Bei diesen Worten brach er in bittere Tränen aus. Das

[1] König.

[2] Norwegen.

[3] So nennt sich der Lappländer, während er das Wort »Lappe« beinahe als einen Schimpf betrachtet.

kindliche Gemüt des Lappen vermochte den Verlust nicht mit männlicher Resignation zu ertragen.

Jetzt ahnte ich den Zusammenhang. War der Mann, welcher sich vor uns flüchtete, der Dieb gewesen? Hatte er vielleicht eines der verborgenen Verstecke Pents entdeckt? Vater Pent war sehr reich; er besaß über tausend Rene, wie er mir soeben gesagt hatte; er hatte sicherlich viel Geld vergraben.

Wenn der Lappe einen Markt oder eine der wenigen Städte besucht, so läßt er sich den Preis seiner Felle und anderen Waren in harten Silberthalern bezahlen. Alljährlich wandern auf diese Weise bedeutende Quantitäten Silber nach den unwirtlichen Gegenden des hohen Nordens, wo sie verschwinden, denn der Bewohner der Lappmarken giebt selten oder nie einen Thaler wieder heraus, den er einmal eingenommen hat. Ist der Beutel voll geworden, so sucht er sich eine einsame Stelle im Walde, im Sumpfe oder zwischen Felsen, wo er die harten ›Riksdaler‹ versteckt; er beobachtet darüber das tiefste Schweigen und enthüllt sein Geheimnis erst dann seinen Erben, wenn er den unvermeidlichen Tod nahen fühlt. Um bei der zufälligen Entdeckung eines solchen Ortes nicht seine ganze Barschaft zu verlieren, verteilt er dieselbe in mehrere Verstecke, welche er von Zeit zu Zeit im geheimen aufsucht, um sich an dem Anblicke seiner Reichtümer zu erlaben. Nicht selten kommt es vor, daß ein Lappe unerwartet stirbt, ohne seine Verstecke entdecken zu können, oder daß dieselben so ungenau beschrieben wurden, daß sie von seinen Verwandten nicht aufgefunden werden konnten. Zuweilen treten auch Naturereignisse ein, welche ein solches Versteck vernichten oder unzugänglich machen, und so kommt es, daß bedeutende Summen verloren gehen, von denen man nicht hoffen kann, daß sie jemals wieder aufgefunden werden. Die wilden Einöden Lapplands bilden eine riesige Sparbüchse, welche ganz bedeutende Prozente verschlingt.

»Darf ich erfahren, wie viel Geld es ist?« frug ich den Alten.

»Kwekte wuossah ... zwei Beutel.« antwortete er.

»Du hattest sie versteckt?«

»Ja, Härra, du weißt, daß kein Mensch wissen darf, wo die Thaler liegen, der Bruder nicht, das Weib nicht und die Kinder nicht. Du weißt auch, daß ich auf dem Markt in Enontekis gewesen bin. Dort habe ich viel Felle, viel Käse und auch viele Handschuhe verkauft, welche meine Töchter gestrickt hatten. Ich tauschte mir ein, was ich brauchte, und hatte dann noch zwei Beutel mit blankem Silber übrig. Gestern nun, als die Rene gemolken wurden und also meine Leute verhindert waren, mir zu folgen, nahm ich meine Schuhe und ging hinauf zum Fjäll, um das Silber zu verstecken. Bei der Rückkehr erblickte ich einen Fremden, der durch die Felsen glitt. Ich verfolgte ihn, aber er entwich. Nun kehrte ich zu dem Versteck zurück, nahm das Geld wieder heraus und verbarg es an einem anderen Ort. Aber dann nach Mitternacht, als wir den Bär verfolgten, sah ich den Fremden wieder. Ich dachte sogleich, daß er nach meinem Silber gesucht hätte, und verfolgte ihn. Er verschwand. Nun suchte ich mein Versteck auf; das Silber war noch da; aber indem ich es betrachtete, erhielt ich einen Schlag. Es wurde mir sehr finster vor den Augen, und ich stürzte nieder, doch schon nach einer Minute raffte ich mich wieder auf. Das Geld war mir entrissen, und den Dieb sah ich bereits fern von mir sehr schnell über den Lopme[1] fliegen. Ich verfolgte ihn. Er versuchte, die andere Seite des Kärr[2] zu erreichen, und darum wandte ich mich nach dem Klufteis, um ihm den Weg abzuschneiden. Ich kenne dieses Eis, aber der Zorn trübte meine Augen; ich übersah eine Spalte und stürzte hinein – – als ich wieder erwachte, lag ich in meiner Hütte und hatte Schnupftabak in der Nase. Der Dieb aber ist entkommen.«

»Du hast ihn nicht erkannt?«

»Nein. Er hatte sich hinter mich geschlichen, ohne daß ich ihn bemerkte. Er trug eine Wintermaske, wie wir alle, damit wir das Gesicht nicht erfrieren.«

[1] Schnee.

[2] Bergrücken.

»Hast du dir nicht wenigstens seine Gestalt gemerkt?«

»Härra, die Nacht Samelands währt drei Monate lang, und sie täuscht das Auge. Das Nordlicht war so unruhig und seine Flammen zuckten über den Schnee. Wer kann da genau sehen! Der Mann war gekleidet wie andere Männer; ein Samelats sieht wie der andere aus, wenn er nicht in seinem Zelte sitzt. Ich würde ihn nicht wiedererkennen. Wenn du mir nicht hilfst, Härra, so kann ich den Dieb niemals entdekken, und mein glänzendes Silber ist verloren.«

»Ich? Wie sollte ich dir helfen können, da dir sogar die Soldaten des Königs nichts nützen. Ich kenne dieses Land ebensowenig wie sie und habe ja nicht einmal die Macht, welche sie dem Diebe gegenüber besitzen.«

»Härra, du irrst! dein Kopf ragt über alle Samelatjit[1] hinweg und nie hat man hier solche Waffen gesehen, wie die deinigen sind. Ein jeder Dieb wird sich vor dir fürchten. Auch bist du in fernen, wilden Ländern gewesen, wo du gelernt hast, die Spur eines Flüchtlings so zu lesen, wie wir es nicht vermögen. Du selbst hast uns ja erzählt von den bösen Indatjit[2], denen ihr gefolgt seid über Berg und Thal, um ihnen die Felle wieder abzunehmen, die sie euch gestohlen hatten. Ich werde dich auf die Spur des Diebes führen und ich weiß, wenn du sie betrachtest, so kann er uns nicht entgehen.«

Hm! Ein solches Vertrauen hatte ich nicht erwartet. Ich war blamiert, wenn ich auf seinen Wunsch einging, ohne es rechtfertigen zu können; darum antwortete ich:

»Attjats[3], ich bin noch zu kurze Zeit im Samelanda; ich glaube wirklich nicht, daß ich dir helfen kann.«

Da blinzelte er mich mit seinem schlausten Lächeln an und sagte:

»Härra, du kannst, denn du hast ja gesagt, daß du ein Doktor bist!«

»Meinst du etwa, daß ein Doktor auch gelernt haben muß, Diebe zu fangen?«

[1] Accusativ Plur. von Samelats, der Lappe.

[2] Indianern.

[3] Väterchen.

»Willst du mit mir scherzen? Ein Doktor hat alles gelernt; ein Doktor kann alles, wenn er nur will!«

»Wer hat dir dies gesagt?«

»Das braucht mir niemand zu sagen, weil wir es ja alle wissen. Einem Doktor muß alles gelingen, denn er hat gelernt, sich ein Saiwa tjalem[1] zu machen, und wer ein gutes Saiwa tjalem bei sich trägt, dem kann nichts mißglücken, so lange er dafür sorgt, daß es unverletzt bleibt.«

»Du irrst,« sagte ich unter mißbilligendem Kopfschütteln. »Es giebt kein Amulett und kein Saiwa tjalem, welches eine solche Kraft besitzt.«

»Härra, du willst es bloß nicht zugeben! Ich selbst habe ja eine solche Schrift gehabt.«

»Von wem?«

»Von einem Doktor, den ich in Luleå am Meere traf. Er war ein sehr kluger Mann; er gab mir Arznei für meine kranken Augen, und als ich ihn dann um ein Amulett bat, schrieb er es mir sogleich, ohne Geld dafür zu nehmen. Ich habe es viele Jahre lang auf der Brust getragen und in dieser Zeit niemals ein Unglück gehabt. Nun aber hat es der Schweiß zerfressen, und darum ist seine Wirkung fast ganz verloren gegangen. Wäre es nicht so zerrissen, so wäre ich sicher nicht in die Spalte geraten. Ich werde dich bitten, mir ein neues zu schreiben.«

»Wo hast du es?«

»Hier,« antwortete er, auf die Brust deutend.

»Darfst du es mir zeigen?«

»Der Doktor hat mir dies nicht verboten. Willst du es sehen?«

»Ja.« – Er langte unter seine Kleider und zog ein zusammengelegtes Stück Leder hervor, welches an einer Schnur hing und ein vielfach zusammengefaltetes Papier enthielt, welches er mir entgegenreichte.

»Hier,« meinte er. »Kennst du die Zeichen, welche darauf stehen?«

[1] Wörtlich »heiliges Schriftstück« = Talisman, Amulett.

Die mit Bleistift geschriebenen Züge waren sehr verwischt; aber dennoch erkannte ich auf den ersten Blick, daß es deutsche Worte waren. Meine nicht geringe Ueberraschung ging bald in ein lustiges Lachen über, als ich folgende Worte enträtselte:

»Am Ganges duftet's und leuchtet's
Und Riesenbäume blühn,
Und schöne, stille Menschen
Vor Lotosblumen knien.

In Lappland sind schmutzige Leute,
Plattköpfig, breitmäulig und klein;
Sie kauern ums Feuer und backen
Sich Fische und quäken und schrein.

Ein Spaßvogel.«

Also diese bekannten Verse von Heinrich Heine hatte der gute Vater Pent jahrelang auf seinem Herzen getragen und ihnen wunderbare Kräfte zugetraut! Der neckische Kobold des Dichters hatte den letzteren überlebt, um nach dessen Tode sogar bis hinauf in die Lappmarken seinen Spuk zu treiben. Wer aber war der Schreiber dieser Zeilen gewesen? Wirklich ein Arzt? Sollte sich ein gebildeter Mann wirklich so weit vergessen können, einen abergläubischen Lappen in seinen Vorurteilen zu bestärken? Trotz meiner anfänglichen Belustigung ärgerte ich mich doch darüber; darum sagte ich:

»Attje Pent, das ist kein Saiwa tjalem, sondern ein Kaiwes tjalok[1], und der, welcher es geschrieben hat, ist kein Doktor gewesen.«

»Härra, es hat ja geholfen!«

»Ich werde dir diese Schrift vorlesen, und dann magst du sehen, was du von ihr zu denken hast.«

Ich übersetzte ihm, so gut es ging, die Worte in das Lappländische; er aber sprang bei den letzten Worten zornig auf und rief:

[1] Eine dumme Schrift.

»Willst du mich verhöhnen? Diese Worte stehen nicht hier!«

»Sie stehen hier!«

»Das ist nicht wahr, Härra!«

»Willst du mich einen Lügner nennen?«

Er besann sich.

»Härra, du bist stets ernst und gut mit uns gewesen, jetzt aber scherzest du. Dieses Saiwa tjalem hat mich aus mancher Not errettet; die Worte aber, welche du mir jetzt sagtest, sind böse; sie beleidigen mich; sie können keinen Menschen erretten; sie können mir auch mein Silber nicht wiederbringen!«

»Da hast du sehr richtig gesprochen. Ich habe dir ganz genau vorgelesen, was auf dem Papiere steht; ich habe kein Wort weggelassen und auch keins dazugethan! Wirf das Papier fort; es nützt dir nichts!«

»Sagtest du mir wirklich die Wahrheit?« fragte er zweifelnd.

»Ja.«

»Härra, ich werde dieses Papier prüfen.«

»Wie willst du dies anfangen?«

»Ich werde es wieder einstecken. Wenn wir den Dieb fangen, so ist es gut, fangen wir ihn aber nicht, so taugt es nichts.«

»Diese Probe ist nicht zuverlässig, denn du willst den Dieb ja durch mich fangen, nicht aber durch dieses Papier. Wenn du diese Probe wirklich machen willst, so mußt du allein gehen.«

Er besann sich, und dann sagte er:

»Du hast recht, und darum werden wir die Probe anders machen: Der Dieb wird das Geld bereits versteckt haben, wenn wir ihn finden, und er wird auch nichts eingestehen. Dann werde ich ihm diese Schrift geben. Beschützt sie ihn, so ist sie gut, finden wir aber das Geld, so ist das wahr, was du mir vorgelesen hast.«

Das war nun allerdings eine echt lappländische Kalkulation, aber gerade weil die Sache so abenteuerlich klang, ging ich darauf ein.

»Gut, du sollst deinen Willen haben. Zeige mir die Spur des Diebes!«

Wir brachen auf und drangen tiefer in den lichten Wald ein. Nach vielleicht einer Viertelstunde erreichten wir eine von verkrüppeltem Ginster bestandene und jetzt überschneite Felsenhalde. Hier sah ich die Schneespuren zweier Männer.

»Soll ich den Ort sagen, an welchem du das Silber versteckt hattest?« fragte ich Pent.

»Wirst du ihn finden?« sagte er verwundert.

»Sicher!«

Ich untersuchte die beiden Fährten, glitt einer derselben nach und hielt vor einem schmalen Risse im Felsen.

»Hier war es!«

»Härra, du hast es wirklich erraten!« rief er. »In diesen Riß hatte ich die Beutel versteckt und ihn dann mit Schnee angefüllt.«

»Schau her! Hier hast du gekauert, als du das Geld betrachtetest, und hier hielt der Dieb, als er dir den Schlag versetzte.«

»Woher siehst du dies?«

»Das werde ich dir später erklären.«

Während der Fremde einige Augenblicke lang hinter Pent gehalten hatte, waren seine langen Schneeschuhe tiefer in den Schnee eingedrungen und hatten also sehr deutliche Eindrücke hinterlassen. Da sah ich denn, daß der eine Schuh an seiner Sohle eine recht bemerkbare Narbe zeigte, die von einem kräftigen Stoße an einen spitzen Stein herzurühren schien. Doch hielt ich es für besser, Pent von diesem wertvollen Erkennungszeichen jetzt noch nichts zu sagen.

»Wollen wir ihm folgen?« fragte er.

»Ja.«

Wir glitten weiter, aus dem Walde heraus wieder auf die freie Anhöhe und dann jenseits des Höhenzuges hinab in ein breites Querthal, welches wir zu verfolgen hatten, bis wir wieder heraus auf die freie Ebene gelangten. Hier war die Spur dem Schnee so leicht aufgedrückt, daß der Verfolgte im raschesten Laufe dahingeschossen sein mußte. Wir machten es ebenso und glitten mit der Schnelligkeit eines Bahnzuges über die mattschimmernde Fläche fort.

In dieser Weise und in dieser Richtung mußten wir in zwei Stunden den nächsten Nachbar Pents erreichen, den ich bereits zweimal mit besucht hatte. Auch er war wohlhabend, doch bestand seine Haushaltung nur aus ihm, seinem Weibe, einer Tochter und einem Teutnar[1], der mir nicht sehr vertrauenswürdig vorgekommen war. Sein Herr hatte mir erzählt, daß derselbe aus Norwegen herübergekommen sei und fast ein Jahr bei ihm im Dienste stehe. Wer sich so ganz allein über die wilden Berge wagt, hat gewöhnlich keinen lobenswerten Grund gehabt, sein Vaterland zu verlassen. Daher dachte ich jetzt unwillkürlich, daß er der Dieb gewesen sein könne. War diese Vermutung richtig, so stand zu erwarten, daß er, bevor er die Hütte seines Herrn erreichte, zur Seite gebogen sein würde, um sein Geld zu verbergen. Dies traf aber nicht ein, sondern die Spur führte in unveränderter Richtung weiter. Entweder war der Dieb sehr unvorsichtig oder sehr frech, daß er es gar nicht der Mühe wert erachtete, für seine Sicherheit bedacht zu sein.

So setzten wir unsern Weg schweigend fort, bis wir die Hütte des Nachbars erreichten. Seine Tochter befand sich außerhalb derselben und hatte ihn auf unser Kommen aufmerksam gemacht; daher kam er uns entgegen.

»Tuina litja atna – Friede sei mit dir!« grüßte ihn Pent.

»Tuina aj aj – mit dir ebenso!« antwortete er.

Sodann faßten sie sich beim Leibe, schoben die Wintermasken beiseite und rieben sehr freundschaftlich die Nasen aneinander. Ich als Fremder aber kam mit einem Händedrucke davon. Die beiden Frauen wurden auf gleiche Weise begrüßt, und dann fragte Pent:

»Wo ist Teutnar Pawek[2]? Ich sehe ihn nicht.«

»Dort bei den Tieren kannst du ihn sehen.«

Wirklich sahen wir die Gestalt des Betreffenden bei den

[1] Knecht.

[2] Dein Knecht Paul.

Rentieren, welche beschäftigt waren, Flechten unter dem Schnee hervorzuscharren.

»Hat er seine Ski an?« erkundigte ich mich.

»Nein, hier an der Hütte lehnen sie.«

Ich trat näher, um die Schuhe zu betrachten, und bemerkte an einem derselben sofort das angedeutete Zeichen.

»Rufe ihn herbei. Wir haben mit ihm zu sprechen,« sagte ich.

Auf einen grellen Pfiff und einen Wink mit der Hand kam der Knecht langsam herbei.

»Puorest ... guten Tag!« grüßte er mit der unschuldigsten Miene von der Welt.

»Sind diese Ski dein Eigentum?« fragte ich ihn.

»Ja, Härra,« antwortete er.

»Kommt in die Hütte! Ich habe mit diesem Manne zu reden.«

Der Knecht kroch ohne alles Widerstreben sogleich zuerst durch den Eingang, und seine Herrschaft folgte ihm neugierig. Der Besitzer der Hütte hieß Stalo, zu deutsch ›Riese‹, obgleich er mir nur bis an die Achseln reichte.

»Attje Stalo,« sagte ich zu ihm, »dieser Knecht wird sehr bald von dir gehen.«

»Wohin?« fragte er erstaunt.

»In das Kittek[1].«

Er richtete sich erschrocken in die Höhe:

»Was sagest du, Härra?«

»Daß er in das Gefängnis gehen wird.«

»Warum?«

»Weil er ein Dieb ist.«

»Härra, willst du mich und mein Haus beschimpfen!«

»Nein. Warum sollte ich dich beleidigen wollen? Du bist ja unser Kweime[2]! Ich habe mit dir gegessen und getrunken; ich habe dich und die Deinigen lieb gewonnen; ich bin nur auf dein Glück und deinen Frieden bedacht, und darum sage ich dir, daß dein Knecht ein Dieb ist.«

[1] Gefängnis.

[2] Nachbar, Nächster.

Der Knecht antwortete nicht und bewegte sich nicht; auch die beiden Frauen waren wortlos; Stalo aber rief:

»Härra, beweise es!«

»Sogleich! Dieser Mann war gestern entfernt von deiner Hütte?«

»Ja. Ich sandte ihn vorgestern über den Fjäll zu Arpen Rauna[1], welche ein Partnekuts[2] erhalten hat, dem er als Zahngeschenk ein Ren hinüberschaffen mußte.«

»Wann kehrte er zurück?«

»Sehr spät; es war heute zur Zeit des Melkens.«

»Attje Pent mag dir erzählen, weshalb der Knecht so viele Zeit verloren hat.«

Pent erzählte sein unglückliches Abenteuer. Der Knecht hörte es sehr ruhig an, ohne mit der Wimper zu zucken; die anderen aber gerieten in die höchste Aufregung. Als der Erzähler geendet hatte, fragte Stalo den Knecht:

»Was sagst du dazu?«

»Ich that es nicht,« antwortete er sehr ruhig.

»Du leugnest!«

»Ich schwöre, daß es ein anderer war. Ich bin gar nicht nach dem Spalteise gekommen.«

»Aber sie haben deine Spur verfolgt!«

»Sie irren! Sucht, ob ihr das Silber bei mir findet!«

»Das werden wir thun,« sagte sein Herr.

Seine Kleidung und dann auch die Hütte wurde aufs genaueste untersucht, aber es war nichts zu finden.

»Wo ist er gewesen, seit er zurückkehrte?« erkundigte ich mich.

»Nur bei der Herde,« antwortete Stalo.

»Nicht weiter?«

»Nein. Willst du nicht die Hütte auf eine kurze Zeit verlassen?«

»Warum?« fragte ich.

»Ich will mit der Kunnus[3] reden.«

[1] Schwester Ragnilda.

[2] Knäbchen.

[3] Zaubertrommel.

Er wußte, daß Vater Pent mich zu seinen wirklichen Freunden zählte, und darum sagte er mir so aufrichtig, was er zu thun beabsichtigte. Sehr viele Lappen hangen noch mehr oder weniger an ihren alten heidnischen Gebräuchen, zu denen auch das Fragen der Zaubertrommel gehört. Ich hätte dieser Manipulation sehr gern mit beigewohnt, mußte mich aber natürlich in den Willen des Hausherrn fügen. Auch die Frauen durften nicht zugegen sein; sie verließen die Hütte und begaben sich zur Herde. Sie hätten gerne ein Gespräch mit mir angeknüpft, aber ich zog es vor, meine Schneeschuhe anzulegen, um die Umgebung des Lagers genau abzusuchen, denn es verstand sich von selbst, daß der Knecht hier irgendwo das Geld versteckt hatte.

Spuren gab es genug, sowohl von Stiefeln als auch von Schneeschuhen, und ich mußte sehr aufmerksam sein. Ich beschrieb zunächst einen engeren und dann einen weiteren Kreis um die Hütte und die Herde, wobei die Frauen mich kopfschüttelnd beobachteten - ich bemerkte nichts. Erst bei einem dritten, noch weiteren Kreise stieß ich auf eine Einzelspur, an deren einer Seite ich das bewußte Zeichen erblickte. Sofort folgte ich ihr. Sie führte nach einer schmalen, aus dem Walde tretenden Rinne, in welcher ein eisüberdecktes Wasser floß. Nach noch nicht fünf Minuten blieb ich überrascht halten, denn ich hatte das größte Geheimnis eines Lappen entdeckt, nämlich sein Tiorfwigardi[1], eine kleine, aus Rentierhörnern errichtete Umzäunung, die einen heidnischen Opferplatz umschloß. Den Mittelpunkt desselben bildete ein sogenannter Sait, ein im Wasser gefundener Stein von sonderbarer Gestalt. Obwohl diese Steine jetzt wohl nicht mehr wirklich verehrt werden, ist doch noch immer ein jeder Tiorfwigardi ein heiliger Ort, den eigentlich nur der Hausherr betreten darf. Aber gerade hierher führten die Spuren des Knechts. Ich ahnte, daß ich sein Versteck vor mir hatte. Wer konnte wohl vermuten, daß ein Lappe gestohlenes Gut an einem so heiligen Ort verbergen werde!

[1] Hörnerzaun.

Die Fährte ging bis zur zweiten Ecke des Hörnerzaunes, wo sie aufhörte, um später wieder umzuwenden. Ich brachte meine Schneeschuhe genau in dieselbe Lage und befand mich also nun gerade in der Stellung, die der Knecht eingenommen hatte, als er das Geld versteckte. Nun betrachtete ich zunächst den Schnee, soweit er im Bereiche meiner Hände lag; er war unversehrt - doch nein, da unten lagen einige Schneesternchen, als seien sie nicht herabgeweht, sondern durch eine mechanische Berührung herabgestreift worden. Ich bückte mich und schaute durch die Geweihe - richtig, da hing das Gesuchte, aber so gut versteckt zwischen den dicht ineinander stoßenden Geweihzacken, daß es durch den bloßen Zufall gar nicht entdeckt werden konnte. Es war ein großer Tabaksbeutel, und als ich ihn berührte, fühlte ich deutlich die zwei Geldbeutel, welche er enthielt.

Ich ließ ihn hängen und kehrte schleunigst zurück. Als ich die beiden Frauen erreichte, fragte ich sie nach dem Knechte und erfuhr, daß er sich noch immer in der Hütte befinde. Doch brauchten wir nicht lange mehr zu warten, bis wir wieder eintreten durften.

Der Knecht Pawek blickte mir höhnisch entgegen.

»Härra, ich habe ihm meinen Saiwa tjalem gegeben, und es hat ihn beschützt,« erklärte mir Vater Pent. »Dieses Saiwa tjalem ist gut!«

»So!« sagte ich ernsthaft. - »Wo hat er es denn?«

»Hier am Halse hängt es ihm; aber er wird es mir wiedergeben, nachdem es ihn beschützt hat.«

»Und was hat die Zaubertrommel gesagt?« fragte ich Nachbar Stalo.

»Er ist unschuldig,« antwortete er. »Der Dieb ist aus dem Osten gekommen, sagt die Trommel; er ist ein Kainolatspiätnak[1], der sogleich mit dem Silber entflohen ist.«

»Ist dies gewiß?«

»Die Trommel irrt sich nie. Sie ist sicherer als das Wort eines Storfar[2], der aus der Bibel redet!«

1 »Schwedenhund.«

2 Pastors.

»Lästere nicht, Attje Stalo!« warnte ich ihn. »Die Rede eurer Trommel ist nicht so viel wert wie das Wort eines gewöhnlichen Schneeschuhes!«

»Du scherzest, Härra, denn ein Ski kann niemals reden.«

»Er redet sicherer und wahrer als deine Trommel, und er beschützt die beiden Wuossah[1] des Vater Pent viel besser als sein schlechter Saiwa tjalem thun konnte!«

»Mein Saiwa tjalem ist gut,« behauptete Pent. »Laß doch einmal einen Schneeschuh reden, Härra!«

»Gut, du sollst ihn reden hören und dann dein Papier in das Feuer werfen.«

Ich ging hinaus und holte den betreffenden Ski herein.

»Ist dieser Ski dein Eigentum?« fragte ich den Knecht nochmals.

»Ja,« lachte er höhnisch.

»Seht ihr diese Narbe an der Sohle? Sie ist der Mund, durch den er redet. Sie hat sich in den Schnee abgedrückt dort, wo Pawek den Vater Pent bestahl, und sie hat sich abgedrückt auf dem ganzen Wege bis hierher. Sie hat mir gesagt, daß kein anderer der Dieb ist, als er, und sie sagt mir auch, an welchem Orte er das Silber versteckt hat.«

»Laß dir doch einmal den Ort von ihr sagen!« grinste der Knecht.

»Das wird sie sofort thun,« antwortete ich. »Zunächst sagt sie mir, daß du die beiden Wuossah mit dem Silber in deinen Tabaksbeutel gesteckt hast. Zeige mir den Beutel!«

Jetzt wurde er plötzlich außerordentlich verlegen.

»Ich habe ihn verloren,« antwortete er zögernd.

»Das ist eine Lüge, denn dieser Schneeschuh sagt mir, daß du ihn hier in der Nähe versteckt hast. Folgt mir! In der Zeit, in welcher man drei ›Attje mijen, jukko leh almesne‹[2] betet, sollt ihr an dem Orte sein, wo er seinen Tabaksbeutel mit dem Silber versteckt hat!«

»Härra, ist dies wahr?« rief Pent.

»Ja!«

[1] Beutel.

[2] »Vater unser, der du bist im Himmel.«

»Wirklich? Dann gelobe ich dir, das Saiwa tjalem in das Feuer zu werfen und niemals wieder auf die Zaubertrommel zu hören!«

»Ich nehme dich beim Worte! Kommt, aber paßt auf, daß uns der Bursche nicht entflieht!«

Ich schritt voran, und die andern folgten. Als ich die Stelle erreichte, wo sich die Spur des Knechtes deutlich erkennen ließ, deutete ich in den Schnee.

»Bückt euch nieder und seht, wie deutlich dieser Schuh redet. Seine Sprache ist sicherer als diejenige der Zaubertrommel; aber ihr verschließt eure Augen und Ohren, um nicht zu sehen und nicht zu hören!«

Ich ging voran; Pent und Stalo folgten, den Knecht zwischen sich, und die beiden Frauen bildeten den Beschluß. So erreichten wir den Hörnerzaun, wo Stalo in einige Aufregung geriet.

»Hierher führst du uns, Härra?« rief er. »Weißt du nicht, daß dieser Ort verboten ist?«

»Ein ehrlicher Mann soll diesen Ort nicht betreten, aber ein Dieb darf den Raub hier verbergen? O, Nachbar Stalo, du bist wirklich kein guter Christ, du bist ein arger Heide! Siehe, hier hört die Spur des Schuhes auf, und hier – hier hängt ein Beutel. Siehe, ob es derjenige deines Knechtes ist!«

Die Wirkung dieser Worte und der damit verbundenen Bewegungen läßt sich gar nicht beschreiben. Ich hatte mich gebückt, um den Beutel wegzunehmen, und hielt ihn nun empor.

»Er ist es, es ist sein Beutel!« rief Stalo.

Seine Frauen stimmten bei, und Vater Pent bat mit sehnsüchtig ausgestreckten Armen:

»Härra, öffne ihn, ob meine beiden Wuossah darinnen sind!«

»Sie sind darin. Hier öffne selbst!«

Er griff gierig zu, entfernte die Schnur und zog wirklich seine beiden Geldbeutel heraus.

»Ich muß zählen!« rief er, sich niederkauernd.

Sofort kauerte auch Nachbar Stalo mit den beiden Frauenzimmern an seiner Seite. Sie waren natürlich ungeheuer neugierig, zu wissen, wie viel der alte Pent versteckt gehabt hatte. Kein Mensch beobachtete den Knecht, der sich heimlich von dannen schlich. Ich ließ ihn gewähren; er mochte immer entkommen; seine Strafe hätte ja immer nur darin bestanden, daß er fortgejagt wurde. Aber ich folgte ihm langsam nach, um darüber zu wachen, daß er keinen weiteren Schaden anrichte. Er beeilte sich, ein Ren zu erwischen, legte demselben ein Pakke[1] über, hing es an einen alten Schlitten und setzte sich auf, nachdem er noch schnell einigen Proviant zu sich genommen hatte. Es waren seit der Entdeckung des Beutels kaum drei Minuten vergangen, so sauste er davon.

Ich war nur bis an den Rand des Gehölzes gegangen, von wo aus ich ihn beobachten konnte. Jetzt hörte ich hinter mir Vater Pents jubelnden Ruf:

»Tjuote-kwekte-lokke-nala ... hundert und zwölf! Es ist richtig! Es ist mein ganzes Silber! Härra! Wo ist der Härra?«

»Hier!« rief ich.

Sie kamen herbeigelaufen.

»Härra, du hast recht!« rief er. »Ich werde mein Saiwa tjalem in das Feuer werfen!«

»Und auch die Zaubertrommel nicht mehr fragen?«

»Niemals! Hier, Härra, hast du zwei Stück von diesen hundertzwölf! Ich bin sehr dankbar, und du hast sie verdient!«

Ich schob lachend seine Hand mit den zwei Thalern zurück.

»Behalte sie! Ich nehme sie nicht.«

»O, Härra, wie gütig bist du! Laß uns nach Hause eilen! Ich muß Mutter Snjära erzählen, wie glücklich ich bin! Aber wo ist der Knecht?«

»Dort!«

Ich deutete nach dem Schlitten, welcher nur noch einen Punkt auf dem fernen Schnee bildete.

[1] Halfter und Zugleinen.

»Entflohen!« riefen sie alle.

»Laßt ihn!« bat ich. »Er mag sich in der Ferne einen anderen Herrn suchen. Aber du hast recht; wir müssen eilen, denn Mutter Snjära weiß gar nicht, wo wir uns befinden.«

Aber der Abschied ging denn doch nicht so schnell von statten, da wir erst noch einen kleinen Imbiß und einen Juckastaka[1] nehmen mußten. Erst als dies geschehen und das Abenteuer noch ausführlich besprochen worden war, traten wir mit unseren Schneeschuhen den Rückweg wieder an.

Wer fest in den Knien ist, dem fällt der Schneeschuhlauf nicht schwer, und Vater Pent flog jetzt bedeutend leichter hin als vorher, wo er kein schweres Silber zu tragen hatte. In zwei Stunden erreichten wir die Hütte, deren Bewohner bereits begonnen hatten, sich um uns zu sorgen.

Als wir beim Bärenfleisch um das Feuer saßen, erzählte er das ganze Ereignis. Die Folge seiner Darstellung war ein stürmisches Lob, welches mir von allen Seiten entgegengebracht wurde. Onkel Sätte und der junge Neete reichten mir dankbar die Hand; Kakka Keira und Anda nickten mir freundlich-demütig zu; die schöne Marja aber lächelte so zauberisch fett, daß ihr Gesicht einem geschälten Schinken glich, der aus der Sauce kommt. Und die alte gute Mutter Snjära – –? O weh! Sie wandte sich an ihren Eheherrn in süßem Tone:

»Attje, to mon etsap ... Vater, ich liebe ihn!« Und dann wandte sie sich zu mir: »Tjalmit tappo; to mon kalkap tjulestet ... mach die Augen zu; ich werde dich küssen!«

Sie warf sich mit einer Vehemenz auf mich, als wolle sie mich ›karket‹[2] anstatt ›tjulest‹[3], und dieser einzige ›Tjulastak‹[4], den ich aus Lappland mit nach Hause gebracht habe, hatte ganz genau denselben Tonfall und dieselbe hydrodynamische Mächtigkeit, als wenn man Wasser aus einer Wärmeflasche laufen läßt. Ich gestehe, daß ich noch anderes zumachte als nur die Augen.

[1] Schluck Branntwein.

[2] erwürgen, erdrosseln.

[3] küssen.

[4] Kuß.

Vater Pent sah schmunzelnd zu und langte dann in eine seiner großen Taschen, aus welcher er den ›Talisman‹ hervorzog, den er in der Hütte des Nachbars dem Knecht abgenommen hatte, ehe wir uns nach dem Hörnerzaun begaben. Er warf ihn wirklich in das Feuer und meinte dabei:

»Härra, hier thue ich, was ich dir gelobt habe. Du hast mir bewiesen, daß dieses Saiwa tjalem kein heiliges Schreiben ist; das Feuer mag es fressen. Du aber bleibe bei uns, so lange es dir gefällt, denn wir haben dich lieb und du bist so klug und freundlich, als ob du unser Sohn und Bruder seist – – mon kalkap wuortnot ... ich werde es beschwören!«

Das Feuer verzehrte die Zeilen des unbekannten ›Spaßvogels‹. Die Manen Heines aber werden es verzeihen, daß Vater Pent diese Verse nicht länger als ›Saiwa tjalem‹ auf dem Herzen trug. –

2.

DER BOER VAN HET ROER.

I.

Wie eine riesige Sphinx, deren Rätsel seit Jahrtausenden ihrer Lösung harren, liegt an der südlichen Spitze der alten Welt und bespült von zwei mächtigen Oceanen die an Gegensätzen ebenso wie an Geheimnissen reiche Ländermasse von Afrika. Hunderttausende von Quadratmeilen dürsten hier unter dem Fluche der Unfruchtbarkeit oder bilden weite Steppenplateaus, deren spärliche Vegetation nur in der feuchten Jahreszeit dem Springbocke und den ihm verwandten Arten ein Dasein gestattet. Unzählige Bäche und Wadis stürzen im Frühjahre donnernd und schäumend zu Thal, um schon nach kurzem Laufe im dürren Sande zu versiegen und ihren Lauf mit wüstem Geröll und Steingetrümmer zu bezeichnen; und wo die Gesittung es wagt, den kühnen Fuß auf den widerstrebenden Boden zu setzen, da muß sie sich zum Kampfe mit Gewalten rüsten, welche über Tod und Verderben gebieten. Und hart neben diesen sterilen Strecken schafft eine riesige Natur die gigantischsten pflanzlichen und tierischen Erscheinungen des Erdballes. Während die Wüstenglut selbst den Keim des kleinsten Gräschens im brennenden Sande erstickt, treiben nicht weit davon die Massen der ›heimatslosen Fanna‹ auf den Wassern des Sees; dichte Talebwälder strecken ihre Palmenkronen zum Himmel empor, und der mächtige Baobab breitet auf unzerstörbar scheinendem Stamme seine massigen Aeste dem flammenden Lichte entgegen. Hier vermag man in dem Tode der Steppe kaum an das Vorhandensein eines niedrigen Insektes oder Wurmes zu glauben, und dort schon am Saume der Einöde erschallt die Stimme des Löwen; die Giraffe weidet in den Wipfeln der Bäume und Sträucher; weiterhin erdröhnt der Boden unter den Tritten des Elefanten und Nashornes, und der Hippopotamus wälzt sich im tiefen Schlamme stagnierender Gewässer.

Ein Erdteil von der armen Küstenentwickelung Afrikas bietet dem Seefahrer keinen gastlichen Empfang und läßt sich nur unter großen Anstrengungen von der Civilisation erobern; darum kennen wir Afrika auch heute noch weniger als Amerika und Australien, von deren Dasein keine Ahnung vorhanden war, als die Südküste des mittelländischen Meeres längst einer hohen, leider aber wieder verschwundenen Kultur zu Diensten war. Während in den Meeren der mittleren Zone längst die Wimpel flatterten und zahlreiche Segel, die allerdings nur Küstenfahrzeugen angehörten, sich im Winde blähten, lag der dritte Teil der alten Welt als mythenhafter Koloß zwischen dem atlantischen und indischen Ocean, und nur spärlich ertönt die Kunde, daß ein kühner Schiffer eine verwegene Fahrt längs seiner Gestade versucht habe.

Daß bereits im Altertume das Südkap von geschichtlichen Völkern gekannt und umfahren worden sei, ist teils lose Vermutung, teils Sage. So glaubte z. B. Kant, nach Buch 1 der Könige, Kap. 22 annehmen zu können, daß zur Zeit des jüdischen Königs Josaphat die Seereisen vom arabischen Meerbusen aus um das Kap nach Spanien etwas Gewöhnliches gewesen seien, und Herodot erzählt, daß Karthager, welche von dem ägyptischen König Necho gesendet waren, um 610 vor Christus denselben Weg zurückgelegt hätten. Uebrigens galt schon ein weiteres Vordringen an der Westküste Afrikas, wie die Fahrt des Karthaginiensers Hanno um 500 vor Christus, obgleich dieselbe doch höchstens bis Guinea ging, für eine Umschiffung dieses Erdteiles. Daß später der Kyzikener Eudoxos von Gades aus eine Reise um das Kap in den arabischen Meerbusen gemacht habe, ist eine Erdichtung.

Es scheint sicher zu sein, daß bis gegen das Ende des 15. Jahrhunderts von Norden aus niemand an und um das Kap gekommen sei. König Johann von Portugal sendete ein kleines Geschwader unter Bartholomäus Diaz aus; dieses umsegelte 1487 auch wirklich das Kap; weiter vorzudringen hinderte jedoch den kühnen Mann eine unter seinen Leuten ausgebrochene Meuterei. Wegen der schrecklichen Stürme, welche er an dem Vorgebirge auszustehen hatte, nannte er dasselbe *Cabo tormentoso* (stürmisches Vorgebirge). König Johann aber änderte diesen Namen in »Kap der guten Hoffnung« um, da er nun nicht mehr zweifelte, den Seeweg in das Wunderland Indien gefunden zu haben.

Sein Nachfolger, König Immanuel, schickte eine Flottille von vier Schiffen unter Vasco da Gama aus, um den aufgefundenen Weg weiter zu verfolgen, welche Aufgabe dieser berühmte Mann auch wirklich löste. Doch war es den Portugiesen nur um den Weg nach Indien zu thun; um die Südspitze Afrikas kümmerten sie sich nicht.

Erst die Holländer besetzten dieses Land 1600 durch den Seekapitän Van Kisboek und beschlossen, es zu kolonisieren. Die niederländischen Einwanderer, Boers genannt, warfen die Hottentotten zurück, drangen nach und nach bis zu den Kaffern vor und rangen auch diesen eine Strecke Landes nach der andern ab. Die Ansiedelung wuchs und erregte den Neid der Engländer, welche durch Anwendung aller Mittel die Holländer zu verdrängen suchten und auch nicht eher ruhten, als bis sie 1714 im Pariser Frieden das Land abgetreten bekamen. Dies zog eine Zufuhr englischer Kolonisten nach sich, welche die holländischen Boers in jeder Weise beeinträchtigten, und es entstand zwischen beiden eine Feindseligkeit, die in den Kämpfen der Kolonie mit den Eingeborenen eine sehr bedeutende Rolle spielt.

Während die Eingeborenen des Kaplandes dem Europäer bisher als unbefähigte Horden galten, hat der jetzt noch wütende Kampf zwischen den Engländern und Kaffern bewiesen, daß die letzteren keineswegs zu verachtende Gegner seien; und wenn wir auch annehmen müssen, daß sie wie die Indianer Amerikas an dem grausamen Gesetze zu Grunde gehen werden, welches dem Kaukasier die Aufgabe erteilt zu haben scheint, an dem Untergange seiner farbigen Brüder zu arbeiten, so steht zu vermuten, daß die Anwohner der Kalahari sich ebenso wie der Wilde des amerikanischen Westens bis auf das Messer gegen seinen in jeder Beziehung übermächtigen Feind verteidigen werde. Der Tod einer Nation ist niemals ein plötzliches Stürzen in die Vergessenheit, sondern ein gewaltiges Zucken und Ringen, ein allerdings immer schwächer werdendes, aber lange andauerndes Aufbäumen, welches in glühendem Hasse noch im letzten Augenblick den Feind mit in das Verderben zu ziehen sucht. – – –

Ich hatte auf einer Reise durch die niederländische Provinz Zeeland eine Familie Van Helmers kennen gelernt und bei derselben trotz ihrer Armut eine herzliche Gastfreundlichkeit gefunden. Ich erfuhr, daß ein Großohm des Hausvaters nach dem Kap der guten Hoffnung übergesiedelt sei. Man hatte mit ihm und seinem Sohne lange in gelegentlich brieflicher Verbindung gestanden, bis der Sohn mit so vielen anderen Boers vor den andringenden Engländern über das Drachengebirge gestiegen war, um sich in der jetzigen Kolonie Transvaal ein neues Heimwesen zu gründen. Seit dieser Zeit hatten die Nachrichten aufgehört, doch gedachte die Familie ihrer Verwandten mit lebhafter Anhänglichkeit, und als ich meine Absicht, nach dem Kaplande zu gehen, verlauten ließ, wurde ich mit der Bitte bestürmt, dort wo möglich eine Erkundigung nach den Verschollenen einzuziehen. Für den Fall, daß es mir gelingen sollte, dieselben ausfindig zu machen, wurde mir ein Brief anvertraut, und ich verließ Holland mit dem Wunsche, in dieser Richtung den guten Leuten für ihre an mir bewiesene Freundlichkeit dankbar sein zu können.

In der Kapstadt angekommen, hatte ich mich einige Zeit dort aufgehalten, war dann nach Nord und West gewandert und besuchte nun die Transvaal-Lande, obgleich die damaligen Zustände in denselben nichts weniger als einladend genannt werden konnten.

Der berühmte Kaffernhäuptling Tschaka, mit Recht der Attila Südafrikas genannt, hatte zahlreiche Kaffernstämme unter seine Botmäßigkeit gebracht und ihnen eine kriegerische Verfassung gegeben, welche ihre Widerstandsfähigkeit gegen die Europäer um das Zehnfache vergrößerte. Sikukuni, sein Bruder, überfiel und tötete ihn, um die Herrschaft an sich zu reißen, und nun begann zwischen ihm und den

Boers eine Reihe von Kämpfen, in denen die Boers, außerdem noch angefehdet durch die Ungerechtigkeit und Vergewaltigung der englischen Regierung, Wunder der Tapferkeit verrichteten. Später beabsichtigte die Transvaal-Republik den Bau einer Eisenbahn nach der Delagoabai; da sie aber durch diesen Schienenweg wirtschaftlich unabhängig geworden wäre, so suchte England die Ausführung dieses Planes unmöglich zu machen, indem sie den Kaffernhäuptling Sikukuni zum Aufstand gegen die Boers reizte, ihn mit den dazu nötigen Waffen versah und dann die dadurch geschaffene Lage als Vorwand nahm, »zum Schutze des Christentums« die Republik zu annektieren. Um diese Zeit geschah, was ich erzähle.

Die Reisen hier zu Lande werden gewöhnlich auf dem Ochsenwagen vorgenommen, doch hatte ich mich aus alter Gewohnheit und um schneller vorwärts zu kommen, auf das Pferd gesetzt. Neben mir ritt Quimbo, ein Basutokaffer, welchen ich mir als Führer gemietet hatte. Er hatte lange Zeit auf verschiedenen niederländischen Farmen in Dienst gestanden, war den Weißen freundlich gesinnt und radebrechte das Holländische leidlich. Uebrigens bildete er zu Pferde eine ziemlich seltsame Figur. Außer einem kattunenen Schurz, welchen er um seine Lenden geschlungen hatte, war er vollständig nackt und hatte seinen dunklen, mit starker, eckiger Muskulatur versehenen Körper mit Fett eingerieben, welches seine Haut zwar vor den lästigen Stichen der Insekten schützte, leider aber einen so penetranten Geruch oder vielmehr Gestank verbreitete, daß es mich eine wirkliche Ueberwindung kostete, mit ihm in größerer Nähe als fünfzig Schritte zu verkehren. Das Merkwürdigste an ihm war die Art und Weise, sein Haar zu tragen. Er hatte es nämlich durch tägliche Anwendung von Akaziengummi und jahrelange sorgsame Pflege in eine kompakte Form gekleistert, welche seiner Frisur das Aussehen von zwei mit den Sohlen gegeneinander geneigten Pantoffeln gab, deren Absätze die Spitze bildeten, während die Fußhöhlungen nach oben gerichtet waren und von ihm als Aufbewahrungsort von allerlei höchst wertlosen, für ihn aber außerordentlich wichtigen Kleinigkeiten dienten. Die Ohrläppchen waren in seiner Jugend durch angehängte Gewichte so ausgedehnt worden, daß sie an Größe so ziemlich den Ohrlappen eines Neufundländers gleichkamen; und um diese Schmuckstücke praktisch zu verwerten, pflegte er sie des Morgens aufzurollen und in die Höhlung jeder Rolle eine von seinen beiden Schnupfdosen zu stecken. Außerdem trug er an jedem Nasenflügel einen starken messingenen Ring und hatte, jedenfalls eine Erfindung seines eigenen ästhetischen Genies, um den Hals einen breiten Riemen von Sohlenleder geschnallt, an welchem zwei sehr umfangreiche Kuhglocken befestigt waren, die er wohl auf einer der oben erwähnten Farmen annektiert hatte. Und dabei nahm er als Reiter ganz dieselbe unbeschreibliche Haltung ein, in welcher bei herumziehenden Gauklern und Bärenführern der Affe auf dem Kamele zu sitzen pflegt, und wenn er während der Unterhaltung mir ein aufmerksames Gesicht machen wollte, wobei er es allerdings zu einem fürchterlichen Zähnefletschen und einem geradezu sperrangelweiten Aufreißen des breiten Mundes brachte, so hatte er ganz das Aussehen einer zoologischen Species, von welcher es schwer zu bestimmen war, ob sie unter die Wiederkäuer, Bulldoggen oder Meerkatzen zu klassifizieren sei. Bewaffnet war dieses Unikum mit einer schweren, aus Schwarzholz gefertigten Keule, einem fürchterlichen krummen Messer und einem Wurfspeere. Ob er diese gefährlichen Instrumente auch zu gebrauchen verstehe, hatte ich noch nicht in Erfahrung bringen können.

Ich selbst ritt einen guten Engländer, für ihn aber hatte ich nur eines jener massigen Brabanter Ungetüme auftreiben können, wie sie die Kanonen Napoleons des Ersten von Schlachtfeld zu Schlachtfeld schleppten. Es hatte wahrhaft elefantenmäßige Formen und einen Gang, welcher es allerdings höchst notwendig machte, daß der auf dem breiten Rücken hockende Quimbo sich nur in den dringendsten Fällen der Zügel bediente und es lieber vorzog, sich mit beiden Händen an die Mähne des Tieres festzukrallen.

Jetzt ritt er zu meiner Linken und machte in seinem Kauderwelsch die größten Anstrengungen, mich über die politischen Verhältnisse des Landes aufzuklären.

»Hab' Mynheer schon 'sehn Sikukuni, der groß' König von Kaffern?«

»Nein. Hast du ihn gesehen?«

»Quimbo hab' nicht 'sehn Sikukuni; Quimbo bin gut Holland, bin gut Basuto, bin schlecht Zulu. Aber Quimbo hab' 'hört von Sikukuni, Quimbo will nicht sehn Sikukuni.«

»So fürchtest du dich vor ihm?«

Der brave Kaffer riß den Mund auf, daß ich ihm beinahe bis hinunter in den Magen blicken konnte, und drehte mir ein Paar Augen, als wolle er mich mit seinem Blick wie mit Dynamit in die Luft sprengen.

»Was hab' Mynheer 'sagt? Quimbo bin furchtbar vor Sikukuni? Mynheer kenn nicht Quimbo; Quimbo bin Mut, Quimbo bin Kraft, Quimbo freß Sikukuni. Aber Sikukuni hab' viel Zulu, und Zulu hab' viel Irua[1] und hab' viel Flint'. England geb' Zulu Flint' und Pulv', daß Zulu mach' tot Holland. Aber Quimbo hab' nicht Flint' und Pulv'; er kann nicht schieß' Zulu.«

»Aber wir reiten ja jetzt nach dem Quathlambagebirge und werden dann in das Land der Zulus kommen! Wenn du nun erschossen wirst!«

»Mynheer hab' Flint' und Pulv'; Mynheer werd' schieß tot Sikukuni und Zulu; Quimbo hab' lieb Mynheer; Mynheer geb' Quimbo Tabak, und Quimbo geb' Mynheer dafür Seele und Leib!«

Diese Liebeserklärung war von einer so inbrünstigen Gestikulation begleitet, daß der zärtliche Kaffer das Gleichgewicht verlor und kaum noch Zeit fand, die Mähne des Pferdes wieder zu erfassen, um sich auf dessen Rücken zurückzuzerren.

»Ist Sikukuni wirklich so bös?« fragte ich.

»Sikukuni hab' tot schlag' weiß' Mann, weiß' Frau, weiß'

[1] Stoßlanze.

Kind und hab' tot schlag' Basuto; Sikukuni trink' Blut und tanz', wenn schlag' tot viel weiß' Mann, Frau und Kind. Sikukuni hab' schlag' tot Boer am Blau-Kranz-Spruit; ist Sikukuni gut?«

Der Kaffer hatte recht. Ich mußte an die fürchterliche Metzelei am Blesboks-Fluß denken, wo Sikukuni über sechshundert Holländer und Hottentotten treulos hingeschlachtet hatte, und an die Grausamkeit, mit welcher er bei Feierlichkeiten seine Gefangenen oder, in Ermangelung solcher, ganze Scharen seiner eigenen Leute auf die qualvollste Weise abwürgen ließ. Hatte doch sein Verwandter, der friedliebende und den Holländern freundlich gesinnte Somi, sich einem solchen Tode nur durch die schleunigste Flucht entziehen können und dabei erfahren, daß sein Weib mit dem einzigen Kinde, welches er besaß und die er vorausgesandt hatte, in der Kalahari elend verschmachtet waren. Sikukunis Befehle rochen nach Blut, seine Fußstapfen rauchten von Blut, und nach blutiger Rache schrien die unzähligen Opfer, welche seiner Mordlust gefallen waren. Die eiserne Strenge, mit welcher er regierte, hielt seine Scharen zusammen, aber man wußte es wohl, daß sie sich nach einem andern Führer sehnten und es im stillen bedauerten, den Aufenthalt Somis nicht erfahren zu können.

»Nein; Sikukuni ist nicht gut; aber die Strafe wird ihn ereilen, und er wird nicht lange mehr Häuptling der Zulus sein.«

»Sikukuni schlägt – – oh, oh, Mynheer,« unterbrach er sich, »Quimbo seh' Mann dort an Berg; Mann reit' auch auf Pferd wie Quimbo und Mynheer!«

Er deutete mit der einen Hand vorwärts, wo allerdings in einiger Entfernung vor uns ein Reiter sichtbar war, welcher in einem stumpfen Winkel mit uns auf die Berge zugehalten hatte, so daß er uns bisher entgangen war.

»Ein Boer oder ein Engländer,« meinte ich. »Vorwärts, Quimbo; wir müssen ihn einholen!«

Ich ließ meinem Fuchse die Sporen fühlen, und sofort setzte er sich in Trab. Der Brabanter versuchte, es ihm gleichzuthun, warf aber den fetten Rücken so herüber und hinüber, daß der Kaffer in die größte Bedrängnis kam, Schiffbruch zu leiden.

»Oh, oh, Mynheer!« brüllte er; »Pferd lauf' viel schnell; Quimbo verlier' Arm, Quimbo verlier' Bein; Quimbo verlier' Quimbo und Pferd! Wo werd sein Quimbo, wenn Mynheer such' Quimbo!«

Die kleine Reitlektion konnte ihm nur Nutzen bringen; daher verminderte ich die Schnelligkeit des Rittes nicht im mindesten, wogegen auch er in gleichem Fortissimo fortbrüllte, Grund genug, mich nicht zu verwundern, daß der fremde Reitersmann auf uns aufmerksam wurde, noch lange bevor wir ihn erreichten. Er wandte sich um und erwartete uns.

Auch er ritt einen Engländer, doch war es augenscheinlich, daß dieser eine bei weitem größere Last zu tragen hatte, als der meinige, denn der Mann war von außerordentlich breiter, gewichtiger Figur und einem Gliederbau, von welchem man ganz bedeutende Kraftäußerungen erwarten konnte. Das breite Gesicht hatte trotz seiner Gutmütigkeit einen höchst selbstbewußten Ausdruck, und das scharfe Auge, welches wißbegierig auf mir ruhte, konnte wohl bedeutend finsterer blicken als jetzt, wo er die Hand zum Gruße erhob, um mir auf den meinigen zu danken.

»Woher?« klang es kurz, aber nicht unfreundlich.

»Seit gestern früh da drüben von Willem Larssen her.«

»Willem Larssen? Ein guter Neederlandsmann! Und wohin, Mynheer?«

»Ein wenig über die Randberge hinüber.«

»Was wollt Ihr dort?«

Der Mann fragte mehr, als eigentlich die Höflichkeit gestatten sollte, doch zeigte seine Miene dabei einen gewissen Ausdruck des Wohlwollens, welcher mich ruhig antworten ließ:

»Will das Land kennen lernen, Mynheer, weiter nichts.«

Da legte er die Hand bedächtig an das Kinn, sein Auge schien sich zu verfinstern, und strenger klang die Frage:

»Das Land wollt Ihr kennen lernen, Mynheer? So, so! Es giebt jetzt gar viele Leute, welche das Land da unten kennen lernen wollen, und doch werden sie nichts kennen lernen, als dieses da!«

Er schlug dabei mit der Faust auf den Kolben seines Roer, welches er über den Rücken hangen hatte. Er war ein Niederländer; das verstand sich ganz von selbst.

»Das meine ich auch, Mynheer,« antwortete ich. »Es ist fürwahr kein gutes Geschäft, Mann gegen Mann zu hetzen, um, wenn sie sich töten, die doppelte Erbschaft einzustreichen!«

Sofort wurde beides, sein Auge und sein Ton, wieder milder.

»So seid Ihr kein Engländer, den man Sir zu nennen hat?«

»Nein; ich bin ein Deutscher, da aus dem Sachsen her, und denke, daß wir mit den Holländern von den gleichen germanischen Eltern abstammen.«

»Recht so! Es giebt eine ganze Zahl Deutscher hier zu Lande, und sie alle halten es mit uns. Seid mir also willkommen!«

Er reichte mir die Rechte zum kräftigen Handschlage entgegen und warf dann mit lächelnder Miene einen Blick auf meinen Begleiter.

»Euer Diener?«

»Diener, Führer und Dolmetscher, Mynheer; ein Wunder- und Prachtkerl, wie Ihr dergleichen lange suchen könnt.«

»Wird sich jetzt im Hintertreffen halten können, Mynheer, denn wenn Ihr es mir erlaubt, werde ich einmal Euer Führer sein. Ihr haltet doch auf den Bezuidenhout-Paß zu?«

»Allerdings.«

»Das ist auch mein Weg, und wenn es Euch recht ist, so bleiben wir für jetzt zusammen. Ich heiße Kees[1] Uys.«

Ich blickte ihn höchst überrascht an, denn diese Bekanntschaft war eine sehr ehrenvolle für mich. Das also war der Sohn des berühmten Boernführers, welcher im Verein mit

[1] Abkürzung von Cornelius.

Potpieter und Pretorius die berühmte Schlacht bei Pieter-Maritzburg gegen die Kaffern gewonnen hatte! Ich konnte meine Freude nicht zurückhalten und nannte ihm auch meinen Namen, der ihm allerdings ein vollständig unbekannter sein mußte.

»Ihr könnt es mir glauben, Mynheer Uys,« versicherte ich ihm, »daß mir nichts Lieberes passieren konnte, als dieses Zusammentreffen mit Euch!«

»Ihr habt von mir wohl in der Kapstadt gehört?«

»Viel, aber bereits vorher in der Heimat.«

»So kennt man uns auch dort?« fragte er mit einem leichten Anfluge von Stolz in den treuen, ehrlichen Zügen.

»Gewiß!«

»Und wie spricht man dort? Mit wem hält man es? Mit uns oder mit den Engländern?«

»Ich bin kein Politikus, Mynheer, aber ich kann Euch aufrichtig sagen, daß Ihr unserer Sympathie vollständig sicher seid. Ich bin während meiner weiten Reisen vielfältig mit den Söhnen Englands zusammengetroffen und habe da manche Freundschaft geschlossen, welche wohl für das ganze Leben andauern wird; doch hier muß man den Einzelnen vom Ganzen wohl unterscheiden. Ich habe kein persönliches Interesse an den hiesigen Verhältnissen, doch gestehe ich, daß ich ohne Zaudern zur Büchse greifen würde, wenn Ihr, so lange ich an Eurer Seite bin, derselben gegen einen Eurer Feinde bedürftet.«

Er reichte mir noch einmal die Hand herüber.

»Ich danke Euch, Mynheer! Ich werde wohl nicht in der Lage sein, diese Hilfe in Anspruch nehmen zu müssen, aber es thut wohl, so freundliche Worte von einem Manne zu hören, welcher aus der Ferne betrachtet hat und also wohl ein richtigeres Urteil besitzt, als derjenige, welcher die Verhältnisse vom Standpunkte seines Vorteiles aus ansieht.«

Er ritt in sich versunken neben mir. Dann richtete er sich plötzlich auf und meinte:

»Ich will Euch einmal ein großes weltgeschichtliches Gesetz sagen, auf welches mich das eigene Grübeln und Sinnen gebracht hat. Es heißt: die Seeherrschaft – und also auch die Herrschaft über die Kolonien – geht der Küste entlang. Blickt in die Geschichte zurück, so werdet Ihr finden, daß ich vielleicht recht habe. Phönizien, Griechenland, Rom, Karthago, Spanien, Portugal, auch vorher Venedig und Genua, die Barbareskenstaaten nur nebenbei erwähnt, Frankreich, Niederland – England lösten einander in der Seeherrschaft ab. Habe ich nicht recht?«

»Ich kann nicht bestreiten, daß ich dieses Gesetz, mit einigen Motivierungen natürlich, beinahe anerkennen möchte.«

»Denkt darüber nach, und Ihr werdet gleicher Meinung mit mir werden! Holland hat der See mehr abgerungen als jedes andere Land, aber daß es sich diesem Gesetze auch zu fügen hat, ist bereits längst entschieden – England hat ihm die Herrschaft abgerungen; in Europa, in Indien, hier am Kap. Und nun ist unser Schicksal leicht zu erkennen: wir kämpfen hier für die mit unserem Blute errungenen Güter, aber sie werden uns endlich doch genommen werden. England wird das Kap beherrschen, vorher aber werden wir uns verteidigen und sterben, wie die Männer und Helden. Die Thaten, welche hier geschehen, werden nicht besungen, ja wohl kaum besprochen werden, denn sie werden in zu weiter Ferne von der Heimat geschehen; aber unsere Söhne und Enkel werden, wenn man sie vertreibt, immer weiter nach dem Norden gehen und unser Andenken bewahren, bis sie selbst dem Geschicke erliegen, welches wir erlitten. Jedes irdische Geschöpf hat eine Berechtigung, zu sein und zu leben; jede Pflanze, jedes Tier, jeder Mensch, jedes Volk und jede Nation darf nach der eigentümlichen Weise, die ihm gegeben ist, sich entwickeln, damit am Baume der Menschheit verschiedene Blüten treiben und verschiedene Früchte reifen, je nach dem Boden, dem sie entstammen, und dem Himmel, der sich darüber breitet. Verdrängt ein Volk das andere von seinem Boden, begiebt es sich unter den Himmel eines anderen, um es zu vertilgen, so hat es selbst seine ursprünglichen Wurzeln verloren und kann sich nicht von neuem in die Erde gründen; die Sonne brennt ihm in der Fremde zu heiß, oder es wehen ihm die Winde zu kühl – es erkrankt, es ermattet, es unterliegt; es muß den Tod der Vertriebenen mit seinem eigenen Leben bezahlen. Dies geschieht so wahr, als jede Auswanderung und jeder Klimawechsel im geheimen am innern Marke zehrt, obgleich die roten Wangen das Gegenteil beweisen wollen. Wir werden vom Kap verschwinden, weil wir uns an den Ureigentümern desselben versündigt haben, und England wird uns folgen, und wenn seine Macht und Herrschaft hier Jahrhunderte lang im Wachsen blieb.«

»Meint Ihr?» fragte ich, verwundert über die Aufrichtigkeit, mit welcher er seine innersten Gedanken mir enthüllte, den er vor zwei Minuten zum erstenmal gesehen hatte. »Ich möchte im Gegenteile behaupten, daß von einem Verschwinden, wenn man es nicht ganz und gar äußerlich nehmen will, keine Rede sein kann. Zwei chemische Stoffe, welche wir vermischen, verschwinden nicht, sondern sie entziehen sich nur durch die neue Gestalt, durch das Produkt, welches sie in ihrer Verbindung bilden, unsern Blicken. So ist es nicht allein in der unorganischen, sondern auch in der organischen Welt, zu welcher ja auch der Mensch und durch ihn das Volk, die Nation zählt. Blickt hinüber nach Amerika! Durch die Verbindung so verschiedener Elemente ist ein neues, eigenartiges Volk entstanden, doch diese Elemente selbst sind noch in ihm vorhanden und – – –«

»Sehr wohl, Mynheer; aber wollt Ihr nicht zugeben, daß der Indianer wirklich verschwindet, ohne im Yankee wiedergefunden zu werden? Doch da betreten wir ein Feld, dessen Fruchtbarkeit leider zu wenig bekannt ist, als daß seine Bebauung richtig in Angriff genommen worden wäre. Vielleicht bin ich auch ein wenig Phantast; wenigstens würdet Ihr wohl diese Ansicht hegen, wenn ich es unternehmen wollte, Euch so meine Meinungen auseinanderzusetzen.«

Sein Aeußeres machte nun allerdings nicht im mindesten den Eindruck, als ob er phantastische Gesinnungen hege; vielmehr schien seine derbe, kernige Figur nur für das mühevolle, praktische Leben eingerichtet zu sein. Auch seine Kleidung zeigte dies. Er trug auf dem Kopfe einen breitrandigen Filzhut, welcher sehr wenig das Recht hatte, elegant genannt zu werden; die Schultern und Brust umhüllte über einem engen Wamse aus grobem holländischen Tuche eine einfache graue Wollendecke; die starken Schenkel staken in einer sehr abgerittenen Lederhose, über welche sich lange, wohlgeteerte Stiefelschäfte emporzogen. Seine Bewaffnung schien höchst einfach zu sein, denn sie bestand nur aus einem in einer Büffelscheide steckenden Messer und einer alten, schweren Büchse; doch wer da wußte, mit welcher unfehlbaren Sicherheit der holländische Ansiedler sein ›Roer‹ zu handhaben versteht, der konnte wohl annehmen, daß diese Büchse schon manchem Kaffer, vielleicht auch Engländer, das Leben gekostet hatte. Wie gesagt, das Aeußere dieses Mannes schien so einfach, so nüchtern, daß ich nur antworten konnte:

»Phantast? Ich denke, Ihr greift mit Euren Ansichten und Meinungen eher in das reale, volle Leben als hinüber in das trügerische Reich der Einbildung. Wer Euer Leben lebt und Eure Erfahrungen sein eigen nennt, wird sich wohl schwerlich den Ruf eines Metaphysikers erwerben, wenn er jemand den Gefallen thut, sich offen auszusprechen.«

»So? Thäte ich Euch einen Gefallen? Ich würde dabei dennoch in diesen Ruf kommen, denn denkt Euch, ich leugne zum Beispiel die Geschichte; ich behaupte, ja ich beweise sogar, daß wir gar keine Geschichte haben!«

»Wenn Ihr diese Behauptung begründen könnt, so seid Ihr ja doch kein Phantast, Mynheer.«

»Ja, ich kann sie begründen; ich kann ihre Wahrheit beweisen, und das ist gar nicht so schwer, als man meinen dürfte. Freilich einem gelehrten Professor dürfte ich damit wohl nicht kommen, denn diese Herren haben oft ganz eigentümliche Dogmen. Sie errichten aus dem Material ihre Gedanken und Schlüsse, Gebäude, welche bis zum Himmel reichen, doch unbewohnbar sind, und beachten nicht die dauerhaften Stoffe, welche die Wirklichkeit bietet, uns Wohnungen zu bauen, unter deren Dächern die Menschheit in

Sicherheit und Frieden zu weilen vermag. Diese Herren haben Tausende von Büchern über die Geschichte geschrieben, und doch findet man in keinem derselben wirkliche Geschichte.«

»Ah?«

»Ja, so ist es! Laßt mich zur Analogie greifen! Unsere Naturkunde zerfällt in drei Teile: in die Kunde von den Naturerscheinungen, den Naturkräften und den Naturgesetzen; ihre Aufgabe ist, zu zeigen, wie gewisse Naturkräfte nach gewissen unumstößlichen Naturgesetzen gewisse Naturerscheinungen hervorbringen. So auch die Geschichte. Sie hat zu lehren von den geschichtlichen Gesetzen, den geschichtlichen Kräften und den geschichtlichen Erscheinungen; sie hat nachzuweisen, daß gewisse geschichtliche Kräfte nach gewissen unumstößlichen geschichtlichen Gesetzen gewisse geschichtliche Erscheinungen zu Tage fördern. Welches Geschichtswerk aber zählt uns diese Kräfte und Gesetze auf; welches Geschichtswerk giebt uns eine genaue Erklärung von der notwendigen Entwickelung eines Ereignisses nach diesen Gesetzen und durch diese Kräfte?«

Ich muß gestehen, diese Darlegung frappierte mich; sie entstammte jedenfalls nicht einer phantastischen Weltanschauung, sondern war das Produkt eines aufmerksamen Nachdenkens über die Vorkommnisse des realen Lebens.

»Eure Analogik ist keine gewöhnliche, Mynheer,« antwortete ich; »aber sie scheint überzeugend zu sein.«

»Scheint? Sie ist es wirklich! Sagt mir, was findet Ihr in Euren Geschichtswerken? Eine Aufzählung derjenigen geschichtlichen Erscheinungen, derjenigen Ereignisse, welche sich in dem Zeitpunkte, von welchem aus wir erzählen können, teils wirklich zugetragen haben, teils zugetragen haben sollen. Ist das Geschichte? Das ist nur einfache Chronik; denn wo bleiben die geschichtlichen Kräfte und Gesetze? Der Naturforscher, der Chemiker wirkt gleichsam schöpferisch – freilich nur in sehr beschränktem Sinn – indem er durch die ihm bekannten Naturkräfte nach den ihm ebenso bekannten Naturgesetzen verändert, zerstört oder hervorbringt. Was aber thut der Geschichtsforscher? Er sammelt die äußeren Thatsachen, reiht sie an einem beliebigen Faden auf, wie der Kaffer seine Glasperlen, und kann nichts über ihre Erzeugung und Entwickelung sagen, ebensowenig, als der Kaffer weiß, wie seine Glasperlen entstanden sind. Und dennoch giebt er diesem Kalender den Namen der Geschichte! Ja, die Geschichte sollte die Mutter der Politik sein! Das aber, was Ihr Geschichte nennt, ist ein unfruchtbares Ding. Was sind Eure sogenannten Politiker? Sie streiten sich um die Früchte von Bäumen, die sie nicht gepflanzt haben, und verstehen es nicht, einen Kern zu pflanzen, welcher ihnen diese Früchte auf einem ebenso sichern wie friedlichen Wege bringen würde. Ich sage Euch, Mynheer: erst dann, wenn unsere Erkenntnis hindurchgedrungen ist in jene geheimnisvollen Tiefen, aus denen von dem allmächtigen Schöpfer selbst angeordnete weltgeschichtliche Gewalten nach unumstößlichen weltgeschichtlichen Gesetzen weltgeschichtliche Thatsachen emporwachsen lassen aus dem Boden, dessen Produkte wir bisher hinnahmen, ohne uns ihrer Erzeugung zu bemächtigen, dann erst können wir sagen: wir haben Geschichte. Dann werden wir Herren der Ereignisse sein; dann werden wir dieselben zu machen, zu fabrizieren verstehen, wie der Handwerker sein Werk und der Poet sein Gedicht. Dann wird die Geschichte das Kind Politik gebären, welches als Königin des Erdkreises demselben den ewigen Frieden bringt und das Schwert in die Pflugschar verwandelt, denn der Streit, der Krieg wird zur Unmöglichkeit werden, da jeder die Gesetze und Kräfte kennt, nach und mit denen der andere wirkt und handelt. Statt der Konkurrenz der Waffe wird die Konkurrenz des Friedens walten, und die Entwickelung des Menschengeschlechtes wird auf Bahnen geleitet werden, die so hoch über unserer jetzigen Kenntnis liegen, daß wir von ihnen nicht die mindeste Ahnung besitzen. Bis dahin aber wollen wir eifrig nach jenen Tiefen forschen und in Demut bekennen, daß wir noch Stümper sind!«

Er hatte mit einer Begeisterung gesprochen, welche sein Auge mit Flammen begabte. Dieser äußerlich so schlichte

Mann war ein tiefer Denker und ein hinreißender Redner. Auch wenn ich danach gesucht hätte, es wäre mir doch nicht gelungen, sofort eine Entgegnung auf seine Thesen zu finden. Ich schwieg daher, und auch er vermied es, den Eindruck seiner Worte durch ein Brechen dieses Schweigens zu zerstören.

So ritten wir still und in Gedanken versunken nebeneinander her, bis er endlich doch den gesenkten Kopf erhob und zu mir herüberschaute.

»Das war ein Blick in die Zukunft, Mynheer. Laßt uns auch an die Gegenwart denken! Ihr wollt über die Berge. Habt Ihr eine bestimmte Adresse, an welche Ihr Euch da wenden wollt?«

»Nein. Ich fliege, wie der Vogel fliegt, und wo ich einen Baum finde, da lasse ich mich auf einen Tag in seinen Zweigen nieder. Und doch,« fügte ich, mich besinnend, hinzu, »ich hätte wohl eine Adresse, wenn man bei diesem Worte nicht an einen bekannten Punkt denkt.«

»Ihr sucht jemand?«

»Was man eigentlich unter Suchen versteht, nein; aber ich traf in Zeeland eine Familie, welche Verwandte in Transvaal besitzt, von denen seit langer Zeit keine Kunde in die Heimat gedrungen ist, und wurde gebeten, mich gelegentlich nach denselben zu erkundigen.«

»Wie heißen diese Verwandten hier?«

»Van Helmers.«

»Hm, ich habe Tausende von Boers unter meinem Kommando gehabt und kenne die meisten beim Namen; es waren einige Helmers unter ihnen. Könnt Ihr mir nicht vielleicht etwas Näheres angeben?«

»Ich weiß nur, daß sie vor den Engländern über die Drachenberge in das Transvaal gestiegen sind.«

»Und aus Zeeland stammen sie?«

»Ja, wie ich bereits sagte, der Großoheim von ihnen ging nach dem Kap; es können von demselben also Kinder und Enkel vorhanden sein.«

»Was war dieser Großoheim?«

»Schiffer.«

»Und hieß Lucas van Helmers?«

»Allerdings,« rief ich überrascht, »Ihr kennt die Familie, Mynheer?«

»Ich habe von diesem Lucas einiges gehört. Seine Verwandten – hm, er ist längst tot, und ich muß mich besinnen,« antwortete er mit einem eigentümlichen Zwinkern seines Auges.

Sein ernstes Gesicht nahm einen leis-schelmischen Ausdruck an, der mich schließen ließ, daß er von den Betreffenden mehr wisse, als er mir sagen wollte. Was hatte er für Gründe zu dieser Zurückhaltung?

Da plötzlich hielt er sein Pferd an, und auch ich parierte das meinige. Der aus Lagern grob geschichteten Sandsteines gebildete Boden war stellenweise von dunklen Massen eruptiven Gesteines durchbrochen; diese Felsenlager hinderten uns, weit zu sehen, doch dämpften sie den Schall nicht, welcher uns den Hufschlag eines uns schnell entgegenkommenden Pferdes zutrug.

»Wer kommt?« fragte er, das Roer von der Schulter nehmend.

Auch ich hatte sofort mein Gewehr ergriffen, doch senkten wir beide zu gleicher Zeit die Waffen: ein leichter Pony trabte um die Felsenecke, und auf ihm saß eine Mädchengestalt, deren Erscheinung auch unter andern Verhältnissen meine ganze Aufmerksamkeit in Anspruch genommen hätte.

Sie trug einen leichten, roten Rock, dessen Mieder gürtelartig nur die Hälfte der Taille umschloß; über die eine Schulter war nach der andern Hüfte herüber ein Wildkatzenfell geschlungen, und das lockige, tiefschwarze Haar quoll in dichter Fülle unter einem aus bunten Federn hergestellten Mützchen hervor. Arme und Füße waren bloß, und die dunkle Farbe derselben ließ in der Reiterin ein Kaffernmädchen vermuten. Ein Blick in das Gesicht machte diese Vermutung zur Gewißheit, wenn auch die Bildung desselben nicht die scharfe Prägung zeigte, welche man bei Individuen gewöhnlichen Schlages beobachtet.

Als sie uns erblickte, riß sie die Zügel an sich und legte die kleine Hand an den Messergriff, welcher unter dem Katzenfelle hervorsah, doch ging ihre Besorgnis schnell in ein Lächeln über, und sichtlich freudig überrascht rief sie:

»Kees Uys! Ihr wollt zu uns?«

»Ja, mein Mietje[1]. Ist die Mutter daheim?«

»Ja.«

»Und Jan?«

»Nein. Er sucht einen Leoparden.«

»Und du? Wo willst du hin, Mädchen?«

»Hinüber zu Nachbar Zelmst. Ich habe Eile. Mutter ist krank, und Zelmst soll ihr helfen.«

»Kind, du kommst vor nachts nicht hinüber, und der Weg ist gefährlich.«

Sie lächelte leichthin.

»Ich fürchte mich nicht, Baas Uys, das wißt Ihr ja, und Mutter ist diesmal so schlimm, daß der Nachbar kommen muß.«

»Ist Nachbar Zelmst ein Arzt?« fragte ich.

»Er ist ein Boer, der einiges von den Kräutern versteht,« antwortete mir Kees Uys.

»So kann Mietje wieder umkehren; ich werde der Mutter zu helfen versuchen.«

Das Mädchen blickte erfreut zu mir herüber.

»So seid Ihr ein Offizier van der Gezondheid?« fragte sie.

»Ich bin auch Arzt und habe meine Reiseapotheke bei mir,« antwortete ich.

»Das ist ja ein außerordentlich glücklicher Umstand, Mynheer,« meinte Uys. »Kehr um, Mietje, und sei froh, denn ich weiß die Zeit gar nicht mehr, seit welcher hier in den Randbergen ein Arzt gesehen wurde. Kommt, Mynheer, wir wollen etwas scharf zureiten! Ihr müßt nämlich wissen, daß Mietje es nicht liebt, ihren Pony zu langweilen!«

Wir ließen nun die Pferde ausgreifen, und ich bemerkte allerdings bald, daß Mietje ihr Tier ausgezeichnet zu behan-

[1] Marie.

deln verstand. Ein ungewöhnliches Interesse erwachte in mir für die fremdartige Reiterin. Wie kam die Kafferin zu dem christlichen Namen Marie? Wie zu dem beinahe verwandtschaftlichen Verhältnisse zu dem berühmten Boersführer? Ihrem vorteilhaften Aeußeren nach mußte sie einem ausgezeichneten Stamme angehören; vielleicht war sie eine Aatomba oder eine Lagoanerin. Wer war die kranke Mutter? Das Mädchen sah nicht aus, als ob es eine kaffrarische Erziehung genossen habe.

Diese Gedanken und Betrachtungen wurden durch eine hinter uns rufende Stimme unterbrochen. Ich wandte mich um. Hart an den Hufen unserer Pferde trabte der dicke Brabanter, doch ohne Reiter. Der letztere lag eine kleine Strecke weiter zurück, streckte Arme und Beine kerzengrad in die Luft und schrie aus Leibeskräften:

»Mynheer halt – Mnyheer wart'! Oh, oh – au, oh! Quimbo hab' nicht mehr Pferd, und Pferd hab' nicht mehr Quimbo! Oh, au! Pferd lauf', und Quimbo kann nicht mehr lauf' und nicht mehr reit'; Quimbo hab' nicht mehr Arm und nicht mehr Bein, Quimbo lieg' an der Erd und bin tot!«

Ich mußte lachen, und auch Kees Uys stimmte ein. Das Mädchen aber kehrte zu dem verunglückten Stammverwandten zurück, warf sich vom Pony und bog sich zu ihm nieder.

»Du heißest Quimbo? Hast du dir Schaden gethan?« fragte sie ihn.

»Ja, Quimbo heiß' Quimbo; aber nicht Quimbo hab' Quimbo Schaden gethan, sondern Pferd hab' Schaden gethan Quimbo.«

»Was thut dir weh? Wo schmerzt es dich? Im Rücken?«

»Nur Rücken soll schmerz' Quimbo? Oh, oh, der ganz' Quimbo thu' Quimbo weh. Quimbo bin nicht mehr am Leben; Quimbo bin tot!«

Auch ich stieg vom Pferde, um zu sehen, ob er sich Schaden gethan habe; ich konnte trotz der sorgfältigsten Untersuchung nicht das Geringste finden, und dennoch verweigerte er, sich zu erheben. Er brüllte unter meiner forschenden Hand und versicherte ohne Aufhören, daß er vollständig tot sei. Da stieg auch Uys ab und zog sein Messer hervor.

»Quimbo ist wirklich tot,« meinte er gelassen. »Und wenn Ihr es nicht glaubt, Mynheer, so werde ich es Euch beweisen. Ich schneide ihn auf, und dann könnt Ihr hineinsehen, ob er noch Leben hat.«

Er bog sich nieder, faßte den Kaffer bei der Kehle und setzte das Messer an; im nächsten Augenblick war Quimbo aufgesprungen und schlug einen fürchterlichen Salto mortale zur Seite hinüber.

»Oh, nicht schneid' Quimbo! Quimbo bin wirklich tot, aber Quimbo kann doch wieder reit' auf Pferd!«

»So steige auf, und nimm dich in acht, daß du nicht wieder herabfällst!«

Der von den Toten Erstandene suchte die Gegenstände zusammen, welche ihm entfallen waren, und kletterte wieder auf das Pferd.

»Reit' Mynheer wieder schnell?« fragte er ängstlich.

Ich nickte.

»Oh, dann bind' Quimbo fest,« bat er; »sonst werd' Quimbo zweimal tot!«

»Dann schneide ich dich wirklich auf!« versicherte Uys mit drohender Miene und stieg ebenso wie ich und Mietje wieder auf. »Uebrigens ist unser Weg kein weiter mehr. In einer halben Stunde haben wir unser Ziel erreicht, und dann, Mynheer, könnt Ihr ja zeigen, daß Ihr ein wenig mehr versteht, als Nachbar Zelmst, der Kräutersucher.« – – –

2.

Nach einem halbstündigen Ritt hielten wir vor einem Thale, welches sich in einer Breite von wohl anderthalb englischen Meilen zwischen zwei Höhen hinzog, die zu den westlichen Ausläufern des Randgebirges gehörten. Ein breiter Bach schlängelte sich längs seiner Sohle von einer Seite zur andern und bildete die Ursache der üppigen Vegetation, durch welche sich dieser verborgene Winkel der Vorberge vor den Strecken auszeichnete, welche ich während der letzten Tage durchstreift hatte. Ueberall erblickte das Auge weidende Rinder, Schafe und Ziegen. Ein ausgedehntes Gehöft, umgeben von einem baumreichen Garten, an den sich unmittelbar reichbestandene Getreidefelder schlossen, lag inmitten des Thales.

»Da sind wir!« sprach Kees Uys. »Wie gefällt Euch dieser Platz?«

»Besser als mancher andere, den ich bisher gesehen habe. Wie heißt der Besitzer desselben?«

»Es ist Neef Jan, ein ganzer Junge, sage ich Euch. Nach einem wackerern Afrikander, als er ist, könnt Ihr lange suchen, obgleich er erst zweiundzwanzig Jahre zählt. Schade, daß er sich auf der Leopardenjagd befindet, die ihn stets einige Tage vom Hause hält, sonst könntet Ihr ihn persönlich kennen lernen!«

Er nannte ihn bloß Neef Jan, ohne seinen Familiennamen zu sagen. Die holländische Sitte, daß, auch ohne in Blutsverwandtschaft miteinander zu stehen, ältere Bekannte jüngere mit Neef anreden und von diesen mit dem einfachen und vertraulichen Baas bezeichnet werden, ist auch mit nach Afrika herübergekommen. Afrikander im weiteren Sinne nennt man alle Ansiedler niederländischen Ursprunges, im engeren Sinne aber versteht man hierunter nur diejenigen Boers, welche gut mit der Büchse umzugehen verstehen, treu an ihren alten Traditionen hangen, infolgedessen unerbittliche Feinde der Engländer sind und vor keiner Gefahr zurückzubeben pflegen. Nennt ein Ansiedler den andern einen Afrikander, so ist dies die größte Ehrenerweisung, welche er ihm bieten kann, denn er hat ihn damit als einen Held bezeichnet. Dieser erst zweiundzwanzigjährige Neef Jan mußte also bereits genügende Proben seines Mutes gegeben haben, um von dem berühmten Uys als Afrikander bezeichnet zu werden.

»Er hat außer Jan noch einen andern Namen?« fragte ich daher.

»Allerdings,« antwortete der Boer mit einem schlauen Lächeln. »Euch ist schlecht standzuhalten, wie es scheint, Mynheer. Ich wollte diesen Namen erst bei der Vorstellung nennen, aber da Ihr mich so drängt und der Neef auch nicht daheim ist, so sollt Ihr wissen, daß er Jan van Helmers heißt.«

»Van Helmers?« rief ich. »Wollt Ihr damit sagen, daß er ein Glied jener Familie sei, welche ich suche?«

»Wenn ich mich nicht irre, so ist er der Enkel jenes Großoheims, von welchem Ihr mir erzähltet. Dieser fiel als wackerer Kämpe in der Schlacht bei Pieter-Maritzburg, in welcher auch dessen Sohn mitfocht, der, wie ich Euch versichere, ein Jäger und ein Krieger war, wie es kaum einen zweiten gab. Der Enkel gleicht ihm auf das Haar. Seine Büchse hat noch niemals ein Ziel verfehlt, weder bei Tag noch bei Nacht; darum wird er nur der Boer van het Roer genannt, und seine Fäuste sind stark wie die Tatzen des Löwen; wehe dem, der zwischen sie gerät!«

Mietje war uns vorausgeeilt; wir sahen sie jetzt hinter den Planken des Hofes verschwinden.

»Und dieses Kaffernmädchen?« fragte ich.

»Ist seine Adoptiv-Schwester und seine Braut.«

»Ah!«

»So ist es! Sein Vater war nordwärts vom Griqua auf einer Jagdstreiferei in die Kalahari gekommen und fand dort neben der Leiche einer jungen, schönen und wohl kaum vor einer Stunde verstorbenen Kaffernfrau das halb verschmachtete Kind. Er hatte ein mitleidiges Herz und nahm das Mädchen mit sich. Es wurde getauft und neben Jan erzogen, der es nicht anders als sein Schwesterchen nannte, bis er auf den Gedanken kam, aus der angenommenen Schwester sein Weib zu machen.«

»Waren die Eltern damit einverstanden?«

»Natürlich! Ihr dürft nicht glauben, daß wir dieselben Vorurteile hegen, wie ihr daheim. Mietje ist ein ganzes Mädchen und wird eine Frau werden, wie Jan unter den Ansiedlern keine bessere finden kann.«

»Sie muß eine Amatomba oder Lagoanerin sein.«

»Wahrscheinlich, doch geben die Gegenstände, welche van Helmers bei ihrer Mutter fand, keinen Anhalt. Sie ist, da Jan sehr viel außer Hause ist, die Seele der ganzen Besitzung, nimmt alle Sorgen mit Freuden auf sich und hat auch jetzt uns nur verlassen, damit wir bei unserer Ankunft sofort einen gedeckten Tisch vorfinden. Wäre ich jung, so könnte ich Jan um diese Braut beneiden!«

Wir ritten in raschem Schritte über die fetten Wiesen dahin, passierten das offenstehende Thor und gelangten in einen sehr großen Hofraum, in welchen die Eingangsthüre des Wohngebäudes mündete. Einige Fanghunde empfingen uns mit lautem Gebell, doch ließen sie sich durch Uys, der ihnen jedenfalls bekannt war, sofort beschwichtigen. In ihr Gebell hatte sich ein eigentümliches Pfauchen und Zischen gemischt. Ich folgte der Richtung des Schalles und gewahrte einen gezähmten Leoparden, welcher neben einer für ihn errichteten Hütte an einer starken Kette lag.

Das Gebell hatte noch eine weitere Folge. Ich vernahm nämlich hinter dem Hause die eigentümlichen Töne einer Stimme, welche mir vollständig unbekannt war, und sah gleich darauf um die Ecke einen Strauß hervorbiegen, der sich mit weit vorgestrecktem Halse und schlagenden Flügeln auf uns losstürzte. Das Haus schien außerordentlich gut bewacht zu sein.

Unglücklicherweise hatte sich der riesige Vogel meinen

braven Quimbo zum Gegenstande seines Angriffes auser-sehen. Dieser erkannte die Gefahr, welche ihm drohte, und brachte augenblicklich seine beiden nackten Beine auf den Rücken des Pferdes in Sicherheit.

»Mynheer, Mynheer,« brüllte er, »Strauß will freß' Quimbo! Strauß hab' Hunger! Strauß mag verschling' Pferd, aber nicht Quimbo!«

Durch das Zetermordio des Attackierten noch mutiger gemacht, verschärfte der Vogel seinen Angriff und versuchte, die Beine des Kaffern mit dem Schnabel zu erreichen. Da diese aber immer auf die gegenüberliegende Seite des Pferdes gehalten wurden, so griff er schließlich den Brabanter an, der die energischen Schnabelhiebe des streitbaren Federhelden allerdings so wenig nach seinem Geschmacke fand, daß er trotz seiner Schwerfälligkeit mit allen vieren in die Luft ging und Quimbo in die höchste Gefahr brachte, seinem Feinde vor die Füße geworfen zu werden.

»Mynheer rett' Quimbo! Mynheer helf' arm' Quimbo! Quimbo will nicht gut schmeck' Strauß, oh, oh! Mynheer schieß' tot Strauß, aber Mynheer nicht treff' Quimbo, denn Quimbo bin sonst tot!«

Kees Uys versuchte vergebens, den Vogel zu beruhigen. Der dicke Gaul stieg unaufhörlich bald vorn bald hinten in die Höhe und wieherte vor Schmerzen; der Kaffer brüllte; die Hunde begannen von neuem ihr Gebell, und der Leopard zerrte an der Kette und brüllte, daß es einem wirklich angst werden konnte. Da erscholl ein einziger Zuruf durch das geöffnete Fenster, und sofort gehorchten alle diese zahmen und halbwilden Tiere.

»Rob, zurück!« rief Mietje, und der Vogel wandte sich vom Pferde hinweg, um an das Fenster zu eilen und, den Kopf durch dasselbe steckend, sich von seiner Herrin liebkosen zu lassen.

Dadurch wurde nicht nur Quimbo befreit, sondern auch wir sahen uns aus einer fatalen Lage erlöst, da es uns andernfalls notwendig erschienen wäre, gewaltsam gegen den jedenfalls freundlich gehegten Vogel einzuschreiten.

Einige herbeieilende Hottentotten nahmen unsere Pferde in Empfang; dann trat ich mit Uys in die Wohnung, in welcher wir außer Mietje eine ältliche Frau fanden, welche, sorgfältig in Decken gehüllt, in einem Lehnstuhle saß. Mietje hatte uns bereits angekündigt, und ich wurde von der Kranken mit außerordentlicher Herzlichkeit empfangen.

»Jeffrouw Soofje, dieser Mynheer kommt aus Holland,« bemerkte Kees Uys.

»Und zwar aus Zeeland,« fügte ich hinzu.

»Aus Zeeland?« fragte sie. »Ich kenne es nicht; aber der Vater meines Mannes war dort geboren. Er hat viel dorthin geschrieben, endlich aber keine Antwort mehr erhalten. Kennt Ihr Storkenbeek in Zeeland?«

»Ich bin eine volle Woche dort gewesen als Gast einer Familie van Helmers.«

»Bei den Helmers?« fragte sie, trotz ihres Leidens und ihrer außerordentlichen Wohlbeleibtheit, außerordentlich lebhaft. »Das sind ja unsere Verwandten! Habt Ihr sie nicht von Lucas van Helmers sprechen hören?«

»Sehr oft, Jeffrouw. Sie baten mich, nach Euch zu forschen und Euch diese Briefe zu überreichen, falls es mir gelingen sollte, Euern Aufenthalt zu entdecken. Auch sie haben schon öfters geschrieben, ohne eine Antwort zu erhalten. Die Postzustände scheinen zur Zeit der Invasion der Engländer keine besonders lobenswerten gewesen zu sein.«

»Einen Brief aus Storkenbeek? Gebt ihn schnell her, Mynheer! Mietje mag ihn vorlesen, während Ihr dort zu dem Imbiß greift. Setzt Euch zur Tafel, und nehmt fürlieb. Wildbret ist leider nicht dabei, da Jan schon seit vorgestern abwesend ist, um auf einen Leoparden zu gehen.«

Sie legte auf das Wort Leopard einen Ton, welcher mich annehmen ließ, daß es mit demselben eine besondere Bewandtnis haben müsse, zumal sie dabei einen eigentümlichen, bezeichnenden Blick auf Uys warf. War unter dem Leoparden vielleicht etwas ganz anderes zu verstehen, als das bekannte katzenartige Raubtier, welches in der Kolonie allerdings häufig getroffen und eifrig verfolgt wird wegen des großen Schadens, den es unter den Herden stiftet?

Uys beantwortete diese unausgesprochene Frage durch eine Bemerkung, welche er der Frau auf ihre Worte machte:

»Ich wollte mit ihm, wurde aber abgehalten, zur rechten Zeit einzutreffen, und werde, sobald mein Pferd gefüttert ist, ihm folgen. Uebrigens ist dieser Mynheer kein Freund der Engländer, und wir können also offen vor ihm sprechen, Jeffrouw. Ist Jan allein fort?«

»Ja.«

»Nach der Klaarfontain?«

»Er sagte so, Baas Uys.«

»Hat er nicht gesagt, wer alles kommen will?«

»Van Raal, Zingen, Veelmar und van Hoorst, außer den andern, die sie begleiten.«

»Da wären ja die Hauptleute vollständig beisammen. Wie steht es mit Freed up Zoom?«

»Es kam die Nachricht, daß er vielleicht eintreffen werde. Das soll ich Euch ganz besonders mitteilen.«

»Wirklich?« fragte er schnell. »Dann bringt er auch den Mann mit, welchen wir brauchen, um Sikukuni unschädlich zu machen, und ich darf diese Zusammenkunft unmöglich versäumen. Wie lange wollen sie auf mich warten?«

»Vier Tage, von heut an.«

»Das genügt. Ihr müßt nämlich wissen, Mynheer,« wandte er sich zu mir, »daß wir einen entscheidenden Schlag gegen die Kaffern beabsichtigen. Wir haben zwar Frieden mit ihnen geschlossen, Sikukuni aber ist zu unruhig und blutdürstig; er hält den Vertrag nicht, überfällt einen Ansiedler nach dem andern, verheert das Land mit seinen Horden und wird darin von den Engländern unterstützt, welche ihm Waffen und Munition liefern und gar nicht bedenken, daß sie damit ein Raubtier stärken, welches sich früher oder später auf sie selbst stürzen wird. Wollt Ihr mit zu der Zusammenkunft? Ihr werdet nur echte Afrikander treffen und vielleicht auch einen Kaffernhäuptling, welcher einst so berühmt sein wird, wie Sikukuni, der da unten hinter den Bergen seine Zulus zusammenzieht, um einen großen Kriegszug gegen die Boers zu unternehmen, wie ich berichtet worden bin.«

Das war mir allerdings eine sehr willkommene Einladung, doch mußte ich sie aus Rücksicht für Jeffrouw Soofje ablehnen.

»Wann reitet Ihr?« fragte ich also.

»Sobald ich hier gegessen habe.«

»Dann kann ich mich Euch leider nicht anschließen. Wir haben Jeffrouw einen Arzt versprochen und müssen Wort halten, Mynheer.«

Er mußte diese Ansicht billigen und machte sich dann höchst eingehend und mit jener Behaglichkeit, welche den wahren Esser kennzeichnet, über die aufgetragenen Speisen her, welche zwischen seinen glänzenden Zähnen in solcher Menge verschwanden, daß ich an seiner Stelle mir unbedingt den Tod geholt hätte.

Unterdessen wurde der Brief geöffnet und von Mietje vorgelesen. Das Mädchen hatte sicher keine andern Lehrer als ihre Pflegeeltern gehabt; ich erstaunte daher über ihre Fertigkeit, den sehr undeutlich geschriebenen Brief zu entziffern, und Jeffrouw Soofje bemerkte diesen günstigen Eindruck, welchen die Leserin auf mich machte.

»Ja,« meinte sie daher nach vollendeter Lektüre, »das Mietje liest besser als Jan, und der ist doch vier Jahre älter und noch dazu der Adjutant von Baas Uys! Das hat sie vom seligen Boer gelernt, der ein gar kluger Mann war in allem, was der Mensch können und wissen muß. Seit ihn die Kaffern getötet haben, giebt es nicht eher Ruhe für mich und Jan, als bis Sikukuni gestraft ist.«

Als Kees Uys seine Mahlzeit beendet hatte, erhob er sich und griff zum Roer.

»Jetzt wird es fortgehen, Jeffrouw. Dank will ich Euch erst später sagen, denn es versteht sich ganz von selbst, daß ich Jan begleite, wenn er zurückkehrt. Und wir, Mynheer, brauchen wohl auch nicht Abschied zu nehmen, denn ich denke, Euch hier noch vorzufinden!«

»Mynheer wird nicht so schnell fortgehen,« versicherte

und bat die Frau, halb zu mir und halb zu ihm gewendet. »Lebt wohl, Baas Uys, und laßt uns bald hören, daß ihr mit Sikukuni fertig seid!«

Sie reichte ihm die Hand, und er that mit Mietje und mir, die wir ihn dann hinausbegleiteten, dasselbe. Das Mädchen blieb im Hofe; ich kehrte allein in die Stube zurück.

Hier mußte mir Jeffrouw Soofje von ihrem Leiden erzählen, und ich kam zu der Ueberzeugung, daß dasselbe nur in einem schlecht behandelten Katarrh bestehe, welcher allerdings bereits begonnen hatte, einen gefährlichen Verlauf zu nehmen. Glücklicherweise enthielt meine kleine Reiseapotheke das geeignete Mittel, welches ich der Patientin verabreichte, bevor ich ihr gebot, das Bett aufzusuchen. Um das letztere zu thun, bedurfte die schwere Frau der Hilfe, und ich ging daher, um Mietje zu holen. Sie war im Hofraume nicht zu treffen. Ich fragte einen aus dem Stalle kommenden Hottentotten nach ihr. Er zeigte mit dem Finger hinter das Haus.

»Mietje sein dort und geb' Schul' klein' Kind,« antwortete er.

»Schule?« fragte ich überrascht.

»Schul'!« antwortete er stolz. »Klein' Kind und groß' Khwekhwena (wie sich die östlichen Hottentotten nennen) lern' viel, groß viel in Schul - lern' zähl', lern les', lern' schreib' und lern' bet'. Mietje sein gut, groß gut in Schul'!«

Ich ging der bezeichneten Richtung nach und hörte bald ein lautes Sprechen. Inmitten eines kleinen, von Buschwerk eingerahmten freien Grasplatzes saß das Mädchen, umgeben von Kindern beiderlei Geschlechtes, welche in zwei Abteilungen getrennt waren. Die Abteilung hatte jedenfalls ihren sprachlichen Grund, denn ich erkannte sowohl an der Farbe als auch an den Gesichtszügen, daß die eine Hälfte aus Hottentottenkindern, die andere aber aus Abkömmlingen von Kaffern bestand. Mietje beschäftigte sich soeben mit den ersteren, und ich bemerkte, daß der gegenwärtige Unterricht ein religiöser sei.

»Nun wird gebetet. Faltet die Hände!« gebot sie, diesem Befehle durch ihr eigenes Beispiel folgend.

Die kleinen, gelbbraunen Händchen der Kinder legten sich zusammen.

»Jetzt!«

Sie erhob ihre gefalteten Hände zum Zeichen, und nun erklang es im Chore:

»Sida ·tib, ·hommi "na ·hab, sa ·ons "anu-"annuhe!«[1]

Die Kleinen beteten das Vaterunser in rührender Andacht zu Ende. Dann wandte sie sich an die Kaffernkinder:

»Und nun auch ihr!«

Die Händchen wurden auch von dieser Abteilung gefaltet; dann gebot sie wie vorher:

»Jetzt!«

Der kindliche Chor begann:

»Bawo wetu o sezulwini, malipatwe ngobungcwele igama lako.«[2]

»So!« lobte sie die Gelehrigkeit und Andacht der Kleinen. »Und nun wollen wir beten, wie wir des Abends und des Morgens drin bei Jeffrouw Soofje beten müssen. Alle zusammen – jetzt!«

Sowohl die Kaffern als auch die Hottentotten begannen jetzt niederländisch:

»Onze vader, die in de hemelen ziit, uw naam worde geheiligt.«[3]

Ich sah und hörte, daß ich in ein frommes, gottesfürchtiges Haus gekommen sei, und es that mir leid, den Unterricht stören zu müssen. Mietje hatte mein Kommen nicht bemerkt und wurde einigermaßen verlegen, als ich zwischen den Sträuchern hervortrat, um sie zu bitten, zur Mutter zu gehen.

Ich begleitete sie, nachdem sie die Kinder entlassen hatte. An der Giebelseite des Hauptgebäudes bemerkte ich zwei Wildkatzenfelle, welche ausgespannt unter einem der Fenster hingen.

»Diese Tiere scheinen hier häufig vorzukommen,« bemerkte ich.

[1] Wörtlich: Unser Vater Himmel in seiend, Dein Name geheiliget werde.

[2] Wörtlich: Vater unser, welcher in den Himmeln, geheiliget werde Name Dein.

[3] Wörtlich: Unser Vater, der in den Himmeln bist, Dein Name werde geheiligt.

Sie nickte:

»Da droben im Walde begegnet man ihnen sehr oft, Mynheer, und es ist nicht ganz ohne Gefahr, sie anzuschießen. Die erste, welche ich traf, hat mich gar arg zugerichtet, weil ich sie bloß verwundete, und hätte ich mein Messer nicht mitgehabt, so lebte ich jetzt vielleicht nicht mehr.«

Ich blickte sie verwundert an.

»Ihr versteht auch, mit dem Gewehre umzugehen?« fragte ich sie.

»Jan hat es mich gelehrt, weil er meinte, hier zu Lande sei es vorteilhaft, wenn auch die Frauen und Mädchen die Waffen gebrauchen können.«

»Wo liegt der Wald?«

»Ist man hier das Thal hinauf und über die Höhe rechts hinübergegangen, sieht man ihn liegen.«

Wälder sind in diesen Gegenden eine Seltenheit, und da ich mich jetzt ohne weitere Beschäftigung sah, so rief ich meinen Diener, welcher in scheuer Entfernung vom Leoparden stand und das ihn verdrießlich anblinzelnde Tier neugierig betrachtete.

»Quimbo, hast du die Pferde versorgt?«

»Pferd hab' freß' und hab' sauf', Mynheer,« antwortete er. »Quimbo sein fleißig und hab' auch schon eß'!«

»So nimm deine Waffen. Wir gehen nach dem Walde!«

Ich trat in die Stube, um meine Büchse zu holen, und machte die beiden Frauen mit meinem Vorhaben bekannt. Sie warnten mich vor giftigen Schlangen, deren es im Walde eine Unzahl gebe, und boten mir einen Hottentotten als Führer an. Ich lehnte dies ab und verließ das Haus.

Quimbo hatte sich mit allen seinen Waffen behangen und machte ein höchst unternehmendes Gesicht.

»Mynheer hab' Flint'; Mynheer will schieß' tot. Was will Mynheer schieß tot?«

»Elefanten,« antwortete ich mit der ernsthaftesten Miene.

Der Kaffer that einen gewaltigen Sprung zur Seite und sah mich höchst erschrocken an.

»Elefant? – O, Mynheer werd' sein tot, und Quimbo werd'

sein auch tot! Elefant bin dick; Elefant hab' Maul so groß – – –«

Er streckte die Hände so weit als möglich auseinander, um mir zu verdeutlichen, wie groß das Maul des Elefanten sei.

»Gut, so suchen wir uns einen Löwen!«

Jetzt blieb er gar stillstehen vor Schreck.

»Mynheer will such' Löwe? Oh, oh, Löwe sein noch viel mehr groß bös als Elefant; Löwe freß' all' Tier und all' Mensch; Löwe freß' England, freß' Holland, freß' Koikoib[1], freß' Kaffer, freß' Mynheer und freß' auch Quimbo. Was soll thun Quimbo, wenn Löwe hab' freß' Quimbo? Quimbo will nehm' schön' Frau; Quimbo darf nicht werd' freß' von Löwe!«

Das war mir neu. Ich vermochte es nicht, mir den guten Kaffer als würdigen Ehemann vorzustellen, und fragte darum:

»Was? Heiraten willst du?«

»Quimbo wird nehm' Frau!«

Er sprach diese Versicherung mit einem außerordentlichen Selbstbewußtsein aus und zog dabei eine Miene, als erwarte er die größte Anerkennung von meiner Seite.

»So! Wen willst du nehmen?«

»Quimbo nehm' schön' Mietje!«

Beinahe hätte ich laut aufgelacht. Also Mietje sollte das Glück haben, Madame Quimbo zu werden!

»Warum Mietje?« fragte ich ihn.

»Mietje bin gut, als Quimbo fall' von Pferd; Mynheer Uys hab' woll' schneid' auf Quimbo, Mietje aber hab' Angst um Quimbo; drum werd' sein Mietje Frau von Quimbo.«

»Hast du es denn Mietje schon gesagt?«

»Nein. Quimbo hab' nicht sprech' mit Mietje.«

»Weißt du denn, daß Mietje deine Frau sein will?«

»Quimbo weiß! Mietje will sein sehr Frau von Quimbo, denn Quimbo bin schön, bin gut und bin groß' und tapfer' Krieger!«

1 Hottentotten.

Das waren freilich sehr bedeutende Eigenschaften, die ich leider dahingestellt sein lassen mußte. Ich konnte es nicht über das Herz bringen, den schönen, guten und tapfern Heiratskandidaten aus seiner beglückenden Illusion zu reißen, und ließ daher das Gespräch fallen, indem ich so wacker voranschritt, daß er Mühe hatte, mir zu folgen.

Das Thal verengte sich nach oben immer mehr und endete da, wo der Quell aus der Erde sprang. Bald erreichten wir die Höhe des Thalrandes, über welche sich der nachbarliche Berg noch weit erhob, schritten an dessen Lehne hin und erblickten nach einiger Zeit den Wald, welcher in der jenseitigen Bodensenkung begann und dann mit seinem Grün sich rechts und links ausbreitete, so weit es der von Höhen eingeengte Horizont erkennen ließ.

Während wir so dahinschritten, war es mir, als bemerke ich Spuren, daß vor ganz kurzer Zeit hier jemand gegangen sei. Zwar war kein einziger ausgeprägter Stapfen oder gar eine fortlaufende, deutliche Fährte zu erkennen, aber dem geübten Auge konnten doch einige untrügliche Merkmale nicht entgehen, welche sich hier und da in dem grobkörnigen Sande zeigten. Trotzdem der Betreffende ein Angehöriger der Farm sein konnte, fand ich doch diese Spuren, ohne einen besonders stichhaltigen Grund hiefür zu haben, höchst auffällig. Sie hörten schließlich infolge des felsigen Bodens, welchen wir betraten, ganz auf, und da keine nähere Veranlassung vorlag, unterließ ich es, sie wieder aufzusuchen.

Wir gelangten in den Wald.

Er bestand aus mächtigen Gelb-, Stink-, Eisen- und Assagaiholzbäumen, zwischen deren Stämmen baumartige Farne ihre palmenartigen Wedel emporstreckten. Der Saum wurde gebildet von Rhinocerossträuchern, zwischen denen das lebhafte Grün der Mesembryanthemum-, Oxalis- und Pelargoniumarten hervorleuchtete. Trotz der Dürre und Einförmigkeit des Bodens besitzt das Kapland eine eigentümliche und reiche Flora, welche man auf zwölftausend Arten schätzt. Hat in Gegenden, welche des Wassers nicht ganz und gar entbehren, die Vegetation einmal Wurzel geschlagen, so entwickelt sie infolge des höchst günstigen Klimas bald eine außerordentliche Ueppigkeit, welche zu der Oede und Dürftigkeit wasserloser Striche im schärfsten Kontraste steht.

Gleich beim Eintritte in den Wald empfing uns eine Familie von *Cercopithecus Erythropyga*, eine kleine Paviansart, deren Angehörige die einzigen Quadrumanen des Kaplandes bilden, mit possierlichen Grimassen, welche Quimbo durch lebhaftes Gesichterschneiden erwiderte. Die Keule in der Rechten und den Wurfspeer in der Linken, folgte er mir in einer Weise, als ob er befürchte, daß jeden Augenblick ein Elefant oder Löwe zwischen den Bäumen hervorbrechen und sich auf uns stürzen könne. Leider hatten wir keines von beiden Tieren zu fürchten, da sie von Jahr zu Jahr seltener werden und sich vor den Verfolgungen der Ansiedler ebenso wie das Flußpferd und das Rhinoceros in die nördlicher liegenden Wälder zurückziehen.

Den größten zoologischen Reichtum dieses Waldes schienen die Vögel zu bilden, die in großer Zahl und vielen Arten die Wipfel belebten und sich durch uns nicht im mindesten stören ließen. Es war dies für mich ein Beweis, daß sich nur selten ein menschlicher Fuß hierher verirrte, und wenn dies geschehen war, ihn meist wohl friedliche Absichten herbeigeführt hatten.

Es war mir mehr darum zu thun, mich ordentlich auszugehen, als daß ich eine Absicht auf ein bestimmtes Wild gehabt hätte; dennoch aber hielt ich mich fortwährend schußbereit und ließ mir kein Geräusch entgehen.

So strichen wir bereits eine Stunde lang vorwärts, als ich plötzlich aus nicht zu großer Entfernung einen Schuß vernahm.

»Hör' Mynheer?« fragte Quimbo, mit einer höchst bedenklichen Miene den Zeigefinger erhebend.

Ich lauschte nach der Richtung hin, aus welcher der Schall zu uns gedrungen war. Ein zweiter Schuß ertönte.

»Oh, schieß' noch 'mal! Mann schieß' tot Mann; sein hier zwei Abantu, zwei Mensch', und schieß' tot ein' der ander'!«

Ich war nicht derselben Meinung, denn die beiden Schüsse waren jedenfalls von einer und derselben Büchse abgegeben worden, wie für ein geübtes Ohr deutlich aus dem Schalle zu erkennen war. Ich hegte die Absicht, mich leise vorwärts zu schleichen, um den unbekannten Schützen heimlich zu beobachten, wurde aber bald veranlaßt, meine Bewegungen zu beschleunigen.

»*Help, help! Oh, woe to me!*« hörte ich eine laute, ängstliche Stimme rufen.

Das war englisch. Jedenfalls befand sich ein Weißer in Gefahr, und darum drang ich so schnell wie möglich durch die dichten Farne. Schon nach einigen Augenblicken bot sich mir ein halb ernster, halb komischer Anblick dar. Auf dem moosüberzogenen Stamme eines umgestürzten und schräg gegen die umstehenden Bäume anliegenden Gelbholzbaumes hockte eine lange, dürre Menschengestalt und verteidigte sich mit dem Kolben der umgedrehten Büchse gegen einen mächtigen Eber, welcher am Hinterteile verwundet war und unter zornigem Grunzen und wütenden Stößen die improvisierte Festung zu erobern trachtete.

Ich erhob die Büchse, fühlte aber meinen Arm von Quimbo gefaßt.

»Oh, nicht schieß' Mynheer! Quimbo eß' gern schön' Sau; Quimbo mach' tot Sau!«

Mit drei raschen Sprüngen stand er hinter dem Eber, dessen Angriff in so blinder Wut geschah, daß er den neuen Feind gar nicht bemerkte. Den Wurfspieß erhebend, schleuderte er denselben mit solcher Kraft dem Tiere hart hinter dem Vorderbeine in die Seite, daß das feste, unzerbrechliche Holz tief in die Gegend des Herzens eindrang. Das Tier stand einen Augenblick bewegungslos und wandte sich dann, einen blutigen Schaum ausgeifernd, welcher die Trefflichkeit des Lanzenwurfes bekundete, gegen den Kaffer. Schon aber war dieser, um den Hauern auszuweichen, auf die Seite gesprungen und schwang die kurze, schwere Keule. Ein wuchtiger Schlag sauste gegen den Kopf des Ebers, der sofort zu Boden stürzte, und ein zweiter Hieb vollendete den Sieg, welcher das Werk von kaum einer Minute gewesen war. Der Held dieses Kampfes schwang die Keule hoch in der Luft und stieß einen lauten Triumphruf aus.

»Mynheer seh! Sau bin tot, bin viel tot, bin sehr tot. Sau nicht eß' Mann, sondern Quimbo eß' Sau!«

Er riß den Spieß aus dem Leibe des erlegten Tieres und griff zum Messer, um es sofort aufzubrechen. Der aus einer so fatalen Belagerung befreite Fremde schob seine langen, unendlichen Gliedmaßen von dem Baumstamme herunter und dehnte sich wie einer, der aus einem fürchterlichen Traume erwacht.

»*Hail, Sir,* das war Hilfe zur rechten Zeit! Das Viehzeug, *damn it*, war so *direful* und unhöflich, daß ein Gentleman sich gar nicht mehr mit ihm abgeben konnte!«

Der Mann war auf alle Fälle ein Engländer. Er trug auf dem rotblond behaarten Kopfe, dessen Gesichtsteil zwei riesige Bartkoteletten zierten, eine hohe, helmartige und aus Nashornhaut gefertigte Mütze; den hageren Körper bedeckte eine kurze, karierte Jacke und eine ebensolche Hose, über welche zwei Filzgamaschen geknöpft waren, unter denen ein schmaler, ewig langer Fuß hervorragte. Die dürren Finger krallten sich noch immer um die abgeschossenen Läufe seiner Doppelbüchse; an seiner Linken hing in einer ledernen Scheide ein riesiger Schleppsäbel mit Korbgriff, und aus dem um die dünne Taille geschlungenen Shawl sahen zwei hölzerne Messergriffe und die Kolben von drei riesigen Reiterpistolen hervor.

»Sir Hilbert Grey,« stellte er sich vor, indem er mit einer unbeschreiblichen Handbewegung mich aufforderte, ein Gleiches zu thun.

»Was führt Euch in diese Gegend, Sir?« fragte ich, nachdem ich auch meinen Namen genannt hatte.

»Geschäfte, Mynheer, wichtige Geschäfte, die ich Euch allerdings nicht verraten kann, da Ihr ein Holländer seid.«

»Ich bin kein Holländer, sondern ein Deutscher, Sir, und gehe im Kapland ein wenig spazieren. Doch erlaubt mir zu fragen, was dieses Tier hier mit Euern wichtigen Geschäften zu thun hat!«

»Dieses Tier, dieser Drache, dieser Cerberus? *Stand off!* Nicht das mindeste. Ich ging ein wenig zwischen die Bäume, um einen Schöps zu verdauen, welchen wir gegessen haben, und geriet dabei mit diesem Ungetüm zusammen – –«

»Welches die Absicht hatte, nun Euch zu verdauen,« fiel ich lachend ein. »Doch apropos, Sir, wo glaubt Ihr, daß man einen Eber treffen muß?«

»*Pshaw!* Dieser Lindwurm wollte ja nicht stillhalten, als ich zielte. Ich verstehe schon, ein Gewehr da hinzuhalten, wohin es gehört, und habe daher nur einmal in die Luft geschossen, was bei einem Deutschen wohl zweimal geschehen wäre!«

»Möglich, vorausgesetzt, daß kein anderes Ziel als nur die Luft vorhanden ist. Darf ich vielleicht fragen, Sir, wer die Leute sind, mit denen Ihr Euern Schöps verspeist habt?«

»*No, no!* Das ist nichts für Euch. Ruft diesen Menschen von dem Tiere zurück; es gehört mir. Und dann geht Eures Weges!«

»Meint Ihr, Sir Hilbert Grey?« fragte ich und fügte bei: »Dieser Eber gehört meinem Diener, denn er hat ihn erlegt, und das Recht, welches Euch Euer Schuß an dem Wilde geben könnte, ist recht gut abzutreten gegen den Umstand, daß er Euch das Leben gerettet hat.«

»*Fudge!* Ich behaupte, daß diese Sau mein Eigentum ist und werde – – –«

»Nichts werdet Ihr! Wenn sich Angehörige von zwei civilisierten Nationen in diesen Breiten begegnen, so pflegen sie sich freundlicher zu verhalten, als es bei Euch der Fall ist, Sir Hilbert Grey. Ihr verlangt, daß ich meines Weges gehen soll. Gut, ich folge Euch, aber dieser Weg geht grad dahin, wohin Euch der Eure führt: zu dem Orte, an welchem der edle Schöps verspeist wurde. Hier hat ein jeder das Recht und sogar die Pflicht, zu sehen, wer sich in seiner Nähe befindet, und will man ihn daran hindern, so gilt einfach das Recht des Stärkeren. Wollt Ihr mich zu Euren Genossen führen oder nicht?«

Der gute Mann blickte höchst verlegen zu mir hernieder.

»Ich darf nicht, Sir, denn es soll niemand wissen, daß wir uns hier befinden.«

Ich hatte einen allerdings noch unbestimmten Verdacht gefaßt, welcher durch das Verhalten des Engländers nichts weniger als gehoben werden konnte. Was that er hier in dieser Gegend, welche, wie ich wohl wußte, nur von einzelnen holländischen Boers bewohnt wurde, die den Engländern geradezu feindselig gesinnt waren? Ein geheimer Emissär der englischen Regierung konnte er unmöglich sein; dazu war er, wie es schien, geistig zu wenig befähigt, und was hätte er als solcher auch grad hier in diesem Walde zu thun gehabt? Zwar hatte Kees Uys gesagt, daß sich jenseits der Randberge die Zulus zusammenscharten – – ich mußte klar sehen und meinte daher:

»Wer soll es nicht wissen, Sir? Die Holländer oder auch ich als Fremder und Neutraler?«

»Niemand!«

»Und wenn ich es nun bereits wüßte?«

»Ihr? *Impossible,* unmöglich!«

»Und doch! Es sind Kaffern!«

Ich merkte es ihm sofort an, daß ich richtig geraten hatte, obgleich er mir auszuweichen suchte:

»Kaffern? Ihr irret Euch, Sir! Wo wollt Ihr sie gesehen haben?«

Quimbo war mit seiner Arbeit fertig geworden und erwartete neugierig das Resultat unserer ihm unverständlichen Unterredung. Ich wandte mich zu ihm:

»Laß das Tier einstweilen liegen. Wir müssen diesen Mann begleiten!«

»Quimbo laß' lieg' Sau? Oh, oh, Mynheer, Quimbo eß viel schön' Sau; Quimbo werd' trag' Sau, und Mietje werd' seh', daß Quimbo schön und tapfer!«

»Du sollst sie auch haben, nur später, denn – –«

Ein lautes Rascheln ließ mich umblicken – Sir Hilbert Grey hatte die Gelegenheit benutzt und war in das Gesträuch gesprungen. Er mußte wirklich die ernstesten Gründe haben, mit seinen Begleitern unentdeckt zu bleiben, hatte sich aber natürlich verrechnet. Ich verschmähte es, ihm nachzuspringen; er konnte sich mir nur für den Augenblick entziehen; seine Füße waren groß genug, um mir untrügliche Spuren zurückzulassen. Bei der geheimen Verfolgung derselben konnte mir Quimbo nichts nutzen; daher besann ich mich kurz und erteilte ihm die Erlaubnis, nach der Farm zurückzukehren. Die Art und Weise, seine Beute fortzubringen, mußte ich dabei ihm allein überlassen.

Mich nach der Richtung wendend, in welcher der Engländer entflohen war, fand ich eine Fährte, wie ich sie deutlicher mir nicht wünschen konnte. Sir Hilbert Grey war jedenfalls wenig erfahren in der Art und Weise, sich auf einem Territorium zu bewegen, auf welchem die Gefahr den Menschen in tausenderlei Gestalten umgiebt, und ebensowenig dachte er wohl auch daran, daß ich die Eindrücke seiner Gorillafüße benützen werde, ihm zu folgen.

Er schien sich vorerst selbst im unklaren über die Richtung befunden zu haben, welche er einzuschlagen gehabt hatte. Seine Spur führte im Zickzack bald rechts, bald links und nahm erst nach längerer Zeit eine grade Linie an. Nach einer guten halben Stunde gelangte ich nun an den Rand einer Bodenvertiefung, welche den oberen Teil eines sich von hier absenkenden Thales bildete und eine Quelle enthielt, die laut murmelnd zwischen zwei Sandsteinen hervorrieselte.

Da unten am Wasser saßen Sir Hilbert Grey und an seiner Seite vier Kaffern, welche ich an ihrer kriegerischen Ausrüstung als Zulus erkannte. Was hatten sie hier zu suchen, und welcher Umstand führte sie mit dem Engländer zusammen? Auf dem Boden lagen noch drei ledige Schilde, ein Beweis, daß sieben Kaffern zu zählen seien, von denen die Fehlenden aus irgend einem Grunde sich entfernt hatten. Die Straußenfedern an einem der Schilde und acht weiter abwärts weidende Pferde ließen vermuten, daß ich es hier nicht mit gewöhnlichen Kaffern zu thun hatte.

Der Engländer befand sich in einem lebhaften Gespräche mit den Wilden, doch selbst wenn ich die Sprache der letzteren verstanden hätte, wäre es mir nicht eingefallen, die Unterredung zu belauschen, da es Notwendigeres zu thun gab. Hier das Lager der Kaffern mit dem verdächtigen Engländer, dort die Farm, nur von einem jungen Mädchen behütet, und dabei drei der Wilden abwesend, darunter der Vornehmste von ihnen - das waren jedenfalls hinreichende Gründe, so schleunig wie möglich zurückzukehren.

Was konnte während meiner nun stundenlangen Abwesenheit nicht alles passiert sein und bis zu meinem Eintreffen noch geschehen! Ich warf jeden Skrupel beiseite und schlich mich längs des Randes hin bis zu den Pferden. Eine plötzlich in mir erwachte Angst sagte mir, daß ich eines derselben haben müsse, möge dies nun ein Diebstahl genannt werden oder nicht. Schwer war es allerdings nicht, aufzusitzen und davon zu reiten, aber dann wäre ich gesehen und verfolgt worden und hätte also die Gefahr für die Farm vergrößert, statt sie zu vermindern. Die Ausführung meines Vorhabens mußte so spät wie möglich bemerkt werden und darum benutzte ich eine Krümmung des Thales, um mich zu dem entferntesten der Tiere zu schleichen; zwar war dies nicht das beste, aber es stand so, daß es von den Kaffern nicht gesehen werden konnte.

Ich gewann ihm den Wind ab, schlich zwischen den Farnkräutern bis auf kaum fünf Fuß Entfernung heran und saß im nächsten Augenblick im Sattel. Das überraschte Tier stieß ein kurzes Schnaufen aus und ging in die Höhe, doch schnell hatte ich es scharf am Zügel, gab ihm einen vielleicht ungewohnten Schenkeldruck zu fühlen und lenkte es das Thal hinab, um dort, nach der Farm einbiegend, den Wald zu verlassen und die Höhe des Berges zu gewinnen.

Ich war noch nicht so weit gekommen, als ich Quimbo bemerkte. Er hatte aus starken Baumästen eine Art Schleife gebildet, den Eber darauf gelegt und sich selbst als Zugtier vorgespannt, um unter Schweiß und triefendem Oele die schwere Last bergan zu schleppen. Er war höchst erfreut, als er mich bemerkte, und ebenso erstaunt, mich als Reiter zu sehen.

»Mynheer hab' Pferd?« fragte er. »Oh, oh, Pferd bin gut; Pferd werd' zieh' Sau für Quimbo!«

Und sofort spannte er sich aus, um seine wichtige Entdekkung durch die That nutzbar zu machen; ich aber wehrte ihm ab:

»Wer wird die Sau essen? Das Pferd oder Quimbo? Wer sie ißt, der mag sie auch ziehen! Ich kann dir das Pferd nicht geben, denn ich brauche es selbst notwendig. Dort im Walde sind bewaffnete Zulus und dort auf der Farm werden noch einige sein. Ich muß hin, um Unglück zu verhüten. Nimm dich vor ihnen in acht, und spute dich, in Sicherheit zu kommen!«

»Zulu bei Mietje? Oh, oh, Quimbo werd' spring', und Sau werd' spring', daß schnell komm' bei gut' schön' Mietje. Quimbo schlag' tot all' ganz' Zulu!«

Er spannte sich wieder vor und stampfte davon, daß es dampfte; ich aber eilte ihm im Galopp voran.

Bald sah ich die Farm unten liegen. Trotz des schwierigen, abfallenden Terrains die gleiche Schnelligkeit beibehaltend, ritt ich abwärts, der hinteren Seite des Gartens zu. Wollte ich um denselben herumbiegen, um das vordere Thor zu erreichen, so verging mir zu viel Zeit; ich hielt also direkt auf den Zaun zu, nahm das Pferd empor und sprengte über denselben hinweg. Ich kam nicht so glatt hinüber, als ich gewünscht hatte. Ich hatte während des scharfen Rittes die Steigbügel nicht benützen können, da sie mir viel zu niedrig hingen, und mir auch nicht Zeit genommen, sie höher zu schnallen. Der Gaul war jedenfalls, wie mir auch die ganze Sattelung zeigte, von dem unendlichen Sir Hilbert Grey geritten worden. Im Sprunge über den Zaun blieb der eine Bügel an demselben hängen, der Riemen riß, und Pferd und Reiter überschlugen sich. Im nächsten Augenblick aber waren wir wieder auf den Beinen; der gefährliche Sturz hatte uns beiden keinen nennenswerten Schaden gebracht; ich überließ das Pferd sich selbst und eilte durch den Garten nach dem Wohngebäude.

Hierbei traf ich auf einen der Hottentotten.

»Ist jemand bei Jeffrouw Soofje?« fragte ich ihn.

»Oh, Mynheer,« antwortete er ängstlich, »Zulu sein im Haus - drei Zulu. Auch groß' Häuptling sein da!«

Ich fragte nicht weiter und trat in den Flur, wo mir laute Stimmen aus der Stube entgegen tönten. Die Thür ein wenig öffnend, gewahrte ich drei Kaffern, von denen zwei in der Nähe des Einganges standen, während der dritte in der Mitte des Raumes war und Mietje beim Arme gefaßt hatte. An der Thür zur Schlafstube lehnte schreckensbleich die Hausfrau; sie hatte vor Angst um die Pflegetochter das Lager verlassen und eilfertig nur die nötigsten Kleidungsstücke übergeworfen.

»Hier wohn' Jan van Helmers,« hörte ich den Häuptling in gebrochenem Holländisch sagen. »Er sein Boer van het Roer; er schieß' auf Zulu; er muß sterb' und Frau muß sterb'!«

»Er wird nicht sterben, sondern kommen, um uns zu rächen!« antwortete das Mädchen unverzagt.

»Er wird sterb' und Frau wird sterb', doch nicht du! Hier ist Zahn von Schlang', darum du nicht sterb', sondern geh' mit Sikukuni für Straf' an schlimm' bös' Somi!« fügte er hinzu, auf eine aus Schlangenzähnen gefertigte Kette deutend, welche das Mädchen am Halse trug. »Wo ist her Zahn von Schlang' an Schnur hier?«

»Von meiner Mutter.«

»Wo ist Mutter?«

»Sie ist tot; sie verschmachtete in der Kalahari.«

»Oh, Sikukuni weiß nun all'! Weib von Somi hatt' Zahn von Schlang' hier; Weib von Somi floh mit Kind in Kalahari; Weib starb, Kind nahm Boer und auch Zahn von Schlang'. Hier steh' Kind von Somi und muß geh' mit Sikukuni bei Zulu; Boer aber sterb' und auch Frau!«

Er gab seinen beiden Leuten einen Wink; sie traten zu Jeffrouw Soofje und zogen die Messer. Mietje schrie auf und wollte sich losringen; der gewaltige Häuptling aber hielt sie so fest umschlossen, daß ihr Arm mit Blut unterlief. Er gab einen kurzen, mir unverständlichen Befehl in der Zulusprache, dessen Bedeutung ich jedoch sogleich erkannte, denn die beiden andern erhoben ihre Messer. Ich hatte bereits die Büchse emporgenommen; meine beiden Schüsse krachten rasch hintereinander, und ein dreifacher Schrei erscholl in dem Zimmer. Durch den Rauch vordringend, erhob ich den Kolben gegen Sikukuni. Er stand, das Mädchen noch immer mit der Linken haltend, mit blitzenden Augen vor mir; eine Binde von Otternfell und Ohrdecken von Leopardenfell schmückten sein Haupt, von welchem fünf Straußenfedern und eine Kaffernfinkenfeder wehten. Seine herkulischen Glieder waren außer einem aus Straußflaum gefertigten Lendenschurze unbekleidet, und von den breiten Schultern hing ein Mäntelchen von zusammengenähten, weißen Kuhschwänzen. Ich wußte, daß der Schlag meines Kolbens stets tödlich gewesen war, hatte aber die geringe Höhe der Zimmerdecke nicht in Rechnung gezogen. Ich blieb im Ausholen an einem der Balken hängen und gab dadurch eine Blöße, welche der Kaffernkönig blitzschnell benützte. Seine kurze Keule schwingend, versetzte er mir auf den Kopf einen Hieb, unter welchem ich augenblicklich zusammenbrach.

Glücklicherweise blieb ich, wie sich gleich herausstellte, nur einige Sekunden besinnungslos. Von dem Gedanken an die Gefahr, welche den Frauen drohte, elektrisiert, raffte ich mich auf. Ein Blick auf die Umgebung zeigte mir, daß Sikukuni und Mietje fort seien; die beiden Kaffern lagen mit zerschossenen Schädeln am Boden neben Jeffrouw Soofje, welche dagegen unverletzt schien und wohl nur infolge des Schreckens das Bewußtsein verloren hatte.

Den dumpfen Schmerz nicht achtend, welcher mein Gehirn zusammenpreßte, ergriff ich die neben mir liegende Büchse und sprang hinaus in den Hof. Dort empfing mich ein gellendes Angst- und Wutgeheul der Hottentotten.

»Mietje fort, fort mit Kaffer!« schrie es mir entgegen. »Häuptling nehm' mit arm' Mietje, oh, oh!«

»Wo sind sie hin?« fragte ich erschrocken.

»Da – da reit' Häuptling!«

Sie zeigten nach der Ecke des Gebäudes. Ich eilte nach derselben hin und sah, was mit der Schnelligkeit des Gedankens vorgegangen war. Sikukuni hatte Mietje hinaus in den Hof gerissen und da das Pferd des langen Engländers bemerkt, welches unterdessen aus dem Garten nach vorne gekommen war. Sich mit dem Mädchen hinaufschwingend, war er durch das Thor entkommen und strebte nun, von außen um die Ecke des Hofes biegend, der Höhe zu, von welcher ich vorhin herabgekommen war.

Ich maß die Entfernung zwischen ihm und mir und griff nach zwei Patronen.

»Meine Pferde – schnell, schnell!«

»Pferd für Mynheer – schnell – rasch – mach' schnell!« rief, schrie, brüllte und heulte es, und so viele Menschen, als da waren, stürzten, drängten, eilten und warfen sich nach dem Stalle.

Nie im ganzen Leben habe ich so rasch geladen wie jetzt; jede Fiber in mir war angespannt, und doch durfte ich nicht das leiseste Zittern aufkommen lassen, denn von meinem Schuß hing ja alles ab. Ich war stets meines Schusses sicher gewesen, jetzt aber legte ich in Anbetracht meiner Aufregung und der Schmerzen meines Kopfes den Lauf auf die Querblanke des Zaunes. Das Pferd mußte doch durch den Fall etwas gelitten haben, denn seine Schnelligkeit war trotz der Anstrengung des Häuptlings eine sehr geringe. Allerdings durfte ich nicht zaudern, da sich der Flüchtling in wenigen Augenblicken außerhalb des Bereiches meiner Büchse befinden mußte. Mein Kopf war wie zusammengeschraubt; ich zielte, aber es flimmerte mir vor den Augen; ich sah, daß Mietje sich gegen die Umschlingung Sikukunis nach Kräften aber vergeblich wehrte; ich durfte sie nicht treffen; ich durfte nur auf das Pferd zielen, und dieses mußte so getroffen werden, daß es augenblicklich zusammenstürzte. Da – da wurde mein Auge für einen kurzen Moment hell, und zu gleicher Zeit drehte das Pferd des langen Engländers den Kopf ein wenig zur Seite, so daß ich das Ohr und den daran grenzenden Schädelteil desselben an der Gestalt Sikukunis vorüber bemerkte; es war ein schweres und ungemein gefährliches Ziel, diese vier oder fünf Quadratzoll Pferdekopf auf eine solche Entfernung, aber noch einige Sprünge, und ich konnte das Tier mit meiner Kugel nicht mehr erreichen. Ich drückte los und – da, da sah ich sie stürzen – ich hatte getroffen.

»Heraus, heraus mit den Pferden!« rief ich, da die aufgeregten Leute vor lauter Eifer nicht damit zustande kamen.

»Mynheer hab' schieß' tot Kaffer, oh, oh, schau!« brüllte einer, indem er zu dem Zaune rannte und nach der Höhe deutete.

Sofort waren die andern hinter ihm her, und so wurde Platz für die Pferde, welche jetzt ungesattelt aus dem Stalle getrabt kamen. Ich schob eine neue Patrone in den abgeschossenen Lauf, sprang auf und nahm den Brabanter Quimbos beim Zügel. Ich hatte den letzteren mit seiner Last oben über die Höhe kommen sehen und darauf meinen Plan gebaut.

»Geht zu Jeffrouw; sie liegt in der Stube!« gebot ich den Kaffern und Hottentotten und eilte dann im Galopp zum Thore hinaus und um die Farm herum.

Hatte ich mich schon vorhin im Walde über den Mut gewundert, mit welchem Quimbo es mit dem wütenden Eber aufgenommen hatte, so sollte ich jetzt ein gleiches Beispiel seiner Mannhaftigkeit bemerken. Es schien, als komme bei ihm der Mut erst bei der Gelegenheit, ihn zu beweisen.

Von oben herabkommend, hatte er meinen Schuß gehört, das stürzende Pferd und den Kaffer gesehen und auch Mietje erkannt; im ersten Augenblick hatte er über das alles gestutzt; jetzt aber sah er mich um die Ecke des Hofes biegen und verstand auch die Geste, mit welcher ich ihm befahl, Sikukuni aufzuhalten. Er ließ augenblicklich von seiner Last und sprang auf den Häuptling zu, der sich wieder aufgerafft hatte und nun, da das Pferd tot war, zu Fuße mit dem Mädchen zu entkommen suchte.

Es gelang ihm nicht. Er bemerkte den neuen Feind und sah auch mich, der ich in einer Minute bei ihm sein mußte. Er erkannte, daß er das Mädchen nicht mit fortbringen könne, und erhob die Keule, um es zu töten. Da hielt Quimbo im Laufe inne, schwang und warf den Wurfspieß mit solcher Sicherheit, daß dieser in den Arm Sikukunis fuhr. Dieser brüllte vor Wut laut auf, warf noch einen Blick auf mich, ließ Mietje los und schnellte mit den Sätzen eines Panthers davon.

Er hätte mir nicht entgehen können, aber da fiel es dem so unvorbereitet aus seiner Stallruhe aufgestörten Brabanter ein, plötzlich obstinat zu werden, und ehe ich ihn beruhigte, war der Kaffer bereits jenseits der Höhe verschwunden.

»Eilt zu Jeffrouw,« riet ich, bei Mietje angekommen. »Sie liegt besinnungslos in der Stube!«

»Aber Sikukuni!« gab das wackere Mädchen zur Antwort, während eine andere vor Angst sich in tiefster Ohnmacht befunden hätte.

»Laßt ihn und eilt nur zur Mutter! Komm aufs Pferd, Quimbo!«

»Quimbo auf Pferd? Was soll auf Pferd Quimbo? Quimbo muß zieh' Sau!« rief er.

»Schnell, schnell! Die Sau läuft dir nicht fort!«

»Sau lieg' da; aber Quimbo muß sein bei Mietje, wenn Zulu kommt!«

Auch diese Ausrede half ihm nichts.

»Wir müssen die Zulus töten, damit sie nicht wieder kommen. Rasch, vorwärts!«

»Quimbo töt' Zulu? Oh, oh, da steig' Quimbo auf Pferd; Quimbo bin tapfer und groß bös auf Zulu!«

Er kletterte mit seinen Waffen auf den Rücken des Brabanters, und da dieser seine gewöhnliche Gutmütigkeit wieder erlangt hatte, so ging der Ritt jetzt schnell vollends den Berg hinan. Oben angekommen, forschte ich nach Sikukuni und gewahrte ihn tief unten in einer Seitenschlucht. Der schlaue Häuptling hatte lieber einen Umweg zur Seite eingeschlagen, weil wir ihm zu Pferde nicht die steile Böschung hinab zu folgen vermochten und auch den Weg zu dem ihn deckenden Walde nicht abschneiden konnten, da dieser auf der uns zugekehrten Seite fast bis an die Schlucht heranreichte.

Den Lagerplatz der Seinen freilich mußten wir bedeutend eher erreichen als er, und so hielt ich im schnellsten Tempo, welches für Quimbo möglich war, auf denselben zu. Im Walde angekommen, stiegen wir ab, banden die Pferde in einem sie verbergenden Dickicht fest und drangen nun zu Fuße weiter vor.

Ich hatte mir die Schlucht genau gemerkt und hielt grad auf dieselbe zu.

»Ich gehe dort hinüber,« meinte ich, als wir unbemerkt dort angekommen waren und die fünf Männer bemerkten; damit deutete ich auf die gegenüber liegende Seite. »Wenn ich schieße, so tötest du einen Zulu und lässest den Engländer nicht entfliehen. Ich muß ihn haben!«

»Quimbo werd' mach' tot all' ganz' Zulu und halt' fest England so!«

Er packte den ihm nächststehenden Baum, als wolle er ihn erwürgen, und zog dabei ein Gesicht, mit welchem man ein Gespenst in die Flucht schlagen konnte.

Ich schlich mich fort. Drüben angekommen, bog ich eben das Buschwerk auseinander, um einen freien Schuß zu haben, als auf Quimbos Seite das Gebüsch krachte und ein lautes Gepolter ertönte. Der Kaffer hatte sich in seinem Eifer zu weit an den Rand hervorgemacht und brach nun mit einem Geräusche mitten unter die Zulus hinein, als ob ein Nilpferd herunterstürze.

»Au, oh, oh, Wald bin nicht fest! Oh, oh, Quimbo bin dumm' Quimbo!« rief er, sich schnell emporraffend.

Die Zulus waren nicht wenig überrascht, einen ihnen Unbekannten auf diese Weise bei sich ankommen zu sehen; als aber Sir Hilbert Grey, den Kaffer erkennend, ihnen einige Worte zurief, warfen sie sich auf ihn. Er hatte seinen Wurfspeer verloren, doch seine Keule festgehalten, und mit dem Augenblick der Gefahr wurde sein Mut lebendig.

»Was – wie?« rief er. »Zulu will schlag' tot tapfer Quimbo? Oh, oh, da bin Keule von Quimbo!«

Sein erster Hieb traf einen der Feinde so, daß dieser niederstürzte, die vier andern aber packten ihn. Ich gab beide Schüsse ab und sprang dann hinunter. Ich kam grad recht, um den Engländer hinter den Büschen verschwinden zu sehen; er zog es vor, zu fliehen, statt seine Büchse, seine zwei Messer und drei Pistolen zu gebrauchen. Den letzten Zulu nahm Quimbo auf sich, und ich eilte dem geheimnisvollen Sir nach. Er war zu den Pferden gesprungen, hatte eines derselben erreicht und sprengte davon. Die andern Tiere, lose herumlaufend und unter schlechten Händen aufgewachsen, erschraken, gingen durch und rannten hinter dem Fliehenden her. Es blieb mir nichts anderes übrig, als zu Quimbo zurückzukehren, den ich damit beschäftigt fand, den vier Getöteten ihre Habseligkeiten hinwegzunehmen. Er pflanzte sich mit siegesstolzer Miene vor mich hin.

»Seh' Mynheer, daß Quimbo bin schön, bin gut und tapfer? Mynheer hab' schieß' tot zwei Zulu, und Quimbo hab' schlag' tot auch zwei Zulu. Quimbo bin groß tapfer wie Mynheer!«

»Aber Quimbo bin dumm' Quimbo!« wiederholte ich seine eigenen Worte. »Quimbo stürzt da herunter, und darum ist mir der Engländer entkommen!«

»Oh, oh, Mynheer, England werd' komm' wieder!« tröstete er mich, und ich konnte nicht anders, ich mußte mich damit zufrieden geben.

Sikukuni hatte jedenfalls die beiden Schüsse gehört; er kam ohne Zweifel das Thal herauf, welches der Engländer abwärts verfolgt hatte, und so war mit ziemlicher Sicherheit anzunehmen, daß sich beide treffen würden. Dann war es für den Häuptling ein leichtes, sich eines der entflohenen Pferde zu bemächtigen, aber wiederzusehen bekamen wir ihn auf keinen Fall. Daher beschloß ich, zumal der Abend nahe war, den Ort zu verlassen.

Die Toten konnten bis morgen liegen bleiben, wo ich die Hottentotten zu deren Beerdigung herschicken wollte. Wir hatten keine Lust, uns mit den erbeuteten Sachen zu beladen; daher verbargen wir sie in einiger Entfernung unter das dichte Gebüsch, und nur den Schild Sikukunis mußte mir Quimbo tragen; ich wollte diese Trophäe keiner Gefahr aussetzen, da ich beschlossen hatte, sie mit nach der Heimat zu nehmen.

Wir gelangten zu unsern Pferden, setzten uns auf und ritten heim. Auf der Höhe angekommen, wo der Eber lag, stieg Quimbo vom Brabanter herab.

»Oh, schön, gut! Jetzt zieh' Pferd Sau. Quimbo mach' groß' schön' Fest auf Sieg und brat' Sau, eß' Sau mit Hottentott!«

Ich überließ ihm das interessante Arrangement, zu welchem sich der Brabanter jedenfalls geduldig hergab, und ritt voran nach der Farm. Unterwegs bemerkte ich, daß das von mir erschossene Pferd des Engländers bereits verschwunden war; unten im Hofe sah ich es liegen. Die Hottentotten hatten es herabgeschleift, um sich seines Felles und Fleisches zu bemächtigen.

Die Kranke saß im Stuhle; die Angst hatte sie abgehalten, das Lager wieder aufzusuchen; ich beruhigte sie und hörte dann, daß die Sachen, welche sich in der Satteltasche des Engländers befunden hatten, aufgehoben worden seien. Ich beschloß, dieselben zu untersuchen, um vielleicht Aufklärung über die Gegenwart der Zulus zu erhalten.

Nachdem ich versprochen hatte, während der Nacht Wachen auszustellen und auch sonst auf die Sicherheit der Pflanzung bedacht zu sein, ging Jeffrouw Soofje zur Ruhe, die ihr sehr nötig war. Mietje hatte gleich nach ihrer Rückkehr in das Haus die zwei Leichen entfernen und das Zimmer von allen Spuren reinigen lassen; jetzt war sie in der Küche beschäftigt, und ich suchte bis zum Abendbrot mein Zimmer auf.

Als der Abend hereingebrochen war, brannten auf dem Hofe zwei mächtige Feuer, an welchem das kaffrarische und hottentottische Gesinde an mächtigen Spießen die »Sau« briet, welche Quimbo zur Feier unsers Sieges dem allgemeinen Appetit geopfert hatte.

3.

Ich hatte die Utensilien, welche der Satteltasche des Engländers entnommen worden waren, mit auf mein Zimmer gebracht. Es war mir, als müßten sie mich Anhaltspunkte finden lassen über die Ereignisse des heutigen Tages. Sie bestanden außer einigen im Lande der Kaffern höchst unbrauchbaren Toilettegegenständen für Gecken aus einer Brieftasche und einem Fernrohre von sehr geringem Werte.

Das Portefeuille enthielt außer verschiedenen unverfänglichen Notizen eine Anzahl von Privatbriefen, welche sämtlich an Sir Hilbert Grey in Kingsfield adressiert waren und den Poststempel der Kapstadt trugen. Ich las sie durch. Sie verdienten diese Aufmerksamkeit nicht, außer einem, bei dessen Lektüre mir ein höchst gezwungener Stil auffiel, der mit der Konzipierung der anderen Schreiben, obgleich er von demselben Verfasser stammte und von der gleichen Hand geschrieben war, in einem auffallenden Kontraste stand. Es war darin von einer Rhinoceroshaube und einem Perspektive die Rede, ohne daß ich klar zu sehen vermochte, welche Rolle diese beiden Gegenstände in dem Briefe zu spielen hatten. Sollte vielleicht die Mütze des entkommenen Engländers und sein in meinen Händen befindliches Fernrohr gemeint sein? Ich forschte, suchte und verglich und machte endlich die Entdeckung, daß der Brief in der Weise abgefaßt worden war, daß sein eigentlicher Inhalt zu Tage trat, wenn man zuerst die Zeilen der graden und dann die der ungraden Zahlen las. Hierdurch erhielt das Schreiben für mich eine große Wichtigkeit. Es stellte sich nämlich heraus, daß Sir Hilbert Grey aus Kingsfield der Vertreter einer Waffenfabrik war, welche im Auftrage des englischen Gouvernements eine Lieferung von Gewehren, Patronen, Blei und Pulver an die jenseits der Randberge sich zusammenziehenden Zulukaffern zu machen hatte. Um diesen Brief als unverfänglich erscheinen zu lassen, hatte man ihm diese künstliche Fassung gegeben und ihn unter die anderen gesteckt; er war jedenfalls an einen englischen Agenten gerichtet, welcher sich bei den Zulus befinden mußte, und verwies auf nähere Details und Instruktionen, welche, doppelt angefertigt, sich in dem Fernrohre Greys, und falls dasselbe verloren gehe, unter dem Futter seiner Rhinoceroshaube befanden.

Ich nahm natürlich sofort die Züge des Perspektives auseinander und gewahrte da einen beschriebenen Bogen, welcher zusammengerollt und hineingesteckt worden war. Die Adresse lautete an einen Lieutenant Mac Klintok, welcher angewiesen wurde, mit einem Detachement von Kaffern über den Kerspaß zu gehen, um an einem genau bezeichneten Tage am Aettersberge mit dem Transporte zusammenzutreffen und denselben dann über das Randgebirge zu begleiten. Aus einer kurzen Bemerkung ging hervor, daß die Zulus sofort nach dem Eintreffen der Waffen den Kleipaß besetzen würden, um die diesseits befindlichen Boers abzuhalten, ihren jenseitigen Kameraden Hilfe zu bringen.

Aus dem allen ging hervor, daß die bevorstehende Erhebung der Kaffern eine Folge englischer Einflüsse sei, und es ließ sich vermuten, daß die Briten eine Anzahl Offiziere entsendet hatten, um das Unternehmen strategisch zu leiten.

Wie aber kam Sikukuni hierher, und wie hatte ich mir die Gegenwart dieses Sir Hilbert Grey bei ihm zu erklären? Diese Fragen vermochte mir der Brief nicht zu beantworten. Es mußten sehr wichtige Gründe sein, welche den Häuptling bewogen hatten, in so geringer Begleitung über das Gebirge zu gehen. Jedenfalls war es notwendig, Kees Uys und den Boer van het Roer von dem Geschehenen und dem Waffentransporte zu benachrichtigen.

Noch in Gedanken darüber, wurde ich von Mietje zum Abendessen gerufen, welches ich nur mit ihr einnahm, da Jeffrouw Soofje durch ihr Unwohlsein daran verhindert war. Jetzt erst fand ich Gelegenheit, das Nähere über den Ueberfall Sikukunis zu erfahren. Das Mädchen sagte mir nochmals Dank für die rechtzeitige Hilfe und fügte hinzu:

»Ich glaubte an keine Gefahr, da erst nur ein Zulu erschien, der übrigens die Stammeszeichen abgelegt hatte und daher von uns für einen Fingo gehalten wurde.«

»Er ist von Sikukuni vorausgesandt worden, um zu rekognoszieren. Was gab er vor?«

»Er fragte, ob er bei uns Arbeit haben könne, und wollte wissen, ob der Boer daheim sei. Da wir Leute genug haben und Jan nicht daheim ist, so mußte ich ihn fortschicken.«

»Und er ging ohne weiteres?«

»Nein. Er hatte die Kette bemerkt, welche ich hier trage, und fragte mich, wie ich zu derselben gekommen sei.«

»Ihr habt es ihm erzählt?«

»Ja. Er betrachtete mich darauf mit einem sehr bösen Blick und entfernte sich. Wenige Minuten später kehrte er mit Sikukuni und dem dritten Kaffer zurück.«

»Kanntet Ihr den Häuptling?«

»Nein; ich hatte ihn noch niemals gesehen.«

»Was gab er als Ursache seines Besuches an?«

»Er fragte nach Jan und wollte wissen, wann er aufgebrochen, wohin er und wer mit ihm geritten sei.«

»Und Ihr habt ihm die verlangte Auskunft erteilt?«

»Wie konnte ich! Er drohte mir mit dem Tode, aber ich wäre doch lieber gestorben, als daß ich Jan verraten hätte. Dieser trifft ja nur deshalb mit den Anführern zusammen, um den Angriff gegen die Zulus mit ihnen zu besprechen und Somi zu fragen, ob er König der Zulus werden will.«

»Ah! Somi will erscheinen? Das ist eine wichtige Neuigkeit! Ich denke, man hat über seinen Aufenthalt nicht das mindeste gewußt.«

»Jan und Kees Uys wußten alles. Somi hatte eine Zufluchtsstätte da oben im Norden bei den Makua gefunden.«

»Und erst als Ihr ihm die Auskunft verweigertet, begann Sikukuni von dieser Kette zu sprechen?«

»Ja.«

»Und glaubt Ihr, was er darüber sagte?«

»Ich weiß nicht, ob ich es glauben soll. Nur die Frauen von berühmten Häuptlingen dürfen solche Ketten tragen, das hat mir Jan gesagt. Jeffrouw ist mir stets eine gute Mutter gewesen, aber ich würde doch sehr froh sein, meinen Vater kennen zu lernen.«

»Nach Sikukunis Ausspruch ist Somi Euer Vater, und wenn es den Boers gelingt, ihren Plan auszuführen, werdet Ihr also eine Königstochter.«

»Oh, Mynheer, auch wenn dies wahr wäre, so würde ich nicht stolz darauf sein. Der Vater im Himmel mag mit mir nach seinem Willen thun!«

»So recht, mein Kind! Gott lenkt die Geschicke der Völker und auch die Schritte eines jeden einzelnen seiner Menschenkinder. Aber jetzt glaube ich klar zu sein über die Absicht, welche Sikukuni herbeigeführt hat.«

»Was meint Ihr, Mynheer?«

»Er scheint erfahren zu haben, was die Boers mit Somi beabsichtigen; er scheint sogar von der gegenwärtigen Zusammenkunft zu wissen und die Farm nur aufgesucht zu haben, um zu sehen, ob die Versammlung bereits begonnen habe. Sagte er nicht auch, daß Jan sterben müsse? Er muß also wissen, wo dieser zu finden ist.«

»Oh, Mynheer, Ihr macht mir Angst!«

»Ich ziehe nur meine Schlüsse, und es ist gut, wenn man die Gefahr kennt, welche einem droht. Wer hat hier von der Zusammenkunft gewußt?«

»Nur Jan, die Mutter und ich.«

»Keiner der Kaffern oder Hottentotten?«

»Nein.«

»Und doch muß es so sein. Ihr werdet davon gesprochen haben und seid belauscht worden. Sikukuni weiß alles, und da er zu Euch gekommen ist, so ist sicher anzunehmen, daß er diese Kenntnis von hier erhalten hat. Es befindet sich ein Verräter unter den Eurigen; überlegt Euch einmal, auf wen der Verdacht zu werfen wäre!«.

»Ich kenne keinen,« antwortete sie nachdenklich. »Unsere Leute sind alle erprobt außer dem Makololo Tschemba, welcher erst vor kurzem zu uns gekommen ist; der aber ist so fleißig und fügsam wie kein anderer; er kann kein Verräter sein!«

»Ein fleißiger Kaffer? Eine große und auffällige Seltenheit! Ich werde einmal mit ihm sprechen. Vielleicht ist grad dieser Fleiß der beabsichtigte Wert, sich in Euer Vertrauen zu schleichen. Aber wißt Ihr, daß ich Euch morgen früh verlassen muß?«

»Uns verlassen, Mynheer? - Und so bald!«

»Allerdings. Euch droht Gefahr, und ich gehe nicht, um Euch in derselben zu verlassen, sondern um dieselbe von Euch abzuwenden. Ich werden Jan und die Boers aufsuchen, um sie zu benachrichtigen. Die Engländer senden den Zulus Waffen und Munition; dieser Transport muß ihnen weggenommen werden. Und außerdem hege ich den Verdacht, daß Sikukuni nicht ohne größere Begleitung über die Berge gekommen ist. Er scheint den Ort zu kennen, an welchem die Zusammenkunft stattfindet, und die Boers dabei überfallen zu wollen; meinem Vermuten nach sind die Leute, welche er bei sich hatte, nur ein Teil seiner Truppe gewesen.«

»Wenn das wahr ist, Mynheer, so befindet sich Jan in der allergrößten Gefahr, und wir werden es Euch danken, wenn Ihr ihn aufsucht, um ihn zu warnen!«

»Das eben will ich thun! Uebrigens, je größer die Gefahr für ihn, desto geringer ist sie für Euch; denn wenn Sikukuni zu den Boers geht, habt Ihr unterdessen von ihm nichts zu befürchten.«

»Aber, wenn er nun beabsichtigt, uns zu überfallen, bevor er Jan und die Boers aufsucht?«

»Das wird er nicht, wenigstens fällt es mir schwer, daran zu glauben. Nach dem Vorgefallenen weiß er, daß wir hier gewitzigt sind, und wollte er wirklich einen zweiten Angriff versuchen, so müßte er vorher zu den Seinen zurückkehren, was auf alle Fälle einige Zeit in Anspruch nimmt, wenn ich auch nicht sagen kann, wo sich dieselben befinden. Er weiß ganz genau, daß die Zusammenkunft der Boers bereits begonnen hat, und wird vor allen Dingen nach dieser Richtung hin einschreiten, um erst dann als Sieger zur Farm zurückzukehren. Dennoch aber dürft Ihr nicht versäumen, möglichst für Eure Sicherheit zu sorgen. Auf den Mut Eures Gesindes könnt Ihr Euch wohl nicht verlassen?«

»Nein. Der Hottentott ist stets ein Feigling, und die wenigen Kaffern, welche wir hier haben, sind nicht zahlreich genug.«

»So müßt Ihr bei Euren Nachbarn Hilfe suchen! Wohnen sie weit entfernt von Euch?«

»Nein. Nachbar Zelmst ist auf einem guten Pferde in einer Stunde zu erreichen und die beiden andern in nicht viel späterer Zeit. Ich werde sofort Boten senden und ihnen sagen lassen, daß – – –«

»Sagen? Nein; Ihr dürft die Botschaft nicht mündlich ausrichten lassen, da ich einen Verräter unter Euren Leuten vermute. Schreibt lieber einige Zeilen, welche den Nachbarn übergeben werden mögen.«

»Das ist allerdings sicherer. Zelmst wird jedenfalls selbst sofort kommen; Hoblyn schickt seine zwei Söhne, und Mijer wird Baas Jeremias senden, der wohl einige von seinen Kaffern mitbringt.«

»So bleibt mir nur noch übrig, den Weg zu erfahren, auf dem ich zu Jan komme. Sobald die Unterstützung anlangt, werde ich abreiten.«

»Kennt Ihr die Raafberge, Mynheer?«

»Ich habe sie ganz genau auf meiner Karte.«

»Den Weg zu ihnen kenne ich nicht, doch – – –«

»Ich werde ihn leicht finden; die Karte ist sehr gut.«

»Es sind vier Berge. Zwischen dem zweiten und dritten liegt ein Doppelthal, welches durch einen Höhenrücken getrennt ist, der nur niedriges Holz und Buschwerk trägt. Nur ein einziger hoher Stinkholzbaum ist schon von weitem zu erkennen. Habt Ihr ihn erreicht und steigt grad von ihm aus in das westliche Thal hinab, so gelangt Ihr nach zweihundert Schritten an eine kurze, steile Kloof[1], in welcher die Zusammenkunft stattfindet. Jedenfalls wird Euer

[1] Schlucht.

Kommen bemerkt, denn Jan hat mir gesagt, daß an dem Baume stets ein Posten Wache steht.«

»Die Beschreibung ist deutlich genug, ich werde mich nicht irren. Und nun macht Eure Meldungen an die Nachbarn fertig; ich werde unterdessen einen Rundgang halten und einige Wachen für die Nacht ausstellen!«

Ich ging, suchte aber vorher mein Zimmer auf, um mich mit Messer und Revolver zu versehen, was auf jeden Fall geraten war. Dort angekommen, gewahrte ich zu meinem lebhaften Erstaunen, daß der Schild Sikukunis fehlte, den ich noch kurz vor dem Abendessen an die Wand gehängt hatte. Ich steckte die Waffen zu mir und ging in den Hof, wo die Kaffern und Hottentotten beim Schmause saßen.

Quimbo sah mich kommen. Er erhob sich von dem Feuer, an welchem er sich mit einem mehrere Pfunde schweren Stücke des gebratenen Ebers beschäftigte, und trat auf mich zu.

»Mynheer komm, oh, oh! Mynheer eß' mit Fleisch von Sau!«

Er riß das Stück in zwei Hälften, von denen er mir die eine mit fetttriefenden Fingern darreichte.

»Behalte das Fleisch! Wo ist der Schild, Quimbo?«

»Schild?« fragte er. »Schild von Sikukuni?«

»Ja. Er ist weg aus meiner Stube!«

»Schild bin weg, bin fort aus Stube! Oh, oh, Quimbo hab' nicht Schild! Quimbo bin 'wesen in Stube und hab' seh' Schild häng' an Wand.«

»Wann war das?«

»Gleich, jetzt bin 'wesen in Stube. Quimbo woll' sag' Mynheer, daß Mynheer mit eß' Fleisch von Sau, aber Mynheer bin nicht 'wesen in Stube; bloß Schild noch war häng' an Wand!«

Das war allerdings merkwürdig. Wenn Quimbo nicht wußte, wo der Schild hingekommen war, so mußte ich annehmen, daß derselbe gestohlen worden sei. Aber wer konnte ein so eigentümliches Interesse für die Trophäe besitzen? Ich ließ die Sache einstweilen dahingestellt und wandte mich schon weg, um meinen Rundgang anzutreten, als mir unwillkürlich der Makololo Tschemba einfiel.

»Kennst du Tschemba?« fragte ich Quimbo.

»Tschemba? Quimbo kenn' Tschemba; Quimbo hab' red' schon groß viel mit Tschemba; Tschemba bin Makololo, sag' Tschemba, aber Tschemba bin nicht Makololo, denn Makololo mach' Haut fett mit Thon, und Tschemba hab' nicht Thon auf Haut.«

Das bestätigte meinen Verdacht.

»Ist Tschemba nicht hier?« fragte ich.

»Tschemba bin nicht hier; Tschemba bin fort hinter Haus und bin nachher komm in Stall.«

»Was wollte er im Stalle?«

»Quimbo weiß nicht; Quimbo bin nicht 'wesen in Stall.«

»Und wo ist er jetzt?«

»Tschemba bin noch in Stall.«

Ich war heute bereits im Stalle gewesen und wußte infolgedessen, daß dieser einen Ausgang auch nach dem Garten hatte. Mir kam es verdächtig vor, daß Tschemba, welcher sich für einen Makololo ausgab, ohne es nach dem Ausspruche meines Dieners zu sein, sich jetzt im Stalle zu thun machte, während die andern Kaffern und Hottentotten beim Mahle saßen. Daher beschloß ich, nach ihm zu sehen, ging jedoch nicht durch die vordere Thür in den Stall, sondern schritt der Giebelseite des Hauses entlang nach der Hinterfronte desselben.

Eben wollte ich um die Ecke biegen, als ich nach dem Garten zu ganz eigentümliche Schritte vernahm. Es klang, als ob zwei oder drei Personen sich leise vom Hause zu entfernen versuchten. Wer konnte das sein? Ich horchte einen Augenblick schärfer hin und vernahm das unterdrückte Schnaufen eines Pferdes. Das war im höchsten Grade verdächtig, und darum eilte ich so lautlos wie möglich über den Grasplatz hinweg dem Schalle nach.

Bald sah ich eine dunkle Masse vor mir, welche bereits am Zaune angekommen war. Ich erkannte, mich niederdukkend und bis in die unmittelbarste Nähe herankriechend, ein Pferd und einen Mann, welcher eben beschäftigt war, einen Plankeneingang zu öffnen, welcher, ohne daß ich denselben am Tage bemerkt hatte, im Zaune angebracht war. Der Augenschein belehrte mich, daß die Füße des Pferdes, um den Schall der Fußtritte zu dämpfen, umwunden waren, und ebenso sah ich, daß seine Nüstern mit einem Tuche umwickelt seien. Der Mann hatte nur den gewöhnlichen Lendenschurz der Kaffern, und auch an seiner hohen, eigentümlichen Frisur erkannte ich, daß er diesem Volksstamme angehöre. Es konnte kein anderer sein, als Tschemba.

Ich richtete mich hinter seinem Rücken auf, faßte ihn mit der Linken bei der Kehle und schlug ihm die rechte Faust so gegen den Schädel, daß er zusammenbrach. Mit seinem eigenen Schurze band ich ihm die Hände und faßte ihn dann am Schopfe, um ihn, indem ich das Pferd am Zügel nahm, nach dem Hofe zu schleifen.

Dort gab es ein außerordentliches Hallo, als ich in den Schein der beiden Feuer gelangte. Quimbo sprang auf und blickte dem Gefesselten in das Gesicht.

»Oh, oh, Mynheer komm' mit Pferd und 'fangen Mann? Wer bin Mann? Oh, oh, Mann bin Tschemba, der nicht Makololo bin! Wo hab' Mynheer Tschemba 'funden? Was hat Tschemba thun mit Pferd von Mynheer?«

Wirklich war es mein eigenes Pferd, mit welchem der Kaffer sich heimlich hatte davonschleichen wollen. Welchen Zweck sollte dieser Pferdediebstahl und die heimliche Entfernung von der Farm haben?

Durch die wenig zarte Bewegung wieder zu sich gekommen, schlug Tschemba die Augen auf, schloß sie aber sofort wieder, jedenfalls infolge der in ihm erwachenden Scham über die Lage, in welche er sich so unvermutet versetzt sah.

Ich gebot, das Pferd von den Tüchern zu befreien und wieder in den Stall zu schaffen, und ließ, während dies geschah, Tschemba durch Quimbo auf meine Stube bringen. Er stellte sich noch immer leblos und lag, ohne sich zu rühren, gebunden am Boden.

»Tschemba bin tot,« meinte Quimbo. »Soll Quimbo mach' lebendig Tschemba?«

Ich nickte. Der Diener brannte einen Span an und hielt ihn dem Scheintoten an die künstliche Frisur, welche sofort mit lautem Prasseln zu sengen begann. Dieses Maltraitieren seines kostbarsten Schmuckes brachte allerdings sofort Leben in die Glieder des Pferdediebes. Er sprang empor, fuhr sich mit den gefesselten Händen nach dem Kopfe und stieß ein Geheul aus, als ob er am Spieße stäke.

»Mynheer seh', oh, oh, daß falsch' Makololo bin tot nicht mehr!« rief Quimbo unter einem Lachen, welches ihm den Mund von einem Ohre bis zum andern öffnete.

»Gut; lege den Span weg!« gebot ich und wandte mich dann zu dem Gefangenen:

»Ich werde dich fragen, und du wirst mir antworten. Wenn du mir eine einzige Lüge sagst, lasse ich dir den Kopf kahl brennen!«

Sofort griff Quimbo wieder nach dem Span.

»Schön, gut, Mynheer! Oh, oh, Quimbo werd' brenn' Haar bis auf Haut. Haar brenn' sehr, brenn' viel; in Haar sein groß' Oel und groß' Fett!«

»Wie heißt du?« begann ich das Verhör.

»Tschemba.«

»Gut; das will ich glauben! Du bist kein Makololo. Zu welchem Stamme gehörst du?«

Er schwieg.

»Nun?«

»Tschemba sein Makololo!«

»Quimbo, nimm das Feuer!«

Der Aufgeforderte gehorchte sofort. Tschemba hielt mit einer Gebärde der höchsten Angst die Arme vor. Die Frisur, zu deren Gestaltung eine ganze Reihe von Jahren erforderlich gewesen war, hatte einen zu großen Wert für ihn, als daß er sie von neuem in Gefahr bringen sollte.

»Tschemba will sag' Wahrheit! Tschemba sein - sein - sein - - «

»Ein Zulu!« half ich ihm über die Klippe hinweg.

»Ein Zulu!« nickte er, den brennenden Span mit einem scheuen Blick beobachtend.

»Du bist ein Krieger Sikukunis?«

»Mynheer weiß all'; Tschemba sag' ja!«

»Ich weiß alles. Sikukuni hat dich hierher gesandt?«

»Sikukuni mich schick' zu Boer.«

»Wozu?«

»Tschemba seh' und hör', was Boer sprech' mit Boer.«

»Du hast spioniert und dann Sikukuni alles wissen lassen?«

»Mynheer laß' Tschemba Haar, und Tschemba sag' all' von Sikukuni. Sikukuni nehm' Blut, nehm' Leben, Somi aber sein gut.«

»Wenn du alles aufrichtig erzählst, so wird deinem Haare nichts geschehen!«

»Quimbo thu' weg Feuer!«

Quimbo folgte meinem Winke und legte das Kienholz fort.

»Nun erzähle!«

»Sikukuni weiß, daß Mynheer Uys sein Häuptling von Boer und komm groß viel zu Mynheer Jan. Sikukuni schick Tschemba zu Mynheer Jan und send' dann Bot', um zu hör', was Tschemba hör' und seh'. Tschemba hör', daß Boers komm' zu Raafberg' mit Somi und sag' Sikukuni; Sikukuni komm' mit Zulu und will mach' tot Boers, komm' heut her und seh, ob Boer schon fort. Sikukuni geh' nach' Raafberg und mach' dann auch tot Jeffrouw, nehm' mit Mietje.«

»Wo ist er jetzt?«

»Auf Weg nach Raafberg' und wart' auf Tschemba.«

»Wo?«

»In groß' Wald vor Raafberg' mit viel' Krieger von Zulu.«

»Du hast heute mit ihm gesprochen?«

»Tschemba red' mit Sikukuni, eh' Sikukuni komm' und als Sikukuni spring' auf Pferd mit Mietje.«

»Wer ist der Engländer, welchen er bei sich hat?«

»Tschemba weiß nicht England.«

»Du hast den Schild hier weggenommen?«

»Tschemba woll' bring' Schild zu Sikukuni; Zulu sein feig und sterb', wenn nicht hab' mehr Schild, und Sikukuni geb' viel Geschenk an Tschemba, wenn Tschemba bring' Schild.«

»Wo ist er?«

»Tschemba hab' trag' Schild hinaus über Garten und leg' auf Erd' bei Thür.«

»Quimbo, hole ihn!«

Der Diener entfernte sich eilig und kehrte in kürzester Zeit mit der Trophäe zurück. Mit ihm zugleich trat Mietje ein, welche die Boten hatte absenden wollen und dabei über das mit Tschemba Vorgekommene unterrichtet worden war. Ich gab ihr die nötigen Aufklärungen, und dann sandte sie ihre Briefe ab, obgleich Tschembas Aussage meine Vermutung bestätigte, daß für jetzt ein Ueberfall der Farm nicht zu erwarten sei. Ueber das Schicksal des Gefangenen zu entscheiden, war Sache der Boers, und deshalb ließ ich ihn in einem sichern Raum unterbringen, wo er bis zur Ankunft Jans eingeschlossen wurde.

Nun stellte ich, um allen Eventualitäten zu begegnen, Wachen aus und begab mich dann zur Ruhe. Als ich erwachte, graute der Morgen. Nachbar Zelmst war bereits eingetroffen, und kaum hatten wir unsere Morgenpfeifen angebrannt, so ritten auch die beiden jungen Hoblyn und Baas Jeremias mit einigen Kaffern in den Hof.

Sie waren nicht wenig überrascht gewesen von der Kunde, daß Sikukuni diesseits des Gebirges und in ihrer unmittelbaren Nähe aufgetreten sei, und versprachen mir, bis zur Rückkehr Jans nach besten Kräften für die Sicherheit der beiden Frauen Sorge zu tragen. Ich konnte also meinen Ritt nach den Raafbergen unternehmen.

Dieser war jedenfalls nicht ganz ungefährlich für mich, da sich die Zulus zwischen mir und den Boers befanden, doch kümmerte mich das nicht; diese Kaffern waren ja nicht die ersten Wilden, denen ich mich gegenüber sah.

Von den besten Wünschen der Zurückbleibenden begleitet, verließ ich nun die Farm. Quimbo saß wieder mit weit auseinander gespreizten Beinen auf dem Rückenplateau seines Brabanters und hatte hinter sich einige tüchtige Stücke des von der gestrigen Feier übrig gebliebenen Fleisches aufgestapelt. Die Pferde hatten sich ausgeruht und schritten so wacker aus, daß ich annahm, die Raafberge schon am nächsten Morgen erreichen zu können, obgleich mir Mietje und auch die andern versichert hatten, daß fast zwei Tagreisen bis zu ihnen zu rechnen seien.

Der Weg führte meist über wüste Sandstrecken oder über vegetationslose Konglomerat- und Schieferlager, und erst gegen Abend sahen wir nach einem scharfen, anstrengenden Ritte den bläulichen Duft eines Waldes an dem vor uns liegenden Horizonte auftauchen. Der Beschreibung und meiner Berechnung nach war dies vor den Raafbergen der letzte Wald, in welchem Tschemba zu Sikukuni hatte stoßen wollen; für uns allerdings war es auch der nächste, den wir trafen, da ich nach dem Kompaß genau die nördliche Richtung eingehalten und die zur Rechten und Linken vor uns liegenden einzelnen Waldungen nicht berührt hatte.

Wenn Sikukuni wirklich Tschemba hier erwartete, so hatte er sich jedenfalls an dem uns zugekehrten Rande des Waldes postiert und mußte unser Nahen bemerken. Daher zog ich es vor, hier auf der freien Ebene zu warten, bis es dunkel genug sei, um uns unbemerkt zu nähern. Wir stiegen ab, koppelten die Pferde zusammen und legten uns auf den von den Strahlen der Sonne noch warmen Boden nieder.

Quimbo zog, um sich die Zeit zu vertreiben, sein Messer hervor und schärfte es an dem harten Gestein; er that dies mit einer so andächtigen Sorgfalt, als gälte es, ein ganzes Heer von Feinden abzuschlachten.

»Seh' Mynheer! Quimbo wetz' Messer für Sikukuni,« erklärte er.

»Warum denn grad und bloß für ihn?«

»Sikukuni will raub' Mietje, und Mietje werd' doch sein Frau von Quimbo. Doch Quimbo stech' tot nicht bloß Sikukuni, sondern auch noch groß' viel' Zulus, wenn treff' in Wald!«

Er schwang das Messer und schnitt dabei eine Grimasse,

die allerdings fürchterlich zu nennen war; dann holte er sich ein Stück Fleisch herbei und stach in dasselbe hinein, daß die Stücke davonflogen, die er allerdings zusammenlas, um sie in dem breiten Munde verschwinden zu lassen.

Die Sonne sank immer tiefer, und ihre immer schräger fallenden Strahlen ließen unsere Schatten von Minute zu Minute länger wachsen, bis sie sich in der hereinbrechenden Dämmerung verloren. Jetzt wurde es Zeit, aufzubrechen. Wir stiegen wieder zu Pferde und bogen nach einer seitwärts liegenden Hügelreihe ein, welche sich bis an den Wald hinzog und deren Fuß wir verfolgten, bis wir uns unter den Bäumen befanden.

Hier mußte Quimbo bei den Pferden warten, bis ich zu unserer Sicherheit den Platz in einem möglichst weiten Umkreise durchsucht hatte; dann sorgten wir für die Tiere und legten uns zur Ruhe, nachdem ich von den mitgenommenen Vorräten ein kurzes Abendessen gehalten hatte.

Als ich erwachte, ertönte bereits die helle Stimme des lang befiederten Finken aus den Zweigen. Zwar war es noch sehr früh am Tage, aber ich war ja genötigt, grad diese Morgenstunde gut auszunützen, indem ich die Spuren der Zulus zu finden versuchte. Ich weckte daher Quimbo und befahl ihm, den Ort auf keinen Fall vor meiner Rückkehr zu verlassen. Dann schritt ich behutsam längs des Waldrandes unter den Bäumen hin, um die Stelle zu finden, an welcher der Feind den Wald betreten hatte. Ich bemerkte nicht das geringste Zeichen, obgleich ich nach und nach eine Strecke von wohl einer halben Stundenlänge zurücklegte; der gesuchte Ort mußte sich nicht hier ober-, sondern unterhalb unseres Nachtlagers befinden, und daher kehrte ich zu diesem zurück.

Dort angekommen, fand ich wohl die Pferde, nicht aber Quimbo. Rufen durfte ich auf keinen Fall; an ein leichtsinniges Verlassen des Ortes wollte ich nicht glauben, daher folgte ich den Eindrücken, welche sein Fuß zurückgelassen hatte. Sie führten entgegengesetzt von der Richtung, aus welcher ich gekommen war, längs des Waldrandes hin und fielen also mit dem von mir beabsichtigten Wege zusammen. Nach einiger Zeit gingen sie waldeinwärts, wo sie mit einer breiten Fährte zusammentrafen, die auf einem durch einen Windbruch entstandenen freien Platz endigte. Hier lag ein Trupp von vollständig gerüsteten Zulukaffern; ich zählte deren vierundzwanzig. In ihrer Mitte saß Sikukuni. Ihre Pferde hatten sie ringsum an die Stämme des niedrigen Buschwerkes befestigt, welches zwischen den niedergestürzten Bäumen aufgeschossen war.

Da wo ich, durch die Zweige lauschend, lag, führte eine einzelne Spur an dem Rande der Lichtung hin. Stammte dieselbe von Quimbo, oder war sie von einem der Feinde verursacht worden, der mich bei seiner Rückkehr leicht entdecken konnte? Ich mußte dies untersuchen und folgte ihr schnell, aber vorsichtig.

Schon nach wenigen Schritten vereinigte sie sich mit einer zweiten Fährte und führte mit ihr grad senkrecht von der Lichtung ab. Da ich vor mir nicht das mindeste Geräusch vernahm, erhob ich mich aus der bisher eingehaltenen tief gebeugten Stellung und schritt rascher vorwärts. Nach einiger Zeit teilten sich die Spuren wieder. Welcher sollte ich folgen? Ich untersuchte beide. Die eine stammte von einem nackten Fuße und die andere von einem riesigen Schuhe oder Stiefel her. Sollte der Engländer in der Nähe sein? Ihn hatte ich weniger zu fürchten und wandte mich also der ersteren Fährte zu.

Noch hatte ich kaum ein Dutzend Schritte gemacht, so erblickte ich zwei nackte, braune Beine, welche hinter dem dikken Stamme eines Baumes hervorragten. Diese nach innen gewachsenen, eckigen Wadenmuskeln kannte ich; sie konnten keinem andern angehören, als meinem »gut', schön' und tapfern Quimbo«. Ich trat näher, nicht ganz leise, sondern für ihn vernehmbar, um ihn nicht zu erschrecken und dadurch zur Unvorsichtigkeit zu verleiten. Wirklich bewegten sich sofort die Beine; der Körper, zu dem sie gehörten, bog sich schnell hinter dem Stamme hervor, zwei Augen wandten sich mir zu, und dann stand der Kaffer mit einer zur Vorsicht mahnenden Pantomime vor mir.

»Oh, oh, Mynheer rat', wer bin dort!« flüsterte er mit einer durch die Bäume gerichteten Handbewegung.

»Der Engländer?«

»Mynheer weiß'? Wer hab' Mynheer 'sagt, daß England hier?«

»Ich sah seine Spur. Warum hast du die Pferde verlassen?«

»Oh, oh, Mynheer nicht bin bös, nicht bin zorn' auf Quimbo! Quimbo hör' lauf' Pferd; Quimbo paß' auf und seh' Pferd, was reiß' aus, und Zulu, der fang' Pferd. Quimbo lauf' nach Pferd und Zulu und komm' an Ort, wo bin Sikukuni mit viel' Krieger und England. Da steh' auf England und geh in Wald; Quimbo lauf nach, und nun komm' auch Mynheer.«

Diese Erzählung genügte, um mich aufzuklären. Ich trat etwas vor und gewahrte den Engländer, welcher sich wohl nur entfernt hatte, um auf einige Zeit dem penetranten Fettgeruche der Kaffern zu entgehen, denn er lag ohne Beschäftigung am Boden und starrte in die über ihm hängenden Zweige empor.

Ich hatte jetzt eine schnelle Entscheidung zu treffen. Bemächtigte ich mich des Engländers, so lief ich Gefahr, grad dadurch unsere Anwesenheit zu verraten; aber wenn es mir gelang, unsere Spuren zu verbergen, so gab sein Verschwinden den Zulus jedenfalls Veranlassung, den ganzen Tag nach ihm zu suchen, wodurch ich die nötige Zeit gewann, die Boers herbeizuführen. Und zudem wußte ich ja, daß die Kaffern bei weitem nicht die Pfadfinder sind, wie die Wilden des westlichen Nordamerika. Auf das Eintreffen des Waffentransportes konnte das Verschwinden des Engländers keinen Einfluß haben; daher besann ich mich nicht lange, schlich mich bis hart zu ihm hin und richtete mich dann, das Messer in der Hand, vor seinen Augen empor.

»*Good morning*, Sir Hilbert Grey! Ihr scheint schlecht geschlafen zu haben, da Ihr bereits wieder der Ruhe pflegt!«

Es widerstrebte mir, ihn zu überfallen wie einen Wilden, und wenn ich geglaubt hatte, daß eine Ueberraschung jede Gefahr für mich unmöglich machen werde, so hatte ich mich auch nicht verrechnet, denn der gute Mann riß vor Erstaunen den Mund weit auf, machte ein Gesicht, als sähe er ein Gespenst, brachte keinen Laut hervor und vergaß sogar, sich zu erheben.

»Wollt Ihr nicht ein wenig aufstehen, Sir? Oder habt Ihr hier zu Lande bereits vergessen, wie man mit einem Gentleman zu sprechen hat?«

Erst jetzt erhob er sich langsam, wie im Traume, und sagte:

»*Heigh-ho*, Ihr seid es?«

»Ja, ich bin es, wenn ich mich nicht irre! Wollt Ihr nicht so gut sein und einmal Eure Schuhe ausziehen?«

»Warum?« fragte er, im höchsten Grade erstaunt.

»Weil ich es wünsche, Sir! Ich habe jetzt keine Zeit, Euch meine Gründe zu erklären, doch werdet Ihr sie später sicher hören. Also, bitte!«

»Ich begreife nicht, was – – –«

»Ihr braucht es auch nicht zu begreifen, Sir. Seht hier dieses Messer! Es sitzt Euch in weniger Zeit als einer Minute zwischen den Rippen, wenn Ihr nicht sofort thut, was ich Euch befehle!«

Ich winkte, und Quimbo trat an seine andere Seite. Er hatte sich bisher versteckt gehalten und erhob jetzt die Lanze.

»Mynheer, soll Quimbo stech' Lanze hier in England wie gestern in Sau?«

Das war dem guten Sir Hilbert Grey denn doch zu gefährlich. Er erklärte erschrocken:

»Ich verstehe Euch nicht, Sir, aber ich werde Euch dennoch den sonderbaren Gefallen thun!«

»Ein Glück für Euch. Ihr seid uns einmal entgangen, zum zweitenmal aber passiert das nicht wieder! Uebrigens ersuche ich Euch, so leise wie möglich zu sprechen und uns jetzt zu folgen!«

Ich ließ ihn die Schuhe natürlich bloß deshalb ausziehen, damit seine riesigen Stapfen etwas weniger bemerkbar wurden. Er nahm sie unter den Arm und folgte mir. Bei unsern

Pferden angekommen, konnte ich schon etwas umständlicher mit ihm verkehren.

»Ihr wolltet mich gestern abhalten, Eure saubere Begleitung kennen zu lernen; es ist Euch nicht gelungen, und Ihr habt jetzt die Folgen zu tragen. Ihr seid mit den Feinden des Landes hier eingedrungen, habt Sikukuni geholfen, eine Farm zu überfallen, und werdet daher das Leben lassen müssen, wenn Ihr Euch nicht so verhaltet, daß ich Euch der Nachsicht meiner Freunde empfehlen kann. Wie kommt Ihr mit dem obersten Häuptling der Kaffern zusammen?«

»*Good God,* das ist sehr einfach, Sir,« antwortete er sehr kleinlaut. »Ich hatte eine Botschaft jenseits der Gebirge auszurichten und traf unterwegs mit ihm zusammen.«

»Welche Botschaft ist es?«

»Eine rein geschäftliche, Sir; Ihr könnt es glauben!«

»Ich glaube es allerdings; doch sind die Geschäfte sehr verschiedener Art. An wen war die Botschaft gerichtet?«

»An - an einen Holländer.«

»Lügt nicht, sonst verschlimmert Ihr Euch Eure Lage!«

»Ich sage die Wahrheit!«

»Die Wahrheit ist im Gegenteil, daß Ihr an den Lieutenant Mac Klintok geschickt seid!«

Er schwieg verlegen und überrascht.

»Nun, antwortet!«

»Wer sagt Euch das?«

»Eure Unvorsichtigkeit. Zur sichern Expedition eines wichtigen Auftrages gehört ein ganz anderer Mann als Ihr. Also noch einmal: Wie kommt Ihr mit Sikukuni zusammen?«

»Ich traf ihn zufällig; das ist die Wahrheit, so wahr ich ein Engländer bin!«

»Dann muß Eure Sendung für ihn eine freundliche, für die Holländer aber eine gefährliche sein. Wollt Ihr mir nichts Näheres mitteilen?«

»Ich darf nicht, Sir, denn ich verliere sonst meine Stellung!«

»Gut, so will ich nicht weiter in Euch dringen, Sir. Verliert nur auch die Rhinoceroshaube nicht, wie Ihr das Perspektiv und Eure interessante Briefsammlung verloren habt; es könnte sich sonst leicht einer finden, welcher eine Zeile um die andere liest!«

Er erbleichte.

»Was wollt Ihr damit sagen, Sir?«

»Ich sage nur, was ich bereits gesagt habe: Wenn Ihr Euch im geringsten weigert, meinen Befehlen zu gehorchen, so schmeckt Ihr meine Kugel oder die Lanze meines Dieners. Jetzt werdet Ihr diesen schönen Brabanter Gaul besteigen; die Schuhe könnt Ihr wieder anziehen!«

Er sah, daß ich nicht spaßte, und stieg auf.

»*Well,* Sir, so meint Ihr wohl, daß ich mit Euch reiten soll?«

»Natürlich!«

»Aber ich habe ja noch meine Decke und meine Waffen bei den Kaffern!«

»Ihr braucht jetzt weder Decke noch Waffen. Zum Frieren ist es jetzt bereits zu warm, und überfällt Euch wieder ein Cerberus, so sitzt Ihr heut ja noch höher und sicherer als gestern. Uebrigens werde ich Euch vielleicht schon morgen wieder zu Euren Sachen verhelfen! So, erlaubt mir einmal Eure Füße!«

Ich zog einen Riemen aus der Tasche und befestigte seine unendlichen Beine unter dem Leibe des Pferdes weg an demselben.

»Jetzt werdet Ihr nicht vom Gaule fallen, wenn ein Eber kommt! Steig hinten auf, Quimbo!«

Der Kaffer sah mich halb fragend und halb lachend an.

»Was soll Quimbo? England sitz' auf Pferd, und Quimbo soll sitz' auf England?«

»Nein, du sollst nicht auf England, sondern hinter England sitzen und dabei England so fest wie möglich halten!«

»Oh, Mynheer, oh, oh, das sein schön und gut für Quimbo, denn wenn Quimbo halt' England, so fall' Quimbo nicht von Pferd und werd' aufschneid' von Mynheer Uys!«

Er kroch auf den Rücken des Brabanters und umklammerte den langen Leib des guten Sir Hilbert Grey.

»So! Jetzt reitest du dort auf dem Schiefer immer grad nach West. Ich komme gleich nach!«

Er folgte der Weisung, kam aber nur mit Mühe vorwärts. Ich blieb zurück, um unsere Spuren zu verwischen; dann stieg auch ich auf und eilte den beiden nach. Auf dem harten Gestein war von einer Fährte keine Rede, und als wir eine Ecke des Waldes zwischen uns und den Kaffern hatten, ohne daß sich von diesen ein einziger gezeigt hatte, war ich sicher, daß dieselben keine Ahnung von unserer Gegenwart bekommen würden.

Der Brabanter war stark genug, die doppelte Last zu tragen, und als ich ihn am Zügel ergriff und nach Nord umlenkte, ging es im Galopp vorwärts, daß die Funken stoben. Der Engländer war kein übler Reiter, und Quimbo hielt sich an demselben so fest, daß ich immer scharf vorwärts trachten konnte, und Zeitverkürzung gab es auch, da sich Quimbo in den spaßhaftesten Bemerkungen über den Doppelritt erging und Sir Hilbert Grey sich alle Augenblicke nach dem Schicksale erkundigte, dem ich ihn entgegenführte. Natürlich fiel meine Auskunft sehr mangelhaft aus, da ich nicht zu seinen Richtern gehörte.

So mochten wir über zwei Stunden lang geritten sein, als am nördlichen Horizonte vier dunkle Bergspitzen auftauchten, welche sich von Minute zu Minute vergrößerten, so daß ich in ihnen die Raafberge erkannte. Ich hielt genau auf ihre Mitte zu, und die dritte Stunde war noch nicht vergangen, so erkannte ich das Doppelthal und auch den Stinkholzbaum, welcher auf der Höhe zwischen ihnen in die Lüfte ragte.

Jetzt wurde das Fortkommen schwerer; es galt, Abhänge zu erklimmen und zwischen dichtem Gebüsch sich hindurchzuwinden. Auf dem Höhenzuge angekommen, zog ich den Krimstecher aus dem Etui und fixierte den Signalbaum. Ein Mann lehnte an seinem Stamme und beobachtete uns ebenso durch ein Rohr. Ich nahm den Hut ab und schwenkte denselben; er antwortete durch das gleiche Zeichen und stieg dann schnell den Abhang hinunter. Jedenfalls ging er in die Kloof, um die Boers zu benachrichtigen.

In größerer Nähe angekommen, erkannte ich nun mit dem bloßen Auge acht Gestalten, welche uns teils erwarteten, teils uns entgegen kamen. Unter den Vordersten befand sich Kees Uys, der allerdings ganz erstaunte Augen machte, als er mich sah.

»Ihr seid es, Mynheer? Das ist ja gar nicht möglich! Was treibt Euch zu uns, und wie kommt Ihr in so kurzer Zeit hierher? Es ist doch nichts Schlimmes vorgefallen?« fragte er.

»Schlimmes genug, aber es hat ein gutes Ende genommen,« antwortete ich.

»Und wen bringt Ihr hier?«

»Einen Gefangenen, den ich euch zu überliefern habe. Führt mich zu den andern, dann werde ich euch alles erzählen!«

Ich wurde, als mich Uys vorstellte, von den derben, biederen Männern herzlich willkommen geheißen. Dann nahmen wir den Engländer in die Mitte und schritten, während Quimbo in der Nähe der Wache bei den Pferden blieb, nach der Kloof hinab.

Dort saßen noch vier Männer. Ihr Gespräch war so ernst gewesen, daß sie sich durch die Nachricht von meinem Nahen in demselben gar nicht hatten stören lassen. Der eine war ein Kaffer von hoher, schlanker, aber kräftiger Figur; ich erriet sofort, daß es Somi, der vertriebene Bruder Sikukunis, sei. Zwei kräftige, untersetzte und echt neerländische Gestalten waren Zingen und van Hoorst, und der vierte, welcher allerdings wie ein Goliath vor mir stand, war kein anderer als Jan van Helmers. Er war um einen vollen Kopf länger als ich, und die Stärke seiner Glieder stand zu dieser Höhe in genauer Proportion. Das Leopardenfell, welches ihm als Karoß[1] über die Schultern hing, erhöhte den Eindruck kriegerischer Stärke, welchen diese Figur machen mußte, und doch blickten seine klugen Augen so gut und mild, daß man ihn vom ersten Augenblick an liebgewinnen mußte.

[1] Mantel.

»Neef Jan, dieser Mynheer kommt von Jeffrouw Soofje und von Mietje,« benachrichtigte ihn Kees Uys.

»Von Mietje? Ist's wahr?« fragte er.

»Ja. Er kam mit mir zu ihnen und ist es wert, daß du ihn willkommen heißest!«

»Das thue ich ohnedies, da er unsern Ort kennt und also einer der Unserigen ist,« antwortete er, mir kräftig die Hand schüttelnd.

»Das ist er nicht, Neef Jan. Er ist ein Deutscher und kam nach dem Kap, um hier ein wenig spazieren zu gehen, wie es die deutschen Gelehrten zuweilen machen sollen. Ich brachte ihn zu Jeffrouw Soofje, und diese hat ihn gesendet, um dir wichtige Botschaften zu bringen.«

»Ah, da ist daheim etwas passiert! Setzt Euch, Mynheer; nehmt einen Trunk, und erzählt dann schnell!«

Er griff in eine Bodenvertiefung und langte nebst Glas eine Flasche des rühmlichst bekannten Kapweines hervor. Ich that Bescheid; das Glas ging rundum, und dann warteten alle mit Spannung auf meine Botschaft. Sir Hilbert Grey stand neben mir; eine Flucht aus der Mitte solcher Männer war nicht möglich, und man sah es ihm auch deutlich an, daß er bereit sei, sich in sein Schicksal zu ergeben.

Ich griff in die Tasche, zog sein Portefeuille hervor und nahm den Brief aus demselben. Er erschrak.

»Lest einmal diesen Brief, Mynheer!« bat ich Kees Uys.

Er that es und meinte dann:

»Findet Ihr etwas Sonderliches in ihm?«

»Gebt ihn weiter!«

Das Schreiben ging von Hand zu Hand, ohne daß einem einzigen die eigentümliche Fassung desselben aufgefallen wäre. Ich gab es Uys zurück und erklärte:

»Lest einmal die erste und dritte, die fünfte und siebente Zeile und so weiter, und fangt dann mit der zweiten wieder oben an!«

Er folgte dieser Weisung, und bald nahm sein Gesicht eine Spannung an, welche die andern neugierig machte.

»Ah, das ist etwas anderes; das ist ja ein Schreiben, welches wir Euch gar nicht mit Geld bezahlen können!« meinte er, als er die Lektüre beendet hatte.

»Gieb her; gieb her!« rief es von allen Seiten.

»Halt, das dauert zu lange. Ich werde euch den Brief vorlesen!«

Er begann, und als er zu Ende war, zeigte sich die Versammlung in der größten Aufregung.

»Das ist ja eine wahre Kunst, einen solchen Brief zu schreiben, und eine noch viel größere Kunst, das Geheimnis zu entdecken!« rief van Raal. »Wer hat es Euch verraten, Mynheer?«

»Niemand; ich fand es selbst.«

»Und wo fandet Ihr den Brief?«

»Nachher! Lest vorher diese Ordre!«

Ich nahm das Perspektiv des Engländers aus der Tasche und zog das Papier aus dem Rohre. Es wurde wieder von Uys vorgelesen, und auf die dann an mich gerichtete Bitte um Aufklärung wandte ich mich an den Gefangenen:

»Nehmt einmal Eure Mütze ab, Sir Hilbert Grey, und gebt sie diesem Herrn!«

Der Engländer gehorchte beinahe zitternd. Uys nahm die Mütze und nickte.

»Das also ist der Mann, und darum bringt Ihr ihn zu uns! Wollen das Duplikat gleich holen!« Er zog das Messer hervor und schnitt das Futter auf. »Hier ist es, und seht, es lautet dem anderen ganz gleich! Aber nun erzählt, Mynheer, wie Ihr zu dem Gefangenen kommt!«

»Ich fand ihn bei Sikukuni.«

»Bei Sikukuni!« rief es im Kreise, und selbst Somi, welcher bisher ruhig dagesessen hatte, machte eine Bewegung der Ueberraschung. »Das ist nicht möglich! Sikukuni ist beim Zuluheere drüben hinter den Bergen!«

»Sikukuni ist hier in der Nähe, und wenn ihr ihn fangen wollt, kann ich euch zu ihm führen!«

Sie sprangen alle auf, auch Somi, diese Männer, die sonst nicht leicht aus dem Gleichgewichte zu bringen waren.

»Scherzt Ihr oder ist es wirklich so?« wurde ich gefragt.

»Es ist so! Sikukuni war auf Eurer Farm, Mynheer van Helmers; er wollte Jeffrouw Soofje töten und Mietje mit sich nehmen. Ich hinderte ihn daran und verfolgte ihn bis in den Wald, den man zu Pferde in drei Stunden von hier erreichen kann.«

Jan legte mir die Faust schwer auf die Schulter.

»Wenn er den Meinen nur ein Haar gekrümmt hat, so ist er verloren. Erzählt, aber schnell, schnell!«

»Ja, erzählt und laßt uns nicht länger warten!« mahnten auch die andern.

Ich begann meinen Bericht und erzählte rasch alle Ereignisse seit gestern bis zu dem gegenwärtigen Augenblick. Sie lauschten in atemloser Spannung, und als ich geendet hatte, war der Eindruck von der Wahrheit meines Referates so groß, daß sie alle zu den Waffen griffen.

»Wir müssen hin; wir müssen ihn sofort überfallen!« rief Jan.

»Ja,« stimmte Zingen bei. »Haben wir ihn, so ist der Aufstand der Zulus schon vor dem Ausbruche so gut wie beendet!«

»Holt die Pferde!« meinte van Hoorst. »Wir dürfen keine Zeit verlieren!«

»Halt!« rief ich in die allgemeine Unruhe hinein. »Hört mich, Mynheers, ehe ihr einen Entschluß faßt!«

»Ja, hört ihn,« meinte Kees Uys. »Er hat in allem so gehandelt, daß uns seine Meinung nur von Nutzen sein kann!«

»Ihr seid hier versammelt, um wichtige Dinge zu besprechen. Seid ihr bereits fertig damit?«

»Nein.«

»Und braucht ihr lange Zeit, um es zu werden?«

»Nein. Wir sind im ganzen einig und haben nur noch Nebendinge zu bestimmen.«

»Es bleibt euch Zeit genug dazu, und es ist besser, gleich fertig zu werden, als zuvor von hier aufzubrechen und von neuem zu beginnen.«

»Aber dann entgeht uns Sikukuni!«

»Wie kann er euch entgehen, da er euch hier überfallen

will! Ihr könntet ihn ruhig erwarten; da es aber doch möglich ist, daß er Verdacht geschöpft hat, so halte ich es allerdings für besser, ihn im Walde aufzusuchen; doch ist jetzt dazu noch nicht die richtige Zeit.«

»Wann dann?« fragte Jan, der vor Verlangen brannte, mit dem Zulu zusammenzugeraten.

»Beabsichtigen die Zulus, hierher zu kommen, so wird dies nicht vor nachts geschehen, und suchen wir sie auf, so dürfen wir erst nach Mitternacht aufbrechen, um sie gleich beim Tagesgrauen zu erreichen. In beiden Fällen bleibt euch Zeit zu euren Verhandlungen. Ihr braucht nicht wieder hierher zurückzukehren, könnt im Chore nach Jan van Helmers Farm reiten und dann nach dem Attersberge aufbrechen, um den Transport wegzunehmen, zu welchem ihr vielleicht zu spät kommt, wenn ihr hier zu viel Zeit versäumt.«

»Ihr habt recht,« meinte Zingen, »wenn wir nur sicher wären, daß Sikukuni morgen früh noch zu treffen ist!«

»Ja, er hat recht,« knirschte auch Jan, »wenn nicht Sikukuni auf den Gedanken kommt, uns auch beim Morgengrauen zu überfallen.«

»Warum?« fragte ich.

»Weil dann beide Gegner zu gleicher Zeit aufbrechen und einander umgehen können.«

»Das ist allerdings ein Gedanke, der seine volle Berechtigung hat.«

»Darum ist es besser, wir brechen sofort auf und – – –«

»Und lassen uns von den Zulus bemerken,« fiel ich ein. »Verzeiht, Mynheers, wenn ich sage, ›uns‹ und also eure Sache auch zu der meinigen mache! Aber ich habe mich einmal in dieses Abenteuer verwickelt und möchte auch nicht gern den Schauplatz verlassen, bevor ich weiß, zu welchem Ende es führt.«

Da trat van Hoorst zu mir und bot mir die Hand; die andern folgten ihm.

»Redet nicht, Mynheer!« sagte er. »Ihr habt grad so gehandelt, als wäret Ihr einer der Unserigen; wir sind Euch viel Dank schuldig, und da wir jetzt nicht über eine große Zahl von Büchsen verfügen, so kann es uns nur willkommen sein, wenn Ihr die Eure auch ferner für uns sprechen lassen wollt! Was nun den Ueberfall betrifft, so stimme ich Euch in allem vollständig bei.«

»Und dennoch bin ich zu einer Konzession für Mynheer van Helmers bereit. Im Falle die beiden Feinde sich umgehen, müßten wir den Gegner wieder hier aufsuchen, wozu wir Zeit gebrauchen würden. Daher schlage ich vor, wir warten hier nur bis eine Stunde nach Einbruch der Dunkelheit und besetzen von der Dämmerung an den Eingang der Thäler in einer breiten Linie. Ist bis dahin von den Zulus nichts zu spüren, so brechen wir auf. Ich meine jedoch, daß sie den ganzen Tag verwenden werden, um nach dem Engländer zu suchen, der sich ihrer Ansicht nach im Walde verirrt hat; von Tschemba, der noch nicht bei ihnen angekommen ist, ganz abgesehen.«

Dieser Vorschlag wurde angenommen, obgleich Jan am liebsten sofort aufgebrochen wäre. Wie Achilles vor Troja, zog er sich zürnend zurück und verließ die Kloof, ohne an den weiteren Verhandlungen teilzunehmen.

Die erste derselben bezog sich auf den Engländer. Was ich vorhergesehen hatte, geschah. Als Diener seines Herrn traf ihn keine Verantwortung, und da er auch sonst nicht direkt feindselig gehandelt hatte, so beschloß man, ihn einstweilen als Gefangenen zu behandeln und nach Wegnahme des Transportes wieder freizugeben.

Nun wurde in Vereinigung das Mahl gehalten, bei welchem Jan so einsilbig blieb, wie vorher, und dann legte man sich in Anbetracht der zu erwartenden nächtlichen Anstrengung zur Ruhe.

Diese dauerte einige Stunden. Ich war der erste, welcher erwachte, und verließ die Kloof, um hinaus nach dem Baume zu gehen. Dort stand Quimbo und hielt mit stolzem Blick ein gewaltiges Roer in der Hand.

»Was thust du hier?«

»Was thu' Quimbo? Oh, oh, seh' nicht Mynheer, daß Quimbo steh' Wach'?«

»Du? Ich denke, Mynheer van Hoorst soll jetzt Wache haben?«

»Oh, Wach' hab' Mynheer Raal und dann Mynheer van Hoorst, aber hab' will' schlaf' all' beid' und sag', Quimbo soll nehm' Flint' und steh' Wach' an Baum.«

Die beiden Männer hatten dem guten Kaffer mit diesem ehrenvollen Auftrage jedenfalls den größten Gefallen gethan, und da etwas Feindseliges jetzt nicht zu erwarten stand, so lag auch kein Grund vor, ihr Verhalten besonders straffällig zu nehmen.

»Es ist doch nichts passiert?« erkundigte ich mich.

»Passiert? Nein, nichts, gar kein'! Bloß groß', lang' Mynheer reit' fort.«

»Es ist einer fortgeritten?« fragte ich in sofortiger Ahnung und Besorgnis. »Wer?«

»Groß', lang', dick' Mynheer mit Fell von Leopard auf Achsel.«

»Wann war das?«

»Wann war? Gleich als Quimbo nehm Flint' und steh' Wach'.«

Also vor bereits zwei Stunden! Ich eilte nach der Kloof zurück und weckte die Schläfer. Sie erschraken bei meiner Kunde und traten sofort zu einer Beratung zusammen. Der hitzige Boer van het Roer hatte unsern ganzen Angriffsplan vereitelt, und es galt nun, ihm schleunigst nachzufolgen, um ihm Hilfe zu bringen, wenn er sich von seiner Verwegenheit hinreißen lassen sollte, sich den Zulus zu zeigen.

Der Engländer wurde wieder auf den Brabanter gebunden, Quimbo stieg hinten auf, und als alles fertig war, ging es in das Thal hinab, in welchem eine frische Quelle rieselte, von welcher der Ort den Namen Klaarfontein erhalten hatte, und von da aus in südlicher Richtung weiter. Als wir die Ebene erreichten, wurden die Pferde in Galopp gesetzt. Die Verhandlungen und nach ihnen die Ruhe hatten einen großen Teil des Tages in Anspruch genommen, und die Sonne neigte sich bereits dem Horizonte zu.

Die Pferde der Boers waren frisch, die unsrigen aber hatten einen angestrengten Ritt erst kurz hinter sich; dennoch war mein Engländer immer voran und zeigte nach einer guten Stunde nicht die geringste Ermüdung. Anders stand es mit dem Brabanter. Das schwere, wenn auch außerordentlich kraftvolle Tier war eine solche Flüchtigkeit nicht gewohnt, hatte eine doppelte Last zu tragen und folgte uns nur mit der größten Anstrengung. Nur noch eine Viertelstunde hatten wir auszuhalten; die Sonne war untergegangen, und es dunkelte bereits, als ich die Stimme Quimbos hörte.

»Mynheer, Mynheer, oh, oh! Mynheer komm' zu Quimbo!«

Ich hielt und ließ ihn herankommen.

»Was giebt's?«

»Oh, Mynheer helf' Quimbo! Pferd nicht will mehr lauf', und England nicht will mehr reit'!«

»So! Ihr wehrt Euch, Sir Hilbert Grey, und glaubt vielleicht, in der Dunkelheit zu entkommen? Da irrt Ihr Euch. Gebt einmal Eure Hände her!«

»Was wollt Ihr?«

»Euch die Hände binden. Es ist so besser für meinen Diener.«

»Das lasse ich mir nicht gefallen, Sir!«

»Mir gleich! Ich habe keine Zeit, mit Euch zu verhandeln. Wenn Ihr Euch nicht gutwillig binden laßt, so schieße ich Euch ohne Gnade nieder. Also her mit den Händen!«

Ich war noch mit einem Riemen versehen und band ihm die Hände. Dann eilte ich den andern nach.

Ich holte sie bald ein und kam wieder an die Spitze. Ich hatte während meines Berichtes den Ort, an welchem die Zulus lagerten, so genau beschrieben, daß ihn Jan leicht hatte finden können. Sie waren jetzt, selbst wenn sie sich verteilt gehabt hatten, um den Engländer zu suchen, jedenfalls wieder dorthin zurückgekehrt, und daher hielt ich, als wir um die letzte Waldecke gebogen waren, beinahe grad auf den Platz zu.

Ungefähr da, wo ich die vorige Nacht gelagert hatte, hielt ich an und sprang vom Pferde.

»Steigt ab, Mynheers; bindet eure Tiere an; nehmt eure Waffen und folgt mir so leise wie möglich!«

Sie thaten es, und noch waren wir mit den Pferden beschäftigt, so ertönten zwei Schüsse aus der Richtung des Kaffernlagers.

»Vorwärts, Mynheers; Jan ist in Gefahr!«

Jetzt war von Vorsicht keine Rede mehr; wir brachen durch die Büsche, wie es ging, ich voran und die andern mir nach. Die Dunkelheit verhinderte uns, alle Hindernisse zu erkennen; deshalb dauerte es eine geraume Weile, ehe ich die Lichtung erreichte. Hier bot sich ein Anblick, der einen Krieger in Entzücken versetzen konnte. Von der hochflackernden Flamme eines Lagerfeuers hell erleuchtet, stand Jan inmitten der ganzen Zulubande. Der Hut war seinem Kopfe entfallen, und das lange, blonde Haar wehte wie eine Löwenmähne auf das Leopardenfell hernieder. Sie alle hoch überragend, hielt er sie mit dem Kolben seiner Büchse von sich ab, und jeder Hieb, den er führte, warf einen Feind zu Boden. Dennoch hätte er unterliegen müssen, wenn wir nicht rechtzeitig erschienen wären.

Ich erhob meine Büchse und gab zwei Schüsse ab; rechts und links von mir blitzte es auf, und dann warfen wir uns auf die Lichtung. Wir trafen – nur mit Jan zusammen, der uns anstarrte und dann mit einem: »Ich muß ihn haben!« in die Büsche sprang. Auf dem Platze lagen die Leichen; die andern, verwundet oder unverwundet, hatten sich alle gleich nach unsern Schüssen in das Gesträuch geworfen.

Einem augenblicklichen Impulse folgend, eilte ich hinter Jan her. Seitwärts ertönte lautes Schnaufen und Pferdegewieher; ich wandte mich dorthin und kam grad noch zur rechten Zeit, um einen Trupp Kaffern längs des Waldrandes an mir vorübersprengen zu sehen. Der vorderste von ihnen wandte sich zu den übrigen zurück und rief ihnen einige Worte zu, von denen ich nur *»indhlu het roer«* verstehen konnte. »Indhlu«, so viel wußte ich, bedeutet in der Zulusprache so viel wie Haus, und »het roer« bezog sich jedenfalls auf Jan, der ja weithin als der Boer van het Roer bekannt war.

Demnach schien der entkommene Häuptling entschlossen zu sein, sofort zur Farm zurückzureiten, um sich für den heutigen Ueberfall zu rächen.

Eben stand ich im Begriff, zum Kampfplatze zurückzukehren, als ich zwischen meinem gegenwärtigen Standpunkte und der Waldecke zwei laute Stimmen vernahm, die ich augenblicklich erkannte:

»Still, England! Nicht sprech' kein Wort zu Quimbo! Quimbo nicht will hab' Geld und nicht will hab' Geschenk. Quimbo hab' gut' Mynheer, viel' groß' gut' Mynheer, und Quimbo thu', was sag' Mynheer. Mynheer sag', daß England bin 'fangen, und Quimbo halt' fest England!«

»*Well*, so gebe ich dir noch mehr! Ich gebe dir auch noch ein Roer, mit dem du eine ganze Meile weit schießen kannst!«

»Nun aber still, England! England hab' nicht gut Roer, denn England kann nicht einmal schieß' tot Sau mit Roer! England will schieß' Meil' mit Roer? Was bin Meil'? Bin Meil' Sau oder Katz'? Kann Quimbo eß' Meil', wenn Quimbo hab' schieß' tot Meil'?«

»Wenn du meine Riemen zerschneidest und mich gehen lässest, so gebe ich dir einen ganzen Wagen voll Fett für dich und deine Haare, einen Wagen voll Fett, welches so gut riecht, daß – – –«

»Schweig!« fiel ihm der Kaffer, jetzt ernstlich bös, in die Rede. »Wo will England hab' ganz' Wag' voll Fett, wenn England nur hab' lang', dünne Knochen? Das Fett von England riech' gut? Was versteh' England von riech' gut! England riech' an Quimbo, dann wird England seh', wer riech' gut, England oder Kaffer!«

Der Elefantentritt des Brabanters war jetzt in meine Nähe gekommen. Welch ein Glück, daß der brave Diener nicht eine Minute früher anlangte! Er wäre sicher in die Hände der erbosten Zulus gefallen. Ich trat hervor und auf die beiden Reiter zu. Augenblicklich glitt Quimbo vom Pferde, nahm hinter demselben Platz, faßte es am Zügel und erhob den Speer.

»*Teta ilizwi?* Wer bin da?« rief er mich an.

»Ich bin es, Quimbo!«

»Oh, oh, Mynheer, Quimbo bin froh, daß Quimbo seh' Mynheer. England will reiß' aus Quimbo, und Pferd will nicht reiß' aus, sondern fall' um mit England und Quimbo!«

»Warte hier!« beschied ich ihn und eilte zum Kampfplatze, wo ich die Roers alle fand.

Auch Jan war zurückgekehrt und stand schweigsam unter den Vorwürfen der andern da.

»Mynheers, die Zulus sind zu Pferde entkommen,« sagte ich. »Seht, ob ihr eines von ihren übrigen Tieren fangen könnt für den Engländer, der da draußen mit meinem Diener hält. Ich werde sehen, wohin die Zulus gehen. Wartet, bis ich zurückkehre!«

Ich suchte so schnell wie möglich unsere Tiere auf, bestieg meinen Engländer und trieb ihn im schnellsten Galopp hinaus auf die Ebene. Wohl an die zehn Minuten lang ritt ich so fort; dann stieg ich ab und legte mich mit dem Ohre an die Erde. Mein ausgezeichnetes Tier hatte mich weit fortgetragen, so daß ich den fliehenden Kaffern ziemlich nahe gekommen war. Ich hörte den Hufschlag ihrer Pferde ganz deutlich und war mir nun auch über die Richtung klar, welche sie einschlugen: es war wirklich diejenige nach der Farm Jan van Helmers'.

Es konnten ihrer beinahe noch ein Dutzend sein, und wenn sie die Farm wirklich erreichten, so stand ein schwerer Kampf für die Nachbarn zu erwarten. Das mußte verhütet werden, wenn es nur irgend möglich war.

Ich ritt zurück. Am Walde angekommen, traf ich die Boers mit dem Engländer beschäftigt, der um seine Entlassung bat. Sie konnten seinen Wunsch nicht erfüllen, da es ihm dann möglich war, unser Vorhaben in Beziehung des Transportes zu verraten. Es war ihnen gelungen, drei Pferde der Zulus einzufangen, deren eines für Sir Hilbert Grey bestimmt ward. Ich machte sie mit meiner Entdeckung bekannt, und augenblicklich griff Jan nach seinem Pferde.

»Ich reite fort; kommt nach, Mynheers!« rief er und erhob den Fuß, um aufzusteigen.

Ich ergriff ihn beim Arme und hielt ihn zurück.

»Bleibt noch eine Weile, Mynheer,« bat ich; »Ihr wißt ja, daß eine Ueberstürzung selbst in der größten Gefahr nur zum Schaden gereicht. Gebt Eurem Pferde eine halbe Stunde Ruhe und laßt es ein wenig fressen. Da drüben fließt der Bach, wo es auch trinken mag. Auf das Pferd kommt es an, ob der Reiter vorwärts kann!«

»Ihr habt recht, Mynheer; aber eine halbe Stunde nur, nicht länger, und dabei mag es bleiben!« antwortete er und führte das Tier nach der angegebenen Richtung zur Tränke.

»Führe die unsrigen nach, Quimbo!«

»Ja, Mynheer. Pferd muß freß' und muß sauf'; aber Quimbo laß' sauf' nicht zwei Pferd', sondern drei Pferd'!«

Er nahm außer meinem Engländer und dem Brabanter noch eines von den Zulupferden mit. Ich hatte keine Zeit, mich nach dem Grunde dieses Verfahrens zu erkundigen, und untersuchte die beiden andern Pferde. Es waren Tiere von jener kleinen und außerordentlich dauerhaften Mozambiquerasse, welche die Kaffernhäuptlinge gern für sich und ihre Günstlinge gebrauchen, während ihre Truppen meist nur aus Fußvolk bestehen. Sie trugen zu beiden Seiten des Sattels je ein ziemlich großes Säckchen gestoßenen Mais, eine Maßregel, welche die Tiere zu großer Ausdauer befähigt, da dieses Futter länger anhält, als die dürren Halme, welche das Land bietet.

Noch gab ich mich dieser Betrachtung hin, als Quimbo zurückkehrte und die beiden andern Pferde beim Zügel nahm.

»Pferd hier auch sauf'!«

Damit trollte er sich von dannen. Er mußte eine bestimmte Absicht haben. Vielleicht war ihm der Rücken des Brabanters zu breit und er wollte in der Stille einen günstigen Tausch vollziehen. Ich hatte nichts dagegen und schwieg also; nur eine Bemerkung machte ich ihm:

»Nimm diese Säcke in acht, Quimbo; es ist Mais darin, der außerordentlich gut für die Pferde ist.«

»Mais? Oh, oh, Mais werd' bekomm' nicht Boer, sondern Mynheer und Quimbo!«

Er ging, und ich trat zu den andern, um mich mit ihnen zu besprechen. Jan kehrte zurück. Er hatte sein Pferd unter der Aufsicht Quimbos gelassen und wollte hören, was wir berieten.

Es verstand sich ganz von selbst, daß wir den Zulus schleunigst zu folgen suchten; nur war es fraglich, ob unsere Pferde von gleicher Ausdauer seien. Das meinige erhielt den ersten Preis, und da sich Jan nicht halten ließ, so wurde ausgemacht, daß ich mit ihm vorausreiten sollte, während die andern nach Kräften nachfolgen konnten.

Ich ging nach dem Brunnen und teilte dies Quimbo mit.

»Quimbo reit' mit Mynheer!« erklärte er.

»Du darfst nicht; du mußt über den Engländer wachen!«

Er drehte sich um und antwortete nicht. Als Jan kam, um aufzusitzen, that ich das Gleiche und bemerkte, daß sowohl sein Pferd als auch das meinige mit Mais versehen seien, ein Zeichen der Aufmerksamkeit meines guten Kaffern.

Wir nahmen von den Boers Abschied, welche bis gegen Morgen hier halten wollten; ich empfahl ihnen Quimbo, und dann ging es fort. Jan ritt schweigsam neben mir her; er hatte sich mit seinen Gedanken zu beschäftigen, und ich störte ihn nicht. So waren wir wohl eine halbe Stunde lang im Trabe fortgeritten, als ich Hufschlag hinter mir vernahm. Ich hielt, um den Reiter zu erwarten. Er kam in völliger Carriere herbei und vermochte kaum, sein Pferd vor mir zu halten. Gleich beim ersten Worte, welches ich hörte, erkannte ich Quimbo.

»Mynheer, oh, oh, Quimbo schon denk', Quimbo treff' nicht Mynheer!«

»Was willst denn du?«

Ich hatte beinahe so etwas vermutet, und darum mochte meine Frage nicht sehr streng klingen.

»Quimbo nicht bleib' bei Boers; Quimbo reit' mit gut', lieb' Mynheer. Quimbo hab' Pferd von Zulu und hab' Mais für Pferd.«

»Wo hast du denn den Brabanter?«

»Brabant' thu' weh Quimbo an Bein; Quimbo kann nicht

bring' zusamm' wieder Bein. Brabant' bin bei Boers; Boers mag auch weh thu' Bein!«

Ich mußte lachen über diese menschenfreundliche Ansicht des Dieners.

»So komm! Ich kann dich doch nicht wieder zurückschikken.«

Der Ritt wurde in möglichster Eile fortgesetzt. Quimbo konnte seinen Mozambique besser umspannen, und wenn er auch beinahe glatt auf dem Rücken desselben lag, so war er doch besser daran als früher auf dem Brabanter. Die ganze Nacht ging es vorwärts, bis der Morgen graute und die Pferde sich etwas ausruhen mußten. Es wurde gefüttert, und dann saßen wir wieder auf.

Wir hatten die Spur der Zulus getroffen; sie mußten außerordentlich gut beritten sein, sonst hätten wir sie wohl bald eingeholt. Freilich konnten sie sich denken, daß sie verfolgt wurden, und darum mochten sie ihre Pferde nach Möglichkeit anstrengen, grad wie wir es thaten.

Gegen Mittag wurde nochmal Rast gemacht, und als wir später zur Abenddämmerung wieder anhielten, befanden wir uns bereits in der Nähe des Waldes, in welchem ich zum erstenmal mit Sir Hilbert Grey zusammengetroffen war. Die Pferde dampften und trieften vor Schweiß, und ihre Flanken schlugen, so daß wir die übrige Strecke unmöglich zurücklegen konnten, ohne wenigstens einige Minuten auszuruhen. Das konnte für die Farm verderblich werden, und sobald wir nur einigermaßen wieder Atem geschöpft hatten, ging es weiter.

Wir hatten die ganze, auf zwei Tagreisen geschätzte Strecke in nicht ganz einem Tage zurückgelegt, wobei in Betracht zu ziehen war, daß mein Pferd die ganze Strecke hin und zurück ohne die nötige Zwischenpause unter die Hufe genommen hatte. Das mußte bei der Quellenarmut der Gegend und dem meist steinigen Boden über die Kräfte selbst des besten Tieres gehen, und es war daher nicht zu verwundern, daß wir nur im Schritte nach der Höhe strebten, von welcher sich das Thal absenkte, in dem Jans Farm lag.

Noch hatten wir die noch nicht ganz erreicht, als uns von drüben herauf Schüsse entgegen tönten.

»Hier, Quimbo, halte die Pferde! Zu Fuße kommen wir schneller hinab!« gebot ich und sprang ab.

Jan folgte mir, und nun ging es im ausgestreckten Laufe den Berg vollends hinan und dann auf der entgegengesetzten Seite desselben hinab.

Die Schüsse wiederholten sich und lieferten uns den Beweis, daß die Nachbarn wach gewesen und von den Zulus nicht überrascht worden waren. Wir langten keuchend beim Garten an, sprangen am Zaune hin und bogen um die Ecke des Hofes, da wir annahmen, daß das Thor vor allen Dingen Gegenstand eines Angriffes sein müsse. Wir hatten uns geirrt, denn eben als wir es erreichten, ertönte von der hinteren Seite des Wohngebäudes her ein Schuß.

»Sie sind über die Planken gestiegen und befinden sich bereits in Hof und Garten. Die Unsrigen schießen aus den oberen Fenstern. Kommt!« meinte Jan, indem er wieder umkehrte, längs der Mauer hineilte und dann über den Zaun voltigierte.

Auch ich schwang mich hinüber und hatte den Fuß kaum zur Erde gesetzt, als ich einen krachenden Kolbenschlag vernahm.

»Einer!« rief Jan.

Auch ich sah eine dunkle, nackte Gestalt auf mich zuschnellen, erhob die Büchse und drückte ab.

»Zwei!«

»Hallooh! Wer schießt da unten?« fragte eine tiefe Stimme aus dem Fenster herab.

»Ich bin es, Baas Jeremias!« antwortete Jan, indem auch er auf ein Ziel, welches ich nicht erkannte, abdrückte. Ein lauter Schrei bewies, daß er getroffen hatte. »Wo sind die Schurken?«

»Nur zwei oder drei im Hofe –«

»Die sind abgethan!«

»Die andern im Garten!«

»Ah, ich werde ihnen jemand schicken!«

Er trat an das Häuschen des Leoparden.

»Tüfel!«

Ein eigentümlich pfauchendes Zischen ließ sich vernehmen.

»Komm, mein Tüfel; du hast seit langem keinen Zulu mehr gesehen!«

Er zog das mächtige Tier an der Kette aus dem Hause und schlang ihm dieselbe um den Hals.

»Tretet nahe zu mir, Mynheer! Er ist gut abgerichtet, thut keinem aus dem Hause etwas, und auch Ihr habt nichts zu fürchten, wenn Ihr bei mir steht. Baas Jeremias!«

»Hallooh, was ist's?«

»Ist jemand von den Leuten draußen? Ich lasse den Tüfel los.«

»Immer los, Neef Jan! Wir sind alle hier im Hause.«

Jan führte das Tier bis an die Hofecke, zeigte nach dem Garten und ließ los.

»Faß, Tüfel!«

Im nächsten Augenblick war das Tier verschwunden, und gleich darauf vernahmen wir einen entsetzlichen Schrei, dem ein kurzes, zorniges Brüllen folgte.

»Schon einer! Kommt, Mynheer, ich schicke ihnen noch jemand!«

Er schritt auf einen niedrigen Schuppen zu und öffnete die Thür.

»Rob!«

Im Augenblick kam der Strauß hervor.

»Faß!« gebot der Boer, nach dem Garten deutend.

Der Vogel folgte dem Befehle und stieß davon.

»Wird der Leopard dem Strauße nichts thun?« fragte ich.

»Fällt ihm nicht ein! Sie trinken Milch aus einem Kübel. Aber jetzt kommt, Mynheer! Wir müssen die Pferde der Kaffern zu entdecken suchen, dann sind die Schurken verloren.«

Wir sprangen wieder über den Zaun, während im Garten ein Schrei dem andern folgte. Die Pferde befanden sich jedenfalls in der Nähe des Hauses; darum meinte ich:

»Wir umgehen das Haus in einiger Entfernung von den Planken, Ihr dahin und ich dorthin, Mynheer Jan!«

»Nein, Ihr müßt bei mir bleiben wegen des Leoparden, wenn dieser über den Zaun setzen sollte, was ich aber nicht erwarte.«

Da huschte es an uns vorüber, eine Gestalt und noch eine. Ich gab ihnen schnell meinen noch übrigen Schuß nach. Ein dritter wollte vorbei, empfing aber die zweite Kugel Jans, und dann hörten wir auch schon das Schnaufen von Pferden, deren Hufschlag sich entfernte.

»Dort also hielten sie,« rief Jan. »Die beiden sind entkommen, wenn Ihr keinen von ihnen getroffen habt.«

»Ich traf den zweiten; das weiß ich ganz genau. Und doch sind wohl zwei davon, denn es hat jedenfalls einer bei den Pferden gestanden.«

»Die übrigen aber sind verloren; denn ich kenne meinen Tüfel.«

Noch während er sprach, knackten die Planken; ich glaubte, ein vierter Zulu wolle herüber, und kehrte die Büchse zum Schlage um, aber es war der Leopard, welcher zur Erde schnellte, sich dann mit der Raschheit des Blitzes auf mich stürzte und mich zur Erde riß.

»Tüfel!« rief ihn Jan von mir zurück, aber das Tier hatte Blut geschmeckt und seine ganze Wildheit wieder bekommen.

Die eine Tatze krallte sich tief in das Fleisch meiner Achsel, und die Zähne versuchten, meine Kehle zu erreichen. Ich lag unter ihm, hielt ihn am Halse gefaßt und drückte den Kopf fest an mich, um das fürchterliche Gebiß unschädlich zu machen. Die Beine schlang ich um seinen Hinterleib und zog denselben hart zu mir hernieder, so daß mir auch die Hinterpranken nicht gefährlich werden konnten. Dennoch hätte ich ohne Jans Hilfe unterliegen müssen. Dieser faßte die Kette, riß mit einem gewaltigen Rucke das Tier von mir weg und schleuderte es mit solcher Wucht gegen die Planken, daß nicht nur diese, sondern auch die Glieder des Leoparden krachten.

Die Geschichte erzählt von Männern, welche Löwen einfach mit der Hand erwürgt haben sollen; ich hatte bisher an der Wahrheit dieser Erzählungen gezweifelt, wurde jetzt aber überzeugt, daß es menschliche Individuen geben könne, deren physische Kraft selbst derjenigen eines solchen Tieres gewachsen ist. Ich raffte mich auf und zog das Messer.

»Wir müssen ihn töten!«

»Ist nicht nötig, Mynheer; er ist bereits unschädlich!«

Der Boer kniete auf dem Leoparden, der sich gegen den mächtigen Druck nur durch ein dumpfes Heulen wehren konnte, und schlang die Kette um einen der tief in die Erde eingelassenen Steine, welche die Stützen des Plankenzaunes bildeten. Dann erhob er sich.

»Hier hängt er sicher, bis zum Tage, wo das Auge hinreicht, ihn fügsam zu machen. Seid Ihr verwundet?«

»Ein wenig an der Schulter.«

»So kommt schnell, damit Ihr verbunden werdet! Es war allerdings wohl eine Unvorsichtigkeit, das Tier loszulassen, uns aber wären mehr Feinde entgangen als ihm.«

Er stieg über den Zaun, und auch ich that es trotz der Schmerzen, welche ich dabei an der verwundeten Achsel empfand.

»Macht die Thür auf, Baas Jeremias!«

»Sogleich, Neef Jan!« antwortete der Boer von oben herunter. »Wie ist's mit den Kaffern?«

»Zwei sind entkommen; die andern werden wir uns anleuchten.«

Die Thür wurde geöffnet, und wir standen im Begriffe, einzutreten, als wir jenseits des Zaunes nahendes Pferdegetrappel vernahmen, welches von einer hilferufenden Stimme übertönt wurde.

»Au, oh, oh! Mynheer, helf! Bös' Geist will freß' Quimbo und freß' Pferd!«

Was konnte das für ein Geist sein? Jan eilte zum Thore und zog es auf. Nach wenigen Augenblicken kam Quimbo auf seinem Mozambique hereingesprengt; ihm folgten, trotzdem er sie nicht am Zügel hatte, die beiden andern

Pferde, und hinter diesen fegte mit weit vorgestrecktem Halse der Strauß herein.

»Oh, Geist will fang' arm' Quimbo. Mynheer schieß' tot Geist!« rief der Kaffer, jetzt vor mir haltend und mit ängstlicher Gebärde zurückdeutend.

Baas Jeremias stand mit einer großen Laterne unter der Thür, so daß wir deutlich zu sehen vermochten. Der Strauß war, wie wir später bemerkten, durch die jedenfalls von den Zulus geöffnete Plankenpforte aus dem Garten geraten und auf Quimbo gestoßen, der sich dem Hause genähert hatte und in der Dunkelheit den Vogel nicht erkennen konnte. Jetzt sah er freilich, mit welcher Art von Geistern er es zu thun gehabt hatte, und der Mut kehrte ihm zurück. Vom Pferde springend, faßte er seinen Wurfspeer und schlug damit kräftig auf seinen Verfolger los.

»Was? Geist bin Vogel, bin Strauß? Wart, Quimbo will zeig' Vogel, zu mach' Geist!«

Er hatte sich in seinem Gegner verrechnet. Der in der Freiheit so schüchterne und furchtsame Strauß ist in gezähmtem Zustande oft ein sehr tapferer Wächter des Hauses und, wenn er einmal zum Bewußtsein seiner Stärke gelangte, ein Kämpe, mit dem man nicht so leicht anbinden darf. Quimbo sollte dies sofort erfahren; der Vogel riß ihn mit einem kraftvollen Anlaufe zur Erde, versetzte ihm einige höchst energische Beintritte und schlug mit dem Schnabel nach seinem Kopfe, wobei er unglücklicherweise nach der Frisur zielte, die im Augenblick ihre künstlerische Pantoffelform verlor. Der Unterliegende stieß ein gellendes Zetermordio aus.

»Helf', Mynheer! Oh arm' Quimbo, oh schön' arm' Haar von Quimbo! Mynheer, hau' tot, schlag' tot, stech' tot, schieß' tot Strauß!«

»Rob, zurück!« rief Jan und faßte den Vogel bei einem der kurzen, schlagenden Flügel.

Das Tier gehorchte und wurde von dem Boer nach dem noch offenen Schuppen gebracht. Quimbo raffte sich auf und wollte, seinen Schopf noch immer mit den Händen haltend, sein Lamento fortsetzen, als er meine zerfetzte Schulter bemerkte, von welcher allerdings das Blut sehr reichlich niederfloß. Sofort sprang er auf mich zu und rief besorgt:

»Mynheer hab' Wund'? Mynheer bin schlag' bald tot? Oh, oh, gut' arm' Mynheer! Quimbo werd' bind' zu Wund' von lieb Mynheer!«

Die Nachbarn und auch Mietje waren herbeigekommen. Bei den Worten Quimbos vergaßen sie die Fragen und Erkundigungen, welche sie jedenfalls auf den Lippen hatten, und umringten mich. Ich wurde in das Haus und in die Stube gezogen, wo man meine Wunde untersuchte. Sie zeigte sich zwar als schmerzhaft, aber nicht gefährlich. Während des Verbindens ging es ans Fragen und Erzählen, und dann begaben wir uns mit Laternen und wohl bewaffnet hinaus, um nach den Zulus zu sehen.

Im Hofe lagen drei Leichen. Hinter dem Hause hatte der Tod eine noch reichlichere Ernte gehalten, denn dort fanden wir fünf gräßlich zerfleischte Körper, von denen zwei augenscheinlich unter den Schnabelhieben des Straußes gestürzt waren, ehe der Leopard sie vollends getötet hatte.

Nun suchten wir nach der Richtung, in welcher die Pferde gestanden hatten. Auch hier waren unsere zwei Schüsse tödlich gewesen, zum großen Grimme Jans aber befand sich Sikukuni nicht unter den Gefallenen. Er war abermals entkommen.

Am vorhergehenden Tage hatten die Nachbarn die im Walde gefallenen Zulus beerdigen und deren von uns versteckten Habseligkeiten nach der Farm bringen lassen. Am nächsten Morgen stand ein bedeutenderes Begräbnis bevor, mit welchem wir bis zur Ankunft der zurückgebliebenen Boers warten wollten. Dann sollte ein Gericht über den gefangenen Tschemba gehalten und das Nötige über die Verfolgung Sikukunis und die Aufhebung des Waffentransportes bestimmt werden. – – –

4.

Ich war am andern Morgen schon frühzeitig munter und fand, als ich in den Hof trat, auch Mietje bereits wach. Sie hatte ja für viele und bedeutende Gäste zu sorgen, ein Bewußtsein, welches ihre Ruhe verkürzen mußte.

Der Gedanke, daß der Zuluhäuptling entkommen sei, trieb mich hinaus in das offene Feld. Der Leopard hing noch an dem Steine und blinzelte lüstern nach den unweit von ihm liegenden Leichen der Erschossenen. Ich sah abseits ganz deutlich die Spuren der Pferde, welche hier gehalten hatten; ihre Fährte, welcher ich eine kurze Strecke folgte, führte im Thale hinab und wandte sich dann nach Osten. Es war uns von Vorteil, zu wissen, in welcher Richtung sie weiterging; daher kehrte ich zur Farm zurück und weckte Quimbo, welcher mir ein Pferd satteln mußte.

Ich stieg trotz meiner Wunde auf und kehrte zu der Spur zurück, welche ich so lange verfolgte, bis ich mir eine feste Ansicht bilden konnte. In einer Entfernung von vielleicht vier englischen Meilen von der Farm auf einer Höhe haltend, sah ich gegen Morgen zu die jetzt von der Sonne beschienenen Häupter des Randgebirges sich erheben, während der Fuß desselben bis nahe zu mir heran noch in wallenden Nebeln verborgen lag. Dort drüben führte der Kerspaß über die Berge, und da, weiter oben, öffnete der Kleipaß den Weg hinunter in das Land. Eine andere Straße als diese beiden gab es nicht, wie allgemein angenommen wurde. Die Spuren führten in gerader Richtung nach dem Kleipaß, und ich war jetzt überzeugt, daß es uns jetzt nicht mehr gelingen werde, Sikukuni zu erreichen. Zwar waren seine Pferde infolge der gehabten Anstrengungen außerordentlich abgetrieben, aber er besaß Tiere genug, um wechseln zu können, und selbst wenn wir uns mit frischen Pferden versorgen konnten, hatte er jetzt bereits einen zu großen Vorsprung, um ihn einzuholen.

Ich kehrte zurück und hatte nicht mehr weit bis zur Farm, als ich einen Trupp Reiter bemerkte, welcher von seitwärts kam und das gleiche Ziel mit mir zu haben schien. Auch ich wurde bemerkt. Man hielt an und erwartete mich. Es waren über dreißig kräftige Boersgestalten, mit breiten Hüten über den sonnengebräunten Zügen und mit schweren über die kräftigen Schultern hängenden Büchsen.

Ich grüßte und fand freundliche Erwiderung meines Grußes.

»Woher des Weges, Fremder?« fragte der Anführer.

»Vom Spazieren.«

»Vom Spazieren? So wohnt Ihr hier in der Nähe?«

»Ich bin Gast bei Jan van Helmers.«

»Beim Boer van het Roer? So seid Ihr uns doppelt willkommen!« Er reichte mir die Hand zum zweitenmal und schüttelte die meinige mit großer Herzlichkeit. »Ihr seid auch Holländer?«

»Nein, wie Ihr an meiner Aussprache hören werdet. Ich bin ein Deutscher, doch bitte ich Euch, mich ganz als Holländer zu betrachten.«

»Das soll geschehen, wenn Ihr es wünscht, und zwar gern, Mynheer! Ist Neef Jan daheim?«

»Ja. Er hat viel Besuch bei sich.«

»Wen?«

»Zunächst Nachbar Zelmst, die beiden jungen Hoblyn und Baas Jeremias. Kommen werden heute noch Zingen, Veelmar, van Raal, van Hoorst und noch einige.«

»Ist's möglich? Da sind ja alle unsere berühmten Männer beisammen! Hat man Euch als Deutschen den Zweck dieser Zusammenkunft gesagt?«

»Ja.«

»Dann seid Ihr ein sicherer Kamerad und könnt mir wohl auch sagen, ob Somi eingetroffen ist bei Klaarfontein.«

»Er war da.«

»Gewiß?«

»Ich selbst habe mit ihm gesprochen.«

»Ihr habt mit nach den Raafbergen gehen dürfen?« fragte er erstaunt.

Ich merkte, daß ich durch diesen Umstand bedeutend an Ansehen gewann, und antwortete kurz:

»Ich war dort. Kommt, Mynheers; Jan mag euch das Nötige selbst sagen!«

Ich ritt voran; die andern folgten. Jetzt erst mochten sie mich genauer betrachten; der Anführer kam an meine Seite.

»Ihr seid verwundet, Mynheer?«

»Ja.«

»Ein Schuß?«

»Nein; der Leopard Jans hatte mich unter sich.«

»Ah, wirklich? Dann seid Ihr unvorsichtig gewesen, denn das Tier ist so gut gezähmt und wird so reichlich gefüttert, daß es keinem Freunde des Hauses ein Leid thut. Wißt Ihr, wie Neef Jan zu dieser gefährlichen Katze gekommen ist?«

»Nein.«

»Es war vor fünf Jahren, und er zählte damals also siebzehn, als er nordwärts in die Berge ging, um nach Schiefer für sein Dach zu suchen. Ein Regen trieb ihn in einen Felsenspalt, welcher, nach oben zu, sich eng und höhlenartig in das Gestein hineinzog. Er hatte eben Platz genommen, als er weiter hinten ein katzenartiges Pfauchen und eine Stimme vernahm, die von einem wilden Tiere herkommen mußte. Er kroch hinter und fand einen jungen Leoparden, welcher schon ziemlich groß war und sich mit Krallen, Zähnen und mit einem durchdringenden Geschrei gegen jede Berührung verteidigte. Er faßte ihn dennoch beim Genick und stand schon im Begriffe, ihn vor an das Tageslicht zu bringen, als draußen ein zorniges Schnauben erscholl und der Eingang der Spalte sich verdunkelte. Es war die alte Leopardin, welche sich sofort unter lautem Brüllen auf ihn warf. Er hatte keine Zeit, sein Gewehr zu ergreifen oder nach dem Messer zu langen; er mußte sich mit den Händen verteidigen, und dabei kam ihm die Enge des Spaltes sehr zu statten. Wie er es fertig gebracht hat, das weiß ich nicht; aber er erwürgte das

Tier mit den Fäusten und trägt noch heute das Fell desselben als Karoß. Den jungen Leoparden aber brachte er mit heim und zähmte ihn; es ist derselbe, der Euch verwundet hat.«

»Er scheint ihn als Wächter und gelegentlichen Verteidiger der Farm zu benutzen.«

»Das ist bereits zweimal geschehen und zwar mit tüchtigem Erfolge; nur möchte ich ihm nicht raten, das Tier bei Nacht loszulassen, da es dann schwer wieder zu bändigen sein dürfte.«

»Das ist eben gestern abend geschehen.«

»Gestern abend? – Hat denn ein Ueberfall stattgefunden?«

»Ein sehr ernstlicher.«

»Durch wen, Mynheer? Ihr setzt mich nicht wenig in Schreck und Erstaunen!«

»Durch Sikukuni.«

»Nicht möglich!«

»Sondern wirklich!«

»Sikukuni ist doch bei den Zulus jenseits der Berge!«

»Er war hier, und diese Spur vor uns ist die seine. Ich kehre eben von ihrer Verfolgung zurück, welche ich unternahm, um zu sehen, welchen Weg er eingeschlagen hat. Doch da unten liegt die Farm, wo Ihr Euch alles erzählen lassen könnt!«

Ich ließ mein Pferd besser ausgreifen. Man hatte uns bemerkt und kam uns, als wir in den Hof ritten, entgegen.

»Hallooh, Cumpeer Huyler,« rief Jeremias, »das ist ja eine ganz mächtige Ueberraschung! Was bringt denn Euch auf das Pferd und zu uns?«

»Die Zulus, wer denn sonst! Nehmt das Roer und kommt mit; wir haben von drüben die Botschaft erhalten, daß sich die Kaffern nach dem Kleipaß ziehen, und sind aufgebrochen, um den Nachbarn drüben Hilfe zu bringen.«

»Das ist ganz recht und schön so, Cumpeer, doch thut mir den Gefallen, die Zulus nicht eher über den Haufen zu reiten, als bis Ihr hier mit Neef Jan und einigen andern Männern, die heute noch kommen werden, gesprochen habt. Jeder von uns hat ein Pferd und ein Roer, und wir werden sicher nicht fehlen, wenn man uns braucht. Steigt ab, ihr Leute, und kommt herein!«

Die Pferde wurden den Hottentotten übergeben und die Männer traten in die geräumige Stube. Ich wollte ihnen folgen, wurde aber von Quimbo abgehalten, welcher aus dem Garten kam.

»Mynheer, Boers komm', und Somi komm' von Berg!«

»Hast du sie wirklich gesehen?«

»Quimbo seh' all' ganz Boers und Somi; auch dick' Pferd von Quimbo bin dabei!«

Ich öffnete das Thor, welches wieder verschlossen worden war, und trat hinaus vor die Umfriedung des Hofes. Sie kamen wirklich den Berg herab und begrüßten mich schon von weitem, ihre Hüte in die Luft schwenkend. Meine Gegenwart sagte ihnen, daß die Angelegenheiten der Farm nicht mehr schlimm stehen konnten.

Ihre Ankunft brachte doppeltes Leben auf der Farm hervor; die vorher angekommenen Boers griffen, da die Stube nun zu wenig Raum bot, mit zu, um in den Hof Tische heraus zu schaffen, an denen bald die ganze Gesellschaft Platz genommen hatte, um durch herüber und hinüber gehende Fragen und Antworten sich über die vorgekommenen Ereignisse genügend zu unterrichten.

Die Versammlung von Klaarfontein hatte unterwegs nichts Besonderes erlebt, war aber um uns und die Farm in großer Besorgnis gewesen und hatte daher ihren Ritt möglichst zu beschleunigen gesucht. Quimbo, den ich ihnen empfohlen hatte, war vermißt worden, doch hatten sie sich mit einer langen Forschung nach ihm nicht aufhalten wollen. Er mußte jetzt einige Vorwürfe anhören, die er in großer Gemütsruhe entgegennahm. Den gefangenen Engländer hatte man natürlich mitgebracht; er wurde zu Tschemba, dem falschen Makololo, gesteckt, um da das weitere zu erwarten.

Somi aber saß nicht unter uns. Er hatte sich, als er kaum vom Pferde gestiegen war, durch das Thor entfernt. Jetzt kehrte er zurück, ein starkes Bündel Kräuter in der Hand, in denen ich eine Polygaleenart erkannte, die untermischt war mit den Blättern von *Erythrina Corallodendron*. Er trat mit ihnen zu mir.

»Gut' Deutschland hab' Wund'; Somi hab' gut Kraut für Wund', daß nicht komm' Fieber und heil' schnell zu. Gut', tapfer' Deutschland zeig' Wund', daß Somi verbind'!«

Ich hatte oft mich selbst überzeugt, daß wilde Völkerschaften Pflanzen medizinisch anzuwenden verstehen, von deren außerordentlicher Heilkraft unsere Wissenschaft keine Ahnung hat, war daher sofort bereit, seine Hilfe anzunehmen, und trat mit ihm zur Seite, um mich von ihm von neuem verbinden zu lassen.

Als er die Wunde sah, machte er ein sehr bedenkliches Gesicht.

»Wund' sein bös, sein nicht von schneid' oder stech' und schieß', sondern von wild' Tier; heil' schlecht. Somi darf nicht bloß Kraut, sondern muß erst nehm' Saft von Kraut. Aber Deutschland sein stark; Deutschland werd' hab' viel groß' Schmerz, aber doch nicht Fieber!«

Er zerquetschte die Kräuter und ließ den Saft derselben in die Wunde fließen; dann legte er die ersteren auf und befestigte den Verband wieder.

»Somi wird nehm' all' Tag' Kraut und leg' auf Wund' von Deutschland,« meinte er, als er fertig war.

Ich konnte in seinen nicht unschönen Zügen eine deutliche Zuneigung lesen, die er für mich zu empfinden schien. Doch plötzlich nahm sein Gesicht einen Ausdruck an, den ich beinahe mit dem Namen der Erstarrung zu bezeichnen vermochte. Die schnelle Bewegung seiner Hände nach oben drückte die größte Ueberraschung aus, die man sich nur denken kann.

»Tscharga!« rief er dann und stürzte nach der Thür, unter welcher Mietje erschienen war, um nach ihren Gästen zu sehen. »Tscharga!« rief er wieder, als er, die Arme ausbreitend, vor ihr stand.

Die Aufmerksamkeit sämtlicher Anwesenden lenkte sich natürlich auf diese Scene. Das Mädchen blickte ihn verwundert an, und er stand vor ihm in sichtbarem Entzücken, als gewahre er ein kostbares Gut, dessen Besitz für ihn das höchste Glück in sich schließe. Da aber ließ er die Arme langsam sinken und klagte:

»Oh, nein, sein nicht Tscharga! Tscharga sein alt jetzt, wenn noch leb', und nicht mehr so jung und schön. Aber warum seh' wie Tscharga, und warum hab' Kett' von Tscharga hier an Hals?«

»Seid Ihr Somi?« fragte sie.

»Ja, ich Somi bin!«

Sie ließ die Schlangenzähne in sichtbar beginnender Bewegung durch die kleinen Finger gleiten und antwortete:

»Die Kette ist von meiner Mutter.«

»Wer ist Mutter? Wie heiß' Mutter?«

»Ich weiß es nicht. Der Boer van Helmers hat mich in der Kalahari bei ihr gefunden; sie war tot; die Quelle, an welcher er uns traf, war versiegt, und Mutter hatte verschmachten müssen.«

»An Quelle? An Brunnen? Wie heiß' Brunnen?« fragte er schnell hintereinander.

»Es war am Ulwimibrunnen.«

»Ulwimi, oh, oh! Wie lang' sein das her? Oh, sag' schnell, sag' rasch! Herz von Somi klopf', daß sonst spring' Herz entzwei!«

»Es war im heißen Sommer und ist jetzt sechzehn Jahre.«

»Wie viel Jahr'? *Ishumi* und *tantatu* Jahr', zehn und sechs Jahr? Oh, oh, Somi muß flieh' vor Sikukuni; Somi send' schön', lieb' Tscharga nach Ulwimiwasser, und als Somi komm' nach, find' Somi Grab, mach' auf Grab und seh' tot Tscharga, aber nicht Tochter. Tscharga war gut' Weib von Somi, und du sein Tochter von Tscharga und von Somi!«

Er sprach das in der Erregung der höchsten Freude so schnell, daß man es kaum verstehen konnte, schlang dann die Arme um das Mädchen und drückte dasselbe zehnmal, zwanzigmal an sich, ihm dazwischen immer wieder in das erglühende Gesicht blickend und dabei die seligsten Freudenrufe ausstoßend.

»Mein Kind, mein' Tochter, mein gut', schön Kind! Will' du sein mein' Tochter und hab' lieb Vater Somi?«

Sie nickte unter Thränen und schlang die Arme innig um ihn, ohne sich um die Anwesenden zu kümmern, welche mit der lebhaftesten Teilnahme Zeugen dieser Scene waren.

»Wie heiß' Tochter? Oh, sag', sag' schnell, daß Vater kann ruf' Tochter mit Namen!«

»Mietje.«

»Mietje? Was heiß' Mietje? Somi nicht weiß' und nicht kann gut sag'. Mietje mag sag' Holland und Boer, Somi aber sag' Tscharga, denn Tochter heiß' wie Mutter!«

Er wandte sich jetzt zu Jan, welcher mit eigentümlichen Gefühlen dabei gestanden und jedes Wort gehört hatte.

»Vater von Jan hab' 'funden Tscharga, und Tscharga bin Schwester von Jan?«

»Mietje sollte meine Frau werden!« antwortete der Gefragte einigermaßen verlegen. Trotz des Vollbewußtseins seiner Rasse und seiner Nationalität mußte er doch unwillkürlich daran denken, daß Somi König der Kaffern werden sollte.

»Weib von Jan?« fragte Somi überrascht. »Oh, oh, so hab Jan arm Kind ohne Vater lieb?«

»Ja.«

»So nehm' Jan Tscharga! Aber Tscharga nicht mehr sein arm' Kind; Vater von Tscharga sein König, und Somi hab' viel' - viel' - - - «

Er hielt inne und griff unter das Mäntelchen, welches seinen Oberkörper umhüllte. Einen kleinen Gegenstand hervorbringend, zeigte er denselben Jan.

»Jan seh', was ist das!«

Der Boer stieß einen Ruf des Erstaunens aus.

»Ein Diamant, ein schwarzer Kapdiamant, unter Brüdern fünftausend Gulden wert! Baas Uys, Ihr seid Kenner; seht ihn Euch an und sagt, ob ich recht habe!«

Kees Uys ergriff den Stein, welcher dann von Hand zu Hand ging und die lebhafteste Bewunderung erregte.

»Es ist richtig, Neef Jan; der Preis ist eher höher als niedriger!«

»Stein sein schwarz' Diamant,« meinte Somi stolz, »und Somi hab' noch viel' schwarz' Diamant, mehr klein und mehr groß als hier. Somi hab' 'funden Diamant auf Flucht in Berg' und hab' steck' viel Diamant in Erde, wo nicht kann find' ander' Mann. Aber Somi werd' hol' Diamant und geb' Jan, weil Jan hab' lieb arm' Tochter von Kaffer ohne Vater!«

Das war wirklich ein ganz bewundernswertes Ereignis, und es dauerte lange, ehe die Gruppen sich wieder lösten und das Gespräch sich dem früheren Gegenstande wieder zuwandte. Somi verschwand mit Jan und Mietje im Innern des Hauses, um die leidende Mutter von dem Geschehenen zu benachrichtigen, und die andern besprachen den Ueberfall des Waffentransportes.

Von diesem ließ sich erwarten, daß er unter gehöriger Bedeckung stattfinden werde, und daher war die Ankunft Huylers und der Seinen den Boers höchst willkommen, da wir in solcher Anzahl den Engländern jedenfalls gewachsen waren. Bis zum Attersberge hatten wir über einen Tag zu reiten, und da der in dem Briefe angegebene Zeitpunkt auf übermorgen fiel, so beschlossen wir, bereits heute gegen Abend aufzubrechen. Unsere Pferde freilich befanden sich in einem sehr angegriffenen Zustande; daher sollten frische Tiere von den benachbarten Farmen requiriert werden, zu welchem Zwecke sich einige der Begleiter Huylers dorthin auf den Weg machten.

Bis zu ihrer Rückkehr, welche bereits nach einigen Stunden erfolgte, wurden die Spuren des gestrigen Kampfes vertilgt, und dann ließen die Boers Tschemba vorführen, um über ihn zu Gerichte zu sitzen.

Der Kaffer mochte sich allerdings nicht wenig wundern, so viele Boers hier beisammen zu finden, und machte ein ziemlich mutloses Gesicht, als er vernahm, was man mit ihm vorhabe. Er wiederholte seine bereits mir gemachten Aussagen; über die weiteren Pläne Sikukunis vermochte er keine Auskunft zu geben, und da seine Schuld so offen am Tage lag, daß ein Zweifel über dieselbe gar nicht möglich war, so stimmten die meisten der Boers für den augenblicklichen

Tod des Verräters. Dem aber widersetzte sich Jan auf das energischeste, und auch ich schloß mich dem Veto an. Tschemba hatte im Auftrage seines Königs gehandelt, dem er sich, besonders bei dem grausamen Charakter desselben, unmöglich widersetzen konnte; ferner hatte er bei seiner Vernehmung durch mich sofort alles gestanden und seinen König blutgierig genannt, während er sich Somi freundlich gesinnt zeigte. Endlich trat auch Mietje hinzu und bat mit ihrem Vater um das Leben des Zulu, und so willigten endlich die Boers unter der Bedingung ein, daß der Kaffer bis zu ihrer Rückkehr gefangen gehalten werde. Er wurde, als ihm dies eröffnet worden war, wieder abgeführt.

Nun ging es an das Rüsten, da unsere Abwesenheit für diesmal von einer längeren Dauer sein mußte. Wir konnten vom Attersberge nicht hierher zurückkehren, sondern beschlossen, den Transport, falls er in unsere Hände fiel, was wir auch sicher hofften, gleich über die Berge zu bringen, wo er uns Gelegenheit gab, die Rüstung des dort sich versammelnden Boersheeres zu vervollständigen und dann ohne weiteres Zaudern über die Zulus herzufallen.

Die Farm war reich genug, uns alle mit genügendem Proviant auszustatten, und als wir aufbrachen, waren wir so gut mit Packpferden versehen, daß es schien, als ob wir eine Entdeckungsreise in das Innere des afrikanischen Kontinentes beabsichtigten.

Natürlich waren zum Schutze der Farm die nötigen Vorkehrungen getroffen worden, obgleich sich als sicher annehmen ließ, daß eine weitere Bedrohung derselben nicht stattfinden werde. Sikukunis Absicht, die Zusammenkunft an Klaarfontein zu sprengen, war vereitelt und sein Angriff gegen die Familie van Helmers wiederholt und siegreich abgeschlagen worden; er hatte keine Leute mehr bei sich, und wenn er einmal hinter den Bergen war, so bekam er dort jedenfalls so viel zu thun, daß er keine Zeit fand, wieder zurückzukehren.

Es kostete Somi allerdings Ueberwindung, die wiedergefundene Tochter so schnell wieder zu verlassen, und auch Jan trennte sich nur schwer von ihr und der Mutter, welcher ich die nötigen Medikamente zurückließ. Beide blieben noch eine Weile auf der Farm zurück und erreichten uns erst, als ein guter Teil der Nacht vergangen war.

Der Ritt verlief ohne ein besonders bemerkenswertes Ereignis, bis wir am andern Abend beim Ziele anlangten.

Der Attersberg erstreckt seinen langgedehnten Rücken vom Randgebirge weit nach Osten hin, wo er allmählich auf der Hochebene verläuft. Sein östlicher Teil ist von dichtem Walde bestanden, während der westliche kahl und öde sich aus einer Höhe von mehreren tausend Fuß zur Tiefe senkt. Zahlreiche Schluchten und Risse durchschneiden ihn in der Richtung nach Süd und Nord, und gewaltige Steinblöcke und Felsspitzen ragen teils auf den unwirtlichen Hängen empor, teils liegen sie im finsteren Forste zwischen faulenden Baumleichen, welche von hohem Moos überzogen und von Schlinggewächsen umrankt sind. Ein solches Terrain bietet der Verstecke genug selbst für eine größere Karawane, und wenn der Transport bereits vor uns angekommen war, was ja recht gut in das Bereich der Möglichkeit gehörte, so hielt es jedenfalls nicht leicht, ihn zu entdecken. Doch war im Briefe nicht der Ort angegeben, wo Lieutenant Mac Klintok ihn finden sollte, und so ließ sich erwarten, daß ein nicht gar zu sicheres Versteck gewählt worden sei. Waren die Engländer aber noch nicht da, so ließ sich ihr Kommen leicht bemerken, wenn wir uns auf dem Rücken des Berges so postierten, daß wir die westlichen Abhänge desselben und die weiterhin gelegene Hochebene zu überblicken vermochten.

Wir hielten vor der mächtigen Höhe und traten zusammen, um über den Ort zu beraten, an welchem wir lagern wollten. Es dämmerte bereits stark, und da wir nahe dem Neumonde waren, so konnten wir auf den Mondschein nicht rechnen und mußten eine schnelle Entscheidung treffen.

»Wohin?« fragte van Hoorst.

»Wir ziehen uns in die nächste beste Schlucht, in welcher wir, ohne gesehen zu werden, ein Feuer anzünden und es uns bequem machen können,« antwortete Huyler.

»Ein Feuer darf nicht angezündet werden,« meinte Uys. »Die Engländer könnten uns trotz aller sonstigen Vorsicht bemerken.«

»Was meint Ihr, Mynheer?« fragte Veelmar, sich zu mir wendend.

Ich antwortete:

»Die Tage sind heiß, aber die Nächte kalt, und ein Feuer würde uns daher nicht unangenehm sein, denke ich. Es läßt sich auf alle Fälle ein Ort finden, wo es brennen kann, ohne bemerkt zu werden. Wir müßten da zum Walde emporsteigen. Da uns aber dabei die Pferde hinderlich sind, so schlage ich vor, sie in eine Schlucht zu plazieren und eine Wache bei ihnen zu lassen, die allerdings auf das Feuer zu verzichten hat. Wenn wir uns droben im dichten Walde lagern und den Platz vorher sorgfältig absuchen, können wir uns wärmen, ohne eine Entdeckung zu befürchten. Morgen mit dem frühesten reite ich dann mit einem oder zwei von uns hinaus nach der Ebene, um zu spähen, ob der Transport bereits eingetroffen ist.«

»Ihr habt recht. Aber die Schlucht?«

»Ist bereits gefunden, wenn sie breit und lang genug ist, um den Tieren genugsam Weide zu bieten. Seht, dort links zieht sie sich in den Berg hinein!«

Wir ritten auf dieselbe zu und gewahrten, daß sie unserem Zwecke vollständig entsprach. Die Pferde wurden hineingebracht und zwei Mann an ihrem Ausgange postiert. Dann stiegen wir zu dem Walde empor. Er war in seinem unteren Teile zu licht, und wir mußten weit nach oben, ehe er so dicht wurde, daß das Gewirr seiner Zweige unser Feuer deckte. Wir fanden einen geeigneten Platz, suchten die Umgebung desselben ab und richteten dann, als wir nichts Verdächtiges gefunden hatten, das Lager her. Das Abendbrot wurde bereitet; einige Wachen sorgten für die nötige Sicherheit, und dann legten wir uns zur Ruhe.

Ich mochte wohl bereits eine Stunde geschlafen haben, als ich von einer Hand berührt wurde und sofort aufwachte. Somi stand vor mir.

»Deutschland, steh' auf und komm' mit Somi!«

Ich erhob mich, einigermaßen verwundert über diese Störung. Er ging mit mir zu Jan, welcher uns zu erwarten schien, und schritt dann uns beiden voran in den Wald hinein.

»Was sollen wir?« fragte ich Jan.

»Ich weiß es nicht, Mynheer,« antwortete er. »Somi weckte mich und dann Euch; weiter ist mir nichts bekannt.«

Ohne ein Wort der Aufklärung führte uns der Häuptling immer weiter empor und schlug dann eine mehr westliche Richtung ein, so daß wir den freien Berg erreichten und den Wald in den Rücken bekamen. Hier blieb er stehen. Er war uns mit einer Sicherheit vorangeschritten, daß es schien, er sei hier besser bekannt, als sich vorher vermuten ließ.

»Jan hör', und Deutschland hör'! Jan sein Sohn von Somi, und Deutschland sein Mynheer groß tapfer und groß Vorsicht. Jan und Deutschland soll wiß' Geheimnis von Somi. Somi flieh' vor Sikukuni und komm in Attersberg; find' da schwarz' Diamant, von dem sag' auch gestern Boers, und versteck' Diamant. Jetzt hol' Diamant, und Jan und Deutschland sein dabei!«

Das also war es! Der verschwiegene Mann hatte keinen von uns ahnen lassen, daß das Ziel unseres Rittes zugleich auch das Versteck seines Reichtums sei, und der Umstand, daß er mich neben Jan zur Begleitung aufforderte, gab mir einen neuen und großen Beweis von der Zuneigung, welche ich bereits gestern beobachtet hatte. Er weidete sich an unserm Erstaunen und fuhr dann fort:

»Somi hab' nehm' bloß wenig Diamant; in Berg sein noch groß viel mehr Diamant; darum nicht soll' wiß' Boers, weil Somi schenk' Geheimnis an Jan, der hol' all' Diamant!«

Er führte uns die Höhe beinahe vollends empor und blieb dann vor einem großen Felsblock stehen, welcher tief in die Erde eingesenkt zu sein schien.

»Jan sein stark; Jan heb' Stein!« bedeutete er den Boer.

Dieser stemmte sich gegen den Felsen und hob eine Seite desselben empor. Somi griff darunter.

»Stein wieder laß' fall'!« gebot er dann. »Somi hab' find' Diamant.«

Er richtete sich empor und zeigte uns ein aus der Haut eines jungen Leguan gefertigtes Säckchen, welches er öffnete, um uns hineingreifen zu lassen, da es nicht hell genug war, seinen Schatz zu erkennen.

»Hier Diamant, *ishumi, ilinci, mboxo* Stein, zwei mal zehn und acht Diamant. Und nun auch führ' zu Kloof, wo sind' Diamant!«

Schon hatte er sich gewendet, um wieder voranzuschreiten; da drehte er sich noch einmal zurück und griff in den Beutel.

»Deutschland hab' schütz' Tscharga; Somi hab' lieb Deutschland, schenk Deutschland Diamant hier!«

Ich trat zurück und wehrte ab. Selbst wenn er den kleinsten der kostbaren Steine ergriffen hatte, war das Geschenk so reich, daß ich mich scheute, es anzunehmen. Der Kaffer wußte wohl, daß diese Diamanten einen hohen Wert haben; aber die wirkliche Höhe dieses Wertes war ihm jedenfalls unbekannt.

»Warum nicht will' nehm' Stein? Somi weiß noch viel Stein, und wenn Deutschland nicht nehm', so werf' Somi Stein fort, daß verlier'. Was Somi woll' schenk', das nehm' nicht wieder!«

Bei dieser Drohung, die er jedenfalls wahr gemacht hätte, war es nicht anders möglich, ich mußte das Geschenk annehmen.

Meinen Dank abschneidend, wandte er sich wieder um, schritt der Höhe des Berges zu und stieg dann an der andern Seite desselben langsam hinab. Es ging sehr weit hinunter, doch war der Kaffer so mit dem Wege vertraut, daß wir alle Hindernisse unschwer überwanden.

Da war es mir, als ob ich einen brenzlichen Geruch verspürte. Ich blieb stehen und sog die Luft prüfend ein. Ich hatte mich nicht getäuscht.

»Halt!« gebot ich. »Unter uns muß ein Feuer brennen.«

Die beiden andern fanden meine Wahrnehmung bestätigt;

es war notwendig, jetzt beim Abwärtssteigen die größte Vorsicht anzuwenden. Wir brauchten nicht sehr weit zu gehen, um nun auch den Schein eines Feuers zu bemerken, welches aus der Kloof, die Somi zum Ziele gedient hatte, emporleuchtete. Der Häuptling blieb stehen.

»Das sein Kloof, wo Stein find'! Wer sein in Kloof? Nehm' wohl weg all' Diamant!«

»Wir werden ja sehen, wer es ist,« antwortete ich. »Kommt vollends bis zum Rande der Schlucht, und vermeidet jedes Geräusch!«

Wir stiegen vollends hinab und befanden uns am Rande einer engen und nicht zu tiefen Schlucht, welche sich einige hundert Schritte weit in den Berg hineinzog und dann an einem jähen Felsensturze endete. Ich legte mich auf den Boden und streckte den Kopf über den Rand hervor, um in die Kloof zu blicken. Jan und Somi folgten meinem Beispiele.

Unten saßen um ein Feuer sechzehn Zulus und bei ihnen drei Weiße, von denen einer ganz genau dieselbe Kleidung trug wie Sir Hilbert Grey, während diejenige der beiden andern in ihnen englische Offiziere vermuten ließ. Sie befanden sich kaum zwanzig Fuß unter uns, so daß ich das Gespräch der drei Männer deutlich zu vernehmen vermochte.

»Dieser Grey scheint kein zuverlässiger Mann zu sein,« hörte ich sagen. »Er hätte bereits vor drei Tagen im Lager sein müssen.«

»Wir wissen das,« antwortete der mit der Rhinoceroshaube. »Doch mußte unsere Post im Duplikat abgesendet werden, und wir hatten keinen andern als diesen Sir Hilbert, der in seinem ganzen Leben keinen einzigen klugen Augenblick gehabt hat. Mein Weg war der kürzere, aber auch der gefährlichere, und es mußte Sorge getragen werden, daß, wenn ich den Boers in die Hände fiel, Ihr dennoch die Benachrichtigung erhieltet, Lieutenant. Uebrigens wurde Grey nicht vollständig eingeweiht, und das mag wohl der Grund sein, daß er sich nicht genugsam gesputet hat.«

Ich war erstaunt über die Enthüllung, welche in dieser

kurzen Rede lag. Also das Handlungshaus, welches den Transport zu liefern hatte, war so vorsichtig gewesen, zwei Botschafter abzusenden, von denen nur der eine in unsere Hände gefallen war. Infolge dieses Verfahrens war Lieutenant Klintok dennoch benachrichtigt worden und befand sich hier in der Kloof, um mit seinen sechzehn Kaffern die Sendung in Empfang zu nehmen.

Somi lag neben mir und flüsterte jetzt:

»Zulu und England bloß hier lager', aber nichts weiß von Diamant!«

Seine frühere Befürchtung zeigte sich allerdings als unbegründet, desto gefährlicher aber war die Anwesenheit dieser Leute für unser gemeinschaftliches Unternehmen. Sollte dieses gelingen, so mußten die Männer da unten in der Kloof unschädlich gemacht werden. Doch wie bei jedem Unfall sich irgend ein glücklicher Umstand geltend zu machen pflegt, so vernahm ich auch hier bald Worte, welche für unsere weiteren Absichten von ungemeinem Vorteile sein mußten.

»Also über den Kerspaß bringen wir die Waffen?« fragte der Bote.

»Ja,« antwortete Lieutenant Mac Klintok. »Dort erwartet uns zur größeren Sicherheit ein bedeutendes Detachement Kaffern, da sich annehmen läßt, daß diese holländischen Bauern in den Besitz des Passes zu kommen suchen werden.«

»Und der Kleipaß?«

»Ist wohl auch bereits besetzt, doch nicht so stark wie der Kerspaß. Der erstere ist enger, macht mehr Windungen und ist leichter zu verteidigen. Uebrigens handelt es sich dort nicht um eine so außerordentlich wichtige Zufuhr, sondern bloß darum, etwaige einzelne Zuzüge von hier hinüber zurückzuweisen.«

»Ich denke nur,« meinte der andere Engländer, »daß wir uns einer bereits verfehlten Sache angenommen haben.«

»Inwiefern?«

»Es stehen zwar beinahe zwölftausend Zulus einem Boersheere, welches höchstens dreitausend Männer zählt, entgegen; aber diese Boers sind Feinde, welche man ja nicht unterschätzen darf. Ihre Taktik ist stets eine sehr vorzügliche gewesen, und was den Kampf betrifft, so verstehen sie es, ihre Roers zu gebrauchen, und im Nahekampf nimmt es jeder dieser Holländer mit vier, fünf Kaffern auf.«

»*Pshaw!*«

»*Pshaw?* Ich bitte dich, Kamerad, denke nur an diesen Boer van het Roer, der im letzten Kampfe ganz allein auf einem von den feindlichen Waffen unerreichbaren Felsen stand, mit seinen Kugeln Gegner um Gegner niederstreckte, dann mitten in den dicksten Haufen derselben hineinsprang und unter ihnen wütete, wie ein rasender Roland. Wie viele Feinde rechnest du wohl auf ihn?«

»Einige mehr als auf jeden andern, das ist wahr; nur darf er nicht etwa mir oder dir gegenüberstehen, sonst würde wenig Federlesens mit ihm gemacht werden! Uebrigens ist unser Plan ein so ausgezeichneter, daß die Boers verloren sind, ehe noch der erste Schuß fällt.«

»Du meinst die Falle im Groote-Kloof?«

»Ja. Du weißt, daß ich es durchforschen mußte und dabei die Entdeckung machte, daß sich kein Ort so gut zu einer Riesenfalle eigne, wie dieses Groote-Kloof, welches seinen Namen eigentlich mit Unrecht führt, denn es ist keine Schlucht, sondern ein mächtiger Thalkessel, der ringsum von hohen, steilen Felswänden eingefaßt ist und nur einen einzigen Zugang zu haben scheint. Ich aber forschte so lange, bis ich einen Aufstieg nach der Höhe fand, der außerordentlich schwer zu bemerken und sehr leicht zu verteidigen ist. Der hintere Teil des Kessels ist bis hinauf zur Höhe mit dichtem, baumartigem Farn bestanden, welcher die Wand unersteiglich erscheinen läßt, während man, in das Dickicht eindringend, bemerkt, daß sich der Felsen stufenartig erhebt und ein, wenn auch schwieriges Emporkommen gestattet. Jenseits gelangt man dann leicht wieder von der Höhe herab. Die Zulus stehen am Kerspasse, und die Groote-Kloof befindet sich in der Nähe des Kleipasses. Sobald wir von den Holländern angegriffen werden, lassen wir uns scheinbar schlagen und ziehen uns flüchtig nach dem ersteren hin. Während nun unsere Hauptmacht sich hinter uns in das Thal des Zwarten-Rivier versteckt, zieht sich eine Truppe, welche der Feind für das vollständige Heer halten muß, in die Groote-Kloof, steigt hinten aus derselben empor und besetzt den Aufstieg. Der Feind ist ihr gefolgt, befindet sich im Kessel, dessen Eingang sofort von dem herbeieilenden Zuluheere besetzt wird, und muß sich ergeben, ohne einen einzigen Schuß gethan zu haben, wenn er nicht verhungern und verdursten will.«

»Der Plan ist sehr kompliziert und abenteuerlich. Es kann bei seiner Ausführung leicht ein Umstand eintreten, welcher uns verderblich wird. Wenn die Boers unsere Absicht merken und uns am Zwarten-Rivier einschließen, sind wir verloren.«

»Sie werden nichts merken, denn der Plan ist Geheimnis zwischen uns und Sikukuni; kein Mensch weiß sonst von ihm.«

»Und wenn uns die Holländer die Unklugheit, uns in der Kloof einschließen zu lassen, nicht zutrauen und eine Falle wittern?«

»Unmöglich! Sie wissen, daß sie mit einem strategisch unwissenden Feinde zu kämpfen haben.«

»Ebenso aber wissen sie auch, daß Sikukuni bei den Kaffern nicht mehr beliebt ist. Wir hören ja sogar, daß die Boers Somi suchen, um ihn zum König zu machen. Ich fürchte, die Zulus werden den tyrannischen Sikukuni gern verlassen, um einen weniger blutdürstigen König zu bekommen!«

»Das ist ein vom Feinde erfundenes Gerücht, welches den Zweck hat, Zwietracht und Insubordination in unserm Heere hervorzubringen. Es wird ihnen nicht gelingen, denn Somi ist so gewiß verschollen, wie dieses Stück Fleisch verschwinden wird.«

Er nahm die Hammelkeule, welche über dem Feuer briet, herab und schnitt sich eine Portion herunter, die er zu verzehren begann. Ich hatte genug gehört und erhob mich.

»Kommt; wir müssen so schnell wie möglich zu unserem Lager zurückkehren!« flüsterte ich.

»Habt Ihr alles verstanden, Mynheer?« fragte Jan, ebenso wie ich von dem Gehörten überrascht.

»Alles!« nickte ich und winkte Somi, wieder voran zu steigen.

Die Wichtigkeit der Nachricht, welche wir zu überbringen hatten, trieb uns so schnell vorwärts, wie es das Terrain gestattete. Das Lager wurde rasch erreicht, und bei unserm lauten Zurufe erhoben sich alle, um den Grund der Störung zu vernehmen. Alle griffen sofort zu den Waffen. Mit Somi an der Spitze, begaben wir uns in einer langen, schweigsamen Linie zurück nach der Schlucht. Das Gehörte war von solchem Interesse für die Boers, daß es keinem einfiel, uns nach dem ursprünglichen Grunde unserer Entfernung vom Lagerfeuer zu fragen.

Am Ziele angelangt, postierten sich die Boers zu beiden Seiten der Schlucht, während ich mit Jan und Somi nach dem Eingange derselben schlich. Dort weideten drei Pferde; sie gehörten jedenfalls den Engländern, weil ja die Kaffern den Marsch zu Fuße gemacht hatten. Wir hätten den Ueberfall sofort unternehmen können, aber einerseits sträubte sich unser Gefühl, einen schlafenden Feind zu töten, und andererseits gelüstete es uns, den selbstgefälligen Briten zu einem kleinen Dementi zu verhelfen.

Sowohl sie als auch die Kaffern hatten sich zur Ruhe gelegt und sich dabei so sicher gefühlt, daß nicht einmal eine Wache ausgestellt worden war. Wir schritten auf der Sohle der Kluft dem Feuer zu. Einer der Zulus erhob sich und stieß einen lauten Ruf aus, worauf sich die andern sofort empor richteten und zu den Waffen griffen. Die Engländer hatten sich etwas abseits von den Kaffern gelagert. Ich trat zu ihnen und grüßte.

»*Good evening*, Lieutenant Klintok! Darf man Euch ein wenig stören?«

Auch er hatte zu der Büchse gegriffen und stand in einer Haltung vor mir, der man die Ungewißheit anmerkte, ob er uns als Freunde oder Feinde behandeln solle.

»Ihr kennt mich? Wer seid Ihr? Wo kommt Ihr her, und was wollt Ihr hier?«

»Das ist fast zu viel auf einmal gefragt, Sir! Ich komme, um Euch von einem gewissen Sir Hilbert Grey zu grüßen.«

»Von Grey?« fragte er schnell. »Wo ist er?«

»Er ist Gefangener der Boers und befindet sich in guten Händen.«

»Gefangen? Und Ihr kommt von ihm? So gehört Ihr zu den Holländern?«

»Ein wenig, Sir; ich selbst hatte ja das Vergnügen, mich seiner Person zu bemächtigen.«

Sofort stellte er sich mit den beiden andern so, daß uns der Rückweg abgeschnitten war.

»Dann nehme ich euch gefangen!«

»Dagegen haben wir nicht das geringste, denn so können wir am leichtesten sehen, auf welch ehrenhafte Weise von Euch der Vertrag gehalten wird, die Kaffern nicht mit Waffen zu unterstützen.«

Er horchte auf.

»Ihr faselt,« antwortete er. »Legt eure Gewehre ab!«

»Das können wir thun, wenn es Euch Vergnügen macht!« Ich legte meine Büchse, die ich wegen meiner Verwundung doch nur schwer gebrauchen konnte, zur Erde. Jan und Somi thaten das Gleiche. »Ihr macht uns dafür vielleicht das Vergnügen, Euch nach der Groote-Kloof begleiten und die Boers in der Mausefalle sehen zu können!«

»Ihr habt gehorcht!« rief er drohend, indem er einen Schritt näher trat.

»Natürlich! Wir mußten doch wissen, wer die Leute sind, denen wir unsern Besuch machen wollten. Ich hatte Euch etwas zu bringen und wollte sehen, ob ich den Adressaten richtig gefunden hätte.«

»Was?«

»Diese drei Papiere, die wir bei Eurem Sir Hilbert Grey gefunden haben.«

Ich griff in die Tasche und reichte sie ihm entgegen.

»Ihr habt sie gelesen?«

»Allerdings. Die Abfassung des Briefes ist nicht sehr geistreich. Will vielleicht der Verfasser Patent auf seine Erfindung nehmen?«

»Schweigt, Mann! Ich sehe noch Messer und Pistole bei Euch. Legt vollends ab!«

»Auch das thun wir vielleicht; doch erlaubt vorher, Euch meine Begleiter vorzustellen! Dieser junge Mynheer, der beinahe noch einmal so lang ist als Ihr, wird von uns der Boer van het Roer genannt, und – – –«

»Jan van Helmers!« rief er erstaunt.

»Ja, mit dem Ihr wenig Federlesens machen wollt. Und dieser Mann hier ist nicht so sicher verschollen, wie Euer Keulenstück verschwunden ist. Sein Name lautet Somi.«

»Somi!«

»Ja, der neue Zulukönig, wenn Ihr es erlaubt!«

Der Lieutenant schien vollständig verblüfft zu sein. Er konnte sich jedenfalls die unbesorgte Art und Weise, in welcher wir drei inmitten eines so überzähligen Feindes erschienen, nicht erklären. Doch faßte er sich bald und befahl den Kaffern:

»Bindet sie!«

»Oho, Sir Mac Klintok! Ihr seid gewiß noch sehr unerfahren, sonst könntet Ihr Euch leicht denken, daß wir nicht ohne den nötigen Schutz an Eurem Feuer erscheinen!«

Ich wollte ihn fassen, trotzdem ich nur den einen Arm schmerzlos gebrauchen konnte, kam aber zu spät, denn Jan ergriff noch vor mir zugleich ihn und seinen Kameraden bei der Brust, legte sie mit unwiderstehlicher Gewalt nebeneinander zur Erde, und preßte ihnen mit seinen gewaltigen Fäusten die Lungen so zusammen, daß sie sich nicht zu rühren vermochten. In demselben Augenblick hatte auch Somi den dritten niedergerissen, und von oben krachten wie in einem einzigen Schusse alle Büchsen, daß das Echo von den benachbarten Höhen donnernd wiederhallte. Im nächsten Momente erfolgte eine nochmalige Salve, und ohne daß ich mich umzusehen brauchte, wußte ich, daß jetzt keiner der Kaffern mehr am Leben sei.

Eine einzige Minute hatte hingereicht, die Situation vollständig umzudrehen. Die Kluft füllte sich mit den Boers, und nun wurde mit den Engländern das gethan, was sie mit uns hatten vornehmen wollen: sie wurden, da sie sich trotz aller Erfolglosigkeit zu wehren versuchten, gebunden. Für den Rest der Nacht nahmen wir an ihrer Stelle an dem Feuer Platz.

Da wir jetzt sicher wußten, daß der Transport noch nicht angekommen sei, war ein Ausspähen unnötig. Als der Morgen graute, legten wir die Leichen zusammen und bedeckten sie mit Strauchwerk und Steinen, und da wir vom Ausgange der Schlucht den ganzen Westen überblicken konnten, so beschlossen wir, hier zu bleiben, und ließen unsere Pferde von der andern Seite des Berges herüberkommen.

Es war Somi anzusehen, daß er mit dieser Anordnung nichts weniger als zufrieden war; er mochte eine Entdekkung seines Geheimnisses befürchten, doch waren die Boers zu sehr mit ihren kriegerischen Angelegenheiten beschäftigt, als daß sie sich besonders mit geologischen Betrachtungen hätten befassen können. Der Häuptling benutzte die jetzige Muße, mir Kräuter für meine Wunde zu suchen, und wirklich blieb ich in der Folge von jedem Fieber frei, und die tiefen Krallenrisse heilten wider Erwarten schnell und gut.

Quimbo hatte schon während unsers Marsches durch sein gedrücktes, einsilbiges Wesen meine Aufmerksamkeit auf sich gelenkt. Als er jetzt still in meiner Nähe saß, fragte ich ihn, was ihm fehle.

»Quimbo bin traurig,« antwortete er. »Quimbo werd' nicht mehr lach' und sing'.«

»Warum?«

»Quimbo bin bös, bin zornig auf Jan, sehr viel groß' Rach' und Zorn!«

»Was hat dir denn der gute Jan gethan?«

»Jan gut? Oh, oh, Mynheer, Jan bin schlecht, bin schlimm! Jan nehm' Quimbo Mietje; Quimbo hör' all', was Somi sag' und was Jan sag'. Mietje bin Tochter von Somi und werd' nicht Frau von Quimbo, sondern Frau von bös' schlecht' Jan. Oh, oh!«

Er fuhr sich zornig mit allen zehn Fingern in die Frisur. Als er aber deren verwüsteten Zustand fühlte, erhielt sein Gedankengang eine neue Richtung.

»Mietje nicht will sein Frau von Quimbo, weil Quimbo nicht mehr bin schön! Strauß hab' nehm' Quimbo schön' Haar, aber Jan hat doch noch viel mehr nicht schön Haar. Oh, oh, Haar von Quimbo wachs wieder, und dann wein' Mietje, daß nicht worden ist Frau von Quimbo. Und dann lach' Quimbo aus Mietje und nehm' ein ander gut' schön' Frau!«

Ich mußte ihn seinen tragikomischen Rachegedanken überlassen, da meine Aufmerksamkeit auf einen dunklen Punkt gelenkt wurde, welcher draußen auf der Ebene sichtbar zu werden begann. Ich stieg etwas höher empor und nahm mein Doppelglas zur Hand. Mit Hilfe desselben gewahrte ich eine lange Schlange von Reitern und Wagen, welche sich dem Berge näherten. Die durch mich aufmerksam gemachten Boers ließen das Glas von Hand zu Hand gehen und erkannten den erwarteten Transport. Eine kurze Beratung führte zu dem Ergebnisse, daß wir unsichtbar bleiben wollten, bis die Karawane sich einen Halteplatz ausgesucht habe.

Wir begaben uns in die Schlucht zurück und beobachteten den Zug von hier aus im Verborgenen. Er näherte sich höchst langsam, da die sehr schwerfälligen Karren mit Ochsen bespannt waren, die übrigens von der langen und beschwerlichen Reise sehr angegriffen zu sein schienen.

Erst gegen Mittag erreichten die Erwarteten den Fuß des Berges und zogen, ohne eine besondere Deckung zu suchen, mit den Wagen einen Kreis, innerhalb dessen die Reiter und Ochsentreiber Platz nahmen.

»Jetzt ist's Zeit!« meinte Jan. »Wir reiten hinab, brechen in die Wagenburg ein und schießen alles nieder!«

Ich wehrte ab.

»Dann liefen wir Gefahr, uns in die Luft zu sprengen; wie

leicht könnte sich das Pulver während des Kampfes durch einen Schuß entzünden! Es ist eine große Unvorsichtigkeit von diesen Leuten, sich so in die Nähe der gefährlichen Wagen zu lagern. Um dies zu thun, muß sicher jede Art von Feuer und natürlich auch das Tabakrauchen bei ihnen verboten sein. Uebrigens könnten wir zu Pferde wohl schwerlich in die Wagenburg eindringen, und dann dürften wir nur die Messer gebrauchen.«

Da drängte sich Quimbo durch die Boers zu mir heran.

»Mynheer nicht weiß, wie mach', aber Quimbo weiß!«

»Nun?«

»Quimbo geh zu Reiter und sag', Quimbo bin Zulu; dann bring Reiter zu Boers!«

»Das geht nicht, denn – – –«

»Das geh', Mynheer; Quimbo gleich werd' zeig'!«

Ehe wir ihn halten konnten, schlüpfte er zwischen uns hindurch und sprang den Berg hinab. Wir erschraken natürlich über das eigenmächtige Verhalten des Kaffern, der unsere Zurufe nicht beachtete und bald so weit entfernt war, daß er uns gar nicht mehr hören konnte. Sein Unternehmen gab nur dann Hoffnung auf Erfolg, wenn er klug genug war, sich für eine ausgestellte Schildwache auszugeben und dabei zu behaupten, daß der Zug von den Seinen noch gar nicht bemerkt worden sei. Wir konnten uns nicht über die Mittel einigen, allen schlimmen Eventualitäten zuvorzukommen, und so erreichte Quimbo die Wagenburg, noch ehe wir einen bestimmten Entschluß gefaßt hatten.

Jetzt blieb uns nichts anderes übrig, als das Kommende ruhig abzuwarten. Was innerhalb des Wagenkranzes vorging, konnten wir nicht sehen; bald aber öffnete sich derselbe, und wir bemerkten zu unserer Freude, daß sämtliche Reiter den Platz verließen, um dem verwegenen Kaffer zu folgen, der, wie es schien, sie gradewegs zu uns führte. Nach eine Weile aber sahen wir, daß er nicht am Berge emporstieg, sondern sich am Fuße desselben hielt. Auf diese Weise kamen die Reiter unter uns vorüber und verschwanden hinter den Büschen der Berglehne.

Ich atmete auf.

»Quimbo ist klüger, als ich gedacht habe,« meinte van Hoorst, »und der Anführer dieser Leute ist dümmer als unser Kaffer. Ein kluger Offizier hätte die Erwarteten zu sich herabkommen lassen, wenigstens wäre er dem fremden Menschen nicht mit seinen sämtlichen Mannschaften gefolgt. Wir lassen die Pferde hier und folgen ihnen hinter den Büschen, bis ein Teil von uns an ihnen vorüber ist. Dann haben wir sie zwischen zwei Feuern, und ich will den von ihnen sehen, der uns entkommt. Bleibt Ihr hier bei den Pferden, Mynheer,« wandte er sich zu mir. »Ihr seid der einzige unter uns, welcher verwundet ist, und bessern Händen können wir unsere drei Gefangenen nicht anvertrauen!«

Ich sträubte mich gegen diesen Beschluß; da aber alle andern demselben beistimmten, so mußte ich mich fügen. Bald waren die Boers hinter den Sträuchern verschwunden, und ich befand mich allein mit den Engländern. Diese hatten natürlich seit ihrer Gefangennahme alles beobachtet, und ihre auf mich gerichteten Blicke zeigten deutlich, was in ihnen vorging; doch sprach keiner von ihnen ein Wort, da sie annehmen mußten, daß jeder Versuch, hindernd in unser Vorhaben einzugreifen, erfolglos sein würde.

Erst nach fast einer Viertelstunde vernahm ich einen entfernten, donnerartigen Schall, dem kurz darauf ein zweiter folgte. Der Angriff hatte begonnen. In einer nicht ganz zu besiegenden Unruhe wartete ich weiter. An einem Siege der Boers war nicht zu zweifeln; die fremden Reiter unter ihrem englischen Anführer gehörten zu einem der Hottentotten-Jägerregimenter zu Pferde, welche man *Cape mounted rifles* nannte, und waren wenig zu fürchten. Meine Unruhe bezog sich nur auf Quimbo, welcher sich jedenfalls in einer nicht ganz ungefährlichen Lage befand, da er leicht das Opfer eines augenblicklichen Racheaktes werden konnte. Doch lange sollte ich diese Sorge nicht zu tragen haben, denn ich sah ihn als ersten der Zurückkehrenden in raschem Laufe aus den Büschen brechen und zu mir emporspringen.

»Oh, Mynheer hier!« rief er schon von weitem. »Quimbo

hab' such' gut' Mynheer und nicht find'; da denk' Quimbo, Mynheer bin schieß' tot, bis Uys sag, wo Mynheer bin!«

»Nun, wie ist's gegangen?«

»Gut, oh, oh, ganz viel groß gut! Hottentott bin tot, all tot. Als Boers schieß', bin Quimbo schnell spring' in Busch, weil sonst England schieß' tot Quimbo. – Nun sag' Mynheer, ob Quimbo bin dumm oder ob Quimbo mach' gut sein' Sach'!«

»Du bist ein ganz gescheiter Kerl, Quimbo, und wenn wir in die erste Stadt kommen, sollst du dafür einen Ring an deine Nase erhalten, der beinahe so groß ist, wie hier die Krempe meines Hutes!«

»Ring in Nase? Oh, oh, Mynheer bin ein groß' viel' gut' Mynheer. Quimbo werd' sein mit Ring der schön best' Quimbo auf ganz' Erd'!«

Noch während dieses Gespräches sah ich einen Teil der Boers auf den erbeuteten Pferden zurückkehren und im Galopp nach der Wagenburg sprengen, während die andern ihnen zu Fuße folgten. Es galt nur noch, sich der zurückgebliebenen Ochsentreiber zu versichern, und das war ebenso leicht wie bald geschehen.

Dann wurde ich mit den Gefangenen geholt, wonach es an die Untersuchung der Wagen ging. Es waren ihrer fünfzehn, jeder von acht starken Ochsen gezogen. Sie enthielten außer allerdings veralteten Gewehren einen großen Vorrat an Blei, Pulver und Patronen.

Wir mußten den müden Zugtieren Ruhe gewähren; sie wurden getränkt und geweidet, und während dieser Zeit berieten wir über das, was nun geschehen sollte. Nach dem, was ich von den Engländern erlauscht hatte, schien es nicht geraten, den Kerspaß zu ersteigen; der Transport mußte seinen Weg über den Kleipaß nehmen. Ferner schien es notwendig, das Boersheer jenseits des Gebirges so schleunig wie möglich über den heimtückischen Plan der Feinde in Kenntnis zu setzen, und so wurde beschlossen, daß einige von uns voranreiten sollten, dies zu thun. Man wählte Jan, Uys und mich; die beiden ersteren, weil Uys mit seinem Adjutanten die Führung der Boers übernehmen sollte, und mich, weil ich aufrichtig erklärte, daß mir nichts verhaßter sei, als ein langsames Reiten *à la* Ochsenschritt.

Wir brachen sofort auf. Quimbo blieb natürlich bei mir. Er hatte als Belohnung seines Mutes und seiner Umsicht eine Flinte erhalten und ritt nun so stolz hinter uns her wie ein Knappe des Mittelalters, der für seine Tapferkeit zum Ritter geschlagen wurde.

Ich hatte die Pässe des nordamerikanischen Felsengebirges und diejenigen der Cordilleren kennen gelernt; der Kleipaß konnte sich ihnen an Wildheit der Scenerie vollständig zur Seite stellen. Zwischen steilen, himmelanstrebenden Felsen ritten wir bald bergauf, bald steil bergab, und ich mußte gestehen, daß dieser beschwerliche Ritt mich infolge meiner Verwundung mehr angriff, als es sonst der Fall gewesen wäre.

Wir hatten die Höhe des Gebirges erreicht, ohne ein feindliches Wesen zu bemerken, hielten uns aber bei jeder Krümmung des Weges auf einen Angriff gefaßt.

»Werden wir stark genug sein, einen Posten zu bewältigen?« fragte ich.

»Je nach Umständen,« antwortete Uys. »Hier muß nicht nur die Zahl der Feinde, sondern auch das Terrain berücksichtigt werden.«

»Feinde giebt es hier,« sagte Jan leise, indem er sein Pferd anhielt und nach einem dunklen Gegenstande zeigte, welcher an einer Felsenecke, um die sich der Weg scharf bog, am Boden lag. »Bleibt halten! Ich werde rekognoszieren.«

Er stieg vom Pferde und schritt nach der Ecke, um den Gegenstand zu betrachten. Dann bog er den Kopf vor, um hinter die Kante zu blicken. Eine Gebärde der Ueberraschung sagte mir, daß er etwas Auffälliges bemerke, dann winkte er uns zu sich heran. Als wir näher kamen, erkannten wir in dem Gegenstande einen Karoß. Jedenfalls hatte hier eine Wache gestanden und in der Hitze den Mantel abgelegt.

Hinter der Felsenkante wurde der enge Pfad breiter und bildete zwischen der senkrecht ansteigenden Steinwandb rechts und dem zu einer schwarzen Tiefe abfallenden Abgrunde links eine Art Rondell, in dessen Mitte zwölf Zulus Platz genommen hatten. Ihnen war jedenfalls die Bewachung dieses wichtigen Postens anvertraut, der selbst von einer so geringen Zahl gegen ein ganzes Heer verteidigt werden konnte, da der Pfad zu beiden Seiten um eine scharfe Felsenkante führte, welche nur einem einzigen Manne Raum bot, auf den Platz zu kommen. Nun hatte gewiß auch an jeder Kante ein Posten gestanden, wie ja der Pelzmantel deutlich bewies; aber den beiden Männern war wohl die Zeit zu lang geworden, und so hatten sie sich zu den andern begeben, um sich mit ihnen zu unterhalten.

Jan stieg wieder auf sein Pferd.

»Ich reite voran und sprenge mitten zwischen ihnen hindurch bis zur andern Ecke; Ihr bleibt hier zurück, um keinen fliehen zu lassen, und Mynheer Uys folgt mir mit Quimbo!«

Ich nickte, stieg ab und nahm mein Gewehr zur Hand, welches ich trotz meiner Wunde regieren konnte, weil ich, mich niederkniend, es auf einen kleinen Vorstein der Kante zu legen vermochte. Kaum hatte ich diese Stellung eingenommen, so sprengten die drei Männer vorwärts: Jan mitten unter die Kaffern hinein, wodurch er gleich einige von ihnen kampfunfähig machte. Uys hielt kurz vor ihnen und feuerte zweimal; der tapfere Quimbo that dasselbe; meine Schüsse krachten, und diejenigen Jans folgten ihnen; einige Kolbenschläge vollendeten das Werk: wir waren Herren des Platzes.

Die Leichen wurden in den Abgrund geworfen; dann setzten wir unsern Weg fort. Wir waren ihm wohl kaum eine Stunde lang gefolgt, so wurden wir durch einen Ruf Quimbos, welcher es sich nicht nehmen ließ, voranzureiten, aufmerksam gemacht.

»Oh, oh, wer komm'! Seh' Mynheer dort viel Mann?«

Wirklich tauchte vor uns eine Anzahl von Reitern auf, welche bei unserm Anblick vorsichtig stillhielten. Der vorderste setzte ein Glas an, stieß dann einen lauten, freudigen Ruf aus und sprengte uns, gefolgt von den andern, entgegen.

»Baas Uys!« rief er von weitem. »Willkommen, willkommen! Ihr werdet da unten mit Sehnsucht erwartet.«

»Neef Welten, Ihr? Was thut denn Ihr hier auf der Höhe?«

»Ich bin gesendet, den Zulus den Paß hier abzunehmen, damit Ihr mit all den andern herüber könnt. Aber Ihr kommt allein! Wo sind die übrigen, und – ist die Höhe nicht besetzt?«

»Sie war's, von einem Dutzend Zulus; aber wir haben unter ihnen aufgeräumt. Die andern kommen nach; sie bringen einen Wagenzug voll Gewehre und Munition, den wir den Engländern abgenommen haben.«

»Das trifft sich glücklich! Wir brauchen Pulver und haben keines. Uebrigens fand auch ich weiter unten einen starken Zuluposten, doch die Leute schliefen und wurden niedergemacht. Ihr werdet die Spuren des Kampfes sehen.«

»Wie steht es im Heere?«

»Alles voll Mut und gutem Willen, nur fehlt der Anführer. Macht, daß Ihr hinunterkommt. Die Kaffern sind wohl an die zwölftausend Mann stark und stehen in der Nähe des Kerspasses.«

»Sie erwarten dort den Transport, den ich den Engländern weggenommen habe. Wo halten die Boers?«

»Eine halbe Tagereise vor ihnen.«

»Und hier am Kleipaß?«

»Nur einige hundert Mann, die wir umgangen haben. Sie halten links von der Mündung des Passes in den Bergen und werden Euch nicht bemerken, wenn Ihr sie zu vermeiden sucht.«

»Gut. Besetzt die Höhe! Ich werde die Zulus da unten vertreiben lassen, und dann sollt Ihr bald Gutes hören.«

Der Abschied war ein kurzer; dann ging es wieder abwärts. Am Abend hatten wir den Ausgang des Passes erreicht, bekamen einen Feind weder zu sehen noch zu hören und ritten die ganze Nacht hindurch, bis wir, nach und nach durch Zuzüge verstärkt, beim Heere anlangten.

Hier konnte ich bemerken, in welchem Ansehen meine Begleiter standen; sie wurden mit allgemeinem Jubel empfangen, und auch auf mich fiel ein Teil der ihnen gespendeten Ehre, deren Abglanz auf dem breiten Gesichte meines guten Quimbo leuchtete.

Uys übernahm sofort die Führung des Heeres, und die zunächst von ihm getroffene Maßregel war, eine Abteilung Boers zu entsenden, um die Zulus am Ausgange des Kleipasses zu vertreiben. Dann wurde ein vorläufiger Kriegsrat gehalten, bei dem ich nicht zugegen war, aber eine Folge desselben erstreckte sich auch auf meine Person. Man hatte beschlossen, ein Detachement von zweihundert Boers zu Fuße nach der Groote-Kloof zu senden, um dieselbe noch vor den Zulus in Besitz zu nehmen, und die Führung dieser Leute sollte mir anvertraut werden. Uys fragte mich, ob ich geneigt sei, das Kommando anzunehmen, und ich sagte mit Freuden zu. Ich hatte mich in der kurzen Zeit so in die Interessen der Boers hineingelebt, daß es mir beinahe Bedürfnis war, bei ihnen bis zum Ende des Kampfes auszuharren.

Noch vor meinem Aufbruche entdeckte mir Uys seinen Plan. Gleich nach Ankunft der eroberten Karawane sollte die Munition verteilt werden, dann wollte er die Zulus angreifen, ohne ihren Angriff abzuwarten. Vorher jedoch sollte das Thal des Zwarten-Rivier besetzt werden, und das übrige ließ sich aus dem, was ich bereits wußte, leicht ergänzen. Ich riet ihm noch, den Zulus die Nachricht zugehen zu lassen, daß sich Somi bei dem Boersheere befinde und jeden begnadigen wolle, der von Sikukuni zu ihm übergehe; dann brach ich mit meinen Zweihundert auf.

Der gute Quimbo nannte mich jetzt nicht anders als Mynheer Oberst, was ich mir aus seinem Munde gern gefallen ließ. Wir fanden die Groote-Kloof ganz so, wie sie Lieutenant Mac Klintok beschrieben hatte, und entdeckten auch den Aufstieg, den ich mit einigen erklomm, um mich von seiner Wegsamkeit zu überzeugen. Von der Höhe aus, wo jeder im voraus seinen Posten angewiesen erhielt, konnte man das Zwarten-Rivier-Thal in zwei Stunden erreichen, ein Umstand, der uns später sehr zu statten kam.

Jetzt konnten wir nichts anderes thun, als warten. Natürlich blieben wir mit der Hauptmacht in Verbindung und erfuhren endlich nach einer vollen Woche, daß der Angriff nun vor sich gehen werde. Die Karawane war mit ihrer Begleitung glücklich angekommen.

Zwei Tage später kehrten die von mir ausgesandten Vorposten zurück und meldeten, daß die Kaffern im Anzuge seien. Sofort wurden die letzten Spuren unserer Anwesenheit verwischt, und wir klommen zwischen den Farnkräutern zur Höhe, wo wir vom Rande des Kessels aus denselben nach allen Seiten mit unsern Kugeln bestreichen konnten.

Nicht lange, so drangen, dem belauschten Plane nach, die Kaffern ein und gingen sogleich gegen den Hintergrund vor. Hier wurden sie von unsern Büchsen empfangen. Wir hatten sie so vor den Rohren, daß von zweihundert Schüssen und noch von zweihundert wohl jeder seinen Mann traf. Sie stutzten nicht, nein, sie waren augenblicklich so entsetzt, daß sie zurückprallten und nach dem Eingange stürzten, wo sie in der gleichen Weise empfangen wurden. Wir hatten Zeit, wieder zu laden. Die arme, von den Engländern aufgehetzte Schar, welche wohl aus zwei Regimentern zu je fünfzehnhundert Mann bestand, war dem Tode geweiht. Die englischen Offiziere an ihrer Spitze wußten, daß sie bei der Gefangennahme als Spione behandelt würden, daher baten sie nicht um Pardon und feuerten die auseinander stiebende Truppe vergeblich an, die Höhe zu erstürmen. Im Verlauf von nicht ganz einer Stunde war die schreckliche Arbeit gethan, von welcher die Groote-Kloof noch heute das Kaffern-grab genannt wird.

Das Hauptheer hatte sich nur scheinbar nach der Kloof gewandt und war vielmehr, nur eine genügende Anzahl von Boers nach derselben sendend, hinter dem Heere der Zulus nach dem Zwarten-Rivier gegangen, dessen Thal die Zulus besetzten, ohne zu ahnen, daß es bereits vor ihnen besetzt worden sei. So kamen sie auch hier ganz unerwartet zwischen zwei Feuer, und es schien ihnen das gleiche Schicksal ihrer Genossen in der Kloof bereitet zu sein.

Aber Sikukuni befand sich bei ihnen; genug, um wenigstens ihren Regimentern das Ansehen von disziplinierten Körpern zu erhalten. Trotz ihrer Uebermacht in der Zahl wütete der Tod schrecklich in ihren Reihen; ein Rückzug war nicht möglich; sie mußten siegen oder sich ergeben, und darum wurden sie von dem wütenden Sikukuni, der jeden Widerwilligen eigenhändig niederstach, immer wieder von neuem zur Schlachtbank geführt.

Als die Arbeit in der Kloof gethan war, stieg ich mit den Meinen, von denen keinem auch nur ein Haar gekrümmt worden war, zur Ebene nieder und traf daselbst mit Jan zusammen, der die Schar kommandiert hatte, welche den Kaffern zur Kloof gefolgt war. Ich schloß mich ihm an, und nun ging es im Geschwindmarsche nach dem Zwarten-Rivier. Dort stand der Kampf noch im vollsten Schrecken.

Wir griffen sofort in denselben ein; er bestand in einem mühevollen und ermüdenden Abschlachten der gegen uns gehetzten Scharen, und hätte wohl bis in die späte Nacht gewährt, wenn nicht ein Ereignis eingetreten wäre, welches sich für Sikukuni von den unglückseligsten Folgen zeigte.

Eben rückte nämlich ein Regiment Zulus gegen die von Jan und mir befehligte Abteilung an, als plötzlich von da, wo Uys mit seinem Stabe hielt, ein Reiter mit wehender Mähne den Angreifern entgegensprengte. Es war Somi, der es in wirklich königlichem Mute wagte, sich ihnen ganz allein entgegenzustellen. Auf seinen Wink hielt das Regiment; er ritt hart an dasselbe heran und sprach zu den Leuten. Sein Wagnis gelang. Laut jauchzend ihre Schilde und Speere schwenkend, machten sie, von ihm angeführt, Front gegen die Ihrigen. Das nächststehende Regiment hatte dies gesehen und stutzte.

»Schnell vor!« befahl Jan. »Gebt ihnen eine Salve, daß sie zur Erkenntnis kommen, was zu thun sei!«

Unsere Kugeln drangen in ihre Glieder. Bei Sikukuni sicherer Tod, bei Somi Leben und Rettung – ihre Lanzen und Schilde schwingend, gingen auch sie über.

Sikukuni mußte dies bemerken. In höchster Wut verließ er seinen Platz, stellte sich an die Spitze des nächsten Regiments und stürmte heran. Da riß Jan einen von seinem Ritte zurückkehrenden Adjutanten vom Pferde und sprang auf.

»Jetzt wird er mein!« rief er und stürmte von dannen, dem angreifenden Regimente grad' entgegen.

Dasselbe war nur mit Lanze und Keule bewaffnet. Die Lanzen sausten um ihn herum; er achtete es nicht und hielt grad auf Sikukuni zu. Es war eine Reckenthat, bei welcher sein Leben gegen fünfzehnhundert Leben stand. Durfte ich den mir von Uys angewiesenen Platz verlassen? Ich fragte nicht, sondern kommandierte zum Vorgehen, um wenigstens seine Leiche zu retten. Ich hielt im Sturmschritte mein Auge nur auf ihn gerichtet. Er war bei Sikukuni angelangt und holte mit dem Kolben aus; dieser parierte den Schlag mit der Keule, die ihm aus der Hand geschleudert wurde. Im nächsten Augenblick hatte ihn Jan beim hohen Schopfe erfaßt, riß sein Pferd herum und sprengte, grad als wir das Regiment erreichten und mit umgekehrten Roers in dasselbe eindrangen, ihn nach sich schleppend, im sausenden Galopp nach dem Halteplatz von Kees Uys. Sikukuni war gefangen.

Die Kunde davon verbreitete sich im Augenblick über das ganze Zuluheer, welches nun einer Herde ohne Hirten glich. Ein Regiment nach dem andern ging zu Somi über und streckte die Waffen, und noch vor Einbruch der Dunkelheit standen wir als Sieger auf dem Platze, der so viel Blut getrunken hatte, daß wir in demselben förmlich wateten. Die Kolonialpolitik eines großen europäischen Staates hatte wieder einmal vielen Tausenden von Menschen das Leben gekostet.

Am späten Abend saßen wir beim hochlodernden Lagerfeuer alle beisammen, die wir uns drüben jenseits der Berge kennen gelernt hatten. Der Boer van het Roer war der Held des Tages; er hatte mit einem einzigen verwegenen Griffe Sikukuni seine Freiheit und sein Königreich genommen, dafür aber blutete er aus drei Lanzenwunden, welche ihm kein anderer als Somi selbst verband. – –

Daß die Boers dann den Engländern noch mehrere Schlappen beibrachten, ist bekannt; der dadurch gerettete Staat wurde »Südafrikanische Republik« genannt.

Später konstitutierten sich die Boers wirklich als Batavisch-Afrikanische Maatschappij, welche sich freilich gegen die heimlichen und offenen Angriffe der Engländer nicht lange zu halten vermochte. Der biedere, kraftvolle Boer wird verschwinden vom Kaplande, wie es mir Uys bei unserm ersten Zusammentreffen geweissagt hat. –

Wer heute nach Zeeland kommt und in Storkenbeek die Familie van Helmers besucht, der sieht in der Wohnstube rechts und links vom Spiegel zwei Bleistiftzeichnungen hängen; und wenn er fragt, wen diese beiden Köpfe vorstellen, so wird ihm geantwortet, daß es die Porträts von Jan und Mietje van Helmers seien, die sich verheiratet haben und so unendlich reich sind, daß sie sogar einmal ein Etui mit sechs kostbaren schwarzen Kapdiamanten nach Storkenbeek schickten, damit die armen Verwandten durch diese Gabe in etwas bessere Umstände kommen sollten. Und auf weiteres Befragen erfährt er, daß ein Mynheer aus Deutschland, der Offizier van der Gezondhait gewesen sei und mit Jan eine gewaltige Schlacht gegen die Kaffern mitgemacht habe, der Zeichner dieser Skizzen war.

Dieser Mynheer aus Deutschland hat den geschenkten Diamant später in der Kapstadt verkauft und dadurch die Mittel zu weiteren Reisen gewonnen. Auf seinem Schreibtische steht noch heute unter andern Raritäten eine Schnupfdose, welche einst Quimbo im Ohrläppchen trug und ihm beim Abschiede mit den Worten überreichte:

»Lieb' gut' Mynheer will geh' nach heim; Quimbo wein' viel' groß' Thrän', weil Quimbo nicht darf geh' mit Mynheer; aber Quimbo geb' hier Dos' an Mynheer, damit Mynheer denk' viel an arm' schön' tapfer' Quimbo!« – – –

3.

ER RAML EL HELAHK.

ERSTES KAPITEL.

Der Khabir.

Die Sonne hatte ihren Tageslauf fast ganz vollendet; darum lag ich nach der heutigen glühenden Hitze etwas entfernt von dem Brunnen vollständig im Schatten meines Reitkameles, während sich die andern Mitglieder der Karawane rund um das brackige, schlecht schmeckende Wasser niedergelassen hatten und den überschwenglichen Reden meines Chaddam[1] Kamil lauschten. Ich konnte jedes Wort verstehen, welches gesprochen wurde, und hörte mit heimlichem Vergnügen zu, welche Mühe er sich gab, alle meine unzähligen guten Eigenschaften in das richtige Licht zu stellen.

»Nicht wahr, du heißest Abram Ben Sakir und bist ein reicher Mann?« fragte er den neben ihm sitzenden Handelsherrn aus Mursuk. »Wieviel bezahlst du jedem deiner Begleiter auf dieser Reise für den Tag?«

»Zweihundert Kauris,« antwortete der Gefragte bereitwilligst. »Ist das nicht genug?«

»Für deinen Besitz, ja; aber mein Sihdi[2] ist viel, viel reicher, als du bist. Er heißt Hadschi Kara Ben Nemsi, und in den Oasen seines Vaterlandes weiden 1000 Pferde, 5000 Kamele, 10 000 Ziegen und 20 000 Schafe mit fetten Schwänzen, die ihm gehören. Er giebt mir täglich einen Abu Noqtah[3], so daß ich reicher als du sein werde, wenn ich von ihm in mein Duar[4] zurückgekehrt bin. Sag, was bist du gegen ihn?«

Der Aufschneider log gewaltig, denn ich zahlte ihm nicht täglich, sondern wöchentlich einen Mariatheresienthaler; er bekam also nach deutschem Gelde täglich ungefähr 50 Pfennige. Der sehr reiche Handelsherr antwortete:

[1] Diener.

[2] Herr.

[3] Wörtlich: »Vater des Tropfens« = Mariatheresienthaler.

[4] Zeltdorf.

»Allah giebt, und Allah nimmt; die Menschen können nicht alle gleich wohlhabend sein.«

»Du hast recht,« nickte Kamil, »und weil mein Sihdi der Liebling Allahs ist, hat er viel von ihm bekommen. Ahnest du vielleicht, wie berühmt der Name Hadschi Kara Ben Nemsi in allen Ländern und bei allen Völkern der Erde ist? – Er spricht alle viertausendundfünfzig Sprachen der menschlichen Zunge, kennt die Namen aller achtzigtausend Tiere und Pflanzen, heilt alle zehntausend Krankheiten und schießt den Löwen mit einer einzigen Kugel tot. Seine Mutter war die schönste Frau der Welt; die Mutter seines Vaters wurde der Inbegriff der Tugenden genannt, und die sechsunddreißig Frauen, welche er besitzt, sind folgsam, lieblich und nach Ambra duftend wie die Blumen des Paradieses. Er hat die Heere aller Helden besiegt; vor seiner Stimme zittert sogar der schwarze Panther, und wenn, um uns zu überfallen, die räuberischen Tuareg kämen, in deren Gebiete wir uns leider jetzt befinden, so genügte allein seine kleine Flinte, sie in die Flucht zu treiben. Blicke hin zu ihm! Siehst du, daß er zwei Gewehre hat, ein großes und ein kleines? Mit dem großen schießt er eine ganze Khala[1] über den Haufen, und mit dem kleinen kann er hunderttausendmal schießen, ohne zu laden; darum wird es eine Bundukije et tikrar[2] genannt. Fast wünsche ich, daß diese Halunken kämen; dann solltet Ihr sehen – – –«

»Sei still, um Allahs willen!« unterbrach ihn da der Schech el Dschemali[3] rasch. »Wenn du diese Mörder herbeiwünschest, so kann es dem Schaïtan«[4] leicht einfallen, sie wirklich herbeizuführen, und dann wären wir verloren!«

»Verloren? Wenn mein Sihdi hier ist und auch ich bei Euch bin?«

Er hätte in diesem Tone wohl weitergesprochen; da aber deutete der Schech el Dschemali auf die Sonne und sagte:

1 Festung.

2 »Flinte der Wiederholung« = Repetiergewehr.

3 Anführer der Karawane.

4 Teufel.

»Seht, ihr Männer, daß die Sonne den Horizont berührt! Das ist die Stunde des Abendgebetes. Gebt Allah Preis, Lob und Ehre!«

Sie sprangen alle auf, tauchten ihre Hände in das Wasser, knieten dann, mit dem Gesichte nach der Richtung von Mekka gewendet, nieder und beteten unter den vorgeschriebenen Verbeugungen und Handbewegungen dem alten Schech die heilige Fatcha nach.

Auch ich kniete währenddem im Sande und verrichtete mein christliches Abendgebet, natürlich ohne ihre Bewegungen nachzuahmen, denn ich hatte ihnen nicht verschwiegen, daß ich kein Mohammedaner sei. Ich war gestern, gleich nachdem ich mit meinem Kamil ihre Handelskarawane eingeholt hatte, so aufrichtig gewesen, ihnen das zu sagen, und sie hatten das nicht für einen Grund genommen, mir die Erlaubnis, mich ihnen anzuschließen, zu verweigern.

Als das Gebet zu Ende war und wir uns von den Knieen erhoben hatten, sahen wir von Norden her einen einzelnen Kamelreiter kommen. Sein Hedschihn[1] war ein vorzüglicher Schnellläufer, und seine Waffen bestanden aus einer langen, arabischen Flinte und zwei Messern, die er an Armbändern an seinen Handgelenken hängen hatte. Diese Art, die Messer zu tragen, ist für den Gegner sehr gefährlich: man umarmt ihn und sticht ihm dabei die beiden Klingen von hinten in den Rücken.

»Sallam!« grüßte er, bei uns angekommen, indem er, ohne sein Kamel niederknieen zu lassen, aus dem Sattel sprang. »Erlaubt mir, hier mein Hedschihn zu tränken und euch vor den Feinden zu warnen, denen ihr entgegengeht!«

Er war in einen langen, weißen Burnus gehüllt, unter dessen Kapuze sein dunkles, stark eingefettetes Haar hervorquoll. Groß und kräftig gebaut, hatte er ein ovales, volles Gesicht mit einer Abplattung in der Gegend der Backenknochen, eine kurze, fast stumpfe Nase, kleine Augen und ein

[1] Reitkamel.

rundes Kinn. Hätte er das Litham getragen, einen Gesichtsschleier, der nur die Augen frei läßt, so wäre ich überzeugt gewesen, einen Targi[1] vor mir zu haben.

»Du bist uns willkommen,« antwortete der alte Schech, als das Tier des Ankömmlings von selbst zum Wasser lief, um zu trinken. »Wen aber meinst du, indem du von Feinden redest?«

»Die Imoscharh,« antwortete der Gefragte.

Dieses Wort ist gleichbedeutend mit Tuareg. Des letzteren Wortes bedienen sich nur die Araber, während die Angehörigen des betreffenden räuberischen Volkes sich nie anders denn als Imoscharh bezeichnen.

»Du meinst die Tuareg? Befinden sich welche auf unserm Wege?«

»Nicht nur welche, sondern sehr viele und zwar in der Oase Seghedem.«

»Allah! Dorthin wollten wir in dieser Nacht reiten!«

»Das könnt ihr nicht. Wir waren eine Karawane von über dreißig Männern mit achtzig Kamelen. Wir kamen vom Bir Ishaya und hielten uns für sicher; kaum aber hatten wir Seghedem erreicht, so wurden wir von den Imoscharh, welche sich dort versteckt hielten, überfallen und trotz der tapfersten Gegenwehr niedergemetzelt. Ich bin der einzige, der entkommen ist.«

»Ia waili!« rief der Alte betroffen aus. »Diese Hunde hat uns der Schaïtan in den Weg geführt! Sie werden in Seghedem liegen bleiben. Was thun wir da? Sollen wir hier warten, bis sie fort sind, hier am Bir[2] Ikbar, dessen Wasser für Menschen kaum zu genießen ist und für unsere Tiere kaum noch einen Tag ausreichen würde?«

Er sah sich ratlos im Kreise um. Abram Ben Sakir, der Handelsherr, machte ein bedenkliches Gesicht und fragte:

»Können wir die Oase Seghedem nicht umgehen?«

»Nein,« antwortete der Schech. »Nach Osten ist das unmöglich, denn der nächste Brunnen dorthin liegt drei volle

[1] Einzahl von Tuareg.

[2] Brunnen.

Tagereisen von hier im Gebiete der Tibbu, und der Umweg nach Westen würde uns in die Berge der Magarat ess ßuchur[1] führen, durch welche ich den Weg nicht kenne.«

»Aber ich kenne ihn,« sagte der neu Angekommene.

»Du?« fragte der Schech erstaunt. »Da wärest du ja ein Khabir[2], der diese Gegend weit besser kennt als ich, und doch zähle ich das doppelte deiner Jahre.«

»Es ist so; ich bin Khabir. Das Alter thut es nicht; ich kenne diese Gegend, weil ich mehreremale dagewesen bin. Ich war ja auch der Khabir der Karawane, welche von den Imoscharh überfallen wurde, und hätte mich nicht retten können, wenn der Wüstenweg mir unbekannt gewesen wäre. Ich bin ein Krieger der Beni Riah und werde Omar Ibn Amarah genannt.«

Der arabische Stamm der Beni Riah wohnt allerdings in Fezzan, aber es wurde mir schwer, diesen Khabir für einen Araber zu halten, zumal er die Tuareg nicht anders als Imoscharh nannte, was ein Araber nicht gethan hätte. Diesen meinen Zweifel hegte der Schech aber nicht, denn er sagte:

»Ich weiß, daß die Beni Riah Männer sind, welche den Weg von Mursuk nach Bilma genau kennen, und glaube also, daß du in den Magarat ess ßuchur gewesen bist. Also kennst du die Berge der Felsengrotten? Und du glaubst, daß wir auf diesem Wege die Oase Seghedem und die Tuareg umgehen können?«

»Ja; es ist leichter, als du denkst. Wenn wir von hier aus einen Bogen um diese Oase reiten, lassen wir die Gefahr rechts von uns liegen und kommen glücklich beim Bir Ishaya an. Ich will euch führen, denn ich denke, daß nicht du allein es wünschest, sondern daß auch alle deine Begleiter diesen Wunsch haben.«

»Sie haben ihn. Setze dich zu uns, und sei unser Gast! Wir werden jetzt essen und nach dem Abendgebete von hier aufbrechen.«

»Ich bin bereit, euer Führer und Gast zu sein, doch wirst

[1] Felsengrotten.

[2] Führer.

du mir nun sagen, wer die Männer sind, deren Schech el Dschemali du zu sein scheinest.«

»Das mußt du natürlich wissen. Du siehst hier Abram Ben Sakir, den Handelsherrn aus Mursuk, dem alle diese Diener und Lastkamele gehören; ich soll ihn von Bilma nach Mursuk bringen. Und dort stehen zwei Fremde, die sich erst gestern zu uns gesellt haben. Es ist Hadschi Kara Ben Nemsi, aus dem Abendlande, mit Kamil Ben Sufakah, der sein Diener ist.«

Der Khabir sah uns mit scharfem, stechendem Blicke an und fragte dann Kamil in grollendem Tone:

»Dein Name ist Kamil Ben Sufakah? Zu welchem Volke gehörest du?«

»Ich bin ein Beni Dscherar vom Ferkah[1] Ischelli,« antwortete der Gefragte.

»Und als Moslem bist du der Diener eines Giaur, eines Ungläubigen geworden? Schande und Fluch über dich! Möge dich die Dschehennah[2] verschlingen!«

Er spuckte ihn an, was sich mein Kamil sehr ruhig gefallen ließ, denn er war nur mit dem Munde tapfer, in der That aber ein Feigling, der seinesgleichen suchte. Das einzige, was er wagte, war, sich mit der vorwurfsvoll klingenden Frage an mich zu wenden:

»Sihdi, kannst du es dulden, daß dein treuer Diener so beleidigt wird, du, der Held aller Helden, der zwei Gewehre hat?«

»Der Held der Helden?« lachte der Khabir verächtlich. »Wie kann ein Giaur ein Held sein! Ich werde gleich zeigen, wie man mit so einem stinkenden Hunde zu sprechen hat.«

Er kam auf mich zu, blieb drei Schritte vor mir stehen, funkelte mich mit lodernden Augen an und fragte:

»Also, du bist ein Christ, wirklich ein Christ?«

»Ja,« antwortete ich in aller Ruhe.

»Und da glaubst du, daß ich dich wirklich nach Mursuk bringen werde?«

[1] Ferkah = Unterabteilung eines Stammes.
[2] Hölle.

»Nein!«

»Nicht?« klang es erstaunt. »Du hast es erraten. Ein gläubiger Sohn des Propheten wird sich nie dazu hergeben, der Khabir eines Christen zu sein, dessen Seele für die Hölle bestimmt ist.«

»Du irrst. So, wie du denkst, habe ich es nicht gemeint. Ich wollte nur sagen, daß es überhaupt nicht dein Wille sei, irgend jemand nach Mursuk zu führen.«

»Maschallah! Was hindert mich, dich für diese Beleidigung niederzuschlagen!«

»Laß dich nicht auslachen! Ein Targi, wie du bist, schlägt mich nicht nieder.«

Er hob schon die Faust zum Hiebe, ließ sie aber vor Erstaunen wieder sinken und fragte:

»Wie? Für einen Targi hältst du mich, für einen Krieger der Imoscharh? Warum denn?«

»Darüber habe ich dir keine Rechenschaft abzulegen; aber warum willst du jetzt nicht nach Bilma weiterreiten, sondern nach Mursuk umkehren? Warum bist du nicht gleich umgekehrt, als deine Karawane in der Oase Seghedem überfallen wurde, sondern eine ganze Tagereise bis hierher weitergeritten?«

»Weil - weil - - weil - - -«

Er stockte. Meine Frage brachte ihn so in Verlegenheit, daß er erst nach einiger Zeit fortfahren konnte:

»Weil die Imoscharh mir den Rückweg verlegt hatten.«

»Das war kein Grund, einen ganzen Tag lang weiter zu reiten. Ich schenke keinem deiner Worte Glauben. Daß die Tuareg irgendwo stecken, daran will ich nicht zweifeln, in Seghedem aber wahrscheinlich nicht. Ich nehme vielmehr an, daß du uns erst zu ihnen bringen willst. Du bist ihr Mirsal[1], ihr Gasuhs[2], der uns in ihre Hände liefern soll. Wahrscheinlich stecken sie im Gebiete der Felsengrotte, weil du uns dorthin führen willst.«

Ich sagte das in einem so bestimmten, überzeugten Tone,

[1] Abgesandter.

[2] Spion.

daß er einiger Zeit bedurfte, seine Bestürzung zu überwinden; dann aber brach er los:

»Ia Allah! Ist es möglich! Ein Gasuhs werde ich genannt, ein Gasuhs, zum Danke dafür, daß ich diese Männer hier retten will! Hund von einem Giaur, du stinkst mich an wie ein Aas, in dem die Würmer wimmeln! Ich werde – – –«

»Halt!« unterbrach ich ihn. »Kein solches Wort weiter! Als Christ bin ich zu deinen Beleidigungen bisher ruhig geblieben; ich werde auch ferner ruhig bleiben, aber dafür sorgen, daß, falls du noch ein solches Wort aussprichst, du auch ruhig wirst! Hast du bis jetzt noch keinen Christen gekannt, so sollst du einen kennen lernen, und kein Prophet wird mich hindern, dir zu zeigen, daß du gegen mich ein Schwächling und ein Knabe bist!«

»Ein Knabe!« schrie er wütend auf. »Das sollst du büßen! Hund, da hast du beide Messer!«

Er that einen Sprung auf mich zu, indem er die Arme ausbreitete, um sie um mich zu schlingen und mir die Messer in den Rücken zu stoßen; aber meine Faust kam ihm zuvor; ich schlug sie ihm von unten herauf unter das Kinn, daß er zurückflog und in den Sand stürzte. Im nächsten Augenblicke war er wieder auf und legte die Flinte, welche er festgehalten hatte, auf mich an; eben als der Hahn knackte, griff ich zu, riß sie ihm aus den Händen, sprang zwei Schritte zurück, richtete den Lauf auf ihn und drohte:

»Keine Bewegung weiter, Knabe, sonst trifft dich deine eigene Kugel! Gehe heim zu den Deinen, und bitte deine Mutter um ein Spielzeug, welches besser für deine Hände paßt als diese Flinte!«

Ich drückte den Schuß ab und schlug dann den Kolben des Gewehres schief gegen den Boden, daß er abbrach. Bei dem kleinen Krach, den das verursachte, stieß der Khabir einen wilden Schrei aus und sprang abermals auf mich ein; er achtete nicht darauf, daß ich das Bein hob, und er bekam einen Fußtritt in die Magengegend, der ihn zu Boden warf. Sofort kniete ich auf ihm und gab ihm einen Fausthieb gegen die Schläfe, der ihn so ruhig machte, wie ich es ihm angedroht hatte; er rührte sich nicht. Der Zorn des Scheikes richtete sich jetzt voll gegen mich.

»Was hast du gethan!« fuhr er mich an. »Wir haben dich bei uns aufgenommen und dir erlaubt, mit uns zu reiten; du aber vergiltst uns diese Gastlichkeit damit, daß du den Mann tötest, der unser Retter sein will!«

»Nicht euer Retter, sondern euer Verderber will er sein. Uebrigens ist er nur betäubt. Untersuche ihn!«

Er kniete zu dem Khabir nieder und überzeugte sich, daß ich recht hatte, was aber seinen Zorn keineswegs minderte. Wieder aufstehend, sagte er:

»Er ist zwar nicht tot, aber du hast ihn geschlagen und sein Gewehr zerbrochen; das fordert nach dem Gesetze der Wüste dein Blut. Wir werden über dich zu Gericht sitzen müssen!«

»Haltet lieber Gericht über ihn! Ich behaupte, daß er ein Targi ist, der euch verderben will; wenn ihr es nicht glaubt, so wird euch vielleicht schon der morgende Tag beweisen, daß ich mich nicht geirrt habe. Und um mein Schicksal habe ich keine Sorge; eure Entscheidung fürchte ich nicht. Wer will mich hindern, mich auf mein Hedschihn zu setzen und fortzureiten, wenn es mir beliebt? Ihr seid zusammen nur zwölf Männer. Diese beiden kleinen abendländischen Tabangat[1], Revolver genannt, haben zweimal sechs Schüsse; das allein genügt, euch von mir fern zu halten, ohne daß ich zu den Gewehren greife. Und wie ich vermute und sehe, bist du der einzige, der sich mir wirklich feindlich gesinnt zeigt. Abram Ben Sakir kann nicht die Absicht haben, sein Leben und die Ladungen seiner Kamele in die Hände der Tuareg fallen zu lassen, und seine Leute werden damit einverstanden sein!«

»Sprich, was du willst! Du wirst die Folgen doch nicht anders machen. Faßt an, ihr Leute! Wir wollen den Khabir zum Brunnen tragen und sein Gesicht mit Wasser befeuchten, daß seine Seele zurück in das Leben kehrt.«

Sie schafften ihn hin. Mich ging er für den Augenblick

[1] Pistolen.

nichts mehr an; ich setzte mich wieder bei meinem Hedschihn nieder und nahm, um auf alles gleich vorbereitet zu sein, einen der Revolver zur Hand. Kamil hatte sich neugierig mit hingemacht und schaute zu, was ihre Bemühungen für einen Erfolg haben würden. Sie bildeten einen Haufen von Menschen, in dem man jetzt, da es dunkel geworden war, eine Einzelbewegung nicht mehr erkennen konnte. Dann bemerkte ich, daß der Khabir zu sich gekommen war und sie beratend um ihn saßen. Zwei standen abseits und sprachen leise miteinander; es war mein Kamil, welcher mit dem Handelsherrn redete und ihm, wie ich dann erfuhr, gesagt hatte, daß ich klüger als alle die andern sei und er ja nicht auf sie, sondern auf mich hören solle, denn wenn ich einmal den Khabir für einen Targi gehalten hätte, so dürfe gar nicht daran gezweifelt werden, daß er auch wirklich einer sei. Seine eifrigen Worte fanden Gehör, denn Abram Ben Sakir kam zu mir und sagte:

»Sihdi, dein Diener sagt, daß ich mich nicht auf den Schech el Dschemali, sondern auf dich verlassen solle. Ist es wirklich wahr, daß du diesen Mann für einen Spion der Räuber hältst?«

»Ja. Ich habe dazu mehrere Gründe, welche du, falls ich sie dir auch mitteilte, doch nicht verstehen würdest. Ich will dir nur sagen, daß ich nicht zum erstenmale in es Sahar[1] bin und auch außerhalb derselben mit Menschen seines Schlages oft Erfahrungen gemacht habe. Ich habe nicht die mindeste Lust, mit nach den Bergen der Felsengrotte zu reiten und dort den Tuareg in die Hände zu fallen.«

»Allah, wallah, tallah! Was soll ich thun? Ich habe versprochen, mich nach den Anordnungen des Schech el Dschemali zu richten; das wurde ausgemacht, als ich ihn mietete, und meine Leute haben mehr Vertrauen zu ihm als zu dem, was du sagst. Man wird mich überstimmen, und ich werde meine Zustimmung geben müssen, daß wir von dem Khabir geführt werden. Willst du die Güte haben, Sihdi, mir eine Bitte

[1] Die Sahara.

zu erfüllen? Verlaß mich nicht, wenn ich mit nach den Felsen muß!«

»Du hast aber ja gar nicht nötig, um meine Hilfe zu bitten; du brauchst nur ganz einfach zu erklären, daß du nicht dorthin, sondern unbedingt nach Seghedem willst!«

»Man wird mich überstimmen. Diese Leute sind ja nicht eigentlich Diener, sondern ich habe sie nur für diese Reise gemietet, und du wirst vielleicht wissen, daß nach dem Brauche der Wüste die Stimme des Gehorchenden in Zeiten der Gefahr von ganz derselben Wichtigkeit ist, wie die Stimme des sonst Befehlenden. Also verlaß mich nicht.«

»Ich will mir die Sache überlegen.«

»Ja, überlege sie dir, und laß mich dann hören oder sehen, was du beschlossen hast! Ich möchte dem Khabir trotz deines Verdachtes auch jetzt noch trauen, denn ich halte es für unmöglich, daß ein gläubiger Moslem einen so gräßlichen Meineid schwören kann.«

»Es ist aber doch kein gläubiger Muhammedaner, das kann ich beweisen. Wir haben gebetet, als die Sonne in das Sandmeer tauchte, der Khabir hat nicht gebetet, denn er war während der Gebetszeit unterwegs; er ist nicht von seinem Dschemel[1] gestiegen, um niederzuknieen, denn er kam, als unser Gebet eben beendet war. Wer das vorgeschriebene Gebet versäumt, ist kein gläubiger Anhänger des Propheten, und wer das nicht ist, dem darf man wohl einen falschen Schwur zutrauen. Meinst du nicht?«

»Sihdi, du bist scharfsinniger als ich!«

»Und warum hat er nicht am Kampfe teilgenommen, als, wie er behauptet, seine Karawane überfallen wurde? Warum sitzt er jetzt ruhig dort am Wasser und führt nur Reden gegen mich, während er zu Thaten den Mut nicht besitzt? Im Zorne ja, da hat er mich vorhin angegriffen, nun dieser aber verraucht ist, verzichtet er darauf, sich selbst an mir zu rächen, er weiß, daß er sich leicht und ohne Gefahr für sich rächen kann, wenn wir ihm in die Grottenberge folgen. Da

[1] Kamel.

werden wir überfallen, und wenn wir dann gefangen sind, kann er mich töten, ohne für seine Tuareghaut den kleinsten Ritz zu riskieren. Das ist sein Gedanke, und darum läßt er klugerweise mich einstweilen in Ruhe.«

»Wenn man dich so sprechen hört, Sihdi, muß man unbedingt denken, daß du das Richtige triffst. Das Klügste würde wohl sein, dich zum drittenmale zu bitten, mich unter deinen Schutz zu nehmen.«

»Wenn ich das thue, begebe ich mich höchst wahrscheinlich in eine Lage, in welcher ich selbst des Schutzes bedarf. Deine Bitte ist also eine Aufforderung an mich, mich deinetwegen einer Gefahr auszusetzen – –«

Ich wurde in meiner Rede unterbrochen, denn in diesem Augenblicke ertönte die laute Stimme des Schech el Dschemali:

»Auf, ihr Gläubigen, zum Nachtgebete, denn es ist dunkel geworden, und der letzte Schein des Tages versank vollständig hinter den Enden der Erde!«

Die Männer knieten, nach der Gegend von Mekka gerichtet, abermals nieder, befeuchteten Hände, Brust und Stirn mit Wasser und beteten ihm nach. – – –

ZWEITES KAPITEL.

In den *Magarat ess ssuchur.*

Als das Gebet, das letzte des Tages, zu Ende war, stand der Schech el Dschemali auf und befahl den Leuten, die Kamele zu beladen, weil jetzt aufgebrochen werden solle.

»Wohin?« fragte der Handelsherr.

»Nach den Felsengrotten natürlich,« lautete die Antwort.

»Wäre es nicht besser, wenn wir doch direkt nach der Oase Seghedem ritten?«

»Das sagst du, weil Kara Ben Nemsi, dieser Christ, auch lieber dorthin will?«

»Ja.«

»Wenn du auf die Ansicht eines Giaur mehr giebst, als auf das Wort eines gläubigen Moslem, so reite hin; es wird dich niemand halten. Wir aber machen den Umweg über die Grottenberge, weil uns unser Leben teurer ist als die Dummheit eines Ungläubigen.«

»Meine Diener müssen mit mir gehen!«

»Müssen? Sie sind keine Sklaven, sondern freie Männer, und du hast mir versprechen müssen, dich nach meinen Weisungen zu richten. Wir stimmen ab, und dann wirst du ja sehen, ob sie dir und dem Christen oder ihrer Klugheit folgen wollen.«

Die Abstimmung wurde vorgenommen, und es stellte sich heraus, daß alle außer dem Kaufmanne, mir und meinem Diener bereit waren, dem Khabir zu folgen. Abram Ben Sakir kam zu mir, um sich zu entschuldigen und mich zum viertenmale zu bitten, ihn nicht zu verlassen.

Eben als er sich von mir entfernte, hörten wir ein Geräusch, welches sich uns von Westen her näherte. Es waren die Schritte von Kamelen, und bald sahen wir trotz der Dunkelheit eine Reiterschar vor uns auftauchen. Auch wir wurden gesehen, denn eine laute Stimme rief:

»Wakkif - halt! Es sind schon Leute an dem Brunnen. Greift zu den Gewehren!«

Da antwortete unser alter Schech el Dschemali:

»Es ist Friede. Wir sind weder Krieger noch Räuber. Kommt herbei, und labt eure Tiere und euch selbst an der Flüssigkeit des Wassers.«

»Seid ihr eine Kaffilah?«[1]

»Ja.«

»Woher und wohin?«

»Von Bilma nach Murzuk.«

»Wieviel Männer zählt ihr?«

»Vierzehn.«

»So macht uns Raum! Aber wenn du gelogen hast, so wird dir dein Kopf vom Halse fallen.«

Sie kamen vorsichtig vollends heran. Der von ihnen, welcher gesprochen hatte, ritt einige Kamelslängen voran, überschaute den Platz und sagte dann zu seinen Leuten:

»Es ist wahr; es sind nur vierzehn Männer; wir können also ohne Sorge sein. Kommt herbei!«

Er bediente sich der arabischen Sprache, aber in einer Weise, die in ihm einen Tedetu[2] vermuten ließ. Als sie von ihren Kamelen stiegen, zählte ich sie; es waren gerade zwanzig Mann. Sie schienen eine Frau oder ein Mädchen bei sich zu haben, denn eines ihrer Kamele trug einen Tachtirwan[3], eines jener verhangenen, leichten Bambusgestelle, deren lange, bebänderten und bewimpelten Stangen besonders des Nachts eine außerordentlich phantastische Erscheinung bilden.

Der Anführer der neuangekommenen Karawane schien ein sehr kriegerischer Mann zu sein, denn er plazierte seine Leute so, daß im Falle feindlicher Absichten von unserer Seite sie gegen uns im Vorteile waren. Seine Waffen bestanden aus einer langen Flinte, zwei Wurflanzen, einem Säbel und wahrscheinlich auch Messern oder Pistolen. Ich konnte

[1] Handelskarawane.

[2] Einzahl von Tibbu.

[3] Frauensänfte.

nicht genau unterscheiden, was er in den Gürtelschnuren stecken hatte. Der Schech el Dschemali begrüßte ihn mit einem Sallam und fuhr dann fort:

»Du siehst, daß du nichts bei uns zu fürchten hast, und wirst uns verzeihen, daß wir wissen möchten, wer ihr seid.«

Der Gefragte antwortete in stolzem Tone:

»Wir sind Tibbu vom Stamme der Reschade und wollen nach Abo reiten.«

»Vom Stamme der Reschade? So seid ihr doch die Todfeinde der Tuareg von Asben?«

»Ja, das sind wir. Allah verdamme sie!«

»Und kommt aus Westen, wo sie wohnen!«

»Ja, daher kommen wir.«

»So müßt ihr sehr mutige Männer sein. Wenn sich so eine kleine Zahl von Kriegern in das Land der Todfeinde wagt, so – – –«

Er wurde durch einen Ruf unterbrochen, welcher aus dem Tachtirwan erklang. Dieser Ruf bestand aus drei oder vier Worten, welche ich nicht verstand; es schien berberisch zu sein; da mir aber nur der Dialekt der Beni-Mezab-Berber bekannt war, so vermutete ich, daß die Worte der Tuaregsprache angehörten. Und ganz eigentümlich, kaum waren sie erklungen, so stand der Khabir, dem ich mißtraute, nach einigen schnellen Schritten bei dem Tachtirwan und sprach seinerseits eine Frage aus, die ich auch nicht verstand; eine weibliche Stimme, es konnte aber auch die eines Knaben sein, antwortete hinter den Vorhängen; da aber sprang der Anführer der Tibbu hin, faßte den Khabir beim Arme, riß ihn fort und fuhr ihn zornig an:

»Was hast du hier bei dem Sitze meiner Omm Bent zu suchen? Weißt du nicht, daß dies verboten ist? Mache dich fort von dieser Stelle!«

Omm Bent heißt Mutter der Tochter und soll Frau bedeuten, denn das eigentliche Wort für Ehefrau spricht ein Muhammedaner niemals aus. Der Khabir stand eine Weile unbeweglich, als ob er irgend eine innere Erregung niederzukämpfen habe; sein Gesicht war wegen der Dunkelheit nicht zu erkennen; dann antwortete er in ruhig sein sollendem Tone, dem ich aber einen Zwang anhörte:

»Omm Bent? Ich habe die Stimme für die eines Knaben gehalten.«

»Es ist kein Knabe, und wenn es einer wäre, meinst du, daß er dich gerufen habe? Wer und was bist du denn eigentlich?«

»Ich heiße Omar Ibn Amarah und bin der Khabir dieser Karawane.«

»Welchem Stamme gehörst du an?«

»Den Beni Riah, und weil ich der Khabir, also der Diener dieser Kaffilah bin, glaubte ich, einen Dienst erweisen zu können; nur darum ging ich zu dem Tachtirwan.«

»Das mag sein; aber wir brauchen deine Dienste nicht. Wann reitet ihr fort von hier?«

»Wir standen eben im Begriff, aufzubrechen.«

»Auch wir wollen uns nicht verweilen, denn wir haben Eile, nach Obo zu kommen. Da ihr friedliche Leute seid, können wir bis in die Oase zusammenreiten, denn bis dahin ist unser Weg der eurige.«

»Wir reiten nicht nach Seghedem, weil die Tuareg diese Oase und die ganze, östlich vor ihr liegende Gegend besetzt haben.«

Der Tedetu schien zu erschrecken, denn er fuhr einige Schritte zurück und rief aus:

»Die Tuareg, diese Hunde? Weißt du das gewiß?«

»Ja, denn ich komme von Seghedem; ich war der Khabir einer Kaffilah, welche sie dort überfallen haben, und bin der einzige, der entkommen ist. Wir werden Seghedem vermeiden und in einem Bogen nach Westen den Brunnen Ishaya erreichen. Ostwärts können wir nicht ausweichen, weil dort die Imoscharh auch streifen.«

Wieder sagte er Imoscharh anstatt Tuareg. Es fiel mir auf, daß er den letzten Satz besonders stark betonte. Der Weg der Tibbu führte ostwärts. Warum warnte er sie vor dieser Richtung? Er hatte doch erst nicht gesagt, daß die Tuareg auch diese Gegend besetzt hielten! War es vielleicht seine Absicht, die Tibbu zu veranlassen, mit uns nach den Magarat ess ßuchur zu reiten? Und wenn es so war, welchen Grund hatte er dazu? Hatte er den Ruf aus dem Tachtirwan verstanden? Dann war er ganz gewiß das, wofür ich ihn hielt, also ein Targi. Dieser Khabir wurde mir immer verdächtiger.

Der Tedetu fragte ihn weiter aus und erfuhr von ihm dasselbe, was er uns erzählt hatte; dann winkte er seine Leute zusammen, beriet sich eine Weile mit leiser Stimme mit ihnen, so daß wir nichts verstehen konnten, und wendete sich dann wieder an den Khabir:

»Weißt du vielleicht, von welchem Stamme die Tuareg sind, von denen du sprichst?«

»Nein. Ich verstehe auch kein Wort von der Sprache dieser Imoscharh. Aber als sie uns überfielen, hörte ich zwei Worte rufen, und ich habe gehört, daß beim Angriffe stets der Name des Stammes und des Anführers gerufen wird: Kelowi und Rhagata.«

»Allah, Allah, das stimmt! Rhagata heißt der Amghar[1] der östlichen Kelowi-Tuareg, und ich weiß allerdings, daß er mit seinen Kriegern auf Raub ausgezogen ist. Allah sei Dank, daß er mir erlaubt hat, mit dir zusammenzutreffen, denn sonst wären wir alle trotz unserer Tapferkeit von den Tuareg getötet worden! Ihr wollt also durch die Magarat ess ßuchur? Das ist ein schlimmer Weg! Glaubst du, daß wir glücklich und unbelästigt nach dem Brunnen Ishaya kommen können?«

»Ich bin überzeugt, daß uns kein einziger Targi auf diesem Wege begegnen wird.«

»Ich könnte dann von Ishaya aus mich östlich wenden und so der uns drohenden Gefahr entgehen. Ehe ich mich aber entschließe, mit euch zu reiten, muß ich genauer wissen, wer ihr seid.«

»Mich kennst du schon. Unsere Kaffilah gehört diesem Handelsmanne aus Mursuk, welcher Abram Ben Sakir heißt; die Leute, welche sich bei ihm befinden, sind friedliche

[1] Oberste Scheik.

Kameltreiber, welche er gemietet hat. Dort sitzt ein Mann, der erst gestern mit seinem Diener zu ihnen gestoßen ist. Er ist ein Giaur, ein Christ, wird Kara Ben Nemsi genannt.«

»Pfui! Ein Christ ist unter euch? Wie kann man da mit euch reiten! Wer einen solchen Hund bei sich duldet, der fordert Allahs Zorn heraus! Ich werde mir diese stinkende Bakku[1] einmal betrachten.«

Er kam herbei, bog sich zu mir nieder und starrte mir in das Gesicht. Ich blieb sitzen, ohne mich zu bewegen. Er trat wieder zurück, spuckte aus und sagte:

»Er hat das Angesicht eines Mannes, aber die Seele eines Feiglings, sonst hätte er nicht geduldet, daß ich ihm den Blick der Verachtung gab. Der Löwe läßt den Schakal in seiner Fährte gehen und ist zu stolz, sich nach ihm umzudrehen. So mag der Giaur mit uns reiten, sich aber stets hinter uns halten, wenn er nicht will, daß ich ihn wie ein Ungeziefer mit meinem Fuße zertrete!«

Ich ließ die Beleidigung ruhig über mich ergehen, weil ich es nicht für angezeigt hielt, auch ihm zu zeigen, daß ich nicht der war, für den er mich hielt.

Jetzt ließ Abram Ben Sakir seine Kamele beladen. Während dies geschah, nahm er Gelegenheit, sich an den Khabir zu machen. Ich sah sie miteinander sprechen; dann kam er zu mir und sagte:

»Sihdi, er kennt die Haussasprache; er hat mir in derselben mehrere Antworten gegeben.«

»So ist er ein Targi.«

»Ich möchte es doch noch nicht glauben. Der Anführer der Tibbu würde ihn durchschauen. Man sieht ihm doch an, daß er ein großer Krieger ist.«

»Irre dich nicht! Dieser Tedetu muß selbst froh sein, wenn er nicht durchschaut wird.«

»Wie meinst du das?«

»Räuber und Räuber; sie sind Todfeinde und von ganz gleichem Werte.«

[1] Wanze.

»Ich verstehe dich nicht.«

»Ist auch nicht notwendig. Du würdest doch nichts ändern können.«

»Wirst du mit uns reiten, obgleich du dich nur in unsern Spuren halten darfst?«

»Wer sagt das?«

»Der Tedetu.«

»Er hat mir nichts zu befehlen; ich bin ein freier Mann und werde reiten, wie es mir beliebt.«

Er ging kopfschüttelnd von dannen; ich aber führte mein Hedschihn zum Wasser, um es noch einmal tüchtig trinken zu lassen. Die Tibbu, welche sich dort befanden, wichen vor mir wie vor einem Aussätzigen zurück.

Das Aufladen ging unter dem häßlichen Geschrei der Lastkamele vorüber; dann bestiegen die Reiter ihre Tiere und der Zug setzte sich in Bewegung, indem ein Kamel hinter dem andern den Brunnen verließ. Die Lasttiere waren in der Weise zu einer Einzelreihe vereinigt, daß man das Halfter jedes nachfolgenden an den Schwanz des vorangehenden gebunden hatte. Voran ritt der Khabir; ihm folgte der Schech el Dschemali und diesem der Tedetu, welcher sich neben dem Tachtirwan hielt; hinter ihm kamen seine Tibbu, und an diese schloß sich Abram Ben Sakir, der Kaufmann, an der Spitze seiner langen Kaffilah. Ich wartete, bis sie eine Strecke fort waren, und ritt ihnen dann mit Kamil langsam nach. Die Sterne leuchteten jetzt so, daß ich die Karawane nicht aus den Augen verlieren konnte.

»Nun sind wir gezwungen, hinter diesen Leuten zu reiten!« klagte mein tapferer Diener. »Warum hast du dir diesen Befehl erteilen lassen, Sihdi? Bin ich nicht ein Beni Dscherar vom Ferkah Ischelli und sollte eigentlich stolz an der Spitze des Zuges reiten?«

»Wer hindert dich daran? Reite vor, wenn du Lust dazu hast!«

»Ohne dich nicht. Du weißt, daß ich dich in mein Herz geschlossen habe und dich nicht allein in der Verachtung stecken lasse, welche dir zu teil geworden ist. Aber sag, denkst du vielleicht, daß wir es mit jenen Menschen zu thun bekommen werden?«

»Ja, und zwar vielleicht sehr bald, zunächst mit dem Khabir.«

»Du bist also überzeugt, daß er ein Targi ist?«

»Ja. Er hat die Absicht, die Kaffilah in das Verderben zu führen. Ich bin überzeugt, daß die Tuareg in den Magarat ess ßuchur stecken und sie überfallen wollen. Diese Leute rennen blind in ihr Verderben; aber es ist doch möglich, daß sie noch im letzten Augenblicke auf meine Warnung hören.«

»Und wenn sie aber nicht hören?«

»So will ich versuchen, wenigstens Abram Ben Sakir zu retten. Die Gefahr, in welche ich mich begebe, ist sehr groß, denn der Khabir brennt darauf, sich an mir zu rächen; aber es handelt sich nicht bloß um den Khabir und die Tuareg, sondern auch um die Tibbu. Durch diese finden wir wahrscheinlich den Weg zur Rettung, falls wir auch in die Hände der Tuareg geraten sollten.«

»Meinst du? Die Tibbu sollten dich retten, dich, den Christen? Sie werden doch selbst überfallen werden, wie du denkst!«

»Ja, aber sie haben etwas bei sich, was uns zur Hilfe dienen kann, wenn wir sie brauchen sollten, den Tachtirwan.«

»Diese Sänfte könnte uns von Nutzen sein?«

»Sie weniger als ihr Inhalt. Wahrscheinlich sitzt ein Knabe darin.«

»Allah! Was hast du für Gedanken, Sihdi! In diesem Tachtirwan sollte ein Knabe sein?«

»Ja, ein Tuaregknabe, der von den Tibbu geraubt worden ist.«

Er wollte etwas sagen, brachte aber vor Erstaunen kein Wort hervor; erst nach einiger Zeit fand er die Worte:

»Ein Tuaregknabe! O, Sihdi, du bist ein Ssa'ir[1], welcher sich Dinge ausdenkt, die ganz unmöglich sind!«

»Das denkst du nur. Die Tibbu leben in Todfeindschaft

[1] Dichter.

mit den Tuareg. Wenn sich zwanzig von ihnen so heimlich in das Gebiet der letzteren geschlichen haben und mit einem so streng und eng verhängten Tachtirwan zurückkehren, da weiß man, wie man sich das zu erklären hat. Oder meinst du, daß dieser Tedetu zu einem so gefährlichen Ritt ins Feindesland seine Omm Bent, sein Weib, mitgenommen habe?«

»Nein, das sicher nicht.«

»Er hat irgend einem Scheik der Tuareg den Sohn geraubt; das ist das Allerschlimmste, was man einem Feinde anthun kann, der Khabir hat es auch entdeckt.«

»Welch ein Ereignis, welch ein Abenteuer! Willst du den Knaben befreien?«

»Was ich thun werde, weiß ich jetzt noch nicht; der geeignete Augenblick wird es entscheiden. Ich will Abram Ben Sakir glücklich nach Mursuk bringen und ihn, wenn er in Gefahr gerät, herausholen. Warten wir ab, wie unser jetziger Ritt verlaufen wird! Wenn du Angst hast, kannst du dich von mir trennen und nach Seghedem reiten.«

»Angst? Was denkst du von mir, Sihdi! Auch wenn die Tuareg und die Tibbu gar nicht wären, müßtest du zugeben, daß ich viel für dich wage, weil es keine gefährlichere Gegend als die Magarat ess ßuchur geben kann. Mitten in der Wüste liegt Er Raml el Helahk, der ›Sand des Verderbens‹, ein See, der anstatt mit Wasser mit so leichtem Sand gefüllt ist, daß jedes Geschöpf, welches hineingerät, viele hundert Fuß zur Tiefe sinkt und wie in einem Meere ertrinken oder ersticken muß.«

»Wirklich?« fragte ich überrascht. Ich glaubte, was er sagte, denn der Reisende Adolf von Wrede hat im Bahr ess Ssafy in der Wüste el Ahqaf einen ähnlichen Sandsee gefunden, in dem ein Kilogewicht an einer sechzig Faden langen Schnur verschwand. Kamil, mein Diener, erzählte mir noch viel von Menschen und Kamelen, welche in diesem Raml el Helahk untergegangen seien, und von den Geistern, die in der Magarat ess ßuchur ihr Wesen treiben sollten; dabei verging die Zeit, und es wurde Mitternacht, als die Sterne am hellsten leuchteten und ich die Entfernung absichtlich kürzte, welche uns bisher von der Kaffilah getrennt hatte. Ich wollte jetzt zeigen, daß es nicht meine Absicht sei, immer hinter der Karawane herzureiten. Wir trieben unsere Tiere an und erreichten bald die hintersten Kamele. An der langen Reihe derselben vorüberreitend, kamen wir an den Tibbu vorbei, die uns zornige Rufe zuwarfen. Der Tedetu hörte die schnellen Schritte unserer Kamele und drehte sich um. Er sah uns kommen und rief uns in befehlendem Tone zu:

»Zurück mit euch!«

Wir gehorchten nicht.

»Zurück, zurück,« wiederholte er, »sonst zeige ich euch, wohin ihr gehört!«

Er hatte die Drohung noch nicht ganz ausgesprochen, so hatten wir ihn schon hinter uns und waren auch an dem Khabir und dem Schech el Dschemali vorübergeschossen. Einige Augenblicke später krachte es hinter uns, und ich fühlte den Luftdruck einer an meinem Kopfe vorbeifliegenden Kugel. Sofort hielt ich mein Hedschihn an, und Kamil that dasselbe mit dem seinigen. Wir warteten, bis die Spitze des Zuges uns einholte.

»Wer hat auf mich geschossen?« fragte ich.

»Ich,« antwortete der Tedetu. »Wenn ihr nicht augenblicklich zurückweicht, bekommst du die zweite Kugel!«

»Die mich ebensowenig treffen wird, wie die erste. Du kannst nicht schießen; ich werde dir zeigen, wie man es machen muß. Kamil, steig ab von deinem Tiere!«

Er sprang herunter. Der Tedetu war mir jetzt bis auf einen Schritt seines Kamels nahe gekommen, an dessen Sattelknopf die beiden Wurflanzen hingen. Ich streckte den Arm aus und griff nach ihnen.

»Hund, was willst du mit meinen Lanzen!« schrie er mich an.

»Dir zeigen, wie man schießen muß. – Paß auf!«

Ich gab Kamil die eine Lanze; er mußte sich so weit entfernen, bis ich Halt sagte, und sie dann emporhalten. Dann zog ich die beiden Revolver und gab alle zwölf Schüsse auf die Lanze ab, die Kamil nun dem Tedetu bringen mußte.

»Schau sie an!« forderte ich diesen auf. »Zwölf Schüsse und zwölf Löcher.«

Er betrachtete den Schaft und brachte vor Erstaunen kein Wort hervor. Der Zug war natürlich halten geblieben. Jetzt mußte Kamil die zweite Lanze so weit von mir in den Sand stecken, daß ich sie im Sternenscheine eben noch sehen konnte. Mein Kamel stand unbeweglich; es war das Schießen gewohnt; ich brauchte nicht abzusteigen.

»Zähle die Schüsse!« gebot ich dem Tedetu und legte den Henrystutzen an, welcher fünfundzwanzig Schüsse hatte. Ich zielte sehr sorgfältig und gab einen Schuß ab, immer ein wenig höher als den andern.

»Wieviel Schüsse?« fragte ich.

»Fünfzehn,« antwortete der Tedetu, der sich nicht erklären konnte, daß ich sovielmal hatte schießen können, ohne zu laden.

»Schau nun die Lanze an!«

Sie wurde ihm gebracht. Er fühlte mit den Fingern nach den Löchern und zählte sie.

»Maschallah! Fünfzehn Löcher!« rief er geradezu erschrocken aus. »Dieser Christ ist ein Sahir[1], und seine Flinte ist eine Bundukije el mogiza[2]. Sie hat Kugeln ohne Zahl in ihrem Laufe!«

»Du hast recht gesprochen,« stimmte ich bei. »Und soviel mal ich schießen kann und so sicher ich treffe, so weit gehen meine Kugeln auch. Was sind alle eure Waffen gegen diese meine Gewehre! Du hast mir nach dem Leben getrachtet und nach mir geschossen; ich will dir dieses Mal verzeihen, weil ich ein Christ bin, der selbst seinem Feinde Gutes erweist; aber wagest du es ein zweites Mal, mir Böses zu thun, so eröffne ich dir und den Deinen in zwei, drei Augenblicken die Pforte zur Brücke des Todes, und kein Prophet und kein Khalif wird euch das Leben retten können. Ich bin Kara Ben Nemsi, ein Christ, und du sollst mich kennen lernen!«

Er antwortete mit keiner Silbe; tiefes Schweigen beobach-

[1] Zauberer.

[2] Wunderflinte.

teten auch die andern; auf meinen Wink bestieg Kamil sein Tier wieder, und wir ritten weit voran, ohne daß uns jemand wieder zu hindern wagte. Natürlich lud ich die Revolver sofort wieder und ergänzte auch die fünfzehn Patronen des Repetierstutzens.

Von jetzt an ritten wir, wie es uns beliebte, bald voran, bald seitwärts, bald hinterdrein, doch immer so, daß uns keine hinterlistige Kugel in den Rücken kommen konnte. Bis zum Morgengebete ging es durch sandige Wüste; dann wurde Halt gemacht. Als wir nach zwei Stunden der Ruhe wieder aufgebrochen waren, veränderte sich das Terrain. Die Wüste blieb uns zur linken Hand liegen; rechts aber wuchsen nach und nach immer höher werdende, sonderbare Felsengebilde empor, welche bald buchtförmig und bald vorgebirgeartig sich aneinander schlossen und, da wir uns ihnen nicht weit genug näherten, uns in Zweifel ließen, ob sie ganz aus Naturformationen bestanden oder ihre Bildung teilweise auch menschlichen Händen zu verdanken hatten. Es gab da Mauern, Säulen, Zinnen und Erker, Fensteröffnungen, große, bogenförmige Thoreingänge wie zu künstlichen Gängen und Hallen. Ein Anblick, der mein ganzes Interesse in Anspruch nahm. Gern wäre ich weiter geritten; aber ich wollte mich von der Karawane nicht lange und weit entfernen, weil mir ahnte, daß wir uns bald da befanden, wohin der Khabir uns haben wollte.

Wir ritten Stunde um Stunde, und die fremdartigen Felsen begleiteten uns fort und fort zur rechten Hand; sie wollten kein Ende nehmen. Eine Stunde vor Mittag war die Hitze so groß geworden, daß Menschen und Tiere nach Ruhe lechzten. Da schoben sich die Felsen so weit vor, daß wir ihren weitesten Ausläufer berührten. Die Spitze desselben war ausgebuchtet und bildete eine hufeisenförmige Rundung, welche von allen Mitgliedern der Karawane außer mir als außerordentlich geeignet zum Lagern gehalten wurde. Die Reiter stiegen ab, und befreiten die Packkamele von ihren Lasten. Ich freilich konnte zu diesem Orte kein Vertrauen haben, denn falls hier ein Ueberfall beabsichtigt war, so brauchten die Angreifer nur die Oeffnung des Hufeisens zu verschließen; dann waren alle, die sich im Innern der Bucht befanden, in ihre Hände gegeben. Ich sagte aber nichts, denn ich wußte, daß doch niemand auf mich hören würde.

Als alle lagerten, trieb mich die Vorsicht eine Strecke hinaus in die Wüste, von wo ich, zurückgewendet, die Felsenumgebung des Lagerplatzes überblicken konnte. Es fiel mir auch sofort etwas auf. Nördlich von uns, vielleicht eine gute Gehviertelstunde entfernt, schwebten mehrere Nusara es sahra[1] über den Felsen, welche abwechselnd auf und nieder gingen, sich aber nicht entfernten. Ich kehrte schnell in das Lager zurück und ging zu dem Khabir, neben dem soeben der Tedetu stand.

»Wir müssen fort von hier,« sagte ich. »Die Tuareg halten gar nicht weit von hier, um uns zu überfallen.«

»Wer hat dir das gesagt?«

»Die Geier, welche über ihnen schweben.«

»Können Geier sprechen?« fragte er höhnisch.

»Für mich, ja, denn ich verstehe ihre Sprache.«

»Ich werde dich beruhigen. Ich bin der Khabir und habe für die Sicherheit der Kaffilah zu sorgen; ich werde gehen und nach den Feinden suchen, die du dir einbildest. Komm mit!«

Das war sehr pfiffig von ihm, denn wenn ich mitging, fiel ich noch vor den andern in die Hände der Tuareg. Ich setzte List gegen List und antwortete:

»Das ist Sache der Anführer. Der Tedetu mag dich begleiten; er ist ein berühmter Wüstenkrieger, ich aber bin hier fremd; seinem scharfen Auge kann man Glauben und Vertrauen schenken und er wird mir bei eurer Rückkehr sagen, ob ich recht oder unrecht gehabt habe.«

Ich erreichte meinen Zweck; der Tedetu erklärte sich bereit dazu, und dem Khabir schien es gleich zu sein, wer der erste war, der in die Hände der Tuareg fiel, der Anführer der

[1] Wüstengeier.

Tibbu oder ich. Sie entfernten sich miteinander, um zu rekognoszieren. Das Resultat wußte ich im voraus: Der Tedetu wurde ergriffen, und dann kamen die Tuareg, um das Lager zu überfallen.

Ich ging nun zu Abram Ben Sakir, um ihn zu warnen und ihn aufzufordern, den gefährlichen Platz mit mir zu verlassen. Es war vergeblich; er schenkte mir keinen Glauben, sondern lachte über meine Besorgnis. Ich gab es daher auf, die kostbare Zeit an ihn zu verschwenden, ließ ihn also sitzen und war nur auf mich, auf Kamil und auf einen dritten bedacht, nämlich auf den Insassen des Tachtirwan, denn wenn mich meine Ahnung nicht betrog, so hatte der Knabe, falls es einer war, bei der Befreiung des Kaufmannes eine Rolle zu spielen.

DRITTES KAPITEL.

Isa Ben Marryam akbar.

Die Tibbu hatten den Tachtirwan vom Kamele genommen und an den Felsen gestellt, wo zufälligerweise ein tiefer Riß, der bis zur Erde niederreichte, in das Gestein einschnitt. Tierspuren, die ich gleich mit dem ersten Blicke bemerkte, bewiesen mir, daß dieser Riß gangbar sei. Ich durfte mich der Sänfte nicht nähern; sie wurde streng bewacht; das, was ich thun wollte, mußte heimlich geschehen. Ich verließ also das Lager, wendete mich nach der Außenseite des Felsens und ging an demselben hin, bis es eine Spalte gab, in welche ich eindrang. Sie hatte eine ziemlich gerade Richtung und war so breit, daß ich ihr unschwer folgen konnte. Bald bemerkte ich, daß ich mich nicht geirrt hatte; es war derselbe Riß, an welchem im Innern des Hufeisens der Tachtirwan stand. Niemand beachtete das, und ich konnte, hinter einer Ecke kauernd, die Sänfte deutlich sehen.

Ich kehrte wieder in das Lager zurück und führte mit Kamil unsere Kamele hinaus und so um die Ecke, daß sie von den Tuareg, wenn sie kamen, nicht gesehen werden konnten. Wir banden ihnen die Vorderbeine zusammen, sodaß es ihnen nicht möglich war, sich zu legen, aber nur leicht, damit die Schlingen schnell zu lösen waren, denn wir durften, sobald der von mir erwartete Fall eintrat, keinen Augenblick verlieren.

»Was hast du vor, Sihdi?« fragte mich Kamil.

»Die Flucht,« antwortete ich. »Ich will aber den Knaben mitnehmen, der in dem Tachtirwan gefangen und wahrscheinlich auch angebunden ist. Also höre, was ich dir sage! Ich rechne, daß es nicht mehr lange dauert, bis die Tuareg kommen; eher kann ich mich des Knaben nicht bemächtigen. Siehst du dort den Riß? Er führt durch den Felsen nach der Sänfte, und ich verstecke mich jetzt darin. Du aber gehst wieder hier um die Ecke und ein Stück vom Lager in die Wüste hinaus. Von da aus mußt du die Tuareg kommen sehen. Du verhältst dich ganz ruhig, sprichst mit keinem Menschen und verrätst kein Wort, auf wen du wartest. Aber sobald du sie kommen siehst, schlägst du Lärm und läufst dann hierher, um auf mich zu warten. Die Ankunft der Feinde wird eine große Verwirrung hervorbringen, welche ich dazu benütze, den Knaben aus der Sänfte zu holen. Wenn ich mit ihm hierher komme, hast du den beiden Tieren bereits die Fesseln von den Beinen gebunden und stehst nicht bei deinen, sondern bei meinem Kamele, weil ich mit dem Knaben, der sich wahrscheinlich wehren wird, nicht in den hohen Sattel kann. Ich gebe ihn dir; du hältst ihn fest, bis ich oben sitze, und reichst mir ihn dann hinauf. Habe ich ihn, so kletterst auch du in den Sattel und wir reiten auf und davon. Wenn dich nun jemand fragt, wo ich bin, wirst du sagen, daß ich – – –«

»Ich weiß schon, was ich sage, Sihdi,« unterbrach er mich. »Habe keine Sorge um meine Geistesgegenwart! Mach nur du keinen Fehler, damit wir nicht trotz unserer Verwegenheit doch noch von den Tuareg erwischt werden!«

Er ging, und ich kroch wieder in den Spalt, dem ich soweit folgte, bis ich, wieder hinter der Ecke versteckt, den Tachtirwan vor Augen hatte. Das Messer nahm ich schon jetzt in die Hand, um die vermuteten Fesseln des Knaben unverweilt zu durchschneiden.

Zufälligerweise kam Kamil in meinen sehr engen Gesichtskreis; ich sah, daß er sich langsam schlendernd hinaus in die Wüste entfernte und dort, nach Norden gerichtet, stehen blieb. Eben wollte ich mich fragen, wielange ich wohl zu warten haben würde, da drehte er sich um, kam in weiten Sprüngen zurückgerannt und schrie:

»Reiter kommen, viele Reiter kommen! Eilt herbei, ihr Leute, und seht, wer sie sein mögen! Doch nicht etwa die Tuareg, von denen mein Sihdi gesprochen hat!«

Soviele Menschen es im Lager gab, soviele liefen vor dasselbe hinaus; es blieb kein einziger in demselben, und der Tachtirwan stand völlig unbewacht. Im nächsten Augenblicke war ich bei ihm und riß, mich um weiter nichts anderes kümmernd, die Vorhänge auseinander. Meine Vermutung bestätigte sich; ich sah einen dunkelhäutigen, schwarzhaarigen Knaben, der vielleicht fünf Jahre alt sein mochte und gefesselt war. Einige schnelle Messerschnitte machten ihn frei; dann faßte ich ihn, zog ihn heraus und eilte in den Spalt zurück, indem ich hinter mir schreien hörte:

»Die Tuareg, die Tuareg! Schnell auf die Kamele, schnell und fort!«

»Sei still, und habe keine Angst; ich rette dich!« raunte ich dem Knaben arabisch zu, weil ich der Sprache der Tuareg nicht mächtig war. Entweder verstand er mich doch, oder es war aus Angst, daß er keine Bewegung machte.

Ich glitt so rasch wie möglich durch den Spalt. Draußen stand Kamil schon bei meinem Kamele. Ich reichte ihm den Knaben und kletterte in den Sattel. Da hörten wir schon die ersten Schüsse fallen. Er gab mir den Knaben hinauf, sprang zu seinem Kamele, war mit affenartiger Behendigkeit oben, und dann ritten wir, von niemandem gesehen, davon, während das Geschrei und Getöse des Kampfes hinter uns erscholl.

Wir nahmen keineswegs denselben Weg zurück, den wir gekommen waren, denn da hätte man uns gesehen, sondern wir folgten der vorgestreckten Felsenspitze nach den Bergen hin und wendeten, als wir sie erreicht hatten, uns an ihrem Fuße wohl zwei volle Stunden lang hin, bis wir eine Stelle erreichten, welche mir für meine Zwecke passend erschien. Es gab da eine natürliche Rampe, welche zwar schmal, aber so allmählich zur Höhe führte, daß sie von unsern Kameln passiert werden konnte. Sie führte uns oben auf eine Felsenbastei, von der ich zu meiner Freude nach schneller Untersuchung erkannte, daß sie weder von einer andern Höhe beherrscht wurde, noch auf einem anderen Wege, als der erwähnten Rampe aus, betreten werden konnte. Hier waren wir sicher, denn wir hätten uns hier gegen eine ganze Schar von Feinden leicht verteidigen können, gar nicht gerechnet, daß wir in dem Knaben einen Geisel besaßen, durch welchen wir uns alles erzwingen konnten, was wir wollten. Es gab sogar einen, wenn auch spärlichen Pflanzenwuchs für die Kamele, welche sich auch gleich darüber hermachten.

Ich wendete meine Aufmerksamkeit dem Knaben zu, der auf einem Steine saß und mich halb ängstlich, halb vertrauend anblickte. Es war ein hübscher, dunkler Junge mit Glutaugen, deren Glanz allerdings jetzt vor Durst, Hunger, Angst und Leid erblichen war.

»Sprichst du arabisch?« fragte ich ihn.

»Targhia und arabisch,« antwortete er zu meiner Freude, und man darf sich darüber, daß er sich in zwei Sprachen, allerdings in nur kindlicher Weise, ausdrücken konnte, nicht wundern, weil in jenen südlichen Gegenden der Mensch sich weit schneller entwickelt als bei uns.

»Wie nennt man dich?« forschte ich weiter.

»Khaloba.«

»Wer ist dein Vater?«

»Rhagata, der oberste Scheik der Kelowi.«

So hatte meine Ahnung mich also nicht getäuscht; er war der Häuptlingssohn der Tuareg, welche uns überfallen hatten. Ich erfuhr von ihm, wie er in die Hände der Tibbu geraten war. Als sein Vater mit den Kriegern fortgeritten war, hatte sich ein, natürlich angeblicher, Haussa eingestellt und um Gastfreundschaft gebeten; man hatte sie ihm gewährt; aber des Nachts, als alles schlief, hatte er sich des Knaben bemächtigt und ihn weit, weit fortgeschafft bis zu einer Stelle, wo neunzehn andere Männer mit einem Tachtirwan gewartet hatten. Dieser Knabenräuber war der Anführer der Tibbu, der nicht bloß mit den Kelowi-Tuareg in Todfeindschaft, sondern außerdem mit ihrem Scheik in Blutrache stand und darum den allerdings höchst verwegenen Coup ausgeführt hatte, sich des einzigen Sohnes seines Blutfeindes zu bemächtigen und ihm dadurch den allerschmerzlichsten Schlag zuzufügen. Der Kleine fragte mich, ob ich ihn zu seinem Vater zurückbringen wolle, und ich antwortete ihm, daß ich das allerdings und sehr gern thun würde. Mein Plan war folgender: Ich nahm mit Sicherheit an, daß die Tuareg in unserm Lager geblieben seien, und wollte heute abend hin, um ihrem Anführer zu sagen, daß sein Sohn in meiner Gewalt, ich aber bereit sei, ihn gegen den Kaufmann Abram Ben Sakir, seine Leute und alles, was ihm gehörte, umzutauschen. Ich war überzeugt, daß er, wenn auch nach einigem Zögern, darauf eingehen würde. Kamil sollte indessen den Knaben hier bewachen, den ich nicht eher auszuliefern beabsichtigte, als bis meine Bedingungen erfüllt wären und mir außerdem die Gewißheit zugesprochen worden sei, daß man mich und Kamil als freie Männer und Freunde des Stammes betrachten und behandeln werde.

Nachdem wir ein sehr frugales Mahl zu uns genommen hatten, legte ich mich schlafen. Kamil mußte wachen und mich bei Einbruch der Dämmerung wecken. Ich bestieg mein Kamel und ritt fort, nachdem ich dem Hasenfuße auf das dringlichste eingeschärft hatte, ja recht kühn und verwegen in seinem Winkel auszuharren.

Der abendliche Ritt ging ohne ein störendes Ereignis vor sich, bis ich mein Ziel erreichte. Um das Feuer saßen die Sieger, gegen achtzig Tuareg, und in der Nähe lagen die gefesselten Gefangenen, unter denen sich, wie ich später zu meiner Freude bemerkte, auch der unverletzte Kaufmann Abram Ben Sakir aus Mursuk befand. Ich ging furchtlos auf das Feuer zu, ohne die große Aufregung zu beachten, welche mein unerwartetes und freiwilliges Erscheinen hervorbrachte. Die Gefangenen riefen einander vor Erstaunen zu. Am Feuer sprang einer auf und schrie:

»Das ist Kara Ben Nemsi, der Christenhund, der mich geschlagen hat! Ergreift und bindet ihn! Er soll mir die Mißhandlungen mit den Qualen der Dschehennah[1] bezahlen!«

Es war der Khabir, der das sagte. Vor Erstaunen über mich vergaß man, dieser Aufforderung Folge zu leisten. Da wollte er mich selber packen; ich gab ihm einen Stoß, daß er zurückflog und fragte:

»Wo ist Rhagata, der Anführer dieser Tuareg?«

[1] Hölle.

»Ich bin es,« antwortete ein kühn und finster aussehender Mann, neben dem der Khabir, der also doch ein Targi war, gesessen hatte. »Bist du wirklich der Christenhund, von dem mir dieser mein Botschafter erzählt hat, so hat dich der Wahnsinn hierher zurückgetrieben. Der Rächer wird dich fassen und unter tausend Qualen töten!«

»Urteile nicht zu schnell! Ein Christ fürchtet nicht die Rache eines Moslem, denn Isa Ben Marryam[1] ist mächtiger als Muhammed.«

Diese Worte riefen laute Rufe des Grimmes hervor, und Rhagata schrie mich wütend an:

»Du wagst es, den Propheten zu lästern, gegen den euer Isa nichts ist als ein Lufthauch, der nichts gilt? Wir werden dich – – –«

»Schweig!« unterbrach ich ihn lauter, als er gesprochen hatte. »Höre erst, was ich dir zu sagen habe! Du hast einen Knaben, welcher Khaloba heißt?«

»Ja,« antwortete er erstaunt.

»Dieser Knabe ist dir geraubt worden, und niemand kann ihn dir wiedergeben als nur ich allein, der Christ. Kein Muhammed kann ihn dir bringen und keiner eurer Khalifen weiß ihn zu finden. Jetzt töte den Christen, wenn dir's beliebt. Hier hast du mich!«

Ich ging zwischen den Tuareg hindurch und setzte mich neben ihrem Anführer nieder. Man kann sich denken, welchen Eindruck dieses Verhalten und meine Botschaft hervorbrachten! Man wollte mir natürlich nicht glauben; aber ich erzählte und zeigte dann einen kupfernen Suwar[2] vor, den ich dem Knaben abgestreift und als Beweis mitgebracht hatte. Nun fand ich Glauben, und der Grimm der Tuareg richtete sich gegen die Tibbu, die aber alles leugneten und von einem Targiknaben nichts wissen wollten. Es begann nun eine lange, lange Verhandlung, bei welcher ich fast mehr als alles aufbieten mußte, um meinen Zweck zu erreichen.

[1] Jesus, Sohn Mariens.

[2] Armring.

Endlich, endlich aber kam ich zum Ziele. Meine und Kamils Person sollten heilig sein wie auch all unser Eigentum; Abram Ben Sakir und seine Leute sollten die Freiheit und alles, was ihnen abgenommen worden war, zurückerhalten; für die Tibbu aber konnte ich nichts erreichen. Dafür aber sollte ich jetzt in Begleitung einiger Tuareg fortreiten und den Knaben holen. Dieses Uebereinkommen wurde auf alle mögliche Weise festgemacht und von den Tuareg mit so heiligen Schwüren belegt, daß ich unmöglich an eine Hinterlist glauben konnte. Das einzige Bedenken bereitete mir der Khabir, weil er höchst bereitwillig einstimmte, obgleich er vorher eine so große Lust zur Rache gezeigt hatte.

Wir ritten fort und brachten nach vier Stunden den Knaben zu seinem Vater; natürlich hatte ich Kamil jetzt auch bei mir. Die Freude, welche Rhagata über das Wiedersehen mit seinem Sohne zeigte, vergrößerte mein Vertrauen und verminderte meine Vorsicht. Den Tibbu wurde blutige Rache geschworen, und ich bekam nur Dank zu hören und freundliche Blicke zu sehen; ich schenkte den Tuareg, welche zuweilen hinter mir vorübergingen, keine Beachtung mehr und bekam plötzlich einen Kolbenhieb auf den Kopf, der mir die Besinnung raubte.

Als ich wieder zu mir kam, lag ich mit Kamil gefesselt und ausgeraubt bei den anderen Gefangenen, und vor mir stand der Khabir, welcher, als er sah, daß ich die Augen aufschlug, mir höhnisch zurief:

»Jetzt hast du, was dir gehört, verfluchter Christenhund! Du bist mein und sollst sterben, wie tausend Teufel dich nicht sterben lassen könnten!«

Der Scheik hörte diese Worte, kam herbei und sagte mit demselben Hohne:

»Jetzt behaupte noch einmal, daß dein Isa mächtiger sei als Muhammed. Rufe ihn doch an, daß er dich befreien und vom Tode erretten möge!«

Mein Kopf schmerzte mich außerordentlich; ich versuchte, das zu überwinden und antwortete:

»Sprich die beiden Namen nicht nebeneinander aus! Isa

Ben Marryam ist Gottes Sohn, der Heiland der Welt und der göttliche König der Wahrheit und Gerechtigkeit. Schande aber über einen Propheten, bei dem ihr die heiligsten Eide schwört, um sie dann zu brechen!« – Ich schloß die Augen und achtete weder auf die Fußtritte, die ich wieder erhielt, noch auf die Drohungen, welche mir zugerufen wurden. Man mußte doch endlich von mir lassen. So lag ich lange, lange Zeit, als plötzlich etwas Weiches über meine Wange strich und eine leise Stimme mir in das Ohr flüsterte:

»En' taijib – du bist gut!«

Ich öffnete die Augen und sah den Knaben neben mir knieen, der meine Wange mit der Hand geliebkost hatte. Das durfte nicht gesehen werden, und er huschte schnell und heimlich wieder fort. En' taijib; wie wohl that mir dieses Wort aus einem Kindermund! – Wie lange aber, so flucht auch dieser Mund mit auf das Christentum!

Mein tapferer Kamil lamentierte mir die Ohren voll; er lag neben mir; ich hörte nicht auf sein Jammern, und so wurde er endlich still und schlief ein, sowie ich auch. Wir wurden aber durch das Morgengebet bald wieder aufgeweckt, und dann sahen wir, daß die Vorbereitungen zum Weiterritte getroffen wurden. Man hob uns auf Reitkamele und band uns da fest; dann ging es fort, in langsamem Schritte, weil wir Lasttiere bei uns hatten, die keine guten Läufer sind.

Der Weg ging südwestlich mitten in die Wüste hinein; es regte sich kein Lüftchen; der Himmel war rein und ließ einen ganz gewöhnlichen Saharatag erwarten; es sollte aber anders kommen. Noch zu Mittag ahnte niemand, welche Gefahr sich hinter uns zusammenzog. Wir hatten da Halt gemacht, um die heißesten Stunden vorübergehen zu lassen; da kam der Scheik zu mir, sah mir mit frechem Blicke in das Gesicht, deutete mit der Hand weit aus nach links und sagte:

»Da draußen liegt er Raml el Helahk, das fürchterliche Meer des Sandes, welches keinen Menschen wiedergiebt, dessen Fuß hineingerät. Wir haben beschlossen, dich in demselben versinken zu lassen, und sind begierig, zu erfahren, ob dein Isa Ben Marryam seinen Anbeter erretten wird.«

War es wirklich seine Absicht, mich dieses fürchterlichen Todes sterben zu lassen, oder wollte er mir nur Angst machen? Ich würdigte ihn keines Wortes, und er ging enttäuscht und mich verfluchend davon.

Als die Sonne sich merklicher zu neigen begann, wurde wieder aufgebrochen. Wir waren noch keine halbe Stunde unterwegs, so bemerkte ich, daß alle Kamele, auch die Lasttiere, ganz von selbst einen schnelleren Schritt annahmen, worauf außer mir niemand acht zu haben schien. Gewohnt, meinen Augen nichts, selbst die geringste Kleinigkeit nicht, entgehen zu lassen, sah ich dann, daß die Tiere ohne Ausnahme sich etwas südlicher wenden wollten, als sie geleitet wurden; es gab also ein wenig nordwärts hinter unserm Rükken irgend etwas, was sie beeinflußte. Ich drehte mich um, soweit es mir die Bande zuließen, und erblickte in der angegebenen Richtung ein kleines, leichtes, spinnwebartiges Gewölk. Ich wußte sofort, was uns drohte, denn ich kannte die Anzeichen der verschiedenen Wüstenwinde ganz genau.

»Auf, ihr Männer!« rief ich laut nach vorn. »Beeilt euch, an einen geschützten Ort zu kommen, denn der Sandsturm naht sich hinter uns!«

Meine Mahnung wurde zuerst verlacht; aber schon nach zwei, drei Minuten wurden die Gesichter ernster. Das Wölkchen war größer und dunkler geworden, und die Kamele beeilten sich noch mehr als vorher. Nun wurde zu den Peitschen gegriffen, und die Karawane bewegte sich so schnell, wie die Kamele laufen konnten, vorwärts. Die Wolke wurde immer größer und dunkler; bald nahm sie den ganzen Himmel hinter uns ein. Herrgott, wir waren auf den Tieren festgebunden! Was sollte aus uns werden, wenn sie sich niederwarfen!

»Losbinden, losbinden!« schrie ich überlaut.

»Nein, nicht losbinden!« ertönte die Stimme des Scheiks. »Mögen sie alle im Sande umkommen und hinab zur Dschehennah fahren!«

Da erfaßte mich ein Grimm, der mir doppelte, ja mehrfache Kräfte verlieh; ein Druck der angespannten Muskeln, und der eine Strick riß entzwei, gleich darauf auch der andere; wahrscheinlich hatten sie schadhafte Stellen gehabt; ich war nicht mehr gefesselt und trieb mein Tier zur äußersten Anstrengung an. Vor mir ritt der Khabir: ich mußte ein Messer haben. Ich holte ihn ein; die Leiber unserer Kamele berührten sich fast; ich packte ihn mit der Linken, zog ihn herüber, riß ihm mit der Rechten das Messer aus dem Gürtel heraus und gab ihm dann einen Stoß, daß er von dem Kamele stürzte, welches ohne ihn ledig weiterjagte. Eine Minute später war ich bei Kamil, den ich im vollen Vorwärtsstürmen losschnitt, dann bei Abram Ben Sakir, bei dem auch nur zwei Schnitte genügten, ihn von den Stricken zu befreien; an andere noch zu denken, gab es keine Zeit mehr, denn hinter uns erklang ein brausender Tubaton, und als ich mich umblickte, sah ich eine scheinbar von der Erde bis zum Himmel reichende dunkle Mauer, welche uns bald einholen mußte. Das war der aufgewühlte Sand, der uns begraben konnte.

Schon begann es, auch vor uns finster zu werden. Jetzt hatte mich der Sturm erreicht; er packte mich, als ob er mich von dem Kamele stürzen wolle; ich hielt mich am Sattelknopfe fest; er trieb das Tier fast noch schneller vorwärts, als es laufen konnte. Noch war der Sand nicht da, sondern nur der Sturm; vielleicht gab es noch Rettung. Und da, da sah ich vorn die fliehenden Reiter sich zerstreuen; sie hatten den Saum des Warr erreicht. Es gab da großes Gestein und Felsenstücke, hinter denen man sich verbergen und Atem holen konnte. Ich brauchte mein Tier gar nicht zu lenken; es wurde von seinem Instinkte geführt. Es rannte nach einem solchen Felsen und warf sich hinter demselben so schnell nieder, daß ich kaum vorher aus dem Sattel springen konnte. Ich schob mich zwischen das Kamel und den Stein hinein und steckte den Jackenzipfel in den Mund und wickelte das Turbantuch um den Kopf. Kaum war dies geschehen, so hatte mich der Sand erreicht; er fiel wie eine zusammenstürzende Wand auf mich; dann gab es keine Sinne und keine Wünsche mehr, als nur das Bedürfnis, Atem zu holen.

Ob ich etwas hörte? Ich weiß es nicht. Jedenfalls soviel, daß ich gar nichts hörte. Und wie lange das währte? Das weiß ich auch nicht. Aber plötzlich war es ganz unheimlich ruhig um mich her, und neben mir begann das Kamel, sich zu bewegen. Ich versuchte, mich aufzurichten; es ging schwer, aber doch. Als ich aufgestanden war, sah ich, welche Last von Sand auf mir gelegen hatte; wie erst bei denen, welche keinen Schutz gefunden hatten. Er steckte auch in allen Oeffnungen des Körpers, in der Nase, in den Ohren, sogar im Munde, trotz der Umhüllung, und fein wie Pudermehl. Ich hatte die Augen unter dem Tuche fest zugehabt, und doch war mir dieses Mehl auch unter die Lider gekommen; ich hatte lange zu thun, wenigstens soviel von ihm zu entfernen, daß ich keine Schmerzen mehr fühlte. Dann sah ich mich im Kreise um.

Ueberall Steine und hinter denselben Kamele und Menschen, die sich aus dem Sande wühlten. Mein Tier war auch aufgestanden. Geradezu gefährlich war die Lage der Gefangenen, welche festgebunden gewesen waren. Ihre Kamele hatten sich mit ihnen niedergeworfen, und jetzt, nach dem Aufstehen hingen die Armen in allen möglichen halsbrecherischen Stellungen an den Leibern ihrer Tiere. Ich watete durch den Sand, um sie, einen nach dem andern, zu befreien, indem ich sie losschnitt. Die Tuareg ließen dies geschehen: sie hatten alle mit sich selbst zu thun. Und wenn mich jemand hätte hindern wollen, es wäre vergeblich gewesen. Ich war nicht mehr gefesselt und hatte ein Messer; ich konnte mich wehren. Freilich, wenn ich meine Gewehre gehabt hätte, so --- ah, meine Gewehre! Die hatte der Scheik. Wo steckte dieser? Ich suchte ihn mit den Augen und sah ihn hinter einem Felsen hervortreten; er hatte keine Waffe bei sich und sich nur eben erst aus dem Sande gewühlt. Er verließ den Felsen, hinter dem er gelegen hatte, und ging von einem seiner Leute zu dem andern. Ich vermutete, daß er sich nach seinem Sohne erkundigte, der nicht zu sehen war, und benutzte diese Gelegenheit. Je weiter er sich von seiner Stelle entfernte, desto mehr näherte ich mich ihr, bis ich sie erreicht hatte und neben seinem Hedschihn stand. Binnen einer Minute war ich im Besitze aller meiner Gegenstände und entfernte mich. Es fehlte nur noch der Haik, den ich aber auch noch bekommen mußte.

Der Sandsturm war glücklicherweise kein ganz gefährlicher gewesen und hatte nur kurze Zeit angehalten. Es war niemand eigentlich an seinem Körper zu Schaden gekommen, und bald sahen wir sogar draußen von Nordosten her eine bewegliche Linie, die sich uns näherte; das waren die Lastkamele mit ihren Treibern, die den Sturm auch leidlich überstanden hatten.

In Angst und Sorge befand sich nur einer, nämlich der Scheik, der seinen Sohn nicht fand. Er fragte und jammerte überall herum, ohne ihn zu entdecken. Der Knabe war nicht hier, sondern verschwunden. Der Sand konnte den Tachtirwan mit seinem hochaufragenden Stangenwerke unmöglich bedeckt haben; man hätte ihn also sehen müssen.

Ich fand mich mit Abram Ben Sakir und seinen Leuten, auch mit Kamil zusammen. Jeder von ihnen hatte Grausiges zu berichten, doch mußten wir dem Sandsturme dankbar sein, weil er durch das Messer des Khabir unser Befreier geworden war. Es stand natürlich bei uns fest, uns keinesfalls wieder gefangen zu geben, obgleich ich bis jetzt der einzige war, der seine Waffen wieder hatte.

Eben langten die Lasttiere an, als der Scheik sich uns näherte.

»Ihr seid frei, und du hast deine Gewehre?« fragte er betroffen. »Ich werde euch sogleich wieder fesseln lassen, ihr Hunde!«

Er drehte sich zurück, um seine Tuareg herbeizurufen; ich aber ließ es nicht soweit kommen, sondern ich faßte ihn von hinten, riß ihn nieder, kniete auf ihn, setzte ihm das schnell aus dem Gürtel gezogene Messer auf die Brust und befahl ihm in drohendem Tone:

»Schweig, Schurke! Bei dem geringsten Laute, den du hören lässest, fährt dir meine Klinge in das Herz! Und bewege dich ja nicht, wenn dir dein Leben lieb ist! Du sollst jetzt die, welche du Hunde nennst, kennen lernen!«

Das war ihm so überraschend gekommen, und er sah und

hörte mir den Ernst meiner Drohung so deutlich an, daß er sich nicht rührte und auch kein Wort hören ließ.

»Wenn ihr gerettet sein und nicht wieder in die Hände der Tuareg fallen wollt, so gehorcht mir augenblicklich!« befahl ich den um uns stehenden Leuten des Handelsherrn. »Ich halte ihn fest; bindet ihm die Arme und die Beine!«

Sie thaten es. Als es geschehen war, fragte ich den Scheik:

»Hat dir dein Kundschafter, der unser Khabir sein wollte, gesagt, daß ich die Zaubergewehre besitze?«

»Ja,« stieß er zornig, aber doch nicht ohne Angst hervor.

»So wißt, daß ihr verloren seid, wenn du es wagst, mir jetzt zu widerstreben. Ich will weder euer Leben noch sonst etwas von euch; ich fordere nur, daß ihr das Versprechen haltet, welches ihr mir gestern abend gegeben habt. Bist du bereit dazu, so gebe ich dich wieder frei und krümme keinem deiner Tuareg ein Haar; weigerst du dich aber, so bekommst du augenblicklich das Messer, und dann schieße ich jeden Targi nieder, der uns näher als fünfhundert Schritte kommt. Entscheide dich schnell! Ich zähle bis zehn; bei zehn ist die Frist vorüber, und ich stoße zu.«

Ich entblößte seine Brust, setzte ihm die Messerspitze sehr fühlbar auf die nackte Haut, legte ihm die Linke um den Hals und zählte:

»Wahid -- itnehn -- telaht -- arba -- chams -----«

»Halt ein; halt ein!« rief er aus. »Du bist kein Moslem, aber auch kein Christ, sondern ein Teufel, ein wahrer Teufel, und ich muß dir gehorchen.«

»Wir sind also frei und bekommen alles, aber auch alles wieder, was uns gehört?«

»Ja.«

»Denke aber nicht, daß du uns jetzt abermals ein Versprechen giebst, welches du später nicht zu halten brauchst! Du giebst jetzt den Befehl, daß deine Leute sich augenblicklich wenigstens tausend Schritte weit von uns entfernen. Zehn von ihnen aber dürfen einzeln und nach und nach herkommen, um uns unsere Kamele und alles übrige Eigentum zu bringen. Erst wenn dies geschehen ist und wir nicht den geringsten Gegenstand vermissen, gebe ich dich frei, und ihr setzt euern Weg fort, während wir zurückreiten. Bist du einverstanden oder nicht? Bedenke, daß ich nur bis fünf gezählt habe! Ich zähle jetzt weiter.«

Ich drückte ihm die Messerspitze fester auf die Brust, er ließ es aber nicht so weit kommen, sondern bat:

»Thu das Messer weg! Ich werde thun, was du von mir gefordert hast.«

»Das Messer bleibt genau so, wie es ist, auf deiner Brust, bis ich sehe, daß meine Bedingungen erfüllt worden sind, und wird dir beim geringstem Zweifel, zu dem du mir Veranlassung giebst, in das Herz fahren. Also hüte dich vor jeder Hinterlist!«

Die meisten der Tuareg hatten sich jetzt um die angekommenen Lastkamele versammelt. Einer von ihnen kam herbeigelaufen und rief uns von weitem zu:

»Wo ist der Scheik? Es ist – –«

Er hielt mitten in der Rede inne und blieb erschrocken stehen, denn auf einen Wink von mir hatte sich unser Kreis gegen ihn geöffnet, und er sah den Scheik gebunden im Sande liegen und mich mit dem Messer auf ihm knieen.

»Faz'allah!« stieß er hervor. »Ihr seid nicht mehr gefesselt, und da liegt – – –«

»Euer Scheik, wie du siehst,« unterbrach ich ihn. »Wenn du sein Leben und das eure retten willst, so komm herbei und höre, was er dir zu sagen hat!«

Er näherte sich vollends, langsam und mit unsichern Schritten, und es war nun mehr als interessant, wie der eine, innerlich bebend vor Grimm, seine Befehle erteilte, und der andere sie, gewiß ebenso wütend, entgegennahm und sich dann entfernte, um sie auszuführen. Wir sahen die Tuareg beisammenstehen, indem sie sich mit lautem Geschrei und unter lebhaften Gestikulationen miteinander berieten. Dann kamen zehn von ihnen in einer lang ausgezogenen Einzelreihe, um uns unsere Gegenstände, zu denen natürlich auch die Kamele gehörten, zu bringen, während die andern sich weit über die von mir geforderte Entfernung zurückzogen.

Es fehlten noch verschiedene Sachen, auch mein Haik; ich bestand aber fest darauf, daß uns alles bis auf den wertlosesten Gegenstand zurückzugeben sei, und sie mußten sich fügen. Als wir endlich alles beisammen hatten, sagte der Scheik:

»Nun könnt ihr nichts mehr von uns fordern, und ich werde erfahren, ob du dein Wort hältst oder nicht. Laß mich los!«

»Ein Christ hält stets sein Wort,« antwortete ich; »ein Muhammedaner aber bestreicht die Bärte seines Propheten und seiner Khalifen mit Lügen und falschen Schwüren. Du siehst, daß diese Männer ihre Gewehre wieder erhalten und geladen haben; wenn du sie zwingst, loszugehen, wird jede Kugel einen von euch treffen. Macht also, daß ihr uns schnell aus den Augen kommt.«

»Wir müssen noch bleiben, denn mein Sohn fehlt noch.«

»So suche eiligst, denn wir verlassen dieses Warr auf keinen Fall eher, als bis wir uns überzeugt haben, daß ihr nicht die Absicht habt, zurückzukehren.«

Bei diesen Worten band ich ihn los. Er stand vom Boden auf, um sich zu entfernen, blieb aber schon nach einigen Schritten stehen, drehte sich nach mir um, hob die rechte Hand wie zum Schwur empor und sagte im Tone des unversöhnlichsten Hasses:

»Du bist der erste Ungläubige, der mich bezwungen hat, und wirst der einzige sein und bleiben. Flieh fort aus diesem Lande, flieh ja fort, denn sobald mein Auge dich wieder treffen sollte, wird mein erster Blick den Tod für dich bedeuten. Allah verfluche dich!«

Er ging. Als er seine Tuareg erreichte, schienen sie ihn mit Vorwürfen zu empfangen, was allerdings gar nicht zu verwundern war. Dann zerstreuten sie sich, um nach dem kleinen Khaloba zu suchen. Wir freuten uns dieses glücklichen Ausganges unseres Abenteuers und lagerten mit unsern Kamelen zwischen den Steinen und sahen zu, wie die Tuareg vergeblich nach dem verschwundenen Knaben suchten. Ich hätte ihnen gern dabei geholfen, denn sein freundliches

»En' taijib, du bist gut«, klang mir noch immer in den Ohren; aber ich durfte es nicht wagen, mich unter diese rachsüchtigen Menschen zu mischen. Sie schienen endlich eine Spur gefunden zu haben, denn sie rannten nach ihren Kamelen, stiegen auf und jagten in südlicher Richtung davon. Wir hörten dabei ihre Rufe, verstanden aber wegen der Entfernung die einzelnen Worte nicht, doch war es mir, als ob sie mehr nach Schreck als nach Freude klängen.

Als sie fort waren, warteten wir noch eine halbe Stunde; dann nahmen wir an, daß sie nicht zurückkehren würden, und machten uns zum Aufbruche bereit. Eben wollte ich mein Kamel besteigen, da rief Kamil, indem er mit der Hand südwärts deutete:

»Warte noch, warte, Sihdi! Da unten kommen Reiter.«

Es war so, wie er sagte. Wir sahen acht oder zehn Männer auf Kamelen kommen, und zwar im eiligsten Laufe ihrer Tiere. Bald erkannten wir sie; es waren Tuareg, deren Scheik ihnen voranritt. Was wollten sie? Uns etwa eine Falle stellen? Ich nahm meinen Stutzen zur Hand, um sie nicht heranzulassen.

»Schieß nicht, schieß nicht; es ist Friede, es ist Friede!« rief der Scheik mit überlauter Stimme.

Seine Begleiter blieben halten; er allein kam herbei. Da senkte ich den Lauf des Gewehres; er war uns unschädlich. Ungefähr fünfzig Schritte von uns hielt er sein Kamel an und bat:

»Laß mich hin zu dir, Sihdi! Ich komme nicht als Feind, sondern als Flehender, denn du allein kannst Hilfe bringen, nur du allein!«

»Komm her!«

Er trieb sein Tier vollends heran, stieg aber nicht ab, sondern blieb im Sattel sitzen. Ich war auf höchste gespannt auf das, was er von mir wollte; es konnte nichts Gewöhnliches sein, denn die Züge seines Gesichtes waren vor Angst verzerrt, und seine Brust rang nach Luft.

»Steig auf, steig auf und komm mit mir, komm schnell mit mir!« rief er mir zu. »Wir wissen nicht, was wir thun sollen, und nur du allein kannst ihn retten, Khaloba, meinen Knaben.«

»Was ist mit ihm geschehen? Wo befindet er sich?«

»Mitten im Sande des Verderbens. Der Sturm der Wüste hat ihn in den Raml el Helahk getrieben, aus welchem kein Allah und kein Prophet ihn retten kann.«

»Und da soll ich ihn retten können, ich, der Giaur?«

»Ja, nur du, nur du allein! Ihr Christen wißt alles; ihr kennt alle Höhen und Tiefen der Möglichkeit; eure Augen erblicken das Unsichtbare, und von euren Händen kann nichts verschwinden, was sie halten wollen.«

Sprach er die Wahrheit, oder log er, um mich ins Garn zu locken? Ich sah ihn forschend an. Nein, dieses Gesicht konnte nicht lügen. Die Todesangst, welche in demselben lag, war nicht gemacht. Da gab es kein Mißtrauen und kein Zaudern. Ich stieg auf mein Kamel. Zwar wollte das Mißtrauen mir wieder und wieder aufsteigen; aber »en' taijib, en' taijib - du bist gut, du bist gut«, so klang die Stimme des Knaben noch lauter als die Stimme des Zweifels und Verdachtes in meinem Herzen und wir flogen vorwärts, der Rettung des Verunglückten oder - - dem neuen Verderben entgegen. Bald erreichten wir die Stelle, wo die Felsen auseinander traten. Da hielten die Tuareg. Ihre Kamele lagen im Sande, mit den Köpfen alle nach uns gewendet und der Gefahr, die sie kannten, die Rücken zugekehrt. Der erste Blick zeigte mir die ganze Lage.

Vor mir sah ich die Ränder einer fast zirkelrunden, riesigen Felsenschüssel, deren Durchmesser ungefähr zwei Kilometer betrug; ihre Tiefe war natürlich unbekannt, mußte aber sehr bedeutend sein, denn die Steinränder fielen fast genau senkrecht ab. Welche Flüssigkeit diese Schüssel enthielt, war jetzt nicht zu sagen; ihr Inhalt schien aus einem nassen, außerordentlich feinen und leichten Sand zu bestehen, der keine Last zu tragen vermochte, wenigstens nicht den Fuß eines Menschen oder eines Tieres. Man denke sich, daß dieses Riesengefäß erst nur Wasser oder sonst eine Flüssigkeit enthalten hatte. Dann war der Sand von den Wüstenstürmen herbeigetrieben worden. Der schwere, also untere Teil einer solchen Sandsturmmauer, wie die heutige, war von den hohen Felsenrändern abgehalten worden; der hoch oben in den Lüften fliegende, leichte, feine, fast unwägbare Staub aber war über sie hereingedrungen und auf die Flüssigkeit niedergesunken, ohne unterzugehen, weil er nicht schwerer war als sie. So dachte ich mir das Entstehen dieses Sandsees, und ich glaube nicht, daß ich mich dabei irrte. Wehe dem, der hineingeriet! Ich sah, wohl vierzig Ellen vom »Ufer des Verderbens« entfernt, den Tachtirwan auf diesem Abgrunde des Todes liegen, eine Folge seiner leichten Bauart, der dünnen Stoffe, aus denen er bestand, und der langen phantastisch bewimpelten Stangen, die zu beiden Seiten weit hinausragten, ihn trugen und so verhinderten, daß er unterging. Drin saß Khaloba, der Tuaregknabe. Er war so klug, sich nicht zu bewegen, rief aber unausgesetzt um Hilfe. Kaum erblickte er mich, so jammerte er mir zu:

»Ta' al, ta' al, ja Sihdi! Hallisni min el mot; meded, meded – komm, komm, o Sihdi! Rette mich vom Tode; zu Hilfe, zu Hilfe!«

»Ich komme; ich komme!« antwortete ich, indem ich aus dem Sattel sprang. »Halte dich nur ruhig, damit du das Gleichgewicht nicht verlierst!«

Die Tuareg standen stumm. Sie hielten ihre Augen erwartungsvoll auf mich gerichtet, finstre Augen zwar, in denen aber jetzt nichts von Haß und Rachgier zu sehen war. Ihr Anführer hatte sich auch vom Kamele geschwungen. Als er meine Worte hörte, faßte er meine beiden Hände und rief entzückt aus:

»Du willst zu ihm, du willst? Du hältst es also für möglich, ihn zu retten?«

»Bei Gott ist alles möglich,« antwortete ich. »Die Gefahr ist allerdings groß; aber wenn der Allmächtige mir beisteht, bringe ich dir deinen Sohn herüber; sollte es jedoch in seinem Ratschlusse anders beschlossen sein, so werde ich mit dem Knaben untergehen.«

»Du wirst nicht untergehen, sondern Khaloba retten; Allah ist allmächtig, und Muhammed ist groß. Betet das, ihr Männer, betet das mit mir!«

Dieser Aufforderung Folge leistend, wendeten sich die Tuareg gegen Osten, erhoben ihre Hände und riefen dreimal:

»Allah 'l khudra el ilahija we Muhammed kebir – Allah ist die Allmacht, und Muhammed ist groß!«

Ich hatte nichts, gar nichts sagen und die Gefahr, in welcher der Knabe schwebte, zu nichts ausnützen wollen; aber Muhammed anrufen und als groß preisen lassen, das fiel mir auch nicht ein; darum wendete ich mich, als die Tuareg nun schwiegen, mit lauter Stimme, so daß alle es hörten, zu dem Scheik:

»Muhammed kebir? Er ist groß? So bin ich also umsonst herbeigekommen? Wohlan, so wollen wir warten und zusehen, wie Muhammed deinen Knaben herüberholen wird!«

Ich setzte mich, als ob uns gar nichts dränge, gemächlich wieder in den weichen, tiefen Sand. Da ergriff er mich bei der Schulter, um mich aufzuziehen und schrie:

»Ne'uhzu billa! Um Gottes willen, was thust du da! Du setzest dich nieder und hast doch vorhin selbst gesagt, daß kein Augenblick zu verlieren sei!«

»Das ist auch jetzt noch meine Meinung, und ich hoffe, daß Muhammed, dessen Hilfe ihr angerufen habt, nicht anders denkt; er mag sich beeilen, sonst ist dein Sohn verloren! Was ich vermag, daß vermag ich nur als Werkzeug eines Höhern, und dieser Höhere heißt nicht Muhammed, sondern Isa Ben Marryam.«

»So sei barmherzig, und rette meinen Sohn im Namen dieses deines Isa Ben Marryam!«

»Nachdem ihr Muhammed angerufen habt? Nein! Soll en Nisr[1] sich herniedersenken, wenn el Aßfur[2] gerufen worden ist? Da draußen schwebt ein junger Anhänger Muhammeds über dem Rachen des Todes, und hier stehen achtzig Muminin[3], denen kein Prophet die Kraft und den Mut giebt, ihn zu

[1] Adler.

[2] Sperling.

[3] Gläubige.

retten, während ein einzelner Christ im Vertrauen auf Isa Ben Marryam das grauenvolle Werk wagen will. Und da fragst du noch, wer mächtiger und größer sei, Isa oder Muhammed? Du scheinst die Lehren euers Propheten nicht zu kennen. Hat er nicht gesagt, daß Isa Ben Marryam am Ende der Tage herniederkommen werde auf die Moschee der Ommajaden in Damaskus, um zu richten alle Lebendigen und alle Toten? Ist da nicht Seligkeit und Verdammnis in die Hand meines Isa gelegt? Nenne mir dagegen die Macht, die euerm Muhammed gegeben ist! Keine!«

»Sihdi, wie quälst du mich! Du streitest über den Glauben und dort schwebt mein Sohn – – oh Allah, Allah, Allah! Siehst du nicht, daß der Tachtirwan wankt, daß er umstürzen und versinken wird!«

Er rief diese Worte nicht, sondern er brüllte sie in der größten Angst. Der Knabe sah, daß ich mich niedergesetzt hatte; er schrie lauter als vorher um Hilfe und bog sich dabei so weit aus der Sänfte heraus, daß sie beinahe das Gleichgewicht verlor. Die Tuareg fielen alle in den Schreckensruf des Vaters ein, welcher mich jetzt bei den Schultern nahm und mich anflehte:

»Steh auf; steh auf, und hilf, Sihdi! Wenn du den Sohn unseres Stammes rettest, werden wir Isa Ben Marryam die Ehre geben!«

»Ruft ihn an, so wird er helfen!«

»Wie sollen wir rufen?«

»Habt ihr vorhin gesagt: Muhammed kebir[1], so ruft jetzt dreimal: Isa Ben Marryam akbar![2]«

Da wendete er sich an seine Leute:

»Ihr habt gehört, was dieser Sihdi von uns fordert. Muhammed hat selbst gesagt, daß Isa Ben Marryam alle Lebendigen und alle Toten richten werde; er ist also der Herr des Gerichtes und des ewigen Lebens. Stimmt mit mir dreimal ein in den Ruf: Isa Ben Marryam akbar!«

Ich hatte viel, ja mehr als zu viel verlangt; aber die Angst

[1] Ist groß.

[2] Ist größer.

um den Knaben erfüllte alle Anwesenden, und so erhoben sie wie vorhin die Hände, und es erklang dreimal der Ruf im Chore, der noch bei keinem von ihnen über die Lippen gekommen war. Nun erst stand ich auf und sagte:

»Keine Stange reicht bis hin, und kein Strick kann bis dorthin geworfen werden; ich muß mir ein Kellek[1] bauen, welches mich hintragen wird.«

»Ein Kellek? Woraus?« fragte der Scheik erstaunt.

»Hast du nicht darüber nachgedacht, warum ich vorhin das Zelt Abram Ben Sakirs mitnahm? Hast du gemeint, daß ich es auf dem todbringenden Raml el Helahk aufschlagen wolle? Das Floß muß sehr leicht, sehr lang und sehr breit sein, wenn es mich tragen soll und ich nicht versinken will. Das mitgebrachte Zelt und das deinige, welches ich hier sehe, sie beide werden mir das leichte Leinen liefern, und aus den Zeltstangen fertigen wir das Gerippe des Flosses. Vorher aber muß ich sehen, wie tief die Flut des Sandes ist und welche Tragkraft sie besitzt.«

Ich nahm eine Zeltstange und ging, mit derselben vorsichtig vor jedem Schritte den Boden sondierend, auf den Rand des Sees zu, den man, weil eben alles, alles Sand war, nicht unterscheiden konnte. Jeder unvorsichtige Schritt konnte mir den Tod bringen. Bald fühlte ich mit der Stange, daß der Boden vor mir schwand; ich kniete nieder und fuhr mit der Stange in die Sandflut; es gab keinen Halt. Hierauf wurden mehrere Seile zusammengebunden, mit einem Stein an dem einen Ende. Ich ließ den Stein hinab; die Seile hatten eine Länge von wenigstens zwanzig Metern; sie liefen ab, ohne daß der Stein Grund fand; der Sandsee war also gleich an seinem Rande so tief, daß wir diese Tiefe nicht messen konnten; es wurde mir nun doch ein wenig unheimlich zu Mute, denn von Schwimmen konnte keine Rede sein. Wenn das Floß sich nicht bewährte und ich in den Sandbrei geriet, war ich verloren, weil eben die Konsistenz dieses Breies mit die Bewegungen des Schwimmens nicht erlaubte.

[1] Floß.

Nun ging es an die Herstellung des Flosses, für dessen Konstruktion es kein Modell gab; ich mußte den geeignetsten Bau dieses Fortbewegungsmittels selbst erfinden. Auch ein passendes Ruder mußte ich mir ausdenken; die gewöhnliche Form war nicht nur nicht zu brauchen, sie konnte mir sogar gefährlich werden. Ich fertigte mir ein nur hinten anzuwendendes Stoßruder, welches aus einer Zeltstange bestand, an welche rechtwinkelig ein Leinwandrahmen befestigt war. Dieses Ruder war mir nur zur Hinfahrt nötig; bei der Rückfahrt sollte ich gezogen werden, und zwar mittels einer langen Leine, die ich an das Floß festband, während ihr anderes Ende in den Händen der Tuareg blieb.

Die Herstellung des Flosses und des Ruders erforderte eine lange Zeit, und es kostete uns unzählige Zurufe an den Knaben, ihn bei Geduld, Hoffnung und Mut zu erhalten. Endlich waren wir fertig; aber das Schwierigste war damit noch nicht geschehen, denn das Allerschwerste war die Einschiffung. Das Leinwandfloß war notwendigerweise hoch elastisch; es gab nach und »schwappte« in allen seinen Teilen; das Besteigen desselben war allein an sich ein lebensgefährliches Wagnis; ich benahm mich dabei so vorsichtig wie noch nie, und es gelang. Sie schoben das Floß mit Stangen vom Ufer ab, und ich konnte das Ruder anwenden. Wie glücklich war ich, als ich sah, daß es sich bewährte! Vierzig Ellen weit! Mit einem Boote im Wasser eine Kleinigkeit, einige Ruderschläge, hier aber in dem zähen Höllenbrei eine todesangstvolle Arbeit von einer vollen halben Stunde! Ich hatte mich oft, sehr oft in Gefahren befunden, aber nie dabei das gefühlt, was ich jetzt empfand. Dieses wahrhaft teuflische, nervenzerreißende Schmatzen, Klatschen, Pfauchen und Blasenwerfen der schlammigen Masse, durch oder über welche ich mich fortzuschieben hatte! Haben mir jemals die Haare zu Berge gestanden, so ist es damals gewesen. Der Strick, welchen ich vom Ufer aus hinter mir nachzog, bildete keine gerade Linie, sondern er wand sich wie eine Schlange dem Floße nach. Und auch die Tuareg hatten Angst; das zeigte mir ihr Wehgeschrei, wenn mein haltloses Fahrzeug einmal das Gleichgewicht verlor. »Isa Ben Marryam akbar!« so klang es immer und immer hinter mir her.

Endlich, endlich war ich dem Tachtirwan so nahe, daß ich beinahe mit ihm zusammenstieß.

»Rette mich, o rette mich, Sihdi!« flehte der Knabe.

»Habe keine Sorge!« antwortete ich. »Wenn du nur ruhig sitzen bleibst und das Gleichgewicht nicht verlierst, so bringe ich dich glücklich hin zum Vater. Sollte der Tachtirwan schwanken, so neigst du dich schnell nach der Seite, die ich dir zurufe.«

Ich hatte einen dünnen, nicht zu schweren Strick an die Vorderseite meines Rahmens befestigt und aus dem andern Ende eine Schlinge gemacht. Diese warf ich nach der untern Querstange des Tachtirwan. Wie gut war es, daß ich geübt im Lassowerfen war, sonst hätte ich mich stundenlang resultatlos bemühen können, denn ich durfte weder aufstehen noch von meinem Sitze nur einen Fuß breit fortrücken. Die Schlinge faßte gleich beim erstenmal.

»Zieht, ihr Männer, zieht, aber langsam, nur sehr langsam!« rief ich nach dem Ufer hin.

Sie folgten meiner Aufforderung; die Seilschlange spannte sich an; mein Floß bewegte sich rückwärts, und der Tachtirwan folgte nach. Er war zwar zu leicht gewesen, als daß er hätte untergehen können, aber als Fortbewegungsmittel taugte er weniger als nichts; er schwankte außerordentlich und wäre ganz gewiß gekentert, wenn ich nicht an diesen Umstand gedacht gehabt und zwei weitere Schnüre mitgebracht hätte. Ich warf die Schlingen derselben rechts und links um die äußersten Enden der obern Querstange und konnte nun, bald hüben und bald drüben ziehend, der Sänfte einen bessern Halt verleihen. Glücklicherweise war der Knabe so besonnen, sich nach Bedürfnis so zu neigen, wie ich es ihm zurief, und es mir dadurch zu erleichtern, den Tachtirwan im Gleichgewicht zu halten.

Dennoch ging die Fahrt zurück viel langsamer als meine Herfahrt, und wir brauchten die Zeit von drei Viertelstunden, ehe mein Floß das Ufer erreichte. Der Vater riß den

Knaben an sein Herz; die Tuareg jubelten überlaut; ich aber ging still zur Seite und faltete die Hände; ich hatte nicht mit ihnen, sondern mit Einem, dem Einzigen, dem Allbarmherzigen zu sprechen, dem ich die Erlösung aus dem entsetzlichen Schlunde des Verderbens verdankte, dessen Gefährlichkeit mir erst jetzt, da ich ihm entronnen war, richtig und voll zum Bewußtsein kam. Da hörte ich hinter mir die Stimme des Scheiks:

»Er betet. Er ist ein Christ und giebt Allah zuerst die Ehre; wir aber schreien wie die Wahnsinnigen und denken nicht an den Herrn der Allmacht, der die Errettung sandte. Ist er nicht frömmer, als wir sind? Laßt uns ihn erfreuen, indem wir seinem großen Mu'awin danken!«

Und dreimal erscholl es laut aus achtzig Kehlen:

»Isa Ben Marryam akbar!«

Dann kam er zu mir, umarmte und küßte mich und sagte:

»Sihdi, wir haben viel an dir verbrochen; sage mir, wie wir es sühnen können! Wir werden es thun. Verlange meine beste Stute, meine zehn besten Kamele; verlange, was du willst; du sollst alles, alles haben!«

Mir seine beste Stute anzubieten, das war eine wirklich großartige Dankbarkeit! Alle lauschten, was ich verlangen würde.

»Ja, ich werde etwas von dir erbitten,« antwortete ich, »und wenn du mir das gewährst, wirst du meinen Dank und Allahs Wohlgefallen haben.«

»Sag, was es ist!«

»Verdamme niemals wieder einen Christen! Glaube mir, der Himmel steht uns weiter offen als euch! Muhammed hat euch den Haß und die Rache, Isa uns aber die Liebe und die Versöhnung gebracht. Jener war ein Mensch und Sünder so wie wir, dieser aber wahrer Gott von Ewigkeit zu Ewigkeit. Ihr watet in Blut und vernichtet um eines Wortes willen eure eigenen Brüder; wir aber lieben selbst unsere Feinde und wagen unser Leben für die, welche nach dem unserigen trachten. Kein Moslem, kein Freund, kein Verwandter, nicht einmal sein eigener Vater wollte es wagen, deinen Sohn zu retten; der Feind, der Christ, war sofort bereit dazu, obgleich du ihn beleidigt, bedroht und verflucht hattest. Denke nach; denke an dein eigenes Beispiel, an das, was du heute erlebtest! Der Glaube der Christen muß doch ein besserer, ein schönerer sein als der, den Muhammed euch brachte. Wir nennen Muhammed den Nebi kadib, den falschen Propheten; ich kann nicht verlangen, daß du von ihm auch so denkst, aber ich bitte dich, wenigstens nicht mehr zu glauben, daß ein Moslem hoch über einem Christen stehe. Die Liebe ist das Erkennungszeichen des allein wahren Glaubens; wer sie besitzt und übt, der ist weit sicherer Gottes Kind als der, dessen Herz im Haß und in der Rache lebt.«

Er sah lange still vor sich nieder, reichte mir dann die Hand und sagte:

»Deine Worte sind wie Perlen, die ich nie gekannt habe und nun plötzlich finde; ich will sie in meinem Herzen aufbewahren; vielleicht werde ich dadurch reich. Ich sagte dir, du seist der erste Christ, der mich besiegt habe, und sollest der einzige und letzte sein, dem dies gelungen sei. Jetzt hast du mich abermals besiegt, erst durch die Waffen, jetzt durch die Versöhnung. Ich danke dir für diese Niederlage, denn sie demütigt mich nicht und giebt mir einen Freund. Willst du mein Freund, mein Bruder sein, hochgeehrt von meinem ganzen Stamme und hochwillkommen in allen unsern Häusern, Hütten und Zelten?«

»Ja, ich will, sehr gern.«

»So wollen wir diesen Ort des Verderbens verlassen und zu Abram Ben Sakir zurückkehren, um dort Lager zu machen und nach den Gesetzen der Wüste Blutsbruderschaft zu schließen. Dein Gebet ›Isa Ben Marryam akbar‹ hat meinen Sohn vom Tode errettet; dein Freund ist mein Freund, und mein Feind sei auch dein Feind; du hast mein Herz, und ich habe das deinige, denn du hast mir die Liebe anstatt der Rache gebracht. Allah jubarik fik – Gott segne dich!« – – –

4.

BLUTRACHE.

ERSTES KAPITEL.

In Basra.

Jeder meiner Leser kennt meinen wackern, kleinen Diener Hadschi Halef Omar, den treuesten und opferwilligsten Untergebenen, den ich jemals gehabt habe. Obgleich ich sein »Herr und Gebieter« war, nannte er sich andern gegenüber doch stets meinen »Freund und Beschützer«, und ich habe dies dem spaßigen Hadschi nie verwiesen, denn ich sah über seine kleinen Schwächen wegen seiner sonstigen guten Eigenschaften gern hinweg. Nach unserer ersten Trennung schrieb er mir, wie aus dem früheren Bande »Der Schut« pag. 472 bekannt ist, einen Brief, den ich für diejenigen Leser, welche ihn noch nicht kennen und weil er ebensowohl ein Muster orientalischer Schreibweise als auch ein Charakterbild Hadschi Halef Omars bietet, hiermit wiedergebe, natürlich in das Deutsche übersetzt:

»Mein lieber Sihdi[1].

Gnade und Gruß Gottes! Wir sind angekommen, ich und Omar. Freude und Glück überall! Geld! Panzer! Ruhm, Ehre, Wonne! Kara Ben Nemsi Emir[2] sei Segen, Liebe, Andenken, Gebet! Hanneh[3], die Liebenswürdige, die Tochter Amschahs, der Tochter Maleks, des Abteïbeh, ist gesund, schön und entzückend. Kara Ben Hadschi Halef, mein Sohn[4], ist ein Held. Vierzig getrocknete Datteln verschlingt er in einem Atem; o Gott, o Himmel! Omar Ben Sadek[5] wird heiraten Sahama, die Tochter von Hadschi Schukar esch Schamain Ben Mudal Hakuram Ibn Saduk Wesilegh esch Schammar, ein reiches und schönes Mädchen. Allah schenke

[1] Herr.

[2] Meint er mich.

[3] Seine junge Frau.

[4] War damals sechs Monate alt.

[5] Einer unserer Begleiter.

Dir sehr gutes Wetter und schöne Witterung! Rih, der Hengst[1], grüßt sehr ergebenst und höflich. Omar Ben Sadek hat ein gutes Zelt und eine liebenswürdige Schwiegermutter. Heirate auch bald! Allah beschütze Dich! Sei stets zufrieden, und murre nicht! Ich liebe Dich! Vergiß das Siegel; ich habe weder ein Petschaft noch Siegellack! Sei immer tugendhaft, und meide die Sünde und das Verbrechen! Komme im Frühjahre! Sei immer mäßig, bescheiden, zuvorkommend, und fliehe die Betrunkenheit!

Voller Hochachtung, Ehrerbietung, Demut und Anbetung Dein ehrlicher und treuer Freund, Beschützer und Familienvater

Hadschi Halef Omar Ben Hadschi Abul Abbas Ibn Hadschi Dawud al Gossarah.«

Er forderte mich also in diesem sonderbar stilisierten Schreibebriefe auf, die Sünde, das Verbrechen und auch die Betrunkenheit zu meiden, obgleich er nicht den mindesten Grund dazu hatte. Dies war aber so seine Weise, und ich mußte beim Lesen seiner Zeilen herzlich lachen. Der Einladung, im Frühjahre zu ihm zu kommen, konnte ich erst zwei Jahre später folgen, als ich mich wieder am obern Tigris befand. Von dem, was ich da mit dem Hadschi erlebt, habe ich schon einiges erzählt. Hier mag die Schilderung eines weiteren Ereignisses folgen, welches in Basra begann und in der arabischen Wüste endete, wohin ich gar nicht hatte gehen wollen.

Meine Absicht war vielmehr gewesen, von Basra aus per Schiff nach Abuschehr in Persien zu fahren und von dort aus Schiras, das berühmte, zu besuchen. Basra oder Bassora liegt in einer heißen, sumpfigen und also höchst ungesunden Gegend an der Vereinigung des Euphrat und Tigris, welche Schatt el Arab genannt wird. Darum wollten wir, um unsere Gesundheit nicht zu gefährden, uns nicht lange hier aufhalten. Ich sage »wir« und meine dabei mich, Hadschi Halef Omar, Omar Ben Sadek und zwei Haddedihnaraber, welche

[1] Der Rappe, den ich ihm bei unserem Scheiden geschenkt hatte.

mich vom letzten Weideplatze der Haddedihn auf einem Kellek den Tigris herab nach Bagdad gebracht hatten. Dies war aus Anhänglichkeit geschehen, und in Bagdad hatten sie mir lebewohl sagen und zurückkehren wollen. Aber Halef und Omar, meine früheren Gefährten in so manchen Gefahren, hatten sich nur schwer von mir trennen können und mich gebeten, noch bis Basra mitfahren zu dürfen. Ich hatte eigentlich nicht ja sagen wollen, aber endlich doch eingewilligt, weil sie gar so gute Worte gegeben hatten.

Es war dabei von ihnen ein Vorwand benutzt worden, gegen welchen ich nichts sagen konnte. Die Haddedihn, welche vortreffliche Kamelzüchter sind, hatten nämlich mehrere Kelleks[1] mit Kamelwolle nach Basra gesandt, wo es Händler giebt, welche dieses Produkt gern kaufen und nach Indien und sogar weiter senden. Der Befehl über diese Kelleks war dem zwar jungen aber trotzdem in solchen Handelssachen erfahrenen Mesud Ben Hadschi Schukar übergeben worden. Ben heißt Sohn; Mesud war also der Sohn von Hadschi Schukar, und da, wie Halef in seinem Briefe sagt, Omar Ben Sadek eine Tochter dieses Hadschi Schukar geheiratet hatte, so war er der Schwager dieses Mesud Ben Hadschi Schukar. Dies muß ich erwähnen, wenn das Spätere richtig verstanden werden soll.

Mesud war also mit seinen Flößen und den ihn begleitenden Haddedihn nach Basra gefahren, und dies gab Halef und Omar den Vorwand, mich vollends dorthin zu begleiten, um ihn aufzusuchen und mit ihm zurückzukehren. Ich konnte nichts dagegen haben.

Als wir in Basra ankamen, suchten wir nach Mesud und fanden ihn ohne große Mühe, da die früher so bedeutende Stadt jetzt kaum noch zehntausend Einwohner hat und Menschen also nicht leicht in der Menge verschwinden können. Er hatte die Kamelshaare an den Mann gebracht, einen guten Preis erzielt und sollte das Geld morgen ausbezahlt bekommen.

[1] Flöße aus aufgeblasenen Ziegenhäuten.

Ich ging nach dem im Norden der Stadt liegenden Hafenbassin, um mich nach einem abwärts segelnden Schiffe umzusehen, erfuhr aber zu meinem Bedauern, daß ich noch mehrere Tage warten müsse. Was während dieser Zeit anfangen? Ein im Oriente Unbekannter hätte sich wohl für diese kurze Zeit mit Basra beschäftigen können, mir aber konnte dieser Ort gar nichts bieten. Da war es mir denn sehr lieb, daß die Haddedihn die Absicht hatten, nach Kubbet el Islam zu reiten, um den Manen Ibn Risaas ihre Verehrung darzubringen. Kubbet el Islam, zu deutsch Kuppel des Islam, ist nämlich der Name für Alt-Basra, welches ungefähr fünfzehn Kilometer südwestlich von Neu-Basra liegt und bis in das vierzehnte Jahrhundert zu den vier Paradiesen der Moslemim gerechnet wurde. Es spielt nächst Bagdad die bedeutendste Rolle in dem Märchen von Tausend und einer Nacht, und hier war es, wo im vierten Jahrhundert der berühmte Ibn Risaa eine der ersten muhammedanischen Gelehrtenakademien gründete. Daher unterläßt es selten ein »wahrer Gläubiger«, der sich in Neu-Basra befindet, einen Ausflug nach Kubbet el Islam zu machen, was zwar nicht erforderlich ist, aber doch als verdienstlich gilt.

Um die Zeit zu verbringen, wollte ich diesen Ritt mitmachen, und er sollte morgen vorgenommen werden, wenn Mesud das Geschäftliche vollends besorgt haben wird. Da wir auf dem Kellek gekommen waren, hatten wir natürlich keine Pferde mit, doch waren zu jeder Zeit Mietesel genug zu bekommen, unter denen sich, gerade so wie in Bagdad, viele Schimmel befinden, die sonst sehr selten sind. Darum sah ich mich nicht schon heute nach Reittieren um, ein Umstand, den wir später sehr zu beklagen hatten.

Wir hatten uns alle in einer Privatwohnung einquartiert, welche in der Nähe des Marghil oder Kut-i-Frengi lag: so wird das englische Konsulat genannt, welches das beste Gebäude von Basra ist.

Am nächsten Morgen begab sich Mesud zu dem Käufer seiner Wolle und erhielt das Geld ausbezahlt. Ich hatte ihn aufgefordert, dies später zu thun, weil er das Geld noch nicht brauchte und man selbst auf einem so kurzen Ausfluge, wie wir ihn vorhatten, vor unliebsamen Begegnungen nie sicher ist, aber er war mir nicht folgsam gewesen. Als er zurückkam, wollte ich gehen, um die nötigen Hamir[1] zu mieten; da sagte er:

»Das ist nicht nötig, Effendi. Ein freier Araber reitet nicht gern auf einem Esel, und ein so berühmter Emir, wie du bist, darf sich erst recht nicht auf einen so niedrigen Sattel setzen. Wir werden auf Pferden reiten.«

»Hast du etwa welche besorgt?« fragte ich ihn.

»Ja.«

»Von wem?«

»Von Abd el Kahir, dem berühmten Scheik der Muntefikaraber.«

»Das ist allerdings ein berühmter und höchst vertrauenswerter Mann; aber es wundert mich, daß er sich auf ein solches Geschäft einläßt. Ein so hervorragender Krieger pflegt seine Pferde nicht zu vermieten.«

»Da hast du recht. Er vermietet sie uns auch nicht, sondern er leiht sie uns umsonst, weil er sich freut, dir dienen zu dürfen.«

»Mir? Ich bin hier fremd. Was weiß er von mir?«

Da fiel mir mein kleiner Hadschi Halef, welcher jede Gelegenheit, mich und dabei natürlich auch sich zu verherrlichen, gern ergriff, rasch ein:

»Wie kannst du nur so fragen, Sihdi? Hast du vergessen, was für Heldenthaten wir vollbracht haben? Giebt es auch nur einen Menschen, der uns gleichzustellen ist? Wir sind die Riesen der Kühnheit und der Tapferkeit, und alles, was außer uns lebt, ist Zwerg gegen uns. Unsere Namen sind durch alle Länder erklungen, und von unsern Thaten wird in allen Häusern und Zelten erzählt und gesungen. Warum soll Abd el Kahir da nicht wissen, daß du der unbesiegliche Emir Kara Ben Nemsi Effendi bist, der unter meinem unüberwindlichen Schutze steht?«

[1] Plural von Himar, Esel.

»Halef, schneide nicht auf! Es ist möglich, daß er von unsern früheren Erlebnissen einiges gehört hat; aber woher weiß er, daß wir uns hier befinden und nach dem Kubbet el Islam reiten wollen?«

»Von mir,« antwortete Mesud. »Ich habe es ihm gesagt.«

»Wo hast du ihn getroffen?«

»Bei dem Händler, von welchem ich mir das Geld geholt habe.«

»Bei dem war er? Hat er gesehen, daß du soviel ausbezahlt bekamst?«

»Ja.«

»So sei vorsichtig, und nimm es nicht mit!«

»Effendi, was denkst du von Abd el Kahir! Er ist ein ehrlicher Mann, bei dem wir sicherer sind als an jedem andern Orte, soweit die Erde reicht. Und wem sollte ich die Summe während unserer Abwesenheit anvertrauen?«

»Es mag einer von euch hier bleiben, dem du das Geld giebst.«

»Dazu entschließt sich keiner, denn das wäre die Unterlassung eines sehr verdienstlichen Werkes.«

»Hm! Kennst du Abd el Kahir persönlich?«

»Nein.«

»So kannst du also nicht wissen, ob er es wirklich ist. Wann will er mit seinen Pferden kommen?«

»In einer Stunde.«

»Hm! So möchte ich während dieser Zeit zu dem Händler gehen und mich erkundigen, ob der Araber, welcher bei ihm gewesen ist, wirklich Abd el Kahir war.«

»Das ist unnötig, denn der Händler hat ihn bei diesem Namen genannt und, als ich dabei war, mit ihm vom Stamme der Muntefik gesprochen. Als wir miteinander fortgingen, kamen wir in ein kurzes Gespräch, wobei ich ihm sagte, daß wir mit dir nach dem Kubbet el Islam wollten, und zwar auf Eseln reitend. Da bot er mir gleich seine Pferde an, indem er sagte, daß es eines solchen Emirs, wie du bist, nicht würdig sei, sich auf ein solches Tier zu setzen; er werde dir gern seine eigene, kostbare Stute leihen.«

»So? Sagte er dir, wo er seine Pferde hat?«

»Im Dorfe El Nahit, welches draußen vor dem Thore von El Mirbad liegt. Natürlich ist nur die Stute sein; die übrigen gehören seinen Leuten, die mit ihm sind; die werden aber nichts dagegen haben, daß wir sie für die kurze Zeit benutzen.«

»Weiß er denn, wo wir wohnen?«

»Ja, denn er ist mit mir bis an dieses Haus gegangen.«

»So konntest du ihn mit hereinbringen!«

Mein Verhalten schien ihn halb zu kränken und halb zu erzürnen, denn er sagte:

»Du hast mich bis jetzt noch nicht für einen Knaben gehalten, scheinst es aber nun zu thun. Bedenke, daß mir die Kelleks und ihre Fracht anvertraut worden sind! Das mag dir sagen, daß ich es nicht nötig habe, Worte des Mißtrauens anzuhören!«

»Und ich versichere dir, daß es nicht meine Absicht gewesen ist, dich zu beleidigen. Ich habe die Gewohnheit, alles mit möglichster Vorsicht zu thun, und will hoffen, daß dies im vorliegenden Falle nicht angebracht gewesen ist.«

Damit war der Wortwechsel zu Ende, denn ich glaubte, allerdings zu weit gegangen zu sein. Wer sollte es wagen, sich für Abd el Kahir auszugeben, ohne es zu sein! Dieser Scheik, dessen Name »Diener der Tugend« bedeutet, stand in einem sehr guten Rufe, und es war eine Ehre für mich, auf seiner Stute reiten zu dürfen.

Nach der angegebenen Zeit ließ sich draußen Pferdegetrappel vernehmen, und dann erschien im offenen Eingange ein dunkelbärtiger Mann, der uns mit einem kurzen Blicke musterte, und dann, zu mir gewendet, mit einer höflichen Verneigung grüßte:

»Sabah el cher, ia Emir - guten Morgen, o Emir! Mein Auge ist stolz darauf, dich sehen zu dürfen.«

Er trug Sandalen an den nackten Füßen und einen einfachen, durch eine Kamelschnur zusammengehaltenen Haïk, dessen Kapuze hinten hinunterhing, so daß sein Kopf jetzt unbedeckt war. Noch selten hatte ich so einen Charakterkopf gesehen. Das dunkle Haar desselben war in viele, dünne Zöpfchen geflochten, welche nach allen Seiten herunterhingen. Schief über die niedrige aber breite Stirn gingen zwei nahe beieinander liegende Narben, welche nicht von einer Verwundung herrührten, sondern sichtbar durch absichtliche Messerschnitte hervorgebracht worden waren. Es giebt Stämme, und dies sind immer sehr kriegerische, welche ihre Angehörigen durch solche Merkmale vor andern auszeichnen. Daß die Muntefikaraber solche Narben trugen, war mir bisher unbekannt geblieben. Der Bart war dichter, als sonst bei den Arabern zu bemerken ist. Sein Auge hatte einen scharfen, fast stechenden Blick, was aber kein Grund war, mißtrauisch zu sein, zumal er in so höflicher Weise grüßte. Daß er vom Stolz sprach mich zu sehen, war orientalische Ausdrucksweise und nicht etwa eine Ueberschwenglichkeit, die mich hätte zur Vorsicht mahnen können. Darum stand ich auf, verbeugte mich ebenso und antwortete:

»Sabah el cher, ia Scheik! Sei mir willkommen, und setze dich!«

Ich reichte ihm die Hand, und dann setzten wir uns nebeneinander nieder, um uns einige Minuten lang in jener Weise zu unterhalten, welche eigentlich keinen Zweck hat, aber durch die Sitte geboten ist. Dann erhoben wir uns wieder und gingen hinaus, um den beabsichtigten Ritt zu beginnen.

Wir waren zusammen zwölf Personen, und draußen hielten ebensoviele Pferde, die nicht beaufsichtigt und auch nicht zusammengebunden waren. Er hatte auf einem gesessen, und die andern waren ihm, gehorsam wie die Hunde, bis zu unserer Wohnung gefolgt; dies ist den Beduinenpferden angewöhnt. Ich sah eine sehr schöne Fuchsstute dabei, die jene kostbare Art Sattel- und Riemenzeug trug, welche der Perser Reschma nennt. Er deutete auf sie und sagte:

»Steig auf, Emir! Dieses Pferd ist für dich bestimmt, und ich denke, daß du mit ihm zufrieden sein wirst.«

Ich folgte seiner Aufforderung, als ob es sich von selbst verstände, daß ich das beste Pferd zu bekommen hätte, und dann ging es im langsamen Schritte zur Stadt hinaus. Als wir dieselbe im Rücken hatten, nahmen wir eine schnellere Gangart an, und da merkte ich gar wohl, welchen Wert die Stute hatte. Mit meinem Rih war sie aber freilich nicht zu vergleichen. Später fielen wir aus dem Trabe in Galopp, und es war nach der langen Fahrt auf dem Floße ein wahres Vergnügen, so über die Ebene dahinzufegen.

Ich war noch nie in dieser Gegend gewesen, wußte aber, daß Kubbet el Islam südwestlich von Neu-Basra lag; wir ritten aber beinahe gerade nach Süden. Das fiel mir zunächst nicht auf, denn ich konnte falsch unterrichtet sein. Als aber eine Stunde vergangen war und wir Alt-Basra noch nicht erreicht hatten, wurde ich bedenklich. Wir mußten weit über fünfzehn Kilometer zurückgelegt haben.

Die Haddedihn hatten sich während des Rittes unterhalten, ich aber war mit Halef an der Spitze schweigsam gewesen, weil ich mich nur mit dem Pferde beschäftigt hatte. Jetzt drehte ich mich nach dem Scheik um, welcher der letzte war. Dieses Umdrehen geschah rasch und für ihn unerwartet, und da sah ich, daß seine funkelnden Augen mit einem unerklärlich begehrlichen Blicke auf mich gerichtet waren. Als er aber bemerkte, daß ich ihn ansah, senkte er sofort die Lider, und sein Gesicht nahm den Ausdruck der Gleichgültigkeit an. Ich hielt mein Pferd an, ließ ihn zu mir herankommen, ritt dann an seiner Seite, aber nun langsam, weiter und fragte:

»Du weißt genau, wo Alt-Basra liegt, o Scheik?«

»Wie sollte ich es nicht wissen!« antwortete er.

»Es scheint mir aber doch, daß du dich irrst. Wir sind so schnell geritten, daß wir schon längst dort sein müßten.«

»Wie gefällt dir die Stute?«

Diese Frage schien mit meinen Worten so wenig in Beziehung zu stehen, daß ich verwundert antwortete:

»Sie ist ein gutes Pferd; aber ich sprach doch nicht von ihr, sondern von Kubbet el Islam!«

»Das habe ich wohl verstanden, doch sah ich, daß dir das Pferd gefiel, und weil ich dir die Freude, es zu reiten, gönnte, haben wir einen Umweg gemacht, der aber nur gering ist. Kommt jetzt zurück!«

Er wendete sein Pferd um und schlug eine nordwestliche Richtung ein. Wir waren also schon über Alt-Basra hinaus. Das machte mich mißtrauisch, obgleich seine Ausrede eine sehr geschickte war.

»Ich hoffe, daß du uns ein ehrlicher Führer bist, o Scheik!« warnte ich ihn.

Da fuhr er zornig auf:

»Willst du mich beleidigen, Emir?«

»Nein; aber wir haben Kubbet el Islam besuchen, jedoch nicht spazierenreiten wollen. Warum hast du uns nicht auf geradem Wege hingeführt?«

»Aus dem Grunde, den ich dir gesagt habe. Du solltest das Vergnügen länger haben. Ich borgte euch unsere Pferde, ohne etwas dafür zu verlangen, und du dankst mir dafür durch eine Beleidigung. Es ist ein Glück für dich, daß ich keine Waffe bei mir habe, sonst würde ich dich zwingen, mit mir zu kämpfen.«

»Wie? Du wärst nicht bewaffnet?«

»Nein. Ich habe Messer und Gewehr zurückgelassen und bin allein mit euch geritten, um euch zu zeigen, daß ich es ehrlich meine und dem berühmten Emir Kara Ben Nemsi die Achtung zolle, die ihm gebührt. Schau her!«

Er hatte allerdings kein Gewehr bei sich, und als er bei seinen letzten Worten den Haïk vorn auseinanderschlug, sah ich, daß er auch kein Messer bei sich hatte. Da verschwand mein Mißtrauen und ich bat:

»Verzeihe, daß meine Rede anders klang, als ich beabsichtigte! Beleidigen wollte ich dich nicht.«

»Ich mußte mich über dein Mißtrauen zehnfach wundern, denn selbst wenn ich hundert Krieger bei mir hätte und wir alle bewaffnet wären, könnten wir doch nichts gegen euch machen. Es ist ja bekannt, daß Kara Ben Nemsi mehrere Bunduk es Sihr[1] besitzt, mit denen er immerfort schießen

[1] Gewehre der Zauberei.

kann, ohne laden zu müssen. Dies müßte, selbst wenn ich eine böse Absicht gegen euch hätte, mich von derselben abbringen.«

Also selbst bis in diese Gegend, bis zu den Muntefikarabern war die Kunde von meinem Henrystutzen gedrungen! Ich brauchte mich freilich nicht darüber zu wundern, wenn ich an die Erfolge dachte, welche ich diesem Gewehre bei den Arabern des Tigris zu verdanken gehabt hatte.

Nach kurzer Zeit kamen wir an den ausgetrockneten Flußarm, welche Dscharri Zaade heißt, und da sahen wir die Ruinen von Alt-Basra liegen. Wir hätten eigentlich von Nordosten an dieselben kommen müssen, befanden uns aber infolge unseres Umweges an ihrer südöstlichen Seite.

Mein Mißtrauen war, wie bereits gesagt, verschwunden, erwachte aber wieder, als ich bemerkte, daß Abd el Kahir das Ruinenfeld mit einem scharfen, erwartungsvollen Blicke absuchte. Hatte er etwa jemand herbestellt, nach dem er jetzt forschte? Wer konnte das sein? Einer seiner Leute? Oder gar mehrere? Von der Zeit an, wo er sich gegen Mesud erboten hatte, uns seine Pferde zu borgen, waren weit über zwei Stunden vergangen, genug für die Muntefik, um zu Fuße herzukommen. Hatte ich das Richtige getroffen, so war ihr Weg der direkte, der kürzeste gewesen, und der Scheik hatte einen Umweg gemacht, damit wir ihre Spuren nicht sehen sollten. Jetzt kam mir sein Verhalten in einem ganz andern Lichte vor. Nun erklärte ich mir auch den begehrlichen Blick, den er auf mich geworfen hatte; er war weniger auf meine Person als vielmehr auf meine Gewehre, auf die »Zauberflinten« gerichtet gewesen, die schon gar manchem in die Augen gestochen hatten.

Aber ich konnte mich auch irren und sagte mir darum, daß ich nichts gegen ihn unternehmen dürfe, bis ich die Beweise für seine Unehrlichkeit in den Händen hätte. Wenn ich ihn wieder ohne Grund beleidigte, konnten wir alle leicht der Rache dieses mächtigen Scheiks verfallen.

»Da du Kubbet el Islam so genau kennst,« sagte Mesud zu ihm, »so wirst du uns wohl sagen können, welche von den

Ruinen die des Beit Ibn Risaa[1] ist? Dort müssen wir unsere Andacht verrichten.«

Der Gefragte zeigte nach einem auf der Südseite gelegenen Ruinenhaufen und antwortete:

»Dort ist's, wohin ich euch führen muß. Die Pferde lassen wir hier.«

»Warum?« fragte ich. »Wir können ja hinreiten.«

Da blitzte mich sein Auge drohend an und er erwiderte:

»Die Pferde gehören nicht euch, sondern mir, und sie bleiben da, wo ich es bestimme!«

»So bleibe ich auch hier!«

»Thu, was du willst. Ihr andern kommt!«

Er ging fort, und sie folgten ihm. Ich fand kaum noch Zeit, Mesud zuzuraunen, vorsichtig zu sein, und Omar Ben Sadek einen warnenden Blick zuzuwerfen. Halef blieb bei mir stehen.

»Du gehst nicht mit?« fragte ich ihn.

»Nein. Ich gehöre zu meinem Sihdi und habe keinen Grund, diesen Ibn Risaa zu verehren. Ich verehre Isa aber nicht Risaa. Dieser Scheik scheint dir nicht zu gefallen?«

»Nein. Ich habe ihn im Verdacht, böse Absichten gegen uns zu hegen. Bleib hier bei den Pferden, während ich nachsehen werde, ob meine Vermutung richtig ist!«

»Welche Vermutung?«

»Daß sich seine Muntefik auch hier befinden.«

»Die sind doch in dem Dorfe El Nahit!«

»Will es wünschen! Es ist bis jetzt nur ein Verdacht, der auf keinem festen Grunde ruht, und es wird mir sehr lieb sein, wenn ich diesen Grund nicht finde. Also bleib hier, und entferne dich ja nicht von den Pferden, deren Besitz für uns höchst wichtig ist.«

»Wo willst du hin?«

»Nach der Nordseite des Ortes. Sehe ich dort keine Spuren, so habe ich mich geirrt.«

[1] Haus des Ibn Risaa.

»So laß mir deine Gewehre hier, denn sie werden dir beim Klettern hinderlich sein.«

»Gerade die nehme ich mit, denn man könnte es auf sie abgesehen haben.«

Ich ging. Halef hatte vom Klettern gesprochen, und zwar mit Recht. Ich hätte allerdings den ganzen Plan umgehen können, ohne klettern zu müssen, aber dazu lange Zeit gebraucht, während meine Anwesenheit jeden Augenblick nötig werden konnte. Darum ging ich nicht ganz nach dem nördlichen Ende der Ruinenstadt, sondern bog schon eher in westlicher Richtung zwischen die Trümmerhaufen ein. So mußte ich jede von Norden kommende Spur durchkreuzen und bemerken.

Das Ruinenfeld besaß eine weit, weit größere Ausdehnung, als ich gedacht hatte. Ich kam immer tiefer zwischen Schutt und Mauerreste hinein, ohne auf eine Spur zu treffen. Mein Mißtrauen war doch wohl ungerechtfertigt gewesen. Schon wollte ich mich umwenden, um zu Halef zurückzukehren, da sah ich, zwischen zwei verfallenen Lehmmauern stehend, jenseits derselben eine ebene, freie Stelle, wo die Erde fein wie Staub war, und in diesem Staube schien es Eindrücke zu geben, welche freilich auch von einem Tiere herrühren konnten. Schnell war ich dort und bückte mich – – nein, ich bückte mich nicht nieder; dies war gar nicht notwendig, denn ich sah auch so ganz deutlich, daß hier Leute vorübergekommen waren; es konnten kaum weniger als zehn Personen gewesen sein.

Meine Ahnung! Im ersten Augenblicke wollte ich zu Halef zurück; aber er befand sich wahrscheinlich gar nicht oder überhaupt nicht in Gefahr, sondern es war zunächst auf Mesud abgesehen, der das Geld bei sich hatte. Er war mit den andern Haddedihn nach irgend einer Stelle gelockt worden, wo sich die Muntefik versteckt hatten, um ihn auszurauben und gar auch zu ermorden. Nach dieser Stelle mußten die Spuren, die ich vor mir sah, führen. Darum kehrte ich nicht um, sondern ich folgte ihnen, und zwar so schnell, wie es mir bei dem schwierigen Terrain möglich war. Es ging auf- und abwärts, bald einen Trümmerhaufen empor, bald in ein steiles Loch hinunter. Zuweilen war ich, um einen Bogen, welche die Fährte machte, abzuschneiden, zu gefährlichen Sprüngen gezwungen. Ich rannte, sprang und kletterte weiter und weiter, bis ich, auf einem hohen Ruinenhaufen angekommen, keuchend stehen bleiben mußte, um mich einen Augenblick zu verschnaufen.

Da sah ich links, doch weit von mir die Pferde. Halef saß bei ihnen im dürren Grase, und neben ihm stand -- der Scheik. Sie schienen sich ganz freundlich zu unterhalten. Sollte ich mich denn wieder und immer wieder irren? Sollte Abd el Kahir doch ein ehrlicher Mann sein? Schon wollte mir das Herz wieder leicht werden, da sah ich, daß er einen Stein vom Boden aufhob und, ihn zum Schlage hochhaltend, schnell hinter Halef trat.

»Halef, ati balak, ati balak -- Halef, paß auf, paß auf!« schrie ich hinunter, doch zu spät; der brave Hadschi bekam den Hieb auf den Kopf und fiel hintenüber.

Da packte mich eine Wut, wie ich sie wohl noch nie gefühlt hatte. Ich rannte, oder vielmehr ich sauste rutschend von dem Haufen hinab, schlug unten die Richtung nach den Pferden ein, mußte über eine hohe, von der Sonne fast zu Mehl gebrannte Mauer klettern; sie war mürbe wie Pfefferkuchen; dennoch kam ich hinauf; ich wollte drüben hinab, sah aber gerade in diesem Augenblicke Leute kommen, die nicht meine Haddedihn waren und unten vorüber wollten. Zugleich ertönte weiter südwärts von mir ein Geschrei, welches mir sagte, daß dort ein Unglück geschehen sein müsse. Sollte ich dorthin, oder -- ja, was ich sollte oder wollte, das galt jetzt nichts, denn die Mauer, auf welcher ich stand oder vielmehr hing, brach unter mir zuammen und ich stürzte hinab, mitten zwischen die Kerls hinein, die sich augenblicklich auf mich warfen.

Was in den folgenden Minuten geschah, das weiß ich nicht. Es war mir später, als ob ich, in eine dichte Staubwolke gehüllt und von vielen Händen am Boden festgehalten, mit Händen und Füßen um mich geschlagen und gestoßen hätte, um mich frei zu machen. Dann hüllte mich nicht bloß der Staub, sondern auch die Vergessenheit ein.

Als ich wieder zu mir kam, sah ich Omar Ben Sadeks Gesicht gerade über dem meinigen.

»Du schlägst die Augen auf, Effendi?« rief er aus. »Hamdulillah, du bist also nicht tot! Siehst du mich? Hörst du, was ich sage?«

Ich wollte antworten, brachte aber im Moment kein einziges Wort hervor. Mein Hals schien eine umgewendete Kardendistel und mein Kopf ein großes aber leeres Wasserfaß zu sein, so war ich an dem ersteren gewürgt und auf den letzteren geschlagen worden.

»Wach auf, Sihdi, wach vollends auf!« bat Omar weiter. »Verstehst du denn nicht, was ich sage? Du hast doch die Augen offen!«

Es standen sieben Haddedihn bei ihm, welche ebenso angstvoll auf mich niederblickten; aber ich konnte weder etwas sagen noch mich bewegen.

»O Allah! Er ist trotz der offenen Augen tot!« fuhr er fort. »Wo mag Halef sein? Warum ist er nicht mit unserm lieben Effendi gegangen!«

Halef! Mein guter, kleiner Hadschi! Das gab mir die Besinnung, die Bewegung und auch die Sprache wieder. Ich sprang auf und schrie:

»Kommt, kommt! Halef ist wahrscheinlich ermordet worden!«

Ich wollte fort, wankte aber und stürzte wieder nieder, raffte mich abermals auf und brach noch einmal zusammen.

»Halef ermordet? Wo denn, wo?« riefen die Haddedihn.

»Bei den Pferden. Lauft hin, lauft hin!«

»Ja, lauft hin, rennt hin!« stimmte mir Omar bei. »Ich muß hier bei meinem Sihdi bleiben; er kann nicht auf, er kann nicht fort.«

»Ich kann, denn ich muß!« entgegnete ich, während sie fortrannten.

»So versuche es, mein lieber, lieber Effendi! Ich werde dich stützen.«

Er hob mich auf, und mit seiner Hilfe konnte ich gehen, langsam zwar, aber doch. Je weiter wir kamen, desto freier wurde mir der Kopf, und desto williger gehorchten mir die Beine. Als wir dorthin kamen, wo ich Halef zurückgelassen und zuletzt mit dem Scheik gesehen hatte, lag er ohne Besinnung und mit blutendem Kopfe auf der Erde. Die Pferde waren fort, alle fort. Das brachte mir meine körperliche und geistige Spannkraft wieder. Ich machte mich von Omar los, der mich nun nicht mehr zu halten brauchte, und befahl einem Haddedihn:

»Lauf eiligst nach dem Nordende der Trümmerstadt, ob du von dort aus die Muntefik mit ihren Pferden noch erblikken kannst!«

Er gehorchte dieser Aufforderung, und ich kniete neben Halef nieder, um ihn zu untersuchen. Er war nicht tot, sondern nur betäubt, und die ihm mit dem Steine beigebrachte Wunde, welche blutete, schien auch nicht gefährlich zu sein. Wir konnten unbesorgt um ihn auf sein Erwachen warten. Nun erst bemerkte ich, daß wir nicht vollzählig waren.

»Wo ist denn Mesud?« fragte ich. »Ich sehe ihn doch nicht.«

»O, Sihdi, wie recht hattest du, als du mir winktest und ihm leise sagtest, vorsichtig zu sein!« antwortete Omar. »Mesud, der Bruder meines Weibes, ist tot, erstochen und ausgeraubt worden von den Hunden vom verfluchten Stamme dieser Muntefik.«

»Herrgott! Ist's wahr?«

»Ja. Wir fanden seine Leiche.«

»Ich dachte es mir, als ich euch schreien hörte. So hat er meine Warnung also doch nicht beachtet!«

»Leider nicht! Während wir auf unsern Knieen lagen, um diesen Ibn Risaa zu verehren, den Allah besser nicht erschaffen hätte, lockte der Häuptling ihn, ohne daß wir es bemerkten, unter irgend einem Vorwande fort. Da hörten wir ihn um Hilfe rufen und eilten ihm nach, mußten aber suchen, ehe wir ihn in einer Blutlache fanden. Er war gerade in das Herz gestochen worden. Das Geld ist fort. Wir erhoben ein großes Geschrei und wollten zu den Pferden, zu dir. Das hat die Mörder von dir verscheucht und dir das Leben gerettet. Aber sie sind entkommen!«

»Für jetzt, doch nicht für immer; darauf kannst du dich verlassen. Wir werden den Schatt el Arab nicht eher verlassen, als bis wir mit diesem Scheik Abd el Kahir abgerechnet haben. Wo liegt Mesud Ben Hadschi Schukar? Führt mich zu ihm!«

Einige blieben bei Halef; die andern gingen mit mir fort. Wir kamen an der Stelle vorüber, wo sie mich besinnungslos gefunden hatten. Hier fielen mir meine Gewehre ein, die ich bei mir gehabt hatte. Welch ein Schreck! Sie lagen nicht da; sie waren verschwunden; die Muntefik hatten mit Entzükken Besitz von den berühmten »Zauberflinten« ergriffen. Das war ein Verlust, daß ich, anstatt darüber zu klagen, ihn schweigend hinnahm; aber dieses Schweigen war ein Schweigen grimmiger Entschlossenheit, mir die Gewehre wiederzuholen. Sonst hatten die Muntefik mir nichts genommen, weil sie von den herbeistürmenden Haddedihn vertrieben worden waren.

Dann kamen wir dorthin, wo Mesud lag. Wie schnell hatte er seine Vertrauensseligkeit, sein zu großes Selbstbewußtsein büßen müssen. Ja, er war tot, gerade und genau ins Herz getroffen. Den Inhalt aller seiner Taschen hatten die Muntefik mitgenommen. Omar Ben Sadek sah finstern Blickes auf die Leiche nieder, tauchte die Finger der rechten Hand in das Blut, hob diese Hand dann empor und sagte:

»Effendi, ich weiß, daß du milder denkst als wir. Ich habe schon einmal einen Racheschwur gethan, damals auf dem Schott, unter dessen Salzdecke mein Vater verschwunden war[1], und später mich nicht durch den Tod des Mörders gerächt, sondern ihn nur geblendet; diesmal aber werde ich keine Gnade walten lassen, sondern meine Hand ebenso in Abd el Kahirs Blut tauchen, wie ich sie jetzt in dasjenige des Ermordeten getaucht habe. Willst du mir dazu verhelfen?«

[1] Siehe »Durch die Wüste« *pag.* 52.

Zum Gegenmorde verhelfen? Ich, als Christ? Nein! Und doch konnte ich ja sagen, weil ich wußte, daß nicht der Scheik der Mörder war, sondern seine Leute Mesud getötet hatten, wenn auch in seinem Auftrage. Darum antwortete ich:

»Ja, dieser Scheik soll sterben, falls er der Mörder ist. Ich muß ja auch zu ihm; ich muß ihn finden, denn ich werde mein Leben daran wagen, meine Gewehre wieder zu bekommen!« – – –

ZWEITES KAPITEL.

El Lakit.

Als wir zu Halef zurückkehrten, war er erwacht. Seinen schmerzenden Kopf in den Händen haltend, rief er mir entgegen:

»O, Sihdi, was ist geschehen! Daß mir mein Kopf brummt wie damals der große Bär, den wir bei der Hütte des Kohlenhändlers erlegten, das thut nichts, denn er wird zu brummen aufhören; aber Mesud ist tot, und du hättest auch beinahe dein Leben lassen müssen. Ich wäre vor Gram gestorben, vor Schmerz um deinen Tod; Hanneh, die beste unter allen Frauen, wäre eine betrübte Witwe und Kara, mein Sohn, ein trauernder Waisenknabe geworden. Und daran ist dieser Abd el Kahir, der Scheik, der Mörder und Räuber schuld! Allah sende ihn in den Teil der Hölle, wo selbst das Feuer so kalt ist, daß es noch gekocht werden muß!«

»Ich bin doch nicht so gut weggekommen, wie du denkst,« erwiderte ich ihm. »Die Kerls haben meine Gewehre mitgenommen.«

Da sprang er, seine Schmerzen vergessend, auf und sprach nicht, sondern schrie förmlich:

»Deine Gewehre? Denen wir so oft unsere Rettung zu verdanken hatten? Die so ganz unersetzlich sind? Ist das wahr, Sihdi?«

»Leider, ja.«

»So sende Allah diesen Scheik ja noch nicht in die Hölle, sondern warte damit so lange, bis wir die Gewehre wieder haben! Du magst sie doch nicht missen, sondern wirst sie wieder holen?«

»Ganz gewiß!«

»So recht, so recht, Sihdi! Diese Flinten haben dich zu allen Völkern und in alle Länder der Erde begleitet, und wenn ihre Stimme erscholl, sind wir Sieger in allen Gefahren gewesen. Was wären wir ohne sie? Menschen ohne Arme und

Beine, Vögel ohne Flügel und Tabakspfeifen ohne Feuer! Wir müssen sie holen, unbedingt, unbedingt, und wenn man sie noch so gut und noch so pfiffig verstecken sollte! Und wenn wir sie haben, dann werde ich diesem Abd el Kahir einen viel kräftigeren Klapps auf den Kopf versetzen, als er mir gegeben hat, einen Klapps, von dem er ganz gewiß nicht wieder erwachen soll, wie ich von dem seinigen!«

»Warum hast du nicht besser aufgepaßt? Du wußtest doch, daß ich ihm nicht traute!«

»O, dieser Sohn einer Hündin war so freundlich und zutraulich, daß es mir fast wehe that, ihn in einem so schlimmen Verdachte gehabt zu haben.«

»Ich begreife ihn. Er hat Mesud seinen Leuten in die Hände geführt und ist dann, von unsern betenden Haddedihn unbemerkt, nach hier zurückgekehrt, um dich und mich in dieselbe Falle zu bringen. Da er dich allein antraf, hat er dich niedergeschlagen, um mich, sobald ich wiederkommen würde, mit deinem Gewehre zu töten. Daß ich vorher seinen Leuten in die Hände fiel und daß diese vertrieben wurden, dafür konnte er nicht. Nun haben wir keine Pferde und müssen nach Basra laufen.«

»Das ist schlimm. Wären wir beritten, so könnten wir sofort den Spuren dieser Mörder folgen und würden sie einholen.«

»Wir werden sie finden, ohne daß wir ihnen folgen. Wir wissen ja, wer sie sind, und der Scheik der Muntefik kann nicht vom Erdboden verschwinden. Wir werden sofort, wenn wir nach Basra kommen, zum Mutessarif[1] gehen und ihm erzählen, was geschehen ist. Er muß uns helfen.«

»Wenn Allah giebt, daß er will!«

»Er muß wollen, denn ich werde ihm zeigen, daß ich im Schatten des Padischah stehe. Hast du dich so weit erholt, daß du den Rückweg mitantreten kannst?«

»O, ich bin schnell gesund geworden, als ich von dem Verluste deiner Gewehre hörte. Wir können gehen.«

[1] Gouverneur.

»Gut! Aber den Toten dürfen wir nicht unbewacht lassen. Der Mutessarif wird Beamte herschicken, welche den Thatbestand aufzunehmen haben. Wir lassen Mesud also jetzt unbeerdigt liegen und kehren mit diesen Beamten zurück, um ihn dann zu begraben.«

Da sagte Omar Ben Sadek:

»Mesud war mein Verwandter, und wie ich darum die Blutrache auszuführen habe, werde ich auch bei ihm bleiben, bis ihr wiederkehrt.«

Er entfernte sich, ohne meine Zustimmung abzuwarten; wir aber traten den Heimweg nach Basra an. Ich gestehe aufrichtig, daß mir der Verlust meiner Gewehre ebenso zu Herzen ging wie Mesuds Tod. Was Halef gesagt hatte, war richtig: wir hatten diesen Waffen viele unserer Erfolge und oft sogar das Leben zu verdanken gehabt. Welche Dienste hatte besonders der Henrystutzen mir und andern erwiesen! Ich war wirklich fest entschlossen, auf seine Wiedererlangung das Leben zu setzen.

Mittag war längst vorüber, als wir in Basra ankamen, und wir begaben uns, ohne vorher zu essen, sofort nach der Residenz des Mutessarif. Dieser war, wie ich wußte, ein Gesinnungsgenosse des berühmten Midhat Pascha, welcher als Generalgouverneur von Bagdad so viel für das Wohl dieser Provinz gethan und erreicht hatte, also ein reformatorisch gestimmter Moslem, und so hoffte ich, daß ihm mein Glaube keine Veranlassung sein werde, mir seine Hilfe zu versagen.

Ich wurde von der Dienerschaft mit dem Bedeuten abgewiesen, daß ich morgen oder übermorgen oder auch in einigen Wochen, »wie Allah will«, wieder anfragen solle, weil der Gebieter gerade jetzt eine wichtige Besprechung habe. Es fiel mir aber nicht ein, mich auf türkisch fortkomplimentieren zu lassen, sondern ich schickte ihm meine Legitimationen hinein und wartete den Erfolg ab. Schon nach einigen Minuten wurde ich unter tiefen Verbeugungen aufgefordert, in das Selamlük[1] zu treten.

[1] Empfangszimmer.

In diesem saß, rauchend und Kaffee trinkend, der Gouverneur mit einem sonnverbrannten und beduinisch gekleideten Manne, der aber kein gewöhnlicher Nomade sein konnte, weil er die Ehre hatte, an der Seite des Mutessarif Platz zu finden.

Dieser empfing mich mit einer sehr gnädigen Handbewegung, winkte mich näher, drückte meine mit dem großherrlichen Siegel versehenen Papiere an die Stirn, den Mund und die Brust und forderte mich, sie mir zurückgebend, auf, mich ihm gegenüber niederzusetzen. Er that dies mit Hilfe der französischen Sprache, welche er aber in der Weise radebrechte, daß ich ihn nicht halb verstehen konnte, sondern erraten mußte, was er meinte.

Als ich mich gesetzt hatte, klatschte er in die Hände, um mir auch Kaffee und eine Pfeife reichen zu lassen; dann saßen wir uns eine Weile stumm, rauchend und trinkend gegenüber. Er befand sich augenblicklich in großer Verlegenheit. Wie sollte ich, der Europäer, ihn bei seinem so mangelhaften Französisch verstehen! Endlich begann er, wieder zu sprechen, aber so wirr, daß ich es wagte, ihm in die Rede zu fallen und mitzuteilen, daß mir die Sprache des Landes geläufig sei.

»Allah sei Dank!« rief er da froh aus. »Die Sprachen des Abendlandes sind wie die Räder eines Ochsenwagens; man hört sie wohl rollen, aber sie haben keine Worte. Der Padischah, dem Allah tausend Jahre geben möge, hat dich mit seinem ganz besonderen Schutz begnadigt. Ich habe deinen Namen auf dem Papiere gesehen. Wie ist er auszusprechen?«

»Mein Name klingt hier fremd. Vielleicht hast du die Güte, mich bei demjenigen zu nennen, den mir die Bewohner dieses Landes gegeben haben.«

»Wie lautet er?«

»Kara Ben Nemsi.«

Da stieß der neben ihm sitzende Beduine einen Ruf der Ueberraschung aus und fragte mich, seine Augen gespannt auf mich richtend:

»Bist du etwa jener Almani, welchem Muhammed Emin seinen berühmten Hengst Rih geschenkt hat?«

»Ja, der bin ich.«

»Maschallah! So habe ich viel von dir gehört.«

Er sprach hierauf leise auf den Mutessarif ein, was keine Höflichkeit gegen mich war, aber doch recht gut gemeint zu sein schien, denn das Gesicht des Gouverneurs wurde heller und heller, bis um seinen Mund ein breites Lächeln entstand und er mich fragte:

»Auch ich habe schon von dir gehört. Du bist also der Fremdling, welcher damals den Mutessarif von Mosul so listig gezwungen hat, seinen eignen Makredsch[1] abzusetzen und zur Befreiung seines Gefangenen selbst beizutragen?«

»Ja,« antwortete ich der Wahrheit gemäß, obwohl mir diese Frage keineswegs angenehm sein konnte.

Bis jetzt hatte er nur gelächelt, nun aber lachte er laut und fuhr fort:

»Du brauchst keine Sorge zu haben, denn dieser Mutessarif war mein Gegner, welcher mir und andern viel zu schaffen gemacht hat. Man erfuhr, wie es damals zugegangen war; der Koch hatte den Verräter gemacht, und sein Herr wurde bald darauf versetzt. Ich bin dir sehr wohlgewogen. Wenn du etwa gekommen bist, einen Wunsch auszusprechen, so soll er dir erfüllt werden, wenn es möglich ist.«

»Ich bin allerdings mit einer Bitte gekommen.«

»So sprich sie aus!«

»Ich sehe mich gezwungen, dich um deinen Schutz anzurufen.«

»Gegen wen?«

»Gegen Abd el Kahir, den Scheik der Muntefikaraber.«

»Gegen Abd el Kahir?« fragte er erstaunt.

»Gegen Abd el Kahir?« sagte auch der andere.

Die beiden sahen einander mit großen Augen an und schüttelten die Köpfe.

»Hast du etwas gegen diesen Scheik?« erkundigte sich hierauf der Mutessarif.

»Nicht nur etwas, sondern sehr viel.«

[1] Oberrichter.

»Sage es.«

»Abd el Kahir ist ein Räuber und Mörder, um dessen Bestrafung ich dich bitten möchte.«

»Räuber! Mörder!« riefen beide zu gleicher Zeit.

Sie schienen diesen Scheik für einen grundehrlichen und grundbraven Mann zu halten; darum beeilte ich mich, sie etwas besser zu belehren, indem ich ihnen erzählte, was geschehen war.

Der Mutessarif hörte mich ruhig an; des andern aber bemächtigte sich eine stets wachsende Aufregung, in welcher er mich oft mit einem Kraftworte unterbrach. Als ich fertig war, rief er, sichtlich im höchsten Zorne, aus:

»Sollte man das für möglich halten! Kann so etwas wirklich geschehen! Wehe diesem Hunde, wenn ich ihn jemals erwische!«

Um den Mund des Mutessarif spielte wieder ein Lächeln, diesmal aber ein ironisches.

»Kannst du uns die Versicherung geben, daß deine Erzählung wirklich wahr ist?« fragte er mich.

»Ja.«

»Ich glaube, daß du in fester Ueberzeugung sprichst, aber du irrst dich; du hast die Wahrheit nicht gesagt, sondern einen völlig Unschuldigen beschuldigt.«

»Wenn dies der Fall ist, so habe ich richtig geahnt, und der Mann ist gar nicht Abd el Kahir, der Scheik der Muntefik, gewesen.«

»Er war es nicht, denn Abd el Kahir sitzt hier vor deinen Augen neben mir.«

Es läßt sich denken, daß diese unerwartete Eröffnung mich nicht sonderlich erbaute; aber in Verlegenheit brachte sie mich doch nicht, denn der Scheik hatte keine Veranlassung, mir zu zürnen. Um so mehr ergrimmt war er auf den Menschen, der sich seines Namens bedient hatte. Er sprang auf, lief im Selamlük hin und her und fragte immerfort, wer es doch wohl gewesen sein möge. Ich beschrieb die Person möglichst genau und erwähnte dabei auch die Stirnnarben.

»Das ist kein Kennzeichen,« meinte er. »Es giebt Stämme, bei denen alle Krieger Narben tragen.«

»Das meine ich eben. Man kann dadurch vermuten, zu welchem Stamme er gehört.«

»Sie können auch von einer zufälligen Verwundung herrühren.«

»Nein. Ich bin vollständig überzeugt, daß sie mit Absicht eingeschnitten worden sind.«

»Dann wäre es notwendig, zu wissen, ob seine Leute gerade auch solche Narben hatten.«

»Das kann ich nicht sagen.«

»Du mußt es aber doch wissen, denn du hast sie gesehen und sogar mit ihnen gekämpft!«

»Gesehen nur einen einzigen Augenblick, und während des ebenso kurzen Kampfes waren wir in dichten Staub gehüllt.«

»Deine Haddedihn wissen es vielleicht?«

»Darf ich gehen, sie zu fragen?«

»Wenn du erlaubst, thue ich es selbst.«

Er ging; als er nach kurzer Zeit zurückkehrte, sagte er:

»Sie haben alle dieselben Stirnnarben gehabt, welche also ein Stammeszeichen sind. Zwei Narben, eng nebeneinander von rechts nach links schräg über die Stirn gehend, werden von einigen Abteilungen der Tamimaraber getragen.«

»Wo wohnen diese?« erkundigte ich mich.

»Auf dem Karawanenwege von hier nach Mekka,« antwortete er.

»Kannst du die Gegend nicht genauer angeben?«

»Da müßte ich wissen, zu welchem Zweige der Tamim diese Halunken gehören, welche sich meines ehrlichen Namens bedient haben. Das soll ihnen vergolten werden. Es ist das eine Schändung, welche nur mit Blut abgewaschen werden kann. Ich schließe mich den Truppen an, welche du gegen sie aussenden wirst.«

Der Mutessarif, an den diese letzten Worte gerichtet waren, zuckte die Achseln und erklärte:

»Meine Macht erstreckt sich nur bis El Hufeir, wo die Grenze von Irak ist; die Tamin aber wohnen jenseits derselben. Ich werde den Händler kommen lassen, bei dem der angebliche Scheik gewesen ist.«

Es wurde ein Polizeisoldat geschickt, diesen Mann zu holen. Wir erfuhren, daß er den echten Abd el Kahir ebensowenig kannte wie ich vorher, und dem falschen seine Versicherung, es zu sein, geglaubt hatte. Dieser hatte ihm verschiedene Gegenstände verkauft, welche sehr wahrscheinlich die Ergebnisse eines Beutezuges waren.

Nun wußten wir gerade soviel wie vorher. Wir berieten hin und berieten her und kamen zu dem Resultate, daß die Mörder bei den Tamim zu suchen seien. Es blieb uns also gar nichts anderes übrig, als uns nach der Karawanenstraße zu wenden.

Eine kleine Hoffnung hatte ich doch noch außerdem, und diese setzte ich auf die Spuren der Räuber. War es mir möglich, diesen heute noch eine Strecke zu folgen, so ließ sich hoffen, doch vielleicht etwas Genaueres zu erfahren. Als ich dies dem Scheike sagte, forderte er mich eifrig auf, die Verfolgung sofort zu beginnen. Ich war gern bereit dazu, hatte aber kein Pferd. Da stellte mir der Mutessarif eines zur Verfügung und ließ es eiligst satteln.

Der Scheik brannte vor Begierde, die Schuldigen bestraft zu sehen, und war entschlossen, mir morgen früh mit den Haddedihn nachzukommen, welche er beritten machen wollte. Sie konnten leider nicht gleich mit mir fort, weil sie eben noch keine Pferde hatten und vorher ihren Mesud Ben Hadschi Schukar begraben mußten. Mein Hadschi Halef aber wollte sich nicht bis morgen halten lassen, und der Mutessarif war so freundlich, auch für ihn ein Pferd zur Verfügung zu stellen.

Ich konnte nicht wissen, wohin mich die Spuren führen würden, und da war es leicht möglich, daß die Nachfolgenden uns nicht finden konnten. Um dies zu vermeiden, wurde ausgemacht, daß ich auf alle Fälle in dem nicht allzuweit von Basra entfernten Orte Mangaschania eine Botschaft oder Weisung zu hinterlassen habe.

Nun standen die Pferde im Hofe; ich verabschiedete mich

von dem Mutessarif und ritt mit Halef fort, ohne ein Gewehr mitzunehmen. Ich hätte mir zwar eines geben lassen können, hielt es aber für besser, gar keins zu haben als ein schlechtes. Wir ritten im Galopp nach Kubbet el Islam, wo wir zunächst Omar Ben Sadek benachrichtigen und dann nach den Spuren der falschen Muntefikaraber suchen wollten. Omar saß bei der Leiche seines Schwagers und hatte neben derselben sein Messer in die Erde gesteckt. Dies war nach dem Gebrauche der Haddedihn das Zeichen seines festen Entschlusses, den Tod Mesuds an dem Mörder blutig zu rächen. Dieser Entschluß sprach sich auch in der finstern Erstarrung aus, in welcher seine Züge lagen, und in dem Blicke, mit welchem er uns empfing. Er hörte mich ruhig an, als ich ihm erzählte, was wir in Basra erfahren und erreicht hatten, und sagte dann:

»Hätte der Bruder meines Weibes auf dich gehört, Emir, so wäre er noch am Leben; ich habe ihn aber dennoch zu rächen und werde nicht eher nach den Zelten der Haddedihn zurückkehren, als bis ich den Thäter niedergestreckt habe. Ed dem b' ed dem, Blut um Blut, und ich muß es erfüllen, wenn ich mich nicht von dem ganzen Stamme verachten lassen will.«

»Ja, diese Blutthat muß gerächt werden,« stimmte Halef sehr ernst bei. »Wenn wir nicht alles aufböten, den Mörder zu finden und zu bestrafen, so dürften wir unsern Kriegern nicht vor die Augen treten, und Hanneh, das schönste und beste Weib unter den allerbesten Frauen, würde irre an mir werden.«

Wir verabschiedeten uns bis auf morgen von Omar und ritten nach der Nordseite der Ruinen, wo wir auf die Fährte der Mörder trafen. Diese war so deutlich, daß gar keine Kunst dazu gehörte, ihr zu folgen. Sie zeigte nach Westsüdwest, und wenn sie diese Richtung beibehielt, so mußte sie uns nach der Pilgerstraße von Basra nach Mekka führen. Dies war mir lieb und doch auch wieder nicht angenehm. Lieb, weil die Straße verhältnismäßig eng bewohnt ist und wir also den Vorteil hatten, Erkundigungen einziehen zu können, unlieb aber deshalb, weil die Bewohner dieser Mekkastraße äußerst unduldsame Muhammedaner sind, bei denen ich in große Gefahr geriet, falls sie entdeckten, daß ich ein Christ sei.

Da wir der Spur nur bis zum Abende folgen konnten, trieben wir unsere Pferde zur möglichsten Eile an und hatten, als es dunkel wurde, eine tüchtige Strecke hinter uns gelegt. Da lagerten wir uns und ritten, sobald der Tag graute, weiter. Zwei Stunden später erreichten wir Mangaschania, einen Ort, an welchem schon vor Muhammed der Araberhäuptling Keis einen Wachtturm erbauen ließ. Ich fand ein elendes Nest, welches von den Beni Mazin vom großen Stamme der Tamim bewohnt wurde, doch söhnte mich damit der Umstand aus, daß wir verabredet hatten, hier Nachricht zu hinterlassen. Hätte uns die Spur wo andershin geführt, so wäre dies mit Zeitverlust verbunden gewesen.

Vor dem Orte lungerten einige Kerls herum, welche uns mit einer Freundlichkeit begrüßten, deren Aufrichtigkeit nicht ganz zweifellos zu sein schien. Es kam mir vor, als ob sie nach uns ausgeschaut hätten, und die allzu forschenden Blicke, mit denen sie uns betrachteten, wollten mir wenig gefallen. Ich fragte sie, ob der Scheik el Beled[1] zu sprechen sei, und ließ mich, als sie dies bejahten, zu ihm führen. Er wohnte in einer ziemlich umfangreichen Erdhütte, aus deren offener Thüre er trat, als er uns kommen hörte. Auch hier kam es mir so vor, als ob er uns erwartet habe. Ich fragte ihn, ob er den Reitertrupp gesehen habe, welcher vor uns hier durchgekommen sei.

»Natürlich habe ich ihn gesehen,« antwortete er. »Sie haben hier am Brunnen gehalten und ihre Schläuche gefüllt.«

»Wohin sind sie dann?«

»Dahin,« sagte er, indem er nach Westen deutete,.

»Also nicht auf der Pilgerstraße weiter?«

»Nein, denn da würden sie nicht nach ihrem Duar kommen, und sie wollten doch heim.«

[1] Dorfältester.

»Heim? So weißt du also wohl, wo sie wohnen?«

»Ja.«

»Und wer sie sind?«

»Freilich weiß ich es.«

»Nun, wer?«

»Es war Humam Ben Dschihal, der Scheik der Hadescharaber mit einigen Kriegern. Sie sind in Kubbet el Islam gewesen, um Ibn Risaa zu verehren. Der Scheik hatte ein Gelübde gethan.«

»Und wo wohnen sie?«

»Im Wadi Bascham, jenseits der Wasit-Straße, drei Tagereisen von hier.«

»Du bist sicher, daß du dich nicht irrst?«

»Wie sollte ich mich irren! Human Ben Dschihal ist mein Freund und Bruder, den ich oft besuche.«

»Wie lange hat er sich hier aufgehalten?«

»Keine halbe Stunde; er hatte sehr große Eile, nach seinem Wadi Bascham zu gelangen.«

»Hat er dir gesagt, weshalb?«

»Nein, denn ich habe ihn nicht gefragt. Wollt ihr absteigen und eure Schläuche füllen?«

Wir hatten Schläuche mitbekommen, denn ein Wasserschlauch gehört, sozusagen, in jenen Gegenden zum Sattelzeug.

»Ja, wenn ihr es erlaubt,« antwortete ich.

»Ich erlaube es, wenn ihr dafür die gebräuchliche Taxe bezahlt.«

Ich gab ihm das Geld, welches eine nur geringe Summe war, stieg ab und gebot Halef, die Pferde an den Brunnen zu führen, sie dort zu tränken und dabei die Schläuche mit Wasser zu füllen. Dann machte ich allein einen Gang um den Ort, um nach den vorhandenen Spuren zu sehen. Es war richtig: die Fährte, welcher wir zu folgen hatten, führte in der bezeichneten Richtung weiter; der Schech el Beled schien mich also nicht belogen zu haben. Dennoch aber hatte ich das Gefühl, daß ich ihm nicht trauen dürfe.

Da wir nun wußten, mit wem wir es zu thun hatten, war

Eile nicht nötig, und wir konnten hier in Mangaschania auf den Scheik der Muntefik warten, um dann mit ihm und seinen Leuten zusammen weiterzureiten; ein augenblickliches Verfolgen der Fährte war nun überflüssig geworden. Halef war damit einverstanden.

Die Leute von Mangaschania brachten uns für eine geringe Bezahlung zu essen und verhielten sich überhaupt sehr aufmerksam gegen uns. Dabei behandelten sie mich mit großer Scheu, und ich bemerkte wiederholt, daß ihre Augen mit einem ganz besonderen Ausdrucke auf meinem Gesichte ruhten. War ich ihnen als der bekannte Kara Ben Nemsi beschrieben worden? Das konnte nur der Mörder gethan haben, welcher überzeugt war, daß ich ihn verfolgen werde, und ihnen dies gesagt hatte. Das vergrößerte mein Mißtrauen.

Kurz nach Mittag kam Abd el Kahir mit unsern Haddedihn und seinen Muntefikarabern. Er hatte nicht geglaubt, mich hier zu finden. Als ich ihm sagte, was ich erfahren hatte, rief er aus:

»Das leuchtet mir ein, Emir. Dieser Scheik der Hadescharaber ist ein Räuber, und ich traue ihm wohl zu, daß er es gewesen ist. Allah wird ihn dafür vernichten, daß er es gewagt hat, meinen ehrlichen Namen zu mißbrauchen! Wir reiten ihm augenblicklich nach. Ich kenne den Weg nach dem Wadi Bascham, wenn ich auch noch nicht dort gewesen bin.«

Wir brachen sogleich auf und ritten, bis es dunkel geworden war. Dann lagerten wir uns mitten in der Wüste. Ich bat den Scheik, Wachen auszustellen; er lachte darüber und that es nicht. Da ich aber diese Vorsicht nie zu versäumen pflege, loste ich die Wachen mit den Haddedihn aus. Ich selbst übernahm mit einem von ihnen die erste. Nach zwei Stunden wurden wir von Halef und Omar abgelöst und legten uns nieder. Bald aber weckte mich ein Schuß. Ich sprang auf und fragte, wer geschossen habe. Omar war es gewesen. Er hatte eine Gestalt heranschleichen sehen und sie angerufen; da eine Antwort nicht erfolgt war, hatte er auf sie geschossen. Ob es ein Mensch oder ein Tier gewesen war, wußte er nicht.

Wir suchten vorsichtig nach und fanden einen sehr gut bewaffneten Beduinen, dem Omars Kugel den Kopf durchlöchert hatte; er war tot. Beim Scheine einiger Zündhölzer erkannten wir zu unserem Erstaunen in ihm einen der Räuber, die wir verfolgten.

»Siehst du, wie recht ich hatte, daß ich Wachen ausstellte,« sagte ich zu dem Scheik. »Sie haben auf uns gewartet und uns umschlichen, um uns zu überfallen. Jetzt müssen wir doppelte Posten ausstellen.«

Dies geschah und es ereignete sich bis zum Morgen nichts Feindseliges mehr. Als es dann hell geworden war, sahen wir freilich die Stapfen der Menschen, welche nur durch Omars Aufmerksamkeit von der Ausführung ihres Vorhabens abgehalten worden waren. Ihre neue Spur wich von ihrer bisherigen Richtung links ab.

»Sie wollen uns ablenken,« sagte der Scheik; »das soll ihnen aber nicht gelingen. Wir folgen ihnen nicht, sondern reiten weiter, gerade auf das Wadi Bascham zu.«

Ich stimmte bei, und so wurde die alte Richtung beibehalten. Wir kamen während des ganzen Tages durch Gegenden, welche zwar nicht Wüste genannt werden konnten, aber doch recht gut hätten in der Sahara liegen können. Gegen Abend kamen wir an den von Wasit nach Dsul Oschar führenden Karawanenweg, wo wir während der Nacht an einem Brunnen lagerten, der reichliches aber schlechtes Wasser führte. Am Morgen ritten wir weiter. Wir wollten bis in die Nähe des Wadi Bascham, um dort den Mördern aufzulauern. Es sollte aber anders kommen.

Es war noch nicht Mittag, als wir einen Reitertrupp erblickten, welcher sich in einem spitzen Winkel uns von links herüber näherte. Es waren nur vier Mann, vielleicht ein Teil von denen, die wir erwarteten. Wir griffen zu den Waffen und hielten an, um sie herankommen zu lassen. Sie setzten ihre Pferde in Galopp, und bald sahen wir, daß wir uns geirrt hatten. Mit diesem »wir« sind jedoch nicht die Muntefik gemeint, denn als der Scheik derselben die Gesichter der Nahenden erkannte, rief er aus:

»Sie sind es, Emir, sie sind's! Der, welcher voranreitet, ist Humam Ben Dschihal, der Scheik der Hadesch.«

»Du kennst ihn genau?« fragte ich.

»Ja.«

»So hat uns der Schech el Beled von Mangaschania belogen, denn diese Männer waren es nicht, die uns in Kubbet el Islam überfielen.«

»Was? Wie? Diese nicht?«

»Nein.«

»So verdamme Allah den Lügner! Ich werde ihn bestrafen lassen!«

Die vier Hadescharaber kamen heran und grüßten uns. Als ihr Anführer sich nach der Ursache und dem Ziele unseres Rittes erkundigte, hielt ich es für das Klügste, ihm die Wahrheit zu sagen. Er sah allerdings wie ein echter Räuber aus, doch sind die dortigen Beduinen alle mehr oder weniger Spitzbuben.

»Allah 'l Allah!« lachte er, als er mich angehört hatte. »Ich nehme es euch nicht übel, daß ihr mich für den Räuber gehalten habt; aber ich sage dir, daß ich es besser gemacht hätte als er. Aber ich möchte gern wissen, wer der ist, mit dem ich verwechselt worden bin. Willst du ihn mir nicht einmal beschreiben!«

Ich folgte dieser Aufforderung; als ich die beiden Narben erwähnte, rief er aus:

»Maschallah! Gingen sie von rechts nach links schräg abwärts über die Stirn?«

»Ja.«

»Hatte nur er diese Narben?«

»Nein. Jeder seiner Leute hatte sie auch und genau ebenso.«

»So habe ich es, ich hab's! Ich weiß, wer er ist!«

»Nun, wer?« fragte ich, im höchsten Grade gespannt.

»Es ist – – doch halt!« unterbrach er sich, indem sein Gesicht einen lauernden Ausdruck annahm. »Ihr werdet ihn verfolgen?«

»Ja.«

»Wenn es sein muß, bis zu seinem Lagerdorfe hin?«

»Sicher!«

»So gieb mir ein Versprechen!«

»Welches?«

»Daß du auf dem Wege, den ich dir beschreibe, hinreiten wirst.«

»Das kann ich nicht versprechen, denn es ist möglich, daß unvorhergesehene Umstände mich unterwegs zwingen, von diesem Wege abzuweichen.«

Da fiel Abd el Kahir, der Scheik der Muntefik, schnell ein: »Wenn du dich weigerst, dieses Versprechen zu geben, so erfahren wir nichts. Ich gebe es hiermit an deiner Stelle.«

»Gut, ich halte dich beim Worte!« sagte der Scheik der Hadesch. »Uebrigens braucht ihr ihm nicht zu folgen, denn wenn ihr mit mir nach dem Wadi Bascham reitet, fällt er in eure Hände. Auch ich habe eine Blutrache mit ihm. Sein Stamm steht mit dem meinigen in Fehde; ich war jetzt dort und habe dafür gesorgt, daß er mir in die Hände läuft. Ich erfuhr, daß er nach Basra ritt, und bin nach seinem Duar gezogen, um ihm einen Streich zu spielen. Was für einer dies ist, das braucht ihr nicht zu wissen; aber ihr könntet ihn mir leicht vereiteln, wenn ihr nicht den Weg einschlüget, den ich euch vorzeichne. Ich weiß ganz gewiß, daß er sofort gegen mich ziehen wird, sobald er von Basra zurückkehrt. Es ist nämlich Abd el Birr, der Scheik der Malik Ben Handhala im Wadi esch Schagina.«

»Allah 'w Allah! Das ist möglich; ja, das glaube ich! Und nun weiß ich auch, weshalb der Schech el Beled von Mangaschania uns belogen hat. Er ist ja sein Stammesgenosse. Mangaschania wird von den Beni Mazin bewohnt, welche zu dem großen Stamme der Tamim gehören, und die Malik Ben Handhala gehören auch zu demselben. Er hatte sich dem Schech anvertraut.«

»Du hast recht. Ich sage dir, der Mörder, den ihr sucht, ist wirklich dieser Abd el Birr; das schwöre ich dir beim Kuran zu.«

»So müssen wir ihm nach.«

»Wollt ihr ihn nicht lieber in meinem Wadi, bei mir erwarten? Er kommt sicher.«

»Nein; wir haben keine Zeit dazu.«

»So reitet bis zu euerm letzten Nachtlager zurück, und folgt von dort aus seinen Spuren. Er wird sich auf der Wasit-Straße halten bis nach Dsul Oschar hinüber, und dann auf dem Mekkawege weitergehen. Willst du das?«

»Ja, ich verspreche es dir. Es ist ja auch der kürzeste Weg nach seinem Dorfe.«

Ich war anderer Meinung, als Abd el Kahir, sagte aber nichts, sondern hob mir das für später auf. Es wurden noch einige höfliche Redensarten gewechselt; dann trennten wir uns; das heißt, wir kehrten auf dem Wege zurück, den wir gekommen waren, Humam Ben Dschihal aber blieb mit seinen drei Hadesch halten, um zu sehen, ob wir das ihm gegebene Versprechen auch erfüllten. Ich drehte mich öfters, ohne daß es ihm auffallen konnte, nach ihm um; sobald wir jedoch so weit von ihm fort waren, daß er uns nicht mehr sehen konnte, wich ich von unserm Wege rechts ab.

»Was thust du?« fragte Abd el Kahir. »Du reitest falsch.«

»Ich reite sehr richtig.«

»Es würde ein Umweg sein.«

»Das Gegenteil. Unsere Feinde sind nach Südwest, wir aber reiten jetzt gerade nach Süd. Wie wollen wir sie da einholen!«

»Wir reiten ihnen ja von unserm letzten Lagerplatze aus nach!«

»Das würde einen Winkel geben, einen Umweg, welcher über einen ganzen Tag beträgt.«

»Ich habe es aber versprochen!«

»Ich nicht. Der Gegenstand ist von gar keiner Bedeutung für dich, und wenn du nicht nach deinem zu schnell gegebenen Versprechen handelst, wirst du keine große Sünde begehen. Willst du aber dein Wort halten, so habe ich gar nichts dagegen; reite du weiter! Ich aber habe nichts versprochen und werde keinen Umweg machen, denn ich will die Kerls einholen, noch ehe sie ihr Dorf erreichen. Sind sie erst dort, dann ist es gefährlicher, an sie zu kommen. Außerdem kam mir das Benehmen des Scheiks der Hadescharaber verdächtig vor. Er hat etwas gethan, was wir nicht wissen sollen, und derartige Verheimlichungen lasse ich nie unaufgedeckt. Ich muß stets wissen, woran ich bin.«

Ich ritt weiter; Halef, Omar und die Haddedihn folgten mir, und die Muntefikaraber kamen uns nach einiger Zeit doch nach, als sie sahen, daß wir nicht umkehrten. Was ging mich das leichtsinnige Versprechen ihres Scheiks an! Ich hatte auf unser Unternehmen Rücksicht zu nehmen, nicht aber auf den mir so verdächtig erscheinenden Wunsch Humam Ben Dschihals.

Wir ritten also nach Südwest und kamen bald an die Spuren des letztgenannten und seiner Leute. Diesen folgten wir bis zum Abende, ohne daß irgend etwas geschah. Die Gegend war im höchsten Grade trist, und unser Wasser ging zur Neige. Ich wollte aber nicht südwärts nach der Wasitstraße einlenken, weil dies ein Umweg war und gerade hier mehrere Unterabteilungen der Tamim an derselben wohnten. Die hielten es natürlich mit Abd el Birr, von dem sie jedenfalls über uns benachrichtigt worden waren. Wir wären da wohl kaum unsers Lebens sicher gewesen. Später gab es an derselben Straße Angehörige anderer Stämme, denen wir mehr Vertrauen schenken konnten. Darum strengten wir unsere Pferde soviel wie möglich an, um eine tüchtige Strecke hinter uns zu legen, und infolgedessen waren, als es dunkel wurde, nicht nur die Pferde, sondern auch die Reiter ungewöhnlich ermüdet. Wir schliefen alle rasch ein, die Wache natürlich ausgenommen. Abd el Kahir hielt es nach der letzten Erfahrung gar nicht mehr für überflüssig, Wächter auszustellen.

Ich wurde auch heute bald wieder geweckt und zwar abermals durch Omar Ben Sadek. Er rüttelte an meinem Arme und sagte leise, um die andern Schläfer nicht zu stören:

»Sihdi, steh doch einmal auf und horch, was das für Töne sind! So eine Tierstimme habe ich noch nie gehört.«

Ich that ihm den Willen, entfernte mich mit ihm eine

kleine Strecke vom Lagerplatz und horchte. Es herrschte die tiefste Stille rund umher. Doch bald wurde sie durch einen eigentümlichen Ton unterbrochen, den ich allerdings auch nicht unterzubringen wußte. Eine Tierstimme war es nicht, und als sich dieser Ton einigemal wiederholt hatte, sagte ich:

»Sonderbar! Wenn dies nicht die Stimme eines rufenden Kindes ist, so weiß ich nicht, wem sie gehören soll. Schakal oder Fennek ist es nicht, Hyäne vollends gar nicht. Gehen wir langsam näher!«

Wir setzten uns in Bewegung, und je weiter wir kamen, desto deutlicher wurden die Laute; dann unterschieden wir die beiden Silben Zar - - ka, die von einer klagenden Kinderstimme gerufen wurden. Zarka ist das Femininum des arabischen Wortes asrak, welches blau bedeutet; hier war es also wohl der Name einer Frau oder eines Mädchens. Ein Kind allein hier in der Wüste? Unmöglich! Es waren jedenfalls andere Personen dabei, und da galt es, vorsichtig zu sein. Wir schlichen uns näher und immer näher, bis wir zu unserm Erstaunen sahen, daß das Kind allerdings ganz mutterseelenallein im Sande lag. Das konnte eine Falle sein, und darum beschloß ich, die Umgegend recht sorgfältig abzusuchen.

Dies dauerte ziemlich lange, und als ich damit fertig war und zu Omar zurückkehrte, saß er an der Erde, mit dem Kinde auf dem Arme. Es hatte die Aermchen um seinen Hals geschlungen und schlief.

»Pst, Sihdi, wecke es nicht!« flüsterte er. »Es schläft. Wir wollen ganz leise, ganz leise zurückkehren.«

Er stand langsam auf, um das Kind ja nicht etwa durch eine schnelle Bewegung zu wecken, und trug es nach dem Lager. Dort setzte er sich nieder und blieb die ganze Nacht vollständig bewegungslos sitzen, er, der rauhe Beduine, den ich nur seinem Weibe gegenüber weich gesehen hatte. Die letzte Wache war auf mich gefallen, und so sah ich beim Anbruche des Tages die rührende Hingebung, welche er für den Findling hegte. Es war ein Knabe.

Da regte sich dieser und ließ, noch schlaftrunken, wieder den Namen Zarka hören. Dann schlug er die Augen auf, aber was für Augen! Sie waren blau; fast möchte ich sagen, himmelblau, wenn es überhaupt himmelblaue Augen gäbe, denn die himmelblaue Farbe der Augen ist lediglich eine Erfindung der Dichter. Ein Araberknabe himmelblaue Augen! Omar stieß einen lauten Ruf der Ueberraschung aus und war ganz entzückt darüber; es war allerdings ein Knäblein, wie gemalt, vielleicht anderthalb Jahre alt. Der Ruf weckte die Schläfer auf, die nicht wenig verwundert waren, als sie das Kind erblickten. Dieses fürchtete sich vor ihnen, suchte Schutz am Halse Omars und rief wieder nach seiner Zarka. Wir gaben ihm zu trinken und einige weiche Datteln; da beruhigte es sich.

Was mit dem Knaben thun? Ihn mit uns nehmen, das ging wohl kaum; noch weniger konnten wir ihn hier zurücklassen. Der nächste Ort war el Achadid, an der Wasitstraße; dorthin wollten wir ihn bringen, denn es war zu vermuten, daß er dorthin gehörte. Das zwang uns zu einem Umwege, war aber nicht zu ändern. Wir saßen also auf und schlugen die Richtung nach diesem Orte ein. Das Kind fürchtete sich vor uns allen und weinte, wenn sich einer von uns ihm näherte; zu dem braven Omar aber zeigte es sonderbarerweise eine wahre Zärtlichkeit, über welche er ganz glücklich war. Er hatte es bei sich auf dem Pferde und sorgte dafür mit einer Aufmerksamkeit, die ich ihm gar nicht zugetraut hätte.

»Sihdi,« sagte er, »das ist ein wahrer Herzensknabe. Ich schwöre bei Allah, daß ich ihn seinem Vater wiedergeben werde.«

»Und wenn wir diesen nicht finden?«

»So nehme ich ihn mit mir und bringe ihn meiner Sahama, dem Weibe meiner Liebe, die voller Wonne über ihn sein wird.«

Seine Zuneigung zu dem Knaben wuchs von Stunde zu Stunde, und als wir gegen Abend in der Nähe von el Achadid angekommen waren, sagte er:

»Ich wollte, die Eltern wären nicht zu finden. Sieh, wie er mich am Barte zerrt und dabei lacht! Aber trotzdem sollen sie ihn wieder haben, und wenn sie noch so weit von hier wohnen. Bei Allah, ich werde ihnen ihr verlorenes Glück wieder bringen!«

Er ahnte nicht, was dieses »bei Allah« bald für Folgen haben würde.

Da el Achadid von keiner Abteilung der Tamim bewohnt wurde, hatten wir nichts zu besorgen und ritten in den Ort. Unsere Nachfragen waren vergeblich. Niemand kannte den Findling, und kein Mensch wußte, wo in den benachbarten Duars ein Kind seinen Eltern abhanden gekommen war. Ich machte den Vorschlag, den Knaben hier zu lassen. Uns mußte er genieren, und die Bewohner dieses Ortes konnten seine Herkunft ausfindig machen. Da aber sagte Omar:

»Nein, Sihdi! Ich habe ihn gefunden, und wenn wir seine Eltern nicht entdecken, so gehört er mir und wird mein Kind. Soll ich ihn Zarka nennen?«

»Das ist ja ein weiblicher Name.«

»Gut, so soll er Lakit[1] heißen. Es giebt keinen Namen, welcher besser für ihn paßt.« – – –

[1] Findling.

DRITTES KAPITEL.

Um des Kindes willen.

Die Leute von el Achadid behandelten uns freundlich. Sie boten uns Wasser umsonst und Früchte, Mehl und andere Nahrungsmittel zu den niedersten Preisen an. Einer von ihnen war von einem Ritte nach Wasit heimgekommen und dabei auf Abd el Birr und seine Handhala-Araber gestoßen. Als er das so nebenbei erwähnte, bemerkte ich, daß Feindschaft zwischen Achadid und den Handhala herrschte, und da erzählte ich, weshalb wir in diese Gegend gekommen waren. Hierauf wurde uns von ganzem Herzen guter Erfolg gewünscht; wir mußten als Gäste in dem Orte bleiben und bekamen, als wir am nächsten Morgen weiterritten, alle Auskunft, die uns nötig war, weil bei den Muntefik die Kenntnis der Oertlichkeiten nun nach und nach zu mangeln begann.

Wir wußten nun, daß wir die Malik Ben Handhala eine halbe Tagereise vor uns hatten, und mußten uns bemühen, diesen Vorsprung einzubringen. Leider wurde uns dies durch den Knaben erschwert, welcher trotz aller Sorgfalt, die Omar auf ihn richtete, unser schnelles Reiten nicht aushalten konnte. Die Muntefik räsonnierten darüber, doch Omar machte sich nichts daraus. Die blauen Augen hatten es ihm angethan, und er schien mehr an den Knaben als an die Blutrache zu denken, die uns und vor allen Dingen ihn hierher geführt hatte. Er plauderte in einem fort mit seinem »Lakit«, obgleich er immer nur das Wort Zarka als Antwort bekam. Ob wohl die Mutter dieses Knaben diesen Namen trug?

Gegen Ende dieses Tages kamen wir wieder auf die Fährte der Handhala und beschlossen, nur dann von derselben abzuweichen, wenn es einen Ort zu umreiten gab, dessen Bewohner uns nicht sehen sollten.

Die Verfolgten hatten sich bis jetzt auf der Wasitstraße gehalten; am nächsten Vormittage aber führte ihre Spur nach

Mawija hinüber, welches an der Mekkastraße liegt. Wir hatten gehört, daß dieser Ort von den Anbararabern bewohnt wird, vor denen wir uns, wie wir meinten, nicht zu verbergen brauchten, da sie nicht zum Tamimstamme gehörten, und hielten es für geboten, uns nach den Handhala zu erkundigen. Dennoch gebrauchte ich die Vorsicht, die andern außerhalb des Ortes zu lassen und mit Halef allein hineinzureiten.

Einige Männer standen bei den ersten Hütten und Zelten. Als sie uns kommen sahen, rannten sie fort, wohl um die Kunde von der Ankunft zweier fremder Reiter rasch zu verbreiten. Dennoch sahen wir, als wir uns schon mitten im Dorfe befanden, keinen andern Menschen als eine alte Frau, die ich nach dem Schech el Beled fragte. Sie bezeichnete mir ein großes Zelt als die Wohnung desselben. Wir ritten hin und riefen. Da wurde der Vorhang zurückgeschlagen, und der Beherrscher des Dorfes erschien in der Oeffnung. Ohne abzuwarten, was wir von ihm wollten, lud er uns ein, bei ihm einzutreten und den Tschibuk mit ihm zu rauchen. Ich entschuldigte mich mit dem Mangel an Zeit; er aber ließ das nicht gelten und wiederholte seine Einladung in so dringendem Tone, daß es eine unverzeihliche Beleidigung gewesen wäre, wenn wir dieselbe auch jetzt noch zurückgewiesen hätten. Und Feinde durften wir uns hier nicht machen, weil uns der Rückweg wieder herführen mußte. Wir stiegen also ab, banden die Pferde an zwei Zeltstangen und traten ein.

Unser Wirt begrüßte uns mit einem vollständigen Ahla wa sahla wa marhaba[1], was die geringe Befürchtung, die ich doch hegte, sofort verscheuchte, denn einer, dem man nicht wohl will, wird nie so gegrüßt, und ließ uns niedersetzen. An einem Pfahle hingen mehrere Tabakspfeifen, von denen er uns die beiden besten aussuchte; dann gab er uns Tabak und auch Feuer. Er war im höchsten Grade freundlich, setzte sich zu uns und begann ein Gespräch, ohne uns nach unseren Verhältnissen und Absichten zu fragen.

Da war es mir, als ob ich draußen die Schritte vieler Leute

[1] Willkommen.

hörte, leise Schritte, was meinen Argwohn sofort wieder wachrief.

»Die Bewohner Mawijas scheinen nicht daheim zu sein,« sagte ich. »Ich habe nur einige Männer und eine Frau gesehen.«

Da stand er auf, nahm plötzlich eine ganz andere Miene an und antwortete:

»Sie sind daheim, alle, und haben auf euch gewartet.«

»Gewartet?« fragte ich, noch ruhig sitzen bleibend. »Wußtet ihr denn, daß wir kommen würden?«

»Wir wußten es. Abd el Birr, der Scheik der Handhala, hat uns gesagt, daß ihr Christenhunde kommen werdet, um die heilige Pilgerstraße zu besudeln. Das werdet ihr mit eurem Leben bezahlen. Unsere Männer haben sich versteckt, um euch stinkenden Hunden – – –«

»Schweig!« fuhr ich ihn an, indem ich aufsprang und Halef sich ebenso rasch aufschnellte. »Ja, ich bin ein Christ; der Hund aber bist du!«

»Und deine Leute sind Hundesöhne und feige Abkömmlinge von Hundeenkeln, denen wir die Peitsche geben werden!« unterbrach mich mein wackerer, furchtloser Halef, indem er eine kurze, starke Lederpeitsche, welche am nächsten Pfahle hing, herunterriß und ihm mit derselben gedankenschnell zwei, drei, vier Hiebe quer über das Gesicht versetzte.

Der Kerl wollte schreien, kam aber nicht dazu, denn ich schlug ihn zu Boden und öffnete dann den Vorhang, welcher als Thüre des Zeltes diente. Da draußen standen jetzt über hundert bewaffnete Männer und Burschen bereit, die Schänder der heiligen Straße zu ermorden und zu zerreißen; hinter ihnen hatten sich die Weiber zusammengeschart. Ich wollte aufs Pferd und fort, mitten durch sie hindurch; da aber schob mich mein listiger Hadschi Halef zur Seite und schrie, ehe noch einer von ihnen zu einem Ruf des Fanatismus kam, ihnen zu:

»Was fällt euch denn ein, ihr gläubigen Moslemim, ihr tapfern Krieger von Mawija! Wir gehören zu den Handhala und wurden von Abd el Birr zu euch gesandt, um dem Schech el Beled zu melden, daß die erwarteten Ungläubigen in kurzer Zeit ankommen werden, ihr habt eure Verstecke zu früh verlassen. Sie können jeden Augenblick erscheinen, und wenn sie euch hier versammelt sehen, werden sie draußen bleiben und entfliehen. Verbergt euch also schleunigst wieder, solange es noch Zeit ist! Schnell, schnell, fort, sonst entgehen sie uns!«

Um sie irre zu leiten und seinen Worten Nachdruck zu geben, verschwand er rasch wieder im Zelte, und ich folgte ihm ebenso schnell. Der Schech lag betäubt am Boden. Wir blickten durch eine Ritze hinaus und sahen, daß sich das Volk schleunigst entfernte. Der schlaue Hadschi bemerkte diesen seinen Erfolg und sagte, vergnügt lachend:

»Siehst du, wie es hilft, Sihdi! Du hättest wohl zwanzig und noch mehr mit der Faust erschlagen; vor meiner Zunge aber reißen sie alle, alle aus. Hamdulillah, jetzt sind sie fort! Nun wieder hinaus und auf die Pferde!«

Es war kein Mensch mehr draußen zu sehen, aber eben als wir aufstiegen, kamen einige Personen hinter einer langen, niedrigen Hütte hervor; ich erkannte Abd el Birr und drei von seinen Handhala.

»Ihr seid betrogen worden, betrogen, betrogen!« brüllte er wütend. »Auf sie, ihr Dummköpfe, schnell auf sie, sonst entgehen sie uns!«

Halef hätte ihn niederschießen können, that es aber natürlich nicht. Er hatte die Peitsche in der Hand behalten; er that mit derselben einige sehr bezeichnende Hiebe durch die Luft; dann galoppierten wir fort, zum Dorfe hinaus, verfolgt von einem Wutgeheul, wie man es sonst nur von Indianern zu hören bekommt.

Es stand zu erwarten, daß die fanatischen Menschen uns verfolgen würden; darum hielten wir uns, als wir unsere Gefährten erreichten, nicht bei ihnen auf, sondern jagten an ihnen vorüber und riefen ihnen zu, schnell nachzukommen. Um die Verfolger irre zu leiten, ritten wir gerade nordwärts, wohin wir gar nicht wollten, und sahen, als wir uns dann umblickten, auch wirklich eine Reiterschar, welche den Ort verlassen hatte; diese Leute sahen aber ein, daß unser Vorsprung schon zu groß war, und kehrten nach wenigen Minuten wieder um. Nun ritten wir in einem weiten Bogen langsam wieder in unsere ursprüngliche Richtung zurück, wobei Halef den andern unser Abenteuer erzählte und sich nicht wenig auf seine Pfiffigkeit zu gute that.

Also wir hatten die Handhala eingeholt, weil sie in Mawija geblieben waren, um uns zu verderben. Abd el Kahir riet, sie auf dem Wege nach dem nächsten Orte zu überfallen; ich aber ging nicht darauf ein, weil vorauszusehen war, daß sie gerade jetzt sehr vorsichtig sein würden. Dieser nächste Ort, er Rakmatan, gehörte den Handhala, und ich wollte mich nicht zwischen zwei Feuer bringen, sondern den Ueberfall desselben erst jenseits desselben unternehmen. Man stimmte mir bei.

Dieses Rakmatan liegt am oberen Ende des Wadi Falg und ist unter den Muhammedanern berühmt, als der einstige Wohnort des Dichters Malek Ben er Reïb el Mazini. Es war vorauszusehen, daß Abd el Birr nach dem Geschehenen Mawija nicht so schnell verlassen und dann in Rakmatan bei seinen Stammesgenossen bleiben werde. Wir waren erwischt worden, und nun glaubte er gewiß, daß wir nicht wiederkommen würden; wir hatten daher wohl bis morgen Zeit. Wir beeilten uns also gar nicht und machten einen Umweg, um ja nicht gesehen zu werden. Es dunkelte bereits, als wir jenseits Rakmatan auf der Pilgerstraße ankamen. Wir versteckten uns da hinter den Felsen des Wadi Maskat er Raml, hinter welchem die esch Schiha-Wüste beginnt.

Omar hatte nur für seinen Knaben Zeit und Augen, und es war wirklich rührend, zu sehen und zu hören, wie zart er für ihn sorgte und in welch weichen Tönen er zu ihm sprach; eine Mutter hätte nicht lieber und aufmerksamer sein können. Das Kind wollte aber auch keinen Augenblick lang von ihm lassen.

Es lag mir natürlich daran, zu erfahren, ob Abd el Birr schon in dem Orte angekommen oder wider alles Erwarten schon vorüber sei; darum beschloß ich, kundschaften zu gehen. Halef wollte mit, konnte aber nichts nutzen, sondern nur schaden. Den hellen Haïk, der mich leicht verraten konnte, ließ ich natürlich zurück.

Ich hatte bei unserer Ankunft im Wadi Maskat er Raml das Dorf liegen sehen und schätzte die Zeit, es jetzt in der Dunkelheit zu erreichen, auf eine halbe Stunde. Als diese verflossen war, stand ich vor der ersten Hütte. Aus den Fensteröffnungen der Wohnungen glänzte der Schein der Lichter oder Sesamöllampen. Der Ort war in eine Krümmung des Wadi Falg geschmiegt, und wenn ich nicht gesehen werden wollte, mußte ich meine Beobachtungen im Rücken des Dorfes machen. Ich schlich mich von einer Wohnung zur andern, bis ich am obern Ende angekommen war; dann kehrte ich wieder zurück, um meine Aufmerksamkeit auf ein Bauwerk zu richten, welches das größte war und also wohl dem reichsten Manne, wenn nicht dem Schech el Beled gehörte. Vor der Thür desselben waren, wie ich bemerkte, mehrere Pferde angebunden. Die hintere Wand hatte vier Fensteröffnungen, von denen drei erleuchtet waren. Ich schlich mich an die erste und sah hinein. Ich sah einen kleinen, ganz primitiv eingerichteten Raum, in welchem eine weibliche Gestalt unbeweglich auf einer Strohmatte saß. Sie schien nach dem Nebenraume zu lauschen, in welchem Stimmen zu hören waren. Diesen zweiten Raum konnte ich durch das nächste Fenster überblicken. Er war größer. Zwei Männer befanden sich darin. Der eine von ihnen ging in großer Erregung hin und her; es war der Scheik der Handhala.

»Also mein Sohn, mein einziges Kind, mir in meinem Alter spät geboren, ist fort, geraubt von Humam Ben Dschihal, dem verfluchten Hadeschhunde!« rief er. »Ist er es wirklich gewesen? Wer hat ihn erkannt?«

»Dein Weib; sie kennt ihn ja genau. Sie ist mit dem Kinde auf dem Makbara[1] gewesen, ganz allein, und da von ihm überfallen worden.«

»Diese Verruchte, diese der Hölle Verfallene! Ich werde

[1] Kirchhof.

mit ihr abrechnen, bald, sehr bald! Denn ich werde sofort weiter reiten, um daheim meine Krieger zum Rachezuge zu versammeln. Sobald unsere Pferde gefressen und sich ein wenig ausgeruht haben, geht es fort von hier. Wir werden das Wadi Bascham dieses Kinderräubers der Erde gleich machen. Er hat sich fürchterlich gerächt, wie er sich entsetzlicher gar nicht rächen konnte. Er kannte meine unendliche Liebe zu diesem Kinde und hat es sicher unterwegs ermordet. Und dieses Weib, was thut sie jetzt? Sie wird daheim sitzen und an nichts anderes denken, als daß ihr das Trauerkleid gut zu Gesichte steht. Sie ist dem Tode verfallen. Meine erste Kugel gilt nicht dem Räuber meines Knaben, sondern ihr, das schwöre ich bei – – –«

»Halt, schwöre nicht!« unterbrach der Hausherr den Wütenden. »Dein Weib ist nicht daheim.«

»Wo sonst?«

»Sie ist dem Räuber nach wie eine Löwin, der man ihr Junges genommen hat.«

»So hat er sie auch getötet, und so ist sie leider ihrer Strafe entgangen. Was nützt es, daß sie ihm nachgefolgt ist! Darfst du sie da eine Löwin nennen? Sie hätte ihr Kind wie eine Löwin verteidigen sollen! Ich schwöre es bei Allah und allen Khalifen, daß ich ihr, wenn ich sie finde – –«

»Halt, schwöre nicht!«

Das sagte nicht der andere wieder, sondern der Ruf erscholl vom Eingange zum Nebenraume her, wo die Frau stand, die ich vorhin gesehen hatte. Nun folgte eine Scene, welche zu beschreiben sich die Feder sträubt. Man erlasse sie mir! Sie war in ihrer Mutterangst hierher gekommen, um den befreundeten Stamm um Hilfe zu bitten, und befand sich erst seit einigen Stunden hier, wo sie so unerwartet mit ihrem Manne zusammentraf. Dieser schäumte vor Wut, warf sie nieder, zerrte sie hin und her, trat sie mit Füßen und hätte sie erschossen, denn er riß das Pistol einigemal hervor, wenn er nicht von dem andern daran verhindert worden wäre. Endlich zog er sie an den Haaren aus dem Hause, schleuderte sie dort hin und brüllte laut dazu:

»Enti talikah bit telateh!«

Das heißt zu deutsch: »Du bist dreimal verstoßen«, und ist die gesetzlich vorgeschriebene Scheidungsformel. Sie war von diesem Augenblicke an nicht mehr seine Frau.

Ich schlich mich um das Haus, um nach ihr zu sehen, so gefährlich dies für mich war; da kam sie weinend um die Ecke. Sie erschrak, als sie mich sah.

»Wirst du Zarka genannt?« fragte ich leise.

»Ja. Wer bist du?« brachte sie mühsam hervor.

»Dein Freund. Ich bringe dir Hilfe. Komm mit mir!«

Ich nahm sie bei der Hand und führte sie fort. Sie folgte mir ohne Weigerung, mir, einem Fremden, von dem sie sich nicht berühren lassen durfte. Es war ihr ja nun alles gleich. Leise vor sich hinweinend und schluchzend ging sie eine halbe Stunde neben mir her, bis wir in das Wadi Maskat er Raml kamen. Da, wo die Gefährten hinter den Felsen steckten, war die zärtliche Stimme Omars zu hören, und eine andere, feinere, antwortete ihm mit einem zweimaligen »Zarka« darauf. Da stieß die Frau einen schrillen Schrei aus und stürzte vorwärts.

Was soll ich sagen! Sträubte sich vorhin die Feder, mir zu gehorchen, so möchte ich jetzt wohl gar zu gern das unendliche Entzücken der Mutter schildern, vermag es aber nicht und schweige also wieder, freilich aus ganz anderm Grunde.

Der mit dieser Wendung zunächst höchst unzufriedene Omar warf mir zehn Fragen auf einmal vor, und die andern wollten ebenso Erklärung haben, aber es gab keine Zeit dazu, weil Abd el Birr, der Handhala, so rasch aufbrechen wollte. Sollte er uns nicht entgehen, so mußten wir eilen. Zarka wurde mit dem Kinde so weit in das Wadi hineingeschafft, daß sie nicht hören konnte, was geschah; dort blieben zwei Haddedihn, die ich instruierte, bei ihr. Dann wurde mein dreißig Ellen langer, unzerreißbarer Lasso quer über den Weg gezogen; die Pferde sollten darüber stürzen, so daß uns der Fang sicherer und leichter war. Dann warteten wir.

Es verging aber eine Viertelstunde, ehe wir den Hufschlag nahender Pferde hörten. Sie kamen trotz der Dunkelheit im scharfen Trabe. Der Scheik fluchte, wetterte und trieb zur Eile an. Jetzt waren sie da. Ohne den Lasso wären sie in einigen Sekunden vorüber gewesen, wenn wir nicht hätten auf sie schießen wollen; so aber kam keiner vorbei; alle Pferde stürzten und die Reiter mit ihnen. Wir waren natürlich sofort über die letzteren her, ich über den Scheik, der sich durch seine Stimme kenntlich gemacht hatte. Er lag erst vor Schreck bewegungslos; dann wollte er sich wehren, wollte auf, konnte aber nicht und sank mit einem Schmerzensschrei wieder nieder. Er hatte das rechte Bein gebrochen. Sie wurden alle gebunden und nebeneinander niedergelegt; es fiel kein Wort dabei, und ich gebot auch bis zu meiner Rückkehr Schweigen. Dann nahm ich dem Scheik die beiden Pistolen aus seinem Gürtel und ging dem Dorfe zu.

Dort angekommen, schlich ich mich erst hinter den Häusern bis zu dem größten hin, welches, wie ich dann erfuhr, wirklich dem Schech el Beled gehörte, ging dann ganz offen nach der vordern Seite desselben und trat ein. Der Schech saß rauchend ganz allein im großen Raume; er wollte die Erregung der letzten Stunde durch die Pfeife beruhigen. Als er mich sah, sprang er überrascht auf.

»Kennst du diese Waffen?« fragte ich, sie ihm vorhaltend.

»Maschallah! Die Pistolen des Scheikes der Malik Ben Handhala!«

»Sie sind es. Er gab sie mir als Erkennungs- und Beglaubigungszeichen mit. Er ist nicht weit fortgekommen. Es handelt sich um ein Geheimnis, welches nur du allein heute erfahren darfst. Hast du einige Fananir?«[1]

»Ja.«

»Hole sie, und folge mir! Es ist Wichtiges geschehen.«

»Was? Wer bist du? Ich kenne dich nicht.«

»Du wirst es von ihm selbst erfahren. Beeile dich! Es darf keine Minute verloren werden.«

Der sehr bestimmte Ton, in welchem ich sprach, und die Pistolen hatten die beabsichtigte Wirkung: Er holte mehrere

[1] Plural von Fannar, Papierlaternen; andere giebt es dort nicht.

Laternen, zündete eine davon an und ging mit. So sehr er unterwegs Auskunft von mir forderte, ich gab sie ihm nicht; doch als wir an Ort und Stelle waren, sagte ich ihm, daß er mein Gefangener sei, aber nichts zu befürchten habe, falls er sich ruhig bis zum Morgen verhalte. Er wurde auch gebunden, ehe er sich versah; dann steckten wir alle Laternen an, so daß Licht genug vorhanden war, alles zu sehen.

Nun fiel zunächst der Scheik der Muntefik in den heftigsten Vorwürfen und Schmähreden über den Scheik der Handhala her; ich ließ ihn einige Zeit gewähren; dann aber, als er gar nicht aufhören wollte und es zu toll trieb, gebot ich ihm mit den Worten Ruhe:

»Nun laß es endlich gut sein! Es handelt sich bei dir um eine Beleidigung, für welche du Abbitte oder irgend eine für ihn ungefährliche Strafe verlangen kannst, nicht aber um etwas, was den unbedingten Tod erfordert. Hier aber steht der Bluträcher, welcher das Leben dieses Gefangenen fordern kann. Laß ihn nun auch zu Worte kommen!«

Ich deutete dabei auf Omar, welcher, seit Abd el Kahir gefangen war, kein Wort gesagt hatte. Jetzt trat er näher und blickte ihm finster in das Gesicht. Ich gab Halef einen heimlichen Wink. Dieser verstand mich und ging unauffällig fort, um Zarka herzubringen.

»Du hast den Bruder meines Weibes ermordet,« sagte jetzt Omar; »ich bin der Rächer. Kennst du das Gesetz, welches lautet: Blut um Blut, Leben um Leben?«

»Töte mich!« antwortete der Gefragte. »Allah hat mich durch diesen Kara Ben Nemsi Emir in deine Hand gegeben. Er hat mir die Freude meines Lebens, mein einziges Kind, den Sohn meines Alters genommen; ich mag nicht länger leben. Ich werde dir dankbar dafür sein, wenn du mir eine Kugel giebst.«

Das hatte Omar nicht erwartet; er kam dadurch in Verlegenheit. Er wollte den Gefangenen strafen, nicht ihm aber eine Wohlthat erweisen. Er blickte erst ihn und dann auch mich ratlos an.

»Schieß ihn tot, oder nimm das Messer, Omar!« forderte ich ihn auf.

Seine Verlegenheit wuchs. Er wollte Rache, aber ein Henker zu sein, einen Wehrlosen zu töten, das fiel ihm nicht ein.

»Ich verstehe dich,« fuhr ich fort. »Ja, wärest du ein Christ, so könntest du dich fürchterlich rächen, indem du glühende Kohlen auf sein Haupt sammeltest.«

Er blickte unentschlossen vor sich nieder. Da bäumte sich der Gefangene unter seinen Fesseln und trotz seines Beinbruches auf und stieß einen lauten, unartikulierten Ruf aus. Sein Weib war gekommen, den Knaben an der Hand. Sie kniete neben ihm nieder und hielt ihm das Kind zum Kusse hin. Eine ungeheure Aufregung bemächtigte sich seiner. Seine Augen schienen aus ihren Höhlen treten zu wollen, und er schrie mit einer Stimme, welche schier unmenschlich klang:

»Er lebt, mein Sohn, er lebt! Emir, laß mir die Hände los, gieb sie mir nur einen Augenblick, einen einzigen Augenblick frei, damit ich mein Kind umarmen, nur einmal berühren, nur einmal streicheln kann!«

Ich bückte mich nieder und band ihm die Arme los. Da griff er zu und zog den Knaben an das Herz, liebkoste ihn wie närrisch, gebärdete sich wie wahnsinnig, zog dann auch die Frau an sich und rief:

»Ich habe dich verstoßen; ich nehme dich wieder auf. Du bist wieder mein Weib, mein teures, gutes Weib. Willst du es wieder sein?«

Sie nickte unter Thränen; sprechen konnte sie nicht.

»Ich habe dich zwar freigegeben, also bist du auch frei,« fuhr er fort. »Aber wir gehen zum Kadi und lassen uns – – –«

Er hielt plötzlich inne; es fiel ihm ein, in welcher Lage er sich befand, daß er sein Leben verwirkt, ja sogar um seinen Tod gebeten hatte.

»O, Allbarmherziger, das ist nun aus!« klagte er. »Den Blutpreis, den Blutpreis! Ich will ihn zahlen; ich kann, ich kann nicht sterben!«

»Und du stirbst doch!« antwortete Omar.

Da nahm ich den blauäugigen Knaben seinem Vater aus den Händen, gab ihn Omar hin und sagte:

»Dieser bittet für ihn; er ist sein Sohn. Du hast zweimal bei Allah geschworen, die Eltern dieses Kindes glücklich zu machen, wenn es dir möglich sei. Bedenke das!«

Der Knabe schlang ihm sofort die Aermchen um den Hals und drückte ihm das Köpfchen in den Bart. Omar, der eben noch so entschlossene Omar, drehte sich um und verschwand mit dem Kinde im Dunkel der Nacht. Nun trat eine erwartungsvolle Stille ein, welche der Scheik dazu benutzte, sein Weib zu fragen, wie sie wieder zu dem verlorenen Kinde gekommen sei. Sie deutete stumm auf mich, und ich erzählte es ihm.

»Er hat es gefunden, er, der Bluträcher, dessen Verwandten wir ermordet haben!« sagte er. »O, Allah, wie strafst du diese That!«

Da kam Omar wieder; er hatte den letzten Ausruf gehört, und auf seinem Gesichte lag ein ungewöhnlich weicher Zug. Er legte ihm den Knaben in die Arme und sagte:

»Ich will nicht deinen Tod; ich nehme den Blutpreis – – – um dieses Kindes willen, welches mir meine Seele geraubt hat,« fügte er fast weinend hinzu. »Die Krieger der Haddedihn werden mich wohl deshalb nicht für unwürdig halten.«

Ich reichte ihm die Hand und beruhigte ihn:

»Nie bist du edler und tapferer gewesen als in diesem Augenblicke, wo du dich selbst bezwungen hast. Laß es sie wissen, daß ich, Kara Ben Nemsi Emir, dies ausdrücklich gesagt habe! Wie hoch soll der Blutpreis sein?«

»So viel, wie Abd el Mottaleb bezahlen mußte, der Großvater des Propheten, hundert Kamele.«

»Das ist mein ganzes Vermögen!« rief der Scheik. »Es bleibt mir dann nichts, gar nichts übrig; aber du sollst alles haben, alles, wenn ich nur meinen Sohn und mein Weib wieder bekomme und für sie leben darf. Der eigentliche Mörder bin ich nicht; den hast du getötet, als wir euch auf dem Wege nach dem Wadi Bascham des Nachts überfallen wollten.«

»So sind wir einig, und die Gefangenen sind frei,« erklärte ich.

Ihre Fesseln wurden gelöst. Abd el Birr konnte nicht hier liegen bleiben; der Schech el Beled erklärte, ihn und sein Weib und Kind bei sich aufnehmen zu wollen, und lud auch mich mit ein. Er und alle unsere bisherigen Feinde gelobten freiwillig mit den heiligsten Eiden, daß sie allen Hintergedanken fern seien, uns als Freunde und Brüder betrachten und gegen alle Feinde verteidigen würden. Wir durften ihnen glauben und gingen mit, um die Gäste des ganzen Ortes Rakmatan zu sein.

Im Hause des Schechs angekommen, verband ich das Bein des Handhala, so gut es möglich war; der Bruch war kein komplizierter. Der Kranke fühlte sich am andern Tage so wohl, daß er den Kadi kommen ließ, um sich sein Weib wieder antrauen zu lassen. Wäre ich nicht Christ gewesen, so hätte ich dabei als Zeuge dienen müssen; diese Ehre wurde Omar zu teil. Der brave Mann war so gerührt, daß er nach vorübergegangener Handlung zu den aufs neue Vermählten sagte:

»Ich bringe eine Gabe, welche ihr nicht zurückweisen dürft: ihr habt mich zum Zeugen eures neuen Glückes gemacht, welches die Armut töten würde. Ich verzichte auf den Blutpreis und schenke ihn eurem Sohn. Allah segne ihn und dieses mein Geschenk!«

Der Scheik brachte kein Wort hervor; auch Zarka konnte nicht sprechen; ihre blauen Augen aber standen voller Thränen, denn die Farbe seiner Augen hatte ihr Söhnchen von ihr geerbt; sie hieß Zarka ihrer Augen wegen.

Was wollte der Scheik der Muntefik nach dem Beispiele von Güte machen, welches ihm Omar gegeben hatte? Er mußte auch verzeihen und alle Rachegedanken fallen lassen. Wie eigentlich christlich fühlte und handelte man hier und jetzt in diesem an der Pilgerstraße gelegenen Hause, wo der muhammedanische Fanatismus bisher jährlich blutige Orgien gefeiert hatte! Wir blieben fast drei Wochen lang als Gäste in der Rakmatan, und niemand wagte es, ein Wort der

Beleidigung zu mir zu sagen. Die wahre Liebe besiegt den größten, unüberwindlich scheinenden Haß. Meine Gewehre wurden mir natürlich zurückgestellt, und ebenso bekamen die Haddedihn die Summe ersetzt, welche dem toten Mesud in Kubbet el Islam abgenommen worden war. – – –

5.

DER KUTB.

ERSTES KAPITEL.

In Kairo.

Zufall oder Schickung? Lieber Leser, was von diesen beiden ist wohl richtig? Hoffentlich gehörst du nicht zu denjenigen, welche an den ersteren glauben, sondern zu denen, welche wissen, daß, wie die heilige Schrift sagt, kein Haar ohne »Seinen« Willen von unserem Haupte fällt.

Wie oft habe ich während meiner vielen Reisen an mir selbst erfahren, daß eine allweise Hand meinen Weg ganz anders lenkte, als es mein Wille war, und zwar stets zu meinem Glücke! Wie oft wurde ich aus einer mißlichen oder gar gefährlichen Lage durch einen ganz geringfügigen Umstand befreit oder errettet, den ein Anhänger der Zufallslehre geradezu für eine Unmöglichkeit erklären würde, der mir aber ein Wink von oben war, dem ich zu folgen hatte! Ein kurzes, schnell vorübergehendes Ereignis, welches ohne alle Bedeutung zu sein schien, eine rasche, impulsive That, scheinbar von nicht dem geringsten Werte, ein gelegentliches Wort, welches ich schon einige Augenblicke später vergessen hatte, trat plötzlich nach Jahren und in einem ganz andern, fernliegenden Lande mit seinen Folgen bestimmend oder erlösend vor mich hin, so daß mir wie ein Lichtstrahl die Erkenntnis kam, daß die gerechte Vorsehung jede That und jedes Wort des Menschen verzeichnet und die belohnende oder bestrafende Wirkung desselben im geeigneten Augenblicke eintreten läßt. Wie viele Thaten würden nicht geschehen und wie viele Worte würden nicht gesprochen, wenn alle Menschen der Ueberzeugung wären, daß alles, was sie erleben, reden oder thun, nicht unter der Herrschaft des sogenannten Zufalles steht, sondern unter einem höheren, weisen Gesetze, welches ebenso die Sonnen am Firmamente wie den Flug des kleinsten Käfers lenkt!

Zufall oder Schickung? Auf diese Frage soll das, was ich

jetzt erzählen will, die Antwort geben, daß alles, was man einen Zufall nennt, nicht Zufall, sondern eine Wirkung dieses Gesetzes ist.

Ich war in der nubischen Wüste gewesen und kehrte nach Kairo zurück, um zunächst, was mein Aeußeres betraf, einen andern, neuen Menschen aus mir zu machen. Die Art, wie ich reise, bringt es mit sich, daß ich mich nicht mit großer Ausstattung und strotzendem Geldbeutel auf der großen, belebten Heerstraße bewege. Ich suche Gegenden auf, die fernab davon liegen, und da ist es mit den »Hilfsmitteln«, selbst wenn man sie besitzt, sehr bald zu Ende; sie haben allen Wert verloren, und zur Geltung kommt allein nur die Person, also das, was man ist und was man kann.

Infolgedessen befand ich mich bei meiner Rückkehr äußerlich in einem Zustande, den man im Volksmunde mit den allerdings sehr unästhetischen Worten »zerrissen und zerlumpt« zu bezeichnen pflegt. Das darf ich aufrichtig gestehen, weil es für einen Mann, der sich so lange Zeit unter den Völkerschaften des obern Nil herumgetrieben hat, ganz unausbleiblich und also keine Schande ist. Ich freute mich darum auf meinen großen, vollen Koffer, dessen Inhalt mehr als hinreichend war, mich vollständig neu auszustatten. Ich hatte ihn Ben Musa Effendi, meinem Gastfreunde, in Verwahrung gegeben, bei dem ich vor meinem Aufbruche nach Süden drei Wochen gewohnt hatte. Dieser Ben Musa Effendi war ein außerordentlich ehrlicher Mann, dem ich ein ganzes Vermögen hätte anvertrauen können, und so war ich nicht wenig überrascht, als ich seine Wohnung leer fand und von den Nachbarn erfuhr, daß er ganz plötzlich verschwunden sei und keinem Menschen gesagt habe, wohin er gehe. Zu dieser Ueberraschung gesellte sich noch die Betroffenheit, denn mein Koffer war ebenfalls mit ihm verschwunden.

Ich stand da und sah sehr trüben Blickes an mir nieder. Wie sah mein Anzug aus! Und im Koffer lag ein vollständig neues Habit! Aber nicht bloß das, sondern es befanden sich darin auch meine Wertpapiere, die ich jetzt in bare Münze hatte verwandeln wollen. Sie repräsentierten zwar keine große Summe, denn ich bin all mein Lebtage kein mehrfacher Millionär gewesen, aber doch einen für meine Zwecke hinreichenden Betrag.

Was nun thun? Zu dem Vertreter meiner Heimat gehen und Reisegeld leihen? Nein, das lag nicht in meiner Art. Hadschi Emir Kara Ben Nemsi »pumpt« sein Vaterland nicht an! Ben Musa Effendi ist ein ehrlicher Mann und muß wieder auf der Bildfläche erscheinen. Ich werde nach ihm suchen!

Aber wie und wovon leben, bis ich ihn gefunden habe? Von meinem »Rettungsgelde« natürlich. Ich trage nämlich auf allen meinen Reisen einige eingenähte Goldfüchse bei mir, welche für unvorhergesehene Fälle meinen »eisernen Fonds«, mein Rettungsgeld bilden, mein Derahim el Kefahle, wie der Araber sagt. Zehn Zwanzigmarkstücke, das reichte schon eine Weile. Freilich durfte ich mich da nicht im Hotel d'Orient einlogieren und mich auch noch nicht von meinem jetzigen Anzuge trennen.

Ich suchte mir zunächst ein billiges Quartier und fand es bei einem Pfeifenreiniger, welcher unverheiratet war und zwei kleine Räume innehatte, von denen er mir den einen gegen einen ganz geringen Betrag abtrat. Sein nicht ganz geruchloses Geschäft bestand darin, von Haus zu Haus, von Kunden zu Kunden zu gehen, um die Köpfe und Rohre der Tabakspfeifen auszuputzen. Das ist zwar keine hervorragend geistreiche und staatserhaltende Beschäftigung, aber sie verfolgt doch einen gewissen Zweck und kam mir als Mieter nebenbei sehr zu gute, denn das höchst lobenswerte Prinzip der Reinlichkeit, welches seinem nützlichen Berufe zu Grunde lag, machte sich auch in seiner Wohnung geltend. Er verwendete seine freien Stunden in ganz und gar nicht orientalischer Weise darauf, die Diele zu scharren, die Wände abzukratzen, alle Winkel auszuwischen, die Decke, auf der er schlief, wie ein Wütender zu bearbeiten und seinen thönernen Tiegel blank zu lecken. Diese Decke und dieser Tiegel bildeten nämlich die einzige Ausstattung seines trauten Heimes.

Bei dieser sich täglich mehrmals wiederholenden Reinigung unserer beiden »Salons« konnte natürlich kein Stäubchen aufkommen, und infolge des Lärmes, den er dabei machte, waren alle diejenigen Tierchen ausgerissen, welche man zu den beißenden und stechenden Insekten rechnet und die in den Wohnungen und den Kleidern der Morgenländer eine so große Rolle spielen. Ich habe jenseits des Mittelmeeres nie so sauber und insektenlos gewohnt, wie bei diesem braven Ausputzer der muhammedanischen Tabakspfeifen.

Aber leider keine Rose ohne Dornen! Der Dorn in der lieblichen Rose unsers Wohlbefindens war ein alter Nachbar, welcher uns allabendlich besuchte, um seinen Tschibuk bei uns zu rauchen und dazwischen einige Knoblauchzwiebeln zu verzehren. Wie er eigentlich hieß, das hatte ich nicht erfahren können; er wurde von allen, die ihn kannten, nur esch Schahad, der Bettler, genannt. Damit ist gesagt, wovon er lebte.

Esch Schahad zog nicht etwa bettelnd in der Stadt herum; o nein, zu den armseligen Proletariern, die dies thaten, gehörte er keineswegs! Er hatte einen »Stand«, und zwar was für einen! Dieser Stand war der beste Platz, den es für sein Gewerbe in ganz Kairo gab; er brachte ihm nicht nur Almosen in Hülle und Fülle ein, sondern dazu auch noch eine Art von Heiligenschein, der ihn hoch über alle seine Erwerbsgenossen erhob.

Wer in Kairo gewesen ist und sich nur einigermaßen in der Stadt umgesehen hat, dem ist ganz gewiß das Binnenthor Bab Zuweileh bekannt, welches nach auswärts einen Spitzbogen in hoher Wand bildet und nach der innern Stadt eine rot und weiß gebänderte Bastion vorschiebt, auf der die Minarehs der benachbarten Moscheen sitzen. An diesem Thore stand oder saß esch Schahad vom Morgen bis zum Abende, und kein gläubiger Muhammedaner, der vorüberging, versäumte es, sich durch ein Almosen unter den ganz besonderen Schutz Allahs und der Geisterwelt zu stellen.

Im Kopfe des Moslem wimmelte es von Djinns, Geistern und andern unbegreiflichen Wesen, die zwischen Himmel und Erde und zumal in den Märchen leben und einen großen Einfluß auf die Menschen haben. Diese unsichtbaren Wesen fliegen und schweben in so großer Anzahl umher, daß man kein Wasser ausschütten und nichts wegwerfen darf, ohne vorher »Mit Erlaubnis!« zu rufen, weil man sonst einen Geist auf den Kopf treffen und damit seine Rache herausfordern könnte. Der berühmteste und mächtigste unter den Geistern Kairos aber wohnt in dem Bab Zuweileh und hat seinen Aufenthalt in einem kleinen Raume des östlichen Thorweges, der durch den hölzernen Thorflügel verdeckt wird.

Dieser Geist ist der berühmte »Kutb«, welcher fast die Allmacht Allahs besitzt. Er kann in einem einzigen Augenblicke um die ganze Erde fliegen; er hört alles, sieht alles und kann alles. Wer es mit ihm verdirbt, der ist verloren, und wer sich seine Gunst erwirbt, der kann auf die Erfüllung aller Wünsche rechnen. Dieser Kutb hat Macht über alle frommen Moslemim, mögen sie wohnen, wo sie wollen, in dem westlichsten Winkel der Sahara oder tief im Osten bei den Chinesen; er kennt sie alle und ist auch ihnen allen bekannt, wenn ihn auch noch keiner gesehen hat. Will er einmal in sichtbarer Gestalt erscheinen, so geschieht das in der Gestalt des Bettlers, der sein Diener und sein Vertrauter ist. Man kann sich also denken, wie hochwichtig und wie wertvoll der Bettlerplatz am Thore Zuweileh ist! Esch Schahad hätte ihn nie freiwillig hergegeben und um seinen Besitz mit jedem Konkurrenten bis auf den Tod gekämpft. Welche Ehren genoß er da! Kein Moslem ging an ihm vorüber, ohne die Fatcha, die erste und einleitende Sure des heiligen Kuran zu beten! Und wer einen Wunsch, eine Bitte an den Kutb hatte, der blieb stehen, um sie in lauten, flehenden Worten auszusprechen. So erfuhr der Bettler manches Geheimnis, welches er in seiner verschwiegenen Brust verschlossen hielt.

Also dieser hochwichtige Mann war der Dorn in unserer Rose! Er kam alle Abende so sicher wie der Abend selber, rauchte seinen fürchterlichen Tabak oder kaute seinen ebenso genußreichen Knoblauch und sprach dabei von allen möglichen Dingen, aber nur nicht von dem Kutb, über den ich doch so gern etwas Näheres erfahren hätte. Das war sein Amts- oder vielmehr Geschäftsgeheimnis. Er duftete nach allen möglichen Gerüchen, die einem Bettler anhaften können, und paßte nicht in unsere reinliche Behausung, wurde aber trotzdem von meinem Wirte geduldet, weil er der Nachbar desselben und ihn durch seine Besuche gewohnt geworden war. Auch ich war ihm nicht unbekannt, denn ich hatte ihm früher, so oft ich durch das Bab Zuweileh und an ihm vorüber gegangen war, stets ein Geschenk gegeben, und da meine Kleidung diejenige eines Europäers gewesen war, hatte er sich über diese Gaben gewundert und sich mein Gesicht gemerkt. Als er mich dann zum erstenmal in meiner jetzigen Wohnung traf, war er zugleich verwundert und erfreut darüber und fragte mich, warum ein solcher Effendi gezwungen sei, bei einem »Manne der Pfeifenreinigung« zu wohnen. Ich hatte keinen Grund, ihm die Auskunft zu verweigern, und er nahm solchen Anteil an mir, daß er mir versprach, den Kutb zu befragen, wohin der verschwundene Ben Musa Effendi mit meinem Koffer gekommen sei. Leider aber verging ein Tag nach dem andern, ohne daß der sonst so allwissende Geist sich herbeiließ, die erbetene Antwort zu erteilen. Ich hielt das für eine unverantwortliche Rücksichtslosigkeit, zwar nicht gegen mich, aber doch gegen den Bettler, der sein Diener und Vertrauter war.

So vergingen zwei Wochen, ohne daß ich eine Spur von Ben Musa Effendi entdeckte; das Schicksal entschädigte mich dafür dadurch, daß mir esch Schahad seine ganz besondere Zuneigung schenkte; ich bemerkte, daß er mich von Tag zu Tag lieber und lieber gewann, und es kam mir zuweilen so vor, als ob er etwas auf dem Herzen habe, was er mir gern anvertrauen wolle, was sich aber weigere, ihm über die Lippen zu gehen. Aus den verschiedenen Fragen, mit denen er um diesen Gegenstand »herumging«, schloß ich, daß es etwas Aerztliches sein müsse; es wurde ihm aber außerordentlich schwer, es auszusprechen. Wäre er verheiratet gewesen, so hätte ich geschlossen, daß es sich um seinen Harem handle.

Da, eines Abends, zwang er sich endlich zu dieser Mitteilung; nur sprach er sie nicht unvermittelt aus, sondern er steuerte auf einem Umwege auf sie los, indem er sich erkundigte:

»Hast du heute wieder nichts von diesem Ben Musa Effendi erfahren?«

»Nein,« antwortete ich.

»Er ist vielleicht doch ein Dieb!«

»Gewiß nicht; er ist ein ehrlicher Mann.«

»Da hätte er deinen Koffer stehen lassen müssen!«

»Das wäre unvorsichtig gewesen; er durfte ihn andern Leuten nicht anvertrauen.«

»So mußte er bei seinem Fortgange sagen, wohin er gehen wollte!«

»Er hatte wahrscheinlich alle Gründe, gerade dies zu verschweigen. Hat dir der Kutb, der mächtige Geist des Bab Zuweileh, auch noch keine Auskunft darüber erteilt?«

»Nein.«

»Das wundert mich eigentlich, denn du bist sein Liebling, und er ist allwissend.«

»Ja, Effendi, er weiß alles und kann alles; aber es ist sehr leicht zu erklären, warum er schweigt.«

»Nun, warum?«

»Er ist nur für die wahren Gläubigen da; du aber bist ein Christ.«

»Das ist gar nicht lieb von ihm. Wenn wir Christen an solche Geister glaubten, würden diese mit ihren Wohlthaten gewiß keinen Unterschied zwischen uns und euch machen.«

»Wie, ihr glaubt nicht an solche Wesen?«

»Nein.«

»Ihr habt also auch keinen Kutb?«

»Nein.«

»Das ist sonderbar, die Christen sind doch sonst so kluge Leute; besonders du, Effendi, bist gelehrt in allen Dingen, du warst in allen Ländern und bei allen Völkern; du kennst alle Steine, alle Pflanzen, alle Wege und Flüsse, alle Berge und alle Thäler und alle – – – o, Effendi,« unterbrach er sich, »sag' mir, ob du wohl auch alle Krankheiten kennst!«

»Ja,« antwortete ich, denn die Namen der Krankheiten waren mir allerdings bekannt.

»Und auch die Mittel, mit denen man diese Krankheiten heilt?«

»Allah allein ist allwissend; er allein kennt alles; des Menschen Wissen ist nur Stückwerk; aber ich gebe zu, daß die Bewohner des Abendlandes in dieser Beziehung mehr, weit mehr wissen, als diejenigen des Morgenlandes.«

»So möchte ich dir eine Frage vorlegen.«

»Thue es! Ich will doch nicht befürchten, daß du selbst an einer Krankheit leidest?«

»Ich nicht,« antwortete er zögernd.

»Wer denn?«

»Ich – – habe – – einen Freund,« dehnte er in der Weise, in welcher man spricht, wenn man nicht recht weiß, ob man die Wahrheit sagen soll oder nicht.

»Und dieser Freund ist krank?«

»Er selbst auch nicht.«

»Also ein Glied seiner Familie?«

»Ja, so ist es.«

»Wer?«

»Man darf nicht davon sprechen, Effendi.«

»Dann kann ich auch nicht helfen. Wer eine Krankheit beseitigen soll, der muß unbedingt wissen, wer der Kranke ist.«

»Auch wenn es sich um den Harem handelt?«

»Selbst dann.«

»So erfahre, daß es sich allerdings darum handelt. Es ist die junge Haremeh[1] meines Freundes.«

»Ist's die Frau oder die Tochter?« fragte ich in sonst verbotener Weise.

»Allah! Mußt du das wissen?«

»Ja.«

»Es ist die Tochter,« antwortete er mit einem tiefen, mich anklagenden Seufzer.

»Und worin besteht die Krankheit?«

[1] Haremsbewohnerin.

»O, Effendi, ich habe nicht geglaubt, daß Allah dich mit so großer Neugierde ausgerüstet hat!«

»Wenn du nicht sagen willst, was es ist, so kann der Kranken nicht geholfen werden. Sprechen wir also nicht davon.«

Ich wendete mich ab, als ob ich nichts mehr hören wollte, da fiel er schnell ein:

»Halt, Effendi! Ich werde es dir doch sagen, denn diese Krankheit ist ein Schandmal ihrer Schönheit und ein großes Hindernis ihrer Verheiratung. Sie weint Tag und Nacht darüber und ihr Vater und ihre Mutter grämen sich zu Tode.«

»Haben sie denn noch keinen Arzt gefragt?«

»Alle, alle! Ihr Vater war bei den berühmtesten Zauberern und Gelehrten; sie alle haben Mittel gegeben, welche viel Geld kosten, aber keines hat geholfen.«

»Also ein Schönheitsfehler. Wie heißt er?«

»Mein Mund sträubt sich dagegen, ihn zu nennen. Kannst du es nicht erraten?«

»An welcher Stelle des Körpers befindet er sich?«

»Vorn am Halse. O Muhammed, o Abubekr! Gerade vorn am Halse, wo er so leicht zu sehen ist! Könnte er nicht lieber am Rücken sein? Warum hat es Allah so eingerichtet, daß die Krankheiten immer an der falschen Stelle sitzen!«

»Das hat er zum Besten der Kranken so gefügt. Wenn der Schönheitsfehler, den du meinst, auf dem Rücken säße, störte er weniger und würde nicht kuriert.«

»Du ahnst also, was es ist?«

»Ja; es ist ein Ghodda[1].«

»Maschallah! Du hast es erraten. Ihr Ungläubigen seid doch kluge Menschen!«

»Wie groß ist er?«

»So groß wie meine Faust. Möge er in der tiefsten Hölle braten!«

»Und wie alt ist die Tochter?«

»Erst fünfzehn Jahre! Und einen Ghodda, so groß wie meine Faust! Denke dir mein Herzeleid!«

[1] Kropf, Struma.

»Dein Herzeleid?«

»Nein, nein,« rief er schnell. »Ich meine das Herzeleid meines Freundes, welches allerdings auch mir zu Herzen geht. Sag', o sag', Effendi, ob so ein entsetzlicher Ghodda zu kurieren ist?«

»Er ist zu heilen.«

»Und kennst du das Mittel?«

»Ja.«

»Wie heißt es? Teile es mir schnell mit!«

»Es giebt verschiedene Mittel, je nachdem die Krankheit verschieden ist. Es giebt nämlich drei Arten des Kropfes. Die beiden ersten Arten heilen die abendländischen Aerzte durch eine Arznei, welche Jod genannt wird; im Morgenlande giebt man ein Mittel, welches aus Dura beda, gebranntem Sfunga und Fulful[1] zusammengesetzt ist.«

»Willst du meinem Freunde dieses Mittel bereiten, wenn ich dich darum bitte, Effendi?«

»Nein.«

»Allah!« rief er erstaunt. »Ich denke, du hast mich lieb! Und du schlägst mir diese Bitte ab!«

»Weil ich nicht leichtsinnig sein will. Ich muß wissen, von welcher Art der Ghodda ist, sonst könnte ich die Gesundheit der Patientin schwer verletzen.«

»Wie willst du das erfahren?«

»Ich muß den Ghodda sehen und untersuchen.«

»Ia dschasara, ia kystachla – o Kühnheit, o Verwegenheit! Du willst den Hals dieser Tochter betasten?«

»Ich muß es, wenn ich ihr helfen soll.«

»Weißt du nicht, daß kein Mann den Harem betreten darf? Am allerwenigsten ein Christ!«

»Das ist auch nicht notwendig. Dein Freund mag die Tochter hierherbringen.«

»Damit du deine Hand an ihren Ghodda legst?«

»Ja.«

»Das geht nicht; das ist ganz unmöglich! Wie könnte man

[1] Sorghum, gebrannter Schwamm und Pfeffer.

das vor Muhammed und allen seinen Nachkommen verantworten!«

»Ganz wie du denkst! Die Tochter mag also ihren Ghodda, das Hindernis ihres Glückes, behalten.«

Dabei blieb ich; aber er beruhigte sich nicht und fing immer wieder von dem Schönheitsfehler an, beharrte aber doch dabei, daß ein Christ unmöglich eine Muhammedanerin berühren dürfe. Da kam ich endlich auf einen vermittelnden Einfall:

»Höre, Schahad, du befindest dich in einem großen Irrtum. Gehört denn der faustgroße Ghodda eigentlich zum Körper der Tochter deines Freundes?«

»Nein. Er ist sogar höchst überflüssig; er soll weg!«

»Wenn ich ihn berühre, berühre ich da den Körper, zu dem er nicht gehört?«

»Maschallah! Gottes Wunder! Das ist ja wahr! Und du glaubst, ihn heilen zu können?«

»Ja.«

»So werde ich vielleicht mit meinem Freunde sprechen. Ich will es mir heut nacht überlegen. Ich gehe jetzt fort, augenblicklich fort. Leïltak sa 'ide – gute Nacht!«

Er sprang auf und eilte hinaus.

Mein Wirt blickte ihm lächelnd nach und fragte mich:

»Hast du gesehen, wie aufgeregt er war, Effendi?«

»Ja.«

»Und hast du gehört, wie er sich versprach?«

»Er sprach allerdings von seinem Herzeleid, nicht von dem seines Freundes.«

»O, er hat gar keinen Freund; er verkehrt ja nur mit mir und dir. Sollte man da nicht meinen, daß es sich um seine eigene Tochter handle?«

»Hm! Es ist rätselhaft. Er nimmt viel Geld ein; er ist reich, und ich halte es für möglich, daß er einen Harem hat, ohne es wissen zu lassen.«

»Ja. Warum läßt er keinen Menschen zu sich? Nicht einmal mich? Er hat ein Geheimnis. Daß er reich ist, habe auch ich schon gedacht, denn er bekommt an Bab Zuweileh täglich sehr viel Geld geschenkt. Ich habe ihn einmal zufällig in einem schönen, seidenen Kaftan und mit einem neuen, prächtigen Turban gesehen; er hatte sich gewaschen und sah ganz anders aus als sonst, fast wie ein vornehmer Herr. Ich redete ihn an; er aber wollte mich nicht kennen und eilte fort. Ich bin sehr neugierig, was er morgen sagen wird.«

Der gute Pfeifenreiniger war nicht der einzige Neugierige; ich war es auch. Ich hegte die Ueberzeugung, daß unter der schmutzigen Hülle des Bettlers ein Mann von mir allerdings jetzt noch unbekannter Bedeutung steckte. Als er am nächsten Abende kam, brachte er die Rede zunächst auf ein anderes Thema:

»Effendi, hast du deinen Koffer noch nicht entdeckt?«

»Nein.«

»Das ist sehr beklagenswert für dich und mich.«

»Warum?«

»Weil du ohne den Koffer nicht fort kannst von hier.«

»Freilich! Aber das klingt ja ganz so, als ob du meine Abreise wünschtest!«

»Ich wünsche sie auch.«

»Und ich habe gedacht, du seiest mein Freund!«

»Der bin ich auch; aber gerade deshalb will ich, daß du nicht lange mehr hier bleibst.«

Das klang sonderbar. Dabei war sein Gesicht sehr ernst; es hatte einen ganz eigenen Ausdruck, der mir auffallen mußte.

»So giebt es wohl einen Grund, der dir diesen Wunsch eingiebt?« fragte ich.

»Ja.«

»Welcher ist es?«

Er sah schweigend vor sich nieder und antwortete erst auf eine Wiederholung meiner Frage:

»Ich darf es dir nicht sagen.«

»Höre, Schahad, wenn ich mir deine Worte zurechtlege, kann ich nicht anders annehmen, als daß du der Ansicht bist, daß ich hier etwas zu erwarten habe, was mir nicht lieb sein kann.«

»Da hast du das Richtige getroffen, Effendi.«

»Dann ist es deine Pflicht, offen gegen mich zu sein.«

»Es giebt noch eine höhere Pflicht, welche mir das verbietet.«

»Droht mir etwas Unangenehmes?«

»Etwas noch Schlimmeres.«

»Etwa gar eine Gefahr?«

»Ja.«

»Von wem? Von welcher Seite?«

»Darüber muß ich schweigen.«

Was hatte er nur? Ich drang noch einigemal in ihn, konnte aber nichts Näheres erfahren; er teilte mir schließlich, und zwar ganz widerstrebend, nur das mit, daß die Verhältnisse, welche mich bedrohten, politische seien. Ich mußte unwillkürlich laut auflachen.

»Du lachst!« rief er aus. »Glaubst du meinen Worten nicht?«

»Hm! Ich halte dich für einen wahrheitsliebenden Mann; du wirst also glauben, mir die Wahrheit zu sagen, aber du wirst dich irren.«

»Ich irre mich nicht; ich weiß, was ich weiß.«

»Unmöglich! Ich habe mit der Politik ja gar nichts zu thun.«

»Sehr viel sogar, Effendi!«

»Das müßte ich doch wissen!«

»Nein. Der Vogel hat mit der Schlange ja auch nichts zu thun, und sie kommt dennoch und frißt ihn auf.«

»Das ist etwas ganz anderes. Die Politik ist gerade dasjenige, was mir am fernsten liegt. Wie kann mir von daher Gefahr drohen? Ich beschäftige mich daheim nicht mit ihr, hier noch viel weniger.«

»Allah! Du willst mich nicht hören, und ich wiederhole dennoch meine Warnung.«

»Warnung sagst du? So ist die Gefahr, welche mir nach deiner Ansicht droht, eine große?«

»Ja. Es kann sich um dein Leben handeln.«

»Maschallah! Welcher ägyptische Politiker kennt mich? Welcher von diesen Herren trachtet mir nach dem Leben?«

Er machte eine Bewegung der Ungeduld und rief heftig aus:

»Willst du mich denn wirklich zwingen, zu sagen, was ich nicht sagen darf? Es handelt sich gar nicht persönlich um dich!«

»Und doch ist meine Person in Gefahr? Du widersprichst dir selbst.«

»Nein. Ich meine, es handelt sich nicht um dich allein.«

»Um wen noch?«

»Um alle Europäer.«

»Ah! Stehen alle Europäer in Gefahr?«

»Ja.«

»Schahad! Das klingt ja ganz so, als ob es sich um eine Verschwörung gegen die Ausländer handle, welche hier leben!«

»Ich sage nichts.«

»An so etwas ist aber gar nicht zu denken.«

»Nicht?«

»Nein. Es ist ja hier im Lande alles ruhig. Es hat zwar vor einiger Zeit hier gegärt; aber das ist vorüber, seit der Khedive im vorjährigen Juli das Liquidationsgesetz unterzeichnet hat.«

»Nur der Seemann sieht es dem heitern Himmel an, daß trotz dieser Herrlichkeit ein Sturm im Anzuge ist. Du bist ein Laie. Nun aber habe ich genug gesprochen. Du hörst weiter kein Wort von mir!«

»Hm! Du meinst es jedenfalls gut, und ich danke dir. Aber du hast weit mehr gesagt, als du weißt.«

»Wieso, Effendi?«

»Wenn deine Warnung einen Grund hat, so kann es sich, wie gesagt, nur um eine Verschwörung, um einen Aufstand handeln; du mußt davon wissen und gehörst also zu den Verschwörern!«

»Allah 'l Allah, was fällt dir ein! Wie kann ein armer Schahad ein Verschwörer sein? Solche Leute müssen Männer von Einfluß und Bedeutung sein; ich aber lebe von den Almosen der Mildthätigen. Sprechen wir von etwas anderem! Ich soll dich grüßen, Effendi.«

»Von wem?«

»Von meinem Freunde.«

»Ah? So hast du mit ihm gesprochen?«

»Ja.«

»Was sagte er?«

»Du sollst jetzt erfahren, wie lieb ich dich habe und welches Vertrauen ich in dich setze. Mein Freund ist ein strenggläubiger Moslem, der seinen Harem heilig hält. Als ich ihm sagte, was ich gestern mit dir besprochen habe, war er empört über so eine Zumutung –«

»Ich habe ihm nichts zugemutet,« fiel ich ihm in die Rede. »Mir liegt nichts an der Heilung seiner Tochter, die mir vollständig fremd ist. Mag sie ihren Ghodda behalten!«

»Werde nur nicht gleich zornig, Effendi! Ich habe dich doch mit dem Worte Zumutung gar nicht beleidigen wollen. Er wünscht allerdings sehr, daß diese Verunzierung der Gestalt verschwinde, und ich sagte ihm, daß dieser schlimme Ghodda mit der Zeit noch viel größer werden könne.«

»Das ist sehr richtig; er wird immer größer.«

»Ia semaji, ia robaji, hijarani – o mein Himmel, mein Schreck, mein Entsetzen! Wer möchte das mit ansehen! Er war ganz unglücklich, als er dies hörte, und seine Tochter, welche die Freude und der Glanz seines Alters ist, weinte vor Kummer. Da erklärte ich ihm, daß der Ghodda gar nicht zu ihrem Körper gehöre, was ihn sofort beruhigte. Er zeigte sich bereit, dir zu erlauben, den bösen Ghodda zu berühren.«

»Wann?«

»Schon heut abend.«

»Wo? Soll ich zu ihm kommen?«

»Nein; er wünscht, daß es hier geschehe.«

»So wird er mit seiner Tochter kommen?«

»Auch das nicht. Sein Stand verbietet ihm, hierher zu gehen. Er hat mich beauftragt, seine Stelle zu vertreten. Wenn du es erlaubst, werde ich jetzt gehen, um die Tochter zu holen.«

»Ganz wie du willst, Schahad.«

»Vorher muß ich dir sagen, daß dich eine große Belohnung erwartet, wenn es dir gelingt, die Tochter von dem Makel ihrer Schönheit zu befreien.«

»Ich thue es dir zu Gefallen und verlange nichts dafür.«

Er ging. Als er hinaus war, sah mich mein Reiniger der Pfeifen bei offenem Munde mit großen Augen an.

»Was sagst du dazu, Effendi?« fragte er. »Ist das ein Wunder oder keins?«

»Es ist kein Wunder, sondern nur Vaterliebe und Eitelkeit.«

»Er aber ist der Vater!«

»Natürlich!«

»So hat er einen Harem, also ein Haus?«

»Ja. Der Freund ist er selbst. Denn wenn dieser Freund eine so hohe Stellung hätte, daß er ihretwegen nicht zu uns gehen dürfte, so würde sie ihm noch viel mehr verbieten, seine Tochter einem Bettler anzuvertrauen, noch dazu des Abends.«

»Aber wo hat er seinen Harem, sein Haus? In der Ruine nebenan, wo er sich aufhält, wenn er nicht beim Thore Zuweileh sich befindet, kann er nicht mit Weib und Tochter wohnen. Er ist wirklich etwas ganz anderes als ein Bettler; er hat Heimlichkeiten, sage ich dir, vielleicht ganz wichtige Heimlichkeiten. Mit welcher Ueberzeugung und Sicherheit er dich warnte!«

»Pah! Wer weiß, was er gehört hat, und nun giebt er einem wahrscheinlich ganz harmlosen Worte grundfalsche Bedeutung.«

»Es könnte aber doch etwas an der Sache sein!«

»Nein.«

»Bedenke doch, wenn er wirklich kein bloßer Bettler, sondern ein ungewöhnlicher, geheimnisvoller Mensch ist, so solltest du von seiner Warnung anders denken!«

»Warten wir es ab.«

Der Schahad war noch keine ganze Viertelstunde fort, so kehrte er zurück; eine tiefverhüllte weibliche Gestalt folgte ihm.

»Das ist sie, die Tochter meines Freundes,« sagte er. »Sie wird dir jetzt den Ghodda zeigen. Der Reiniger der Pfeifen aber mag sich umdrehen, denn sein Auge darf nicht auf die Stelle der Schönheitstrauer fallen.«

Der Wirt kauerte sich so in die Ecke nieder, daß er uns seinen Rücken zukehrte. Die Frauengestalt bekam in der Gegend des Halses Bewegung; ihre Hände schoben die zwei Teile des Schleiers ein ganz, ganz klein wenig auseinander, und so entstand eine kleine Lücke, in welcher der unwillkommene Gegenstand der »Schönheitstrauer« erschien. O weh, es war kein Kröpfchen, sondern wirklich ein Kropf! Man konnte es der »Tochter des Freundes« nicht übelnehmen, daß sie ihn fortwünschte. Ich näherte meine Hand und untersuchte ihn so leise und schonend wie möglich. Wie freute ich mich, als ich fand, daß es weder ein Gefäß- noch ein gelatinöser Kropf, sondern ein Struma cystica war! Da konnte ich gleich helfen, denn hier handelte es sich nur um die Eröffnung und Entleerung der Anschwellung.

Als der Bettler sah, daß ich mit der Untersuchung fertig war, sagte er:

»Das ist rasch gegangen, Effendi. Glaubst du, daß du helfen kannst?«

»Ja. Ich habe das Mittel sogar drin in meiner Stube und werde es holen, um die Stelle des Kummers damit zu bestreichen. Es wird ein klein wenig schmerzen, doch gar nicht sehr. Wenn die Tochter deines Freundes stillhält, wird ihr Hals bald dem des Schwanes gleichen.«

»Sie wird stillhalten; ich verspreche es dir. Hat doch die Lieblingsfrau des Propheten auch nicht gezuckt, als ihr ein kranker Finger aufgeschnitten wurde.«

Ich ging in meinen Wohnraum, um nicht sehen zu lassen, daß ich mein scharfes, spitzes Federmesser öffnete und in die rechte Hand versteckte; zurückkehrend hielt ich die linke so, als ob die Salbe sich in ihrer Höhlung befände. Die Patientin mußte sich an die Wand lehnen; dann wendete ich mich an den Reiniger der Pfeifen:

»Du kannst dich herumdrehen; es ist vorüber.«

»Du bist fertig?« fragte der Bettler. »Sie kann also gehen?«

»Ja.«

»Giebst du ihr die Salbe mit?«

»Schau meine Hand! Es war keine Salbe, sondern mein Messer; ich habe den Ghodda geöffnet.«

»Allah! Bist du ein Mörder?«

»Ja, denn ich habe den Ghodda erstochen. Morgen abend wirst du wiederkommen und mir sagen, daß er verschwunden ist.«

Er hatte Angst; ich beruhigte ihn und sagte ihm, wie der Hals behandelt werden müsse; er wußte nicht, ob er mich ob meiner Kühnheit loben oder schelten sollte, und hielt es für das beste, zunächst gar nichts zu sagen und sich mit der glücklich Operierten zu entfernen.

Als er am folgenden Abende zu uns kam, strahlte sein Gesicht vor Freude; er reichte mir beide Hände und rief, noch ehe er sich setzte:

»Effendi, er ist weg, ganz weg! Man sieht nur noch die Stelle, wo dein Messer eingedrungen ist. Trotzdem macht die Tochter meines Freundes jetzt noch immer Umschläge, damit der Trübsinn ihrer Jugend nicht zurückkehren möge. Du bist weiser und klüger als alle gelehrten Männer und Zauberer, die nichts wußten. Was soll mein Freund dir zahlen?«

»Ich nehme nichts.«

»So sagst du jetzt, aber du wirst gezwungen werden, zu nehmen, was die Dankbarkeit dir bietet; das schwöre ich dir bei meinem Haare und Barte!« – –

Am nächsten Tage ging ich durch die Gasse, in der ich bei Ben Musa Effendi gewohnt hatte. Unser damaliger Nachbar, ein Silberarbeiter, saß unter der Thür seines offenen Ladens und rief mich zu sich, als er mich sah.

»Emir,« sagte er, »vorgestern habe ich mit Ben Musa Effendi gesprochen.«

»Ah! Wo?« fragte ich, freudig überrascht.

»Hier. Er kam zufälligerweise vorüber und ich sagte ihm, daß du nach ihm und deinem Koffer suchst.«

»Ich danke dir! Du erfreust mit dieser Nachricht meine Seele. Er hat dir natürlich gesagt, wo er jetzt wohnt?«

»Nein. Er that so geheimnisvoll. Er sagte, er sei jetzt gar nicht in Kairo gewesen; deinen Koffer aber habe er gut aufbewahrt. Er wollte deine Wohnung wissen, um ihn dir zu bringen oder zu schicken; aber ich wußte sie nicht. Da bat er mich, dich danach zu fragen und es ihm mitzuteilen, denn er werde wieder zu mir kommen.«

Das war sonderbar; später aber erfuhr ich den Grund seiner Heimlichthuerei. Ich teilte dem Silberarbeiter meine Wohnung mit und ging.

An diesem Abende kam der Bettler nicht zu uns und blieb auch die zwei folgenden aus. Das fiel uns auf; wir waren an ihn gewöhnt. Sollte er etwa krank sein? Ich ging am nächsten Morgen nach dem Bab Zuweileh; da saß er wie immer. Ich fragte ihn nach der Ursache seines Ausbleibens; er antwortete:

»Ich habe ein Gelübde gethan, welches mich zum Du 'a el Mesa[1] zwingt, und muß also daheim bleiben. Wenn es vorüber ist, komme ich wieder.«

»Wann wird das sein?«

»Das weiß ich nicht.«

Sonderbar! Er mußte doch wissen, was er gelobt hatte und wie viele Abende er zu beten hatte!

Wir standen im Anfange des September, und es gab prachtvolle Abende. An einem solchen gefiel es mir nicht in der engen Stube, und ich stieg auf das platte Dach des Hauses, um da oben meinen Tschibuk zu rauchen. Am vordern Rande des Daches sitzend, konnte ich sehen, was auf unserer Gasse vorging. Zu meinem Erstaunen bemerkte ich, daß ein Mann kam, welcher an die Thür des Bettlers klopfte und eingelassen wurde. Nach einiger Zeit kam ein zweiter, ein dritter und vierter. Ich zählte zwölf Personen, welche eingelassen wurden. Was wollten sie bei esch Schahad, der sonst niemand zu sich ließ? Ich dachte an die »Verschwörung«,

[1] Abendgebet.

über welche ich gelacht hatte, und blieb sitzen. Erst nach Mitternacht entfernten sie sich wieder, und zwar einzeln, wobei sie sich sehr behutsam verhielten.

Also kein Gelübde und kein Abendgebet, sondern heimliche Versammlungen! Das mir Unbegreifliche dabei war die Zahl der Personen. Der Bettler bewohnte nämlich ein fast ganz in Ruinen liegendes einstöckiges Häuschen, von welchem niemand wußte, wem es gehörte. Wahrscheinlich war der Eigentümer der reiche Abu Gibrail, welcher auf der mit der unserigen parallel laufenden Gasse wohnte und an dessen Grundstück die Hütte des Bettlers stieß. Diese Hütte hatte in ihrem jetzigen Zustande keinen Raum, in welchem zwölf Menschen bei einander sein konnten. Wo hatte da esch Schahad die Leute, welche heute bei ihm gewesen waren, untergebracht? Das war mir ein Rätsel.

Am nächsten Abend kam er wieder nicht zu uns; ich ging also abermals auf das Dach und machte ganz dieselbe Beobachtung wie gestern. Sollte es sich wirklich um eine Verschwörung handeln? Lächerlich!

Eben als ich am darauffolgenden Vormittag ausgehen wollte, kam ein Wasserträger an unsere Thür. Als er mir den Krug gefüllt und die geringe Bezahlung erhalten hatte, fragte er mich: »Wohnt hier nicht ein fremder Effendi?«

»Ja.«

»Der Kara Ben Nemsi heißt?«

»Ja.«

»Wo ist er?«

»Hier; ich bin es.«

»So habe ich dir etwas zu geben.«

Er zog ein altes, schmieriges Tuch aus der Tasche, welches mit einer Schnur fest umbunden und verknotet war, warf es mir hin und ging.

Was befand sich in dem Tuche? Mich graute, es anzugreifen; ich hob es aber doch auf, zerschnitt den Bindfaden und zog es an den Zipfeln auseinander. Da fiel ein Lederbeutel heraus. Ich hob ihn auf und öffnete. Was! Goldstücke und dabei ein Zettel! Der letztere war zusammengeschlagen; ich machte ihn auf und las: »Nimm dieses Geld und verlaß die Stadt, wenn auch dein Koffer verloren ist!«

Ich zählte das Geld. Es waren nach deutschem Gelde dreihundert Mark. Wer schickte mir diese Summe?

Ich eilte hinaus auf die Gasse, um mich nach dem Wasserträger umzusehen; er war fort. Ich suchte ihn in den anstoßenden Gassen und fand ihn nicht. Er hatte von dem, der ihn zu mir geschickt hatte, die Weisung erhalten, sich schnell zu entfernen.

Wer aber hatte ihn geschickt? Jemand, welcher wußte, daß ich meinen Koffer suchte. Das waren nur wenige Personen, so daß es keines großen Scharfsinnes bedurfte, es zu erraten: der Bettler. Ich ging sofort nach dem Bab Zuweileh und fragte ihn:

»Du hast jetzt einen Wasserträger zu mir geschickt?«

»Nein,« antwortete er.

»Ich bitte dich sehr, mir die Wahrheit zu sagen!«

»Ich sage sie.«

Dabei blieb er, obgleich ich weiter in ihn drang. Ich mußte das Geld behalten, obgleich ich das nicht gern that. Abends kam er wieder zu uns; er machte uns die Mitteilung, daß sein Gelübde zwar noch in Geltung sei, ihm aber den heutigen Abend frei gebe.

Während wir uns wie früher unterhielten, bemerkte ich, daß er innerlich sehr unruhig war. Dann fragte er, warum ich heut nach dem Wasserträger gefragt hätte; ich sagte es ihm und fügte hinzu, daß ich den Geber erraten hätte.

»So?« fragte er. »Wer ist es?«

»Du bist es!«

»Maschallah! Wie kann so ein armer Mann eine solche Summe besitzen oder gar verschenken! Aber sag', ob du das thun willst, was auf dem Zettel gestanden hat.«

»Nein.«

»Aber bedenke doch, Effendi! Ich habe dich gewarnt; du glaubtest mir nicht; jetzt warnt dich ein anderer; da mußt du es nun doch glauben!«

»Es ist kein anderer.«

Da wurde er zornig und rief:

»Gut, denke, was du willst, und thu', was du willst! Was soll ich mich mit dir streiten?«

Er hatte länger bei uns bleiben wollen, ging aber nun vor Aerger fort. Der Pfeifenreiniger machte diesmal ein sehr ernstes Gesicht und sagte:

»Er hat doch vielleicht recht, Effendi. Es muß gegen dich etwas im Anzuge sein.«

»Warum?«

»Du weißt, daß ich bei Tage nicht daheim bin; aber als ich in der Dämmerung nach Hause ging, erfuhr ich vom Nachbar, daß man sich nach dir erkundigt hat.«

»Wer?«

»Soldaten.«

»Wann?«

»Heut, gestern und auch schon vorgestern. Sie haben wissen wollen, ob der Effendi, welcher bei mir wohnt, ein Franke sei.«

»Wer weiß, aus welchem einfachen Grund dies geschehen ist.«

»O, Effendi, es ist hier nicht alles so, wie es sein sollte; es scheint in Kairo etwas vorgehen zu sollen.«

»Was?«

»Das weiß ich nicht; aber ich habe heut so manches beobachtet, was mir aufgefallen ist.«

»So sag' mir, was?«

Er brachte verschiedenes zum Vorschein, was er gesehen und gehört hatte, aber es war nichts dabei, was geeignet gewesen wäre, mich bedenklich zu machen.

Am andern Tage ging ich zu dem Silberarbeiter. Ben Musa Effendi war bei ihm gewesen und hatte meine gegenwärtige Wohnung erfahren. Warum war er nicht zu mir gekommen? Mochte der Grund sein, welcher er wollte, ich war nun sicher, endlich zu meinem Eigentum zu kommen, und spazierte befriedigt durch die Straßen und Gassen der Stadt.

Da fiel mir nun allerdings auf, daß ich nicht so viel wie sonst Leute in abendländischer Kleidung sah, dafür aber desto mehr militärische Personen, welche ungewöhnlich beschäftigt zu sein schienen. Das konnte mich aber nicht beunruhigen.

Gegen Abend kam ein Hamal[1], der mir endlich meinen Koffer brachte. Ich fragte ihn natürlich, von wem er ihn erhalten habe. Er zog einen Brief aus der Tasche, gab ihn mir und antwortete:

»Ich darf es nicht sagen, Effendi. Vielleicht steht es in diesem Schreiben.«

Er ging. Ich öffnete den Brief und las:

»Ich sende Dir Deinen Koffer und bitte Dich, Kairo augenblicklich zu verlassen. Wer ich bin, das weißt Du. Meinen Namen darf ich nicht unterschreiben, denn käme dieser Brief in unrechte Hände, würde ich großen Schaden haben.«

Das machte mich nun freilich stutzig. Ich erkannte Ben Musa Effendis Schrift. Warum mußte er seinen Namen verschweigen? Er warnte mich auch; ja, er that sogar noch mehr: er forderte mich auf, die Stadt sofort zu verlassen. Der Bettler hatte also wohl nicht ohne allen Grund gesprochen.

Ich öffnete den Koffer und fand, daß nichts fehlte. Sollte ich fort, oder sollte ich bleiben? Da ich jetzt meine Sachen hatte, hielt mich nichts mehr zurück; aber für heut war es zu spät; ich wollte warten bis morgen.

Eben war nach eingebrochener Dunkelheit der Pfeifenreiniger heimgekommen, da ging die Thür wieder auf und ein junger, sehr gut gekleideter Mann trat ein. Mein Wirt war sichtlich erstaunt über diesen Besuch, verbeugte sich mit gekreuzten Armen sehr tief und rief:

»Gibrail Bei! Welche große Ehre! Kommst du mit einem Befehle für den gehorsamen Reiniger deiner Pfeifen?«

»Nein. Ich möchte wissen, ob der Mann, den ich hier bei dir sehe, der fremde Kara Ben Nemsi Effendi ist.«

»Er ist's, o Herr.«

Da verneigte sich Gibrail sehr höflich gegen mich und sagte:

[1] Lastträger.

»Effendi, ich bin der Sohn von Abu Gibrail, welchem das große Haus auf der jenseitigen Gasse gehört. Ich habe erfahren, daß du klug und weise in allen Dingen bist, und soll dich bitten, jetzt einmal zu meinem Vater zu kommen, welcher mit dir zu sprechen wünscht.«

»Worüber will er mit mir reden?«

»Verzeih, Effendi! Er möchte es dir gern selbst sagen.«

»Gut, ich gehe mit.«

Abu Gibrail! Das war ja der Besitzer des großen Hauses, an welches hinten die Hütte des Bettlers stieß. Ich dachte zwar einen Augenblick lang an die mir gewordenen Warnungen, glaubte aber, gar nichts zu wagen, wenn ich jetzt mitging. Er führte mich durch eine Neben- in die Parallelgasse, wo ein Diener bereit stand, uns das Thor zu öffnen. Es ging durch den Hausgang in den Hof und von da aus in ein Zimmer, welches das Besuchszimmer zu sein schien. Durch zwei weitere Thüren brachte mich Gibrail Bei in ein drittes Zimmer, gegen dessen feine Ausstattung der Anzug, den ich trug, so abstach, wie das Gefieder einer Krähe gegen dasjenige eines Paradiesvogels.

»Setz' dich nieder, Effendi!« sagte mein Führer. »Erlaube, daß ich mich entferne! Mein Vater wird gleich kommen.«

Er ging, und ich ließ mich auf das Samtpolster nieder, welches sich an den drei Wänden des Zimmers hinzog. Wenige Augenblicke später brachte ein schwarzer Diener Kaffee, Pfeifen und köstlichen Tabak. Ich trank und rauchte. Vielleicht zehn Minuten vergingen, da kam ein anderer Diener, der – – – ich sprang erstaunt in die Höhe – – – meinen Koffer und meine Gewehre brachte. Ich öffnete den Mund, um eine Frage auszusprechen, da deutete er hinter mich und ging. Ich drehte mich um; da stand – – – der Bettler, welcher durch die andere Thüre eingetreten war, der Bettler!

Ja, er war es, er mußte es sein, obgleich er ganz anders aussah, als bisher. Aller Schmutz war von ihm verschwunden und das Gewand, welches er trug, von reinster Seide. Er streckte mir die Hand entgegen und fragte mich lächelnd:

»Mich hast du hier jedenfalls nicht erwartet, Effendi?«

»Nein, allerdings nicht,« antwortete ich.

»Du bist erstaunt; ich sehe es dir an. Du blickst in ein Geheimnis, welches ich dir nicht offenbaren würde, wenn ich dich nicht liebte und dich gegen deinen Willen retten wollte. Ich bin Abu Gibrail, der Besitzer dieses Hauses, und zugleich der Bettler vom Bab Zuweileh. Wie das zusammenhängt, wirst du später erfahren, falls du mir versprichst, es niemandem zu sagen. Ich habe dich durch meinen Sohn holen lassen, weil du bei dem Reiniger der Pfeifen heut nicht sicher bist.«

»Warum nicht sicher?«

»Darüber darf ich jetzt nicht sprechen. Du bist mein Gast. Setz' dich nieder! Willst du mir dein Wort geben, daß du in dieser Nacht mein Haus nicht verlassen wirst?«

»Ich gebe es.«

»Gut, so kann ich gehen. Es ist mir heut leider nicht möglich, dir Gesellschaft zu leisten, doch wirst du alles bekommen, was du wünschest. Du brauchst nur in die Hände zu klatschen, so kommt ein Diener herein. Gute Nacht, Effendi!«

Er gab mir die Hand und ging.

War das nicht ein Abenteuer? Wie ein Kapitel aus Tausend und einer Nacht? Ich bekam sehr gut zu essen. Man brachte mir sodann Bücher, damit ich mich nicht langweilen möge; aber ich konnte nicht lesen und später lange auch nicht einschlafen. Meine Gedanken waren ganz und gar von diesem Abenteuer in Anspruch genommen. Endlich aber schlief ich doch auf dem weichen Polster ein.

Ich erwachte nicht von selbst, sondern ich wurde geweckt. Esch Schahad stand mit einer Laterne vor mir und sagte in hastiger Weise:

»Steh schnell auf, Effendi; du mußt fort! Man hat den Reiniger der Pfeifen gezwungen, zu sagen, wohin du bist; man wird kommen und mein Haus nach dir durchsuchen. Der Militäraufstand ist im vollsten Gange; Aegypten den Aegyptern, heißt die Parole; den Europäern droht der Tod. Ich muß dich retten. Komm, und folge mir!«

Er führte mich in den Hof und auf der andern Seite desselben durch einen engen Gang. Eben begann der Morgen zu dämmern. Wir kamen an eine halb verfallene Mauer.

»Das ist die hintere Seite des Bettlerhauses,« sagte er. »Komm herein!«

Wir krochen durch ein Loch und befanden uns dann in der armseligen Bude, welche als die Wohnung des Schahad galt. Zerfetzte Kleidungsstücke hingen an den Wänden, und auf der Lehmdiele standen und lagen henkellose oder sonstwie zerbrochene Gefäße. Er setzte die Laterne nieder und fragte in sehr ernstem Tone:

»Willst du dich von mir retten lassen? Du hast nicht an die Gefahr geglaubt; nun ist sie da. Horch!«

Ich hörte durch die Thür die Stimmen und Schritte vieler Menschen.

»Es gilt also wirklich den Ausländern?« fragte ich.

»Ja. Es ist sogar möglich, daß der Khedive abgesetzt wird.«

»Kann ich aus der Stadt?«

»Unmöglich!«

»Willst du mich hier verbergen?«

»Nein. Auch hier bist du nicht sicher. Sicherheit findest du nur am Thore Zuweileh.«

»Ah, ich errate! Als Bettler?«

»Ja, als Bettler an meiner Stelle. Willst du? Es handelt sich wirklich um dein Leben.«

Wie viel hätte ich gegen diese Zumutung vorbringen können! Ich glaubte noch immer nicht an die Gefahr; die Sache kam mir lächerlich vor. Da aber machte sich die Abenteuerlust geltend; ich beschloß, mitzuthun, und erkundigte mich vorher nur:

»Wie steht es mit meinem Koffer und meinen Gewehren, wenn man mich wirklich bei dir sucht?«

»Daran wird man sich nicht vergreifen.«

»Werde ich am Bab Zuweileh nicht als Fremder erkannt werden?«

»Nein; dafür sorge ich.«

»Wie habe ich mich zu verhalten?«

»Wie ein Bettler; das ist alles. Wenn ein anderer Bettler bemerkt, daß ich nicht dort bin, so wird er es dem Dilendschi Baschi[1] sagen: kommt dieser, so zeigst du ihm die Münze vor, die ich dir mitgebe; dann ist es gut. Heut abend kommst du hierher, wo ich auf dich warten werde.«

»Gut, ich mache mit!«

»So will ich dich umwandeln.«

Ich bekam einen noch schlechteren Anzug, als der meinige war, und wurde an Gesicht, Hals und Händen mit einer dunklen Flüssigkeit bepinselt. Wie ich nun aussah, konnte ich nicht sehen, weil es keinen Spiegel gab. Ich bekam die erwähnte Münze und den Schlüssel zur Thür; dann sagte er:

»Nun geh! Es ist die höchste Zeit. Die Thür hier schließest du von außen wieder zu. Heut abend sehen wir uns wieder.«

Er kehrte durch das Loch dahin zurück, woher wir gekommen waren, und ich schloß die Hausthür auf, um mich als Schahad nach dem Bab Zuweileh zu begeben und einen Tag lang der Liebling und Diener des Kutb zu sein.

Schon herrschte auf unserer Gasse reges Leben. Niemand kümmerte sich um mich. Ich sah, daß ich nicht erkannt wurde, so hatte mich das Anstreichen mit der Flüssigkeit verändert. Je weiter ich kam, desto deutlicher wurde es mir, daß es sich freilich um einen Aufstand handelte. An den Gassen- und Straßenecken standen bewaffnete Militärwachen, und auf einigen Plätzen sah ich sogar Kanonen. Es war jener 9. September 1881, an welchem Arabi Pascha mit 4000 Soldaten und 30 Geschützen den Abdinpalast umzingelte und den darin residierenden Vizekönig zwang, das Ministerium Riaz zu entlassen, eine Verfassung zu gewähren und das Heer auf 18000 Mann zu vermehren. Das war das Vorspiel zu dem Europäermord in Alexandrien und der Beschießung dieser Stadt durch die englische Flotte. Jetzt wußte ich nun freilich, daß sich mein Leben in Gefahr befand.

Bei dem Thore Zuweileh angekommen, setzte ich mich dort nieder, um meinem heutigen Berufe als Schahad obzu-

[1] Oberhaupt der Bettler.

liegen. Es war inzwischen völlig Tag geworden. Die Bevölkerung war noch in Aufregung und Bewegung, und ich bekam manche Gabe in die ausgestreckte Hand. Bald aber änderte sich das. Arabi Pascha hatte befohlen, daß jedermann daheim zu bleiben habe, und die Gassen wurden leer. Ich bekam nur noch Soldaten zu sehen; die aber geben nichts; sie nehmen lieber. Dafür wurde ich reichlich durch die Beobachtungen entschädigt, welche ich von meinem Sitze aus machte: ich hörte alle Bitten, welche dem Kutb vorgetragen wurden.

Da kamen Patrouillen, einzeln oder aus mehreren Soldaten bestehend, Pikette nach orientalischer Weise, abgelöste Posten, sonstige Trupps von Soldaten, Adjutanten und sonstige Offiziere. Kein einziger ging vorüber, ohne wenigstens den Anfang der heiligen Fatcha zu beten, und viele blieben stehen, um dem unsichtbar hinter dem Thorflügel wohnenden Geiste zu sagen, was sie von ihm wünschten. Ich bekam da sonderbares Zeug zu hören, und oft kam mich ein innerliches Lachen an.

Unter diesen Bittenden war einer, der einen tiefen Eindruck auf mich machte. Er kam matt und langsam herbei und war hager und abgezehrt; als ich ihm die Hand entgegenhielt, sagte er:

»Ich kann dir nichts geben, denn ich habe selbst nichts und brauche doch so viel!«

Dann kniete er nieder, verbeugte sich nach dem Winkel hin, in welchem der Kutb wohnen sollte, und betete:

»Allah il Allah wa Muhammed rassuhl Allah! Höre mein Flehen, o Kutb, du Geist der Gewährung aller Bitten! Laß mich die Meinen wiedersehen, den Vater und die Mutter, das Weib und das Kind, an denen mein Herz hängt. Gieb mir das Geld, welches ich brauche, um von hier fortzukommen, denn die Sehnsucht zehrt an meinem Leibe und an meiner Seele. Hilf mir, o Kutb, aber hilf bald, sonst nimmt der Gram mich weg aus diesem Leben!«

Dieses Gebet rührte mich tief. Der Mann war wirklich krank vor Heimweh und Sehnsucht. Als er sich wieder erhoben hatte, sagte er zu mir:

»O Schahad, du bist der Diener des Kutb; bitte für mich!«

»Wo ist deine Heimat?« fragte ich.

»Im fernen Tunis.«

»Was bist du da?«

»Diener an der Okba-Moschee zu Kaïrwan.«

»Wie kommst du hierher?«

»Ich pilgerte nach Mekka, der heiligen Stadt. Auf dem Rückweg wurde ich hier schwer krank; ich blieb liegen und verlor alle meine Habe; noch war ich nicht ganz wieder gesund, da zwang man mich unter die Soldaten. Ich werde sterben, wenn der Kutb mir keine Hilfe sendet.«

»Du bittest ihn um Geld. Wenn er es dir gäbe, könntest du doch nicht fort.«

»Warum nicht?«

»Du bist Soldat und müßtest desertieren.«

»Allah beschützt jeden Gläubigen; er würde auch mich beschützen.«

»So wart' einen Augenblick!«

Der Mann erbarmte mich. Ich fragte ihn, ob er lesen könne; er bejahte es. Ich zog mein Notizbuch hervor, in der Hand eines Bettlers wohl ein seltener Gegenstand, riß ein Blatt heraus und schrieb darauf, natürlich in arabischer Sprache:

»Der Kutb kann dir nicht helfen; es giebt keinen Helfer außer Gott. Ich, der Bettler, bin kein Moslem, sondern ein Christ; dennoch gebe ich dir das Geld, denn du bist mein Bruder, weil alle Menschen Gottes Kinder sind.«

Diesen Zettel legte ich in den Beutel, den mir der Wasserträger gebracht hatte, band ihn fest zu und gab ihn dem Manne hin:

»Hier nimm! Wenn du mir gehorchest, findest du vielleicht Erhörung deiner Bitte. Wirst du thun, was ich dir sage?«

»Was soll ich thun?«

»Du steckst diesen Beutel jetzt ein und öffnest ihn nicht eher als morgen genau nach dem Nachmittagsgebete.«

»Eher nicht?«

»Nein, wenn du wirklich Hilfe erwartest.«

»Ich werde thun, was du begehrst, o Schahad; das verspreche ich dir bei meinem Barte und bei allen denen, nach denen ich mich sehne. Erhalte ich Hilfe, so sehen wir uns wieder, denn ich kehre hierher zurück, um dem Kutb zu danken.«

Er steckte den Beutel ein und ging. Ich hatte aus Mitleid und nach einer Eingebung des Augenblicks gehandelt. Oeffnen sollte er den Beutel erst morgen, weil es für mich höchst gefährlich gewesen wäre, wenn er schon heut erfahren hätte, daß ich kein Moslem war.

Das, was an diesem Tage weiter geschah, ist hier von keiner Bedeutung; er verlief für mich ganz glücklich, während es andern Fremden traurig erging. Als es dunkel geworden war, machte ich mich nach dem Bettlerhause auf, in welches ich mit Hilfe des Schlüssels gelangte. Dort erwartete mich Abu Gibrail, wie er versprochen hatte. Er war doch sehr in Sorge um mich gewesen. Man hatte seine ganze Wohnung einigemal nach mir durchsucht und auch meine Sachen gesehen, sie aber glücklicherweise gar nicht beachtet.

Wir krochen durch das Loch, um in das große Vorderhaus zu gelangen. Dort führte er mich nach dem Zimmer, in welchem ich gestern gewesen war und geschlafen hatte. Er brachte mir da einen Spiegel. Als ich in demselben mein Gesicht erblickte, wunderte ich mich nicht darüber, daß mich niemand erkannt hatte; ich sah schrecklich aus. Der Diener mußte Wasser und Seife bringen, und nach einigem Bemühen gelang es mir, wieder zu meinem eigentlichen Aussehen zu kommen.

»Du wirst noch einige Tage mein Gast sein müssen, Effendi,« sagte der Hausherr. »Die Bewegung des heutigen Tages muß sich erst legen. Du kannst unmöglich schon fort.«

»Wird es so schnell vorübergehen?«

»Ich hoffe es, weil der Khedive auf die Bedingungen des Arabi Paschas eingegangen ist. Dadurch hat er vielen, vielen Europäern, welche sonst ganz gewiß getötet worden wären, das Leben erhalten.«

»Aber darf ich dich belästigen?«

»Es ist keine Belästigung, sondern eine Freude für mich, da ich dir mein Geheimnis nun einmal habe offenbaren müssen. Du sollst bei mir in dem Hause wohnen, dessen Tochter und andere Bewohner du durch deine Weisheit so glücklich gemacht hast. Eine gute, passende Kleidung werde ich dir zunächst leihen; dann, wenn du ohne Gefahr für dich ausgehen kannst, magst du die deinige tragen.«

Ich wohnte sechs Tage bei ihm; dann konnte ich Kairo verlassen. Am fünften Tage ging ich zum erstenmal aus. Eben trat ich aus dem Thore, da kam der Soldat die Gasse herab, dem ich den Beutel gegeben hatte. Er wollte an mir vorüber, ohne mich zu erkennen; da sagte ich zu ihm:

»Halt, du Diener der Okba-Moschee zu Kaïrwan! Hat dir der Kutb geholfen?«

Er blieb stehen und starrte mich an, ohne zu antworten.

»Hast du den Beutel geöffnet, den dir der Bettler gab, der kein Moslem, sondern ein Christ war?«

»Ja,« antwortete er, indem sein Blick noch immer forschend an meinem Gesichte hing.

»War die erbetene Hilfe drin?«

»Ja; es waren achtzehnhundert Piaster.«

»Und nun wirst du desertieren?«

»Deser – – – Allah! Ist es möglich? Bist du es, der der Bettler war, o Herr?«

»Ja.«

»Und du bist ein Christ?«

»Ja.«

»Und da wagtest du, an diesem Tage unter dem Thore des Kutb zu sitzen!«

»Warum nicht? Gerade dort war ich am sichersten.«

»Du bist reich, trotzdem du Bettler warst?«

»Reich bin ich nicht; ich habe gerade so viel, wie ich brauche.«

»Und hast mir so viel Geld geschenkt? Herr, das hätte kein Moslem gethan! Und unter den Christen bist du auch der allereinzige.«

»Da irrst du dich. Jeder gute Christ hätte dir das Geld gegeben, wenn er in meiner Lage und an meiner Stelle gewesen wäre.«

»Ist das wahr, Herr?«

»Ja.«

»Das glaube ich nicht, denn die Christen sind, dich ausgenommen, räudige Hunde, welche einer falschen, lügnerischen Lehre anhangen.«

»Kennst du diese Lehre?«

»Nein!«

»Wie kannst du da über sie urteilen?«

»Ich habe es von unsern Aimma[1] gehört.«

»Die auch nichts davon wissen.«

»Du irrst. Sie verfluchen das Christentum und müssen doch wissen, warum.«

»Sie haben keine Ahnung von unserer Lehre. Wäre sie ihnen bekannt, so würden sie sie segnen, anstatt sie verfluchen. Hast du Hoffnung, nach deiner Heimat zu entkommen?«

»Ja.«

»Sag' mir deinen Namen!«

»Ich heiße Gilad. Du bist mein Wohlthäter; darf ich auch nach dem deinigen fragen?«

»Man nennt mich Kara Ben Nemsi Effendi.«

»Kara Ben – – –«

Er trat zwei, drei Schritte zurück; seine Augen funkelten, und er ballte die Fäuste; da aber dachte er an das Geld, welches ich ihm gegeben hatte, und sein Gesicht wurde wieder freundlich, als er fragte:

»Kara Ben Nemsi Effendi? So bist du der Christ, der vor einigen Jahren in Kaïrwan und in unserer heiligen Moschee gewesen ist?«

»Ja.«

»Wußtest du, daß kein Christ nach Kaïrwan darf?«

»Ich wußte es.«

[1] Plural von Imam, muhammedanischer Geistlicher.

»Daß jeder Andersgläubige getötet wird, der es wagt, die Stadt zu betreten?«

»Es war mir bekannt.«

»Allah, Allah! Mußt du ein kühner Mann sein! Du bist der einzige Christ, der Kaïrwan gesehen und gar in der heiligsten Moschee des Westens gewesen ist. Allah hat es zugegeben, daß du damals entkommen bist; aber wage es ja nie wieder, unsere Stadt durch die Schritte deines Fußes zu schänden!«

»Es ist keine Schande, sondern eine Ehre für euch, wenn ein Christ zu euch kommt. Das will ich dir beweisen. Du sollst Christum, den Sohn Gottes, kennen lernen. Komm mit herein in das Haus!«

Ich führte ihn nach meinem Zimmer und schenkte ihm die vier Evangelien und die Apostelgeschichte, in das Arabische übersetzt. Er steckte das Buch ein, sah mir ernst in die Augen und sagte dann:

»Effendi, eigentlich sollte ich dich für dein damaliges Verbrechen töten; aber du hast mir Wohlthat erwiesen; ich will dich schonen; wir sind quitt!«

Er ging fort, ohne einen Gruß zu sagen. Ich wünschte still hinter ihm her, daß es ihm gelingen möge, in die Heimat und zu den Seinigen zurückzukehren. – – –

ZWEITES KAPITEL.

In Kaïrwan.

Nach dem bisher Erzählten war längere Zeit vergangen, und ich befand mich in Tunesien. Ich hatte meinen Freund Ali en Nurabi, den Scheik der Uëlad Sebira-Beduinen besucht, war zwei Wochen bei ihm gewesen und wollte nun wieder an das Meer, aber nicht in der Richtung nach der Hauptstadt Tunis, sondern ich zog es vor, ostwärts nach Hammamet zu reiten, um die Ortschaften Testur und Saghuan kennen zu lernen.

Bis nach Testur gab mir Ali en Nurabi mit einigen seiner Leute das Geleit; aber weiter konnte er mich nicht begleiten, weil mein Weg mich von da aus durch das Gebiet von Stämmen führte, welche mit dem seinigen in Feindschaft lebten; er hätte sein Leben gewagt. Ich ritt also nun allein und zwar zunächst von Testur aus südlich, wo ich im Wadi Silian von den Uëlad Riahh leidlich gut aufgenommen wurde. Dann wendete ich mich westlich nach dem See el Kursia, der im Gebiete der Uëlad Trabersi liegt. Von da aus ging es auf das Wadi Melah zu, von welchem Saghuan nur zwanzig Kilometer ostwärts liegt.

Bis hierher war alles zu meiner Zufriedenheit gegangen; aber noch hatte ich das Wadi Melah nicht erreicht, da wendete sich das Glück, welches mich so weit begleitet hatte, plötzlich von mir.

Nach der Ebene, in welcher der See el Kursia liegt, wird die Gegend plötzlich bergig. Man hat steil empor zu reiten und sieht dann, oben angelangt, die Höhen sanft nach Osten abfallen. Hier giebt es einige Wasserläufe und infolgedessen Vegetation. Ich traf ein Wäldchen von Korkeichen, bei welchem ich anhielt, um mein Pferd ausruhen zu lassen. Ich selbst streckte mich auch im Grase aus und schloß die Augen, welche mir von der Glut und dem grellen Lichte der Sonne wehe thaten.

Da hörte ich den Schrei eines Geiers und blickte wieder auf. Wenn ein Geier so schreit wie dieser, so giebt es Fraß für ihn. Zwei dieser Vögel schwebten hinter mir über dem Walde. Sie zogen enge Kreise, gar nicht sehr hoch, senkten sich aber nicht herab. Ihre Beute war entweder noch nicht tot oder der Art, daß sie sich nicht an sie getrauten.

Ich stand auf und durchschritt das Wäldchen, um zu sehen, was es war. Am jenseitigen Rande desselben sah ich es liegen. Es war kein Tier, sondern ein – Mensch, ein Beduine. Er lag in einer Blutlache auf dem Rücken und hatte mehrere Messerstiche in der Brust; das Messer steckte noch darin. Hier war ein Mord geschehen, und zwar kein Raubmord, sondern ein Mord infolge der Blutrache; sonst hätte der Mörder das Messer nicht stecken lassen.

Die That konnte erst vor kurzem geschehen sein, denn die Lache war noch nicht geronnen. Ich zog das Messer aus der Wunde, wischte es im Grase ab und steckte es in meinen Gürtel, um es den Bewohnern des Wadi mit der Meldung von der Auffindung der Leiche zu übergeben.

Der Anblick derselben hatte mir die Lust, hier auszuruhen, genommen; ich kehrte zu meinem Pferde zurück, stieg auf und ritt weiter. Ich brauchte ungefähr eine Stunde, um hinab in das Wadi Melah zu kommen.

Ich mochte vielleicht die Hälfte dieses Weges zurückgelegt haben, als ich Pferdeschritte hinter mir hörte. Ich wendete mich um und sah eine Schar von vielleicht zwanzig Beduinen, welche in scharfem Trabe hinter mir herkamen. Dem Brauche nach hielt ich an und drehte mein Pferd um, ihnen entgegensehend.

Als sie mich erreichten, umringten sie mich im Nu; da dies bei diesen Leuten so Brauch ist, machte es mich nicht besorgt; ich grüßte also freundlich:

»Sallam aaleïkum! Könnt ihr mir sagen, welcher Stamm jetzt da unten im Wadi Melah liegt?«

»Das sollst du bald erfahren, du Hund,« antwortete der Anführer. »Nehmt ihn fest!«

Vierzig Hände streckten sich nach mir aus. Ich hätte mich

wehren können, denn ich war ausgezeichnet bewaffnet und fürchtete mich nicht; aber da hätte ich Blut vergießen müssen, und das wollte ich nicht. Ich wurde im Nu festgehalten, entwaffnet und auf das Pferd gebunden.

»Was fällt euch ein!« rief ich. »Ich bin ein friedlicher Wanderer und habe euch nichts gethan.«

»Uns nicht, aber einem andern,« antwortete der Anführer, indem er meine Waffen untersuchte. Dabei nahm er auch das Messer des Toten in die Hand.

»Hier, hier klebt noch Blut!« sagte er. »Er ist's, er ist's; wir haben den Mörder. Ed d'em b'ed d'em - Blut um Blut. Er muß sterben! Sag' uns, Hund, von welchem Stamme du bist.«

»Von keinem. Ich bin ein Fremdling hier und gehöre zum Volke der Alman[1].«

»Lüg' nicht! Wir sind Uëlad Siminscha, und der, den du ermordet hast, ist ein Bruder von uns.«

»Hat Allah dir keine Augen gegeben? Siehst du nicht, daß ich zwei Messer bei mir hatte? Wer aber trägt zwei Messer herum? Das eine gehört mir; das andere habe ich aus der Brust des Toten gezogen, um es unten im Wadi vorzuzeigen. Wenn ihr lesen könnt, will ich euch beweisen, daß ich ein Almani bin.«

»Schweig'! Wir brauchen nicht lesen zu können, um zu wissen, daß du der Mörder bist. Sieh, dort bringen sie dein Opfer! Wir sahen deine Spur und sind schnell vorausgeritten, um dich einzuholen.«

»Hätte ich mich einholen lassen und hier auf euch gewartet, wenn ich der Mörder wäre?«

»Das hast du gethan, um uns zu täuschen!«

»Ihr müßt aber doch einsehen, daß es sich um eine Blutrache handelt, denn das Messer steckte noch in der Wunde!«

»Es steckte nicht in der Wunde, sondern in deinem Gürtel.«

»Wo lagert euer Stamm?«

»Unten im Wadi.«

[1] Deutschen.

»Wohin ich ritt? Reitet ein Mörder zu denen, deren Bruder er getötet hat?«

»Wir werden dir nicht hier antworten, sondern unten im Lager, wenn wir dort angekommen sind und die Dschemma[1] über dich gerichtet hat. Jetzt vorwärts, Leute! Einer mag vorausreiten, um die Unserigen zu benachrichtigen.«

Dies geschah, und es läßt sich leicht denken, wie wir bei unserer Ankunft empfangen wurden. Das war ein Gebrüll, ein Heulen und Schreien, wie ich es kaum jemals gehört hatte. Hätten mich die Krieger nicht in ihrer Mitte gehalten, ich wäre von den Weibern in Stücke gerissen worden.

Das Duar[2] war ein stark besetztes Lager; es standen über sechzig Zelte da; draußen weideten zahlreiche Pferde, Kamele und Schafe. Ich wurde vom Pferde genommen und mit ausgestreckten Armen und Beinen an zwei kreuzweise übereinander gelegte Zeltpfähle gebunden; das verursachte mir nicht geringe Schmerzen. Drei Krieger hielten bei mir Wache, nicht etwa, weil man geglaubt hätte, daß ich fliehen könne, sondern um zu verhindern, daß sich die aufgeregte Menge schon vor dem Urteilsspruche über mich hermache.

Jede Beschäftigung war aufgegeben worden. Man dachte nur an den Mord, den Mörder und die Rache. Die »Alten« kamen zusammen; ich sah, daß sie sich niedersetzten, um über mich zu richten. Ich verlangte, zu ihnen geschafft zu werden, um mich verteidigen zu können, um zu erzählen, wie die Sache sich zugetragen hatte. Die Wächter lachten mich aus.

Die Frauen kamen herbei, verfluchten mich und ließen alle möglichen Schand- und Schimpfwörter über mich los; die Kinder warfen mit Steinen nach mir; einige, die sich ganz heranwagten, spieen mich an; das wurde nicht verhindert.

Unglücklicherweise war der Vater des Ermordeten ein wohlhabender und deshalb einflußreicher Mann. Wie ich später hörte, bot er alles auf, um die Strafe, welche natürlich

[1] Versammlung der Aeltesten.

[2] Zeltdorf.

nur in dem Tode bestehen konnte, möglichst schwer werden zu lassen. Es wurde sehr viel gesprochen und geschrieen; man hielt lange Reden, aber wohl keine einzige zu meiner Verteidigung, und endlich, als dies wohl zwei Stunden gedauert hatte, war man zum Resultate gekommen. Die Teilnehmer der Dschemma standen auf und kamen herbei. Sie bildeten einen Kreis um mich, und der Scheik als der Vorsitzende machte mich mit dem Urteile bekannt:

»Das Gesetz der Wüste lautet: Blut um Blut, Leben um Leben. Du hast ein Leben vernichtet, also wird dir das deinige genommen werden. Man wird jetzt das Grab graben, und wenn das Abendgebet vorüber ist, wirst du mit dem Toten in dasselbe gelegt und begraben werden.«

»Lebendig?« fragte ich.

»Ja.«

»Ich fordere von euch, meine Verteidigung anzuhören!«

»Du hast nichts zu fordern. Schweig' lieber, und bereite dich im stillen vor, denn es sind nur noch zwei Stunden, so wirst du über die Brücke des Todes hinab in die Hölle fahren!«

»Aber ihr wißt noch nicht einmal, wer ich bin! Man verurteilt doch keinen Menschen, ohne seinen Namen zu kennen und wer und was er ist!«

»Wir wollen nichts wissen; wir wissen, daß du der Mörder bist; das ist genug.«

Dabei blieb dieser Mann. Ich konnte sagen, was ich wollte, man verlachte mich. Jedes Wort, welches ich zu hören bekam, war Gift, und jeder Blick ein Pfeil des Hasses und der Rache. Die Alten entfernten sich und ließen mir die Gewißheit zurück, daß ich unrettbar verloren sei.

Jetzt bedauerte ich es freilich, daß ich mich nicht gewehrt hatte. Mit meinem fünfundzwanzigschüssigen Henrystutzen hatte ich noch ganz andere Leute von mir abgehalten, als diese Uëlad Siminscha waren! Ich sah, daß sie draußen vor den Zelten eine tiefe Grube machten -- für zwei Menschen, einen toten und einen lebenden.

Gab es denn wirklich keine Rettung? Hm! Wie oft hatte

ich mich in wirklich verzweifelten Lagen befunden und mich doch befreit. Warum nicht auch hier? Ich sann und sann, fand aber keinen Retttungsweg. Ja, wenn man mich angehört hätte! Es war nur eine einzige, ganz geringe Hoffnung möglich: In der Lage, in welcher ich mich jetzt befand, mit so weit ausgespreizten Armen und Beinen konnte man mich nicht begraben; man war also gezwungen, mich von den Zeltstangen loszubinden, und wenn man das that, bekam ich wenigstens für einige Augenblicke meine Glieder frei. Diese Augenblicke mußte ich benutzen; aber wie, das konnte ich vorher nicht wissen, sondern das mußte der Augenblick ergeben.

Eben als ich mit diesem Gedanken fertig geworden war, bemerkte ich, daß die Aufmerksamkeit der Beduinen sich auf etwas richtete, was außerhalb des Lagers vorging. Ich hörte el Bija, el Bija[1] rufen. Es schien also ein Handelsmann zu kommen. Ein Handelsmann aber kann kein Beduine sein. Vielleicht war er ein Maure, ein Jude, ein Levantiner. Wenn die Uëlad Siminscha ihm erlaubten, mit mir zu reden, so brachte er sie vielleicht dahin, daß sie nachträglich doch noch meine Verteidigung anhörten, und wenn sie das thaten, so war doch noch nicht alles verloren.

Jetzt sah ich ihn kommen, mit ihm zwei Gehilfen, welche seine Packpferde zu beaufsichtigen hatten. Seine Ankunft mußte den Beduinen lieb sein; das sah und hörte ich aus der Art und Weise, wie sie ihn bewillkommten. Er stieg vom Pferde und schüttelte dem Scheik die Hand. Sie sprachen miteinander. Der Scheik führte ihn zur Leiche des Ermordeten und blieb dort erzählend mit ihm stehen; dann zeigte er zu mir herüber. Der Händler drehte sich herum, sah mich liegen und kam herbei. Der Scheik folgte ihm.

»Was sagtest du, von welchem Volke will er sein?« fragte er den Scheik.

»Einen Almani hat er sich genannt. Er wollte uns betrügen. Wenn ich die Sprache der Alman verstände, würde ich versuchen, ob er da zu antworten vermag.«

[1] Der Händler.

»Ich verstehe sie auch nicht; aber wenn er wirklich ein Almani ist, so muß er wenigstens einige Worte der Fransawiji[1] verstehen. Soll ich es einmal versuchen?«

»Thue es! Es wird aber nichts nützen.«

Da fragte mich der Händler in fließendem Französisch:

»Sie wollen ein Deutscher sein? Können Sie mich verstehen?«

»Sehr gut verstehe ich Sie,« antwortete ich in derselben Sprache. »Sie sind ein Handelsmann? Woher?«

»*Mon dieu!* Sollten Sie wirklich ein Europäer, ein Deutscher sein?«

»Das bin ich allerdings.«

»Woher?«

»Ich bin ein Sachse. Man hat mich unschuldig verurteilt und hört mich nicht an. Ich soll lebendig eingegraben werden.«

»Das wird nicht geschehen. Ich bin Franzose, mein Herr, liebe es aber aus gewissen Gründen, für einen Eingeborenen zu gelten. Verraten Sie dies nicht! Sie werden sofort frei sein.«

Er wendete sich an den Scheik:

»Dieser Mann ist wirklich ein Almani und hat dich nicht belogen.«

»Nicht? Aber der Mörder ist er doch!«

»Nein.«

»Das behauptest du?«

»Ja. Ein Almani ist kein Mörder.«

»Das Messer, mit dem der Mord geschah, ist sein.«

»Nein!« rief ich dazwischen. »Ich zog es der Leiche aus der Brust.«

»Schweig', Hund! Wenn du noch ein Wort – –«

Der Händler unterbrach ihn mit einer Handbewegung und sagte:

»Ich habe mir bis jetzt nur erzählen lassen und selbst noch nichts sagen können; jetzt will ich reden: ich weiß, wer der Mörder ist.«

[1] Franzosen.

»Wer? Etwa nicht dieser Fremde?«

»Nein. Ich komme vom Bah Saghuan herunter; da begegnete uns ein einzelner Reiter, der mich fragte, wohin ich wolle. Ich sagte es ihm; da lachte er und sprach:

»Wenn du zu den Uëlad Siminscha kommst, so sag' ihnen, daß oberhalb des Wadi Melah ein Toter liegt, in dessen Herz mein Messer steckt.«

»Allah!« rief der Scheik. »Wer war dieser Mann?«

»Steht ihr mit den Uëlad Selass in Blutfehde?«

»Ja.«

»So stimmt es. Ich habe mit dem Mörder gesprochen.«

Er nannte den Namen des Uëlad Selass, der ihm begegnet war, und kaum hatte der Scheik ihn gehört, so bückte er sich zu mir nieder, durchschnitt meine Fesseln und sagte:

»Du bist unschuldig. Steh auf! Du bist frei!«

Natürlich sprang ich auf, und wie schnell!

»Sag' Allah Dank, daß dieser Händler gekommen ist!« fuhr der Scheik fort. »Wir hätten dich mit dem Toten begraben.«

»Und danke auch du Allah,« erwiderte ich, »daß du nicht zum Mörder an mir geworden bist! Ich habe noch niemals einen Ben Arab[1] gesehen, der so leichtsinnig mit dem Leben eines Menschen umgegangen ist, wie du! Ja, ich will Allah danken; euch aber bin ich etwas ganz andres schuldig als Dank!«

»Du wirst uns verzeihen und so lange als unser Gast bei uns bleiben, wie es dir gefällt.«

»Keine Stunde länger, als ich muß! Gebt mir wieder, was ihr mir abgenommen habt; dann reite ich fort.«

»Das würde eine Schande für unser ganzes Lager sein. Warte nur eine kleine Weile, dann wirst du hören, wie wir dich doch bewegen, hier zu bleiben.«

Er rief die Dschemma wieder zusammen, sprach einige Worte mit den »Alten« und dann kam die ganze Versammlung, die mich ungehört verurteilt hatte, um mich um Verzei-

[1] Araber.

hung zu bitten. Was wollte ich thun? Der Franzose bat auch; ich und mein Pferd bedurften der Ruhe, und so erklärte ich schließlich, der Gast des Stammes sein zu wollen, worauf der Scheik den Befehl gab, mehrere Hämmel zu schlachten.

Das erste war nun, für die Verfolgung des Mörders zu sorgen. Nach kurzer Zeit ritt eine Anzahl auserlesener Männer auf den besten Pferden fort, um zu versuchen, ihn einzuholen. Ich war überzeugt, daß ihnen dies nicht gelingen würde.

Während die Hämmel geschlachtet und gebraten wurden, ließ der Händler durch seine beiden Gehilfen die Waren auspacken, die er mitgebracht hatte. Er tauschte sie, wie ich erfuhr, nur gegen Teppiche ein, welche von den Beduinenfrauen gefertigt werden. Während er die Abwickelung dieses Geschäftes seinen Leuten überließ, saß er bei mir und ließ sich erzählen, wie und warum ich nach Tunesien gekommen war.

»Was?« sagte er. »Den Scheik Ali en Nurabi vom Stamme der Sebira haben Sie besucht? Waren Sie schon früher bei ihm?«

»Ja.«

»Sind Sie damals mit ihm nach den drei Schotts hinabgeritten, um den berüchtigten Khrumir zu verfolgen?«

»Ja.«

»So sind Sie wohl gar Kara Ben Nemsi Effendi?«

»So werde ich genannt.«

»Dann heiße ich die Stunde eine glückliche, die mich hierhergeführt hat! Sie sind der Mann, den ich brauche, der mir einen guten Rat geben wird.«

»Sie haben mir das Leben gerettet! Sie dürfen nicht nur auf meinen Rat, sondern auch auf meine That rechnen.«

»Pah! Leben gerettet! Der reine Zufall und ganz ohne mein Dazuthun! Nach allem, was ich von Ihnen gehört habe, sind Sie vielleicht der einzige Mann, der mir einen schweren, tiefen Kummer mildern oder gar heben kann, den ich nun schon zwei Jahre lang mit mir herumtrage. Ich heiße nämlich Girard und bin nicht um des Erwerbes willen Händler geworden, sondern um unter diesem Deckmantel unbemerkt Nachforschungen anzustellen nach einem Kinde, einem Knaben, der mir entführt worden ist.«

»Herrgott! Ein Kind ist Ihnen abhanden gekommen?«

»Mein einziges Kind, ein vierjähriger Knabe.«

»Wann?«

»Vor zwei Jahren.«

»Und wo?«

»In Sfaks, wenn Ihnen die Stadt bekannt ist.«

»Ich kenne sie, bin schon dreimal dort gewesen. Wollen Sie mir sagen, in welcher Weise die Entführung vor sich gegangen ist?«

»Sie wissen jedenfalls, daß Sfaks zu jener Zeit von der französischen Flotte bombardiert und eingenommen worden ist. Die dort wohnenden Europäer zogen sich aus ihr ein Stück in das Innere des Landes zurück, ich auch mit Weib und Kind, meinem kleinen Armand. Wir gingen bis zum Bah feitun Lakhderi, wo wir uns sicher wußten. Dort wollten wir die Belagerung abwarten. Wir blieben von den dort wohnenden Uëlad Metelit und Saleith unbelästigt und bekamen nur einen einzigen Beduinen zu sehen, der zufälligerweise zu uns kam und uns um Wasser bat. Es war gegen Abend, und er und sein Pferd waren ermüdet. Er bat um die Erlaubnis, in unserer Nähe an dem Wasser bis früh bleiben zu dürfen, und wir erlaubten es ihm. Was konnte uns ein einzelner Beduine thun? Er war noch jung und sah so harmlos aus. Er lagerte sich bescheiden fern von uns. Wir schliefen ohne Sorge ein; aber als wir erwachten, bemerkten wir zu unserm großen Entsetzen, daß unser Armand fehlte. Er war fort und alles Suchen vergeblich.«

»Wie kamen Sie auf die Idee, daß er entführt worden sei?«

»Der Beduine war auch fort, und wir sahen, daß er unser Zelt hinten aufgeschnitten hatte, um in das Innere zu dem Knaben zu gelangen. Was hat er mit ihm gewollt? Das Kind konnte ihm doch nur lästig werden! Von Zigeunern hat man gehört, daß sie Kinder rauben, von Beduinen aber nicht.«

»Hm!«

»Sie können sich unser Entsetzen denken! Wir gaben uns alle, alle Mühe, den Verlorenen zu entdecken, doch ohne Erfolg. Als alles vergeblich war, kam ich auf die Idee, als Händler im Lande umherzuziehen und nachzuforschen; auch dies hat bisher nichts geholfen.«

»Weil man einem verhaßten Franzosen keine richtige Auskunft erteilt.«

»O, man hält mich für einen Eingeborenen; ich bin der Sprache genugsam mächtig und verrate nirgends, daß ich ein Franke bin. So ritt ich zwei Jahre lang von Stamm zu Stamm, von Lager zu Lager, habe aber bis jetzt keine Spur gefunden.«

»Und Ihre Gemahlin?«

»Die lebt unterdessen bei ihrem Bruder, einem Kaufmann in Tunis. Sie sieht mich stets mit banger Hoffnung fortziehen und empfängt mich bei meiner Rückkehr mit den Thränen der Enttäuschung. Der Gram nagt an ihrem Leben. Wann wird das aufhören, wann wird das ein Ende nehmen!«

Er schlug die Hände vor das Gesicht und schwieg. Ich wartete eine Weile und erkundigte mich dann:

»Haben Sie denn keine Ahnung, zu welchem Stamme der Knabenräuber gehörte?«

»Zu den Uëlad Mahad.«

»Alle Wetter!« rief ich überrascht aus. »Nannte er seinen Namen?«

»Ja; er hieß Ben Nefad.«

»Aha! Meine Vermutung!«

»Wie? Was? Sie haben eine Vermutung?«

»Ja.«

»Welche, Monsieur?«

»Sagen Sie mir zunächst, ob Sie wissen, was das Wort Mahad bedeutet.«

»Das weiß ich nicht.«

»Und Nefad?«

»Auch nicht. Es sind eben Namen, bei denen man sich nichts zu denken braucht.«

»O nein. Diese Worte haben ihre Bedeutung. Mahad heißt ›niemand‹ und Nefad bedeutet das Gelingen.«

»Ich denke, niemand heißt la ahad, und das Gelingen heißt negah!«

»Provinzialismus, Monsieur. Diese Leute wählen in solchen Fällen von zwei gleichbedeutenden Ausdrücken den weniger gebräuchlichen aus. Uëlad Mahad bedeutet ›niemandes Stamm‹, giebt es also nicht; der Mann hat Sie getäuscht. Und Ben Nefad heißt Sohn des Gelingens. Das sagt genug. Er hat seinen Stamm verschwiegen und ist auf ein Unternehmen ausgeritten, dessen gewünschten Ausgang er nach hiesiger Sitte mit dem dabei angenommenen Namen bezeichnet.«

»Ah, so ist es! Endlich, endlich doch wenigstens ein Schein, wenn auch nur ein ganz leiser Schein der Möglichkeit, zum Ziele zu kommen! Darum also wurde überall gelächelt, wenn ich nach dem Aufenthalte der Uëlad Mahad fragte!«

»Sie sprechen von einem leisen Scheine, Monsieur. Wie nun, wenn ich Ihnen mehr als das, wenn ich Ihnen ein helles Licht geben könnte?«

Da fragte er schnell, in freudiger Bestürzung:

»Können Sie das, Monsieur, können Sie das?«

»Ja.«

»Mein Gott, wenn das möglich wäre! Aber es muß möglich sein, denn Sie sind Kara Ben Nemsi Effendi, und als ich dies vorhin entdeckt, war es mir sofort gewiß, daß ich an den richtigen Mann gekommen sei. Was denken Sie, Monsieur, was denken Sie?«

»Ihr Knabe Armand ist in Kaïrwan.«

»In Kaïrwan? Meinen Sie?«

»Ich meine es nicht nur, sondern ich möchte sogar darauf schwören, wenn ich überhaupt die Gewohnheit zu schwören hätte.«

»Was soll er aber in Kaïrwan?«

»Seinem Räuber zur Seligkeit verhelfen.«

»Zur Seligkeit? Wie das?«

»Zufälligerweise kenne ich das. Ich bin nämlich schon einmal in Kaïrwan gewesen, welches kein Christ betreten darf, wenn er nicht sein Leben verlieren will, und damals nur mit

Mühe dem Tode entgangen. Der Kommandant der dortigen Militärtruppe hielt mich für einen Muhammedaner, für einen Offizier, und sprach sehr viel über die dortigen Verhältnisse zu mir. Kaïrwan ist selbst eine heilige Pilgerstadt und liegt weit von Mekka entfernt, wohin jeder Moslem wenigstens einmal im Leben pilgern soll. Wer dies nicht thun kann, erkauft sich seine Seligkeit, das Paradies Muhammeds, dadurch, daß er dem Islam die Seele eines Kindes ungläubiger Eltern zuführt. Haben Sie noch nicht gehört, wie viel Knaben zum Beispiel von Juden verschwinden, wieviel Knaben den Bewohnern der nördlichen Sahara geraubt werden?«

»Nein.«

»Diese Knaben kommen in die Schule der berühmten Okba-Moschee, wo sie im Islam unterrichtet und meist zu Moscheedienern ausgebildet werden. Jeder, der dieser Schule einen solchen Knaben bringt, hat Allah eine verlorene Seele geschenkt und dafür die seinige gerettet.«

»Und Sie denken – – – Sie denken, daß mein Armand auch dorthin geschafft worden ist?«

»Ich bin sogar überzeugt davon.«

»Haben Sie einen gewissen Anhalt dazu?«

»Ja. Es hat sich da der Brauch eingebürgert, daß jeder, der auf einen solchen Knabenraub ausgeht, natürlich seinen eigentlichen Namen und seinen Stamm verschweigt, sich Ben Nefad, den ›Sohn des Gelingens‹, nennt und angiebt, daß er zum Stamme Uëlad Mahad, zum Stamme Niemand, gehöre. Da dies bei Ihrem Sohne ganz wörtlich auch der Fall gewesen ist, so bin ich überzeugt, daß er sich bei der Okba-Moschee von Kaïrwan befindet.«

Da ergriff der Händler meine beiden Hände und rief entzückt aus:

»Monsieur, ich danke Ihnen, ich danke Ihnen von ganzem Herzen! Das ist allerdings kein leiser Schein, sondern eine helle Sonne, die Sie mir da geben. Ja, Sie waren der richtige Mann. Ich muß nach Kaïrwan, sofort nach Kaïrwan!«

»Sachte, sachte, Monsieur! Das geht nicht so, wie Sie meinen. Sie haben keine Ahnung von der Gefahr, in welche Sie sich begeben!«

»O, ich weiß, daß ich mein Leben wage; aber ich thue es, ich thue es gern!«

»Sie werden Ihren Sohn doch nicht befreien!«

»Nicht?«

»Nein. Kennen Sie die Stadt und ihre Verhältnisse?«

»Nein.«

»So sind Sie verloren, sobald Sie hinkommen. Es gehört nicht nur ein großer Wagemut, sondern auch ein bedeutendes Quantum List dazu, das auszuführen, was Sie vorhaben.«

»Mein Gott!« rief er enttäuscht. »Sie meinen also, daß ich es nicht fertig bringe?«

»Allein gewiß nicht.«

»Allein nicht? Wen soll ich denn mitnehmen? Wer soll mir helfen?«

»Ich.«

»Sie, Monsieur? Sie wollten mit?«

»Ja.«

»Ist das Ihr Ernst? Ist das die Möglichkeit?«

»Ich gehe sehr gern mit. Sie haben mir vorhin das Leben gerettet; Sie sollen Ihren Sohn wieder haben.«

»Das kann ich nicht glauben; das kann ich nicht verlangen!«

»Bedenken Sie, daß ich der einzige Christ bin, der in Kaïrwan gewesen ist, also der einzige Mensch, der das Gelingen Ihres Vorhabens ermöglichen kann!«

»Aber gerade weil Sie schon dort waren, wagen Sie doppelt! Man hat Sie damals erkannt. Wenn man Sie jetzt wiedererkennt, sind Sie verloren.«

»Je mehr man wagt, desto sicherer ist man, Monsieur. Nehmen Sie mich mit?«

»Wie gern, o wie so gern! Denn wenn Sie mitgehen, erscheint mir das Gelingen sicher.«

»Gut, das ist also abgemacht. Hier meine Hand!«

»Haben Sie denn Zeit?«

»Zu so einem Streiche habe ich immer Zeit. Schlagen Sie getrost ein!«

Wir drückten einander die Hände; dann fragte er:

»Wann geht es denn fort von hier? Wann brechen wir auf? Noch heut?«

»Nein, morgen früh.«

»Erst!«

»Nur nichts übereilen! Unsere Pferde müssen ausruhen. Sind zwei Jahre vergangen, so kommt es nun auf wenige Stunden mehr auch nicht an.«

»Wie fangen wir es an, um in die Stadt zu kommen?«

»Wir thun, als wären wir Pilger. Sind Ihre beiden Diener treu?«

»Ja.«

»So bleibt einer hier bei Ihren Sachen, und der andere reitet mit uns. In der Gegend von Kaïrwan übergeben wir ihm unsere Pferde und Waffen; er muß auf unsere Rückkehr warten, und wir ziehen zu Fuß und unbewaffnet als arme Pilger in Kaïrwan ein.«

»Unbewaffnet?«

»Wenigstens scheinbar. Meine Revolver nehme ich mit; die sieht man nicht. Sind Sie mit diesem Plane einverstanden?«

»Natürlich! Was könnte ich dagegen haben, ich, der ich die Verhältnisse gar nicht kenne, während Sie nicht nur in diesem Falle, sondern überhaupt in solchen Dingen erfahren sind?«

»So bleibt es dabei. Morgen früh reiten wir von hier fort. Doch sagen Sie keinem Menschen, um was es sich handelt. Diese Leute sind alle Muhammedaner, denen Kaïrwan für heilig gilt; sie können uns leicht einen bösen Streich spielen.«

Vier Tage später, um die Mittagszeit, hielten wir in der Nähe des Karawanenweges an, welcher von Kaïrwan nach dem Dschebel Abd el Fadelun führt. Wir mußten den Diener hier zurücklassen. Er bekam alles, was wir bei uns hatten, außer meinen Revolvern; einiges Geld behielten wir natürlich auch. Ich zeigte ihm die Stelle, an welcher wir wieder mit ihm zusammentreffen wollten; dann wanderten wir der heiligen Stadt zu.

Ob wir sie wohl glücklich wieder verlassen würden?

Diese sehr ernste Frage legte ich mir natürlich vor. Diejenigen Bewohner von Kaïrwan, die mich bei meiner ersten Anwesenheit gesehen hatten, brauchte ich nicht zu fürchten. Damals trug ich einen dichten Vollbart, jetzt nur den kurzgeschnittenen Schnurrbart und auch ganz andere Kleider. Sie erkannten mich gewiß nicht. Aber der Kaïrwaner, der in Kairo unter dem Bab Zuweileh zu dem Kutb gebetet hatte, der machte mir Bedenken. Er war zwar von mir beschenkt worden, hatte aber gesagt, daß wir nun quitt seien. Wir mußten unbedingt in die Moschee, und er war Diener an derselben. Welche Vorsicht war da anzuwenden, daß er uns nicht zu sehen bekam!

Außerdem fragte ich mich, wie wir den Knaben ausfindig machen wollten. Am besten wohl durch den Besuch der Schule, falls dieser erlaubt war. Doch, das fand sich schon; das mußten die Verhältnisse ergeben.

Was Girard, den Händler, betrifft, so war er jetzt sehr schweigsam geworden. Er wußte, daß wir einer Gefahr entgegengingen; ihre volle Größe hatte er aber nicht gekannt; nun jedoch, als wir uns unserm Ziele näherten, mochte es ihm doch anders um das Herz werden als bisher.

Da sahen wir den nördlichen Stadtteil vor uns liegen und durchschritten ihn auf denselben Gassen, durch welche ich damals auch gegangen war. Uns ein Unterkommen zu suchen, das hoben wir für später auf; wir begaben uns direkt nach der Moschee, welche sehr besucht war. Wir knieten wie die andern nieder, scheinbar um unser Gebet zu verrichten; anstatt dessen aber flog mein Blick von Person zu Person, um mich zu orientieren. Girard gestand mir später, daß er wirklich gebetet hatte um das Gelingen unseres kühnen Planes.

Darauf gingen wir, wie es eben fremde Pilger thun, langsam durch die Säulenhallen, um die wunderbare Architektur zu betrachten. Als uns da ein Moscheebediensteter begegnete, fragte ich ihn nach der Schule der Knaben und er machte sehr bereitwillig den Führer.

Sie machte sich schon von weitem durch die Kinderstimmen kenntlich, welche Koranverse plärrten. Wir durften in den Raum treten; es waren viele Zuhörer da. Wir fanden lauter ältere Knaben; die jüngeren hatten später Unterricht. Wir gingen also einstweilen wieder fort.

Eben als wir aus der Thür traten, wollte jemand hinein, und dieser jemand war - - der bittende Soldat vom Thore Zuweileh. Wir erkannten einander augenblicklich.

»Maschallah!« rief er aus. »Effendi, du! Du abermals!«

Ich ging ruhig weiter, als ob seine Worte mich gar nichts angingen. Er kam mir nach, faßte mich am Arm und sagte:

»Effendi, was wagst du wieder! Es ist - - -«

»Was willst du von mir?« unterbrach ich ihn streng im Dialekte der westlichen Sahara.

»Wer bist du, Herr?« fragte er, irre geworden.

»Ich bin ein Beni Schugara vom Ufer des Hamam.«

Ich hatte meine Stimme verstellt, und der fremde Dialekt dazu, das wirkte.

»Verzeih, o Herr; ich verkannte dich!« sagte er und ging; aber ich bemerkte, daß er uns heimlich folgte.

»Wer war der Mann?« fragte der Franzose.

Ich sagte es ihm.

»So sind wir verloren!« klagte er.

»Nein.«

»Gehen wir fort!«

»Auch nein! Das würde ihn in seinem Verdachte bestärken. Wir bleiben nun erst recht.«

Gegen Abend wurden die Lampen angebrannt, und das Innere der Moschee erglänzte feenhaft in einem Meer von Licht. Der Unterricht der Kleinen begann. Es waren wohl an die Hundert erwachsene Zuhörer da. Wir gesellten uns zu ihnen. Da kamen die Knaben und setzten sich nieder. Der Lehrer war noch nicht da; sie warteten. Aber mehrere

Moscheediener standen am Eingange. Es herrschte tiefe Stille; da plötzlich rief eine helle jubelnde Kinderstimme:

»Mein Vater, o Allah, mein Vater!«

Ein hübscher, etwa sechsjähriger Knabe sprang auf und kam mit ausgestreckten Aermchen auf uns zugesprungen.

»Mein Sohn, mein liebes, liebes, geraubtes Kind!« schrie der Vater unvorsichtig. Er bückte sich nieder und hob den Knaben an seine Brust.

Ich hätte entspringen können, wollte Girard aber nicht verlassen. Einen Augenblick lang tiefe Stille, dann schrie einer der Diener:

»Das sind Christen – zwei verfluchte Christen! Tötet sie!«

Wir waren sofort umringt. Man wollte uns niederreißen. Ließ ich es dazu kommen, so wurden wir gewiß zertreten. Ich stemmte mich also fest, wehrte die Wütenden nach Kräften von mir ab und rief:

»El Adala, el Adala – Gerechtigkeit, Gerechtigkeit! Man soll erst untersuchen, ob wir Christen sind!«

»Ja,« ertönte eine Stimme. »Im Namen dieser hohen Moschee des heiligen Okba Ben Nafi! Wir arretieren diese beiden Fremden; laßt sie los, ihr Gläubigen! Das Gericht der Medsched wird sie verhören. Macht Platz, macht Platz!«

Es war der Moscheediener aus Kairo. Er kam mit acht oder zehn Kollegen zu uns und drängte die Menge von uns ab. Sie umringten uns und schafften uns fort, durch einen Seitengang, wo niemand uns belästigte, und einige andere schmale, dunkle Gänge in ein Gewölbe, in welches wir eingeschlossen wurden.

Girard hatte seinen Knaben noch in den Armen. Niemand war auf den Gedanken gekommen, ihm denselben zu nehmen.

»Verloren, alles verloren!« klagte er. »Endlich, endlich habe ich mein Kind gefunden und nun soll ich sterben!«

»Still!« bat ich. »Ich habe Hoffnung.«

»Jetzt noch Hoffnung?«

»Ja.«

»Woher können Sie dieselbe schöpfen?«

»Ich hoffe auf den Tempeldiener, welcher uns arretiert hat.«

»Der ist ja der schlimmste, sonst hätte er uns nicht arretiert.«

»O nein. Er hat uns verhaftet, um uns den hundert Händen zu entreißen, welche sich ausstreckten, um uns zu vernichten.«

»Sie sind wirklich ein seltener Mann, Monsieur! Ich glaube, Sie stehen noch im Grabe einmal auf und sagen, daß Sie lebend sind!«

»Der Mensch darf sich nie verloren geben. Sie haben Ihren Armand. Seien Sie einstweilen zufrieden und verzweifeln Sie nicht. Für den schlimmsten Fall habe ich meine Revolver. Zwölf Schüsse sind etwas wert, wenn sie im richtigen Augenblicke fallen.«

Er setzte sich nieder, ließ den Knaben, der ihn nach zwei Jahren wiedererkannt hatte, nicht von seinem Herzen und sprach in den zärtlichsten Tönen auf ihn ein. Da wurde die Thür geöffnet. Draußen stand der, auf den ich hoffte.

»Kommt!« sagte er.

»Wohin?« fragte ich.

»Du wirst es erfahren. Schnell, schnell!«

Wir gingen hinaus. Er schob den schweren Riegel wieder vor und führte uns durch mehrere dunkle, leere Gänge und Gewölbe, bis wir plötzlich im Freien standen. Kein Mensch war zu sehen.

»Effendi, wo habt ihr euer Quartier?« fragte er.

»Wir haben keins. Wir waren erst angekommen.«

»Eure Pferde?«

»Draußen vor der Stadt.«

»So geht; aber eilt nicht wie Fliehende, sondern lauft langsam wie Leute, welche gerechte Sache haben. Ihr habt Zeit. Der Oberste der Moschee war nicht zu finden. Aber wage nicht zum drittenmal, nach Kaïrwan zu kommen, denn ich könnte dich wahrlich nicht so leicht retten, wie heut.«

»Warum lässest du uns überhaupt entkommen?«

»Aus Dankbarkeit, Effendi.«

»Du sagtest doch in Kairo zu mir, daß wir quitt seien!«

»Damals dachte ich es. Dann aber las ich das heilige Buch der Christen, welches du mir geschenkt hast, und je mehr ich in demselben las, desto mehr sah ich ein, daß wir nicht quitt sind, sondern daß ich dir dieses Geschenk niemals vergelten kann. Es ist mehr, mehr wert als alles, was ich sonst habe; es ist - - ist - - ist sogar mehr wert als diese große, herrliche Moschee des heiligen Okba Ben Nafi, die du nun zum zweitenmal geschändet hast.«

Da legte ich ihm die Hand auf die Schulter und fragte:

»Schändest du sie nicht auch? Ja, schändest du sie nicht täglich und stündlich?«

»Ich? Wieso?« fragte er erstaunt.

»Sie ist dir weniger wert als das Buch, welches ich dir gegeben habe. Du glaubst an das, was in diesem heiligen Buche steht; du bist also in deinem Herzen ein Ungläubiger, ein Giaur geworden und betrittst doch täglich die Moschee als Diener an derselben!«

Er blickte vor sich nieder, hob dann die Augen zu mir, sah mir lange in das Gesicht, reichte mir die Hand und sagte:

»Effendi, ich schweige; aber ich danke dir!«

»Hast du die Deinen bei deiner Rückkehr gesund und wohl gefunden?«

»Ja, Effendi. Ich habe ihnen von dir erzählt und daß sie mich ohne deine Güte nie wiedergesehen hätten. Ich lese ihnen täglich aus deinem heiligen Buche vor, und ihnen ist, so wie mir, Jesus, der Sohn Gottes, lieber, tausendmal lieber geworden als Muhammed, der Menschensohn. Nun aber geht, und kommt niemals wieder!«

»Höre,« lächelte ich ihn an; »o, sag' mir einmal aufrichtig, ob du mich nicht auch zum drittenmal retten würdest, wenn ich wiederkäme!«

»Effendi, du bist mein Wohlthäter und ein Christ; ja, ich würde dich wieder retten, denn - - - wir sind noch lange, lange nicht quitt; ich kann meine Schuld gegen dich niemals abtragen. Lebt wohl!«

Er wendete sich zurück und verschwand hinter der Thür.

Wir spazierten langsam zur Stadt hinaus und gelangten glücklich zu unsern Pferden. Wie unerwartet schnell war das gegangen! Und mit welchen ganz anderen Gefühlen ritt Girard nun nach Norden, als er vorher nach Kaïrwan geritten war!

In Hammamet trafen wir ein Schiff, mit welchem wir nach Tunis fuhren.

Das Entzücken der Mutter beim Wiedersehen ihres entführten Kindes ist nicht zu beschreiben! – – –

6.

DER KYS-KAPTSCHIJI.

I.

Wir kamen von Serdascht und ritten am rechten Ufer des kleinen Zab hin, den wir später verlassen wollten, um Arbil, das von Alexander dem Großen her berühmte Arbela, zu erreichen. Wenn ich sage »wir«, so meine ich damit nur zwei Personen, nämlich mich selbst und meinen kleinen tapfern Hadschi Halef Omar, der früher mein Diener und Reisebegleiter gewesen war, jetzt aber, seit er den Rang eines Scheikes aller Haddedihnaraber einnahm, nicht mehr in einem untergeordneten Verhältnisse zu mir stand und mich nur aus treuer Anhänglichkeit, nicht aber für Lohn begleitete. Die Leser meiner Erzählungen werden das liebe, wackere Männchen gewiß noch kennen. Wir wollten in Arbil einige Tage ausruhen und dann über den Tigris setzen, um auf den Weiden der Dschesireh seinen Stamm aufzusuchen.

Wir waren nur zwei Tage in Serdascht gewesen und hatten den Ort in sehr großer Aufregung gefunden. Schon im letzten Frühjahre waren drei Mädchen von dort spurlos verschwunden gewesen; man hatte erfahren, daß auch an andern Orten pötzlich welche vermißt worden seien, und da die betreffenden die schönsten ihrer Gespielinnen gewesen waren, so mußte man annehmen, daß ihre Schönheit ihnen verhängnisvoll geworden sei und es sich nicht um ein zufälliges Verschwinden, sondern um einen Raub handle. Man sprach von einem Kys-Kaptschiji[1], der im Lande herumziehe, um für vornehme Harems hübsche, junge Mädchen zusammenzustehlen, und gab sich alle Mühe, eine Spur von ihm oder seinen Opfern zu entdecken, doch vergeblich. Das war nicht bloß verbotener Handel mit Sklavinnen, sondern Frauenraub, ein Verbrechen, welches mit dem Tode bestraft

[1] Mädchenräuber.

wird. Der Räuber mußte ein außerordentlich verwegener und ebenso listiger und verschlagener Mensch sein und zahlreiche Helfershelfer zur Seite haben, da es einem einzelnen unmöglich war, sich einer ganzen Anzahl von Mädchen zu bemächtigen und den gefährlichen und mühsamen Transport derselben durchzuführen.

Sein verbrecherisches Geschäft war jedenfalls ein sehr einträgliches, denn seit dem Verbote des Handels mit Sklavinnen war der Preis derselben außerordentlich in die Höhe gegangen und die Nachfrage größer als das Angebot geworden. Gefragt nämlich war die Menschenware trotz des strengen Verbotes, und weil die betreffenden Beamten ihren Bedarf selber heimlich und auf ungesetzlichem Wege deckten, fiel es ihnen nicht ein, die Händler zu verfolgen oder gar zu bestrafen.

Nun waren zwei Tage vor unserm Eintreffen in Serdascht wieder drei Mädchen vollständig spurlos verschwunden und alles Forschen nach ihnen hatte nicht das geringste Resultat ergeben. Wir beiden ahnungslosen und unschuldigen Menschen wurden sofort bei unserer Ankunft überfallen und in das Sindan[1] geschafft, und wenn ich nicht so vortreffliche Legitimationen besessen hätte, wäre es uns wohl nicht möglich gewesen, den Staub dieses Ortes so bald von unsern Füßen zu schütteln.

Mein guter Halef war empört über den Verdacht, mit dem man mich und ihn gekränkt hatte; er konnte unsere Verhaftung gar nicht vergessen, fing immer wieder an, von ihr zu sprechen, und sagte auch jetzt, als wir so nebeneinander dahinritten:

»Du bist so still, Sihdi[2]. Gewiß denkst du an das, was wir in Serdascht erleben mußten, und dein Zorn darüber ist so groß, daß er keine Worte findet. Ich aber muß reden, sonst bekommt meine Seele einen Riß, und mein Körper zerplatzt vor Wut. Wir sollen Frauenräuber sein? Ist nicht Hanneh, mein Weib, die allerschönste der Blumen unter den Gemah-

[1] Gefängnis.

[2] Herr.

linnen? Kann ich eine bessere finden? Werde ich mir ein Weib stehlen, welches ich gar nicht brauche, eine Gattin, die mir vollständig überflüssig ist? Ich, der berühmte Hadschi Halef Omar, der erste und oberste Scheik der Haddedihn, ein Spitzbube, ein Mädchenräuber! Und du, dessen Seele noch unverheiratet ist, dessen Herz keine Ehe kennt und dessen Verstand lebenslänglich ohne Weib bleiben will, du bist auch mit in das Gefängnis gesteckt worden! Maschallah! Es ist wirklich ein Wunder Gottes, daß wir dieses Serdascht nicht so zugerichtet haben, daß kein Stein mehr auf dem andern liegt! Wir haben den Löwen erlegt und den schwarzen Panther erschossen; wir haben mit Hunderten von Feinden gekämpft und sind stets Sieger geblieben. Wir kennen alle Wissenschaften und Vorteile; in uns beiden wohnen die Begriffe sämtlicher Gelehrsamkeiten; die größten Helden haben uns um Verzeihung gebeten, und die höchsten Beamten der Herrscher uns um unsere Freundschaft ersucht, – und kaum sind wir in diese Stadt der Dummheit, in diesen Aufenthalt der gehirnlosen Köpfe eingeritten, so werden wir nach dem Sindan gebracht! Ich hätte mich bis zum letzten Tropfen meines Blutes dagegen gewehrt; da aber du es für klug hieltest, ruhig zu bleiben, so habe ich mich bemeistert und die Flut meines Zornes nicht überfließen lassen; doch Allah mag dieses Serdascht aus dem Lande der Lebenden streichen und den Bewohnern allen die Schnurr- und auch die Backenbärte verbrennen lassen, daß jeder, der einen solchen Serdaschti erblickt, ihm zuruft: ›Di 'eb 'alehk – Schande über dich!‹ Habe ich nicht recht, Sihdi?«

Halef besaß ein außerordentlich empfindliches Ehrgefühl; er hielt mich für den vortrefflichsten von allen Erdenbewohnern und glaubte im stillen, daß er wenigstens ebenso vortrefflich sei wie ich; daher sein Grimm über das uns zugefügte Ungemach. Hätte ich ihm widersprochen, so wäre mir eine schier endlose Ermahnung aus seinem beredten Munde geworden; darum antwortete ich:

»Ja, du hast recht, mein lieber Hadschi[1], aber du bist doch

[1] Ehrentitel für jeden Mohammedaner, der in Mekka oder Medina gewesen ist.

ein Anhänger des Glaubens, daß alles, was dem Menschen widerfährt, im Buche des Lebens vorausbestimmt sei; wir konnten also der Arretierung nicht entgehen; sie war uns bestimmt und so handeln wir nur nach deinem Glauben, wenn wir das, was nicht zu ändern war, nun unbesprochen hinter uns liegen lassen.«

»Dein Wort ist wahr, Sihdi, und darum soll meine Zunge dieses Serdascht nicht mehr berühren. Mein Pferd scheint zu dürsten, und die Sonne brennt heiß. Wollen wir nicht Halt machen, um die Stunde des Mittags vorübergehen und unsere Tiere trinken zu lassen?«

»Ich bin einverstanden. Während der Ruhe können wir versuchen, für das heutige Abendmahl einige Fische zu fangen, denn ich glaube nicht, daß uns heute eine Ghazahl[1] vor die Gewehre kommt.«

Wir fanden bald eine schattige, für unsern Zweck passende Uferstelle und stiegen ab. Halef schnitt eine lange Rute aus dem Gebüsch, befestigte seine Ssunnara[2] daran und gab sich dem von ihm leidenschaftlich betriebenen Fischfange hin, bei welchem er heute Glück hatte; denn er brachte es in kurzer Zeit zu einem Vorrate, welcher mehr als ausreichend für heute abend war.

Während wir die ausgenommenen Fische der Hitze wegen in saftige Wildkürbisblätter einschlugen, hörten wir Hufschritte, welche am Flusse aufwärts kamen, und gleich darauf bog ein Reiter, welcher ein Packpferd bei sich führte, um das vorstehende Gesträuch. Er hatte jedenfalls nicht erwartet, in dieser einsamen Gegend auf Menschen zu treffen, und schien über unsern Anblick nicht bloß betroffen, sondern sogar erschrocken zu sein. Er faßte sich aber rasch, hob die rechte Hand bis zur Höhe der Brust und grüßte:

»Sabahüniz hajr ola – guten Tag, meine Herren! Allah schenke euch Ruhe und neue Kräfte der Glieder.«

Wir erwiderten seinen Gruß in türkischer Sprache, deren

[1] Gazelle.

[2] Angel.

er sich bedient hatte. Er musterte uns mit scharf forschendem Blicke und fuhr dann fort:

»Mein Herz ist über euern Anblick erfreut. Wie heißt der Ort, von welchem ihr kommt?«

»Serdascht,« antwortete ich.

»Und wo wollt ihr hin?«

»Nach Arbil.«

»Das ist ein weiter Weg, und ihr thut wohl, euch auszuruhen. Ich will nach Serdascht, woher ihr kommt, und meine Pferde sind ermüdet. Würdet ihr mir erlauben, hier bei euch abzusteigen?«

»Jeder gute Mensch ist uns willkommen.«

»So will ich hoffen, daß ihr mich nicht für einen schlechten haltet.«

Er stieg vom Pferde und setzte sich zu uns. Ich hatte ihm auf seine Frage absichtlich die letztere Antwort erteilt, denn er gefiel mir nicht. Er war ein langer, hagerer, aber starkknochiger Mann, der sich wie lauschend vornübergebeugt hielt. Er trug als Kopfbedeckung nur einen Fez, welcher so weit zurückgeschoben war, daß man die schmale, sehr niedrige Stirn vollständig sehen konnte. Ein sehr dünner, fast ruppiger Bart hing über seine blutleeren Lippen herab; darüber ragte eine starkgebogene, breitflügelige Habichtsnase, zu deren beiden Seiten zwei kleine, listige Augen unter den weit und vorsichtig herabfallenden Lidern nur halb zu sehen waren. Die stark entwickelten Kauwerkzeuge und das breit vortretende Kinn ließen auf Egoismus, Rücksichtslosigkeit und überwiegend tierische Affekte schließen, während die obere Hälfte des Gesichtes eine bedeutende, absichtlich verborgene Verschlagenheit verriet. Wenn dieser Mann nicht ein Armenier war, so gab es überhaupt keine Armenier!

Ein Jude überlistet zehn Christen; ein Yankee betrügt fünfzig Juden; ein Armenier aber ist hundert Yankees über: so sagt man, und ich habe gefunden, daß dies zwar übertrieben ausgedrückt ist, aber doch auf Wahrheit beruht. Man bereise den Orient mit offenen Augen, so wird man mir recht geben. Wo irgend eine Heimtücke, eine Verräterei geplant wird, da ist sicher die Habichtsnase eines Armeniers im Spiele. Wenn selbst der gewissenlose Grieche sich weigert, eine Schurkerei auszuführen, es findet sich ohne allen Zweifel ein Armenier, welcher bereit ist, den Sündenlohn zu verdienen. Sind die sogenannten Levantiner überhaupt und im allgemeinen berüchtigt, so ist unter ihnen der Armenier derjenige, der sie alle übertrifft.

Damit soll nicht etwa gesagt sein, daß dieses Urteil für jeden Armenier gelte, o nein! Ich habe ja selbst so manchen Armeni als einen braven, ehrlichen und zuverlässigen Menschen kennen gelernt. Aber wer die Verhältnisse kennt, der weiß, daß sich unter zehn Personen, die gegen Bezahlung für alles zu haben sind, wenigstens sechs oder sieben Armenier befinden. Das Betrübendste dabei ist, daß die Armenier Christen sind. Es ist mir nicht nur einmal oder mehrere Male vorgekommen, sondern sogar sehr oft, daß Mohammedaner mich nur deshalb als Christen verachten zu müssen glaubten, weil sie mit armenischen Schismatikern schlimme Erfahrungen gemacht hatten. Und hier berühre ich einen wichtigen Punkt, indem ich mit Absicht das Wort Schismatiker gebrauche, denn gerade diese sind es, auf welche ich mein Urteil angewendet wissen möchte. –

Ich habe überhaupt keine Vorliebe für den armenischen Typus, und da der Ankömmling dieses Gepräge im Superlativ besaß, fühlte ich wenig Lust, mich mit ihm in Auseinandersetzungen über uns und unsere Verhältnisse und Absichten einzulassen. Dem gesprächigen Halef aber war es unmöglich, bei jemandem zu sitzen, ohne mit ihm zu sprechen; er sah, daß uns der Fremde noch immer forschend anblickte; das mochte ihn ärgern, darum sagte er:

»Du betrachtest uns, wie ein Vogel die Würmer betrachtet, die er fressen will. Dieser mein Sihdi hier ist der berühmte Emir Hadschi Kara Ben Nemsi Effendi, der alles kann, was er will, und sich vor keinem Löwen fürchtet; er ist der Stärkste unter den Starken, der Klügste unter den Klugen und hat noch keinen Gegner gesehen, der ihn zu besiegen vermochte. Ich bin der Scheik der Haddedihn, und mein

Name ist Hadschi Halef Omar Ben Hadschi Abul Abbas Ibn Hadschi Dawuhd al Gossarah. Wenn du von meinen Thaten hören willst, so gehe an die Lagerfeuer und in die Zelte aller Araber und Kurden; da wirst du erfahren, wen du vor dir hast!«

Der Orientale spricht gern blumenreich und in überschwenglichen Ausdrücken. Halef pflegte sich besonders dann gern dieser Redeweise zu bedienen, wenn von mir und ihm die Rede war. Der andere ließ ein ironisches Lächeln sehen und antwortete:

»Allah 'l Allah! Welche große Ehre ist es für mich, daß ich die Nähe so herrlicher Männer genießen darf! Ich bin ganz entzückt davon, in euerm Schatten sitzen zu können.«

»So öffne deinen Mund und sage uns, wer du bist und woher du kommst! Du hast unsere Namen gehört, und die Höflichkeit erfordert, nicht zu zögern, uns auch mit dem deinigen bekannt zu machen.«

»Ich komme von Diarbekr herüber und bin ein Bazirgan[1] Namens Dawuhd Soliman[2].«

»Ein Moslem?«

»Nein, sondern ein armenischer Christ; aber ich gestehe dir offen, daß mir eure Religion, der Islam, lieber ist als die meinige.«

»Pfui!« rief ich da aus. »Nur ein Halunke kann solche Worte sprechen! Mach dich fort von uns! Ich bin auch Christ und mag von dir nichts wissen.«

»Himmel, auch ein Christ!« antwortete er erschrocken. »Verzeihe mir, Effendi! Wir armen Händler werden unsers Glaubens wegen so oft angefochten, daß wir häufig gezwungen sind, ihn zu verleugnen.«

»Du hast das Christentum nicht nur verleugnet, sondern es unter den Islam gestellt. Beides darf ein Christ selbst in der größten Todesgefahr nicht thun. Ich verachte dich!«

»Du wirst mich nicht verachten, wenn du siehst, was ich dir verkaufen kann. Warte nur einen kleinen Augenblick!«

[1] Handelsmann.
[2] David Salomo.

Er stand auf, ging zum Packpferde und kam mit einem Kistchen zurück, welches er öffnete, indem er sich wieder niedersetzte. Es enthielt viele winzig kleine Fläschchen; er hielt mir eines hin und forderte mich auf:

»Betrachte dies Fläschchen und errate, was es enthält! Du wirst bereit sein, mir Geld, sehr viel Geld dafür zu geben.«

Ich hatte kein einziges Wort mehr mit ihm wechseln wollen und war überzeugt, daß mit den Fläschchen irgend ein Schwindel verbunden sei; aber es war doch von Interesse, diesem Schwindel auf die Spur zu kommen. Darum nahm ich es. Es enthielt eine ölige Flüssigkeit; auf der geschriebenen Etikette standen die Worte »Iagh kuds«[1]; der Stöpsel war zugesiegelt. Das Siegel zeigte in Neskhi-, also arabischer Schrift, doch so klein, daß ich es kaum lesen konnte, den Namen Musa[2] Wardan. Sofort flog mein Blick zu seinen Händen. Er trug an der rechten einen Siegelring, dessen Platte genau die Größe und Gestalt des Siegels auf dem Fläschchen hatte. Die Gravierung konnte ich natürlich nicht erkennen.

»Nun, was ist's?« fragte er.

»Oel.«

»Aber was für welches?«

»Ganz gewöhnliches.«

»Du irrst. Es ist das heilige Salböl, vom heiligen Katholikos in Etschmiadzin am Berge Ararat eigenhändig bereitet und eingepackt und versiegelt.«

»Von ihm selbst?«

»Ja, sogar mit seinem eigenen Petschaft und Namenszug.«

»Das verkaufst du?«

»Ja. Ich bin sein Liebling und Abgesandter und der allereinzige, dem er erlaubt hat, es zu verkaufen.«

»Kann ich ein Fläschchen haben?«

»Ja.«

»Zu welchem Preise?«

»Es führt jeden Toten, der damit gesalbt wird, sofort in

[1] Heiliges Oel = Salböl.
[2] Moses.

den Himmel und ist darum sehr teuer. Das Fläschchen kostet eigentlich zweihundert Piaster; ich will es dir aber für hundertfünfzig lassen.«

Das waren ungefähr achtundzwanzig Mark für ein bißchen profanes Oel, welches kaum einen Pfennig kostete. Ich gab es ihm mit den Worten zurück:

»Da nimm es wieder! Ich mag es nicht.«

»Warum? Ist es dir zu teuer? Was bietest du?«

»Nichts, gar nichts.«

»Nichts? Gott! Für ein Oel, welches den damit Gesalbten direkt in den Himmel führt!«

»Doch nicht etwa dieses Oel?«

»Natürlich dieses!«

»Schwindel!«

»Das wagst du zu behaupten?«

»Ja. Ich war viermal in Etschmiadzin und habe während meines Aufenthaltes dort in dem Dorfe Wagharschabad gewohnt. Ich kenne den Namen des Katholikos; mich betrügst du nicht.«

»Das ist doch sein Name hier auf dem Siegel.«

»Du scheinst anzunehmen, daß ich nicht lesen oder die Schrift nicht erkennen kann. Der Name auf dem Fläschchen heißt Musa Wardan und scheint der deinige zu sein.«

»Bist du toll? Der meinige?«

»Ja, zeig her!«

Ich faßte seine Hand, zog sie nahe zu mir heran, warf einen Blick auf den Ring und fügte dann hinzu:

»Dieser Ring gehört dir?«

»Ja.«

»Er trägt denselben Namen. Du bist ein Schwindler und Betrüger, und ich habe nichts mit dir zu schaffen.«

»Effendi, geh ja nicht zu weit!« rief er drohend, indem er mit der Hand nach dem Gürtel fuhr. »Ihr habt euch als berühmte und tapfere Leute gebrüstet; ich fürchte euch aber nicht!«

»Pah! Laß dein Messer stecken, sonst schlage ich dir deine

Habichtsnase so breit, daß man sie für eine Boghatscha[1] hält. Du nennst dich Dawuhd Soliman und heißest doch Musa Wardan; ist das nicht Schwindel? Der Katholikos selbst soll dein Siegel aufgedrückt haben; ist das nicht Lüge? Deine schismatische Kirche erlaubt nur, daß die Leichen der Priester, nicht aber diejenigen der Laien gesalbt werden, und du willst dieses sogenannte Iagh kuds an alle Menschen verkaufen; ist das nicht Betrug oder etwas noch viel Schlimmeres? Du hörst, daß mir die Lehren und Gebräuche eures Schismas wohlbekannt sind, obgleich sie mich nichts angehen; mich täuschest du nicht.«

»Wie? Sie gehen dich nichts an? Du bist also kein Aiyrmaki[2] wie ich?«

»Nein.«

»So hole dich der Teufel, du Hund von einem Rafys[3]! Ich werde mich dreimal waschen müssen, weil dein Anblick mich verunreinigt hat.«

Er stand auf; aber in demselben Augenblick stand ich neben ihm und gab ihm eine so kräftige Ohrfeige, daß er wieder zum Sitzen kam. Er schnellte empor und zog das Messer; da aber hielt ihm Halef auch schon die gespannte Pistole entgegen und drohte:

»Weg mit dem Messer, Schurke, sonst schieße ich dir zwei Kugeln in den Leib, daß sie mitten in der Seele stecken bleiben! Wenn du denkst, daß wir Dummköpfe seien, die sich von dir salben lassen, so irrst du dich gewaltig. Ja, wasche dich dreimal oder dreißigmal oder hundertmal; den Schmutz jedoch hast du mitgebracht; dein Inneres steckt so voll davon, daß er dir aus allen Poren quillt!«

Der Armenier steckte sein Messer wieder ein; er wollte etwas dazu sagen, kam indes nicht dazu, denn wieder hörten wir den Hufschritt von Pferden, aber jetzt von der andern Seite, woher wir gekommen waren, und wir sahen acht Reiter in persischer Tracht kommen, welche sichtlich auch über-

[1] Maiskuchen.
[2] Abgesonderter = Schismatiker.
[3] Ketzer.

rascht waren, uns zu sehen, und bei uns halten blieben. Ihr Anführer war ein wohlgebauter, vollbärtiger Mann im Alter zwischen vierzig und fünfzig Jahren; er betrachtete uns mit finstrem Blicke und fragte dann, ohne zu grüßen:

»Wer seid ihr, Männer, und was thut und treibt ihr hier?«

Er sagte das in einem Tone, der mir nicht gefiel, noch weniger aber meinem kleinen, leicht erregbaren Hadschi Halef, der auch gar nicht säumte, ihm zu antworten:

»Wer bist du, daß du es wagest, Auskunft von uns zu verlangen? Wer ist dein Vater und wer der Vater deines Vaters? Hast du nicht gelernt, mit Achtung zu Leuten zu sprechen, welche gewöhnt sind, Höflichkeit und Ehrerbietung zu fordern?«

Da rief der Fremde belustigt aus:

»Seht diesen kleinen Kerl an! Er gebärdet sich wie ein Riese und reicht mir doch kaum bis über die Ellbogen, wenn ich mich neben ihn stelle! Wollen wir ihm nicht das lose Maul stopfen?«

Halef war überhaupt sehr leicht zu erzürnen, nichts aber konnte ihn so sehr in Harnisch bringen, als wenn man sich über seine geringe Länge lustig machte. Er zog auch sofort sein Messer und forderte den Perser auf:

»Mir das Maul stopfen? Dazu gehören ganz andere Leute, als ihr seid. Komm doch herab von deinem Ziegenbocke, den du für ein Pferd hältst, und versuche es! Wenn du Mut hast, so ziehe dein Messer und kämpfe mit mir! Dann wirst du gleich erfahren, wer den andern zum Schweigen bringt.«

»Ja, ich komme schon. Ihr seid mir verdächtig und gehört wahrscheinlich zu den Halunken, welche wir suchen. Wenn ihr euch nicht ausweisen könnt, so werde ich euer Leben von euch fordern.«

Er sprang vom Pferde; seine Leute folgten diesem Beispiele, und im nächsten Augenblicke waren wir von ihnen umringt. Er legte mir die Hand fest um den Arm, versuchte, mich zu schütteln, und befahl mir in stolzem Tone:

»Jetzt nennst du mir sofort eure Namen. Ich muß wissen, wer ihr seid und was ihr hier zu suchen habt.«

Ich ließ meinen Arm in seiner Hand und antwortete ruhig:

»Du scheinst ein Perser zu sein. Die Bewohner deines Landes besitzen den Ruhm der Höflichkeit. Willst du diesen Ruhm zu Schanden machen?«

Wohl weniger diese Worte als meine furchtlose Haltung und der feste Blick, den ich ihm in das Gesicht warf, hatten zur Folge, daß er seine Hand von meinem Arme nahm, und mir weniger gebieterisch entgegnete:

»Ich suche Männer, die ich fangen will; ich bin auf ihrer Spur, und da ich euch auf derselben treffe, so mußt du mir sagen, wer ihr seid!«

»Mußt? Ich muß? Du irrst dich. Ich habe noch keinen Menschen gekannt, der mich zu etwas hat zwingen können.«

»So wirst du jetzt einen kennen lernen!«

»Etwa dich?«

»Ja.«

»Versuche es!«

Ich griff nicht zu den Waffen, ich machte nicht die geringste drohende Bewegung; aber ich blickte ihm noch immer so ruhig und scharf in die Augen, daß er unwillkürlich zwei Schritte zurücktrat und mehr verwundert als zornig ausrief:

»Du thust, als ob kein Mensch dir etwas anhaben könnte!«

»Weil es auch wirklich keinen giebt, vor dem ich mich zu scheuen habe. Du ließest mich Ausdrücke der Grobheit hören; ich habe dir höflich geantwortet, und ich wünsche, bei diesem Tone bleiben zu können. Das wünsche ich nicht meinet-, sondern deinetwegen. Ich war eher hier als du; du bist später gekommen. Wenn jemand das Recht hat, den andern nach seinem Namen zu fragen, so bin ich es, der es besitzt. Uebrigens hast du die persische Grenze hinter dir; wir befinden uns auf türkischem Boden. Von wem hast du die Bevollmächtigung des Großherrn, mich, der ich seinen Firman, sein Teskereh und sein Bujeruldu besitze, nach meinem Namen zu fragen?«

»Ich bin Mirza Muzaffar, der Merd adalet[1] von Yaltemir!«

Die wichtige Miene, welche er bei diesen Worten zeigte, ließ vermuten, daß er mir jetzt sehr zu imponieren glaubte; ich aber machte eine gleichgültig abweisende Bewegung mit der Hand und antwortete:

»Und wenn du der Vezir adalet[2] des persischen Reiches in höchsteigener Person wärest, würdest du keinen Eindruck auf mich machen. Selbst dein Schah hat hier auf türkischem Boden weniger zu befehlen, als ich, der ich im Schatten des Großherrn stehe. Aber weil du mir jetzt deinen Namen genannt hast, sollst du die unsrigen auch erfahren. Der Mann hier an meiner Seite, der zuerst mit dir gesprochen hat, ist Hadschi Halef Omar, der tapfere und unbesiegte Oberscheik aller Haddedihnaraber. Allah gab ihm eine kleine Gestalt, damit sein Geist und sein Mut desto erhabener hervortreten könnten. Ich heiße Kara Ben Nemsi Effendi und – –«

»Kara Ben Nemsi Effendi?« unterbrach er mich schnell. »Du bist jetzt in Serdascht gewesen?«

»Ja.«

»Man sagte es mir dort. Hast du nicht den Kampf geleitet, als die Haddedihn vernichtet werden sollten, aber im ›Thale der Stufen‹ alle ihre Feinde gefangen nahmen?«

»Ja.«

»So verzeihe mir, Emir, wenn ich dich beleidigt habe! Du wirst das gern thun, wenn du erfährst, warum der Zorn mein Herz erfüllt. Und Allah hat es gegeben, daß ich dir begegne, denn du bist der richtige Mann, dessen Rat mir Hilfe bringen wird. Ich muß dir nämlich sagen, daß der Kys-Kaptschiji, der Mädchenräuber, bei uns gewesen ist und mir meine Tochter, das Licht und die Freude meiner Augen, geraubt hat. Einer meiner Diener hat dabei einige Worte ver-

[1] Polizeibeamter.

[2] Justizminister.

nommen, welche darauf schließen ließen, daß er von uns aus über Serdascht hierher nach dem Flusse gehen werde, und darum haben wir, um ihn zu verfolgen, diese Richtung eingeschlagen. In Serdascht hörten wir, daß er dort auch drei Mädchen geraubt und daß man den Irrtum begangen habe, dich zu belästigen. Erlaubst du, daß wir uns bei dir niedersetzen, um diesen traurigen Fall mit dir zu besprechen?«

»Ich bitte euch darum.«

»So sage mir vorher, wer der andere Mann ist, der da an seinem Pferde lehnt, und dessen Namen du mir noch nicht genannt hast.«

»Er gehört nicht zu mir und kam, um bei uns auszuruhen; da er uns aber belogen hat und mir einen falschen Namen nannte, habe ich ihn fortgewiesen. Er ist ein armenischer Handelsmann, der nach Serdascht will und vorgab, aus Diarbekr zu kommen.«

»Ein Armeni, also ein Giaur, ein Christenhund? Allah verdamme ihn! Er mag sich schleunigst von dannen machen, sonst zeigen wir ihm mit der Peitsche den Weg! Diese Christen stinken uns an, und wenn ein gläubiger Bekenner des Propheten in die Nähe eines solchen Hundes kommt, so ist er verunreinigt und hat sich zu waschen, ohne daß er von ihm berührt worden ist.«

Der Armenier hatte bei seinem Pferde gestanden und die Perser mit einer mir auffälligen Schärfe betrachtet. Jetzt stieg er in den Sattel, nahm das Packpferd am Leitzügel und sagte in höhnischem Tone:

»Wenn ihr wirklich glaubt, von einem Christen verunreinigt zu werden, so will ich mich schnell entfernen; aber reinigen und waschen mußt du dich doch, o Mirza Muzaffar, denn dieser Kara Ben Nemsi ist auch ein Giaur, und du hast nicht nur in seiner Nähe gestanden, sondern sogar seinen Arm in deiner Hand gehabt. Allah gestatte dir, den Kys-Kaptschiji zu fangen, wenn – – du nicht selbst von ihm gefangen wirst!«

Diese letzten Worte, bei denen der Händler schnell fortritt, klangen wie eine Drohung. Der Perser achtete aber nicht darauf, sondern wendete sich erstaunt und mit der Frage an mich:

»Ist das nicht eine Verleumdung von diesem Menschen, Emir? Die Haddedihn sind zwar keine Schiiten wie wir; aber sie bekennen sich doch zu Mohammed, dem Propheten, und der, dem sie ihren großen Sieg und ihre Rettung zu verdanken haben, kann unmöglich ein Christenhund sein!«

»Ein Hund freilich nicht, aber doch ein Christ,« antwortete ich lächelnd.

Er fuhr sofort mehrere Schritte zurück und rief:

»Ist's wirklich wahr? Du scherzest!«

»Es ist die Wahrheit; ich bin ein Christ.«

»Afghan – o Jammer! Ich habe dich angegriffen und bin also noch mehr verunreinigt, als wenn ich in eine Hufra el harah[1] gefallen wäre! Warum hast du das geschehen lassen? Warum hast du mich nicht gewarnt?«

»Habe ich dich aufgefordert, mich zu berühren? Meinst du wirklich, ich solle auch denken, daß du durch mich verunreinigt werden könnest? Merkst du nicht, welch eine Beleidigung in deinen Worten, in deiner Frage liegt? Wenn es überhaupt der Fall ist, daß einer von uns beiden durch den andern verunreinigt werden kann, so bist du es, vor dem ich mich zu hüten habe.«

»Allah! welch eine Frechheit! Wir werden – –«

Da unterbrach ihn Halef, indem er seine beiden Pistolen zog und drohend auf ihn zutrat:

»Nichts werdet ihr – – sondern wir werden – – verstanden! Hältst du uns etwa für solche Jammergestalten, wie der Armenier war, der sofort vor euch Reißaus genommen hat? Mein Sihdi ist kein feiger, hinterlistiger Armenier, sondern ein tapferer Almani[2], der noch niemals einem Feinde den Rücken gezeigt hat. Wenn du von ihm gehört hast, so wirst du wissen, daß er Zaubergewehre besitzt, vor denen hundert und noch mehr Gegner fliehen müssen; er schießt zehntausendmal, ohne laden zu müssen. Wenn er will, so lie-

[1] Düngerhaufen.
[2] Deutscher.

gen im zehnten Teile einer Minute eure acht Leichen hier im Grase. Wir sind nur zwei Mann, aber wir fürchten euch nicht. Es darf nur ein einziger von euch nach seiner Waffe greifen, so krachen unsere Schüsse; es braucht nur ein einziger von euch ein Wort zu sagen, welches uns nicht gefällt, so öffnen wir ihm augenblicklich die Pforte zu esch Schiret, der Brücke, welche nach dem Abgrunde des Todes führt!«

Ich hatte während dieser seiner Rede meine beiden Revolver gezogen und gespannt. Von diesen zwei kleinen Waffen und dem Repetiergewehre, welches alle meine Bekannten bewunderten, waren gerade hier, an der persischen Grenze und zwischen den kurdischen Bergen, die abenteuerlichsten Gerüchte im Umlaufe. Halef hatte recht: da diese Perser von mir gehört hatten, mußte man auch von meinen Gewehren erzählt haben. Daß dem so war, zeigte sich sofort, als Halef ausgesprochen hatte. Mirza Muzaffar wich noch weiter als bisher von uns zurück und sagte:

»Du brauchst nicht zu drohen. Wir fürchten uns nicht; aber wir wollen nichts mit euch zu thun haben. Steigt auf euere Pferde und reitet fort! Wir werden Gnade walten lassen und eurer Entfernung nichts in den Weg legen.«

»Gnade?« lachte Halef. »Glaubst du etwa, Allah habe dir ein so großes Maul verliehen, nur daß du es so voll nehmen sollst? Wir sind es, die Gnade walten lassen. Wir sind eher hier gewesen als ihr und werden so lange hier bleiben, wie es uns gefällt. Ihr aber habt euch augenblicklich zu entfernen. Wir geben euch nur eine Minute Zeit; wenn ihr dann noch da seid, werden unsere Kugeln mit euch reden, und ihr werdet dann erfahren, ob ein so berühmter Almani wie mein Sihdi ein Christenhund ist, dessen Nähe euch verunreinigt!«

Er trat mit einigen raschen Schritten aus dem Kreise, den sie um uns geschlossen hatten, und ich folgte diesem klugen Beispiele. Die Perser sahen unsere vier Läufe auf sich gerichtet und waren überzeugt, daß wir augenblicklich schießen würden, sobald sie nach ihren Waffen griffen; ihr Anführer wagte nicht, Widerstand zu leisten. Er ging zu seinem Pferde und forderte seine Leute auf:

»Kommt; reiten wir fort! Es braucht nicht gerade hier zu sein, wo wir ausruhen.«

Sie stiegen auf und ritten davon, halblaute Flüche murmelnd und giftige Blicke auf uns werfend. Kaum waren sie hinter dem Gebüsch verschwunden, so kehrte Mirza Muzaffar zurück und rief uns zu:

»Dieses Mal hattet ihr die Waffen eher in der Hand als wir, und wir mußten uns also fügen; beim nächsten Male wird es anders sein. Allah verfluche euch und alle räudigen Christenhunde!«

Dann war er aus Angst vor unsern Kugeln schnell wieder hinter dem Gesträuch verschwunden.

»Sihdi, soll ich ihm schnell nacheilen und ihn erschießen?« fragte mich Halef.

»Nein.«

»Aber er hat dich wieder gelästert!«

»Laß ihn nur! Solche Lästerungen fallen gewöhnlich auf den zurück, der sie ausgesprochen hat. Der Christ rächt sich nicht, denn die Strafe steht in Gottes Hand.«

Dem Perser eine Kugel nachsenden, das wäre Mord gewesen; ihm aber durften wir eine so humane Gesinnung nicht zutrauen. Es giebt Schiiten, welche gegen das Christentum und die Christen noch viel feindlicher gesinnt sind als die Sunniten. Darum entfernten wir uns so weit von dem Ufer des Flusses, bis wir die acht Reiter sehen und uns überzeugen konnten, daß sie wirklich fort waren und nicht etwa die Absicht hegten, sich an uns zu rächen. Während wir das thaten, sagte Halef:

»Sihdi, mir ist etwas aufgefallen, und da nichts deinem Auge entgeht, wirst du es auch gesehen haben.«

»Was?«

»Die Augen, mit denen der Armeni die Perser beobachtete.«

»Ich habe seinen Blick bemerkt und auch die Drohung gehört, welche er beim Fortreiten gegen sie aussprach.«

»Was sagst du dazu?«

»Er kommt mir sehr verdächtig vor.«

»Sollte, hm, sollte er zu dem Kys-Kaptschiji in irgend einer Beziehung stehen?«

»Möglich, sogar sehr wahrscheinlich, denn sonst hätte er nicht in dieser Weise drohen können.«

»Sollte er es vielleicht gar selber sein?«

»Wenn nicht er selbst, so doch sein Späher.«

»Wieso sein Späher?«

»Er war ein Lügner, ein religions- und gewissenloser Mensch, und so einer Person ist alles zuzutrauen. Der Kys-Kaptschiji braucht Leute, welche auskundschaften, wo schöne Mädchen sind und wie man sich ihrer bemächtigen kann. Dazu paßt so ein Händler am besten.«

»Aber dieser Armeni wollte doch nach Serdascht; dort haben die Mädchenräuber doch nichts mehr zu thun. Es wäre sogar gefährlich für einen von ihnen, nach einem Orte zurückzukehren, wo sie einen Raub ausgeführt haben.«

»Weißt du gewiß, daß er nach Serdascht wollte? Hat er uns nicht vielleicht auch damit belogen?«

»Aber er hat sich in dieser Richtung entfernt!«

»Um uns zu täuschen. Wenn es sich so verhält, wie ich denke, so ist er nur eine Strecke nach Osten geritten und dann auf einem Umwege zurückgekehrt.«

»Wie denkst du? Warum denn?«

»Er wurde von dem Kys-Kaptschiji zurückgeschickt, um zu erkundschaften, ob die Mädchenräuber verfolgt werden. Nun hat er die Perser getroffen und wird zurückeilen, um seine Kumpane zu warnen.«

»Da müssen wir fort, sogleich fort!«

»Wohin?«

»Den Persern nach.«

»Wozu?«

»Um sie auch zu warnen.«

»Liebster Halef, wie du doch so gern den Retter spielst!«

»Das habe ich von dir gelernt, Sihdi.«

»Verdienen sie es denn, daß wir uns um sie bemühen?«

»Nein, denn sie haben uns beleidigt und gekränkt. Aber man soll seinen Feinden vergeben und ihnen Gutes erweisen.«

»So denken und handeln die Christen; du aber bist doch kein Christ!«

»Ach, schweig doch, mein guter Sihdi! Du weißt ja, welche Gedanken und Gefühle in dem Herzen deines treuen Halef wohnen. Ja, es gab eine Zeit, damals als ich in der Sahara dein Diener wurde, in welcher ich mir außerordentliche Mühe gegeben habe, dich zum Islam zu bekehren. Ich glaubte damals wirklich, daß kein Christ in den Himmel kommen könne; ich hatte dich so sehr, so unendlich lieb und wollte dich also neben mir im Himmel sehen; darum redete ich dir so viel von Mohammed und seinen Lehren vor. Du hast stets darüber gelächelt, so freundlich still, wie nur du lächeln kannst; du hast niemals mit mir über deine und meine Religion gestritten und gezankt; aber du hast mir nach und nach durch deine Gesinnungen und deine Thaten immer klarer und deutlicher bewiesen, daß das Christentum in gar vielen Dingen höher steht als der Islam. Du wirst daher gewiß meine Bitte erfüllen, den Persern nachzureiten, Sihdi?«

»Gern, zumal ihr Weg am Flusse hin ja auch der unserige ist; aber ich bin überzeugt, daß unsere Warnung kein Gehör finden wird. Sie werden uns vielleicht gar verlachen.«

»Mögen sie! Dann haben wir unsere Pflicht gethan und können uns mit gutem Gewissen weiter wenden. Wollen wir fort?«

»Ja, sogleich.«

Wir stiegen auf unsere Pferde und folgten der Spur der Perser, welche nahe am Ufer westwärts führte. Da wir sehr schnell ritten und die acht Schiiten uns erst vor kurzer Zeit verlassen hatten, dauerte es gar nicht lange, bis wir sie vor uns sahen. Wir kamen ihnen ganz nahe, denn sie blickten sich nicht eher um, als bis sie das Schnauben unserer Pferde hörten. Da hielten sie an und richteten auf das Kommando ihres Anführers ihre Gewehre schnell auf uns.

»Bleibet halten, sonst schießen wir!« rief Mirza Muzaffar uns entgegen. »Ihr wißt, daß wir einen solch räudigen Hund nicht in unsere Nähe lassen und jetzt haben wir die

Gewehre zuerst in den Händen. Sobald ihr nach einer Waffe greift, schießen wir!«

Da hatte er freilich recht. Wir befanden uns in ihren Händen, aber nur deshalb, weil unsere Absicht eine friedliche war. Ich überhörte die neue Beleidigung und antwortete ruhig:

»Eben weil ich ein Christ bin und daher Böses mit Gutem vergelte, kommen wir. Wir wollen euch warnen.«

»Vor wem?«

»Vor dem Armeni, welcher bei uns war.«

»Warum?«

»Wir haben über ihn nachgedacht. Er scheint ein Kundschafter des Kys-Kaptschiji zu sein.«

»Das lügt ihr!«

»Wir lügen nicht, doch ist es immerhin möglich, daß wir uns irren. Denke an seine letzten Worte: er drohte dir.«

»Das ist mir sehr gleichgültig.«

»Wer so droht, der muß wissen, daß er seine Drohung ausführen kann; da er sich nun als einzelner Mann unmöglich an euch wagen darf, ist anzunehmen, daß er Helfer hat.«

»Wir lachen über sie!«

»Auch über den Kys-Kaptschiji?«

»Ja, auch über ihn. Wir werden ihn einholen und ihn mit allen Leuten, die bei ihm sind, in die Dschehenna[1] senden. Ihr aber macht euch augenblicklich fort von uns, sonst schießen wir euch nieder!«

»Sei nicht so übermütig, o Mirza Muzaffar! Der Kys-Kaptschiji ist jedenfalls ein Mann, dem ihr nicht gewachsen seid, und wenn der Armeni ihn vor euch gewarnt hat, so könnt ihr ihn nicht überraschen, sondern er wird euch im Gegenteile – – –«

»Schweig, Hund!« unterbrach er mich. »Wie darf ein Giaur es wagen, uns gute Lehren zu erteilen! Siehst du den Lauf meines Gewehres gerade auf deine Brust gerichtet? Wenn ihr euch nicht sofort von dannen macht, so drücke ich los!«

[1] Hölle.

»Gut, du sollst deinen Willen haben. Ueber den ›Hund‹, den du mir wiederholt zugerufen hast, sprechen wir wahrscheinlich weiter!«

Wir gaben unsern Pferden die Sporen, ritten in einem der Vorsicht halber weiten Bogen um die Perser herum und folgten dann wieder wie vorher dem Ufer des Flusses.

»Du hattest recht, Sihdi,« sagte Halef. »Sie haben nicht auf uns gehört, sondern uns von neuem verhöhnt. Nun haben wir unsere Pflicht gethan, und ihre Dummheit mag über sie kommen.«

Es war noch keine halbe Stunde vergangen, so sahen wir eine Spur, welche von rechts her vor uns nach dem Flusse führte. Natürlich hielten wir an, um sie zu betrachten.

»Sie ist ganz neu,« meinte Halef. »Wer mag es gewesen sein?«

»Der Armeni,« antwortete ich.

»Maschallah! Denkst du wirklich, daß dieser es war, Sihdi?«

»Ja, ich sehe es deutlich.«

»Du verstehst die Darb und Ethar[1] besser zu lesen als ich und wirst dich wahrscheinlich nicht täuschen.«

»Ein Irrtum ist ausgeschlossen. Siehst du die Stapfen zweier Pferde, welche sehr nahe nebeneinander gelaufen sind? Wenn zwei Reiter nebeneinander reiten, so weicht doch einmal einer von ihnen mehr oder weniger zur Seite ab; diese Pferde aber haben stets genau die gleiche Entfernung voneinander eingehalten; ihre beiden Fährten bilden eine ununterbrochene Parallele; es handelt sich also um einen Reiter, der ein Lastpferd am Leitzügel führt. Das eine Tier hat die Vorder- und das andere die Hinterhufe tiefer eingedrückt, was mit Sicherheit auf ein Lastpferd schließen läßt. Der Armeni ist es gewesen.«

»So hat er gethan, was du vermutetest: er ist nur eine kurze Strecke ostwärts und dann in einem Bogen zurückgeritten, bis er hier den Fluß wieder erreichte.«

[1] Spuren und Fährten.

»Was ist daraus zu schließen, Halef?«

»Daß er wirklich ein Kundschafter des Kys-Kaptschiji war.«

»Ja, und noch etwas.«

»Was?«

»Daß der Kys-Kaptschiji sich an dem Flusse oder in dessen Nähe befindet.«

»Allah! Da müssen wir vorsichtig sein. Meinst du nicht auch?«

»Allerdings.«

»Ich glaube, die Kerle würden, wenn wir auf sie stießen, auch uns nicht vorüberlassen, obgleich wir keine Mädchen sind.«

»Natürlich droht uns ebensoviel Gefahr wie den Persern. Der Armenier dürstet nach Rache, und er weiß, daß unser Weg am Flusse abwärts führt.«

»Was ist da zu thun?«

»Jetzt nichts.«

»Hm! Wollen wir nicht lieber von unserer jetzigen Richtung abweichen?«

»Wegen solcher Menschen nicht!«

»Du hast recht. Soll der oberste Scheik der berühmten Haddedihn sein Pferd wegen einiger Menschenräuber zur Seite lenken? Nein! Aber vorsichtig müssen wir sein, außerordentlich vorsichtig. Wenn wir nur wüßten, wo die Halunken ihr Lager haben!«

»Das brauchen wir jetzt nicht zu wissen.«

»Nicht? Warum?«

»Weil es sich jetzt für uns nur darum handelt, ihrem Angriffe auszuweichen.«

»Aber gerade darum möchten wir wissen, wo sie stekken!«

»Wo sie stecken, ja, aber nicht, wo sie ihr Lager haben.«

»Ist das zweierlei?«

»Gewiß.«

»Wieso?«

»Weil sie sich hüten werden, uns oder die Perser da anzugreifen, wo sie die gefangenen Mädchen untergebracht haben. So nahe lassen sie uns nicht heran.«

»Du denkst, daß sie uns entgegenkommen?«

»Ja.«

»So können wir doch jeden Augenblick auf sie stoßen?«

»Allerdings, hier gehen die Büsche sehr weit vom Flusse in die Steppe hinein; sie verlegen uns die Aussicht. Aber siehst du die weit vorragende grüne Ecke da draußen? Wenn wir die erreicht haben, werden wir eine bessere und freiere Fernsicht haben. Dann nehme ich mein Fernrohr zur Hand, und wenn ich das habe, soll es ihnen schwer werden, uns zu überraschen.«

»Ich habe eine Frage, Sihdi. Erlaubst du mir, sie auszusprechen?«

»Gewiß. Welche ist es?«

»Um die Perser brauchen wir uns nicht zu kümmern; die haben uns schnöde abgewiesen. Aber die armen gefangenen Mädchen thun mir leid.«

»Mir auch.«

»Denke, wenn Hanneh, mein Weib, die schönste unter den lieblichsten Blumen der Erde, mir geraubt worden wäre, wie unendlich groß würde ihr Jammer sein! Ich würde von einem Ende der Welt zum andern suchen, um sie zu befreien.«

»So willst du hier wohl auch den Retter spielen?«

»Ja.«

»Hm! Was einen nichts angeht, davon soll man lassen, lieber Halef!«

»So willst du dich dieser unglücklichen Geschöpfe nicht erbarmen?«

»Nein.«

»Warum nicht?«

»Erstens, weil sie mich nichts angehen und doch nur Töchter schiitischer Väter und Mütter sind, und zweitens, weil die Sache viel zu gefährlich für uns sein würde. Du kannst dir doch denken, daß dieser Kys-Kaptschiji ein höchst verwegener Mensch ist und jedenfalls Leute bei sich hat, die sich vor dem Teufel nicht fürchten.«

Da hielt er sein Pferd an und fragte in aufwallendem Zorne:

»So sagst du und willst ein Christ sein? Pfui, Sihdi, seit wann hat Hadschi Kara Ben Nemsi vor irgend einer Person Furcht oder Angst zu empfinden? Ist dir dein Herz plötzlich so tief in die Bantaluhn[1] gefallen, daß es dir unmöglich ist, einige ...«

Er sah mein Lächeln und hielt mitten in seiner Strafpredigt inne. Dann schlug er mit der Hand an die Stirn und fuhr fröhlich fort:

»Allah 'l Allah! Was bin ich doch für ein dummer Mensch! Werde ich meinen Sihdi nicht kennen! Der thut ja nur, als ob er nicht wollte, heimlich aber brennt er darauf, den geraubten Mädchen Hilfe zu bringen! Töchter von schiitischen Eltern! Danach fragst du doch nicht! Fragt der Christ nach der Religion eines Menschen, dem er Gutes zu erweisen hat? Weil sie dich nichts angehen! Unsinn! Dein Herz schlägt für alle Menschen, die deiner Dienste bedürfen, und niemals hast du gefragt, ob ein Hilfesuchender deiner Unterstützung auch würdig sei. Gefährlich! Als ob es eine Gefahr gäbe, der wir beide nicht gewachsen wären! Der Kys-Kaptschiji ist ein verwegener Mensch! Haben wir nicht noch ganz andere Dinge ausgeführt, als so ein paar Mädchen ihren Vätern und Müttern wiederzugeben? Und Leute bei ihm, die sich vor dem Teufel nicht fürchten! Fürchten wir uns denn vor ihm? Haben wir jemals die Feinde gezählt, mit denen wir es zu thun hatten? Ist nicht sehr oft ein wenig List und Verschlagenheit besser und erfolgreicher als hundert bewaffnete Hände und als die Tapferkeit von tausend Kriegern, die kein Hirn im Kopfe haben? Geh, Sihdi, du hast dich verstellt! Nicht wahr, dein gutes Herz hat auch Mitleid mit den Töchtern, die ihren Eltern so gewaltsam entrissen worden sind?«

»Ja.«

»Und du bist gern bereit, ihnen zu helfen?«

»Wenn es möglich ist, ja.«

[1] Pantalons, Hose.

»Es muß möglich sein! Und wenn es nicht möglich sein sollte, so wird es möglich gemacht! Man soll dir und mir nicht nachsagen, daß wir jemand in der Not stecken gelassen haben, ohne wenigstens zu versuchen, ihm Hilfe zu bringen.«

»Aber wer sich unnötigerweise in Gefahr begiebt, der kommt sehr leicht darin um, lieber Halef!«

»Sprich nicht so, Sihdi; ich kann es nicht anhören! Ist es unnötig, diese Mädchen zu befreien? Nein! Und sind wir jemals in einer Gefahr umgekommen? Nein! Ich möchte überhaupt die Gefahr sehen, die das Geschick hätte, uns umzubringen! Wenn sie nur wagte, das zu versuchen, würde ich ihr den Hals umdrehen! Wir sind durchs Feuer gelaufen und nicht verbrannt; wir sind ins Wasser geraten und glücklich hindurchgeschwommen; wir sind dem Löwen und gar dem schwarzen Panther begegnet und haben beide erlegt; wir sind gefangen gewesen und glücklich wieder ausgerissen, wir haben -- schuf -- sieh!« unterbrach er sich, indem er nach vorn deutete. »Dort kommen Reiter. Wer mag das sein?«

»Die Leute des Kys-Kaptschiji,« antwortete ich.

»Meinst du?«

»Ja, du siehst, daß es so ist, wie ich sagte; sie erwarten uns nicht in ihrem Lager, sondern sie kommen uns entgegen.«

»Was machen wir? Weichen wir zur Seite?«

»Nein; ich habe mich schon vorhin geweigert, dies zu thun. Wenn wir ihnen auch auswichen, würden sie uns dennoch den Weg verlegen.«

»So reiten wir ruhig weiter?«

»Wir steigen ab, nehmen unsere Gewehre zur Hand und stellen uns hinter die Pferde, welche uns Deckung gewähren. Was dann folgt, das wird sich zeigen. Nur keine Angst, Halef!«

»Angst! Willst du mich beleidigen, Sihdi? Ich wünsche sogar, daß sie nicht in Frieden vorüberziehen, sondern uns ihre Zähne zeigen, die ich ihnen alle einzeln aus den Mäulern schießen werde!«

Der kleine Hadschi drückte sich zwar in der überschwenglichen morgenländischen Art aus, aber es war sicher, daß er keine Spur von Angst fühlte.

Wir befanden uns vielleicht noch tausend Schritte von der grünen Buschecke entfernt, von der ich vorhin gesprochen hatte, als wir die Reiter um dieselbe kommen sahen. Ich zählte fünfundzwanzig Mann. Acht oder zehn von ihnen waren in gewöhnliche Tracht gekleidet. Die übrigen trugen riesig breite Turbane von fast zwei Ellen Durchmesser; das mußten unbedingt Kurden sein. Als sie uns erblickten, hielten sie an, trieben dann aber ihre Pferde weiter, doch nicht so schnell, wie sie vorher geritten waren. Wir standen, sie erwartend, hinter unsern Pferden. Es war keine angenehme Situation, und ich würde lügen, wenn ich nicht eingestände, daß wir uns in ungewöhnlicher Spannung befanden. Bald konnten wir ihre Gesichter erkennen. Da rief Halef:

»Maschallah! Das sind Kurden und Armenier. Der Armeni ist auch dabei. Er reitet mit dem alten, graubärtigen Kurden, welcher der Anführer zu sein scheint, voran.«

»Maschallah!« rief auch ich. »Erkennst du den alten Graubart?«

»Nein, noch nicht.«

»Es ist Melef, der verräterische Scheik der Schirwanikurden, der uns damals nach dem Leben trachtete.«

»Wahrhaftig, er ist's! Die Zeit der Strafe ist gekommen. Wenn er nicht Frieden hält, wird meine erste Kugel sich eine Wohnung hinter seiner Stirn suchen.«

»Gerade weil er dabei ist, hoffe ich, daß es zu keinem Blutvergießen kommt. Er kennt die Ueberlegenheit meines Henrystutzens und die außerordentliche Tragweite meines Bärentöters. Er weiß, daß meine Kugeln viel weiter gehen als die ihrigen und daß ich zwischen den einzelnen Schüssen nicht zu laden brauche. Das sind allerdings nur fünfundzwanzig Patronen; er aber ist der Ueberzeugung, daß ich in alle Ewigkeit schießen könnte, ohne zu laden. Wollen versuchen, ob uns das zum Nutzen wird.«

Ich trat hinter dem Pferde hervor, winkte mit den beiden Gewehren und rief:

»Halt! Keinen Schritt weiter, sonst schieße ich!«

Zu meiner Freude zeigte sich die gehoffte Wirkung augenblicklich. Der alte Kurdenscheik hatte mich erkannt, er hob nach seinen Leuten hin warnend die Hand und schrie:

»Katera peghamber - um des Propheten willen, haltet an, haltet an! Er ist's wirklich! Wer hätte das gedacht! Seine Gewehre tragen so weit, daß die Kugeln durch alle Berge und über alle Thäler gehen. Er braucht nicht zu laden, und ehe wir ihn zu erreichen vermögen, hat er uns alle von den Pferden geschossen. Haltet an; haltet an!«

Als Halef das hörte, sagte er, leise lachend:

»Hamdulillah - Preis sei Gott! Der Kerl hat noch Angst von damals her. Es wird uns also gelingen, der Gefahr zu entgehen.«

Ich legte den Stutzen auf die Reiter an und rief ihnen zu:

»Wer nur einen Schritt weiter reitet, wird erschossen. Aber meine Seele wünscht den Frieden: es mögen zwei von euch unbewaffnet herbeikommen, mit denen ich sprechen werde; es soll ihnen nichts geschehen, und sie können frei und unbeschädigt zurückkehren.«

Die Kerls verhandelten eine kurze Zeit miteinander, dann stiegen der Kurdenscheik und der Armeni von ihren Pferden, legten ihre Waffen ab, und zwar so, daß wir dies sahen, und kamen dann langsam herbeigeschritten. Als sie uns fast erreicht hatten, blieben sie stehen, doch ohne einen Gruß auszusprechen.

»Warum hältst du uns mitten auf unserm Wege an?« fragte der Scheik, indem er mich mit finsterem Blicke musterte.

»Es steht euch frei, augenblicklich weiter zu reiten,« antwortete ich.

»Du hast uns aber doch gedroht, zu schießen, sobald wir nur einen Schritt noch machen!«

»Nur unserer Sicherheit wegen. Reitet ihr in einem so weiten Bogen um uns herum, daß eure Gestalten für unsere Augen halb so groß sind wie jetzt, so werden wir unsern Weg ruhig fortsetzen und unsere Kugeln in den Läufen behalten.«

»Wo kommt ihr her?«

»Aus Persien.«

»Wo wollt ihr hin?«

»Hinunter an den Tigris.«

»Habt ihr noch Freunde und Begleiter hinter euch?«

»Nein.«

»Ihr seid ganz allein?«

»Ja.«

»Chodieh[1], ich weiß, daß nie eine Lüge über deine Lippen kommt; ich kenne dich. Sagst du auch jetzt, was wahr ist?«

»Ja.«

Er drehte sich um und sprach lange und leise auf seinen Begleiter ein. Wir konnten nichts verstehen; darum beobachtete ich das Mienenspiel der beiden scharf, um daraus auf den Inhalt des Gespräches zu schließen. Der Armeni hätte sich gar zu gerne an uns gerächt; er warf die feindseligsten Blicke auf uns und schien den Vorstellungen des Alten keinen Glauben zu schenken. Ihre Augen fielen sehr oft auf meine beiden Gewehre; diese waren es, vor denen sich der Scheik so fürchtete. Er schien endlich mit seiner Ansicht durchgedrungen zu sein, denn er wendete sich mit den Worten zu mir:

»Chodieh, du bist auf deine Sicherheit bedacht; aber gerade diese verbietet dir, weiterzureiten.«

»Warum?«

»Da hinter uns lagert ein ganzer Stamm von Schirwanikurden, und du weißt, daß meine Krieger deine Feinde sind.«

»Ich fürchte mich nicht vor ihnen; das habe ich dir ja bewiesen.«

»Ich weiß es; aber wenn du weiterreitest, wird unbedingt Blut fließen. Kannst du deinen Weg nicht auf der anderen Seite des Flusses fortsetzen?«

»Nein.«

»Warum nicht?«

»Weil wir nach Arbil wollen.«

[1] Kurdisch: Herr.

»Müßt ihr denn unbedingt dorthin?«

»Ja, unbedingt.«

»Er dachte einige Augenblicke nach und fuhr dann fort:

»So will ich dir, um Unfrieden zu vermeiden, einen Vorschlag machen. Wenn du auf denselben eingehst, ist alles gut.«

»So sprich; ich höre.«

»Geht hier über den Fluß und reitet einen und einen halben Kuladsch[1] auf der andern Seite desselben; dann könnt ihr wieder herüber und den Weg nach Arbil fortsetzen. Aber ihr dürft ja nicht zurückkehren, sondern müßt von da aus, wo ihr wieder an dieses Ufer herüberkommt, westlich oder nördlich, aber ja nicht östlich reiten.«

»Hm! Wir fürchten uns nicht vor euch und haben gar nicht nötig, unsere Füße naß zu machen; aber damit du siehst, daß wir gern Frieden halten, sind wir bereit, auf deinen Vorschlag einzugehen.«

»Also hier gleich über den Fluß hinüber?«

»Ja.«

»Dann anderthalb Kuladsch weiter?«

»Ja.«

»Dann wieder herüber und ja nicht östlich?«

»Einverstanden!«

»Ich weiß, daß du dein Wort stets so hältst, als ob es ein teurer Schwur sei. Giebst du mir dein Wort, daß du dich nach meinem Verlangen halten wirst?«

»Ich gebe es.«

»So sind wir fertig, und wir werden zu unsern Leuten zurückkehren.«

Er drehte sich um und schritt ohne einen Gruß von dannen; der Armeni jedoch fauchte mich wie eine wütende Katze an:

»Jetzt bist du mir wieder entgangen; aber du hast mich einen Lügner und Betrüger genannt, und falls du dich je wieder vor mir sehen lässest, wird es dich das Leben kosten!«

Darauf ging auch er.

[1] Meile.

»Sihdi, soll ich ihm die Peitsche über das Gesicht hauen?« fragte mich Halef.

»Nein. Wir müssen jetzt schnell, ehe sie kommen, über den Fluß, denn wenn sie hier eintreffen, und wir befinden uns noch im Wasser, sind wir ihren Kugeln fast wehrlos ausgesetzt. Also rasch vorwärts!«

Der Zab war hier breit, aber nicht tief. Wir trieben unsere Pferde hinein. Das kühle Bad bekam ihnen bei der jetzt herrschenden Hitze ganz wohl, und sie regten sich so munter, daß wir uns dem jenseitigen Ufer schnell näherten. Dennoch saß ich in Viertelwendung im Sattel und behielt, den Stutzen schußbereit in der Hand, das rückwärtige Ufer scharf im Auge, um einem hinterlistigen Attentate mit der Kugel vorzubeugen. Es geschah aber nichts derartiges, und eben als wir uns wieder auf dem Trockenen befanden, sahen wir die Reiter jenseits ankommen. Sie blieben halten und schrieen zornige Worte herüber; dann ritten sie fort, ohne zu ahnen, daß ich sie zählte. Wir drangen durch das Gebüsch, welches das linke Ufer besäumte, und sahen sie nicht mehr, konnten aber auch von ihnen nicht mehr gesehen werden. Da hielt Halef sein Pferd an und sagte kopfschüttelnd:

»Sihdi, ich begreife dich nicht. Wie kann ein Mann, wie du bist, auf solche Forderungen eingehen? Nun ist alles, alles aus!«

»Was ist aus?«

»Meine ganze, ganze Freude auf die Rettung der armen Gefangenen.«

»Wieso?«

»Wieso? Das fragst du noch? Allah scheint dir ganz plötzlich den Verstand verfinstert zu haben!«

»Nicht den meinigen, sondern den deinigen.«

»O, der meinige ist noch ebenso hell und scharf wie vorher!«

»Davon merke ich nichts, Halef; glaubst du denn wirklich, daß ich mich von diesem alten Scheich der Schirwani überlisten lasse?«

»Ich bin ja gezwungen, es zu glauben, denn er hat dich überlistet.«

»Inwiefern?«

»Wir mußten über das Wasser; gut; dadurch sind wir dem Kampfe entgangen. Aber wir müssen anderthalb Kuladsch weiter; das heißt doch, daß sich inzwischen da drüben das Lager mit den Gefangenen befindet, die wir retten wollen. Nicht?«

»Ja.«

»Nach anderthalb Kuladsch dürfen wir wieder hinüber, aber nicht zurück; wir werden dann weit, weit über das Lager hinaus sein, und da es uns verboten ist, umzukehren, so giebt es für uns keine Möglichkeit, auch nur eine einzige von diesen bedauernswerten Töchtern des Unglücks aus der Gefangenschaft zu erlösen. Allah sei es geklagt!«

»Ja, es sei Allah geklagt, daß du, der du mich doch genau kennen solltest, nicht mehr Vertrauen zu mir hast. Ich will ja versuchen, sie zu befreien!«

»Nach unserer Ankunft am jenseitigen Ufer?«

»Ja.«

»Wir dürfen doch nicht zurück!«

»Das haben wir freilich versprochen.«

»Willst du dein Wort nicht halten?«

»Ich halte jedes Versprechen!«

»So begreife ich dich nicht!«

»Leider! Wir werden ja gar nicht weit von hier an das rechte Ufer zurückkehren!«

»Aber wir müssen doch einen und einen halben Kuladsch abwärts reiten!«

»Wer hat das gesagt?«

»Der Scheich! Und du bist darauf eingegangen!«

»Ist mir gar nicht eingefallen. Zu einem solchen Verlangen hätte ich nun und nimmer ja gesagt, denn da hätte ich allerdings vollständig darauf verzichtet, für die Gefangenen auch nur das Geringste zu versuchen.«

»Sihdi, darf ich dir etwas sagen?«

»Nun?«

»Es ist etwas, was du nicht glauben wirst.«

»Was?«

»Mir steht der Verstand still!«

»Du siehst in diesem Augenblicke allerdings ganz so aus, wie ein Mensch, dem der Verstand durch das Thor des Mundes davongefahren ist. Dein Mund steht so weit offen, daß ich beinahe mit dem Pferde hineinreiten kann!«

»Ist das ein Wunder? Du leugnest etwas, was ich ganz genau mit meinen eigenen Ohren gehört habe.«

»Du hast es ganz und gar nicht genau gehört. Es ist keine Rede davon gewesen, daß wir soweit am Ufer abwärts reiten sollen. Der genaue Wortlaut der Bedingung ist, höre darauf: hier über den Fluß zu reiten und dann anderthalb Kuladsch weiter. Wenn du mich nun noch nicht begreifst, so ist ganz plötzlich ein ganz anderer Mensch aus dir geworden, als du bisher gewesen bist. Denke nach, Halef!«

Er verstand mich noch immer nicht und wiederholte langsam, indem er die einzelnen Worte auseinanderhielt:

»Hier - über - den Fluß reiten - und - dann - andert - halb - Kuladsch - weiter - - -.« Dann aber ging ein helles Lächeln des Verständnisses über sein Gesicht, und er rief aus: »Sihdi, ich hab's, ich hab's! O, daß ich an dir zweifeln konnte! Wie hast du den Alten überlistet! Wir brauchen uns nicht nach ihm zu richten und werden trotzdem unser Wort ganz genau halten. ›Wir reiten über den Fluß und dann einen und einen halben Kuladsch weiter,‹ so lautet unser Versprechen. Der Scheich hat freilich flußabwärts gemeint, wir aber werden es mit unserm Gewissen vereinbaren können, daß -«

»Vereinbaren?« unterbrach ich ihn. »Es giebt da gar nichts zu vereinbaren. Mein Gewissen gebietet mir, genau nach dem Wortlaute zu gehen, und der ist: über den Fluß und weiter. Wir dürfen also gar nicht abwärts reiten, selbst wenn wir wollten, sondern wir sind gezwungen, die Linie über den Fluß in gerader Richtung fortzusetzen. Wir reiten also anderthalb Kuladsch vom Flusse fort nach Süden und haben dann unser Versprechen Wort für Wort erfüllt. Von dem

Punkte an, wo wir uns dann befinden, dürfen wir wieder an das andere Ufer. Dieser Punkt liegt anderthalb Kuladsch vom Flusse entfernt, allerdings keine kurze Strecke, und wenn wir sie zurückgelegt haben, befinden wir uns wieder hier an derselben Stelle, wo wir jetzt sind. Nun, ist denn dein Kara Ben Nemsi ein so dummer Kerl, wie du vorhin sagtest?«

»O, Sihdi, es gab freilich einen dummen Kerl, einen kamelsatteldummen Kerl, und der war ich! Meinen Effendi für dumm zu halten! Sihdi, erhebe deine Hand und gieb mir einen Keff[1], daß ich aus dem Sattel fliege, ich werde dir sehr dankbar dafür sein!«

»Fällt mir gar nicht ein, meinen braven Halef zu schlagen. Was den alten Scheich betrifft, so führt er eine wirkliche Verräterei im Schilde. Ich zählte die Leute, als sie kamen, und dann wieder, als sie drüben vorüberritten. Es fehlte einer. Der ist in das Lager zurückgeschickt worden, um zu melden, daß wir am linken Ufer abwärts kommen. Die Kurden werden also dort übersetzen und auf uns warten, um uns meuchlings zu überfallen.«

»Der Schurke! Warum aber hast du mit dem Armeni kein Wort gesprochen?«

»Ein christlicher Schurke steht so tief unter einem mohammedanischen Schufte, daß ich ihm nur dann ein Wort schenken mag, wenn ich absolut dazu gezwungen bin. Jetzt weiß ich, wie es ihm möglich geworden ist, seine Verbrechen auszuführen. Er ist der Anführer einer Armenierbande und hat sich mit den berüchtigten Schirwanikurden verbunden. Er hat mir für das nächste Wiedersehen den Tod angedroht und dabei nicht geahnt, daß dieses Wiedersehen in ganz anderer Weise stattfinden wird, als er denkt. Aber nun komm; wir müssen weiter, um unser Wort zu halten!«

[1] Starke Ohrfeige.

2.

Wir ritten genau anderthalb Meilen im rechten Winkel vom Flusse ab nach Süden und kehrten dann um. Die Gegend dort ist gebirgig und sehr schatten- und wasserreich. Darum wird sie im Hochsommer von den Kurden, die im Winter die Ebene bewohnen, aufgesucht, während die wandernden Araberstämme, wenn um dieselbe Zeit die Steppe ausgedorrt ist, in die Nähe des Tigris ziehen. Infolgedessen ist es in der heißen Jahreszeit nicht ungefährlich, am Flusse zu reisen, denn so gastfrei und aufopfernd der Kurde seinen Freunden gegenüber ist, den Fremden hält er für gute Beute; das weiß er nicht anders, das ist in jenen Gegenden seit Menschengedenken so und nicht anders gewesen. Auch wir mußten aufmerksam und vorsichtig sein. Ich hatte einigen Kurdenstämmen gegen andere gute Dienste geleistet; die ersteren waren meine Freunde, die letzteren dafür meine Todfeinde, und wenn wir einem von diesen in die Hände gerieten, so war es unbedingt um uns geschehen. Zu ihnen gehörte auch der Stamm der Schirwani, dem wir vorhin so glücklich entgangen waren.

Die Sonne wollte hinter den westlichen Bergen verschwinden; wir hatten den Rückweg beinahe vollendet und konnten uns nicht mehr weit vom Zab befinden. Wir ritten durch ein kurzes Thal, dessen Wände sehr steil zum Himmel stiegen, und sahen zwischen umhergestreuten Felsbrocken einen Hirten sitzen, welcher einige armselige Ziegen beaufsichtigte. Der Mann mußte sehr arm sein, denn seine hemdähnliche Kleidung war vielfach zerrissen und vermochte nur halb seine Blöße zu bedecken. Auf seinem wirrhaarigen Kopfe saß eine jener kurdischen Ledermützen, welche häßlichen, vielbeinigen Spinnen gleichen, indem zahlreiche Riemen an allen Seiten herunterhängen.

»Aaleikun eselahm u rahmet Chodeh – der Friede und die

Barmherzigkeit Gottes sei mit euch!« rief er uns zu, indem er seine dürre Hand bettelnd nach uns ausstreckte. »Schenkt mir eine Gabe! Katera Chodeh – um Gottes willen!«

Wir ritten zu ihm hin; ich griff in die Tasche und gab ihm einige Piaster.

»Chodeh da-uleta teh mehzin bikeh, ßoyuhle teh rahst bine – Gott vermehre deinen Reichtum und stehe dir bei in deinen Geschäften!« bedankte er sich demütig.

»Du bist ein Kurde?«

»Ja, Chodieh.«

»Von welchem Stamme?«

»Ich gehöre zu keinem; ich bin alt und ausgestoßen.«

Das erbarmte mich. Ich erkundigte mich weiter:

»Wovon lebst du?«

»Von Wurzeln und von der Milch, welche mir diese drei kleinen Ziegen geben. Mein Weib liegt krank.«

»Wo?«

»Drinnen.«

Er deutete hinter sich, wo ich ein Loch im Felsen sah.

»Gott, welche Wohnung! Darf ich sie sehen? Vielleicht weiß ich ein Mittel, ihr zu helfen.«

»Geh hinein, Chodieh, und Allah mag ihr beistehen!«

Ich stieg vom Pferde, gab Halef, der auch aus dem Sattel sprang, mein Pferd und meine Gewehre und ging nach dem Loche. Es war manneshoch, aber sehr schmal. Als ich einige Ellen weit eingedrungen war, fühlte ich links und rechts Seitenlöcher. Wo war die Frau? Es herrschte völliges Dunkel hier. Ich rief und hörte eine Stimme gerade vor mir antworten. Nach einigen Schritten wurde es hell vor mir; ich sah ein kleines Licht vor mir brennen, bekam aber zu gleicher Zeit einen so gewaltigen Hieb auf den Kopf, daß ich auf das Gesicht niederstürzte. »Meded, meded, ya Sihdi – zu Hilfe, zu Hilfe, o Sihdi!« hörte ich noch draußen Halef rufen, dann hatte ich die Besinnung verloren.

Wie lange ich gelegen habe, weiß ich nicht. Als ich wieder zu mir kam, fühlte ich, daß ich mich in Bewegung befand. Die Arme waren mir nach dem Rücken zu festgebunden und die gefesselten Kniee weit an den Leib heraufgezogen. Sehen konnte ich nicht, denn man hatte mir die Augen verhüllt. Ich schien in einem Kamelkorbe zu stecken.

Mein Kopf brummte wie eine Baßgeige. Wieder einmal gefangen! Aber von wem? Der Bettler war jedenfalls ein Lockvogel gewesen. Ich konnte jetzt nichts thun, als mich ruhig verhalten, denn nach einer Anstrengung aller meiner Kräfte, meine Fesseln zu prüfen, erkannte ich, daß dieselben unzerreißbar waren. Das Wiegen und Schaukeln dauerte fort. Ich hörte die Schritte vieler Tiere und die Stimmen zahlreicher Menschen; sie sprachen kurdisch, aber nichts, was mich betraf und mich über meine Lage aufklären konnte.

Endlich wurde angehalten, und aus den verschiedenen, mir wohlbekannten Geräuschen entnahm ich, daß Lager gemacht wurde. Es dauerte längere Zeit, dann wurde ich von mehreren Armen gepackt, eine Strecke weit fortgetragen und niedergelegt. Während dieses kurzen Transportes hatte ich einen Windhauch in meinem Gesicht gespürt; jetzt fühlte ich ihn nicht mehr. Hatte man mich nicht im Freien, sondern in einem Zelte niedergelegt?

Nach einiger Zeit kamen wieder Leute, die eine Last zu tragen schienen. Brachten sie etwa meinen Hadschi? Sie entfernten sich, und dann war es still um mich her.

»Halef?« sagte ich leise.

»Sihdi, du bist es?« antwortete er.

»Ja. Sind wir allein?«

»Allah weiß es, ich nicht. Meine Augen sind verbunden.«

»Die meinigen auch. Wie ist das gekommen?«

»Ganz unerwartet. Der Bettler sprang plötzlich auf und schlang seine Riesenarme um mich. Zu gleicher Zeit kamen viele Kerls herbeigesprungen. Ich rief um Hilfe, wurde aber niedergerungen und gefesselt; dann verband man mir die Augen. Mehr kann ich nicht sagen.«

»Was für Kurden mögen es sein?«

»Wenn du es nicht weißt, ich erst recht nicht.«

»So laß uns schweigen und lauschen. Vielleicht hören wir etwas, was uns Aufklärung giebt.«

Wir horchten, vernahmen aber nur die gewöhnlichen Reden und Rufe, die in einem Kurdenlager zu hören sind. Es verging eine lange, lange Zeit; da hörte ich eine Stimme, welche meine ganze Aufmerksamkeit erregte. Sie erklang nahe bei uns und sagte in nicht kurdischer, sondern in arabischer Sprache:

»Nimmst auch du ein Fläschchen? Du hast vorhin nicht darauf gehört. Es enthält ed Damm el mukaddas[1], das Blut des Propheten, welches aus einer Wunde geflossen ist, die Muhammed in der Schlacht bei Bedr erhielt. Es wurde bisher in der heiligen Kaaba zu Mekka aufbewahrt; ich habe es aber jetzt zum Verkaufe an die Gläubigen erhalten. Du wirst auf jedem Fläschchen das Siegel des Scheik el Kaaba sehen.«

Das war die Stimme des Armeni. Er war jedenfalls als Händler hier. Mir als Christen hatte er Iagh kuds, das heilige Oel, angeboten, und hier bei den muhammedanischen Kurden wollte er mit einem angeblichen Damm el mukaddas, dem heiligen Blute des Propheten, Geschäfte machen! Sein eigentliches Geschäft war wohl auch hier das Spionieren. Halef hatte die Stimme auch erkannt, denn er flüsterte mir zu:

»Sihdi, das war der Armeni. Was sagst du dazu? Ob er auch hier nach jungen Mädchen sucht?«

»Möglich.«

»Oder ob diese Kurden auch seine Verbündeten sind?«

»Das glaube ich nicht.«

»Mag das sein, wie es will – seine Anwesenheit verschlimmert unsere Lage ganz bedeutend.«

»Ich möchte lieber das Gegenteil annehmen.«

»Wirklich? – Warum?«

»Wenn er mit schlimmen Absichten hier ist, können wir uns den Dank der Kurden dadurch erwerben, daß wir sie vor ihm warnen.«

»Das ist richtig, Sihdi, sehr richtig. Und wenn es auch nicht so wäre, so fiele es mir doch nicht ein, den Mut sinken

[1] Das heilige Blut.

zu lassen. Wir haben uns schon in noch schlechtern Lagen befunden und sind errettet worden. Wir haben keinem Menschen etwas Böses gethan, und Allah, welches der Vater und Beschützer aller Guten ist, wird uns von unsern Banden bald erlösen. Er kann nicht wollen, daß ich Hanneh, die herrlichste der Frauen, und Kara Ben Halef, den Sohn meines Herzens, nicht wiedersehe.«

Dem Geräusch und den Stimmen nach, die wir rund um uns hörten, schien das Lager kein bedeutendes zu sein. Wir hörten auch das Prasseln eines Feuers, und dann rochen wir den Duft bratenden Fleisches. Um uns schien sich kein Mensch zu kümmern. Wir konnten noch einige Zeit zuhören, wie der Armeni seine Fläschchen anbot. Er schien keine schlechten Geschäfte zu machen; dann war seine Stimme nicht mehr zu vernehmen; wahrscheinlich hatte er sich nach einem entlegeneren Teile des Lagers entfernt.

Da endlich kamen einige Personen zu uns, und wir hörten das Zischen eines brennenden Kienspanes.

»Ist jemand da?« fragte ich.

»Ja,« lautete die Antwort.

»Wer?«

»Der Nezanum[1], der euch gefangen hat.«

»Warum hast du uns gefangen?«

»Frag nicht so, Hund! du weißt ganz genau, warum. Ihr werdet auf alle Fälle sterben müssen; aber wenn Schefaka[2] nur das kleinste Härlein gekrümmt worden ist, so kann es in der tiefsten Hölle keine solchen Qualen geben, wie die sind, welche ihr erleiden werdet.«

»Schefaka?« fragte ich erstaunt. »Sprichst du von einem Weibe?«

»Natürlich! Von der Frau, die ihr geraubt habt, ihr Hunde!«

»Ich kenne viele Stämme der Kurden, aber nur einen einzigen, zu welchem ein Weib gehört, welches Schefaka heißt. Seid ihr Zibarikurden?«

»Frage noch einmal, so zerschlage ich dir deinen Schädel!«

[1] Dorfälteste.

[2] »Morgenröte«, hier ein weiblicher Name.

»Schweig mit deinen Beleidigungen!« fuhr ich ihn trotz meiner Lage an. »Du weißt nicht, mit wem du sprichst. Wenn du mir nur einige Fragen ruhig beantwortest, so wirst du Schefaka vielleicht dadurch retten. Also sag, seid ihr Zibarikurden?«

»Ja,« antwortete er mit mühsam unterdrücktem Grimme.

»Heißt der Mann dieser Schefaka vielleicht Hamsa Mertal?«

»Natürlich heißt er so; das weißt du ebensogut wie ich; das höre ich ja.«

»Und der Vater dieses Mannes ist der alte tapfere Scheri Schir, der oberste Scheik der Zibari?«

»Ja.«

»So höre, was ich dir jetzt sage, und handle ganz genau nach meinen Worten! Es ist ein Händler bei dir, welcher ed Damm el mukaddas verkauft?«

»Ja.«

»Und Schefaka ist geraubt worden?«

»Ja.«

»Er ist der Räuber; nicht wir sind es. Er ist heute gekommen, um euere junge Mädchen kennen zu lernen und euch die schönsten von ihnen zu entführen.«

»Hund, denkst du wirklich, daß – –«

»Schweig,« unterbrach ich ihn. »Laß ihn ja nichts von dem hören, was wir jetzt sprechen! Weiß er, daß ihr uns gefangen habt?«

»Nein.«

»Ist dir der Name Hadschi Halef Omar bekannt?«

»Das war ein kleiner, aber sehr tapferer Krieger vom Stamme der Haddedihnaraber.«

»Und kennst du einen Mann, welcher Emir Kara Ben Nemsi Effendi heißt?«

»Das ist sein Herr, ein berühmter Krieger aus dem Lande der Nemtsche[1].«

[1] Deutschen.

»Sind diese beiden Männer Freunde oder Feinde der Zibarikurden?«

»Freunde. Kara Ben Nemsi ist mehreremal bei ihnen gewesen und hat ihnen gegen ihre Feinde beigestanden. Scheri Schir und Hamsa Mertal haben Blutsbruderschaft mit ihm getrunken, und Schefaka betete täglich für sein Heil, denn ihre Ahnen wohnten in dem Lande, aus welchem er stammt.«

»Hast du ihn und Halef gesehen?«

»Nein.«

»Ist jemand hier, der ihn gesehen hat?«

»Wir gehören zu einer andern Abteilung der Zibari und haben weder ihn noch Halef gesehen; aber vor einer Viertelstunde sandte Scheri Schir einen Boten zu mir. Er sitzt draußen am Feuer und wird Kara Ben Nemsi und auch wohl Halef kennen.«

»Hast du von den Waffen dieser beiden Männer gehört?«

»Ja. Hadschi Kara Ben Nemsi hat kleine Pistolen, welche nur einen Lauf haben, aber sechsmal schießen, ferner eine schwere Büchse, aus welcher eine Kugel genügt, um einen Löwen, Panther, Tiger oder Bären zu töten, und endlich eine Zauberflinte, aus welcher er immerfort schießen kann, ohne laden zu müssen. Darum können hundert Krieger es nicht mit diesem einzigen aufnehmen.«

»Ihr habt uns unsere Waffen abgenommen. Wer hat sie jetzt?«

»Ich.«

»Hast du sie genau angesehen?«

»Noch nicht. Ich hatte mit der Herstellung des Lagers zu thun.«

»So geh hinaus, und betrachte sie; aber laß ja keinen Menschen merken, was dir dabei für Gedanken kommen! Wir sind von euch vollständig überrumpelt worden; hätten wir Zeit gefunden, uns unserer Gewehre zu bedienen, so hättet ihr uns nicht gefangen nehmen können. Also geh, doch laß mich nicht lange auf deine Rückkehr warten!«

Wir hörten, daß sich die Schritte entfernten; aber schon

nach kaum fünf Minuten kamen sie sehr eilig zurück, und der Nezanum sagte hastig und aufgeregt:

»Chodieh, ich sah die Gewehre und bin erschrocken. Sollte Allah es zugegeben haben –«

»Daß ihr euere besten Freunde gefangen genommen habt,« vervollständigte ich. »Ich will jetzt noch nichts fordern, aber hol den Boten herein; wenn er uns kennt, wird er dir sagen, wer wir sind. Aber sei ja heimlich dabei!«

Er ging abermals. Nach kaum einer Minute hörten wir seine Schritte wieder und diejenigen einer zweiten Person. Einige kurze Augenblicke des Schweigens, dann rief eine erschrockene Stimme:

»Ist so etwas möglich! Das ist ja unser Hemscher, Mivan und Malko-e-gund[1] Hadschi Kara Ben Nemsi, dem wir so viel, viel zu verdanken haben, und da liegt auch sein Freund und Diener Hadschi Halef Omar! Wie kannst du es wagen, o Nezanum, so berühmte Helden, solche Gönner unseres Stammes, zu mißhandeln? Wenn dies Scheri Schir, unser Scheik, erfährt, der noch heute kommt, so hast du seinen ganzen Zorn zu fürchten. Weg, sofort weg mit den Fesseln und Binden!«

Die Riemen wurden losgebunden und die Augen uns freigemacht. Vor uns stand der Nezanum, ein alter Kurde, dem der Schreck anzusehen war, und ein jüngerer Stammesgenosse, den ich sofort erkannte. Ich gab ihm die Hand und sagte:

»Ich danke dir, Hasin! Ohne dich wären wir wohl lange gefesselt gewesen. Später werden wir weiter sprechen; jetzt vor allen Dingen das Notwendigste. Will der fremde Händler bei euch bleiben?«

»Nein; er muß schon vor Mitternacht fort.«

»Habt ihr Frauen und Mädchen mit hier?«

»Ja,« antwortete der Nezanum.

»So will er vor Mitternacht fort, um euch nach Mitternacht zu überfallen. Er ist der Kys-Kaptschiji, und Scheich

[1] Freund, Gast und Anführer.

Melef ist mit seinen Schirwanikurden da, um ihm zu helfen.«

»Allah, Allah! Was hören meine Ohren!«

»Nicht so laut! Ist der Händler allein?«

»Er hat einen Gehilfen mit.«

»Welchen Namen hat sich der Mädchenräuber bei euch gegeben?«

»Assad Benabi aus Mekka.«

»Geht jetzt hinaus, und bereitet eure Leute auf unser Erscheinen vor, ohne daß er es bemerkt. Wenn wir gleich mit euch kämen, würden wir Aufsehen erregen. Wir werden uns zum Händler setzen. Einige starke Leute halten sich bereit, auf meinen Wink ihn und seinen Begleiter schnell zu fesseln. Er darf uns ja nicht entkommen, sonst werdet ihr Schefaka, die Schwiegertochter eures Scheiks, niemals wiedersehen.«

Sie entfernten sich mit dem brennenden Kienspane, bei dessen Scheine wir gesehen hatten, daß wir uns in einem schwarzen Leinwandzelte befanden. Halef wußte vor Freude nicht, was er sagen sollte; ich war ruhiger als er und meinte:

»Da siehst du wieder einmal, lieber Halef, wie viele Früchte eine einzige gute That zu bringen vermag!«

Nach einiger Zeit kam der Nezanum wieder. Er brachte uns unsere Waffen und sagte uns, daß er alle seine Leute unterrichtete, wer wir seien, und daß er uns die Freiheit wiedergegeben habe. Wir blickten hinaus. Es brannten mehrere Feuer, an welchem die Kurden und Kurdinnen saßen, die Augen verstohlen, aber erwartungsvoll nach unserm Zelte gerichtet. Die beiden Armenier befanden sich am zweiten Feuer, von uns aus gerechnet; sie kehrten uns ihre Rücken zu. Wir traten hinaus und gingen leise, so daß sie uns nicht kommen hörten, zu ihnen hin. Der Armeni hatte ein Kästchen mit kleinen Flaschen neben sich stehen. Die Kurden, bei denen er saß, sahen uns kommen; sie schwiegen. Ich unterbrach diese Stille mit lauter Stimme:

»Ich höre, daß hier ed Damm el mukaddas, das heilige

Blut des Propheten, zu verkaufen ist. Kann ich ein Fläschchen bekommen?«

Während dieser Worte setzten wir uns neben den beiden Armeniern nieder. Der Händler starrte mich wie einen Geist an; er konnte in diesem Augenblick vor Schreck kein Glied bewegen. Ich griff in das Kästchen, nahm ein Fläschchen heraus und betrachtete es.

»Wie ist dein Name?« fragte ich ihn.

»Assad Benabi aus Mekka,« antwortete er fast stammelnd.

»Und heute mittag hast du dich mir gegenüber Dawuhd Soliman genannt und gesagt, daß du ein Armeni seiest? Du scheinst einen großen Vorrat verschiedener Namen zu besitzen.«

Da nahm er sich zusammen, sah mir frech und herausfordernd in das Gesicht und entgegnete:

»Wer bist du, daß du es wagst, mit einem Beamten der heiligen Kaaba in dieser Weise zu sprechen? Ich kenne dich nicht und habe dich noch nie gesehen!«

»Desto besser kenne ich dich. Du bist der Kys-Kaptschiji, den wir suchen.«

»Allah akbar! Was muß ich hören!«

»Du wirst heute nicht nur hören, sondern auch fühlen! Schau, diese Fläschchen mit dem heiligen Blute sollen vom Scheik der Kaaba versiegelt worden sein? Da aber lese ich auch wieder den Namen Musa Wardan, denselben Namen, der auf deinem Siegelringe steht.«

Ich öffnete, ohne daß er mich zu hindern wagte, das Fläschchen mit dem Messer, holte mit einem spitzen Holze einen Teil des Inhaltes heraus, betrachtete und befühlte ihn und fuhr dann fort:

»Das Damm el mukaddas soll aus der Schlacht bei Bedr stammen? Sie wurde im zweiten Jahre der Hedschra geschlagen; dieses Blut aber ist höchstens drei oder vier Tage alt und wird wahrscheinlich aus den Adern eines Schafes oder einer Ziege gekommen sein. Was würde der Scheik ul Islam sagen, wenn er hörte, daß es noch Blut des Propheten giebt, und daß ein armenischer Giaur Handel damit treibt!«

»Ich bin kein Armenier, sondern – –«

»Schweig, Schurke!« donnerte ich ihn an. »Dieses heilige Blut ist ebenso frecher Schwindel, wie heute mittag das heilige Oel. Willst du nicht auch noch mit Ma el mukaddas Handel treiben?«

»Ma el mukaddas?« fragte er ganz verstört.

»Ja, mit Ma el mukaddas, mit dem heiligen Wasser. Weißt du nicht, daß der Prophet Nahum, den auch die Moslemim verehren, hier am Zab gelehrt und eine heilige Stätte gegründet hat? Sie liegt hier in der Nähe, und das Wasser des Flusses am Fuße der Ruine wird für heilig gehalten und Ma el mukaddas genannt. Da gäbe es genug Ware für deinen frommen Handel; ich aber an deiner Stelle würde es vorziehen, in diesem Ma el mukaddas ersäuft zu werden. Das hättest du reichlich verdient!«

»Wir können ihm dazu verhelfen!« ertönte da die drohende Stimme des Nezanum. »Er hat uns mit ed Damm el mukaddas betrogen; das schon ist ein todeswürdiges Verbrechen. Wenn es sich dazu herausstellt, daß er der Kys-Kaptschiji ist, werden wir ihn ersäufen!«

Der Armeni erhob sich, kreideweiß im Gesichte.

»Wenn ich so verdächtigt und verlästert werde, muß ich mich entfernen,« sagte er.

Aber schon stand auch Halef neben ihm, hielt ihm die Pistole unter die Nase und drohte:

»Glaubst du, so leichten Kaufes davonkommen zu können? Thu einen einzigen Schritt, so erschieße ich dich! Du hast gedroht, daß unser Wiedersehen meinem Sihdi den Tod bringen werde, und damit dein eigenes Urteil gesprochen. Fesselt ihn!«

Ich brauchte den verabredeten Wink gar nicht zu geben; kaum hatte Halef seine Aufforderung ausgesprochen, so waren zwanzig, dreißig Kurden bereit, die beiden Armenier niederzuwerfen und zu binden.

Keine Minute, nachdem dies geschehen war, hörten wir laute Stimmen und den Hufschritt vieler Pferde. Der erwartete Scheik kam mit seinen Kriegern an, gegen hundert an der Zahl. Als er aus dem Sattel stieg, sah er mich am Feuer stehen. Er stieß einen Freudenruf aus, kam auf mich zu, umarmte mich und jubelte:

»Du hier, Emir, du! Da dürfen wir endlich Hoffnung haben, denn du wirst die Spur der Verlorenen finden! Sie wurde uns vor zwei Tagen geraubt, und wir haben seitdem vergeblich gesucht. Du aber bist der Liebling Allahs, und er wird deine Augen auf ihre Spur leiten.«

Sein Sohn Hamsa Mertal reichte mir beide Hände und sagte:

»Ich möchte meine Freude über deinen Anblick laut ausrufen; aber die Trauer um das Weib meines Herzens preßt mir das Herz zusammen. Du hast schon viel an uns gethan; aber wenn du Schefaka findest, so sollst du – – –«

»Sei still, und traure nicht!« bat ich. »Wir haben ihre Spur. Vielleicht wirst du sie noch heute in deine Arme schließen. Da liegt der Kys-Kaptschiji gefesselt; er wird uns sagen müssen, wo sie zu finden ist.«

Man kann sich denken, welchen Eindruck, welche Aufregung diese Worte hervorbrachten! Ich erzählte, wo und wie ich den Armenier getroffen hatte und was darauf geschehen war; an diesen Bericht schloß sich meine Vermutung an und die Gründe dazu, und Scheri Schir, der alte Scheik, war ganz meiner Meinung. Er bedauerte unendlich, daß ich verkannt worden war, und versprach hoch und heilig, mich und Halef dafür zu entschädigen. Nun erfuhr ich auch, wie es möglich gewesen, daß man uns für die Thäter hatte halten können. Zwei Männer, der eine groß, der andere klein, dieser fast wie Halef und jener ähnlich wie ich gekleidet, waren zu den Zibari gekommen und gastlich aufgenommen worden; am nächsten Morgen waren sie verschwunden gewesen und Schefaka mit ihnen. Scheri Schir und Hamsa Mertal hatten sich mit den gerade vorhandenen Kriegern aufgemacht, sie zu suchen; sie hatten zugleich Boten zu den übrigen Abteilungen des Stammes geschickt. Eine dieser Abteilungen befand sich in der Nähe des Weges, den ich heute mit Halef geritten war, auf der Weide; ein Angehöriger derselben hatte uns reiten sehen und uns infolge des Umstandes, daß ich groß und Halef klein war, für die Gesuchten gehalten. Er meldete dies dem Nezanum und dieser schickte uns einen Späher nach, welcher bald zurückkehrte, um zu melden, daß wir nicht Lager gemacht hätten, sondern wieder umgekehrt wären und bald kommen würden. Der Aelteste hatte uns nun sofort die Falle gestellt, zu welcher sich die Höhle sehr gut eignete. Die beiden Seitenhöhlen waren geräumiger als der Mittelgang; in ihnen hatten sich die versteckt, die mich erst vorüberlassen und dann niederschlagen sollten. Ich war, allerdings ich allein, schneller in die Falle gegangen, als vermutet worden war; der angebliche arme Hirt hatte noch mehr und andere Gründe, uns in die Höhle zu locken, in petto gehabt. Halef sollte auch mit hinein, hatte aber auch so, wie es geschehen war, unschädlich gemacht werden können.

Nun ging es natürlich über die beiden Armenier her; doch war trotz aller Mühe nichts aus ihnen herauszubringen; sie gestanden nichts, und der Händler blieb bei seiner Behauptung, daß er Assad Benabi aus Mekka sei und mich noch nie gesehen habe. Aber selbst in dem ganz undenkbaren Falle, daß man nicht mir, sondern ihm geglaubt hätte, wäre es mir nicht schwer gefallen, ihn zu überführen: Er hatte sein Packpferd mit, und als ich nachsuchte, fand ich die Fläschchen mit dem angeblichen heiligen Oele, von dem ich ja in Gegenwart der Zibarikurden zu ihm gesprochen hatte; es war also klar, daß er mich heute getroffen haben mußte. Daß der Mensch trotzdem beim Leugnen blieb, empörte mich natürlich; Halef war ganz außer sich darüber. Er schrie ihn an:

»Mensch, Kerl, Schuft und Schurke, du bestehst nicht aus Fleisch und Blut und Knochen, sondern aus lauter Falschheit, Hinterlist und Lüge; aber ich werde deiner Seele ein so wirksames Munattik[1] reichen, daß sie alles von sich geben soll, was sie in sich hat. Schau her; hier habe ich es in den Händen.«

[1] Brechmittel.

Er zog bei diesen Worten die Nilhautpeitsche aus dem Gürtel und fragte den Scheik:

»Hoffentlich hast du nichts dawider, o Scheri Schir, daß ich diesen beiden Lieblingen des Scheytan[1] die Falten aus der Haut streiche. Erlaubst du es?«

Mich fragte der Schlaukopf nicht, denn er wußte gar wohl, daß von mir die Genehmigung zu einer solchen Prozedur nur schwer zu bekommen war; hier aber hätte ich sie augenblicklich gegeben; Scheri Schir war desselben Sinnes, denn er antwortete:

»Ja, sie sollen Prügel bekommen, bis sie alles gestehen; aber du sollst dich nicht damit bemühen, mein wackerer Halef. Ich habe hier Leute genug, welche sich auf diese Arbeit verstehen. Die Halunken sollen die Hiebe nicht auf den Körper, sondern auf die Fußsohlen erhalten; da sind sie fühlbarer und die Wirkung tritt viel schneller ein. Man bereite die Degenek[2] vor!«

Das war nun allerdings das einzige Mittel, aus den Armeniern das herauszubringen, was wir unbedingt wissen mußten. Es war vorauszusehen, daß sie schreien würden, und ich hielt es für möglich, daß die feindlichen Schirwanikurden auf den Gedanken gekommen seien, dem Kys-Kaptschiji Sicherheitsspäher nachzusenden; darum forderte ich den Scheik auf, zuvor die Umgebung des Lagers absuchen zu lassen und dann Posten auszustellen. Dies wurde mit der größten Sorgfalt ausgeführt, und ich suchte auch selbst mit; wir fanden aber keinen Menschen, obgleich wir ganz nahe am Flusse lagerten, etwas unterhalb der Stelle, an welcher ich mit Halef hinübergeritten war.

Jetzt wurden die beiden Inkulpaten noch einmal im Guten gefragt, und als sie nun auch da bei ihrem Leugnen beharrten, begann das, was der Türke »bir degenek urmak« nennt, d. i. eine Bastonnade geben. Ich hatte die Vorsicht gebraucht, sie weit voneinander anbinden zu lassen, so daß nicht der eine von ihnen hören konnte, was der andere aus-

[1] Teufel.

[2] Bastonnade.

sagte; sie hätten uns sonst trotz der Schmerzen belügen können; so aber war, falls die beiden Aussagen miteinander übereinstimmten, anzunehmen, daß sie die Wahrheit enthielten.

Die beiden schienen das zu sein, was man »prügelfaul« zu nennen pflegt; das heißt, sie schienen gegen die Bastonnade unempfindlich zu sein, denn sie sagten lange kein Wort, obgleich schon bei den ersten Streichen die Fußsohlen aufsprangen. Man sollte so etwas kaum für möglich halten! Bei dem Händler war nicht einmal ein lauter Atemzug zu hören. Der andere besaß nicht dieselbe Selbstbeherrschung, doch hatte auch er schon wenigstens zwanzig Hiebe erhalten, ehe er zu wimmern begann. Dieses Wimmern wurde nach und nach zu lautem Stöhnen, bis bei jedem Schlage ein Schrei erfolgte; aber er gab noch immer auf die Frage, ob er nun gestehen wolle, keine Antwort. Endlich, endlich war es ihm unmöglich, die Schmerzen länger zu ertragen; er bat, einzuhalten, denn er könne nun nicht länger schweigen. Der Scheik forderte mich auf:

»Emir, sprich du mit ihm, du weißt besser als ich, nach welchen Dingen wir ihn zu fragen haben.«

Ich legte dem Kerl vor, ja die Wahrheit zu sagen, weil die Bastonnade sofort wieder beginnen werde, sobald wir bemerkten, daß er gelogen habe, und fragte ihn dann:

»Wo befindet sich euer Lager?«

»Eine Viertelstunde abwärts von hier am andern Ufer des Flusses.«

»Aus wieviel Menschen besteht es?«

»Wir sind dreizehn Armenier und dreißig Schirwanikurden.«

»Wieviel Mädchen und Frauen habt ihr bei euch?«

»Fünf.«

»Wer sind sie?«

»Die Tochter Mirza Muzaffars, drei Mädchen aus Serdascht und Schefaka, die Frau Hamsa Mertals.«

»Ihr waret es auch, welche die früheren Räubereien ausführten?«

»Ja.«

»Habt ihr heute die acht Perser überfallen?«

»Ja.«

»Sind welche von ihnen getötet worden?«

»Sieben. Mirza Muzaffar ließen wir leben, um ein Lösegeld zu bekommen.«

»Warum Lösegeld?«

»Das soll der Anteil der Schirwani sein, welche ihn mit sich nehmen wollen, ihn aber trotz des Lösegeldes töten werden.«

»Ihr seid die gräßlichsten Menschen, die es auf Gottes Erdboden geben kann. Und das Entsetzlichste ist, daß dreizehn von euch sich Christen nennen!«

Diese Antworten gab er freilich nicht so glatt und zusammenhängend, wie ich sie hier niedergeschrieben habe, sondern er schwieg, so oft die Streiche nicht mehr fielen, und mußte durch immer neue Hiebe zum weitern Sprechen gebracht werden. Auf diese Weise erfuhr ich außer anderen Notwendigkeiten noch, daß eine Furt vom linken Ufer des Flusses nach dem Lager hinüberführe und daß ein Schirwanikurde bei derselben Wache halte. Der alte, verräterische Scheik Melef hatte heute nach unserer Abmachung mit ihm wirklich einen seiner Leute nach dem Lager zurückgeschickt, um sagen zu lassen, daß ich mit Halef am linken Ufer abwärts kommen werde; man solle uns überrumpeln. Da wir aber nicht gekommen waren, hatten sich zwei Kundschafter nach uns flußaufwärts auf die Suche gemacht und dabei am Abende unser jetziges Lager entdeckt. Sie waren zurückgeeilt, um das zu melden, worauf der Händler sofort mit seinem Gefährten aufgebrochen war, um zu sehen, ob »gyzel meta«[1] da zu finden sei. In diesem Falle sollte dieselbe nach Mitternacht geraubt werden.

Der Händler hatte kein Wort von dem gehört, was sein Kumpan ausgesagt hatte, und war nicht zum Geständnisse zu bringen. Er fluchte und stöhnte nur und schrie zuletzt bei jedem Hiebe:

[1] Schöne Ware.

»Haut zu, haut immer zu, ihr Henker, die Gott vernichten möge; ihr bringt doch kein Wort aus mir heraus!«

Das war gräßlich, und ich ließ innehalten. Ich nahm an, daß der andere die Wahrheit gesagt hatte, und bat Scheik Scheri Schir, nach dem Lager der Räuber aufzubrechen. Hatte der Exekutierte uns getäuscht, so konnten wir uns dann durch weitere Hiebe doch noch die Wahrheit erzwingen. Da wir es nur mit einundvierzig Gegnern zu thun hatten, genügte es, sechzig Mann mitzunehmen; die Pferde ließen wir natürlich hier. Material zum Binden und Knebeln wurde mitgenommen.

Wir schritten in einer langen Einzelreihe am Flusse abwärts, ich mit Halef voran, denn ich war im Anschleichen jedenfalls geübter als die Zibarikurden. Als eine Viertelstunde vergangen war, verdoppelten wir unsere Vorsicht und sahen bald darauf einen Mann am Ufer sitzen. Das war der Schirwani-Posten. Einige schnelle Sprünge, und dann standen wir bei ihm. Ich legte ihm die Hände um den Hals; Halef und einige Kurden banden ihn und steckten ihm dann einen Knebel in den aus Atemmangel weit aufgesperrten Mund. Hinüber durften wir nicht sogleich, weil wir möglicherweise gesehen werden konnten. Ich verabredete mit dem Scheik ein zweimaliges Froschquacken als Zeichen, ging eine Strecke flußaufwärts zurück und schwamm dann hinüber, um von dem Landungspunkte aus das Lager zu beschleichen. Die Kerle mußten sich außerordentlich sicher gefühlt haben, denn ich fand keinen einzigen Menschen wach.

Da lagen die Schirwanikurden einer neben dem andern; viele von ihnen schnarchten laut. Unweit davon standen fünf Bäume; an diese waren die weiblichen Gefangenen fest angebunden, und rund herum lagen elf Armenier, auch im Schlafe. Weiterhin sah ich die Pferde, teils weidend, teils im Grase liegend. Der Perser aber war nicht zu entdecken. Ich hatte keine Zeit, lange nach ihm zu suchen, und schlich mich nach der Uferböschung hin, um das verabredete Zeichen zu geben. Da hörte ich rechts von mir im Wasser ein auffälliges Plätschern und Gurgeln, und als ich genauer hinsah, bemerkte ich etwas Rundes, was ein menschlicher Kopf zu sein schien.

»Sprich leise, ganz leise, daß nur ich dich höre; ich will dich retten,« flüsterte ich ihm zu. »Bist du Mirza Muzaffar, der Merd adalet von Yaltemir?«

»Ja. Gehörst du denn nicht zu den Räubern?«

»Nein.«

»Ya rab, o Gott, sollte es Hilfe für mich geben? Meine Leute sind alle ermordet worden, und meine Tochter ist gefangen!«

»Bist du denn im Wasser angebunden?«

»Ja. Man hat mir die Hände auf den Rücken gefesselt und die Füße mit Riemen an einen großen Stein gebunden, den man mit mir ins Wasser schaffte, so daß es mir fast bis zum Munde reicht. Wer du auch seist, o Herr, erbarme dich meiner und rette mich!«

»Ich bin der Christenhund, der räudige, den du heute wiederholt verflucht hast. Ich würde dich gern losmachen, aber da müßte ich dich berühren, und die Berührung mit einem solchen Giaur verunreinigt dich doch!«

»Du bist es, du! Emir, verzeihe mir; laß Gnade walten! Mach mich los, und ich will niemals wieder einen Christen verhöhnen, sondern für alle täglich beten, die deines Glaubens sind!«

»Thue das, so wirst du Allahs Wohlgefallen haben! Er ist euer Gott und unser Vater; vergiß das nie!«

Ich zog das Messer und watete hin zu ihm. Erst nach mehrmaligem Tauchen gelang es mir, die Riemen zu durchschneiden; dann machte ich ihm auch die Arme frei und zog ihn, der furchtbar ermattet war, nach dem Ufer.

»Setz' dich hier nieder, und verhalte dich ganz still, was auch kommen möge!«

Nun ahmte ich das Quaken des Frosches zweimal nach und sah darauf die Zibari durch die Furt leise und vorsichtig herüberkommen. Als sie sich alle am Ufer befanden, instruierte ich sie, und dann ging es leise, leise die Böschung hinan. Fünfzehn Mann umringten die Armenier und fünfundvierzig die Kurden; das geschah so unhörbar, daß keiner von ihnen erwachte. Dann packte jeder seinen Mann. Es gab ein wüstes Schreien und Brüllen, aber nur ein kurzes Ringen, und nach Verlauf von wenigen Minuten waren wir Herren des Platzes; die Feinde lagen gebunden an der Erde; keiner von ihnen war tot, doch hatten einige, die nur mit der Waffe zu überwältigen gewesen waren, Wunden davongetragen.

Um die Befreiung der Gefangenen brauchte ich mich nicht zu kümmern; das besorgte der Scheik mit seinem Sohne, welcher seine Schefaka frohlockend in die Arme schloß.

Während alle laut jubelten und jeder mit sich selbst beschäftigt war, zog ich den kleinen Hadschi mit mir fort.

»Komm, Halef! Wir nehmen zwei Schirmanipferde und reiten nach unserm Lager, um dort zu verkünden, daß unser Werk gelungen ist.«

»Jetzt fort, Sihdi?« fragte er. »Denkst du denn gar nicht daran, daß wir jetzt den wohlverdienten Dank einzuernten haben?«

»Eben darum will ich fort. Wir haben selbst zu danken, nämlich Gott dafür, daß wir, die wir uns ja auch in großer Not befanden, allen Gefahren glücklich entgangen sind. Also komm!«

Wir bestiegen zwei Pferde und lenkten sie nach der Furt.

»Halt, Emir, wohin?« rief der Scheik, der das bemerkte.

»Nach unserm Lager.«

»Bleib da, bleib da; Schefaka will mit dir sprechen.«

»Später, später!«

Wir trieben die Pferde in das Wasser und ritten, drüben angekommen, am Flusse aufwärts, bis wir das Lager erreichten, wo unsere Botschaft die größte Freude erregte, denn Schefaka war wiedergefunden, und alles, was den Besiegten gehörte, natürlich auch ihre Pferde, ging als Beute in den Besitz der Zibarikurden über. Mein Hadschi Halef konnte es nicht unterlassen, zu dem Armeni zu treten und ihm frohlockend zu sagen:

»Wir haben gesiegt und kein einziger von deiner Bande ist

entkommen. Wo bleibt nun dein großes Maul und deine noch viel größere Rache? Wessen Tod hat unser Wiedersehen zu bedeuten, den meines Sihdi oder den deinigen? Du wirst mit Schande in die Hölle fahren; wir aber haben unsern Ruhm vergrößert und werden besungen werden von allen Männern, Frauen und Töchtern des türkischen Reiches, Arabiens und Farsistans[1]. Du bist nichts als eine sterbende Kröte; ich aber bin der oberste Scheik der Haddedihn und heiße Hadschi Halef Omar Ben Hadschi Abul Abbas Ibn Hadschi Dawud al Gossarah!«

Sobald der Morgen anbrach, wurde unser Lager aufgehoben und nach dem jenseitigen Ufer auf die Stätte unseres Sieges verlegt. Da konnte ich freilich dem Danke der Geretteten nicht entgehen. Mein kleiner Halef war in dieser Beziehung etwas unbescheiden; er stellte sich neben mich und nahm mir den größten Teil des gespendeten Ruhmes weg, was ich ruhig geschehen ließ, denn ich wußte, wie er es meinte, und gönnte ihm die Triumphe, die er sich selbst am lautesten spendete.

Mirza Muzaffar befand sich mir gegenüber in großer Verlegenheit; ich befreite ihn von derselben, indem ich so freundlich mit ihm sprach, als ob von einer Beleidigung gar keine Rede gewesen sei. Er war ganz entzückt, den »Stern seines Hauses« wieder zu haben, und als ich ihn bat, bei seiner Heimkehr die drei Mädchen aus Serdascht mitzunehmen, zeigte er sich gern bereit dazu und sagte:

»Du bist, o Emir, dort gefangen genommen und verdächtigt worden; ich werde deinen Ruhm verkünden und den Leuten mitteilen, daß die drei Töchter von Serdascht nur dir ihre Rettung zu verdanken haben.«

Er reichte mir bei diesem Versprechen die Hand, ohne sich erst zu fragen, ob er dadurch verunreinigt werde.

Den alten, falschgesinnten Scheik der Schirwani strafte ich mit Verachtung, war aber für ihn und die Seinen zu ihrem Vorteile thätig. Sie hatten schwere Strafe verdient; es

[1] Persien.

gelang mir jedoch durch den Hinweis auf die Folgen der Blutrache, Scheik Scheri Schir zu bestimmen, die Schirwani ziehen zu lassen, ohne sich an ihnen zu rächen; ihr Eigentum blieb freilich als Beute zurück. Sie waren gezwungen, ihren Heimweg zu Fuß anzutreten. Vorher aber mußten sie Zeugen der Strafe sein, welche ihre Verbündeten, die Armenier, traf.

Diesen stand ein schlimmeres Los bevor, als ihren kurdischen Kumpanen, denn sie waren die eigentlichen Anstifter des Mädchenraubes. Scheri Schir fragte mich in Bezug auf sie:

»Was würdest du mit ihnen thun, Emir?«

»Nach dem Kanun 'ilm elhukuk[1] müßtest du sie dem Mutessarif von Schehrsor zur Bestrafung ausliefern.«

»Das würdest du wohl selbst nicht thun. Was geht mich der Kanun 'ilm elhukuk an! Wenn ich mich nach ihm richte, bekommt keiner dieser Hunde auch nur die geringste Strafe, die Beschwerden des Transportes gar nicht gerechnet. Wir sind freie Kurden und richten solche Leute nach unsern Gesetzen. Ich bitte dich sehr, ja kein gutes Wort für sie einzulegen; so lieb ich dich habe, diesesmal dürfte ich nicht auf dich hören.«

»Wir Menschen sind alle Sünder und sollen mild voneinander denken; hier aber handelt es sich nicht um die angeborene, allgemeine Fehlerhaftigkeit, sondern um fortgesetzte, todeswürdige Verbrechen. Sie haben Frauen geraubt und verkauft und gestern die sieben Perser erschossen. Thue mit ihnen, was dir beliebt!«

»Da hast du mir aus dem Herzen gesprochen; ich danke dir!«

»Eine Bitte habe ich doch! Quäle sie nicht unnötigerweise und suche von ihnen zu erfahren, wohin sie die früher geraubten Mädchen verkauft haben. Wenn wir dies den Angehörigen melden können, ist es diesen vielleicht möglich, die Entführten wiederzubekommen.«

[1] Justizgesetz.

»Ich werde es thun. Jetzt versammle ich meine Aeltesten zum Gericht. Willst du mit an demselben teilnehmen?«

»Nein. Aber laß mich rufen, ehe ihr das Urteil vollstreckt! Ich will vor ihrem Tode noch einmal zu ihnen sprechen. Sie sind Christen, und vielleicht gelingt es mir, Reue in ihnen zu erwecken.«

Ich ging fort, am Flusse hin, weit fort. Ich mochte den Ort gar nicht sehen, wo Muhammedaner mit vollem Rechte über Christen zu Gerichte saßen. Ich nahm an, daß man vielleicht eine Stunde dazu bedürfen werde, kehrte aber schon wieder um, ehe eine halbe vergangen war, hatte jedoch den Lagerplatz noch nicht erreicht, als ich das Krachen einer Salve hörte. Da rannte ich in größter Eile weiter. Als ich ankam, sah ich zwölf Leichen liegen.

»Du hast sie erschießen lassen!« rief ich dem Scheik zu. Ich wollte doch vorher mit ihnen reden!«

»Ich sagte es ihnen,« antwortete er. »Da fluchten sie auf dich, auf uns, auf den Glauben, auf alle Religionen; der Grimm erfaßte mich und ich ließ sie niederschießen. Allah sei ihren Seelen gnädig!«

»Ich sehe nur zwölf. Wo ist ihr Anführer, der Kys-Kaptschiji?«

»Komm, ich will ihn dir zeigen!«

Er führte mich nach dem Ufer, an welchem seine Leute in das Wasser blickend standen. Ich sah mitten im Flusse ein kleines, aus Gras hergestelltes Floß, auf welchem der gefesselte Händler saß.

»Was soll das sein?«

»Das Urteil, welches du ihm gesprochen hast. Wir haben es bestätigt. Er hat das falsche Iagh kuds verkauft und uns mit dem falschen Damm el mukaddas betrogen, er hat mit dem heiligen Oele und mit dem heiligen Blute Schwindel getrieben: dafür wird ihm nun el Ma el mukaddas, das heilige Wasser des Propheten Nahum, über dem Kopfe zusammenlaufen. Die Kugel ist für ihn zu schnell und zu gut; er sitzt auf einem Floße des grünen Grases, welches nicht schwimmt, sondern langsam untergeht; er wird im

Wasser ersäuft; du hast es ihm gesagt, daß dies das Beste für ihn sei.«

Mich schauderte; aber ich mußte meine Pflicht thun und rief dem Unglücklichen zu, daß er nicht so jämmerlich ertrinken, sondern durch eine schnelle Kugel sterben solle, wenn er reuig – – – Er ließ mich nicht ausreden, sondern sandte mir einen Fluch herüber, den keine Feder niederschreiben kann. Ich wendete mich ab; Zeuge eines solchen Endes zu sein, war mir absolut unmöglich. –

Der Scheik hatte erfahren, wohin die früher Geraubten verkauft worden waren; er, der Perser und ich übernahmen es, die Angehörigen derselben je nach der Gegend, in der sie wohnten, davon zu benachrichtigen.

Die Schirwanikurden wanderten noch am Vormittage fort; sie ließen keinen Gruß zurück. Dann nahm der Perser mit seinen vier Begleiterinnen freundlich Abschied von uns; er drückte mir beide Hände und nannte mich seinen Freund. Inzwischen war das Floß mit dem Händler versunken. Wir begruben die erschossenen Armenier und zogen dann auch fort, nach dem Jilak[1] der Zibari, denn der alte Scheik hatte nicht eher zu bitten aufgehört, als bis wir ihm versprachen, wenigstens eine Woche lang bei seinem Stamme zu wohnen. Von einem Kys-Kaptschiji hat man seither nicht wieder gehört. – –

[1] Sommerlager.

7.

MARIA ODER FATIMA.

Maria oder Fatima.

Wir, nämlich ich und mein treuer, langjähriger Begleiter, Hadschi Halef Omar, hatten die zwischen dem Kaspischen Meere und dem Urmia-See liegende Gegend durchstreift und waren dann über die türkische Grenze nach Rowandiz gekommen, um von da aus in gerader Richtung nach Amadijah zu reiten. Heute befanden wir uns im östlichen Teile des Tura-Gharagebirges und hielten auf einer kahlen Höhe, von welcher aus wir die Sonne untergehen sahen. Es war ziemlich kalt, denn wir befanden uns im Anfange des Oktobers, welcher zwischen jenen düstern, wald- und wasserreichen Bergen rauh aufzutreten pflegt.

Es hat bis heute wenige Europäer gegeben, von denen man sagen kann, daß sie den Mut besaßen, bis zu dem Tura-Gharagebirge vorzudringen. Die Kurden, welche es bewohnen, sind die bigottesten Muhammedaner, die man sich denken kann, räuberisch gegen jedermann und grausam gegen Andersgläubige. Wir beide jedoch waren wohlbewaffnet, hatten Erfahrungen genug, und da ich ihrer Sprache in den zwei Hauptdialekten mächtig war, durften wir hoffen, heiler Haut davonzukommen.

Die Sonne hatte den Gipfel des gegenüberliegenden Berges erreicht und senkte ihre Strahlenaureole langsam hinter denselben hinab, den Himmel mit glühenden Scheidegrüßen überzuckend. Es war ein Anblick, welcher zum Gebete stimmte. Ich dachte an das Ave-Läuten der Heimat und faltete die Hände. Halef that dasselbe, er, der, als ich ihn kennen lernte, ein so enragierter Moslem gewesen war und sich alle Mühe gegeben hatte, mich zu seinem Glauben zu bekehren.

Da klang aus der Tiefe ein Ton, welcher mich erstaunt aufhorchen ließ. Es war die leise, aber doch vernehmbare Silberstimme eines Glöckchens, und kaum ließ sie sich vernehmen, so hörten wir in unserer Nähe eine andere, lautere Stimme:

»Sallam ya Marryam; maljam et taufik!«

Dies heißt zu deutsch: »Gegrüßt seist du, Maria, voll der Gnade!«

Das war ja der Anfang des Ave Maria, des englischen Grußes, an den ich soeben gedacht hatte! Er wurde in arabischer Sprache vollständig gebetet, bis es zum drittenmal erklang: »Hallak wa fi Sah'a el motina - jetzt und in der Stunde unseres Todes!«

Ich möchte fast sagen: ich war starr vor Ueberraschung. Dieses christliche Gebet hier, wo ich ausschließlich Muhamedaner wußte, und dazu in einer arabischen Mundart, welche von anderwärts stammte! Meinem wackern Halef erging es ebenso. Er sagte, als der Beter geendet hatte:

»Hast du es gehört, Sihdi? Das war das Sala issai' jidi - das Gebet der heiligen Jungfrau. Das ist ein Wunder hier! Wer mag es gesprochen haben?«

»Werden es gleich erfahren,« antwortete ich, indem ich meinen Rapphengst nach der Gegend lenkte, in welcher die Stimme erklungen war. Dort war ein großer Felsblock. Auf der nach Westen gerichteten Seite desselben, so daß er den Sonnenuntergang hatte sehen können, kniete der Beter, ein ärmlich gekleideter Greis, den Rosenkranz noch immer in den gefalteten Händen. Sein Anzug bestand aus einem kurzen Hemde und einer Hose, beides aus dünner, blauer Leinwand; die Füße waren nackt, und auch der Kopf hatte keine Bedeckung. Das silberweiße Haar hing ihm lang über den Nacken herab, und von derselben ehrwürdigen Farbe war auch der Bart, welcher ihm bis auf die Brust reichte. Als er mich und Halef sah, sprang er erschrocken auf, so schnell es ihm sein hohes Alter erlaubte, und rief in flehendem Tone:

»Aman, aman, ya salatia - Gnade, Gnade, ihr Herren! Schont eines alten Mannes, der schon am Grabe steht!«

Ich reichte ihm die Hand vom Pferde herab und antwortete:

»Fürchte dich nicht, o Vater. Die Stelle, an welcher einer betet, müßte selbst dem schlimmsten Kurden heilig sein, und ich bin weder ein Kurde noch ein Perser, Araber oder Türke, sondern ein gläubiger Christ aus dem Abendlande.«

»Ein Christ -- ein Christ -- aus dem Abendlande!« wiederholte er, indem seine Augen sich groß und glänzend auf mich richteten. »Ist das wahr, o Herr? Täuschest du mich nicht?«

Halef nahm gern jede Gelegenheit wahr, mein Lob zu verkünden, und versäumte dabei nicht, auch das seinige mit hören zu lassen; darum antwortete er schnell an meiner Stelle:

»Du darfst es glauben. Dieser berühmte Hadschi Kara Ben Nemsi Emir ist ein großer Krieger und Gelehrter aus Germanistan. Er kennt die Namen, Sprachen und Gebete aller Länder und Völker, ist Meister in allen Wissenschaften und Künsten und hat bisher alle seine Feinde besiegt. Wir haben den Panther und den Löwen getötet und ganze Stämme der Kurden und Beduinen überwunden. Kein Feind kann uns beiden widerstehen. Wir bekämpfen jeden bösen und beschützen jeden guten Menschen. Wir haben gesehen und gehört, wie fromm und brav du bist. Sage uns, ob du einen Feind besitzest! Wir werden sofort zu ihm reiten und ihn niederschlagen!«

Das klang sehr großsprecherisch; aber der Morgenländer liebt es nun einmal, sich in dieser Weise auszudrücken, und mein guter Halef war wirklich ein verwegenes, tapferes Kerlchen, hatte noch nie einem Feinde den Rücken gekehrt und durfte sich schon so eine kleine Ueberschwenglichkeit erlauben. Der Greis blickte von mir zu ihm und dann wieder von ihm zu mir herüber und sagte in freudigem Tone:

»O, solche Helfer brauchten wir grad' jetzt gar wohl. Am meisten aber freut es mich, daß du, o Emir, ein Christ aus dem Abendlande bist. Ich habe gehört, daß dort die Christen viel, viel mächtiger sind als hier, wo wir uns verbergen müssen. Sei so gnädig, mir zu sagen, wohin du heute noch reiten wolltest!«

»Wir wollten bis morgen früh im Walde lagern, doch scheinen Leute hier zu wohnen?«

»Ja. Wir sind Verfolgte, Christen und Schiiten, und haben hier im Verborgenen ein Dorf errichtet, um unangefochten leben zu können. Wenn ihr bei uns bleiben wolltet, so würden wir euern Eingang segnen.«

»Wir bleiben bei euch; führe uns!«

Da ergriff er meine Hand wieder und rief entzückt aus:

»Herr, ich danke dir! Du bringst große Freude in unsere Hütten. Aber, sage mir, willst du bei uns Christen oder bei den Schiiten wohnen?«

»Ist das nicht gleich? Kann ich nicht Gast des ganzen Dorfes sein?«

»Nein. Wir lebten in Einigkeit mit den Schiiten, haben uns aber jetzt mit ihnen fast entzweit. Sie wollen töten, wir aber beabsichtigen, List anzuwenden, weil wir als Christen uns scheuen, Blut zu vergießen.«

»Wessen Blut?«

»Dasjenige der Akrakurden. Doch, davon weißt du ja nichts; ich muß es dir erzählen. Einer der Schiiten traf vor zwei Jahren mit einigen Akrakurden zusammen. Sie fielen ihn an, um ihn zu berauben; er wehrte sich tapfer und entkam, nachdem er mehrere verwundet hatte. Aus Rache darüber griffen sie uns in unserm frühern Wohnsitze an, töteten eine Anzahl unserer Leute und schleppten acht Personen von uns fort, vier Männer, drei Frauen und ein Mädchen, teils Christen, teils Schiiten. Wir folgten, obgleich wir schwach waren, ihnen heimlich nach, um die Gefangenen, denen als Sklaven ein trauriges Schicksal bevorstand, zu befreien; aber die Akra sind nicht seßhaft; als wir ihre Hütten erreichten, fanden wir dieselben leer. Seit jener Zeit sind sie am Ghazirflusse gewesen, also so fern von uns, daß wir nicht zu ihnen konnten. Nun aber sind sie zurückgekehrt und wohnen nur zwei Tagereisen von unserem jetzigen Dorfe, wohin wir uns zurückgezogen haben. Einige Männer von uns sind hingegangen, um zu kundschaften; sie haben die Gefangenen bei schwerer Arbeit und in Ketten gesehen. Nun wollen wir diese befreien, wir Christen durch List, die Schiiten aber durch offenen Ueberfall; deshalb haben wir uns entzweit. Schir Saffi, der Anführer der Schiiten, zürnt uns sehr, daß wir nicht mit ihm ziehen wollen. Morgen will er mit seinen Leuten aufbrechen; wir aber müßten auch schon deshalb zurückbleiben, weil morgen das Id el Masbaha, das Fest des hl. Rosenkranzes ist. Herr, wenn du dieses mit uns feiern wolltest! Es ist ja seit langer Zeit kein Priester zu uns gekommen. Wir haben uns eine Kirche gebaut, mit einem Glöcklein an der Spitze, dessen Stimme du vorhin vielleicht vernommen hast. Da beten wir; aber eine Predigt haben wir seit Jahren nicht gehört, und el Korban el mukaddas, das heilige Abendmahl, noch viel, viel länger nicht empfangen.«

Diese Worte des ehrwürdigen Mannes rührten mich tief. Hier, in dieser Abgeschiedenheit, gab es einen Hunger nach geistlicher Speise, welcher nicht gestillt werden konnte. Also das Fest des Rosenkranzes war morgen? Ja, heute war ja der erste Oktober-Sonnabend, also morgen der Tag, an welchem die ganze katholische Christenheit dies Fest begeht. Ein Rosenkranzfest im wilden Kurdistan! Welcher Europäer hatte so etwas miterlebt? Keiner! Darum schüttelte ich dem Alten die Hand, mit welcher er die meinige noch hielt, und sagte:

»Ich werde nicht bei den Schiiten, sondern bei euch bleiben und das Fest mit euch begehen. Ihr sollt dabei eine Predigt hören.«

»Eine Predigt?« fragte er schnell. »Bist du nicht nur ein Krieger, sondern auch ein Priester?«

»Nein. Dennoch wird Gott mir nicht zürnen, wenn ich euch das Wort verkünde, nach dem sich eure Herzen sehnen. Jeder Mensch soll eigentlich für den Kreis, in welchem er wirken kann, nach Wort und Wandel ein Priester sein. Aber werdet ihr, wenn ich spreche, mich verstehen?«

»So gut, wie ich dich jetzt verstehe, o Herr. Wir sind aus Bebozi, wo wir vertrieben wurden, herübergekommen.«

»Ja, ich weiß, daß dort katholische Christen waren, welche von den Missurikurden schwer bedrückt worden sind. Der dortige arabische Dialekt ist mir bekannt; ihr werdet meine Rede verstehen. Nun aber führe uns zu euch, denn es dunkelt stark!«

»Ja, kommt, Herr! Ich werde mit tausend Freuden euer Führer sein.«

Er schritt uns voran, die kahle Bergkuppe hinab, und wir folgten ihm. Der Weg war so steil, daß wir absteigen und unsere Pferde führen mußten. Erst jetzt schenkte der Alte meinem Hengste seine Aufmerksamkeit. Er sah, daß das Pferd ein echter Araber vom reinsten Stammbaum war, und floß vor Bewunderung über.

Dann kam der Wald, welcher aus Eichen und Buchen bestand. Als wir unten am Fuße des Berges aus demselben traten, sahen wir ein langes und breites Thal vor uns liegen, durch dessen Mitte fast schnurgerade ein Bach floß. Dieses Thal hatte nur einen Aus- oder Eingang, uns zur Rechten; links hinten wurde es durch eine steile Querhöhe abgeschlossen, an deren Fuße das Wasser entsprang. Zu beiden Seiten des Baches weideten Pferde, Rinder, Schafe, und auch Ziegen. Drüben und hüben stand am Waldesrande je eine Reihe von Hütten. Unter den diesseitigen gab es eine, welche höher war als die andern und mit einer Spitze versehen; das war jedenfalls die Kirche, denn an dieser Spitze hing eine kleine Glocke. Jenseits zeichnete sich auch eine Hütte durch Umfang und Höhe vor den andern aus. Das war, wie ich dann hörte, die Moschee der Schiiten. Alle diese Wohnungen waren aus dünnen Stämmen errichtet; die Wände bestanden aus geflochtenen Zweigen. Der Alte deutete erst herüber und dann hinüber und sagte:

»Hüben wohnen wir, drüben die Muhammedaner. Das Wasser bildet die Grenze, welche früher nicht beachtet wurde, jetzt aber eingehalten wird.«

»Wer ist der Kiaja[1] bei euch?« fragte ich.

»Ich, obgleich ich der Aermste und Beklagenswerteste von allen bin.«

»Warum beklagenswert?«

[1] Dorfschulze.

»Wegen der Geschichte, welche ich dir erzählt habe. Mein Sohn, sein Weib und mein Enkel, sein Sohn, befinden sich unter den Sklaven der Akrakurden. Ich bin nun ohne Familie und allein. Ich bete täglich zu Gott, daß meinen Kindern die Freiheit wieder werde; es ist bis jetzt vergeblich gewesen.«

»Bete weiter! Das Gebet vermag viel, wenn es gläubig und ernstlich ist. Der Allgütige leitet alles zum Besten seiner Kinder. Die Prüfung, welche er euch auferlegt hat, wird euch im Glauben stärken.«

»Herr, ich glaube ja! Ohne diese Zuversicht hätte der Gram mich längst unter die Erde gebettet. Nun aber sollst du sehen, wie herzlich man dich empfangen wird.«

Es waren bisher nur wenige Menschen zu sehen gewesen. Da ließ er einen lauten Ruf hören, während wir dem Dorfe noch entgegenschritten, und sofort kamen hüben und drüben die Bewohner aus den Hütten. Als die diesseitigen uns erblickten, kamen sie uns entgegen; selbst die Kinder, auch die kleinsten, trippelten hinterher. Man sah, daß diese Leute nicht reich waren; ihre mehr als einfache Kleidung bewies es.

»Hört, ihr Männer und ihr Frauen,« rief er ihnen zu, »der heutige Abend will uns eine freudige Auszeichnung bringen. Hier kommen Gäste. Dieser Emir und Effendi ist ein frommer Christ aus dem Abendlande. Er will mit uns das Fest des Rosenkranzes begehen und die Feier desselben durch eine Predigt verherrlichen. Ihr werdet ihn willkommen heißen.«

»Salahma, salahma, marhaba, marhaba, marhaba – heil, heil, willkommen, willkommen, willkommen!« rief es da aus aller Munde, und alle Hände streckten sich uns entgegen. Als wir zusammentrafen, hatte ich nur zu drücken und zu schütteln. Als mir ein kleiner, etwa zweijähriger Bube auch sein Patschchen anbot und dabei auch ein Marhaba krähte, nahm ich ihn auf den Arm und gab ihm einen kräftigen Schmatz auf die frischen Lippen; das konnte ich wagen, weil er zufälligerweise in der Gegend, wohin der Kuß zu sitzen kam, ziemlich rein gescheuert war. Diese Freundlichkeit erregte das Entzücken aller Bewohner der christlichen Dorfseite. Sie erhoben ihr Salahma und Marhaba von neuem und noch kräftiger als vorher, und auch das Drücken und Schütteln der Hände wurde von vorn angefangen.

»Ein Christ - aus dem Abendlande - seht die Kleidung - diese Waffen - - dieses Pferd - - muß sehr tapfer sein - - will predigen - - bei wem wird er wohnen? bei mir! nein, bei mir! nicht doch, sondern bei mir - still, ich muß ihn haben!« so rief es durcheinander, bis der Alte diesen Interjektionen ein Ende machte, indem er mich fragte:

»Emir, wo willst du wohnen? Du siehst, daß jeder dich haben will; sie streiten sich um dich. Bezeichne die Hütte, in welche du treten willst! Sie werden auf deinen Wunsch achten.«

»Da wir euch allen so willkommen sind,« antwortete ich, »so werden wir euer aller Gäste sein und nicht diejenigen eines einzelnen. Wir sind gewohnt, im Freien zu schlafen, und werden also keiner Hütte bedürfen.«

Dies sagte ich, weil ich keinen bevorzugen und infolgedessen beneiden lassen wollte, und auch weil ich wußte, daß die Wohnungen dieser Leute eine gewisse kleine sechsbeinige Bevölkerung besitzen, welcher man seine Haut nicht gern als Speisetafel bietet. Man fügte sich dieser meiner Entscheidung gern und bemächtigte sich eines fetten Hammels, dessen Bestimmung es war, die Ankunft des »Emir aus dem Abendlande« leider mit seinem Leben zu bezahlen.

Daß unser Aeußeres diesen Leuten imponierte, war gar kein Wunder, denn wir waren gegen sie wie Prinzen gekleidet und, so was man sagt, bis an die Zähne bewaffnet. Sie sahen meinen langen Bärentöter, den Henrystutzen, in welchem, doch ohne daß sie es wußten, fünfundzwanzig Schüsse steckten, das Bowiemesser und die beiden Revolver. Halef hatte seine hübsche Flinte, ein Messer und zwei Pistolen. Dazu unsere Pferde! Dort, wo man den Mann nach seinem Pferde und seinen Waffen taxiert, mußte man uns für sehr vornehme und sehr tapfere Herren halten.

Die Kirche stand in der Mitte der Hüttenreihe. Vor ihr wurde ein Platz als Speisesaal bestimmt. Wir beide setzten uns, den Alten in der Mitte, dort nieder, und die andern bildeten von uns aus einen Kreis, auf dessen Mittelpunkte ein großes Feuer angezündet wurde, an welchem bald der ganze Körper des Hammels briet. Nebenan loderte ein zweites Feuer, an welchem die schweigsamen Frauen Kürbis-, Rüben- und andere vegetabilische Speisen zur Zukost zubereiteten. Schweigsam? Ja, denn sie lauschten während ihrer Arbeit aufmerksam zu uns herüber, um sich kein Wort von unserm Gespräche entgehen zu lassen. Und das war freilich hochinteressant.

Zunächst nannte uns der alte Kiaja die Namen seiner Leute; ich gab mir keine Mühe, sie alle zu merken. Dann erzählte er von den Erlebnissen der Dorfbewohner. Diese waren traurig im höchsten Grade, so daß mein ganzes Mitleid rege wurde. Auch Halef griff oft nach der Stelle seines Gürtels, wo die Nilhautpeitsche hing, und rief:

»Wäre ich dabei gewesen, diese Kerls hätten alle meine Kurbatsch bekommen!«

Dann nahm der gute Hadschi Gelegenheit, einiges von unsern Erlebnissen zu erzählen. Er that dies in seiner bilderreichen Weise, so daß die Zuhörer uns für die größten Helden halten mußten. Ich hinderte ihn nicht daran, weil sie Vertrauen zu uns bekommen sollten, denn ich hatte mir im stillen vorgenommen, ihnen bei der Befreiung ihrer fortgeschleppten Verwandten behilflich zu sein.

Nachher wurde gegessen. Wir beide erhielten den fetten Hammelschwanz als Ehrenteil. Während wir noch beim Essen saßen, sah ich drüben im Schiitendorfe mehrere Lichter auftauchen, welche geschäftig hin und her huschten. Als ich nach dem Grunde fragte, antwortete mir der alte Salib:

»Sie feiern heut da drüben den Abend der Fatima, der Erretterin aller Frauen und Mädchen aus der Gefahr. Schir Saffis Tochter wurde mit gefangen; sie befindet sich also auch als Sklavin bei den Akrakurden. Da die Schiiten morgen gegen diese ausziehen wollen, so läßt Schir Saffi heute abend Fatima bitten, ihm beizustehen, seine Tochter zu befreien.«

»Das möchte ich sehen!«

»Du wirst nicht – – – ah, da kommt er ja!«

Ein Mann kam über den Bach herübergesprungen und blieb an unserem Kreise stehen. Er war weit besser gekleidet als die Christen. Sein Anzug bestand aus einem weißen Turban, blauer, gestickter Jacke, roten, weiten Hosen und persischen Halbstiefeln. In seinem Gürtel steckten zwei Pistolen und ein langer, krummer Handschar. Er richtete aus seinem blassen Gesichte die dunkeln Augen auf Halef und mich und sagte dann zu dem alten Salib:

»Ihr habt Gäste bekommen? Wer sind diese Männer?«

»Es sind sehr tapfere Krieger und große Helden. Dieser Effendi ist ein Emir aus Germanistan.«

»Germanistan kenne ich nicht, also wird es ein kleines Dörfchen sein. Wenn diese Leute wirklich so tapfer wären, wie du sagst, so würden sie zu uns kommen und nicht zu euch, die ihr euch fürchtet, mit gegen die Kurden zu ziehen.« Und, zu mir gewendet, fuhr er fort: »Wir werden nachher zu Fatima beten. Sie ist, wie du wissen wirst, die Lieblingstochter des Propheten, die Frau unseres Kalifen Ali und die Mutter Hassans und Husseins, welche die Sunniten ermordet haben, Allah verdamme sie! Wir beten zu ihr, wie die Christen zu ihrer Jungfrau beten, wenn eine unserer Frauen oder Töchter sich in Gefahr befindet. Sie wird Sakla, meine gefangene Tochter, aus der Gefangenschaft befreien. Wenn du mit beten willst, so komm nachher herüber!«

Der Mann gefiel mir nicht, doch antwortete ich in höflichem Tone:

»Wenn du es erlaubst, werde ich kommen, obgleich ich überzeugt bin, daß ihr vergeblich betet. Fatima ist nicht Gott; sie kann euch nicht helfen.«

»Nicht?« fuhr er auf, indem seine Augen mich anblitzten. »So bist du also auch so ein verfluchter Sunnit, der Hassan und Hussein verwirft?«

»Ich bin ein Christ,« erklärte ich einfach.

»Ein Christ? Was kannst du da von unserm Glauben und unserer Lehre wissen? Du mußt schweigen!«

»Ich weiß wohl mehr davon als du, denn ich habe alle euren religiösen Bücher studiert, während du wohl kaum den

Koran ordentlich kennst. Vor allen Dingen weiß ich, daß Fatima ein Weib war.«

»Eure Jungfrau auch!«

»Unsere heilige Marryam ist die Mutter Gottes; sie thront im Himmel bei dem Allmächtigen und Allgütigen und fleht für uns, wenn wir sie darum bitten. Der Koran aber lehrt, daß das Weib keine Seele habe und nicht in den Himmel kommen könne. Also hat Fatima nur aus dem Körper bestanden, welcher längst vermodert ist. Wie könnt ihr zu ihr beten?«

Er sah mich starr an, daß ich es wagte, so mit ihm zu sprechen, und rief dann zornig aus:

»Du wagst es, Fatima zu lästern? Wie kommt es, daß ich dich nicht augenblicklich niederschieße! Ich nehme mein Wort zurück. Wage es nicht etwa, hinüber zu kommen, wenn die Lichter der Moschee flammen. Es wäre dein sichrer Tod!«

Er drehte sich um, sprang über den Graben zurück und verschwand. Hadschi Halef fragte mich zornig:

»Sihdi, warum leidest du das? Dieser Schiit ist doch ein Wurm, eine Fliege gegen uns, eine Mücke, die man mit zwei Fingern zerdrücken kann! Soll ich nachspringen und ihm die Peitsche über das unhöfliche Maul geben?«

»Bleib! Dieser Mann kann nicht beleidigen. Salib, willst du mir wohl sagen, wieviel Krieger hier vorhanden sind?«

»Die Schiiten haben fünfundzwanzig, wir aber nur achtzehn!«

»Und wie viel waffenfähige Männer giebt es im Lager der Akrakurden?«

»Es werden gewiß hundert sein.«

»Und die will dieser Schir Saffi mit seinen fünfundzwanzig angreifen? Er wird unverrichteter Sache oder gar nicht wiederkommen und nur das erreichen, daß er das Los der Sklaven verschlimmert. Ihr habt das bessere Teil erwählt. Betet, betet, dann wird den Euren geholfen werden!«

Der ehrwürdige Salib senkte zustimmend sein weißes Haupt; einer der jungen Männer aber sagte:

»Wie kann ihnen geholfen werden, wenn wir hier bleiben

und nur beten, nicht aber ausziehen, sie zu befreien? Steigen etwa heute noch Engel hernieder, um den Menschen Hilfe zu bringen, wie es zur Zeit Abrahams und Tobias' geschah?«

»Schweig!« gebot ihm der Alte. »Gott sendet Engel in mancherlei Gestalt, und wenn die heilige Jungfrau ihn darum bittet, so kann der kleinste Wassertropfen für uns zum Engel werden.«

Er war eine aufrichtig gläubige Seele, obwohl er das Wort Gottes auch nicht rein und unverfälscht vernommen hatte. Die dortigen Christen haben, ohne daß sie es ahnen, von den früheren Sektierern und dem Islam so viel in sich aufgenommen, daß es einer langjährigen, treu ausharrenden Missionsthätigkeit bedarf, dieses verunstaltende und fressende Moos vom Baume des wahren, reinen Glaubens zu entfernen.

Ich knüpfte an die letzten Worte Salibs an und versuchte es, für diesen kurzen Abend der Lehrer dieser Leute zu sein. Sie hörten mit ungeheuchelter Aufmerksamkeit zu, bis wir drüben, jenseits des Baches, eine Reihe von Lichtern sahen und einen eigentümlich monotonen Gesang hörten, welcher intervallenweise durch schrille Schreie unterbrochen wurde.

»Jetzt ziehen sie nach der Moschee,« sagte Salib. »Das Gebet zu Fatima wird bald beginnen.«

»Das muß ich sehen,« fiel ich ein, indem ich mich erhob.

»Um Gottes willen, Emir, wage dich nicht hinüber; wenn sie dich sehen, ermorden sie dich!«

»Still!« meinte mein Hadschi Halef Omar. »Was mein Sihdi will, das führt er auch aus; er läßt sich von euch nicht hindern. Diese Schiiten werden ihm nichts anhaben; er lacht über sie; für mich aber sind sie gar nicht vorhanden. Daß ich ihn nicht begleite und beschütze, mag euch beweisen, daß es für ihn nicht die geringste Gefahr dort giebt.«

Mehr hörte ich nicht, denn ich war schon fort, doch nicht über den Graben hinüber. Hätte ich das gethan, so wäre ich von unserm Feuer erleuchtet und also von den Moslemin gesehen worden. Ich ging sogleich hüben eine Strecke am Waldesrande hin, bis kein Lichtschein mehr auf mich fallen konnte, sprang nun erst über den Bach und schlich mich dann quer über die jenseitige Thalhälfte bis zum dortigen Waldesrand; nun huschte ich zwischen ihm und den Hütten wieder abwärts, bis ich mich hinter der Moschee befand.

Auch ihre Wände bestanden aus Flechtwerk, in welchen es Stellen gab, durch die man blicken konnte. Ich forschte zunächst, ob ich auch sicher sei. Die Männer befanden sich schon im Innern der Moschee; die Frauen und jüngeren Personen durften sich derselben nicht nähern. Es war also gar kein Wagnis, wenn ich an die Flechtwand trat und hindurchblickte.

Ich sah wohl gegen vierzig Personen eng aneinander gedrängt am Boden knieen, mit den Gesichtern nach Süden gerichtet, wo die beiden heiligen Stätten der Schiiten liegen. An der südlichen Wand war aus Holz- und Laubwerk eine Art von Thron errichtet, zu dessen Seiten die Anwesenden ihre Lichter hingestellt hatten. Vor diesem Throne kniete Schir Saffi, und auf dem Sitze desselben lag, mit der oberen Kante an die Lehne gelegt, ein viereckiges Brettchen, auf welchem in roter Farbe und arabischer Schrift der Name »Fatima« stand. Jeder Schiit hielt seinen aus neunundneunzig Kugeln bestehenden Rosenkranz in der Hand. Die Muhammedaner pflegen bei jeder Kugel einen der neunundneunzig im Koran vorkommenden Namen Allahs auszusprechen.

Jetzt hielt Schir Saffi eine kurze Rede, in welcher er Fatima anrief, ihnen zu helfen, seine Tochter zu erretten. Dann erhob er sich und breitete die Arme aus, um in langsamen Schlägen den Takt anzugeben, in welchem die Aufrufungen stattzufinden hatten. Ich hörte zu meinem Erstaunen die neunundneunzig Namen Allahs im Chor erschallen, doch in weiblicher Form, um sich auf Fatima zu beziehen, also: O Allbarmherzige, o Allerbarmende, o Allbesitzende, o Allheilige u. s. w. bis zuletzt o Allerbende, o Allgerade, o Allgeduldige, o Fatima! Nach jedem Namen ertönte ein doppeltes, schrilles »Meded, meded – zu Hilfe, zu Hilfe!«

Das war auch vom Standpunkte eines Muhammedaners aus eine Gotteslästerung. Fatima wurde an die Stelle Allahs gesetzt und ebenso wie dieser angerufen. Bei jedem Namen ließ man eine Kugel des Rosenkranzes durch die Finger gleiten und drückte ihn an die Brust, den Mund und die Stirn.

Als der letzte Name genannt worden war, wurde von neuem begonnen. Ich hatte genug gesehen und schlich mich fort, denselben Weg zurück, auf welchem ich gekommen war. Leider fühlte ich mich so sicher, daß ich jetzt nicht mehr die nötige Vorsicht anwendete. Als ich an der vorletzten Hütte vorüber wollte, trat eine Frau hinter dieselbe, so daß wir fast zusammenstießen. Bei dieser Nähe mußte sie mich trotz der Dunkelheit sehen.

»Ya Allah, gharib – o Allah, ein Fremder!« schrie sie erschrocken auf.

Ich sprang rasch fort, quer durch das Thal, über das Wasser und ging dann langsamer nach dem Christendorfe. Als ich bei dem Feuer angekommen war und mich wieder neben Salib niedersetzte, sagte er:

»Gott sei Dank, daß du wieder da bist! Ich habe Angst um dich gehabt, obgleich dieser dein treuer Hadschi Halef Omar uns so viel von dir erzählt hat, daß wir uns eigentlich nicht zu sorgen brauchten. Du bist doch nicht etwa gesehen worden? Wir hörten jemand laut rufen.«

»Das war eine Frau, welche mich erblickte.«

»O Himmel! Sie wird es Schir Saffi sagen, und er kommt gewiß, um dich zu bestrafen!«

»Dazu gehörte ein anderer Mann, als er!«

»Ja,« stimmte Halef bei. »Ich werde meine Peitsche zurechtlegen, Sihdi. Sobald er dich mit einem Worte beleidigt, bekommt er sie zu kosten!«

»Keine Dummheit, Halef! Ich werde ganz allein mit ihm fertig. Du sagst kein Wort dazu! Wir sind Gäste dieser braven Männer. Willst du, daß hier Blut fließen soll, weil sie auf unserer Seite stehen müssen, wenn wir die Schiiten gegen uns aufbringen?«

Er schwieg auf diese ernste Mahnung. Es kam so, wie der alte Salib gesagt hatte. Wir sahen bald darauf die Moslemin aus der Moschee kommen, und kaum fünf Minuten später erschien Schir Saffi an unserm Feuer.

»Du warst drüben und hast uns belauscht?« fuhr er mich wütend an. »Du, ein Christ, der Schweinefleisch frißt und von jedermann verachtet wird!«

»Mäßige dich!« antwortete ich ihm gelassen. »Wer wird verachtet? Weißt du nicht, daß bei den Anhängern der Sunna ein Schiit noch tiefer steht, als selbst der ärmlichste Jude?«

»Hund!« brüllte er, indem er sein Messer aus dem Gürtel riß. »Noch ein solches Wort, so ersteche ich dich!«

»Und sage du noch einmal Hund, so fährt dir meine Kugel durch den Kopf!« antwortete ich, indem ich aufstand und den Revolver auf ihn richtete.

»Und meine Kugel auch!« drohte Halef, dessen heißes Blut ihn nicht schweigen ließ. Er hatte seine beiden Pistolen in der Hand. »Meinst du, daß der berühmte Hadschi Kara Ben Nemsi Effendi sich ungestraft von dir beleidigen läßt?«

Da ließ Schir Saffi die Hand mit dem Messer sinken und fragte langsam und mich betroffen anblickend:

»Kara -- Ben -- Nemsi? Etwa der Freund von Mohammed Emin, dem Scheik der Haddedihn?«

»Ja.«

»Der erst vor kurzem auch bei dem Stamme der Yussufi war und ihm gegen die Mir-Mahmalli-Kurden beigestanden hat?«

»Ja.«

»Dann kenne ich dich, denn ich habe von deinen Thaten gehört. Du hast Zaubergewehre, mit denen du hundert- und tausendmal schießen kannst, ohne zu laden, und ein schwarzes Pferd, in welchem ein Bruder des Schejtan steckt, des Teufels, der dir Hilfe leistet!«

»Laß dich nicht auslachen!«

»Niemand wird lachen, wenn er hört, was ich von dir und deinem kleinen Diener erfahren habe, der ein Neffe und Urenkel des Teufels ist. Emir, zieh morgen mit uns gegen die Akrakurden, dann soll es dir vergeben sein, daß du bei unserer Moschee gewesen bist!«

»Ich brauche eure Verzeihung nicht und hege keine Gemeinschaft mit Moslemin, welche ein totes Weib anbeten.«

Da blitzte sein Auge wieder zornig auf.

»Ein totes Weib! Hättest du nicht den Teufel, so säße dir längst mein Messer zwischen den Rippen. Wir wissen, wie mächtig Fatima ist. Diese Christen verlassen sich auf ihre Marryam und legen die Hände in den Schoß. Wir beten zu unserer Fatima mit einem Rosenkranze mit neunundneunzig Kugeln; sie aber brauchen hundertfünfzig kleine und auch noch größere Kugeln, um ihre Marryam anzurufen. Muß da nicht unsere Fatima gnädiger und mächtiger sein?«

»Ya killet el 'akl – welch ein Unsinn! Die Macht und Gnade nach den Kugeln zu berechnen! Ob du bei eurem Gebet zu Fatima eine Kugel oder Millionen nimmst, es bleibt sich gleich, die Hilfe bleibt doch aus!«

Da trat er auf mich zu und loderte mich mit förmlich glühenden Augen an:

»Du glaubst also nicht, daß unser Masbaha (Rosenkranz) besser ist als der eurige?«

»Nein.«

»Und Fatima mächtiger als Marryam?«

»Nein.«

»So sollst du bald erfahren, wie sehr du dich irrst. Diese Christen mögen feig hier bleiben, um zu beten; es wird sich zeigen, ob ihre Marryam ihnen ihre fortgeschleppten Verwandten sendet. Wir aber sind der Hilfe Fatimas gewiß. Nach vier Tagen werden wir mit unsern befreiten Angehörigen zurückkehren; die ihrigen jedoch lassen wir in der Sklaverei zurück; es wird uns nicht einfallen, auch diese zu erretten!«

Er wendete sich, um zu gehen. Da rief ich ihm zu:

»Warte noch einen Augenblick! Wir haben dein Wort vernommen; höre nun auch das meinige! Euer Vertrauen zu Fatima wird euch ins Verderben führen; Marryam aber wird das Gebet dieser frommen Christen erhören, ohne daß sie sich von hier zu entfernen und die Sünde zu begehen brauchen, das Blut von Menschen zu vergießen. Ihr Gebet wird sogar auch eure Angehörigen befreien, während ihr die ihrigen nicht retten wollt; ihr Glaube gebietet Liebe, Liebe selbst gegen den Feind. Es wird sich in vier Tagen zeigen, wer sich im Irrtume befindet, du oder ich?«

»Ja,« lachte er höhnisch, »deine Prahlerei gegen unsere Tapferkeit, euer Glaube gegen den unserigen – Marryam oder Fatima! Ihr werdet weinen und heulen über die Dummheit, in welcher ihr wie die Kröten im Schlamm steckt. Ich bin bereit: es mag gelten – Marryam oder Fatima!«

Er ging jetzt fort, und wir hörten sein höhnisches Lachen noch, als wir ihn nicht mehr sehen konnten.

* *
*

Wir waren, in unsere Decken gehüllt, unbesorgt um die feindselige Gesinnung der Schiiten, eingeschlafen. Als wir erwachten, sahen wir, daß drüben zum Aufbruche gerüstet wurde. Zwei Männer saßen in unserer Nähe; sie hatten die Gewehre neben sich liegen. Als sie meinen fragend auf sie gerichteten Blick bemerkten, erklärte der eine:

»Wir haben bei euch gewacht, denn Salib traute Schir Saffi nicht, weil du an der Moschee gewesen warst.«

»Ich danke euch, doch war das nicht nötig. Schir Saffi fürchtet den Teufel, den er sich als unsern Bundesgenossen denkt.«

Wir gingen zum Wasser, um zu trinken, und uns zu waschen. Auch im Christendorfe herrschte schon reges Leben; die Bewohner desselben waren schon fast alle munter. Es wurde uns ein Morgentrank gebracht, eine Art Kaffee von gerösteten Eicheln und Kürbiskernen mit Milch gemischt; dazu gab es neubackene, dünne Fladen von Mehl und Wasser. Eben als wir uns niedersetzen wollten, diese Delikatessen zu genießen, stiegen die Moslemin zu Pferde. Indem sie drüben vorüberritten, rief Schir Saffi uns nochmals höhnisch zu:

»Also Marryam oder Fatima. Betet eure Kugeln ab, bis euch die Lippen und Hände schmerzen, ya Guhhal wa ya Tenabil – ihr Dummköpfe und ihr Thoren!«

Es fiel mir gar nicht ein, zu antworten, und auch unsere Gastfreunde schwiegen. Als sie unten am Ausgange verschwanden, wußte ich, daß ihr Ritt wenigstens ein erfolgloser, ja vielleicht gar ein für sie unglücklicher sein werde. Halef, der mich kannte, sah mir lächelnd ins Gesicht, blinzelte mir lustig zu und sagte:

»Sihdi, ich errate deine Gedanken. Du willst Fatima zu Schanden machen?«

»Ja,« nickte ich.

»Also nicht vier Tage auf diese thörichten Schiiten warten?«

»Nein.«

»Aber dir auch nicht von diesen Christen dabei helfen lassen?«

»Nein.«

»Hamdulillah, Allah sei Dank! Das giebt wieder einmal ein Erlebnis, auf welches ich mich freue! Du meinst doch nicht etwa, daß wir uns vor den Akrakurden zu fürchten haben?«

»Fällt mir gar nicht ein! Wir werden es in ihrem Lager nur mit Greisen, Frauen und Kindern zu thun haben.«

»Sagst du? – Warum?«

»Weil die Krieger fort sein werden. Der Ueberfall wird den Schiiten mißlingen; ich sehe voraus, daß sie fliehen müssen und von den Kurden bis hierher verfolgt werden. Dann reiten wir beide in das Lager und holen die Sklaven heraus.«

»Aber wenn der Ueberfall gelingt!«

»Ich sage dir, daß er abgeschlagen wird. Du weißt ja selbst, wie sehr diese kurdischen Waldlager verbarrikadiert zu sein pflegen. Es gehört viel List dazu, den Zugang zu erzwingen. Dazu aber ist Schir Saffi keineswegs der Mann. Wenn er einen nur einigermaßen kriegerischen Blick besäße, hätte er nicht dieses Thal hier zum Aufenthalte gewählt. Von den Höhen, die es auf drei Seiten einschließen, kann der Feind ganz leicht herniedersteigen. Nicht einmal der Eingang da unten ist versperrt worden. Auch unsere Gastfreunde sind Männer des Friedens und nicht des Krieges, sonst hätten sie die Ihrigen nicht zwei Jahre lang in der Sklaverei schmachten lassen. Du zum Beispiele wärest den Akrakurden gefolgt, so weit sie ziehen mochten.«

»Da hast du sehr recht, Sihdi. Hätte man mir Hanneh, mein Weib, die Lieblichste und Schönste unter den Frauen und Töchtern, gefangen fortgeführt, so wäre ich den Feinden bis an das Ende der Welt gefolgt und weit noch darüber hinaus, um sie alle umzubringen und Hanneh, die Blume meines Daseins, zu befreien. Und du, Sihdi, wärst mitgegangen. Nicht?«

»Ja, mein lieber Halef.«

»Schade, daß du nicht auch ein Weib hast, welches die Beste der Herrlichsten und der Glanz deiner Wonne ist! Du lebtest noch einmal so lang!«

»Wirklich?«

»Ja, Sihdi,« antwortete er mit großer Ueberzeugung. »Die Liebe des Weibes verdoppelt die Jahre des Lebens.«

»So werde ich mir eine Frau nehmen, sobald ich hundert Jahre zähle; dann werde ich zweihundert Jahre alt.«

»Scherze nicht! Du bist ein tapferer Mann und Held, und dein Blick ist so scharf wie die Spitze der Nadel, mit welcher Hanneh, die Beste unter den Guten, mir die Löcher meiner Jacke verschließt; aber ein Auge für die Vorzüge und Freudenschimmer eines baldigen Hochzeitsgedankens hast du nicht. Ich tausche in dieser Beziehung nicht mit dir!«

Ja, er war ein äußerst liebevoller und treuer Gatte und Vater, dieser gute Hadschi Halef Omar. Und doch hatte er jetzt wieder meinetwegen Weib und Kind verlassen, um mich zu begleiten. Er liebte mich von dem Augenblicke an, an welchem wir uns zum erstenmale sahen, und besaß einen Thatendrang, der ihn an meiner Seite festhielt. Trotz seiner kleinen Gestalt und seines spärlichen Schnurrbartes, sechs Haare rechts und sieben links, besaß er einen Mut und eine Ausdauer, wie ich sie auf allen meinen Reisen, den Apatschenhäuptling Winnetou ausgenommen, in diesem Grade noch bei keinem meiner Gefährten gefunden hatte.

Nach dem »Morgenkaffee« ging ich in die Kirche, um das Innere derselben zu betrachten. Diese armen Menschen! Ihr Gotteshaus bestand aus einer so primitiven Hütte, in welcher sich nichts befand als ein aus Zweigen geflochtener, tischartiger Gegenstand, welcher als Altar diente. Ein rotes Kopftuch war darüber gedeckt; darauf stand ein sehr einfach aus Holz geschnitztes Kreuz. Salib kam herein und fragte mich, ob ich die Predigt hier in der Kirche halten wolle. Ich verneinte das, weil die Hütte kaum die Männer fassen konnte, und es sollten mich doch alle hören, auch die Kinder.

Nun wurde jedermann, der abkommen konnte, fortgeschickt, um Laub, Zweige und Blumen zum festlichen Schmucke zu holen. Ich forderte den alten Salib auf, mit mir und Halef einen Spazierritt zu machen. Er erfüllte mir den Wunsch, zu welchem ich natürlich meine guten Gründe hatte. Wir ritten ostwärts, bald rechts, bald links von der geraden Richtung ab, bis ich ein Thal fand, welches meinen Absichten entsprach. Nun erst erklärte ich dem Alten, was ich wollte:

»Die Schiiten werden von den Kurden zurückgeschlagen und verfolgt werden. Ihr müßt also euer jetziges Lager verlassen, um euch und euer Eigentum zu retten. Ihr flüchtet euch mit euren Tieren in dieses Thal.«

Er sah mich erschrocken an und fragte:

»Sprichst du im Ernste, Emir? Wir haben die Akrakurden wieder zu erwarten?«

»Leider ja; ich denke nicht, daß ich mich irre. Morgen früh, wenn ich euch verlasse, zieht ihr aus und hierher.«

»Morgen willst du uns verlassen. Jetzt, wo wir einer solchen Gefahr entgegensehen? O, Emir, könntest du dableiben und uns helfen! Wie dankbar würden wir dir sein!«

»Wir helfen euch. Wir gehen nur auf kurze Zeit fort und werden im Augenblick der Gefahr wieder bei euch sein.«

»So bleibt doch lieber gleich! Warum wollt ihr erst noch fort?«

»Um ein Versprechen zu erfüllen, welches ich hier meinem Hadschi Halef Omar gegeben habe. Frag nicht danach. Wir Leute aus dem Abendlande sind gar sonderbare Menschen. Es genüge dir, zu wissen, daß euch nichts geschehen wird und daß wir ganz gewiß zur rechten Zeit wiederkommen werden.«

Mit dieser Auskunft mußte er sich zufrieden geben, und

wir kehrten nach dem Lager zurück. Natürlich hatte er dort nichts Eiligeres zu thun, als das, was ich ihm gesagt hatte, zu verkünden. Dadurch erlitt die frohe Feststimmung freilich eine Beeinträchtigung, doch war mir dies nicht unlieb. Wer die Größe der Gefahr erkennt, der schätzt dann die Hilfe umsomehr.

Zu Mittag, eben als das Glöcklein, wie auch schon früh, zum Gebete geläutet wurde, kehrten die nach Blumenschmuck Ausgesandten zurück. Nach dem Essen wurden Kränze und Guirlanden gewunden und vor der Kirche ein Matbah, ein altarähnliches Pult errichtet, von welchem aus ich sprechen sollte. Man schmückte es mit Zweigen und Blumen und besteckte es mit Lichtern, denn das eigentliche Fest war auf den Abend festgesetzt, um durch die Beleuchtung an Feierlichkeit zu gewinnen.

Ich hatte wirklich meine Freude an diesen halbwilden Menschen. Es lag auf jedem Gesichte der Ausdruck einer Sammlung, welche die Seele beherrschte. Es wurde während des ganzen Nachmittags fast kein lautes Wort gesprochen; ernst und still verkehrten sie miteinander, als ob sie einer hochheiligen Handlung entgegen gingen. Und doch hatten sie nur die Rede eines fremden Mannes zu erwarten, der weder dazu berufen, noch auch ein Priester war.

Natürlich befand auch ich mich selbst in einer Stimmung, welche mich nach Innen vertiefte, und der kleine Hadschi Halef sagte gegen Abend zu mir:

»Sihdi, der Christ ist doch ein anderer Mensch als der Moslem; das habe ich längst eingesehen!«

Es waren ausgehöhlte kleine Kürbisschalen in Lampen verwandelt und auf die Kanten der Dächer gestellt worden; aus Talg gefertigte Kerzen brachte man noch überall an, wo es ging und so viele man hatte. Als die Dämmerung hereinbrach, wurden Lampen und Kerzen angezündet; die Flämmchen brannten ruhig, denn es gab fast gar keinen Luftzug hier in dem abgeschlossenen Thale. Ein schöner Anblick, die Flämmchen allüberall, auf den Dächern, an den Wänden und nahen Bäumen und auch an und auf meinem Pulte -- hier im wilden, muhammedanischen Kurdistan!

Dann wurde das Glöcklein geläutet, und der alte, ehrwürdige Salib rief mit lauter Stimme:

»Hai alas Salih, ya Muminin - auf, ihr Gläubigen, zum Gebete!«

Dies geschah auf meinen Wunsch, obgleich der Mueddin mit diesen Worten die Muhammedaner zum Gebete auffordert. Wir waren Christen; aber für die heutige Feier paßte kein Ruf so wie dieser, der überdies allen geläufig war und mir den besten Anhalt bot, die Irrtümer des Islam zu beleuchten.

Alle, alt und jung, groß und klein, versammelten sich nun am Pulte. Ich trat an dasselbe und nahm meinen Turban ab. Jeder, der sein Haupt noch nicht entblößt hatte, folgte diesem meinem Beispiele. Dann begann ich meine Rede.

Das Thema derselben waren dieselben Worte: »Auf, ihr Gläubigen, zum Gebete!« Am Feste des Rosenkranzes mußte das Gebet das Hauptwort sein. Ich sprach wohl über eine Stunde lang, ohne Vorbereitung, so wie das Herz es mir eingab, erzählte selbsterlebte Beispiele von der Macht des Gebetes und - doch warum soll ich von dieser Laienrede sprechen! Ich mußte oft innehalten, wenn mich ein allgemeines Schluchzen störte und ich selbst so gerührt war, daß es mir aus den Augen perlte. Wie ergreifend klangen dann die englischen Grüße vom Thale aus zu den Höhen empor, dazu das Glöcklein, welches bei jedem Ave angezogen wurde! Ein unvergeßlicher Abend nicht nur für unsere Gastfreunde, sondern auch für mich selbst!

Hierauf folgte das Festessen, und dann saßen wir noch lange, bis auch das letzte Licht und Lämpchen erlosch, in ernsten Gesprächen beisammen. Wie oft wurden mir dabei die Hände gedrückt, und welche Mühe gab man sich, uns beiden Fremden zu zeigen, daß man uns in dieser kurzen Zeit liebgewonnen habe! Als ich mich dann neben Halef zur Ruhe ausstreckte, sagte er:

»Sihdi, du mußt mit mir zu Hanneh gehen, der süßesten

unter den Frauen, und so zu ihr reden, wie du heute gesprochen hast. Sie soll Marryam auch kennen lernen, welche die Umm kaddis el Muchallis ist, die heilige Mutter des Erlösers. Willst du?«

»Ja. Wir kehren auf dem Rückwege ja zu euern Weideplätzen zurück.«

Er hüllte sich befriedigt in seine Decke und schloß die Augen. Ich that dasselbe, konnte aber trotz der zugemachten Augen lange nicht einschlafen. Die Bilder des heutigen Tages gingen in ihren einzelnen Zügen an mir vorüber. Hatte ich recht gehandelt, einmal der Prediger dieser armen, nach Wahrheit hungernden Menschen zu sein? Ich sagte mir »Ja« und schlief dann endlich ein.

Trotzdem wachte ich schon zeitig auf, als eben der Tag angebrochen war. Da läutete ich selbst das Glöcklein zum Morgengebete, nach welchem wir wieder »Kaffee« tranken und uns dann zum Aufbruche rüsteten. Wir wurden wieder mit Fragen nach unsern Absichten und mit Bitten, doch hierzubleiben, bestürmt. Ich konnte nichts anderes thun, als meine Versicherung wiederholen, daß wir zur rechten Zeit zurückkehren würden, und bat, dieses Thal ja baldigst zu verlassen. Nachdem wir Proviant für wenigstens vier Tage erhalten hatten, nahmen wir Abschied und ritten davon. Salib wollte uns mit noch einigen das Geleite geben, doch bat ich ihn, davon abzusehen; es hatte keinen Zweck.

Unser Weg führte erst westwärts und dann südlich in die Berge hinein. Die Akrakurden mußten in der Nähe des Akraflusses zu suchen sein, welcher ein Zufluß des obern Zab Ala ist. Wo aber gerade die betreffende Abteilung des Stammes, um welche es sich handelte, sich aufhielt, das wußte ich nicht. Ich hätte mir einen Führer mitnehmen können, hatte dies aber nicht gethan, weil ich überzeugt war, daß er uns hinderlich sein würde. Ich mußte mich auf meinen oft bewährten Ortsinstinkt und auf meine scharfen Augen verlassen. Die Spuren der Schiiten waren jedenfalls zu finden, denn diese Leute ritten wahrscheinlich nicht so vorsichtig wie Indianer, welche ihre Fährte auf das künstlichste auszuwischen verstehen. Es dauerte auch gar nicht lange, so kamen wir auf grasigen Boden, und da hatten wir die breit auseinanderlaufenden Hufeindrücke vor uns. Sie waren noch zu sehen, obgleich ein ganzer Tag dazwischen lag.

Nun galt es, diesen Zeitunterschied möglichst einzuholen. Unsere Pferde waren gut, hatten sich seit vorgestern abend trefflich ausgeruht und warfen trotz des schwierigen Terrains in Zeit einer Stunde weit mehr als eine deutsche Meile hinter sich. Schon gegen Abend sah ich es der Schiitenfährte an einer Stelle, wo sie besonders deutlich war, an, daß sie von heute stammte.

Wir waren einigemale, um Terrain zu gewinnen, von ihr abgewichen und hatten dabei die Stelle umgangen, an welcher die Schiiten des Nachts geblieben waren. Als es zu dunkeln begann, sah ich noch, daß ihre Spuren von heute mittag herrührten. Wir hatten sie also in einem Tage beinahe eingeholt und konnten uns und den Pferden Ruhe gönnen. Wir lagerten an einem kleinen Wasser, wo die Tiere Gras fanden, pflockten sie an und legten uns dann schlafen.

Kaum graute der Morgen, so ging es weiter. Wir waren aus den Tura-Ghara-Bergen herausgekommen, hatten den Dschebel Hair hinter uns und befanden uns im Gebiete des Akraflusses. Am Mittag zeigte eine Prüfung der Fährte, daß sie nicht zwei Stunden alt war. Wir folgten ihr dennoch in derselben Eile und standen nach einer halben Stunde im Begriffe, um eine Waldecke zu biegen, als ich, der ich voranritt, meinen Rappen schnell wieder zurückdrängte.

»Was ist's, Sihdi?« fragte Halef.

»Die Schiiten sind da vor uns.«

»Was thun sie?«

»Sie lagern am Rande des Holzes. Steig ab und halte mein Pferd. Ich muß wissen, woran ich bin. Vielleicht müssen sie halten, weil sie sich in der Nähe des Feindes befinden.«

Ich stieg ab, gab ihm auch die beiden Gewehre, weil sie mir beim Anschleichen beschwerlich waren, und ging in den Wald hinein. Diesen Menschen sich unbemerkt zu nähern, war gar nicht schwer. Ich kam mit der größten Leichtigkeit ihnen in den Rücken und legte mich dann auf den Boden nieder, um vollends heranzukriechen. Jeden Baum und Strauch als Deckung benutzend, gelangte ich in das Gebüsch, an dessen anderer Seite sie lagen. Ich schob mich unhörbar und so, daß kein Zweig sich bewegte, in dasselbe hinein und befand mich nun so nahe bei ihnen, daß ich sie nicht bloß sehen, sondern auch deutlich hören konnte. Ihre Pferde weideten draußen vor dem Gebüsch im Freien. Welch eine Unvorsichtigkeit! Wenn zufällig ein Akrakurde kam, mußte er sie sehen. Diesen Anbetern Fatimas war die Klugheit wirklich nicht mit Scheffeln zugemessen worden! Sie sprachen miteinander. Einer sagte:

»Also nur noch eine halbe Stunde ist's bis zum Lager der Kurden? Ob Schir Saffi es wohl finden wird?«

»Ganz gewiß,« antwortete ein anderer, der wahrscheinlich einer der Kundschafter gewesen war. »Ich habe es ihm ja gut genug beschrieben. Es sind nur noch die zwei nächsten Berge zu umreiten, dann führt ein Wasser rechts in das Thal, wo sie sich ihren Verhau gebaut haben. Wir werden ihn während des Abends umspähen und die Kurden dann, wenn der Morgen graut und sie noch schlafen, wir aber schon sehen können, überfallen.«

Hm! Da hatte ich ja gleich genug gehört und wußte nun schon alles. Ich kroch zurück, suchte Halef auf und teilte ihm das Vernommene mit.

»Was wirst du thun, Sihdi?« fragte er. »Hier auch warten, bis es Abend ist?«

»Fällt mir nicht ein. Zwei Berge zu umreiten und dann rechts das Thal. Wir machen einen Umweg, so daß wir von der andern Seite kommen. Wir müssen am Abend eher am Verhaue sein als die Schiiten. Also komm!«

Wir stiegen wieder auf, kehrten eine kleine Strecke zurück und bogen dann nach Westen ein, um dann süd- und ostwärts einen Halbkreis zu schlagen. Dabei galt es vorsichtig zu sein, damit wir keinem Kurden oder auch dem sie jetzt umschleichenden Schir Saffi begegneten. Diese Vorsicht verlangsamte unsern Ritt ungemein, doch gelangten wir gegen

Abend, ohne gesehen worden zu sein, in die Nähe des Kurdenlagers.

Nun galt es vor allen Dingen, unsere Pferde gut zu verstekken, und Halef mußte bei ihnen bleiben. Mein Rappe war mir zu kostbar, als daß ich ihn in solcher Nähe des Feindes ohne Aufsicht hätte lassen mögen. Darüber wurde es dunkel, und ich pirschte mich den mit Wald bestandenen Bergeshang empor. Oben angekommen, zeigte sich meine Nase noch brauchbarer als meine Augen. Ich roch Rauch und folgte dem Geruche. Es ging jenseits abwärts. Da hörte ich Stimmen, und um die Baumwipfel zuckten die Reflexe von Lagerfeuern. Vor mir zog sich nach rechts und links ein maueränhliches Etwas hin, hoch und undurchdringlich. Es war der Verhau, welcher das Kurdenlager rings umzog und wahrscheinlich nur eine einzige Stelle besaß, welche passiert werden konnte. Fast drei Stunden dauerte es, bis ich die vier Seiten desselben abgeschlichen hatte.

Der Verhau bestand aus umgefällten Bäumen, deren Lükken durch Knüppel, Aeste und allerlei Gezweig undurchdringlich gemacht worden waren. Er bildete ein Viereck, dessen Inneres die Wohnhütten der Kurden enthielt, und lag, während ich auf der Westseite des Berges heraufgestiegen war, auf der Ostseite desselben, wo unten im Thale das erwähnte Wasser floß. Der jetzt, am Abend, durch starke Stangen verschlossene Eingang lag an der Nordseite, nahe bei dem Wasser. Am Ufer desselben lagen oder grasten die Weidetiere der Kurden. Nachdem ich mir einen für meinen Zweck passenden Baum ausersehen hatte, kehrte ich zu Halef zurück. Es war keine leichte Sache gewesen, bei dieser Dunkelheit im dichten Walde herumzuschleichen, ohne sich zu beschädigen. Ich mußte dem wißbegierigen Hadschi mitteilen, was ich erkundet hatte, und dann legten wir uns, nachdem wir etwas gegessen hatten, nieder, um einige Stunden zu schlafen. Als ich erwachte, gestand mir Halef:

»Sihdi, ich bin so aufgeregt, daß ich keine Ruhe gefunden habe. Ich sehne mich nach dem Kampfe.«

»Hoffentlich wird es für uns keinen geben,« antwortete

ich. »Du bleibst einstweilen noch hier; ich steige wieder zur Höhe.«

Ich hatte im Dunkeln die Zeiger meiner Uhr befühlt und bemerkt, daß es nahe an vier Uhr morgens war. Glücklich hinauf und an den Verschlag gelangt, hatte ich dann beinahe das Unglück, auf mehrere Schiiten zu stoßen, welche hier am Verhaue auf die Zeit des Angriffes warteten. Ich bemerkte sie noch im letzten Augenblicke und konnte mich noch rechtzeitig zurückziehen; dann schlich ich zu dem schon erwähnten Baum, auf den ich kletterte. Es war eine hohe Fichte, welche so stand, daß ich von meinem Sitze aus, wo die Zweige mich verbargen, den Eingang und den größten Teil des Lagers überblicken konnte.

Mein Sitz war leidlich bequem, aber mit der Zeit wurde er mir doch beschwerlich. Die Stunden vergingen äußerst langsam, und als der Himmel sich zu lichten begann, glaubte ich eine Ewigkeit hinter mir zu haben. Da endlich ging es los; es fiel ein Schuß, und ich hörte Schir Saffis Stimme rufen:

»Zum Teufel, das war zu früh! Wer hat geschossen? Nun aber drauf, schnell drauf!«

Jedoch nur einige Augenblicke später schrie eine andere Stimme im kurdischen Kurmangdschi-Dialekte:

»Feinde, Feinde hier! Ein Ueberfall! Heraus, ihr Männer von Akra, heraus, und wehret euch!«

Nun gab es ein wildes Kunterbunt von Schüssen, Schreien und Flüchen. Es war noch nicht so hell, daß ich deutlich sehen konnte, aber ich hörte nach einiger Zeit, daß das Gewühl sich nach dem Eingange hinzog. Die Schiiten schienen also, wie ich erwartet hatte, im Nachteile zu sein und fortgedrängt zu werden. Dann endlich konnte ich das Thor erkennen. Es stand offen. Ein Kurde, jedenfalls der Anführer, stand mit dem Gewehre in der Hand unter demselben und rief mit weitschallender Stimme in den Wald hinein:

»Zurück, zurück, zu den Pferden! Es waren die Schiitenhunde. Wir reiten ihnen nach bis zu ihrem Lager und nehmen Rache!«

Auf diesen Befehl kehrten die Kurden, welche sich zu

Fuße an die Verfolgung hatten machen wollen, zurück. Im Lager gab es einige Tote. Es war bewundernswert, wie schnell diese Kurden gerüstet waren und sich mit Proviant versehen hatten. Noch war keine Stunde seit dem Augenblicke des Ueberfalles vergangen, so jagten sie davon, wohl hundert Krieger stark, so, wie der alte Salib gesagt hatte. Es blieben nur die Alten, die Frauen und die Kinder daheim.

Nun war es für uns Zeit. Ich kehrte zu Halef zurück, welcher seine Ungeduld kaum hatte bemeistern können. Wir verließen das Versteck, stiegen auf, ritten um den Berg herum und erreichten den Eingang des Verhaues, welcher noch offen stand. Man sah uns. Einige alte Männer und Frauen kamen uns entgegen.

»Sabah il kher – guten Morgen,« grüßte ich. »Ist die Frau des Dorfältesten hier?«

»Warum?« fragte ein Alter.

»Ich habe mit ihr zu sprechen. Hat sie Kinder?«

»Ja, vier.«

»Rufe sie mit ihnen! Ich will sie begrüßen.«

Er sah mich mißtrauisch an, ging aber doch nach einer der Hütten, um meinen Auftrag auszuführen. In einigen Augenblicken standen alle die Zurückgebliebenen um uns her, wohl zwei Schock Kinder, Greise und Frauen. Da kam eine noch ziemlich junge Frau aus der Hütte und auf mich zu. Vier Kinder, das jüngste vielleicht vier Jahre alt, waren bei ihr. Ihr Gesicht drückte das größte Erstaunen und auch Sorge aus, aber sie kam doch zu mir heran und fragte:

»Was willst du, Herr?«

»Du bist das Weib des Anführers, und dies sind deine Kinder?«

»Ja.«

»Hast du vielleicht einmal von einem fremden Krieger gehört, welcher Kara Ben Nemsi Effendi heißt?«

»Ja, wir wissen alle von ihm. Er hat Zaubergewehre und – –« sie hielt inne, sah meinen Rappen und mich erschrocken an und schrie: »Herr, bist etwa du dieser Mann?«

»Ja. Doch fürchtet euch nicht. Wir thun euch nichts, wenn

ihr uns gehorcht. Gieb uns die acht Sklaven heraus, welche ihr vor zwei Jahren den Schiiten und Christen geraubt habt! Gehorchest du, so krümmen wir euch kein Haar, wenn aber nicht, so kommt ihr vor meine Zaubergewehre, und diese deine Kinder sind die ersten, welche sterben müssen!«

Gab das ein Heulen und Schreien! Doch als ich die Revolver zog, trat augenblicklich Stille ein. Ich richtete den Lauf auf eins der Kinder, da rief die Frau:

»Halt, schieß nicht! Wir gehorchen!«

»Sind diese Sklaven gefesselt?«

»Ja, mit Ketten.«

»Nehmt ihnen die Ketten ab! Ich gebe euch soviel Zeit, als man braucht, die erste Sure des Korans fünfmal zu beten. Sind dann die Gefangenen nicht da, so geht das Morden los!«

Welch ein Schreck! Alles rannte davon, um meinen Befehl auszuführen. Es dauerte freilich etwas länger, aber nach Verlauf einer Viertelstunde standen die Acht vor uns.

»Nun noch Sättel und Zaumzeug für acht Pferde! Rasch!« gebot ich.

Als sie nicht sofort gehorchen wollten, hieb Halef mit der Peitsche drein; das half. Das Zeug mußte uns nachgebracht werden, hinaus an das Wasser, wo noch über dreißig Pferde grasten. Ich suchte die acht besten aus, ohne mich um das Wehklagen der Weiber zu kümmern. Es wurde gesattelt und die acht Personen stiegen auf. In jenen Gegenden reiten auch die Frauen wie die Männer. Dann erschoß ich, um Proviant zu haben, einen Hammel, welcher mitgenommen wurde.

»Ich danke dir, o Nezana!« sagte ich hierauf. »Durch deine Bereitwilligkeit hast du mich abgehalten, euch alle zu erschießen. Allah sei mit dir, doch nicht mit deinem Manne, der ein Räuber und Mörder ist!«

Wir ritten davon, während hinter uns her ein Chor von Schmähungen erschallte. Wir schlugen zunächst denselben Weg ein, auf dem wir gekommen waren, und schienen uns dabei um die, welche wir befreit hatten, nicht zu kümmern.

»Sihdi,« sagte Halef, »das war ein schöner Streich. Wie wird Hanneh, meine Sonne, sich freuen, wenn ich ihr davon erzähle!«

»Wie aber, wenn die Kurden zurückgekehrt wären, während wir uns noch im Lager befanden?«

»O, du hättest dich nicht gefürchtet, und ich auch nicht. Was werden die Gefangenen denken! Wir müssen doch mit ihnen sprechen, um sie aufzuklären.«

»Thu' du es. Erzähle ihnen alles. Sie werden sich wie im Traume befinden. Ich kann mich nicht mit ihnen abgeben, weil ich auf den Weg zu achten habe. Wir müssen uns vor den Kurden hüten. Sag diesen Leuten, daß wir einen sehr scharfen Ritt machen müssen.«

Bald erklang seine begeisterte Stimme hinter mir. Er gab den Befreiten die nötigen Erklärungen. Ich konnte mich mit ihnen nicht befassen. Wir mußten vor den Akrakurden bei unsern Gastfreunden eintreffen, sie also überholen und dabei einen Umweg machen. Ich mußte mich zurechtfinden, ohne die Gegend zu kennen. Da war vor allen Dingen die größte Eile nötig.

Die Schiiten und die sie verfolgenden Kurden blieben auf dem frühern Wege. Ich wich von demselben rechts ab, schon von weitem jeden Bergumriß wegen seiner Wegbarkeit taxierend. Um Mittag machten wir einen kurzen Halt. Da wurde mir Dank gesagt. Ich sprach einige Zeit mit den Verwandten des alten Salib; dann ging es weiter.

Am Abende befanden wir uns schon jenseits des Dschebel Hair; aber die Geretteten waren da auch so ermattet, daß sie fast von den Pferden fielen. Sie aßen, als wir lagerten, gar nicht, sondern schliefen sofort ein. Am nächsten Morgen bekamen sie tüchtige Portionen Fleisch; dann ging es wieder weiter.

Bald kamen wir in Gegenden, die dem Sohne Salibs bekannt waren; er machte nun den Führer. Gegen Mittag waren sie leider schon so ermattet, daß sie zu klagen begannen. Die Gefangenschaft hatte sie außerordentlich geschwächt. Da sie mit uns nicht Schritt halten konnten, mußte ich sie zurücklassen. Ich beschrieb ihnen das Thal, welches der alte Salib auf meinen Rat aufgesucht hatte, riet ihnen, dasselbe von Osten aus zu erreichen, da sie im Westen auf die Kurden stoßen mußten, überließ ihnen unsern Proviant und dann jagte ich mit Halef weiter. Unsere christlichen Gastfreunde wußte ich bis auf weiteres in Sicherheit; aber es kam mir auch darauf an, das Dorf der Schiiten zu retten. Wie das nun anfangen? Die fliehenden Schiiten hielten sicher nicht gegen ihre Verfolger stand. Da kam mir ein Gedanke. Wie, wenn es mir gelang, den Anführer der Kurden zu erwischen? Seine Leute mußten dann Rücksicht auf sein Leben nehmen. Vielleicht hatte schon mein bloßer Name auf ihn eine ähnliche Wirkung wie auf seine Frau. Er kam auf dem Wege daher, auf welchem wir hinzugeritten waren, und da erinnerte ich mich einer Stelle, wo es durch ein Thal ging, dessen Seiten da eine solche Enge bildeten, daß höchstens drei Reiter neben einander Platz fanden; dann liefen die Seiten der Schlucht wieder weit auseinander. Dies war der einzige Ort, der mir Erfolg verhieß.

»Halef, hast du Mut?« fragte ich.

»Ja, Sihdi, ich mache mit,« antwortete er.

»Du weißt doch gar nicht, was ich will!«

»Ich mache mit. Es ist doch wieder ein Streich?«

»Ja. Wir zwei gegen die sämtlichen Kurden.«

»Ich mache mit, Sihdi; es bleibt dabei,« lachte er.

»So reite schneller, damit wir rechtzeitig ankommen!«

Ich bog links nach der Richtung unseres ersten Weges ein. Nach vielleicht einer Stunde erreichten wir ihn. Hierher mußten die Schiiten und hinter ihnen ihre Verfolger kommen. Die vorhandenen Spuren sagten mir, daß nur erst wenige vorüberpassiert waren. Wir ritten weiter und erreichten die Enge, hinter welcher wir abstiegen.

»Da willst du dich den Verfolgern entgegenstellen?« fragte Halef.

»Ja. Vielleicht kommt ihr Anführer in unsere Hände. Jedenfalls aber kann keiner von ihnen durch, ohne daß ihn unsere Kugel trifft.«

»O, Sihdi, ich habe auch zuweilen einen Gedanken. Wir brauchen keinen Kurden zu erschießen. Wir töten nur das Pferd des ersten, welcher kommt; dann haben wir gewonnen.«

»Wieso?«

»Laß mich nur machen, mein lieber Sihdi! Ich will auch einmal etwas thun, worauf -- halt, schau,« unterbrach er sich, indem er durch die Enge in das Thal hinein deutete. »Dort kommt ein Reiter galoppiert und hinter ihm ein zweiter, ein Kurde.«

»Der erste ist, ah, das ist ja Schir Saffi!« rief ich aus. »Er wird von den Kurden verfolgt. Paß auf! Der Kurde muß unser werden.«

Die beiden kamen im Carriere herbeigesprengt. Wir traten hinter der Enge vor. Ich legte den Bärentöter an, weil die große Kugel desselben schneller wirkte. Schir Saffi schoß mit vor Angst verzerrten Zügen an uns vorüber; nur zwanzig Sätze war der Kurde von uns entfernt; ich schoß auf sein Pferd; es that noch drei, vier Sprünge und brach dann zusammen, wobei der Reiter aus dem Sattel geschleudert wurde. Wir warfen uns auf ihn. Er war wie betäubt und wehrte sich nicht dagegen, als wir ihn entwaffneten. Bald aber raffte er sich zusammen und machte einen Versuch, sich loszureißen.

»Bleib stehen, sonst schieße ich dich nieder,« drohte ich, den Revolver auf ihn richtend.

»Ja, du bist des Todes,« stimmte Halef bei. »Dieser Emir ist der berühmte Kara Ben Nemsi Effendi, und ich bin Hadschi Halef Omar, sein ---«

»Kara Ben Nemsi Effendi?« schrie der Kurde, ihn unterbrechend und mich angstvoll anstarrend.

»So ist es,« nickte Halef. »Wir sind mit den Schiiten und mit den Christen des alten Salib verbunden und haben euch in eine herrliche Falle gelockt, ihr Dummköpfe.«

»Falle?« stammelte der Kurde.

»Natürlich! Der alte Salib versteckte sich mit seinen Leuten im Walde, und die Schiiten thaten, als ob sie euch überfallen wollten; sie flohen, und ihr verfolgtet sie; kein Krieger blieb zurück. Als ihr dann fort waret, ist Salib mit seinen Leuten in euer Lager gedrungen und hat – –«

Er kam nicht weiter, denn –

»O Himmel, o Himmel!« schrie der Kurde auf, riß sich los und rannte fort, zurück, ohne in seinem Schrecken daran zu denken, daß wir ihn erschießen konnten.

»O Himmel, o Himmel, da rennt er hin!« lachte Halef. »War dieser Gedanke von mir nicht gut, Sihdi? Er wird jetzt die Kurden benachrichtigen, daß Salib das Lager überfallen hat, und da kehren sie sofort wieder um.«

»Vortrefflich, ganz vortrefflich, Halef!« rief ich aus. »Schau, – da sieh!«

Drei Kurden kamen ins Thal gesprengt; sie sahen den Fliehenden und hielten an. Als er sie erreichte, deutete er nach uns zurück und sprach mit ihnen. Darauf kehrten sie um und verschwanden so schnell, wie sie gekommen waren.

»Siehst du, daß es wirkt?« fragte Halef, indem sein ganzes Gesicht vor Wonne erglänzte. »Reiten wir vorwärts, um uns weiter zu überzeugen!«

Wir stiegen auf und ritten den Verfolgern entgegen; es kam keiner mehr. Nach einer Viertelstunde erreichten wir eine Höhe, von welcher wir eine weite Fernsicht hatten. Da sahen wir die sämtlichen Kurden auf einem freien, ebenen Plan; sie galoppierten heimwärts. Wir hatten sie nicht mehr zu fürchten.

Halef jubelte über das Gelingen seiner List; ich gönnte dem braven Kerlchen diese Freude von ganzem Herzen; er hatte sie verdient. Nun kehrten wir wieder um und ritten nach dem Thale der Schiiten. Die Hütten standen leer; es war kein Stück Vieh zu sehen, dafür aber Schir Saffi mit zehn oder zwölf seiner Krieger. Als er uns bemerkte, kam er auf uns zugeeilt und rief:

»Herr, die Bewohner meines Dorfes sind verschwunden. Du bist hier zurückgeblieben und mußt wissen, wo sie sind!«

»Ja. Wo sind denn aber deine Krieger?«

»Sie werden noch kommen. Die Akrakurden verfolgten uns; darum befahl ich meinen Leuten, sich zu zerstreuen, da entkamen sie leichter.«

»Du aber wärest beinahe nicht entkommen!«

Er senkte den Blick zu Boden und gestand:

»Ja, ich habe dir mein Leben zu verdanken, Herr.«

»Das konntest du dir selbst verdanken. Warum wehrtest du dich nicht gegen den Verfolger? Es war ja nur ein einzelner. Und da hast du dem alten Salib Feigheit vorgeworfen! Wo sind die Gefangenen, welche du befreit hast?«

»Es gelang uns nicht. Ein Gewehr ging zu zeitig los.«

»Das hätte deine Fatima nicht geschehen lassen sollen. Doch folge mir! Ich wußte, daß es so kommen werde, und habe dem alten Salib geraten, einstweilen in ein anderes Thal zu ziehen. Eure Familien werden ihm dorthin gefolgt sein.«

Man sah es ihm an, daß er sich beschämt fühlte. Wir ritten fort und kamen bald in das neue Lager. Als die Christen uns sahen, eilten sie uns jubelnd entgegen.

»Wie steht es, Emir?« fragte Salib, indem er mir die Hände drückte. »Kommst du zur rechten Zeit? Sind die Kurden auf dem Wege zu uns?«

»Nein; sie kommen nicht.«

»So hat also Schir Saffi gesiegt?«

Da dieser schwieg, antwortete ich:

»Nein. Seine Fatima hat ihn schmählich im Stiche gelassen. Er hat fliehen müssen und ist bis nahe von hier verfolgt werden. Wir haben ihn gerettet und die Kurden gezwungen, umzukehren.«

»Ihr beide? Alle die Kurden?« fragte er erstaunt.

»Ja; durch eine List. Sie kommen, wenigstens in diesen Tagen, gewiß nicht wieder.«

»So sind also die Gefangenen nicht frei geworden! Mein Sohn, mein Enkel und das Weib meines Sohnes! O, Effendi, wir haben deinen Rat befolgt und ohne Unterlaß zur Gottesmutter gebetet, daß sie uns die Gefangenen senden möge!«

»Lächerlich! Was vermag Marryam, wenn ihr nichts thut, da Fatima nicht geholfen hat, obwohl wir uns so sehr bemüht und in Gefahr begeben haben!« fiel Schir Saffi zornig ein, um seine Scham zu übertäuben.

»Schweig!« antwortete der Alte. »Grad daß ihr euch in solche Gefahr begeben habt, ohne daß es gelungen ist, das ist ein Beweis, daß eure Fatima nichts vermag. Wir sind hier geblieben, um zu unserer heiligen Marryam zu beten, und wenn wir recht glauben und es zu unserm Heile ist, wird sie – – –«

Er hielt inne; er stand starr, wie gelähmt, den Blick nach dem Eingange des Thales gerichtet. Die andern folgten diesem Blicke und schrieen laut auf vor Verwunderung, denn dort kamen die befreiten Gefangenen geritten. Der alte Salib streckte die Arme aus und rief:

»O Marryam, o Marryam, o du gnadenvolle Gottesmutter! Wie ist mein Gebet erhört! Mein Sohn, mein Enkel, meine Tochter!«

Er wollte ihnen entgegeneilen, brach aber in die Kniee zusammen. Da warfen sie sich von den Pferden, knieten bei ihm nieder und schlangen weinend die Arme um ihn.

Die andern wurden von den Ihrigen mit demselben Jubel empfangen. Nur Schir Saffi stand wortlos da und wie ein Träumender. Seine Tochter trat langsam auf ihn zu.

»Vater!« sagte sie leise und zagend, weil er keinen Laut des Willkommens, der Freude für sie hatte.

»Du – du – auch – frei!« stieß er endlich hervor. »Wer – wer hat dich – – errettet?«

»Dieser Emir aus Germanistan,« antwortete sie, auf mich deutend.

»Der – der – welcher gar nicht dort gewesen ist!«

Er wußte nicht, was er denken und was er sagen sollte. Ich entfernte mich, um ihn nicht noch mehr in Verlegenheit und Scham zu bringen.

Hatte es am Festtage des Rosenkranzes ein Festessen gegeben, so gab es heut ein noch viel größeres, ein Freudenmahl, wie diese armen Leute sich selten eines gestatten durften. Niemand durfte sich davon ausschließen, auch Schir Saffi nicht, welcher dies wohl gern gethan hätte. Ich schonte ihn; mein Hadschi Halef aber war nicht so großmütig; er nahm eine Gelegenheit wahr, ihn zu fragen:

»Nun, sind wir Kröten, die im Schlamme stecken, sind wir Thoren und Dummköpfe? Du sagtest: unsere Prahlerei gegen deine Tapferkeit. Wir haben deine große Tapferkeit gesehen; wir aber haben nicht, wie du, geprahlt, die Gefangenen zu befreien, und nun siehst du sie alle hier sitzen, auch deine Tochter und die andern von euch, während du die christlichen Gefangenen nicht befreien wolltest. So sag nun, wer ist gnädiger und mächtiger? Wer vermag es, Gebete zu erhören? Fatima oder Marryam?«

»Marryam!« antworteten die Christen wie aus einem Munde; die Schiiten aber schwiegen.

Sollten sie nicht auch in diesen Ruf einstimmen können? Ich blieb noch volle vierzehn Tage da, um dem, was ich begonnen hatte, gegen die Akrakurden Nachdruck zu geben. Das jetzige Thal war leichter zu befestigen als das vorige. Wir legten dichte Verhaue an und garnierten dieselben mit Dornen und andern Stachelpflanzen. Der Eingang wurde verbarrikadiert. Dann bauten wir Wohnungen, hübscher, gesünder und menschenwürdiger, als die ersten gewesen waren. Nachher eine Kirche, ein wirkliches, kleines Gotteshäuschen, für welches ich auf eine mit feinem Sande polierte Steinplatte, so gut ich es eben vermochte, eine heilige Madonna in schwarz, weiß und rot malte; andre Farben konnte man hier nicht bereiten. Darunter setzte ich den englischen Gruß in arabischer, persischer und kurdischer Sprache. Ich konnte auf dieses Bild nichts weniger als stolz sein, bin aber vollständig überzeugt, daß es von jenen einfachen Leuten noch heute als großes Kunstwerk angestaunt wird. Jedenfalls erfüllt es seinen frommen Zweck dort wenigstens ebenso wie ein Murillo oder Raphael in einer unserer wenig frommen Galerien.

Während dieser Arbeiten arbeitete ich auch an Schir Saffi; daß auch der Islam Christum anerkennt, ihn sogar das

Weltgericht halten läßt über die Lebendigen und die Toten, ihn Isa Ben Marryam Omm Isa heißt, dies alles erklärte ich ihm. Mehr konnte ich bei seinem verknöcherten Schiitismus nicht thun; aber was ich sagte, haftete doch einigermaßen.

Als dann das Kirchlein fertig war und das Glöcklein zum erstenmal vom kleinen Turm erklang, feierten wir abermals ein Freudenfest, welches selbst auf die Moslemin einen tiefen Eindruck machte, denn als wir endlich schieden, von den Segenswünschen aller Thalbewohner begleitet, und ich beim Abschiede Schir Saffi leise fragte: »Nun, Fatima oder Marryam?« da drückte er mir die Hand und antwortete:

»O, Emir, du hattest recht. Deine Gottesmutter ist mächtiger als unsere Prophetentochter. Also: nicht Fatima sondern Marryam!« – – –

8.

GOTT LÄSST SICH NICHT SPOTTEN.

I.

Indem ich mich anschicke, die folgende Begebenheit zu erzählen, muß ich an ein Ereignis aus meiner Kindheit denken, welches mir noch heute so klar und deutlich im Gedächtnisse lebt, als ob ich es erst gestern erlebt hätte.

Wir standen, fünf oder sechs kleine Knaben, auf dem Marktplatze meiner Vaterstadt und sahen einem Fuhrmanne zu, dessen Pferde den schweren Wagen nicht fortzubringen vermochten. Er hieb lange Zeit vergeblich auf sie ein und ließ sich endlich von seinem Zorne zu einem Fluche hinreißen, den er mit so kräftigen Hieben begleitete, daß die Pferde die Last nun wirklich über das Hindernis hinwegzerrten. »Ja, wenn nichts mehr helfen will, dann hilft ein ›heiliges Donnerwetter‹,« lachte er und fuhr weiter. Die Umstehenden lachten mit, und wir Knaben fühlten uns von dem Fluche so imponiert, daß wir ihn sofort auf das eifrigste bei unserem Spiele anwandten. Es wurde einige Zeit mit wahrer Wonne ›gedonnerwettert‹, bis mein Vater es hörte und mir zum Fenster heraus jenen bekannten Wink gab, welcher die Eigentümlichkeit hatte, mich stets und augenblicklich in eine höchst wehmütige Stimmung zu versetzen. So auch dieses Mal, und zwar nicht ohne Grund, denn ich hatte die Anwendung des Kraftwortes dadurch zu büßen, daß ich kein Mittagessen bekam und mit sehr niedergedrückten Gefühlen zusehen mußte, wie gut der dicke Milchreis meinen Geschwistern schmeckte. Dieser sehr unfreiwillige Verzicht that mir so weh, daß ich den festen Entschluß faßte, nie wieder ›Donnerwetter‹ zu sagen. Dieses löbliche Vorhaben wurde dadurch noch mehr befestigt, daß mich nach Tische meine ehrwürdige, damals achtzig Jahre alte Großmama beiseite nahm und mir mit einem derben Waschlappen den Mund so kräftig abwusch, daß mir das helle Wasser aus den Augen lief.

»Pfui, pfui!« sagte sie dabei. »Wer flucht, der beschmutzt seinen Mund, und das muß tüchtig abgerumpelt werden. Merke dir das, und thue es ja nicht wieder, wenn ich dich lieb behalten soll!«

Wenn ich offen sein will, so muß ich gestehen, daß dieses ›Abrumpeln‹ einen noch tiefern Eindruck auf mich machte, als die Kostentziehung, denn was Großmama sagte, das war mir heiliger als jedes andere Wort. Ich zog mich also in einen stillen Winkel zurück, um die Reinigung der Lippen auf eigene Hand weiter fortzusetzen, und dabei fiel mir ein, daß ich doch nicht der einzige gewesen war, der geflucht hatte. Infolgedessen setzte ich mich in den heimlichen Besitz des besagten Waschlappens und schlich mich fort, um die Mitschuldigen alle zusammenzuholen. Als mir dies gelungen war, erklärte ich ihnen, welchem Schicksale sie sich unter den obwaltenden Umständen zu unterwerfen hätten, und führte sie zu dem großen Wassertroge, der an der obern Seite des Marktes stand. Dort gaben wir uns dann dem ›Abrumpeln‹ mit einem solchen Feuereifer hin, daß uns das Wasser an den Beinen niederlief und wir uns in die Sonne legen mußten, um wieder trocken zu werden.

So großen Spaß diese Wäsche uns allen machte, so ernst war es mir doch mit der Angelegenheit an sich, und ich muß sagen, daß von jenem Tage sich der Abscheu datiert, den ich noch heute gegen jeden Fluch und jeden Schwur empfinde. Sei mir ein Mensch auch noch so sympathisch, sobald ich ein solches Wort von ihm höre, fühle ich mich abgestoßen, und stellt es sich gar heraus, daß er ein Gewohnheitsflucher ist, so hört er auf, für mich zu existieren.

Wie weit es ein Mensch in dieser sündhaften Angewohnheit zu bringen vermag, habe ich an dem Manne gesehen, von dem ich heute erzählen will, weil sein Beispiel zugleich einen deutlichen Beweis dafür bildet, daß mit der Langmut und Barmherzigkeit Gottes nicht zu scherzen ist.

Zur Zeit, als diese Episode sich ereignete, befand ich mich mit Winnetou, dem Häuptling der Apatschen, bei den Navajos, welche ihn auch als ihren obersten Anführer anerkannten, weil sie im weiteren Sinne auch zu dem Volke der Apatschen gehörten. Sie lagerten damals zwischen den Höhen der Agua grande genannten Gegend und wollten von da aus nach dem Colorado hinab, doch nicht eher, als bis eine Anzahl weißer Jäger, die ich zu ihnen bestellt hatte, eingetroffen sein würde.

Während wir auf die Ankunft dieser Leute warteten, brachten unsere roten Wachen zwei fremde Indianer, welche sie unter sehr verdächtigen Umständen aufgegriffen hatten, in das Lager. Sie sollten natürlich sofort ausgefragt werden, weigerten sich aber, irgend eine Antwort zu geben. Es war ihnen kein Wort zu entlocken; ihre Gesichter waren nicht gefärbt, und da sie auch kein Zeichen ihrer Abstammung an sich trugen, so war es beinahe unmöglich, zu bestimmen, welchem Volke sie angehörten. Wir wußten, daß die Utahs sich in letzter Zeit den Navajos feindlich gezeigt hatten, und so bemerkte ich zu Winnetou:

»Ich möchte sie für Utahs halten, denn dieser Stamm hat sich immer mehr nach Süden gezogen und scheint einen Angriff gegen die Navajos zu planen. Vielleicht sind diese beiden Kerls von ihnen ausgeschickt, um den Aufenthalt der Navajos zu erkunden.«

Ich glaubte, mit diesen Worten das Richtige getroffen zu haben, aber Winnetou kannte die hier oben hausenden Indianer besser als ich, er antwortete:

»Es sind Pa-Utes, doch hat mein weißer Bruder recht, indem er sie für Kundschafter hält.«

»Sollten sich die Pa-Utes mit den Utahs verbunden haben?«

»Winnetou zweifelt nicht daran, denn wenn es anders wäre, würden diese beiden Krieger sich nicht weigern, uns Auskunft zu erteilen.«

»Da gilt es, vorsichtig zu sein! In einer Gegend, wie die hiesige ist, muß man annehmen, daß Kundschafter sich höchstens drei Tagereisen von ihren Leuten entfernen. Daraus können wir schließen, wie nahe uns die Feinde ungefähr sind.«

»Uff! Wir werden nach ihnen suchen.«

»Wer?«

»Du und ich.«

»Weiter niemand?«

»Vier gute Augen sehen mehr als hundert schlechte, und je mehr Krieger wir mitnehmen, desto eher können wir entdeckt werden.«

»Das ist richtig; aber vielleicht kommen wir in die Lage, einen Boten heimsenden zu müssen.«

»So nehmen wir einen Navajo mit, weiter aber niemand. Howgh!«

Dieses letztere Wort diente bei ihm stets zur Bekräftigung; es hieß soviel wie: abgemacht, Sela, Amen. Darum verzichtete ich darauf, ihm weitere Vorschläge zu machen.

Die Navajo-Abteilung, bei welcher wir uns befanden, zählte außer den alten Männern, Frauen und Kindern gegen dreihundert Krieger, die unter Nitsas-Kar[1], einem sehr tüchtigen Häuptlinge, standen. Das waren Leute genug zur Abwehr eines Feindes, von dem wir annahmen, daß er nicht gerade in hellen Haufen erscheinen werde; dennoch waren wir so vorsichtig, einen Boten nach der nächsten Abteilung zu senden, um sie von der nahenden Gefahr zu benachrichtigen. Eine kurze Beratung mit Nitsas-Kar hatte das von Winnetou gewünschte Ergebnis. Der Apatsche, ich und ein junger, aber sehr erprobter Krieger ritten fort, um den Aufenthalt der Gegner zu entdecken, und die Navajos blieben unter Aufstellung doppelter Posten und scharfer Bewachung der beiden Gefangenen an Ort und Stelle lagern, um auf unsere Rückkehr oder unsern Boten zu warten.

Es war noch sehr früh am Morgen, und wir hatten also den ganzen Tag vor uns. Im allgemeinen wußten wir, daß die Utahs im Süden des gleichnamigen Territoriums lagerten, während die Pa-Utes ungefähr da zu suchen waren, wo die Ecken von Utah, Colorado, Arizona und Neu-Mexiko zusammenstoßen. Das war freilich sehr unbestimmt, zumal

[1] Großer Pfeil.

wir uns sagen mußten, daß die Roten, falls sie einen Ueberfall beabsichtigten, die Gegenden wahrscheinlich schon verlassen hätten. Wohin also uns wenden? So hätte nur einer, der nicht Westmann war, gefragt; wir aber kannten einen Wegweiser, auf den wir uns verlassen konnten, nämlich die Fährte der beiden Kundschafter, welche wir fanden, sobald wir das Lager verlassen hatten.

Wir waren in einer der fruchtbarsten Gegenden von Arizona, was aber nicht viel heißen will. Das Land hat sehr geringe Wasserniederschläge; die wenigen Flüsse haben ihre Betten in tiefen, tiefen Schluchten; der Hauptstrom, nämlich der Colorado, fließt zwischen Felswänden, welche oft über zweitausend Meter fast senkrecht emporsteigen, und oben breitet sich das Hochplateau nach allen Seiten kahl und pflanzenarm aus, der Glut der Sonne und den darüber hinsausenden Stürmen preisgegeben. Nur selten giebt es einen Wasserlauf, dem man folgen kann, ohne in eine schier endlose Tiefe hinabsteigen zu müssen, und dann giebt es allerdings ein Grün von Gras, von Sträuchern und Bäumen, welches das Auge umsomehr erfreut, als der Blick bisher unausgesetzt auf nacktem Fels hat ruhen müssen. Da, wo kleine Flüsse sich einander nahen, giebt es sogar Wälder, zwischen denen sich saftige Prairien erstrecken. Dies war der Fall auch hier, wo wir uns befanden, und so gehörte kein übermäßiger Scharfsinn dazu, die Fährte der beiden gefangenen Kundschafter zu entdecken.

Da man diese Leute sofort bei ihrer Ankunft ergriffen hatte, waren ihre Spuren noch so frisch, daß sich das von den Hufen ihrer Pferde niedergetretene Gras noch nicht wieder aufgerichtet hatte, und wir Galopp reiten konnten, ohne die Eindrücke nur einmal aus den Augen zu verlieren. Die Kundschafter schienen die ganze Nacht unterwegs gewesen zu sein, denn wir fanden keine Stelle, an welcher sie gelagert hatten. Später kam felsiges Terrain, wo wir langsamer reiten mußten, da wir gezwungen waren, nun schärfer achtzugeben; doch hatten sie in der Dunkelheit nicht vorsichtig genug sein können, und wenn in dem harten Gestein auch nicht mehr von Hufstapfen die Rede sein konnte, so gab es für uns doch deutliche Merkmale genug, die uns den richtigen Weg zeigten.

Erst am Abend erreichten wir ein Wässerchen, wo sie gestern Rast gemacht hatten. Da fanden wir ihre Medizinen und Farbentöpfe versteckt, aus denen wir ersahen, daß sie Pa-Utes waren und sich auf dem Kriegspfade befanden. Wir ruhten während der ganzen Nacht hier aus und ritten dann am Morgen weiter.

Leider waren die Spuren von jetzt an nicht mehr zu erkennen, was uns aber gar keine Verlegenheit bereitete, denn wir brauchten nur die Richtung nach dem Rio San Juan einzuhalten, um sie dort ganz gewiß zu treffen. Wir ritten also Ostnordost, erst über eine Savanne, deren Gras immer spärlicher wurde, und dann über eine Felsenebene, welche so glatt und nackt war, als ob sie aus Cement gegossen worden sei.

Es war gegen Mittag, als wir am fernen Horizonte drei Punkte sahen, welche sich uns näherten. Da es kein Versteck für uns gab und wir nicht wußten, ob wir mit Weißen oder Roten zusammentreffen würden, so stiegen wir ab, ließen unsere Pferde sich legen und legten auch uns neben sie auf das Gestein. Auf diese Weise konnten wir nicht so bald gesehen werden.

Die Punkte wurden um so größer, je mehr sie sich uns näherten, bis wir sahen, daß es drei Reiter waren. Winnetou beschattete seine Augen mit der Hand, blickte ihnen schärfer entgegen und rief dann aus:

»Uff! Dick Hammerdull, Pitt Holbers und ein dritter Weißer, den ich nicht kenne!«

Hammerdull und Holbers gehörten zu den Jägern, welche wir erwarteten. Auch ich erkannte sie jetzt und sprang auf. Da Winnetou und der Navajo dasselbe thaten, wurden wir jetzt gesehen, und die drei Reiter blieben halten. Wir ließen unsere Pferde aufspringen, stiegen in den Sattel und ritten auf sie zu. Hammerdull und Holbers erkannten uns und kamen mit lauten Jubelrufen uns entgegengaloppiert.

Es muß gesagt werden, daß die beiden Männer so treffliche Originale waren, wie man sie im wilden Westen nur zu finden vermag. Sie wurden von allen ihren Bekannten ›die verkehrten Toasts‹ genannt. Unter Toasts versteht man bekanntlich zusammengelegte Butterbrote, und Dick und Pitt pflegten im Nahekampfe sich Rücken an Rücken aneinander zu stellen, um sich in dieser Weise ihrer Angreifer besser erwehren zu können; sie standen also nicht mit den Butterseiten zusammen; daher die Bezeichnung der ›verkehrten‹ Toasts.

Hammerdull war ein kleiner und, was im Westen sehr selten ist, außerordentlich dicker Kerl und hielt sein von Schmarren und Narben durchzogenes Gesicht soviel wie möglich stets glatt rasiert. Seine List kam seiner Verwegenheit gleich, was ihn für jeden zu einem sehr willkommenen Gefährten machte, wenngleich es mir oft lieber gewesen wäre, wenn er mehr bedachtsam als kühn gehandelt hätte. Er hatte sich die eigentümliche Redensart »ob .... oder nicht .... das bleibt sich gleich« angewöhnt und rief dadurch fast stets ein Lächeln auf den Gesichtern seiner Gefährten hervor.

Pitt Holbers war im Gegensatze zu ihm sehr lang und sehr dünn. Sein hageres Gesicht war – – – fast hätte ich gesagt: in einen Vollbart eingehüllt, und das wäre eine grandiose Unwahrheit gewesen, denn dieser Bart bestand aus kaum hundert Haaren, welche in einsamer Zerstreuung die beiden Wangen, Kinn und Oberlippe bewucherten und von da lang und dünn bis fast auf den Gürtel niederhingen. Es sah aus, als ob die Motten ihm neun Zehntel seines Bartes weggefressen hätten. Pitt war außerordentlich wortkarg und bedächtig, ein sehr brauchbarer Kamerad, der nur dann sprach, wenn er gefragt wurde.

Den dritten Reiter kannten wir nicht. Er war fast noch länger als Holbers und dabei zum Erschrecken dürr. Fast konnte man sich der Täuschung hingeben, daß man seine Knochen klappern höre. Ich fühlte beim ersten Blicke, daß ich mich nicht mit ihm befreunden könne: sein Gesicht war roh zugeschnitten und sein Blick herausfordernd. Wenn es einen rücksichtslosen Menschen gab, so war es jedenfalls dieser Mann.

Indem wir aufeinander zusprengten, rief Dick Hammerdull:

»Winnetou, Old Shatterhand! Siehst du sie, Pitt Holbers, altes Coon, siehst du sie?«

Coon ist Abkürzung von Racoon, Waschbär, der Kosename, mit welchem Hammerdull seinen Pitt Holbers zu benennen pflegte. Dieser antwortete trotz der Freude, welche er fühlte, in seiner trockenen Weise:

»Wenn du denkst, Dick, daß ich sie sehe, so magst du das Richtige getroffen haben.«

Sie faßten unsre Hände und schüttelten sie aus Leibeskräften. Dabei rief Hammerdull weiter:

»Endlich, endlich haben wir euch!«

»Endlich?« fragte ich. »Ihr konntet doch nicht erwarten, uns jetzt schon zu treffen, weil wir euch nach dem Agua grande bestellt haben, bis wohin man noch anderthalben Tagesritt hat. Ist eure Sehnsucht nach uns so groß gewesen?«

»Natürlich! Unendlich groß!«

»Warum? Wo sind die andern?«

»Das ist es ja! Darum sehnten wir uns nach euch, und darum hetzten wir unsere Pferde fast zu Tode. Wir müssen sofort nach dem Agua grande, um eine tüchtige Schar Navajos zu holen.«

»Wozu?«

»Um die Pa-Utes zu überfallen, welche unsere Gefährten gefangen genommen haben. Fort also, fort, Mesch'schurs, sonst kommen wir zu spät!«

Er wollte weiterreiten. Ich griff ihm in die Zügel und sagte:

»Nicht so hitzig, Dick! Vor allen Dingen müssen wir wissen, was geschehen ist. Steigt also ab und erzählt es uns!«

»Absteigen? Fällt mir nicht ein! Ich kann es euch auch im Reiten erzählen.«

»Ich will es aber in Ruhe hören; ihr wißt ja, wie ich in dieser Beziehung bin. Man kann durch Ueberstürzung leicht alles verderben und soll allem, was man unternimmt, die Ueberlegung vorangehen lassen.«

»Aber wenn keine Zeit zum Ueberlegen ist?!«

»Ich sage euch, daß wir Zeit genug haben. Vor allen Dingen müßt ihr uns doch sagen, wer der Mann ist, den ihr da bei euch habt!«

Winnetou war schon abgestiegen; ich folgte ihm und setzte mich zu ihm nieder; da konnten die drei andern nichts, als dasselbe thun.

»Na, Pitt Holbers, altes Coon, da müssen wir also die kostbare Zeit verlieren,« brummte Hammerdull verdrossen. »Was meinst du dazu?«

»Wenn Old Shatterhand und Winnetou wollen, so wird es wohl richtig sein,« antwortete der Gefragte.

»Ob richtig oder nicht, das bleibt sich gleich; es ist die schnellste Hilfe nötig; aber da es nicht anders verlangt wird, so müssen wir uns fügen.«

Sie setzten sich zu uns auf die Erde nieder. Der Unbekannte hatte mir seine Hand in einer Weise zum Gruße entgegengehalten, als ob wir uns schon oft gesehen und gesprochen hätten, und ich hatte sie nur leise berührt, denn ich bin nicht gewöhnt, jemandem die Hand zu drücken, dem ich nicht die meinige vorher angeboten habe. Als er sie dann auch Winnetou hinhielt, that dieser so, als ob er diese Bewegung gar nicht sähe. Der Apatsche hatte also in Beziehung auf diesen Mann ganz dasselbe Vorgefühl wie ich.

»Ihr wollt wissen, wer dieser Gentleman ist,« meinte Dick Hammerdull. »Er heißt Mr. Fletcher, ist schon seit fast drei Jahrzehnten im wilden Westen und hat sich mit vier Kameraden uns angeschlossen, um endlich einmal Winnetou und Old Shatterhand kennen zu lernen.«

»Ja, Mesch'schurs, es ist wahr, was Mr. Hammerdull sagt,« fiel da Fletcher mit wichtiger Miene ein. »Ich treibe mich nun schon gegen dreißig Jahre im Westen herum und habe es mir zur Aufgabe gemacht, diesen ver .... Roten zu zeigen, daß sie auf unserm .... Erdboden den Teufel zu suchen haben. Solche ...... Kanaillen, wie sie sind, soll das ..... erschlagen, und da ich hoffe, daß ihr genau so gesinnt seid, wie ich, so müßte es mit ..... zugehen, wenn die .... Halunken nicht ihre ..... Knochen dahin tragen müßten, wo sie der Satan in ..... Mehl zerstampfen wird!«

Ich erschrak förmlich über die Ausdruckweise. Das waren ja Worte, die ich gar nicht aussprechen und noch viel weniger schreiben kann! Jedes Wort, welches ich hier durch Punkte ersetzt habe, war ein Fluch. Acht Flüche in einer so kurzen Rede! Und dabei sah er uns an, als ob er erwarte, daß wir ganz entzückt darüber seien! Es war mir ganz im Gegenteile so, als ob ich acht Hiebe auf den Kopf erhalten hätte. Und nun wußte ich genau, wer er war, besser, als Hammerdull es mir hätte sagen können. Man hatte oft in meiner Gegenwart von diesem Menschen erzählt, den der Fremdeste sofort an seinen gräßlichen Ausdrücken erkennen mußte. Ja, er war ein Westmann, aber einer der allerniedrigsten Sorte. Es gab keine That, deren er nicht fähig war; der Strick hatte schon oft über seinem Haupte geschwebt; in seinem Indianerhasse überbot er den grausamsten Feind der roten Rasse, und man erzählte sich da von ihm Dinge, bei denen man förmlich fühlte, daß sich die Haare emporsträubten. Dazu kam, daß, wenn er sprach, er sich geradezu in Flüchen badete, so daß selbst rohe Menschen schließlich nichts mehr von ihm wissen wollten. Er war bisher mit einem unbegreiflichen Glücke den Ahndungen des Gesetzes und der Rache der Indianer entgangen, obgleich jeder, der ihn kennen gelernt hatte, sagte, daß er nichts anderes verdiene, als wie ein wildes Tier niedergeschlagen zu werden. Infolge seiner übermäßig dürren Gestalt und der Gewohnheit, in jedem Satze, der über seine Lippen ging, einen Fluch anzubringen, hatte er den Namen Old Cursing-Dry erhalten; aber es war bekannt, daß jeder sein Leben auf das Spiel setzte, der es wagte, ihn in das Gesicht so zu nennen.

»Na, seid ihr etwa stumm, Mesch'schurs?« fragte er jetzt, als er nicht gleich eine Antwort erhielt. »Ich glaube doch, zu wissen, daß ihr beide reden könnt.«

Winnetou saß mit tief gesenkten Wimpern und starren Angesichtes da. Wenn er hätte sprechen wollen, hätte er es nur mit dem Messer und nicht mit dem Munde thun können. Darum übernahm ich es, zu antworten, indem ich den Menschen aufforderte:

»Sagt mir einmal, ob ich mich irre, wenn ich Euch für Old Cursing-Dry halte!«

Er hatte sich auch gesetzt, sprang aber augenblicklich wieder auf, zog sein Messer und schrie mich an:

»Wie – – was – – wer bin ich – – – wie nennt Ihr mich? Soll ich Euch dieses Eisen in Euern ... Leib stoßen? Ich werde es thun, wenn Ihr mir nicht sofort Abbitte leistet und – – –«

»Schweigt!« unterbrach ich ihn, indem ich meinen Revolver zog und auf ihn richtete. »Bei der geringsten Bewegung mit dem Messer habt Ihr eine Kugel im Kopfe! Old Shatterhand ist nicht der Mann, der sich so leicht niederstechen läßt, wie Ihr zu denken scheint. Seht doch, daß Winnetou seinen Revolver auch schon schußfertig hält! Ihr seid heute an Leute gekommen, welche kurzen Prozeß zu machen pflegen. Ihr bemerkt wohl, daß mein Finger am Drücker liegt. Antwortet mir also bündig, ob Ihr Old Cursing-Dry seid oder nicht?«

Seine Augen leuchteten heimtückisch auf; aber er sah ein, daß er gegen uns im Nachteile war, schob das Messer in den Gürtel zurück, setzte sich wieder nieder und sagte in scheinbarer Ruhe:

»Ich heiße Fletcher; wie mich etwa andere .... Schufte nennen, das ist mir gleich und geht euch nichts an!«

»Oho! Es geht uns wohl etwas an, was für ein Mensch sich zu uns gesellt! Dick Hammerdull, habt Ihr gewußt, daß dieser Mann Old Cursing-Dry ist?«

»Nein,« antwortete der Dicke verlegen.

»Wie lange seid Ihr schon mit ihm zusammen?«

»Es wird wohl so eine Woche sein. Meinst du nicht auch, Pitt Holbers, altes Coon?«

»Wenn du denkst, Dick, daß es so lange her ist, so wird es wohl richtig sein,« antwortete Holbers.

»Ob richtig oder nicht, das bleibt sich gleich, aber es ist genau eine Woche, nicht länger und nicht kürzer.«

»So müssen Euch doch seine Flüche aufgefallen sein!« fuhr ich fort.

»Seine Flüche? Hm, ja! Hab freilich zuweilen gedacht, daß er sich ein wenig anders ausdrücken könnte; aber daß er Old Cursing-Dry ist, das wußte ich nicht.«

»So will ich nichts sagen; aber hättet Ihr es gewußt und ihn trotzdem zu uns gebracht, dann -- Ihr wißt jedenfalls, was ich sagen will. In unserer Gegenwart wird anständig gesprochen; Flüche dulden wir nicht, und wem das nicht recht ist, der mag so schnell wie möglich gehen, wenn er nicht gegangen werden will! Und nun ist's genug hiervon! Wir haben Notwendigeres zu besprechen. Wir erwarteten euch beide mit noch vier Mann; sind diese den Pa-Utes auch in die Hände gefallen?«

»Ja.«

»Wann?«

»Gestern abend.«

»Wo?«

»Am Rio San Juan.«

»Auf welche Weise?«

»Ob auf diese oder auf jene Weise, das bleibt sich ganz egal; ich weiß weder die Art noch die Weise.«

»Das begreife ich nicht. Ihr müßt doch unbedingt wissen, was geschehen ist!«

»Das würde wohl richtig sein, wenn es in unserer Gegenwart geschehen wäre, Mr. Shatterhand.«

»Ah, so seid ihr nicht dabei gewesen?«

»Nein, wir waren fort, um Fleisch zu holen, und weil wir nicht gleich ein Wild fanden, kamen wir weit vom Lager ab. Als wir zurückkehrten, war es schon finster, und wir wären den Pa-Utes ganz ahnungslos in die Arme geritten, wenn uns nicht Mr. Fletcher entgegengekommen wäre, um uns zu warnen.«

»Weiter! Ihr waret zu Pferde?«

»Ja, denn wir wollten uns auf Antilopen versuchen.«

»Fletcher war auch beritten?«

»Natürlich! Als er auf uns getroffen war, versteckten wir die Pferde und schlichen nach unserm Lagerplatze zurück, den die Pa-Utes inzwischen eingenommen hatten. Es gelang uns, so nahe heranzukommen, daß wir unsere acht gefangenen Gefährten sehen konnten; sie lagen gefesselt inmitten der Roten.«

»Keiner tot?«

»Nein, nicht einmal verwundet.«

»Hm, höchst sonderbar! Habt ihr denn keine Schüsse gehört?«

»Nein; wir hatten uns zu weit vom Lager entfernt.«

»War keine Spur zu bemerken, daß ein Kampf stattgefunden hatte?«

»Zwei Indianer lagen tot am Feuer.«

»Das ist noch viel sonderbarer! Ihr habt doch auf das gelauscht, was gesprochen wurde?«

»Ob gelauscht oder nicht, das ist ganz und gar egal; es wurde kein Wort gesprochen. Wir hatten überhaupt schon zuviel gewagt und mußten trachten, uns in Sicherheit zu bringen. Darum suchten wir sehr bald die Pferde wieder auf und ritten fort.«

»Wohin?«

»Natürlich hierher, denn es blieb uns nichts anderes übrig, als Euch aufzusuchen und dann mit Hilfe der Navajos die gefangenen Kameraden zu befreien. Darum schlage ich vor, sofort nach dem Agua grande aufzubrechen und – –«

»Nur Geduld!« unterbrach ich ihn. »Wir sind noch lange nicht so weit. Wir müssen klar sehen, ehe wir einen Entschluß fassen können. Es handelt sich vor allen Dingen um die beiden Indianerleichen. Wer hat diese zwei Indsmen getötet? Wißt Ihr dies vielleicht, Mr. Fletcher?«

»Laßt mich in Ruh!« antwortete er grob. »Was gehen mich die roten Schufte an!«

»Liegt Euch auch nichts an Euren weißen Kameraden, welche gefangen sind?«

»Wenn nicht ein Sohn und ein Neffe von mir dabei wären, könnte auch sie der .... holen!«

»Hört, drückt Euch anders aus, sonst jagen wir Euch fort, und Ihr mögt sehen, wie Ihr Eure Verwandten frei bekommt! Wir sind zur Hilfe bereit, müssen da aber unbedingt verlangen, die Wahrheit zu erfahren. Also Ihr wißt nicht, auf welche Weise die Indsmen um das Leben gekommen sind?«

»Nein.«

»So sagt, wie geschah der Ueberfall?«

»Auch das kann ich nicht sagen, denn ich war nicht dabei.«

»So waret Ihr auch vom Lager fort? – Wohin?«

»Fleisch holen.«

»Hat Euch denn das Los mit getroffen, auf die Jagd zu gehen?«

»Nein; aber die Zeit wurde mir zu lang, und so ritt ich fort. Als ich nach hereingebrochener Dämmerung zurückkehrte, hörte ich das Kriegsgeheul der Roten im Lager, welches überfallen worden war. Ich konnte nichts thun, als Mr. Hammerdull und Mr. Holbers entgegenreiten, um sie zu warnen. Das ist alles, was ich von dieser .... Geschichte weiß.«

»Wie stark sind die Pa-Utes ungefähr?«

»Es können wohl dreihundert sein. Wenn wir nur halb so viele Navajos bekommen können, mache ich mich anheischig, diesen .... Schurken das Leben aus den .... Leibern zu treiben, so daß – – –«

»Schweig!« donnerte ihn da der Apatsche an, der bis jetzt kein Wort gesprochen hatte. »Du bist es, der die beiden Pa-Utes getötet hat!«

»Nein, ich bin es nicht!«

»Das ist Lüge. Du bist der Mörder!«

Die Augen der beiden bohrten sich ineinander. Die bronzenen Züge Winnetous waren kalt und stolz wie die eines Königs, während auf dem Gesichte Fletchers die ungezügelte Leidenschaft flammte. Der letztere vermochte nicht, den Blick des Apatschen länger als einige Sekunden auszuhalten; er mußte den seinen senken, hob aber die Finger wie zum Schwure und rief:

»Ich will erblinden oder zerschmettert werden, wenn ich der Mörder bin! Das ist genug gesagt, und nun laßt mich in Ruhe mit Euern .... roten Teufeln!«

Es überlief mich ein kaltes Grauen. Aber ich hielt ihn für den Mörder, ohne es ihm aber zu sagen. Nun diese Worte! Das hieß das Strafgericht mit beispielloser Gottlosigkeit und Frechheit auf sich herabbeschwören! Mir versagte die Zunge; Winnetou aber stand auf und sagte im Tone eines Propheten, vor dessen geistigem Auge das Kommende entschleiert liegt:

»Dieses lästernde Bleichgesicht hat vorhin gleich beim Willkommen die ganze rote Rasse, also alle meine Brüder und auch mich verflucht. Winnetou hat dazu geschwiegen, denn er weiß, daß der gute Manitou den Fluch des Bösen in Segen und Wohlthat verwandelt. Nun aber hat der Flucher den großen und gerechten Manitou selbst gelästert und zur Rache aufgefordert; er hat mit dem Allmächtigen gewettet um das Licht seiner Augen und um die Unverletzlichkeit seiner Glieder. Winnetou sieht das Strafgericht über ihn hereinbrechen und mag keinen Teil an ihm haben. Der große Manitou weiß ebenso gut wie ich und Old Shatterhand, daß er der Mörder ist, und wird ihm thun, wie er von ihm gefordert hat. Howgh!«

Als sich der Apatsche jetzt wieder niedersetzte, wäre es uns andern unmöglich gewesen, gleich zu sprechen; Fletcher aber sprang auf und wiederholte seine Lästerung in einer Weise, daß es mich förmlich emporriß; ich trat auf ihn zu, erhob die Faust und fuhr ihn an:

»Schweig augenblicklich, Mensch, sonst schlage ich dich nieder wie ein Ungeziefer, dessen Tod für andere Geschöpfe ein Segen ist! Auch ich sage mich von dir los. Mag geschehen, was da wolle, von uns hast du keine Hilfe zu erwarten!«

Da duckte er sich zusammen, hatte aber doch noch die Frechheit, halblaut und halb höhnisch zu sagen:

»Sagt Euch in .... Namen von mir los! Ich brauche

Euch nicht, denn es handelt sich nicht um mich, sondern um die Gefangenen. Das also ist der ganze Beistand, den man von diesen beiden hochberühmten Westmännern zu erwarten hat. Ich danke!«

»Du hast nicht zu danken, denn du hast nichts mehr von uns zu fordern. Was aber die Gefangenen betrifft, so werden wir thun, was in unsern Kräften steht. Wenn Rettung möglich ist, soll sie ihnen werden.«

»Dann müssen wir uns aber beeilen!« bat Dick Hammerdull. »Ihr werdet einsehen, daß wir keine Minute länger verlieren dürfen, Mr. Shatterhand. Meinst du nicht auch, Pitt Holbers, altes Coon?«

»Hm!« brummte der Gefragte nachdenklich. »Wenn ich es mir recht überlege, können wir nichts Besseres thun, als uns auf Mr. Winnetou und Mr. Shatterhand verlassen. Die sind gescheiter als du bist, alter Dick, von mir ganz zu schweigen.«

»Da wäre es viel besser gewesen, du hättest gar nichts gesagt! So ein Coon, wie du bist, sollte eigentlich gar nicht reden!«

»*Well!* Da du hierin jedenfalls recht hast, ersuche ich dich, mich in Zukunft gar nicht mehr zu fragen; dann kann das alte Coon den Schnabel halten.«

Das war natürlich im Scherz gemeint, denn es kam nie vor, daß die beiden sich im Ernste zankten. Dies wäre ihrer Eigenschaft als Toasts ganz zuwider gewesen. Hammerdull mußte uns den Ort, an welchem sich das Lager befunden hatte, genau beschreiben. Er fügte hinzu:

»Wahrscheinlich aber sind die Roten dort nicht mehr zu treffen; ich bin vielmehr sicher, daß sie hinter uns her sind, um uns zu verfolgen. Darum dringe ich so darauf, daß wir schnell weiterreiten.«

»Ihr seid im Irrtum, Dick,« antwortete ich. »Ihr werdet nicht verfolgt. Wenn die Pa-Utes wüßten, daß drei entkommen sind, wären sie schon längst zu sehen. Sie sind jedenfalls der Ueberzeugung, alle Weißen, welche anwesend waren, gefangen zu haben.«

»Aber unsere Spuren! Aus ihnen müssen sie doch ersehen, daß wir auf der Jagd waren, also beim Ueberfall nicht dabei gewesen sind!«

»Der Ueberfall geschah gestern abend nach Anbruch der Dunkelheit, und heut früh waren eure Spuren schon so undeutlich, daß nicht mehr unterschieden werden konnte, wann sie entstanden sind, ob vor oder nach der Ueberrumpelung des Lagers. Und eure Kameraden werden, wenn man sie fragt, sich hüten, euch, von denen ihre Rettung abhängt, zu verraten. Dazu kommt, daß die Pa-Utes sich auf dem Kriegspfade befinden und also die beiden Leichen nicht mit sich herumschleppen können. Man wird die Toten dort begraben. Obgleich sie gezwungen sind, die dabei vorgeschriebenen Ceremonien abzukürzen, werden sie doch vor morgen mittag nicht fertig sein und also nicht eher aufbrechen. Zudem haben sie auch sonst keine Eile, weil sie auf die Rückkehr der beiden Kundschafter warten müssen, von denen sie nicht wissen, daß sie in die Hände der Navajos geraten sind. Ihr seht also wohl ein, daß wir Zeit haben?«

»Ob Zeit oder nicht, das ist ganz und gar egal; ich werde mich aber nach Eurem Entschlusse richten, weil Ihr wirklich klüger seid als Pitt Holbers, das alte Coon. Das hat er vorhin selbst gesagt.«

»Von dir natürlich ganz zu schweigen, lieber Dick,« fiel Holbers in komischem Ernste ein.

»Sei doch lieber still! Du hast ja gesagt, daß du nicht mehr reden willst. Was gedenkt Ihr also nun zu thun, Mr. Shatterhand?«

»Das wird Winnetou bestimmen. Die Aufklärung habe ich allein geführt; darum werde ich das weitere nun ihm überlassen.«

Winnetou und ich, wir kannten uns, wie sich selten zwei Menschen kennen. In Augenblicken, wo es galt, einen Entschluß zu fassen, war es oft, als ob wir beide nur eine Seele, einen Gedanken hätten. Was der eine von uns aussprach, das hatte der andere vorher schon im stillen für richtig gehalten. So auch jetzt. Der Apatsche warf einen forschenden Blick in mein Gesicht, und als ich nickte, wendete er sich an den Navajo, welcher mit uns gekommen war und bisher schweigend bei uns gesessen hatte, denn wenn Häuptlinge sprechen, darf ein gewöhnlicher Krieger es nicht wagen, sich hören zu lassen:

»Kennt mein junger, roter Bruder genau den Deklil-Naßla[1] des Juanflusses?«

Der Gefragte nickte stumm und ehrfurchtsvoll. Der Apatsche fuhr fort:

»An beiden Enden desselben gehen schmale Pfade hinab, welche nur von den Kriegern der Navajos gefunden werden. Nitsas-Kar, der tapfere Häuptling derselben, mag seine Krieger nach dem Cañon führen, die eine Hälfte ganz hinab an das untere Ende und die andere Hälfte an das obere Ende, doch nicht ganz hinab, damit sie nicht gesehen werden können, denn wir werden die Pa-Utes in den Cañon locken. Erst wenn sie in denselben eingedrungen sind, darf die obere Schar ganz hinab bis an das Wasser steigen und sich sehen lassen. Dann sind die Pa-Utes zwischen den beiden Abteilungen eingeschlossen und müssen sich ergeben, wenn sie sich nicht bis auf den letzten Mann erschießen lassen wollen, denn sie befinden sich zwischen den hohen, glatten Wänden des Cañons, wo sie sich nicht verbergen können, während die Krieger der Navajos von keiner Kugel getroffen werden können, weil sie hinter den Felsenblöcken stecken, welche oben und unten die Schlucht einengen. Hat mein Bruder mich verstanden?«

Wieder dasselbe zustimmende Nicken.

»So mag er sich sofort auf sein Pferd setzen, um schnell heimzureiten!«

Einige Augenblicke später galoppierte der Navajo davon, ohne auch nur ein Wort gesprochen zu haben. Dann stiegen auch wir auf und eilten fort, dem San Juan zu, dessen Ufer Winnetou und ich genau kannten. Und selbst wenn dies nicht der Fall gewesen wäre, hätten wir in Hammerdull und

[1] Dunkler Cañon.

Holbers zuverlässige Führer gehabt. An Fletcher erging kein Wort, kein Blick der Aufforderung, uns zu folgen; wir thaten, als ob er gar nicht anwesend sei, doch kam er, als er sich eine Weile besonnen hatte, hinter uns her. Es wäre uns freilich viel lieber gewesen, wenn er zurückgeblieben wäre. –

II.

Winnetou war ebenso wie ich vollständig überzeugt, daß sich die Pa-Utes noch an der Stelle befanden, an welcher sie die Weißen überfallen hatten. Dennoch waren wir so vorsichtig, nicht die gerade Richtung einzuschlagen, denn sie wollten ja zu den Navajos, von denen wir kamen, und es war immerhin möglich, daß sie den Weg eher antraten, als wir dachten, oder auch nochmals Kundschafter ausschickten, die uns hätten sehen müssen; wir hielten uns also mehr rechts, gerade östlich, und ritten, als wir gegen Morgen des andern Tages in gleicher Höhe mit der Lagerstelle angekommen waren, noch eine Strecke weiter, um dann nach links einzubiegen und uns dem Platze von Osten anstatt von Westen her zu nähern. Es stand fest, daß die Roten aus dieser Gegend keinen Feind erwarteten. Doch mußten wir trotzdem vorsichtig sein, denn so viele Leute brauchten Fleisch, und es war anzunehmen, daß nicht wenige von ihnen irgend umherschwärmten.

Wir erreichten den Fluß an einer weit aufwärts gelegenen Stelle und lagerten uns in einer nahe am Wasser liegenden kleinen Lichtung, welche rings von dichtem Gebüsch umschlossen war. Nun galt es, zu erfahren, wie es mit den Pa-Utes und ihren Gefangenen stand. Das war nicht nur ein schwieriges, sondern ein sehr gefährliches Unternehmen. Ich bot mich an, es auszuführen; da aber Winnetou fest darauf bestand, selbst zu gehen, so mußte ich mich fügen. Als er sich entfernt hatte, sorgten wir zunächst dadurch für unsere Sicherheit, daß wir die Spuren, welche wir verursacht hatten, wenigstens in der Nähe verwischten.

Dann galt es, Old Cursing-Dry eine Verwarnung zu geben. Ich hatte zwar nicht wieder mit ihm sprechen wollen, aber dieser Vorsatz mußte zurücktreten, wenn es unsere Sicherheit galt. Er war uns bis hieher gefolgt, hatte sein Pferd, wie wir die unserigen, angebunden und sich dann in einiger Entfernung von uns in das Gras gelegt. Seit unserm gestrigen Aufbruche hatte keiner von uns ein Wort zu ihm gesagt; man sah ihm an, daß er im höchsten Grade gegen uns erbittert war, und so lag der Gedanke, daß er auf Rache sinne, gar nicht fern. Hätten nicht sein Sohn und sein Neffe sich unter den Gefangenen befunden, so wäre ich geneigt gewesen, ihm die Absicht zuzutrauen, uns an die Indsmen zu verraten. Ganz sicher waren wir seiner auf keinen Fall; wer konnte wissen, mit welchen Gedanken und Berechnungen er sich beschäftigte. Aus diesem Grunde hielt ich es für geraten, mein Schweigen zu brechen. Ich mußte selbst mit ihm reden, denn meine Worte machten jedenfalls mehr Eindruck auf ihn, als wenn ich ihm das, was er hören sollte, durch Dick Hammerdull oder Pitt Holbers hätte sagen lassen. Ich ging also zu ihm hin und fragte:

»Ihr seid uns seit gestern bis hierher gefolgt, Mr. Fletcher, ohne daß wir Euch dazu aufgefordert haben. Es scheint, daß Ihr Euch auch ferner uns anschließen wollt. Wie steht es damit?«

»Das geht Euch den Teufel an!« antwortete er.

»Ich denke, daß es uns sehr viel angeht, und ersuche Euch, Sir, einen anderen Ton gegen mich anzuschlagen. Ich bin nicht gewöhnt, Grobheiten anzuhören, ohne in geeigneter Weise darauf zu antworten! Ihr habt gesehen und gehört, daß wir nichts von Euch wissen wollen; wenn Ihr uns trotzdem nachgeritten seid und Euch hier zu uns lagert, können wir dies nur in dem Falle dulden, daß Ihr uns nach unserer Ueberzeugung keinen Schaden macht.«

»Schaden?« grinste er mich an. »*Pshaw!* An Euch giebt es nichts mehr zu verschlechtern und zu schädigen!«

Kaum hatte er das gesagt, so riß ich einen fingerdicken Zweig vom nächsten Busche, zog ihn durch die linke Hand, um die Blätter zu entfernen, und versetzte ihm mehrere scharfe Hiebe quer über das Gesicht.

»So! Wer nicht hören will, der mag fühlen. Ich werde Euch lehren, höflich zu sein!«

Er stieß einen unartikulierten Schrei der Wut aus, sprang

auf und riß den Revolver heraus, um ihn auf mich anzuschlagen; aber noch ehe er den Lauf auf mich richten konnte, traf ihn mein Hieb so auf den Arm, daß er die Waffe fallen ließ; dann schlug ich ihm die Faust gegen die Schläfe, daß er wie ein lebloser Klotz lang und steif zu Boden stürzte. Im Nu stand der dicke Hammerdull neben mir und sagte, indem sein Gesicht vor Entzücken glänzte:

»*Heigh-day!* Endlich, endlich sieht man wieder einmal diesen famosen Hieb von Euch! *Thank you*, Sir! Der Kerl hat es genau so und nicht anders verdient. Sollen wir ihn ein wenig fesseln, daß er dann, wenn er wieder zu sich kommt, nicht etwa Dummheiten macht?«

»Ja, lieber Dick. Gebt ihm einige Riemen um die Arme und um die Beine. Besser ist besser!«

»So komm her, Pitt Holbers, altes Coon! Wollen diesem Old Cursing-Dry ein halbes Dutzend Festschleifen um seinen schmalen Körper hängen. Oder meinst du nicht?«

Pitt kam behaglich lächelnd herbeigestiegen und antwortete in seiner gewohnten Weise:

»Wenn du denkst, daß es gut angebracht ist, so können wir's ja machen, alter Dick.«

»Ob machen oder nicht, das bleibt sich gleich; gemacht aber wird's auf jeden Fall.«

Sie fesselten ihn nicht nur, sondern sie banden ihn dann auch noch extra an einem dicken Buschstumpfe fest, so daß es ihm nicht möglich war, sich heimlich aus unserem Bereich zu wälzen. Als sie damit fertig waren, rieb sich Dick die fetten Hände und sagte schmunzelnd:

»Das ist bei Euch doch gleich ein ganz anderes Leben, Sir! Wir sind nun einen ganzen Monat unterwegs, ohne daß sich etwas Bemerkenswertes ereignet hat; kaum aber haben wir Euch getroffen, so stecken wir mitten in den Abenteuern drin.«

»Und der vorgestrige Ueberfall? War das kein Abenteuer?« fragte ich.

»Für uns beide nicht, denn wir waren nicht dabei. Und wenn auch, so waret Ihr doch in der Nähe. In einer Woche bei Euch erlebt man mehr als sonst in einem Jahre; das ist allbekannt. Jetzt haben wir den alten Flucher fest und können an etwas anderes denken. Was sagt Ihr zu einem Fischgericht? Unser Trockenfleisch ist fast zu Ende.«

»Habt Ihr Angeln?«

»Welche Frage! Was ficht Euch an, Sir? Dick Hammerdull und keine Angeln! Die Frage ist nur, ob es in diesem lieben Rio San Juan auch Fische giebt. Oder wollen wir Blutegel angeln und braten, Pitt Holbers, altes Coon?«

»Hm! Wenn du denkst, daß sie so fett sind, wie du bist, alter Dick, da könnte es sich wohl machen. Fische aber wären mir freilich lieber, denn sie sind meine Leibdelikatesse, während auf Blutegel mein Magen heute nicht eingerichtet ist.«

Das war eine so lange Rede, wie Pitt Holbers wohl selten eine gehalten hatte, und zwar nur deshalb, weil von seinem Leibgericht die Rede war. Ich konnte ihm glücklicherweise aus Erfahrung versichern, daß sie alle Hoffnung hätten, einen guten Fang zu machen, und so krochen sie mit ihren Angeln nach dem Ufer, wo sie sich vorsichtig versteckten, um ja nicht etwa von einem zufällig in die Nähe kommenden Pa-Ute gesehen zu werden. Ich aber streckte mich lang in das Gras und schloß die Augen, obgleich ich nicht müde war. Vom Schlafe wäre ja auch bei der Erwartung, in der ich mich grad so wie die andern befand, keine Rede gewesen.

Der Westmann pflegt, wenn er liegt, auch ohne zu schlafen, gern die Augen zuzumachen, weil er dann um so schärfer hört.

Es mochte kaum eine Stunde vergangen sein, als die beiden Angler wiederkamen. Der Ertrag ihrer Geschicklichkeit war so groß, daß wir für Mittag und für Abend genug hatten. Leider mußten wir darauf verzichten, vor der Rückkehr Winnetous Feuer zu machen, denn wir wußten nicht, ob wir dies jetzt ohne die Gefahr, entdeckt zu werden, thun durften. Eine indianische Nase spürt den Rauch eines Feuers sehr weit, noch weiter aber den Geruch von Fleisch, gleichviel ob es von Fischen oder von vierfüßigem Wildbret ist.

Zeit um Zeit verschwand; der Mittag kam; es vergingen noch zwei Stunden, und den beiden Toasts wollte es fast bange um den Apatschen werden. Ich mußte, um sie zu beruhigen, sie auf die weite Entfernung zwischen hier und dem Lager aufmerksam machen und auf die ungeheure Langsamkeit, mit welcher man beim Anschleichen am hellen Tage vorwärts kommt. Old Cursing-Dry war längst aus seiner Betäubung erwacht, doch hielt er die Augen geschlossen und bewegte sich nicht. Es konnte uns nur lieb sein, wenn er Unempfänglichkeit heuchelte.

Endlich, endlich rasselte es leise im Gebüsch, und Winnetou kam zurück. Sein Gesicht war unbewegt wie stets; aber ich kannte es genau und sah sofort, daß er gute Botschaft brachte. Er gab uns das, als er die Fische liegen sah, in seiner Weise zu erkennen: Ohne ein Wort zu sagen, suchte er dürres Gras und trockene Reiser zusammen, schichtete dieses Material zu einem kleinen Haufen zusammen, zog sein Punks[1] hervor und setzte das Gras in Brand. Dick Hammerdull machte ein fröhliches Gesicht, stieß Pitt Holbers den Ellbogen mit freundlichem Nachdrucke zwischen die Rippen und kicherte:

»Famose Sache! Es scheint alles in Ordnung zu sein, und wir können unsere Blutegel braten. Was meinst du dazu, Pitt Holbers, alters Coon?«

»Wenn du denkst, daß ich mich auf das Essen freue, so kannst du das Richtige getroffen haben, alter Dick,« lautete die behagliche Antwort.

Die Fische wurden in zwei Portionen, für jetzt und für den Abend, geteilt; dann bekam jeder, was ihm zufiel; auch Fletcher erhielt so viel wie jeder andere. Als sein Teil gebraten war, machte Dick Hammerdull es sich zum Spaße, ihn wie ein Kind zu ätzen. Winnetou sah wohl, daß er gefesselt war, doch lag es nicht in seiner Eigenart, nach dem Grunde zu fragen.

Ebensowenig fragte ich ihn nach dem Ergebnisse seiner Rekognoszierung, denn ich wußte, daß er zur rechten Zeit selbst davon anfangen werde; aber die beiden andern hatten

[1] Prairiefeuerzeug.

weniger Geduld, und kaum hatte Dick Hammerdull den letzten Bissen zwischen die Lippen geschoben, so wischte er sich den Mund mit dem fettglänzenden Aermel ab und sagte:

»So, jetzt ist man satt und kann nun auch an die Pa-Utes denken. Ich hoffe, daß sie noch nicht fortgeritten sind!«

Und als Winnetou nicht sofort antwortete, machte er die Sache deutlicher, indem er fragte:

»Oder sollte ich mich irren, und sie sind schon fort?«

Ueber die männlich schönen Züge des Apatschen glitt ein leises Lächeln und er antwortete in gütig verweisendem Tone: »Der Tau fällt zu seiner Zeit, und die Sonne scheint zu ihrer Zeit. Warum wartet mein weißer Bruder nicht, bis auch meine Zeit, zu sprechen, gekommen ist?«

»Ganz einfach, weil ich neugierig bin,« antwortete der Dicke in drolliger Aufrichtigkeit.

»Neugierig darf die Squaw sein, nicht aber der Mann, zumal wenn er ein Krieger ist wie Dick Hammerdull, doch soll mein Bruder erfahren, was er wissen will. Die Pa-Utes sind noch da.«

»Wo?«

»Im Lager, welches sie gestern überfallen haben. Winnetou hat sie genau gezählt; es sind zweimal hundert Mann und sechsmal zehn. Ihr Anführer ist Pats avat[1], der Häuptling der Pa-Utes.«

»Und die Gefangenen?«

»Sie sind gefesselt, aber ganz gesund und unverwundet. Wir werden sie in der nächsten Nacht befreien.«

»Befreien?« fragte der Dicke in freudigem Erstaunen. »Ich dachte, es sei besser, damit zu warten, bis die Pa-Utes in die Hände der Navajos geraten; dann erhalten die Weißen ihre Freiheit ja ganz von selbst!«

»Winnetou glaubt, daß sein weißer Bruder sich da irrt. Wenn wir die Pa-Utes im Cañon einschließen und sie haben ihre Gefangenen noch bei sich, so können sie uns Bedingungen stellen und uns drohen, die Weißen zu töten. Sind diese

[1] Großer Mokassin.

aber frei, so müssen die Feinde auf alles eingehen, was wir von ihnen verlangen.«

»Ganz recht, ganz recht! Mir ist es auch viel lieber, wenn wir unsere Kameraden schon heut herausholen, denn das giebt einen Streich, wie ich ihn mir gar nicht prächtiger denken kann. Auf welche Weise aber soll die Befreiung vor sich gehen?«

»Das wird mein Bruder erfahren, wenn die Zeit dazu gekommen ist. Winnetou hat gelauscht und mehrere Pa-Utes sprechen hören; er hat erfahren, warum sie noch nicht fort sind und wie es sich zugetragen hat, daß sie die weißen Männer überfallen haben. Unter den zwei Getöteten ist der Häuptlingssohn, dessen Begräbnis eine Zeit bis morgen früh erfordert, denn sein Grab muß hoch aus Steinen errichtet werden; sie haben noch die halbe Nacht daran zu bauen. Der Häuptling ist voller Grimm über den Tod seines Sohnes, und es ist sehr leicht möglich, daß er die Gefangenen tötet, damit ihre Seelen die seinige in den ewigen Jagdgründen bedienen müssen.«

»*All devils*, das wäre ja entsetzlich!«

»Es würde nichts als eine Rache sein, wie sie die roten Männer erst von den Weißen gelernt haben. Und diese Strafe wäre um so gerechter, weil sie den Mörder doppelt träfe, dessen Sohn und Neffe sich unter den Gefangenen befinden.«

»Also doch Old Cursing-Dry?«

»Ja, er ist's.«

Fletcher lag nahe genug, um jedes Wort zu hören. Seit dem Essen hatte er die Augen offen gehabt. Jetzt rief er eifrig herüber:

»Ich war es nicht; ich war es nicht; ich weiß kein Wort davon! Diese .... Halunken sind die niederträchtigsten ...., die man sich denken kann. Ich schwöre es bei ...., daß ich die Wahrheit sage!«

Diese Verteidigung enthielt wieder drei schwere Lästerungen, die man unmöglich wiedergeben kann. Winnetou ignorierte sie und fuhr fort:

»Die Pa-Utes haben nicht da, wo sie sich jetzt befinden,

lagern, sondern weiterziehen wollen. Sie hätten die Weißen gar nicht entdeckt, wenn der Mord nicht geschehen wäre. Der Sohn des Häuptlings ritt mit noch zwei Kriegern dem Zuge eine Strecke voraus; da fielen schnell hintereinander zwei Schüsse, und er stürzte tot vom Pferde, neben ihm einer der beiden Krieger. Beide sind durch die Köpfe geschossen.«

»Beweist das, daß ich es gewesen bin?« brüllte Fletcher zornig auf.

Winnetou wendete sich an Hammerdull und Holbers:

»Wenn dieser Mann es noch einmal wagt, so laut zu sprechen, so mögen meine Brüder ihm einen Knebel in den Mund geben und ihn krumm wie eine Katze zusammenbinden; dann hängen wir ihn in den Fluß, daß er langsam und elendiglich ertrinken muß!«

Dann setzte er seine Rede wieder in früherem Tone fort:

»Der zweite Begleiter, welcher unverletzt war, hat sein Pferd schnell nach der Gegend getrieben, aus welcher die Schüsse kamen, und einen Reiter davonsprengen sehen. Da es noch nicht ganz dunkel war, konnte er den Mann und auch das Pferd genau erkennen. Der Reiter hat einen Strohhut auf dem Kopfe gehabt und darunter ein Tuch, wie es zuweilen die Vaqueros und Cowboys tragen; erreichen hat er ihn nicht können. Das Pferd ist von dunkler Farbe gewesen mit einem hellen Flecke rechtsseits auf der Kruppe. Meine Brüder werden wissen, wer einen solchen Hut und ein solches Tuch trägt und wessen Pferd einen solchen hellen Fleck hat. Winnetou hat ganz deutlich gehört, wie ein Pa-Ute dies einem anderen beschrieb.«

Natürlich war es Fletcher, auf den und dessen Pferd sich diese Kennzeichen bezogen. Er wagte dennoch, es zu leugnen und zischte ingrimmig zu uns herüber:

»Lüge, nicht als Lüge! Was so ein roter .... sagt, hat keinen .... Wert. Ich schwöre es bei ...., daß ich so unschuldig wie ein .... bin!«

Das waren wieder vier Ausdrücke, für welche ich ihn hätte halbtot prügeln lassen mögen! Der Apatsche sprach in kaltem, schwerklingendem Tone weiter:

»Erinnern sich meine Brüder noch der fürchterlichen, unmenschlichen Worte, welche der Mann, der dort liegt, gestern, als er mit uns zusammentraf, über die Indianer sagte? Er sagte sie aus, obgleich er sah, daß ich selbst ein Roter bin. Soviel Worte er gesprochen hat, so viele Richter und so viele Zeugen giebt es gegen ihn; er und kein anderer ist der Mörder, obgleich er einen gräßlichen Schwur gethan hat, es nicht zu sein.«

Da bäumte sich Old Cursing-Dry unter seinen Fesseln und schrie:

»Und ich wiederhole diesen meinen Schwur bei allen ....: Ich will erblinden oder zerschmettern, wenn ich der Mörder bin! Wenn Ihr so dumm seid, einem --«

Er konnte nicht weiter sprechen, denn schon kniete ich bei ihm. Ihm die rechte Hand fest um die Kehle legend, riß ich mit der linken einen Fetzen von seinem Gewande und ballte ihn zusammen. Ein schärferer Druck an der Gurgel, und er schnappte mit weit geöffnetem Munde nach Atem; der Knebel fuhr ihm zwischen die Zähne, und Hammerdull, der mir schnell gefolgt war, sorgte für einen zweiten Lappen, der ihm vor den Mund gebunden wurde, daß er den Knebel nicht mit der Zunge herausstoßen konnte. Nun waren wir vor seinen Lästerungen sicher und kehrten auf unsere Plätze zurück.

Lange saßen wir da wortlos bei einander; jeder wußte, was der andere fühlte und dachte, doch keiner sprach es aus. Abschaum der Menschheit! Tiefer noch stehend als das niedrigste Tier! Kann es denn wirklich ein menschliches Wesen geben, auf welches diese unmöglich scheinende Bezeichnung paßt? Bis jetzt hätte ich die Frage sicherlich verneint; nun aber mußte ich sie bejahen, obgleich sich mein Herz mit aller Kraft dagegen sträubte. Was sollten wir mit diesem Manne anfangen? Ihm die Freiheit geben, das heißt ihn wie ein grimmiges, wildes Tier loslassen gegen alle, die Menschen sind, und alles, was menschlich heißt? Nein, nein! Ihn den Pa-Utes ausliefern? Ja und abermals ja; er hatte das verdient, denn er war auf alle Fälle der Mörder und konnte nur durch den Tod unschädlich gemacht werden.

Winnetou legte mir die Hand auf den Arm und sagte, als ob er mir die Gedanken vom Gesichte abgelesen hätte:

»Mein Bruder strenge seine Gedanken nicht ferner an! Wenn es ihm wehe thut, das Leben selbst eines so bösen Menschen vernichten zu helfen, so wird der Häuptling der Apatschen allein den Richter machen. Old Cursing-Dry wird den Pa-Utes auf alle Fälle ausgeliefert. Ich habe es gesagt. Howgh!«

»Hältst du mich für schwach?«

»Nein, aber für zu barmherzig.«

»Ja, selbst dieser Mensch erbarmt mich, aber nicht sein Leib, sondern seine Seele. Soll sie von hinnen fahren in das ewige Verderben, ohne daß es für sie auch nur eine einzige Möglichkeit noch giebt, einen einzigen, einzigen um Verzeihung flehenden Blick zum Himmel zu wenden?«

»Was sorgst du dich vergebens! Hast du die Macht, ihr diesen Blick zu öffnen? Es giebt nur einen, der diese Macht besitzt, der große, gute Manitou. Du hast mich gelehrt, ihm zu vertrauen; hast du verlernt, es selbst auch zu thun? Kümmere dich nicht! Das irdische Leben dieses Lästerers und Mörders ist dem unerbittlichen Gesetze der Savanne verfallen; über seine Seele aber wird Manitou bestimmen. Er ist von jetzt an nicht mehr ein geduldeter Gefährte für uns, sondern unser Gefangener, den wir den Pa-Utes auszuliefern haben, an denen er sich vergangen hat. Darum darf er nicht hören, was wir von jetzt an weiter miteinander sprechen.«

Auf Grund dieser Bemerkung fuhr er nach einer Pause des Nachdenkens in gedämpftem Tone fort:

»Winnetou wird euch jetzt sagen, auf welche Weise es uns möglich sein wird, die acht Gefangenen zu befreien. Dick Hammerdull und Pitt Holbers kennen die Stelle, an welcher die Pa-Utes lagern, die ich beschlichen habe. Es giebt da eine kleine Halbinsel, welche durch einen sehr schmalen Landstreifen mit dem Ufer zusammenhängt; auf diese Halbinsel sind die Gefangenen gebracht worden, weil sie da viel leichter bewacht werden können und eine Flucht von dort für unmöglich gehalten werden muß.«

»Ich kenne diese Halbinsel,« nickte Hammerdull. »Wir wollten sie zum Lagerplatze machen, sahen aber davon ab, weil es zu viel Stechfliegen da gab. Die Ränder waren mit Büschen bewachsen.«

»Das ist sehr richtig und wird uns die Befreiung der Gefangenen sehr erleichtern. Die acht Männer sind natürlich gefesselt, und es ist gar nicht daran zu denken, daß sie, um zu fliehen, in das Wasser gehen. Darum genügt ein einziger Wächter, welcher auf den schmalen Uebergang zur Halbinsel postirt wird. Und sollte man so vorsichtig gewesen sein, zwei oder drei Krieger dorthin zu postieren, so kann uns das nicht hindern, denn die sind in einer Minute unschädlich gemacht.«

»*Well!* Ich bin überzeugt, daß wir drei und noch mehr Wächter schnell aus dem Wege schaffen; ebenso rasch haben wir den Gefangenen die Fesseln zerschnitten; aber was dann? Am Ufer lagern noch über zweihundertundfünfzig Indsmen, durch die wir uns ganz unmöglich schleichen können.«

»Das wollen wir auch nicht, denn wir werden auf dem Wasser entweichen.«

»Hm! Ist das nicht leichter gesagt als gethan? Ich bin zwar überzeugt, daß die Kameraden alle zu schwimmen vermögen, aber sie werden die Arme und Beine nicht bewegen können, weil sie so lange Zeit gefesselt gewesen sind. Es ist auch gar nicht zu vermeiden, daß der eine rascher als der andre schwimmt; dadurch müssen wir auseinander kommen und längere Zeit aufeinander warten; inzwischen können uns die Indsmen einzeln wegfischen oder gar auslöschen.«

»Mein weißer Bruder hat nicht auf meine Worte geachtet; ich habe gesagt, daß wir auf dem Wasser entwischen wollen, nicht im Wasser. Wir werden nicht schwimmen, sondern ein Floß bauen. Sollte es ja nötig sein, in das Wasser zu gehen, so werden das nur zwei thun, nämlich Old Shatterhand und ich.«

»Ah, ein Floß! Aber ein Fahrzeug, auf welchem acht Personen fortgeschafft werden sollen, das muß so groß sein, daß die Indsmen es unbedingt merken werden, obgleich es heut nacht sehr dunkel sein wird, weil wir Neumond haben. Ist das nicht auch deine Ansicht, Pitt Holbers, altes Coon?«

»Wenn du denkst, daß Neumond ist, so hast du recht, alter Dick,« lautete die Antwort; »aber Winnetou wird schon wissen, was er will.«

»Ob er es weiß oder nicht, das bleibt sich nicht nur gleich, sondern das ist sogar sehr egal; aber ich bin auch vollständig überzeugt, daß er einen guten Gedanken hat. Was sagt denn Ihr dazu, Mr. Shatterhand?«

Da diese Frage an mich gerichtet war, so antwortete ich:

»Ich errate die Absicht unseres roten Bruders. Das Floß muß unbemerkt bleiben; es würde aber jedenfalls gesehen werden, wenn die Pa-Utes sich am Lagerplatze befänden; daher vermute ich, daß Winnetou die Absicht hegt, sie fortzulocken.«

»Mein weißer Bruder hat das Richtige getroffen,« nickte mir der Apatsche zu. »Die Pa-Utes müssen vom Lager fort.«

»Aber wodurch könnten wir sie dazu veranlassen?« fragte Dick Hammerdull.

»Durch Feuer.«

»Gut. Aber was sollen wir anbrennen? Wir können doch nicht den Wald anzünden, denn das wäre hier, wo es so wenig Wälder giebt, geradezu eine Sünde.«

»Der Wald ist dem Häuptling der Apatschen heilig; er darf nicht vernichtet werden. Aber wir müssen etwas in Flammen setzen, was den Pa-Utes auch heilig ist, damit sie erschrecken; denn wenn sie keinen Schreck bekommen, so begehen sie nicht die Unvorsichtigkeit, das Lager zu verlassen.«

»Da bin ich wirklich neugierig, welcher Gegenstand es ist, den Winnetou in Brand stecken will.«

»Das neue Grabmal ist's.«

»Vortrefflich! Der Gedanke ist zehntausend Dollars wert! Aber das Grabmal wird nicht brennen, weil es von Stein ist!«

»Es ist gar nicht notwendig, daß es verbrennt. Wir schichten dürres Gras und Holz an demselben auf; wenn das in Brand gerät, werden alle roten Männer erschrecken und schnell hineilen, es zu löschen.«

»Aber da jetzt noch daran gebaut wird, müssen wir warten, bis es fertig ist. Und selbst dann ist die Annäherung jedenfalls gefährlich, weil man auf alle Fälle Wächter hinstellen wird.«

»Mein Bruder Dick Hammerdull mag sich an die Gebräuche der roten Völker erinnern! Sobald das Grabmal vollendet ist, wird man die Leiche des Häuptlingssohnes hinschaffen, und niemand als sein Vater wird dort bleiben; man muß ihn allein lassen, damit er die Gesänge des Todes, die nur die Seele des Ermordeten hören darf, anstimme. Wir haben es also nur mit ihm zu thun.«

»Soll er getötet werden?«

»Nein. Old Shatterhand und Winnetou töten keinen Menschen, wenn sie nicht durch ihn selbst dazu gezwungen werden. Er wird den Hieb meines Bruders Shatterhand empfangen, damit er schweigt, so lange er nicht reden soll; weiter darf ihm nichts geschehen.«

»Aber wir können doch nicht zu gleicher Zeit am Grabmale und auf dem Flosse sein! Die Roten werden das Feuer ausgelöscht haben, ehe wir fertig sind, und dann ist es sehr fraglich, ob uns der Streich gelingt, den wir ausführen wollen.«

»Dick Hammerdull mag keine Sorge haben. Wir werden uns teilen und dann die Zeit so genau abmessen, daß das Gelingen beinahe sicher ist. Jetzt wollen wir an die Arbeit gehen und das Floß bauen, denn es muß fertig sein, ehe es dunkel wird.«

»Sind wir denn sicher, daß wir nicht dabei beobachtet werden?«

»Winnetou weiß ganz genau, daß die Pa-Utes nicht in diese Gegend kommen werden.«

»Ob sie kommen oder nicht, das bleibt sich gleich; aber es ist auf alle Fälle besser, wenn sie nicht erfahren, daß wir hier sind und was wir für eine Absicht hegen. Es ist immer und auf alle Fälle besser, wenn das geschieht, was besser ist. Meinst du nicht auch, Pitt Holbers, altes Coon?«

»Wenn du denkst, daß das Bessere besser ist, lieber Dick, so kann es mir nicht einfallen, etwas dagegen zu haben,« antwortete Pitt in seiner trockenen Weise.

Es ging nun ans Fällen von dünnen Baumstämmen, eine Arbeit, welche, weil wir keine Aexte hatten, zwar langsam, aber desto geräuschloser vor sich ging. Frische, biegsame Ruten zum festen Verbande der Stämme gab es genug, und so hatten wir das Floß fertig, ehe zwei Stunden vergangen waren. Es erhielt zwei Steuer, eines vorn und eines hinten, und außerdem vier Ruder für den Fall, daß wir ihm eine größere Schnelligkeit geben mußten, als der Fall des Wassers mit sich brachte.

Dann wurden vier große Bündel trockenes Holz und Gras gesammelt und auf das Floß gebracht. Als wir damit fertig waren, mußten die Pferde fortgeschafft werden. Wir befanden uns, wie schon gesagt, oberhalb des Lagerplatzes der Pa-Utes, mußten also mit dem Floße abwärts fahren und konnten natürlich die Gefangenen, falls uns deren Befreiung gelang, auch nur abwärts vom Lagerplatze landen, und zwar auf dem andern Ufer, damit die Verfolger gezwungen sein würden, erst über den Fluß zu setzen, ehe sie hinter uns herkonnten. Aus diesen Gründen war es notwendig, die Pferde erst vorauszuschaffen und an einer dazu geeigneten, vom Lager abwärts befindlichen Stelle zu verstecken. Dabei mußte natürlich auch Old Cursing-Dry sein.

Wir setzten also die Pferde auf dem Floße an das andere Ufer über und banden Fletcher auf seinem Sattel fest. Pitt Holbers mußte bei dem Floße zurückbleiben; wir andern ritten stromab, aber nicht etwa nahe am Ufer, sondern soweit von demselben entfernt, daß wir sicher sein konnten, nicht bemerkt zu werden.

Wir ritten, um die letzte Helle des Tages zu benutzen, im Galopp und waren schon nach einer halben Stunde soweit gekommen, daß wir uns vielleicht eine halbe englische Meile unterhalb des Indianerlagers befanden. Hier gab es eine kleine, enge Schlucht, in welcher Bäume standen, an die wir die Pferde banden. Old Cursing-Dry wurde vom Pferde gehoben und auch angebunden, und zwar in einer Weise, daß es für ihn gar keine Möglichkeit gab, sich loszumachen. Er gab seinem Grimm gegen uns dadurch Ausdruck, daß er, ehe wir ihm die Beine wieder gefesselt hatten, uns mehrere Fußtritte versetzte. Wenn der Knebel nicht gewesen wäre, so hätten wir gewiß eine Menge Flüche anzuhören bekommen.

Wir waren gezwungen, ihn allein und ohne Aufsicht hier zurückzulassen und den Weg, den wir zu Pferde gekommen waren, zu Fuße wieder flußaufwärts zu machen. Wir hatten ihn kaum angetreten, so wurde es Nacht, was uns aber nicht störte; wir kamen wohlbehalten bei Pitt Holbers an.

Wir bestiegen das Floß, banden es vom Ufer los und begannen die nicht ganz ungefährliche Fahrt. Ich übernahm das hintere Steuer; Winnetou stand vor dem vordern und raunte mir seine Weisungen leise zu. Es war so finster, daß jemand, der nicht Westmann war, kaum seine Hand vor den Augen hätte sehen können; ich aber konnte jeden einzelnen Baum am Ufer unterscheiden, und Winnetou sah gewiß noch schärfer als ich. Dick Hammerdull und Holbers saßen auf der Mitte des Floßes und verließen sich auf uns beide.

Die Pa-Utes lagerten auf der linken Seite des Flusses; darum hielten wir uns nahe an das rechte Ufer. Das Wasser hatte guten Fall und so kamen wir rasch vorwärts. Als Winnetou annahm, daß wir uns dem Lager genug genähert hätten, legten wir am linken Ufer an, und zwar an einer Stelle, wo das Floß unter überhängenden Zweigen verborgen lag. Ich sage, am linken Ufer, denn wir wollten zwar später auf dem rechten entfliehen, mußten aber doch vorher am linken aussteigen, um unsere Vorbereitungen zu treffen.

Zunächst schlich sich Winnetou fort, um zu rekognoscieren. Er kam nach ungefähr zwei Stunden zurück und meldete uns, daß er alles für uns günstig gefunden habe; das Grabmal werde sicher bis Mitternacht fertig sein, von welcher Zeit an sich nur der Häuptling dort befinden werde. Das Monument stand ungefähr dreihundert Schritte seitwärts vom Lager im Walde. Der kühne Apatsche war sogar bis fast in die unmittelbare Nähe der Halbinsel gekrochen, um später imstande zu sein, das Floß ganz sicher und genau zu regieren.

Wir lagen bis Mitternacht still und geräuschlos unter dem dichten Gezweig. Da flüsterte mir Winnetou zu:

»Mein Bruder mag die Zündschnur aus dem Patronengürtel nehmen.«

Unser Werk sollte also jetzt beginnen. Jeder vorsichtige Westmann trägt einen Knäuel dünne Luntenschnur bei sich, denn er kommt zuweilen in die Lage, sie notwendig zu brauchen. Ich schnitt ein genügend langes Stück ab und steckte es lose in die Tasche, um es gleich bereit zu haben. Dann stiegen wir alle vom Floße an das Ufer, die vier großen Reis- und Grasbündel auf den Armen. Winnetou machte den Führer.

Es ging schief nach links in den Wald hinein. Der Apatsche hatte sich solche Stellen gemerkt, wo die Bäume nicht so eng zusammenstanden und wir also leichter gehen konnten. Rechts vor uns sahen wir bald den Schein der Lagerfeuer, und dann bemerkten wir links auch den Schein eines kleinen Feuers. Es brannte bei dem Grabmal. Als wir uns demselben so weit genähert hatten, daß wir es sehen konnten, erkannten wir Pats avat, den Häuptling der Pa-Utes, welcher ganz allein bei der Leiche seines Sohnes saß. Noch näher gekommen, hörten wir ihn seine Klageweisen murmeln, und legten unsere Bündel nieder. Dick und Pitt mußten stehen bleiben; ich schlich mich mit Winnetou bis fast an den Rücken des Häuptlings; da trat Winnetou vor. Pats avat blickte auf. Als er den Apatschen sah, sprang er empor und stieß erschrocken die Worte aus:

»Uff! Winnetou, der Häuptling der Apatschen!«

Der Genannte hob den Arm, deutete auf mich und antwortete:

»Ja, ich bin es. Und da steht mein weißer Freund und Bruder Old Shatterhand.«

Der Pa-Ute drehte sich schnell zu mir herum und sah

mich mit weit aufgerissenen Augen an. Schon öffnete er den Mund, um einen Hilferuf auszustoßen, da bekam er meinen Kopfhieb, der ihn besinnungslos niederstreckte. Nun brachten Hammerdull und Holbers die Bündel rasch herbei. Wir schichteten sie am Grabmale auf, legten die Lunte, zündeten sie am Feuer an und entfernten uns dann in so eiligem Laufe, daß wir nach kaum einer Minute wieder auf dem Floße standen.

Wir banden es los und ließen es abwärts gleiten, doch nicht im freien Wasser, weil wir es da nicht so, wie es nötig war, in unserer Gewalt gehabt hätten, sondern indem wir es hart am Ufer hielten und mit den Rudern langsam vorwärts stießen.

Es wurde vor uns heller; schon sahen wir die Lagerfeuer und im Scheine derselben die Halbinsel liegen. Da erhob sich plötzlich auch links im Walde eine Glut, welche die Aufmerksamkeit der Pa-Utes auf sich zog. Wir hörten ihre Rufe und sahen viele nach dem Grabmale eilen.

»Es geht los!« sagte Winnetou. »Die Waffen bereit zum etwaigen Widerstande, und die Messer heraus, um die Fesseln der Gefangenen im Nu zu zerschneiden!«

Da klang vom Walde her der laute, schrille Schreckensruf:

»Neav äkve, neav äkve – der Häuptling ist tot, der Häuptling ist tot!«

Da sprangen alle, die zurückgeblieben waren, von den Feuern auf und rannten in den Wald. Wir sahen es ganz deutlich, daß auch zwei Rote von der Halbinsel an das Ufer kamen und waldeinwärts liefen.

»Schnell an die vier Ruder und nach der Insel, schnell!« gebot ich. »Holbers bleibt auf dem Floße, um es festzuhalten!«

Das Floß schoß mit der Schnelligkeit eines Bootes auf die Halbinsel zu. Als es anstieß, sprangen Winnetou, Hammerdull und ich an das Land. Es stand doch ein dritter Wächter da, welcher zurückgeblieben war. Er kehrte uns den Rücken zu, weil er nach dem Walde blickte. Als er das Geräusch hörte, welches wir nicht vermeiden konnten, drehte er sich um. Uns sehen, einen durchdringenden Hilferuf ausstoßen und sein Gewehr auf Winnetou anschlagen, das war eins. Ich sprang hinzu und griff nach dem Gewehre. Ich konnte zwar nicht verhüten, daß der Schuß krachte, doch ging die Kugel fehl. Ihm die Waffe aus der Hand reißen, umdrehen und den Kolben auf den Kopf schlagen, daß der Mann zusammenbrach, war das Werk des nächsten Augenblickes. Dann mit dem Messer zu den Gefangenen. Nach kaum einer Minute waren alle acht frei und auf dem Floße. Wir sprangen nach, griffen zu den Rudern und lenkten zunächst nach dem andern Ufer hinüber.

Das war alles viel schneller gegangen und viel glücklicher abgelaufen als wir vorher gedacht hatten, und doch war es schon die höchste Zeit, daß wir fortkamen, denn der Schuß und der Hilferuf waren gehört worden, und die Roten kamen zurückgerannt, um die Ursache zu erfahren. Sie sahen uns, denn wir glitten soeben durch den hellsten Feuerschein, und erhoben ein wütendes Geheul. Winnetous gewaltige Stimme aber übertönte selbst dieses Geschrei:

»Pats avat, der Häuptling der Pa-Utes, ist nicht tot; er wird wieder aufwachen, denn Old Shatterhand hat ihn nur betäubt. Und hier steht Winnetou, der Häuptling der Apatschen. Wir haben die weißen Gefangenen frei gemacht, und keine tausend Pa-Utes werden sie uns wieder abnehmen können. Howgh!«

Auf diese Worte verdoppelte sich das Geheul, und es krachten viele Schüsse, ohne uns aber zu treffen, denn der Feuerschein lag schon hinter uns, und wir schwammen im Dunkeln, wo wir kein Ziel mehr boten. Noch lange aber hörten wir die Stimmen der Feinde, welche wie dumme Knaben am Ufer hinter uns herrannten, ohne daß es für sie die Möglichkeit gab, uns einzuholen.

Die aus der Gefangenschaft befreiten und vom wahrscheinlichen Tode erretteten Männer hatten aus den Worten des Apatschen entnommen, wer wir waren. Sie wollten sich in Ausrufen der Freude und des Dankes ergehen, doch brachte Winnetou sie schnell zum Schweigen, indem er sagte:

»Still! Noch sind wir nicht in Sicherheit! Und wer weiß, ob alle von euch sich freuen dürfen, daß sie den Pa-Utes entkommen sind. Nur kurze Zeit vergeht, so steht uns ein Gericht bevor, welches einen sehr ernsten Ausgang nehmen wird. Howgh!«

III.

Winnetou stand wie vorher am vorderen Steuer und lenkte das Floß nach dem rechten Ufer, denn wir waren in der Nähe der Stelle angekommen, wohin wir Fletcher und unsere Pferde geschafft hatten. Die acht Befreiten glaubten, hier aussteigen zu dürfen, doch Winnetou bedeutete sie:

»Bleibt sitzen! Wir fahren weiter.«

»Warum legt ihr denn hier an, wenn wir nicht an das Land sollen?« fragte einer in vorwitzigem Tone.

»Weil wir hier unsere Pferde haben.«

»Und wir haben keine! Donnerwetter! Hattet ihr denn keine Zeit oder keine Lust, unsere Pferde auch loszumachen? Auch fehlen uns unsere Waffen. Wie können wir hier im wilden Westen fortkommen, wenn wir keine Gewehre und keine Messer haben! Das hättet ihr euch doch beim Teufel sagen sollen!«

Es trat eine kurze Pause ein, dann fragte der Apatsche:

»Heißt der junge, weiße Mann, welcher jetzt gesprochen hat, vielleicht Fletcher?«

Ich kannte den Ton, in welchem er diese Frage aussprach, sehr genau. Man konnte ihn stets dann bei ihm hören, wenn er mit einem verächtlichen Menschen sprechen mußte und sich Mühe gab, seinen Zorn zu unterdrücken.

»Ja,« antwortete der Gefragte.

»So ist er also der Sohn des alten Bleichgesichtes, welches man Old Cursing-Dry nennt?«

»Alle tausend Teufel! Wer erlaubt es Euch, diesen Namen auszusprechen?«

»Winnetou erlaubt es sich selbst und möchte den Menschen sehen, der es wagt, ihn darüber zur Rede zu stellen!«

»Ich wage es! Dieser Name ist ein Schimpfname, den ich nicht dulde! Wo ist überhaupt mein Vater? Er war fort, als wir überfallen wurden, und kann nicht mit gefangen worden sein. Ich will nicht annehmen, Mesch'schurs, daß ihr uns von hier entführt und meinen Vater in der Tinte stecken laßt. In diesem Falle würde euch ein ...... in die Knochen fahren, und ich schwöre euch bei ......«

»Halt!« unterbrach ihn Winnetou. »Keinen Schwur und keinen Fluch; das dulden wir nicht! Der alte Fletcher ist in sicherer Hut und wird morgen mit euch zusammentreffen. Euch jetzt gleich eure Pferde und Waffen zu verschaffen, diesen Gedanken hätten wir nur dann hegen können, wenn sich in unserm Hirn keine Spur von Verstand mehr befände. Winnetou wird euch aber sagen, was geschehen soll: Die Pa-Utes werden uns verfolgen, und wir locken sie in eine Falle, aus welcher keiner von ihnen zu entkommen vermag. Dann müssen sie alles herausgeben, was sie euch abgenommen haben. Die Krieger der Navajos warten schon auf sie, um sie gefangen zu nehmen. Wer kein Pferd hat, muß auf dem Floße bleiben, bis wir an Ort und Stelle sind. Der Fluß macht von hier aus einen großen Bogen, welcher nach der Stelle führt, die von den roten Männern Sitsu-to[1] genannt wird. Erinnert sich mein Bruder Shatterhand dieser Stelle noch genau?«

»Ja,« antwortete ich. »Wenn wir jetzt von hier fortreiten, sind wir bei Tagesanbruch dort.«

»Das ist richtig. Wir, die wir auf dem Floße fahren, werden etwas später dort ankommen. Mein Bruder Shatterhand hat vier Pferde. Er mag mit Dick Hammerdull, Pitt Holbers und einem von ihren vier Gefährten aussteigen und mit ihnen nach dem Sitsu-to reiten, um dort auf uns zu warten. Was nachher zu thun ist, wird sich dann ergeben.«

Wir hatten acht Gefangene befreit, vier Gefährten von Hammerdull und Holbers und vier Kumpane des alten Fletcher. Winnetou gab mir nicht ohne Absicht einen der ersteren mit und nicht einen der letzteren. Fletcher war ja unser Gefangener. Hammerdull wählte sich einen seiner Freunde aus; dann stiegen wir an das Ufer, von welchem das Floß so-

[1] Gelbes Wasser.

gleich wieder abstieß. Es war immerhin ein Wagnis für Winnetou, mit vier solchen Menschen zu fahren, wie der junge Fletcher einer war. Nach seinen unverschämten Forderungen und seiner Ausdrucksweise zu urteilen, war auch hier der Apfel nicht weit vom Stamme gefallen.

Wir vier Männer verließen das Ufer und fanden trotz der Dunkelheit die Schlucht, in welcher wir unsere Pferde angebunden hatten. Es war nichts Störendes hier eingetreten. Old Cursing-Dry hatte zwar, wie ich bemerkte, gewaltig an seinen Fesseln herumgezerrt, doch waren seine Anstrengungen ohne den geringsten Erfolg gewesen. Er wurde wieder auf sein Pferd gesetzt und dort festgebunden.

Der Gefährte Hammerdulls wunderte sich nicht wenig darüber, daß Fletcher sich bei uns in einer solchen Behandlung befand; er wurde mit kurzen Worten darüber aufgeklärt; dann stiegen wir auf und ritten fort, indem wir den Fluß verließen und die freie Ebene aufsuchten, um dort in einer schnurgeraden Linie den Bogen des Rio San Juan abzuschneiden. Hier gab es kein Laubdach über uns, und wir sahen die Sterne leuchten, bei deren Schein wir in keine falsche Richtung geraten konnten.

Ich ritt, Fletchers Pferd neben mir am Zügel führend, die ganze Zeit voran, und kümmerte mich nicht um das Gespräch, welches die drei andern hinter mir nicht ausgehen ließen. Das Ereignis des letzten Abends gab ihnen Stoff genug dazu.

Als der Tag graute, sahen wir von weitem den grünen Streifen, welcher den Fluß besäumte, und erreichten bald darauf das Wasser, an welchem wir abstiegen, um auf Winnetou zu warten. Fletcher wurde natürlich wieder angebunden. Er hatte während des ganzen Rittes den Knebel im Munde gehabt; ich befreite ihn aus Mitleid von demselben; kaum aber hatte er die Zunge frei, so ließ er einen solchen Schwall von Flüchen und Verwünschungen über uns los, daß ich ihn nur durch die Drohung, ihm den Knebel sofort wieder zu geben und ihn dann noch extra durchpeitschen zu lassen, zum Schweigen bringen konnte.

Wir hatten gestern aus Sicherheitsrücksichten die zweite Hälfte der Fische nicht gebraten; darum brannten wir uns jetzt ein Feuer an, um aus dem versäumten Abendmahle ein Frühstück zu machen. Fletcher bekam auch seinen Teil. Während des Essens wollte Hammerdull die Fragen aussprechen, welche er bis jetzt still auf dem Herzen gehabt hatte. Ich winkte ihm, zu schweigen, denn Fletcher durfte nichts hören. Als dieser dann gegessen hatte, bekam er den Knebel wieder und wurde samt seinem Pferde eine genügende Strecke fortgeschafft und dort wieder festgebunden. Dann ließ sich aber der Dicke nicht länger halten, denn seine Neugierde war zu groß, und er erkundigte sich:

»Warum soll der Alte nicht hier bleiben, Mr. Shatterhand? Warum steckt Ihr ihn dort in die Büsche?«

»Weil sein Sohn, wenn er hier vielleicht aussteigt, ihn nicht sehen darf, denn er würde gegen uns rebellieren, während er wahrscheinlich so lange ruhig bleibt, als er nicht weiß, was wir mit seinem Vater vorhaben.«

»*Well*, das ist klug; ich begreife es. Aber ich habe noch hundert Fragen, die – – –«

»Die Ihr viel besser für Euch behaltet,« unterbrach ich ihn. »Nehmt Eure Angeln und versucht, ob es hier Fische giebt. Wenn Winnetou kommt, werden er und seine Begleiter Hunger haben. Ich will Euch währenddessen kurz folgendes sagen: Die Pa-Utes werden uns natürlich verfolgen, zu Lande und zu Wasser. Da sie in der Dunkelheit unsere Spuren nicht sehen konnten, mußten sie bis Tagesanbruch warten, und haben die Nacht dazu benutzt, auch Flöße zu bauen. Auch sind während dieser Zeit die beiden Toten begraben worden, damit beim ersten Morgenscheine ihrem Aufbruche nichts im Wege stand. Ihr könnt Euch also leicht berechnen, welchen Vorsprung wir vor ihnen haben.«

»Den werden sie nicht einholen!«

»Nein, aber um sie zu reizen, werden wir sie möglichst nahe an uns herankommen lassen, damit sie die Unvorsichtigkeit begehen, uns in den Cañon zu folgen.«

»Werden die Navajos schon dort sein?«

»Jetzt noch nicht; auch wir können ihn erst heut gegen Abend erreichen, und bis dahin ist Nitsas-Kar mit seinen Kriegern sicher dort. Das ist alles, was uns für jetzt zu wissen nötig ist.«

»Aber Ihr habt doch nicht mit Winnetou darüber gesprochen. Vielleicht hat er einen ganz andern Plan als Ihr?«

»Nein. Ich kenne ihn, und er kennt mich. Und nun seht, daß wir Fleisch bekommen!«

Hammerdull und Holbers waren heute wieder glücklich. Sie machten in kurzer Zeit einen guten Fang und hörten eben auf, als wir von weitem das Floß kommen sahen. Die Fische kamen sofort über das Feuer, damit die Hungrigen nicht lange auf das Essen zu warten brauchten. Winnetou stand hochaufgerichtet vorn auf dem Floße und blickte mit Spannung zu uns her. Als er den alten Fletcher nicht sah, nickte er mir befriedigt zu und lenkte das Fahrzeug an das Ufer, wo es angebunden wurde. Der Duft der gebratenen Fische zog die acht Männer so an, daß sie einige Augenblicke später kauend am Feuer saßen.

Jetzt am Tage konnte ich die Gesichter sehen. Die vier Kerls, welche zu Old Cursing-Dry gehörten, hatten keine vertrauenerweckenden Gesichter, und die Art und Weise, wie sie sprachen und sich benahmen, legte kein gutes Zeugnis für sie ab. Winnetou führte mich abseits, um das Nötige mit mir zu besprechen. Wir machten es kurz und waren eben damit fertig, als der junge Fletcher uns zurief:

»Was giebt's für Heimlichkeiten dort? Habt ihr etwa ein böses Gewissen, daß wir nicht hören dürfen, was ihr redet?«

Da antwortete Dick Hammerdull:

»Ihr scheint nicht zu wissen, mit wem Ihr sprecht, Mr. Fletcher. Old Shatterhand und Winnetou sind nicht gewöhnt, in einem solchen Tone angeschossen zu werden!«

»So? Soll ich mich etwa mit schönen Komplimenten dafür bei ihnen bedanken, daß sie mir das Maul nicht vergönnen?«

»Ob Maul oder ob nicht Maul, das bleibt sich vollständig

gleich; aber Ihr riskiert sehr stark, daß Ihr auf das Eurige geschlagen werdet!«

»Möchte den sehen, der den Mut hätte, dies zu wagen! Daß ihr uns befreit habt, ist ganz Nebensache, denn das war eure .... Pflicht und Schuldigkeit, und wir sind euch keinen Dank dafür schuldig. Ich will jetzt unbedingt wissen, wo mein .... ist!«

Es war geradezu empörend, das Wort zu hören, welches er anstatt »Vater« gebrauchte. Dick antwortete:

»Wenn Ihr mit diesem schönen Ausdrucke Euren Vater meint, so will ich Euch sagen, daß dieser schon vor uns auf dem Wege zu den Navajos ist. Nicht wahr, Pitt Holbers, altes Coon?«

»Ja, lieber Dick,« nickte dieser, »wenn er vor uns ist, kann er nicht hinter uns sein.«

»*Well*, wenn das so ist, so bin ich einstweilen zufriedengestellt,« erklärte Fletcher. »Hoffentlich gehen uns die .... Utes in die Falle; dann aber sollen sie ....«

Es folgte wieder eine Flut von Verwünschungen, die nicht wiederzugeben ist, und er knüpfte daran die Erzählung einiger Erlebnisse, aus denen mehr als zur Genüge hervorging, daß die beiden Fletchers gewohnt waren, jeden Indianer als ein Wesen zu betrachten, welches »ausgelöscht« werden müsse. Wie viele rote Männer mochten sie auf ihrem Gewissen haben!

Weil wir den Vorsprung, den wir vor unsern Verfolgern hatten, möglicht verringern wollten, blieben wir volle vier Stunden am Sitsu-to beisammen; dann fuhr Winnetou mit seinen sieben Männern wieder ab. Wir andere sorgten dafür, daß die Pa-Utes bei ihrer Ankunft schon von weitem sehen konnten, daß das Floß hier angelegt hatte und auch von uns Reitern da Rast gehalten worden war; dann verließen auch wir den Ort, nachdem wir selbstverständlich Old Cursing-Dry aus seinem Verstecke geholt hatten. Wir nahmen ihm unterwegs den Knebel wieder ab, und wenn er es auch nicht wagte, uns selbst zu verlästern, so bekamen wir doch fast unausgesetzt Ausdrücke von ihm zu hören, wie ich sie noch aus keinem Munde vernommen hatte. Besonders beschwor er wieder und immer wieder, daß er nicht Mörder der beiden Pa-Utes sei.

Unsere Richtung führte uns oft an den Fluß und wieder von ihm ab, bis wir am Spätnachmittage seinem Ufer endgültig zu folgen hatten. Hinter uns lag eine weite, felsige Ebene, links der Strom, und vor uns stiegen allmählich Höhen auf, welche weit vorn senkrechte Wände bildeten, zwischen denen der Rio San Juan verschwand. Das war der Cañon, in dem wir die Pa-Utes fangen wollten. Ob sie aber hineingehen würden, das war die Frage.

Um sie dazu zu bewegen, hatte ich mich mit dem Apatschen verabredet, hier halten zu bleiben, bis sie uns sehen konnten; er wollte auf dem Floße dasselbe thun. Wir stiegen also ab und warteten. Es war kaum eine Viertelstunde vergangen, als wir einen Reiter am Flusse aufwärts kommen sahen. Es war ein Navajo, welcher uns meldete, daß seine Krieger angekommen seien und sich so aufgestellt hätten, wie es von Winnetou befohlen worden war. Dann entfernte er sich wieder, um Nitsas-Kar zu sagen, daß er uns getroffen habe.

Kurze Zeit später sahen wir unser Floß kommen. Ich gab Winnetou den verabredeten Wink, worauf er am Ufer anlegte, um ebenso wie wir zu warten. Der Fluß bildete aufwärts eine schnurgerade Linie, und Winnetou konnte also das Kommen seiner Verfolger fast ebensoweit bemerken, wie wir die Ankunft der unserigen. Dick Hammerdull warf die Frage auf, ob die Pa-Utes sich überhaupt auf unsere Verfolgung gemacht hätten, da deutete Pitt Holbers in die Ferne und sagte:

»Schau hinter dich, alter Dick; da wirst du sehen, daß Mr. Shatterhand jetzt wie gewöhnlich recht hat.«

Ja, sie kamen! Ein großer Reitertrupp, wohl zweihundert Mann stark! Wir blieben noch immer halten. Als wir von ihnen auch gesehen wurden, hielten sie an. Da wurden unsere Augen nach dem Flusse abgelenkt, denn auf diesem waren weit oben vier, fünf Flöße zu bemerken. Winnetou sah sie auch und ruderte vom Ufer ab, um sich ihnen zu zeigen. Sie entdeckten ihn und steigerten sofort ihre Schnelligkeit, während zu gleicher Zeit der Reitertrupp sich hinter uns in rasche Bewegung setzte. Es hatte allen Anschein, als ob unser Plan gelingen sollte.

Wir ritten weiter, und zwar so, daß wir mit Winnetou immer parallel blieben. Zuweilen hinter uns blickend, gewahrten wir nach einiger Zeit, daß die Reiter die Stelle erreichten, an welcher wir gehalten hatten, und von da aus ihre Flöße und auch das Floß Winnetous sahen. Hören konnten wir sie nicht, aber die hoch erhobenen Arme belehrten uns, daß sie ein Triumphgeheul ausstießen. Dann setzten sie ihre Pferde in Galopp; wir thaten dasselbe. Der Fluß trat hier zwischen engere Ufer, wodurch seine Schnelligkeit so vermehrt wurde, daß Winnetou uns auch jetzt parallel bleiben konnte.

Die Felsen stiegen höher und höher an und traten bald so nahe zusammen, daß zwischen ihnen und dem Wasser ein kaum fünf Meter breiter Weg blieb, der nach und nach sogar noch schmäler wurde. Der Eingang zum Cañon war da. Ein scharf forschender Blick zur Seite empor zeigte mir, daß die eine Abteilung der Navajos ihren Posten besetzt hielt. Es ging im Galopp weiter, immer zwischen himmelhoch scheinenden Felsenwänden neben dem Wasser hin, über Risse und Steinbrocken hinweg, in Dreivierteldunkelheit, bis es plötzlich wieder hell vor uns wurde, weil die natürlichen Mauern sich jäh abwärts senkten.

Da legte sich uns ein Felsenwirrwarr in den Weg, hinter dessen Blöcken die Gestalten der andern Navajos-Abteilung auftauchten. Wir hielten an, um abzusteigen und unsere Pferde durch die engen Zwischenräume zu leiten. Der Häuptling selbst bewillkommnete uns, und ich übergab ihm den alten Fletcher mit der Weisung, ihn ja sehr scharf bewachen zu lassen. Gleich darauf ließ Winnetou sein Floß auf eine schiefe Ebene des Ufers treiben und kam mit seinen Leuten herbei zu uns. Das ging freilich viel schneller, als ich es erzählen kann, und da sahen wir auch schon hoch oben in der Röhre, welche der Cañon zu bilden schien, die Flöße und Reiter der Pa-Utes erscheinen; sie befanden sich in der Falle.

Ich legte den weittragenden Bärentöter an und schoß zwei Pferde nieder. Die Schüsse donnerten zwischen den Felsenwänden wie Kanonenschüsse. Die Navajos sprangen aus ihren Verstecken hervor; auf allen Kanten, Riffen und Vorsprüngen waren sie zu sehen, die ihre Gewehre schußfertig hielten. Als das die Reiter der Pa-Utes bemerkten, parierten sie ihre Pferde und winkten ihren Leuten auf den Flößen zu, schnell an das Ufer anzulegen, was sofort geschah, obgleich es nicht leicht auszuführen war. Nun fielen auf beiden Seiten Schüsse, die bei uns keinen Schaden anrichteten. Die Feinde sahen ein, daß sie bei uns nicht durchkommen konnten, und wendeten sich zurück; als sie verschwunden waren, kamen die leeren Flöße an uns vorüber geschwommen. Nun warteten wir, doch nicht lange, da kamen die Utes wieder, doch ohne sich in die Schußweite an uns zu wagen. Sie waren von unserer obern Abteilung abgewiesen worden und mußten einsehen, daß sie sich in unserer Gewalt befanden, denn während wir Raum hatten, uns auszubreiten, so daß jeder von uns schießen konnte, waren sie auf einem so schmalen Wege eingeengt, daß nur die Vordersten sich ihrer Gewehre bedienen durften, wenn verhütet werden sollte, daß einer den andern verletze. Und lange in dieser gefährlichen Enge eingeschlossen bleiben, vielleicht gar über Nacht? Daran zu denken wäre Blödsinn gewesen. Wir waren also überzeugt, nicht lange auf den Erfolg warten zu müssen.

Dies zeigte sich als richtig, denn schon nach einiger Zeit kam einer von ihnen auf uns zugeschritten, der als Zeichen der Friedfertigkeit ein Tuch oder dergleichen in der Hand schwang. Wir ließen ihn herankommen und er sagte uns, daß sein Häuptling mit unserm Anführer sprechen wolle. Wir erteilten ihm den Bescheid, daß Pats avat zu uns kommen und volle Sicherheit seiner Person haben solle.

Was wir erwartet hatten, das geschah: Der Häuptling der Pa-Utes schenkte unserm Versprechen Glauben und stellte sich bei uns ein. Die Verhandlung wurde in echt indianischer Langsamkeit geführt, so daß es darüber Abend wurde und ein Feuer angebrannt werden mußte. Der Häuptling der Navajos verlangte Frieden und fünfzig Gewehre; der Anführer der Pa-Utes wollte Frieden halten, aber keine Gewehre geben, denn es sei ihm sein Sohn und ein Krieger erschossen worden. Da legte sich Winnetou ins Mittel, und die Folge seiner Vorstellung war, daß Pats avat die Gewehre gab und den Mörder seines Sohnes ausgeliefert erhielt. Als dieses Einvernehmen erzielt war, wurde es von beiden Seiten mit dem Kalumet beraucht, und der Pa-Ute kehrte zu seinen Leuten zurück, um ihnen den Vertrag mitzuteilen. Daß er, der Angreifer, so gut weggekommen war, hatte er nur der Humanität Winnetous zu verdanken.

Nun wurde ein Bote zu unserer obern Abteilung gesandt, worauf alle Navajos sich vom Cañon nach dem hohen Ufer zogen; die Pa-Utes folgten ihnen. Dort wurde Lager gemacht, und es interessierte mich ganz besonders, daß von dem Augenblicke des Uebereinkommens an von keiner Seite ein Mißtrauen mehr vorhanden war.

Die beiden Parteien lagerten einander nahe gegenüber. Für Pats avat war es äußerst schwierig, diejenigen seiner Krieger zu bestimmen, welche ihre Gewehre herzugeben hatten, und es dauerte fast bis Mitternacht, ehe sie gebracht wurden und er auch kam, um den Mörder ausgeliefert zu erhalten. Es versteht sich ganz von selbst, daß er auch alles den acht Weißen abgenommene Eigentum zurückzugeben hatte. Er brachte diese Sachen, auch die Pferde, gleichzeitig mit den Gewehren, und es stellte sich heraus, daß keiner der Gegenstände fehlte. Mit ihm war auch der Pa-Ute gekommen, welcher mit den beiden Ermordeten vorangeritten war und den fliehenden Mörder gesehen hatte.

Natürlich mußte Old Cursing-Dry, ehe er ausgeliefert werden konnte, des Mordes überführt werden. Es wurde darum eine Jury zusammengesetzt, welche aus den beiden Häuptlingen, Winnetou, Dick Hammerdull und mir bestand.

Fletcher war so isoliert gehalten worden, daß ihn sein Sohn bis jetzt noch nicht gesehen hatte; nun aber, als er gefesselt an unser Feuer gebracht wurde, sah der junge den alten und drängte sich wutschnaubend zu uns, um unter wilden Flüchen die Freiheit seines Vaters zu verlangen. Es gab einen Auftritt, den ich nicht beschreiben mag und dem man nur dadurch ein Ende bereiten konnte, daß Fletcher *jun.* auch gebunden wurde und einen Wächter bekam.

Nun bildete sich ein weiter Kreis von Zuhörern um uns. Ehe das Verhör begann, welches Winnetou leitete, wurden dem Angeklagten nach altem Savannenbrauche die Fesseln abgenommen; an eine Flucht war ja nicht zu denken. Der Zeuge erkannte in ihm sofort denjenigen, den er hatte fliehen sehen, und als ihm hierauf Fletchers Pferd vorgeführt wurde, erklärte er mit aller Bestimmtheit, daß es dasjenige sei, auf welchem der Mörder gesessen habe. Der Beweis war erbracht. Als nun Fletcher das Wort zu seiner Verteidigung erhielt, konnte er nichts vorbringen als Flüche und Verwünschungen, welche in den bereits zweimal ausgesprochenen Worten endeten, daß er erblinden und zerschmettert sein wolle, wenn er der Mörder sei. Da er das Wort vor der Jury hatte, mußten wir ihn aussprechen lassen; es war aber kaum anzuhören. Dazu sein Aussehen! Sein Gesicht glich eher dem eines wütenden Tieres als einem menschlichen!

Pats avat, der Vater des Ermordeten, saß mir gegenüber. Er hatte sein Gewehr neben sich liegen; ein Messer, der Tomahawk und eine alte, doppelläufige Pistole steckten in seinem Gürtel, an welchem auch der lederne Pulverbeutel hing. Wahrscheinlich nur um etwas zu thun, wobei er seinen Grimm, seine Aufregung verbergen könne, zog er die Pistole und begann sie zu laden; ich achtete nicht darauf, denn meine Aufmerksamkeit war auf Old Cursing-Dry gerichtet, welcher grad jetzt seine letzte Lästerung hervorstieß. Hierauf wiederholte Winnetou die Punkte der Anklage; für die Verteidigung hat sich kein Punkt ergeben, und nun mußten wir das Urteil fällen. Als es einstimmig auf schuldig lautete, stand der Apatsche auf und sagte:

»So hat also dieses gerechte Savannengericht erkannt, daß Old Cursing-Dry die beiden Krieger der Pa-Utes ermordet hat, und da wir versprochen haben, den Mörder auszuliefern, so sei er hiermit dem Häuptlinge der Pa-Utes übergeben, der mit ihm thun mag, was ihm gefällt. Howgh!«

Da erhob sich auch Pats avat. Die Pistole in der linken Hand, streckte er die rechte nach dem Mörder aus und rief:

»Dieses weiße Raubtier gehört von jetzt an mir. Er wird gleich jetzt an den Pfahl gebunden und so gemartert werden, daß er drei Tage und drei Nächte lang vor Schmerz brüllen soll, ohne sterben zu können, denn er hat nicht nur den Doppelmord begangen, sondern ist der Quäler und Mörder noch vieler anderer roten Männer. Howgh!«

Fletcher stand kurze Zeit bewegungslos und starr; dann zischte er den Häuptling an:

»Ich sterben? Am Marterpfahle? Obgleich ich erblinden will, wenn ich es gewesen bin? Roter ...... Hund! Giebt es keine Rettung mehr für mich, dann sollst du auch zum Teufel fahren! Paß auf!«

Er entriß dem Häuptling die Pistole, richtete sie auf ihn und drückte ab; im nächsten Augenblicke hielt er sie sich an die Schläfe und drückte wieder ab. Die beiden Schüsse ertönten fast wie einer so schnell hintereinander. Man sah kaum, daß der Häuptling beim ersten Schusse zur Seite sprang und beim zweiten die Hand nach der Pistole ausstreckte. Wir fuhren alle von den Sitzen auf, glaubend, daß beide tot niederstürzen müßten; aber der Häuptling stand unverletzt und sagte hohnlachend:

»Er traf mich nicht, denn ich stieß seine Hand auf die Seite, und es war nur erst das Pulver, keine Kugeln in den Läufen. Aber schaut den bleichen Hund! Was ist mit ihm geschehen?«

Ja, was war mit Fletcher geschehen? Er hatte die Pistole fallen lassen und stand starr, die Hände auf die beiden Augen gedrückt; dann nahm er die Hände weg und hob den Kopf, als ob er gegen den Sternenhimmel sehen wolle, stieß einen schrillen, markdurchdringenden Schrei aus und warf sich auf die Erde nieder, in der er jammernd mit den Fäusten wühlte.

»Uff, uff, uff!« rief Winnetou. »Er wollte erblinden, wenn

er schuldig sei, und hat sich jetzt das Pulver in die Augen geschossen. Das Prairiegericht hat ihn verurteilt; aber der große Manitou hat ihn noch viel gerechter gerichtet. Diesem Flucher und Lästerer ist genau so geschehen, wie er selbst vom großen Geist gefordert hat. Winnetou, der Häuptling der Apatschen, hat viel gesehen und erlebt, was andere nicht zu ersehen vermochten; vor diesem Gerichte aber will ihm grauen. Howgh!«

Er schüttelte sich wie vor Frost und wandte sich ab, um zu gehen. Es war so, wie er sagte: Fletcher hatte sich mit der Kugel in die Schläfe treffen wollen, aber weil Pats avat in demselben Augenblicke nach der Pistole gegriffen hatte, war der Pulverschuß abgelenkt worden und ihm in die beiden Augen gegangen. Es ging mir wie Winnetou: mir graute, und ich entfernte mich, und zwar so weit vom Lager weg, bis ich das Jammern des von Gott Gestraften nicht mehr hörte. Als ich nach längerer Zeit zurückkam, war er inzwischen hinüber zu den Pa-Utes geschafft worden, deren Häuptling jetzt nicht mehr daran dachte, ihn schon heute an den Marterpfahl zu binden.

So nötig der Schlaf uns allen war, ich konnte ihn lange nicht finden und wälzte mich vergeblich von einer Seite auf die andere, denn mir tönte immer und immer das Wort des Apatschen in die Ohren: »Aber der große Manitou hat ihn noch viel gerechter gerichtet!« Und als ich endlich doch in Schlummer fiel, war es mir im Traume, als ob die beiden Pistolenschüsse wieder und immer wieder ertönten.

Aber war das wirklich im Traume? Oder wachte ich? Es waren wirkliche Schüsse gefallen, und ich vernahm ein hastiges Rennen und Rufen. Als ich aufsprang, sah ich das ganze Lager in Bewegung und erfuhr auf mein Befragen, daß Old Cursing-Dry entflohen sei.

War das möglich? Er, der Erblindete und zugleich Gefesselte entflohen? Das konnte ich doch kaum glauben! Oder sollte er nicht wirklich oder nicht ganz blind gewesen sein? Da kam Dick Hammerdull mit Pitt Holbers gelaufen und rief mir zu, indem sie mich noch nicht ganz erreicht hatten:

»Wißt Ihr es schon, daß der alte Fletcher fort ist, Sir?«

»Ich hörte es, kann es aber nicht glauben.«

»Ob Ihr es glaubt oder nicht, das bleibt sich vollständig gleich, aber es ist so, Mr. Shatterhand.«

»Ist er denn nicht gefesselt gewesen?«

»Gefesselt war er.«

»So haben die Pa-Utes ihn nicht scharf genug bewacht?«

»Das wird es wohl sein! Aber blind und gefesselt, da denkt man doch, ihn ganz sicher zu haben!«

»Aber wie konnte er denn fort? Es muß ihm jemand geholfen haben!«

»Natürlich hat ihm einer geholfen, sein Sohn, denn der ist auch verschwunden. Einer der Außenposten hat zwei Männer gesehen, welche miteinander auf einem Pferde saßen.«

»So haben die beiden Fletchers nicht Zeit gefunden, ein zweites Pferd heimlich wegzustehlen. Ist denn der Sohn nicht mehr gefesselt gewesen?«

»Ob gefesselt oder nicht, das ist ganz und gar egal, aber man hat ihm die Riemen abgenommen, weil er darum gebeten und dazu versprochen hat, ruhig zu sein. Man hat nicht geglaubt, ihm mißtrauen zu müssen, denn sein Vater war den Pa-Utes ja abgeliefert worden und befand sich sicher in ihren Händen.«

»Welche Unvorsichtigkeit! – Nach welcher Richtung sind sie denn fort?«

»Es ist ein Südposten gewesen, an dem sie sich vorüberschleichen wollten; er hat sie angerufen und, als sie nicht antworteten, zweimal auf sie geschossen. Er hatte ein Doppelgewehr, denn es war einer von meinen Gefährten.«

»So kommt! Ich will hin, wo er gestanden hat. Vielleicht läßt sich trotz der Dunkelheit eine Spur entdecken.«

Wir gingen. Viele andere schlugen mit uns die gleiche Richtung ein; aber bald hörten wir weit vorn die laut befehlende Stimme Winnetous, welcher ein weiteres Vordringen untersagte, weil dadurch die Spuren der Entflohenen verdorben würden. Man gehorchte ihm; ich aber ging weiter. Als ich ihn erreichte, sagte er:

»Mein Bruder wird gehört haben, was geschehen ist. Wir müssen – – –«

Er hielt inne und lauschte in die Nacht hinaus. Es war der Hufschlag eines Pferdes zu hören, welches sich uns langsam näherte. Wir gingen ihm mit gespannten Revolvern entgegen. Diese Vorsicht war unnötig, denn es saß niemand darauf. Es war das Pferd des jungen Fletcher. Als wir es an das wieder angefachte Lagerfeuer brachten, sahen wir, daß es hinten mit Blut bedeckt, aber doch unverletzt war. Es mußte einer der Reiter von einer Kugel des Postens getroffen worden sein. Das Pferd hatte beide abgeworfen und war dann zurückgekehrt. Nun war es gewiß, daß wir die Entflohenen finden würden. Wir konnten also bis zum Morgen warten.

Als der Tag zu grauen begann, machten wir uns auf die Suche. Wir brauchten gar nicht weit zu gehen. Von der Stelle aus, wo die beiden Fletcher gesehen worden waren, führte uns die Fährte zunächst nicht weiter als höchstens tausend Schritte. Dort lag der Sohn, tot und schon kalt. Die Kugel war ihm von hinten in die Brust gedrungen, und er hatte sich also kaum einige Sekunden auf dem Pferde halten können. Dieses war mit dem Alten weiter gelaufen. Infolge seiner erblindeten Augen hatte er es falsch gelenkt, nämlich nach einer Felsenwand, die wohl dreißig Meter tief nach dem Flusse abwärts fiel. Dort hatte das Pferd nicht weiter gewollt und ihn abgeworfen. Als wir über die Kante hinunterblickten, sahen wir ihn liegen. Er lebte noch, denn wir sahen, daß er sich bewegte, und hörten ein schwaches Wimmern.

Ich bin nie schwindelig gewesen, aber jetzt schwindelte mir doch, nur infolge des Gedankens, daß der zweite Teil seiner Lästerung auch eingetroffen war. »Ich will erblinden und zerschmettert werden,« hatte er gesagt, und nun lag er da unten!

Wir holten den nötigen Beistand und stiegen seitwärts, wo es nicht gefährlich war, hinab. Als wir ihn erreichten, lag er da, noch immer wimmernd und die geschwollenen Augen halb geschlossen. Ich kniete bei ihm nieder und fragte:

»Mr. Fletcher, hört Ihr mich? – Versteht Ihr mich?«

Er öffnete langsam die Lider. Die von Pulverkörnern dicht betüpfelten Augäpfel glotzten mich starr an; aber eine Antwort bekam ich nicht.

Ich wiederholte meine Frage, doch mit demselben Mißerfolge. Nun untersuchten wir ihn. Der Kopf zeigte keine äußere Verletzung, aber beide Arme und beide Beine waren gebrochen.

»Zerschmettert, wie er wollte!« flüsterte mir Winnetou zu.

Jedenfalls war er auch innerlich schwer verletzt. Als wir den Versuch machten, ihn aufzuheben, stieß er ein Geschrei aus, welches wie das ununterbrochene Gebrüll eines Tigers klang und kein Ende nehmen wollte. Unter den furchtbaren Schmerzen, welche er litt, schien ihm die Besinnung zurückzukehren, denn als ich ihn jetzt wieder fragte, ob er mich höre und verstehe, hörte er auf zu brüllen und antwortete:

»Wer ist's? – Wer ist da?«

»Old Shatterhand und Winnetou.«

»Wo ist mein Sohn?«

»Er ist tot.«

»Erschossen?«

»Ja.«

»Er – – schos – – sen,« stammelte er, »er – – schos – – sen! Daran – – bin – – ich – – schuld!«

»Ja, Ihr seid schuld an allem, an Euerm schrecklichen Tode und auch an dem traurigen Ende Euers Sohnes!«

Er ächzte tief, tief auf und schloß die zerschossenen Augen wieder. So lag er eine ganze Weile da, bewegungslos und ohne einen Laut. Da fragte ich ihn:

»Seid Ihr noch wach? – Hört Ihr mich noch?«

»Ja,« hauchte er.

»Ihr habt nur noch wenige Minuten zu leben, denkt an den Tod; denkt an Eure Sünden und an das ewige Gericht! Denkt aber auch an Gottes Barmherzigkeit, die ohne Ende ist!«

»Got – – tes Barm – – her – – zig – – keit!« klang es von seinen mit Blut unterlaufenen Lippen.

»Sagt endlich die Wahrheit! Habt Ihr die beiden Pa-Utes erschossen?«

»Ja,« gestand er.

»Sind Euch diese Sünde und alle frühern Sünden, welche Ihr begangen habt, leid?«

»Leid - - leid - - oh - - leid! Betet - - für - - mich - - ein - - Vater - - unser!«

»Hört vorher, was ich Euch noch sage! Wenn Euch Eure Missethaten leid sind, so dürft Ihr in der Ueberzeugung sterben, daß der Allbarmherzige Euch ein gnädiger Richter sein wird. Gehet mit dieser Hoffnung ein ins ewige Leben! Und nun wollen wir beten!«

Er machte eine Bewegung, die kraftlos an seinen gebrochenen Armen hängenden Hände zu falten, doch vergeblich. Ich legte sie ihm zusammen und betete laut das heilige Vater unser und dann noch weiter, was ich fühlte und dachte. Auf sein Gesicht kam ein leises, fast frohes Lächeln - - eine langsame, müde Kopfbewegung wie einer, der einschlafen will, dann war es vollbracht; Old Cursing-Dry war tot. Möge keiner seiner Flüche ihm in das Jenseits gefolgt sein!

Winnetou zog mich aus den Knieen in die Höhe und sagte:

»Nun hat mein Bruder Charley doch noch seinen Willen gehabt: Die Seele dieses Mannes hat sich zum großen, guten Manitou gefunden. Sein Körper aber mag mit dem seines Sohnes in der Erde ruhen, bis am ewigen, lichten Tage die Seele wieder zu ihm kehrt. Howgh!« - - -

9.

EIN BLIZZARD.

Ein Blizzard.

Der vorigen Erzählung mag ein anderes Ereignis folgen, welches mit derselben erschütternden Unwiderleglichkeit beweist, daß die ewige Gerechtigkeit den Menschen, welcher allzusehr auf Gottes Langmut rechnet, endlich und plötzlich grad mit derjenigen Strafe packt, welche mit natürlicher Notwendigkeit aus der betreffenden Sünde hervorgehen muß.

Ich war mit Winnetou, dem herrlichen Häuptling der Apatschen, den ja alle meine Leser schon längst kennen, jenseits der Felsenberge bei befreundeten Indianern auf der Herbstbüffeljagd gewesen und dann mit ihm über das Gebirge und trotz der späten Jahreszeit quer durch ganz Wyoming bis nach Fort Niobrara in Nebraska geritten, wo uns der Winter überraschte. Da auf diesem Fort oft Sioux erschienen, welche uns ganz unverdienterweise als ihre Todfeinde betrachteten, so hüteten wir uns natürlich, unsere Namen zu sagen. Es war für alle Fälle besser, wenn niemand wußte, daß Winnetou und Old Shatterhand anwesend seien. Weil unsere Jagdanzüge vollständig defekt waren und wir nach dem civilisierten Osten wollten, kauften wir uns im Fort anständige Anzüge aus warmen Winterstoffen und dicke Reitdecken dazu. In dieser Kleidung sah ich nicht wie ein Westmann aus, und da ich mich Mr. Beyer nannte und Winnetou kaum einen Augenblick von meiner Seite wich, so war er bald nur als »Mr. Beyers Indianer« bekannt.

In Fort Niobrara wurden wir leider vollständig eingeschneit; das ganze weite Land war unwegsam geworden, und wir sahen uns gezwungen, den ganzen Dezember und Januar in dieser Einsamkeit festzusitzen. Gesellschaft fanden wir nur an den wenigen Offizieren der Garnison, von denen ich auch nicht sagen kann, daß sie uns sehr sympathisch gewesen seien; um die übrige Soldateska bekümmerten wir uns nicht mehr, als unumgänglich nötig war, und was die andern auf dem Fort Anwesenden betrifft, so gab es unter ihnen nur zwei Personen, mit denen wir uns zuweilen unterhielten. Das waren die Brüder Burning aus Moberly in Missouri, welche in den Blackhills glücklich nach Gold gegraben hatten und sich jetzt mit dem Ertrage ihrer schweren Arbeit auf dem Heimwege befanden. Beide waren verheiratet, sehnten sich nach den Ihrigen und empfanden es darum schmerzlich, durch diesen Schnee für so lange festgehalten zu werden.

Außerdem hatte sich noch allerhand Volk im Fort zusammengefunden, lauter zweifelhafte Existenzen, mit denen die Burnings nicht verkehrten. Es gab da allerhand Roheiten; es wurde viel Pulver verknallt, viel gespielt, viel gewettet und noch mehr getrunken, und es herrschte dabei ein Ton, der mir so zuwider war, daß ich den allgemeinen Barroom nur dann betrat, wenn es unumgänglich nötig war. Am rohesten betrugen sich zwei Kerls, welche Grinder und Slack hießen. Sie waren Falschspieler, notorische Säufer und rücksichtslose Raufbolde, ohne aber wirklichen Mut zu besitzen. Es verging kein Gelage, ohne daß sie einen Raufhandel in Scene setzten; ganz besonders aber schienen sie es auf die Art der Duelle, welche man amerikanische nennt, abgesehen zu haben; aber stets wußten sie es so zu machen, daß nicht sie, sondern andere die Angelegenheit zum Austrag zu bringen hatten. Sie bramarbasierten eben nur, waren aber feig. Am widerlichsten unter ihnen war mir der Umstand, daß jeder von ihnen sich eine stehende Redensart angewöhnt hatte, welche man täglich hundertmal hören konnte, als Schwur, als Beteuerung, überhaupt bei jeder Gelegenheit. Das ständige Wort Grinders war, »ich will gleich erblinden«, während sein Kumpan die Lästerung »Gott soll mich wahnsinnig machen« im Munde führte.

Mit diesen beiden Menschen kam ich nur ein einziges Mal in Konflikt. Sie hatten erfahren, daß ich ein Deutscher sei, und warfen mir, als ich ihre Einladung, mitzuspielen, mit einer stillen Handbewegung zurückwies, ein »damned dutchman« ins Gesicht. Dafür erhielt jeder sofort eine so kräftige

Ohrfeige von mir, daß beide von ihren Stühlen flogen. Die andern glaubten natürlich, es werde hierauf eine großartige Schlägerei oder Schießerei erfolgen, hatten sich aber geirrt, denn die Gezüchtigten besaßen nicht den Mut, sich thatsächlich an »Mr. Beyer oder seinen Indianer« zu wagen.

Zu erwähnen sind noch zwei Indianer, welche der Schneesturm nach dem Fort getrieben hatte. Sie behaupteten, dem sehr fraglichen Stamme der Caddo anzugehören, waren aber wahrscheinlich Ausgestoßene eines andern Stammes, blutarme Teufel, die kaum ihre Blöße bedecken konnten und nicht einmal Waffen hatten, denn sie waren vor kurzem von den Sioux vollständig ausgeraubt worden. Sie wollten nach Karfas hinunter und schnitzten sich Pfeile und Bogen, um nicht unterwegs hungern zu müssen. Wir beschenkten sie nach Kräften, konnten ihnen aber weder Pferde noch Gewehre verschaffen, weil diese so notwendigen Artikel leider nicht zu haben waren.

Am Anfange des Februar trat plötzlich milde Witterung mit Tauwetter und dann Regen ein. Der Schnee verschwand, und wir konnten nun daran denken, unsern Ritt fortzusetzen. Zuerst brachen die zwei Indianer auf, zu Fuße natürlich; wir gaben ihnen einen guten Vorrat von Lebensmitteln mit, welcher gewiß bis Fort Hillock reichte, wo sie wieder Rast machen konnten. Dieses Fort war damals versuchsweise angelegt worden, mußte aber im nächsten Jahre wieder aufgegeben werden. Zwei Tage später ritten die Brüder Burning fort, denen am nächsten Tage Grinder und Slack folgten. Ich stand mit Winnetou am Thore. Als sie an uns vorüberkamen, rief uns Slack zu:

»Kommt uns ja nicht einmal in den Weg! Wenn ihr euch wieder vor uns sehen laßt, so soll mich Gott wahnsinnig machen, wenn wir euch nicht so schnell auslöschen, wie ein Talglicht ausgeblasen wird!«

Und Grinder fügte drohend hinzu:

»Ja, das merkt euch wohl, ihr Schufte! Laßt ihr euch ertappen, so will ich gleich erblinden, wenn ihr nicht an den Ohrfeigen zu Grunde geht, die wir euch noch schuldig sind!«

Wir sahen natürlich in die Luft, als ob wir die Worte gar nicht gehört hätten. Solche Menschen konnten, auch wenn wir gewußt hätten, wohin sie ritten, uns nicht im geringsten bange machen.

Als erfahrene Westmänner warteten wir noch einen Tag, um zu erfahren, ob die milde Witterung beständig sei; dann brachen wir auch auf. Es läßt sich denken, daß der Weg durch das tief aufgeweichte Land kein bequemer war; aber unsere famosen Rapphengste hatten sich nun wochenlang ausgeruht und überwanden fast spielend alle Hindernisse. Nebraska hat fast nur Prairieland; das, durch welches wir kamen, war offen, und in dem weichen Boden sahen wir ganz deutlich die Spuren derer, welche Fort Niobrara vor uns verlassen hatten. Sie alle, die zwei Indianer, die Burnings, Grinder und Slack, schienen ohne Ausnahme, so wie wir auch, nach Fort Hillock zu wollen. Das machte mich um der Burnings willen bedenklich. Man hatte mir gesagt, daß Grinder und Slack in der letzten Zeit Unglück im Spiele gehabt und alles verloren hätten, und da war solchen Leuten nicht zu trauen. Sie wußten höchst wahrscheinlich ebensogut wie wir, daß die Burnings Goldstaub und Nuggets bei sich führten, und wenn ich sie auch für viel zu feig hielt, einen offenen Kampf zu wagen, so traute ich ihnen dafür die Gewissenlosigkeit zu, um dieses Goldes willen einen hinterlistigen Ueberfall auszuführen. Als ich meine Gedanken Winnetou mitteilte, sagte er zwar nichts, aber er drückte seinem Pferde die Fersen in die Weichen, was für mich ebenso deutlich war, als wenn er mir geantwortet hätte: »Du hast recht; wir wollen uns beeilen, diese Kerls einzuholen!«

Es ist kein Grund vorhanden, auf die Einzelheiten unseres mehrtägigen Rittes einzugehen. Die Spuren hielten sich beisammen, und wir folgten ihnen über den Loux-Fork hinüber, dessen Eis stellenweise noch so dick und fest stand, daß es Reiter trug. Von da aus konnte man Fort Hillock nach einem kurzen Tagesritte erreichen. Da es aber jetzt schon über Mittag war, konnten wir nicht vor morgen vormittag dort eintreffen.

Die tief ausgetretenen Spuren waren so deutlich zu lesen, wie man in einem Buche liest; ihr Alter war, besonders für die scharfen, geübten Augen meines Winnetou, fast bis auf die Stunde zu bestimmen. Die zwei Indianer hatten zwar vor den Burnings einen Vorsprung von zwei Tagen, waren aber als Fußgänger jetzt von ihnen beinahe eingeholt worden; jedenfalls mußten sie heut abend oder morgen früh von ihnen eingeholt werden. Grinder und Slack waren einen Tag nach den Burnings von Niobrara fort; sie hatten aber, wie ihre Fährte uns sagte, ihre Pferde so angestrengt, daß sie jetzt hart hinter den beiden Brüdern ritten. Das erhöhte meine Sorge. Aus welchem Grunde waren diese zwei Menschen so schnell geritten? Um die Burnings einzuholen und zu überfallen oder nur um rasch nach Fort Hillock zu kommen? Das letztere war ja auch sehr leicht zu denken, aber ich konnte mich dabei nicht beruhigen. Die nächsten Stunden mußten uns Gewißheit bringen. Sagten uns da die Spuren, daß Grinder und Slack die Burnings überholt hatten, so waren meine Befürchtungen grundlos gewesen.

Wir fegten also im Galoppe über die Ebene, immer neben den drei Fährten her und sie scharf im Auge behaltend. Es verging eine Stunde und noch eine, da parierte Winnetou sein Pferd und sagte, als ich das meinige auch anhielt, in seiner bestimmten Weise:

»Die beiden weißen Männer, welche sich Burnings nennen, sind verloren; sie werden heute nacht ermordet werden.«

Ich nickte nur, denn ich war ganz derselben Meinung wie er. Er fuhr fort:

»Der Unterschied zwischen diesen beiden Fährten beträgt eine Stunde; er ist während eines Rittes von über acht Meilen nicht geringer geworden; also wollen Grinder und Slack die Burnings nicht überholen, sondern sie erst, wenn es dunkel geworden ist, erreichen und ermorden.«

»Herrgott!« fuhr ich auf. »Und es ist uns unmöglich, Rettung zu bringen!«

»Howgh!« stimmte er bei. »Es ist uns unmöglich, sie so

schnell einzuholen, denn in zwei Stunden wird es Nacht, und da können wir die Fährten nicht mehr sehen. Folgen wir ihnen trotzdem so schnell wie möglich, und beten wir zum großen Manitou, daß er die Brüder beschützen möge!«

Hast du vielleicht einmal Todesangst ausgestanden, lieber Leser, richtige, wirkliche, entsetzliche Todesangst? Wohl kaum! In Beziehung auf meine Person ich auch nicht, obgleich ich mich wie oft in Todesgefahr befunden habe; ich habe den Tod nie gefürchtet und fürchte ihn auch heut nicht, denn er ist der liebe Engel, welcher die Kinder Gottes zu ihrem himmlischen Vater führt. Aber um anderer willen habe ich diese Angst nicht nur ein- und nicht nur zehnmal ausgestanden. So auch hier während dieses Nachmittags, dieses Abends und der darauf folgenden Nacht. Von der Gewißheit eines Mordes überzeugt sein und doch nicht retten können! Diese Nacht, die wir am Gebüsch eines kleinen Nebenflüßchens des Loux-Fork zubrachten, werde ich nie vergessen!

Wenn Schnee gelegen hätte, hätte er uns geleuchtet; die Spuren wären zu erkennen gewesen, und wir hätten die Frevelthat vielleicht verhüten können; aber ohne Schnee gab es keine des Nachts sichtbare Spuren; wir mußten trotz der Ungeduld, die uns nicht schlafen ließ, warten, bis der Wintertag zur leider späten Morgenstunde anbrach. Sobald es im Osten nur einigermaßen zu grauen begann, saßen wir auf und ritten weiter. Es gab noch eine Hoffnung, nämlich die, daß die Burnings kein Lagerfeuer angebrannt hatten und infolgedessen von Grinder und Slack nicht gesehen und gefunden worden waren; aber diese Hoffnung wurde immer schwächer und schwächer, als wir bemerkten, daß die beiden Fährten sich der Zeit nach einander immer mehr näherten. Grinder und Slack hatten sich gestern, als es zu dunkeln begann, so nahe wie möglich an die Brüder herangemacht. Jeder Augenblick konnte uns jetzt die traurige Gewißheit bringen, daß zwei Menschenleben vernichtet worden seien.

Wir ritten einem Buschwerke zu, um dessen Ecke die Spuren bogen. Als wir dieser Biegung gefolgt waren, prallten unsere Pferde, ohne von uns angehalten worden zu sein, von selbst zurück. Da lagen die Burnings bei der Asche eines ausgegangenen Feuers in einer großen Blutlache. Wir sprangen von den Pferden, um die Körper zu untersuchen. Es war kein Leben mehr in ihnen; der Tod hatte sie schon gestern abend ereilt. Zu unserm Erstaunen sahen wir, daß sie nicht erschossen, sondern erstochen worden waren. Einen Menschen zu erstechen, dazu gehört mehr Mut, als ihn aus sicherer Entfernung zu erschießen. Waren die Mörder vielleicht nicht so feig, wie sie mir vorgekommen waren? Oder hatten sie einen bestimmten Grund gehabt, das Messer der Kugel vorzuziehen?

Was wir zu thun hatten, war leicht einzusehen. Wir durften uns nicht bei den Leichen aufhalten, sondern mußten den Mördern folgen, welche ihre Opfer, wie wir sahen, nicht vollständig ausgeraubt, sondern ihnen nur das Gold und die Gewehre abgenommen hatten und dann mit den zwei erbeuteten Pferden fortgeritten waren. Wir galoppierten also auf ihrer Fährte weiter, welche zu unserm Erstaunen genau in der Richtung auf Fort Hillock führte. Lag nicht in der Missethat selbst der triftigste Grund, diesen Ort zu meiden?

Nach vielleicht einer halben Stunde sahen wir, daß die Reiter angehalten hatten. Es gab da nicht nur Huf-, sondern auch Fußspuren, und von dieser Stelle an teilte sich die eine vierpferdige Spur in zwei zweipferdige Fährten.

Was hatte das zu bedeuten? Wir hielten an, und Winnetou rief aus:

»Uff! Hier gingen die roten Caddo-Männer und haben von den Mördern die geraubten Pferde geschenkt erhalten!«

Mit welcher Sicherheit traf der unvergleichliche Scharfsinn Winnetous hier wieder einmal das Richtige! Die Mörder hatten die armen Roten hier eingeholt und ihnen die Pferde geschenkt, um den Verdacht von sich ab auf sie zu lenken. Darum hatten sie ihre Opfer auch nicht erschossen, sondern erstochen, weil die Caddo-Indianer keine Gewehre, sondern nur Pfeile, Bogen und Messer besaßen. Die bedauernswerten Roten waren also schon gestern ausersehen gewesen, die Schuld anderer büßen zu sollen. Wie nichtsahnend sie in diese Falle gegangen waren und welche ungeheure Frechheit die Mörder besaßen, ersahen wir daraus, daß die beiden Spuren mit dem nur einzigen Unterschied auf Fort Hillock zuliefen, daß Grinder und Slack einen Umweg gemacht hatten, jedenfalls um ihren Raub zu verbergen und dann später als die Indianer auf dem Fort anzukommen und sie da zur Anzeige zu bringen.

Während wir hierauf weiterjagten, schüttelte Winnetou seine langen, prächtigen, blauschwarzen Haare aus dem Gesichte, daß sie wie eine Mähne hinter ihm herflogen, und preßte zornig zwischen den halbgeschlossenen Lippen hervor:

»Hier sieht mein Bruder Scharlieh wieder einmal, wer besser ist, die Weißen oder die Roten. Trotzdem ist das Geschick auf der Seite der Bleichgesichter; wir aber müssen verderben und untergehen! Uff, uff, uff!«

Was sollte, was konnte ich ihm antworten? Nichts! Uebrigens hätten wir jetzt auch keine Zeit zu einer Auseinandersetzung über diese traurige Frage gefunden, denn wir sahen am Horizonte vor uns eine Reiterschar auftauchen, welche uns entgegenkam. Da diese Leute fast ebenso schnell eilten wie wir, trafen wir sehr bald zusammen. Es war ein Teil der Besatzung des Fort Hillock, von einem Lieutenant angeführt. Diese Kavalleristen führten in ihrer Mitte die beiden Caddo-Indianer mit sich, welche gefesselt und an die Pferde gebunden waren. Als der Offizier das Kommando zum Halten gegeben hatte, warf er uns die Frage zu:

»Woher des Weges, Mesch'schurs?«

»Von Fort Niobrara,« antwortete ich.

»Auf dieser Fährte hier?«

»Ja.«

»Habt ihr heute vielleicht etwas Auffälliges gesehen?«

»Allerdings, Sir, nämlich die Leichen zweier Männer, welche ermordet und beraubt worden sind.«

»*Well*, stimmt. Wie weit ist der Ort von hier entfernt?«

»Drei Viertelstunden. Ich sehe da zwei Indsmen, welche gefesselt sind. Aus welchem Grunde hat man sie gebunden?«

»Weil sie die Mörder der beiden Männer sind, deren Leichen ihr gesehen habt. Wir schaffen sie an Ort und Stelle, um ihre Opfer zu begraben und sie über den Gräbern aufzuhängen. Ihr wißt vielleicht, daß die Justiz hier im Westen eine schnelle ist.«

»Das weiß ich allerdings, Sir; aber wißt Ihr ebenso genau, daß diese Indianer wirklich die Schuldigen sind?«

»Natürlich sind sie es. Sie sind ja mit den Pferden und Gewehren der Toten betroffen worden!«

»Woher wißt Ihr, daß diese Pferde und Gewehre den Ermordeten gehört haben?«

»Mann, wer giebt Euch das Recht, mich so auszufragen? Ihr seid ein Unbekannter, der gar nicht so aussieht, als ob er hierher in den Westen gehört; ich aber bin Offizier und Euch jedenfalls keine Rechenschaft schuldig!«

Nach dieser Zurechtweisung wendete er sich von mir ab, um das Kommando »Weiterreiten« zu geben; ich aber kam ihm zuvor: »Halt, Sir! Noch einen Augenblick! Es befinden sich zwei Personen im Fort, auf deren Anzeige hin Euch der Befehl geworden ist, diese beiden Indsmen aufzuknüpfen?«

»Ja, und nun haltet den Schnabel, Mann! Ich habe keine Zeit, müßige Fragen anzuhören und – –«

»Müßige?« unterbrach ich ihn. »Ich habe nicht nur allen Grund, sondern sogar die heiligste Pflicht, diese Fragen auszusprechen, denn die Indsmen hier sind unschuldig, und ihre Angeber sind die Mörder.«

»Halloo! Wir kommt Ihr zu dieser Behauptung?«

»Wir wußten schon gestern von dem geplantem Morde, konnten ihn aber leider nicht verhindern. Führt uns zum Kommandanten des Forts; wir werden das, was ich behauptet habe, vollständig beweisen.«

»Das geht nicht so schnell, wie Ihr denkt. Ich habe strengen Befehl, die Leichen zu begraben und die Mörder an den Hälsen so hoch zu binden, daß ihre Füße den Boden nicht erreichen.«

»Dagegen wird kein Mensch etwas haben, vorausgesetzt, daß es die Mörder auch wirklich sind, welche aufgeknüpft werden. Erlaubt mir, Euch zu sagen, was wir wissen!«

Er that mir trotz des erhaltenen Befehles den Gefallen, mich anzuhören. Als ich geendet hatte, betrachtete er uns mit einem Blicke des Erstaunens und sagte:

»Hm! Ihr habt ganz das Aussehen von Gentlemen, die hier im wilden Westen so grün sind, wie kaum ein Laubfrosch grün sein kann, aber aus Euern Worten geht eine Beobachtungsgabe hervor, die ich mit allem Respekt anerkennen muß. Sollten dieser Grinder und dieser Slack uns wirklich belogen haben? Sehr gentlemanlike sahen sie allerdings nicht aus. Einen Teil des Befehles, nämlich die Begrabung der Leichen, muß ich unbedingt ausführen; die Unterlassung des anderen Teiles will ich auf Eure Aussage hin wagen. Aber wehe Euch, Sir, wenn Ihr geflunkert habt! Ich lasse nicht mit mir spaßen!«

Er wählte sechs Mann aus, welche mit den mitgebrachten Spaten zum Ausstechen der Gräber weiterreiten mußten; dann nahm er mich und Winnetou mit den beiden Gefesselten in die Mitte, um nach dem Fort zurückzukehren. Er hatte trotz der Wichtigkeit meiner Aussage gar nicht daran gedacht, nach unsern Namen zu fragen. Die Caddo-Indianer durften nicht mit uns sprechen, aber die Blicke, die sie uns zuwarfen, sagten uns ebenso deutlich, wie Worte, welche Dankbarkeit sie für uns fühlten.

Es waren nur wenige Minuten vergangen, seit wir uns in Bewegung gesetzt hatten, so begann es erst leise und dann immer stärker zu schneien, und der Schnee schmolz nicht, weil die Temperatur plötzlich um mehrere Grade gesunken war. Winnetou musterte mit einem Blicke, welcher mir auffiel, den Himmel und den Horizont, und als wir das Fort vor uns auftauchen sahen, war die ganze Gegend bereits mit einer mehrere Zoll hohen Schneelage bedeckt. Das war höchst fatal, weil dadurch die Spuren verloren gingen, mit denen wir die Wahrheit unserer Aussage hatten beweisen wollen.

Fort Hillock hatte nur den Namen, nicht aber die Beschaffenheit eines Forts. Auf einem mit Planken eingezäunten Vierecke waren Blockhütten errichtet. Lange, hölzerne, schuppenartige Bauwerke gaben der Niederlassung mehr das Aussehen einer Warenniederlage als eines Festungswerkes, und nur die kaum mehr sichtbaren schmutzig-weißen Ueberreste ließen erkennen, daß der Platz von einem hohen und starken Schneewalle umgeben gewesen war, den die Witterung der letzten Tage weggeschmolzen hatte. Vor Indianern schien man sich nicht zu fürchten, denn das Thor stand weit offen, als wir einrückten. Wie wir aus der Beschäftigung der anwesenden Soldaten ersahen, schienen die erwähnten Schuppen als Stallungen und Futtermagazine zu dienen. Von dem Hufgetrappel unserer Pferde gerufen, kamen aus einer der Blockhütten zwei Offiziere, ein Lieutenant und ein Kapitän, welch letzterer sein Gesicht in sehr strenge Falten zog, als er uns erblickte. Der Führer unseres Trupps stieg vom Pferde und trat auf ihn zu, um ihm seine Meldung zu machen. Auch wir sprangen aus dem Sattel.

Der Kapitän folgte dem Berichte seines Untergebenen mit keiner allzu großen Spannung, und als er sich uns dann näherte, sahen wir seine Aufmerksamkeit viel weniger auf uns, als auf unsere beiden Pferde gerichtet. Er musterte sie mit Kennerblicken und rief dann aus:

»Thunderklapp, welch herrliche Geschöpfe das sind! Die kaufe ich euch ab, Gens! Was sollen sie kosten?«

Er hielt es erst bei dieser Frage für nötig, uns anzusehen. Winnetous Anblick hatte nicht die geringste Wirkung auf ihn; aber als sein Blick auf mein Gesicht fiel, sah ich den Ausdruck der Ueberraschung in dem seinigen erscheinen.

»*All devils!*« rief er aus. »Wen sehe ich da? Ist es wahr? Wer seid Ihr, Sir?«

»Ich heiße Beyer,« antwortete ich.

Da schüttelte er den Kopf, trat nahe zu mir heran, faßte mich am Kinn, drehte mir den Kopf nach rechts, um die linke Seite meines Halses zu sehen, und sagte dann in triumphierendem Ton:

»Habe es doch gleich gedacht! Diese Narbe da unten stammt von dem berühmten Messerstiche. Ich habe Euch bei Mutter Thick in Jefferson-City gesehen und weiß nun, daß diese beiden Hengste nicht verkäuflich sind, denn es giebt in den ganzen Staaten kein Tier, welches mit ihnen zu vergleichen ist. Mögen Euch andere für Laubfrösche halten, ich laß mich durch diese Eure Kleidung nicht täuschen, Mesch'schurs. Ihr beide seid – – –«

»Bitte, keine Namen nennen, Kapt'n!« fiel ich ihm schnell in die Rede.

»Warum nicht?« fragte er.

»Der Sioux wegen, durch deren Gebiet wir noch müssen. Wenn Ihr uns wirklich erkannt habt, so werdet Ihr auch wissen, daß die Angehörigen dieser Nation nicht zu erfahren brauchen, daß wir uns jetzt in ihrem Streitgebiete befinden.«

»*Well,* ganz wie Ihr wollt, Sir! Ich hatte die Absicht, meinem Lieutenant ein tüchtiges Donnerwetter aufzubrennen dafür, daß er sich durch Euch hat bewegen lassen, umzukehren; nun aber meine ich, daß er ganz recht gehandelt hat. Kommt herein in den Block! Ich werde Eure Pferde gut versorgen lassen. Ihr aber sollt einen tüchtigen Grog haben und mir dabei sagen, was Ihr gegen Grinder und Slack vorzubringen habt.«

»Wo sind diese Kerls, Kapt'n? Ich sehe sie nicht. Doch nicht schon wieder etwa fort?«

»O nein. Ihre Pferde stehen dort im Schuppen; sie aber sind auf die Jagd, um sich ein Stück Fleisch zu schießen.«

»Und um wahrscheinlich gleichzeitig nach dem geraubten Golde zu sehen, welches sie versteckt haben. Jammerschade, daß es solchen Schnee herabwirft! Dadurch wird es unmöglich, ihnen nachzugehen und sie zu belauschen. Dieser Schnee bringt uns um die Beweise, welche unumgänglich nötig sind, sie der Mordthat zu überführen.«

»Das ist mir ziemlich gleichgültig, Sir. Ich weiß ja, daß ihr beide die richtigen Leute seid, die Beweise unter dem tiefsten Schnee hervorzusuchen.«

Die Blockhütte, in welche er uns während des letzten Redewechsels geführt hatte, diente ihm und den beiden Lieutenants zur Wohnung. Während der jüngste Offizier sich an die Bereitung des Grogs machte, deutete der Kapitän auf zwei primitiv zusammengenagelte Stühle und sagte:

»Setzt Euch, Mesch'schurs, und sagt mir aufrichtig: Nicht wahr, Ihr seid Mr. Old Shatterhand und Mr. Winnetou?«

Ich antwortete, indem ich auf unsere Gewehre zeigte, die wir natürlich mit hereingenommen hatten:

»Hier ist die berühmte Silberbüchse des Häuptlings der Apatschen, und hier seht Ihr meinen Henrystutzen und meinen Bärentöter. Nun wißt Ihr hoffentlich ganz genau, wer wir sind.«

»Allerdings. Es ist eine große Ehre für uns, euch bei uns zu sehen. Wir heißen euch herzlich willkommen und werden jedes Wort, welches ihr über die Mordthat sagt, als wie mit einem Schwur beglaubigt betrachten.«

»Danke, Sir! Aber eine solche That muß nach den Gesetzen der Savanne beurteilt werden, und diese Gesetze erfordern strikte, unwiderlegliche Beweise. Daraufhin, daß Ihr uns glaubt und vertraut, dürft Ihr kein Urteil fällen.«

Winnetou, der niemals Spirituosen genoß, wies den Grog zurück; ich aber kostete Schluck für Schluck von dem heißen Trank und erzählte dabei nun ausführlicher als vorher, was wir von Grinder und Slack wußten und dachten. Noch war ich nicht ganz fertig, so wurde die Thür geöffnet, und die beiden Genannten traten ein.

»*All devils!*« rief Grinder, als er uns erblickte, »ich will gleich auf der Stelle erblinden, wenn das nicht dieser Mr. Beyer mit seinem Indianer ist!«

»Er ist es allerdings,« antwortete der Kapitän, indem er dem Lieutenant einen Wink gab, worauf sich dieser entfernte. Es galt, wie ich ganz richtig vermutete, der Arretur der beiden Verbrecher. Dann fuhr der Kommandant fort: »Wahrscheinlich ist es euch nicht lieb, diese beiden Gentlemen hier zu sehen?«

»Nicht lieb? Der Teufel soll mich holen, wenn mir etwas, was diese Männer betrifft, entweder lieb oder unlieb ist! Sie gehen mich nichts an; sie sind mir gleichgültig; sie sind mir vollständig Luft!«

»Wohl kaum! Wenn ihr wüßtet, weshalb sie nach Fort Hillock gekommen sind, würdet ihr weniger gleichgültig sein.«

»*Pshaw!* Was können sie wollen! Wir beide haben nichts, gar nichts mit ihnen zu schaffen! Wir sind nur gekommen, um zu fragen, ob Eure Leute schon zurück sind. Hoffentlich baumeln die roten Halunken schon an zwei guten hanfenen Stricken?«

»Nein, sie baumeln noch nicht. Mr. Beyer hat sie wieder zurückgebracht.«

»Wie? Was? Mr. Beyer? Was hat dieser Mr. Beyer und sein Indianer mit dieser Angelegenheit zu schaffen?«

»Sehr viel! Sie kennen die wahren Mörder und haben sie bis hierher verfolgt.«

»Die wahren Mörder? Das sind doch die Caddo-Indsmen!«

»Nein. Mr. Beyer behauptet vielmehr, daß die wirklichen Mörder Slack und Grinder heißen.«

»Slack und Grin --- *all devils*, wir?« stieß Grinder erschrocken hervor.

»Ja, ihr!«

»Wenn er das behauptet, so will ich gleich erblinden, wenn er nicht den Verstand verloren hat! Slack, sprich, was sagst du dazu?«

Der Gefragte streckte mir die geballte Faust entgegen und schrie:

»Hol ihn der Teufel! Was will der Kerl von uns? Er ist ein Dutchman, dessen Wort nichts gilt. Gott soll mich wahnsinnig machen, wenn ich ihm nicht das Maul stopfe, daß er für das ganze Leben schweigen muß! Komm, Grinder! Für solch einen Kerl sind wir hier viel zu gut!«

»Ihr bleibt!« herrschte sie der Kapitän an.

Sie wollten trotz dieses Befehles fort; aber als sie die Thür öffneten, sahen sie den Lieutenant vor sich, welcher mit einem halben Dutzend Soldaten hereintrat, von denen sie umringt und festgehalten wurden.

»Was soll das heißen? – Was hat das zu bedeuten?« schrie Grinder, indem er sich vergeblich loszureißen suchte.

»Das soll heißen, daß ihr wegen Raubmordes arretiert seid,« antwortete der Kapitän.

Nun folgte eine Scene, welche nicht zu beschreiben ist. Nicht etwa, daß die beiden Menschen Widerstand zu leisten, sich zu befreien suchten; dazu waren sie zu feig. Ihre Thaten bestanden nur in Worten, die sie zu ihrer Verteidigung vorbrachten; aber was für Worte und Reden waren das? Flüche, Schwüre, Beteuerungen und Verwünschungen derart, daß mir die Haare zu Berge stehen wollten. Ein erblinden und wahnsinnig werden wollen folgte dem andern; solche Lästerungen hatte ich in meinem Leben noch nicht gehört; es war mir, als ob ich in diesem Schwalle der sündhaftesten Ausdrücke ersticken müsse, und ich holte tief und erleichtert Atem, als die Lästerer endlich hinausgeschafft waren, um eingesperrt und bis zum Verhöre streng bewacht zu werden. Selbst mein sonst so überlegener Winnetou, den nichts aus der Fassung zu bringen vermochte, drückte mir seine Finger in schmerzender Weise in den Arm und sagte:

»Scharlieh, würde sich jemals ein roter Mann so gebärden und seinen himmlischen Manitou in solcher Weise beleidigen? Wer kann da noch behaupten, daß die Bleichgesichter besser und gebildeter seien als die eingeborenen Kinder der Savanne? Wenn es einen wilden Westen giebt, so ist er nur durch die weißen Eindringlinge, die wir einst wie Götter behandelt haben, verwildert worden! Howgh!«

Howgh war bei ihm das Wort heiligster Beteuerung, gleichbedeutend mit unserem Amen. Scharlieh, so pflegte er meinen Vornamen Karl auszusprechen.

Nach einiger Zeit kamen die sechs Kavalleristen von der Bestattung der Ermordeten zurück. Sie brachten alles mit, was sie in den Taschen derselben noch vorgefunden hatten. Es befanden sich Notizen dabei, durch welche wir die genauen Adressen ihrer Verwandten erfuhren. Dann wurde das Kommando zum Mittagessen gegeben. Ich wurde selbstverständlich mit Winnetou zur Offizierstafel gezogen. Offizierstafel! Es gab so viel Gänge, wie man wollte; man brauchte sie sich nur von der Hirschkeule, welche auf einem ungehobelten Brettstücke präsentiert wurde, herunterzuschneiden.

Dann wurden die Mitglieder des Gerichtshofes zusammengerufen, welcher aus den Offizieren und drei Unteroffizieren bestand. Winnetou und ich hatten in der Eigenschaft als Zeugen beizuwohnen, und auch die Caddo-Indianer mußten erscheinen, um etwaige Fragen zu beantworten. Als diese Personen alle beisammen waren, wurden Grinder und Slack geholt. Sie erschienen gefesselt und wurden von je zwei Soldaten bewacht.

Die beiden Angeschuldigten sahen nicht etwa sehr niedergeschlagen aus; ihr Auftreten war vielmehr ein recht zuversichtliches, und es klang sogar geradezu frech, als sie erklärten, daß sie die Kompetenz der anwesenden Jury nicht anzuerkennen vermöchten. Sie wußten jedenfalls und pochten darauf, daß der frisch gefallene Schnee uns die Möglichkeit genommen hatte, vollgültige Beweise zu bringen. Diese Beweise konnten nur darin bestehen, das geraubte Geld zu finden und ihnen auf den Kopf zu sagen, daß sie es gewesen seien, die es versteckt hatten. Daß sie den Caddo-Indsmen die Pferde und Gewehre der Ermordeten geschenkt hatten, war von fast gar keinem Wert, weil sie auch ohne Mord in den Besitz derselben gelangt sein konnten, und besonders auch deshalb, weil nach dem Savannenbrauche das Zeugnis dieser beiden Roten so viel wie gar nichts galt.

Ich kann nicht behaupten, daß der Kapitän als Vorsitzender das Verhör in sehr pfiffiger Weise leitete; doch falls ich aufrichtig sein will, muß ich eingestehen, daß es mir an seiner Stelle auch nicht gelungen wäre, die Verbrecher zum Eingeständnis ihrer That zu bringen. Der Hauptbeweis, den wir unter den gegenwärtigen Verhältnissen bringen konnten, war der Umstand, daß sie die Ermordeten mit Absicht nicht überholt, sondern ihren Ritt so eingerichtet hatten, daß sie dieselben erst nach Einbruch der Dunkelheit erreichten. Zwar waren auch diese Spuren nicht mehr zu sehen, aber wir konnten es beschwören. Leider war damit auch nur die Einholung und nicht die Ermordung der Burnings erwiesen.

Aus diesen Gründen bestand das Verhör nur aus den Anschuldigungen vonseiten des Kapitäns und in der Zurückweisung seiner Behauptungen seitens der Angeklagten. Ihre Frechheit stieg bis zum Hohn und Uebermut, und ihre Lästerungen gingen so in das Unglaubliche, daß ich es endlich nicht mehr aushalten konnte und den Vorsitzenden bat, die Untersuchung, wenn nicht zu schließen, so doch wenigstens für heut abzubrechen.

»Abbrechen?« fragte Grinder unter Lachen. »Das müssen wir uns verbitten. Wir verlangen entweder die sofortige Verurteilung auf Grund unumstößlicher Beweise oder unsere augenblickliche Freilassung. Ich will auf der Stelle erblinden, wenn wir ein zwischen diesen beiden liegendes Mittelding zugeben!«

»Ja,« fiel Slack ein: »entweder hängt uns auf, oder laßt uns frei! Etwas anderes ist gar nicht zu denken. Was dieser Mr. Beyer und sein Indianer gegen uns vorbringen, ist so lächerlich, daß mich ihre Dummheit geradezu erbarmen kann. Es ist uns nicht das Geringste anzuhaben, dennoch wollen wir, um unsere Unschuld sogar im Uebermaße zu beweisen, ihnen eine Chance geben, ihre Behauptungen zu verfechten. Steckt uns heut abend mit ihnen in einem dunkeln Raume zusammen, und gebt jedem ein gutes, spitziges Messer in die Hand! Wenn sie auf diese ritterliche Art der Ueberführung eingehen, so soll mich Gott wahnsinnig machen, wenn wir ihnen unsere Unschuld nicht in der Weise durch die Rippen stechen, daß morgen früh nur noch ihre stinkenden Kadaver übrig sind. Bist du damit einverstanden, Grinder?«

»Mit größtem Vergnügen,« antwortete der Gefragte. »Amerikanische Duells, Mann gegen Mann im Dunkeln, sind unsere ganz besondere Spezialität; es ist dabei schon mancher an unsern Messern zu Grunde gegangen, und es sollte mir eine wahre Wonne sein, wenn diese sogenannten Gentlemen auf deinen Vorschlag eingingen. Leider bin ich überzeugt, daß sie den Mut nicht haben werden, darauf einzugehen. Lügen können sie wie gedruckt, aber ob auch kämpfen? Pshaw!«

Ich warf einen fragenden Blick auf Winnetou; er antwortete zustimmend bloß mit den Augenlidern. Darum sagte ich:

»Das ist Großsprecherei, weiter nichts! Gingen wir auf diesen Vorschlag ein, so würden sie ihn sofort zurückziehen.«

»Zurückziehen?« lachte Grinder, daß es dröhnte. »Zwei so berühmte und gefürchtete Duellmeister wie wir und zurücktreten! Dieser Gedanke ist so lächerlich, so albern, daß ich gar keine Worte finde, ihn richtig zu bezeichnen.«

Die beiden fuhren in dieser Weise noch eine ganze Weile fort, uns zu verhöhnen, bis ich bei dem Vorsitzenden den Antrag stellte, auf ein Doppelduell als Gottesurteil zu erkennen. Das Wort Gottesurteil erregte wieder die Heiterkeit der Angeklagten, welche förmlich stolz darauf waren, nicht an Gott zu glauben. Sie waren vollständig überzeugt, daß wir jetzt nur notgedrungen und bloß scheinbar auf das Duell eingingen, heut abend aber gewiß verschwunden sein würden. Der Kapitän dagegen, welcher wußte, wer wir waren, und daß also für uns nichts zu fürchten sei, erklärte sich mit meinem Antrage einverstanden, und so wurde bestimmt, daß wir vier Personen, jede mit einem Messer bewaffnet, von heut abend acht Uhr bis morgen früh acht Uhr in einem leeren Schuppen einzuriegeln seien, um die Frage über die Schuld oder die Unschuld der Angeklagten blutig auszufechten. Noch als die letztern wieder abgeführt wurden, lachten sie über uns und warfen im Hinausgehen Schimpfworte zur Thür herein, die ich hier unmöglich wiedergeben kann. Sie wurden natürlich wieder eingeschlossen. Ihre ganze Zuversicht fußte auf den beiden Umständen, daß sie sehr sorgfältig ausgesucht worden waren, ohne daß man eine Spur des geraubten Goldes bei ihnen gefunden hatte, und daß sie uns für furchtsame Neulinge hielten, denen es gar nicht einfallen würde, heut abend acht Uhr noch auf Fort Hillock anwesend zu sein.

Als sie fort waren, wagte der Kapitän es natürlich nicht, uns einen Rat zu erteilen. Für ihn war der Ausgang eines Duells zwischen Winnetou und Old Shatterhand und zwei solchen Strolchen vollständig zweifellos, und die ganze Besatzung des Ortes war entzückt darüber, daß ein so hochinteressantes Ereignis sich hier abspielen sollte.

Wir sahen uns den Schuppen an. Er stand unter einem Baume und war aus rohen, starken Brettern zusammengefügt. An der Außenseite der Thür war ein langer, schwerer Holzriegel angebracht. Zur Zeit befand sich im Innern nichts als ein wenig Streu, welche im rechten, hintern Winkel lag.

Wir unterhielten uns bis fast acht Uhr mit den Offizieren, ohne das Duell besonders in Erwähnung zu bringen. Wiederholt aber ließ die Gefangenwache melden, daß Grinder und Slack gefragt hätten, ob wir noch anwesend seien. Punkt acht Uhr wurden sie nach dem Schuppen transportiert und bekamen ihre Messer. Dann übergaben wir alle unsere Waffen, natürlich außer den Messern, dem Kapitän, nahmen unsere warmen Decken und ließen uns nach dem Schauplatze des Kampfes führen. Wir traten mit dem Kapitän und den Lieutenants in das Innere des Schuppens; ein Soldat leuchtete mit einer Kienspanfackel. Grinder und Slack lehnten an der hintern Wand, mit ihren Messern in den Fäusten.

»Da kommen sie!« höhnte Grinder. »Sie fliegen in ihr Verderben wie die Mücken in das Licht. Warum bis morgen früh warten? Die Thür kann schon in einer Viertelstunde geöffnet werden, denn bis dahin haben wir die Kerls an die Hölle abgeliefert!«

Das sollte sehr zuversichtlich klingen, aber wir hörten wohl, daß seine Stimme zitterte. Nun sich ihre Berechnung, daß wir verschwinden würden, als trügerisch erwies, trat die Angst bei ihnen ein. Während wir unsere Decken in der Ecke rechts ausbreiteten, als ob wir uns dann da niederlassen wollten, klärte der Kapitän die Prahler auf:

»Es ist freilich möglich, daß es so rasch geht, wie ihr denkt, aber sehr wahrscheinlich mit dem grad entgegengesetzten Erfolg. Ihr wißt ja gar nicht, wer dieser Mr. Beyer und sein Indianer eigentlich sind.«

»Wer sollen sie sein!« lachte Slack. »Leute, die hinter den Ohren noch nicht trocken sind. Gott soll mich heut hier in diesem Schuppen wahnsinnig machen, wenn diese Kerls nach Verlauf von einer Stunde noch einen einzigen Tropfen Blutes in den Adern haben!«

»Hört nun endlich auf mit euern Lästerungen! Wenn eure Worte in Erfüllung gehen, verlaßt ihr diesen Ort nicht anders als der eine blind und der andere irrsinnig. Ihr sollt jetzt endlich erfahren, mit wem ihr es zu thun habt. Diese Gentlemen sind nämlich Old Shatterhand und sein roter Freund Winnetou, von denen wir überzeugt sind, daß sie den Schuppen vollständig unverletzt verlassen werden.«

»Old Shatt – – – – Winn – – – – !« erklang es an der Hinterwand; sie konnten vor Schreck die Namen gar nicht vollständig aussprechen, und es dauerte eine ganze Weile, bis Grinder hinzufügte: »Ich will gleich erblinden, wenn das nicht eine freche und ganz verdammte Lüge ist!«

Da ging ich auf ihn zu, faßte ihn mit der rechten Hand beim Gürtel, hob ihn hoch empor und warf ihn gegen die Wand, daß alle Pfosten und Bretter krachten; dann ging ich, ohne ein Wort zu sagen, wieder an meinen Platz zurück. An meiner Stelle aber sagte der Kommandant, während Grinder sich ächzend und fluchend vom Boden aufraffte:

»Das war der richtige Beweis, daß ich die Wahrheit gesagt habe. So ein Kraftstück mit einer Hand kann nur Old Shatterhand ausführen. Glaubt ihr nun, daß er es ist?«

»Hol euch der Teufel!« zischte da Slack. »Das ist Betrug; das ist Hinterlist! Warum wurde uns nicht eher mitgeteilt, wer diese Leute sind? Sie werden uns hier langsam und sicher abschlachten, im Dunkeln meuchlerisch niederstechen! Das ist noch schlimmer, als wenn man uns drin bei der Jury den Prozeß macht. Wir wollen fort von hier! Wir wollen noch einmal verhört sein!«

»Wollt ihr den Raubmord eingestehen?«

»Nein, und abermals nein! Wir sind unschuldig!«

Da winkte Winnetou mit der Hand Schweigen und sagte in seiner ruhigen, eindringlichen Weise:

»Hier steht Winnetou, der Häuptling der Apatschen, und hier steht sein Freund und Bruder Old Shatterhand, dem noch nie ein Feind hat widerstehen können. Ich habe noch kein Wort gesprochen, nun aber werde ich sagen, was geschehen soll. Man wird uns jetzt einriegeln und dann den Schuppen umstellen, daß die Mörder nicht aus Angst durch die Holzwände brechen. Hierauf werden trotz der Dunkelheit unsere Messer in die Gurgeln der Missethäter fahren, denn unsere Augen sind gewöhnt, die Finsternis zu durchdringen. Wir sind wie die Schlangen, die man nicht hört, wenn sie gekrochen kommen. Es sind heute genug unnütze Worte gesprochen worden; und nun sollen die Thaten folgen, und man soll nichts weiter hören als die Todesschreie der Mörder, welche unter unsern Messern ebenso fallen werden, wie sie mit den ihrigen die Burnings niedergestochen haben! Es mag beginnen!«

Die Art und Weise, wie Winnetou sprach, machte einen geradezu niederschmetternden Eindruck auf die Schurken. Sie erhoben in zitterndem Tone Einspruch, vergeblich; sie baten, sie drohten, sie fluchten, ebenso vergeblich. Noch als der Fackelträger den Raum verließ, ballten sie die Fäuste und brüllten vom wahnsinnig machen und blind werden. Erst als die Thür verriegelt worden war, schwiegen sie und vermieden von nun an jedes, auch das geringste Geräusch, um uns nicht auf die Stelle aufmerksam zu machen, an welcher sie sich befanden.

Was uns betraf, so wollten wir sie nicht erstechen, sondern durch die Todesangst zum Geständnis bringen. Wir waren überzeugt, daß sie sich hüten würden, uns anzugreifen; dennoch schafften wir unsere Decken leise aus der einen in die andere vordere Ecke und legten uns mit ausgestreckten Beinen so nieder, daß jeder, der sich näherte, nicht an uns kommen konnte, ohne einen unserer Füße zu berühren. Dann warteten wir, die Messer in den Händen und jeden Augenblick zur sofortigen Gegenwehr bereit.

Es fehlte uns natürlich jedes Maß, die Zeit genau zu bestimmen; aber ich rechnete eine halbe Stunde und noch eine, ohne daß unsere durch die Uebung geschärften Ohren ein Geräusch entdeckten. Da wurde es ganz plötzlich außerordentlich kalt, so kalt, daß es durch Mark und Bein zu gehen schien, und kurz darauf begann ein hohles, dumpfes Brausen pausenlos über das Dach zu gehen. Nur wenige Minuten später hörten wir draußen rufen:

»Seht ihr die Sankt-Elmsfeuer an allen Spitzen und Ekken? Der Blizzard kommt, der Blizzard! Rettet euch in die Blockhäuser, schnell, schnell!«

Blizzard heißt der furchtbare Schneesturm im Westen des Mississippi, welcher stets aus Norden kommt, sich durch ein ganz plötzliches und tiefes Sinken der Temperatur anzeigt und zwar ziemlich schnell vorübergeht, aber in Beziehung auf seine Gefährlichkeit der entsetzlichen Wjuga Hochasiens nicht nachsteht. Er wird häufig von elektrischen Erscheinungen begleitet, und trotz der Winterzeit sind Blitz und Donnerschläge keine Seltenheit. Wehe dem, den der Blizzard im Freien oder in einem nicht fest gefügten Bauwerke überrascht! Er reißt alles nieder oder mit sich fort und bedeckt jeden erhabenen Gegenstand mit dem Leichentuche meterhohen Schnees.

Das Rufen draußen war verschollen; die Wächter hatten sich in die Blockhütten geflüchtet. Da kam der erste Windstoß, welcher alles von der Erde fegen, alles aus den Fugen reißen zu wollen schien. Und nun heulte, kreischte, zischte, stöhnte und brüllte es über uns dahin wie eine entfesselte, unsichtbare Flut, die keine Ufer und auch kein Erbarmen kennt. Der Donner rollte; Blitze zuckten. Das Innere des Schuppens füllte sich mit einem feinen aber dichten Schneemehle, welches der Orkan zu den Lücken hereintrieb. Wir zitterten vor Frost; wir klapperten mit den Zähnen, obgleich wir die Decken eng um uns geschlagen hatten. Die Erde bebte; der Schuppen wankte. Das dauerte wohl über eine halbe Stunde; dann traten im Wüten der Elemente kurze Zwischenräume ein, in denen wir Grinder und Slack ächzen, stöhnen und röcheln hörten; vielleicht nur aus Angst? Das konnten wir jetzt nicht wissen. Dann nahm der Orkan seine Kraft zu einem letzten, gewaltigen Stoß zusammen. Der Boden zitterte unter uns; der Schuppen prasselte; er neigte sich nach rechts, nach links, worauf sein hinterer Teil krachend zusammenbrach. Und als ob der Blizzard damit befriedigt worden sei, trat jetzt die Ruhe ebenso plötzlich ein, wie der Sturm plötzlich gekommen war. Die Gefahr war vorüber.

Wirklich vorüber? Für Winnetou und für mich, ja, ob aber auch für die andern? Unter den Trümmern der eingestürzten Schuppenhälfte arbeitete sich eine Gestalt hervor, welche mit lautem Gebrüll von dannen lief; das war Slack. Von der andern Ecke her erklangen unartikulierte Laute, als ob einer rufen wolle, aber nicht könne; wir hüllten uns aus unsern Decken und gingen hin. Da lag Grinder zwischen zerbrochenen Brettern unter einem Balken, der ihm fast die Brust eindrückte. Ich hob den Balken empor, und Winnetou zog den Verletzten heraus, welcher in Ohnmacht fiel, sobald er von seiner Last befreit war. Wir trugen ihn nach der Offizierswohnung, an deren Thür uns der Kapitän entgegenkam, um nachzusehen, welchen Schaden der Blizzard im Fort angerichtet hatte; er kehrte mit uns um. Als wir Grinder hineinbrachten und am Feuer niederlegten, konnten wir seine Verletzungen sehen und schrien alle vor Schreck auf. Es war ein Brett mit der scharfen Kante quer über sein Gesicht gefallen und hatte ihm die Nasenwurzel ein- und beide Augen ausgeschlagen.

»Blind, blind, blind!« rief der Kapitän, indem er die Hände faltete. »Wie hat er gelästert, daß er gleich erblinden wolle! Das ist Gottes Gericht!«

Ich sagte kein Wort, so tief ergriffen war ich; auch Winnetou stand stumm neben mir. Dann verbanden wir den von Gott Gerichteten und legten ihn auf das Lager eines der Lieutenants. Hierauf gingen wir hinaus, um nach den Folgen des Orkanes zu sehen. Der einzige Schaden, den er angerichtet hatte, bestand darin, daß unser Schuppen eingestürzt war. Nun suchten wir nach dem verschwundenen Slack.

Seine Spur führte nach der Plankenumzäunung, über welche er gestiegen war, und draußen weiter nach dem nahen Walde. Der Schnee war knietief; er leuchtete so, daß wir der Fährte ohne Fackeln folgen konnten. Am Rande des Waldes angekommen, hörten wir zwischen den Bäumen eine ganz eigentümlich lallende menschliche Stimme. Wir drangen in das Dickicht ein und fanden Slack, welcher unter einem Baume den Schnee aufgewühlt hatte und, lang an der Erde liegend, die eine Hand unter dem Wurzelwerk hatte, wobei er wie ein Kind immer vor sich hinsang:

»Staub, Nuggets -- Staub, Nuggets - acht Beuteln voll -- acht Beuteln voll ---!«

Er ließ sich nur mit Gewalt wegreißen, und dann fanden wir unter dem Moose acht mehr als pfundschwere Lederbeutel. Das stimmte genau mit den Notizen der Burnings; es war das Gold, welches ihnen den Tod gebracht hatte.

Slack wurde nach dem Fort geschafft. Dort sahen wir, daß Blut in seinen Haaren klebte. Als wir seinen Kopf untersuchten, stellte sich heraus, daß auch er von den zusammenbrechenden Hölzern schwer getroffen worden war. Ob infolge davon sein Geist umnachtet war oder ihn schon vorher die Angst um den Verstand gebracht hatte, das konnte nicht entschieden werden.

Also Grinder blind und Slack wahnsinnig! Ganz so, wie sie es in ihrem Unglauben und ihrer Frechheit von Gott gefordert hatten! Wer da noch leugnet, daß es eine ewige Gerechtigkeit giebt, der kein Mensch, ob hier oder im Jenseits, entgehen kann, der mag sich wohl hüten, durch das Walten eben dieser Gerechtigkeit zur Erkenntnis geführt werden zu müssen! Gottes Gerichte sind unabwendbar und gerecht. Jede Schuld muß getilgt werden, ob früh oder spät, hier oder drüben, und kein Schuldiger entgeht der Strafe.

Sonderbarerweise trat nach dem schlimmen Tage wieder mildes Wetter ein, welches uns die Fortsetzung unseres Rittes erlaubte. Grinder und Slack blieben als Schwerkranke auf dem Fort zurück. Ihr Schicksal hing, wenn sie ihren Verletzungen nicht erlagen, von den dortigen Offizieren ab, welche uns eine Strecke weit das Geleit gaben. Die beiden Caddo-Indsmen bekamen Grinders und Slacks Pferde geschenkt; sie konnten uns also begleiten. Wir brachten sie bis an den vereinigten Plattefluß, wo sie von uns schieden, uns ihrer immerwährenden Dankbarkeit dafür versichernd, daß wir sie vom unverdienten Tode des Erhängens gerettet hatten. –

Vier Jahre später stieg ich in Baton-Rouge aus dem Missisippi-Steamer, weil ich hier auf das Dampfboot nach Natchez warten mußte. Am Landeplatze saßen zwei Bettler, elend, hager aussehend und fast in Lumpen gekleidet. Ihre Gesichter kamen mir bekannt vor. Dem einen fehlten beide Augen, und an Stelle der Nasenwurzel hatte er eine tiefe, breite Schmarre. Der andere hielt mir mit flehender Gebärde seinen Hut hin. Als ich ein Silberstück hineinwarf, steckte er es hastig ein und murmelte:

»Staub, Nuggets – – acht Beuteln voll – – acht Beuteln voll!«

Nun wußte ich, wen ich vor mir hatte. Die Mörder hatten also auf Fort Hillock doch nicht den verdienten Tod gefunden; aber ihre jetzige Lage war jedenfalls noch schlimmer als der Tod.

In demselben Jahre kam ich zufälligerweise auch nach Moberly in Missouri. Dort erkundigte ich mich nach den Familien der Brüder Burning. Da bekam ich die Geschichte von der Ermordung der beiden zu hören, und zwar mit den weitgehendsten Ausschmückungen in Beziehung auf das, was Winnetou und Old Shatterhand dabei geleistet hatten. Ich sagte nicht, wer ich war, und begnügte mich damit, zu erfahren, daß der Kapitän den Anverwandten die acht Beutel mit dem vollen Inhalte nebst einem ausführlichen schriftlichen Berichte übermittelt hatte.

Karl May (1842–1912), der meistgelesene Erzähler der deutschen Literatur, seit 100 Jahren von gleicher Faszination für Jugendliche und Erwachsene, »vertritt mit seinen grellen, knalligen Werken einen Typus von Dichtung, der unentbehrlich und ewig ist« (Hermann Hesse). Sein umfangreiches Werk, nach seinem Tode vielfältig durch Bearbeitungen entstellt, erscheint hier in einer zuverlässigen Ausgabe, die nach den strengen Prinzipien der historisch-kritischen Edition angelegt ist, die bestüberlieferte Textgestalt bietet und diese nach Stil und Orthographie in ihrer vollen Zeitgebundenheit erhält. Sie dokumentiert damit die Spannweite einer literarischen Entwicklung, die vom unterhaltenden Trivialroman über die berühmten Reiseerzählungen bis zu den psychologisch-mystischen Büchern der Alterszeit reicht. »Fast alles ist nach außen gebrachter Traum der unterdrückten Kreatur, die großes Leben haben will ...« (Ernst Bloch).